KB115857

# 디아스포라의 위도

남북일 냉전 구조와 월경하는 재일조선인 문학

지은이

**조은애**(曺恩愛, Cho, Eunae)
동국대학교 국어국문학과를 졸업하고 동 대학원에서 박사학위를 받았다. 일한문화교류기금 일본초청펠로십으로 도쿄대학에서 연구했으며 현재 동국대에서 강의와 연구를 하고 있다. 재일조선인의 글쓰기를 남북한 및 일본의 역사·문화와 교차시켜 읽는 작업을 하고 있으며, 특히 식민주의와 냉전이 만들어 낸 다양한 사건과 이동을 언어화하는 과정에서 '재일성'이 재현되는 방식에 관심을 가지고 있다. 또한 문자언어와 영상언어를 포괄하는 '재일 서사' 안팎의 다양한 결절과 겹침들을 대화라는 관점에서 읽어 나가고자 한다.

# 디아스포라의 위도

## 남북일 냉전 구조와 월경하는 재일조선인 문학

**초판 1쇄 발행** 2021년 8월 25일
**초판 2쇄 발행** 2022년 10월 6일
**지은이** 조은애 **펴낸이** 박성모 **펴낸곳** 소명출판 **출판등록** 제1998-000017호
**주소** 서울시 서초구 사임당로14길 15 서광빌딩 2층
**전화** 02-585-7840 **팩스** 02-585-7848 **전자우편** somyungbooks@daum.net **홈페이지** www.somyong.co.kr

값 31,000원    ⓒ 조은애, 2021
ISBN 979-11-5905-596-6 93810

# 디아스포라의 위도

남북일 냉전 구조와 월경하는 재일조선인 문학

*The Diasporic Latitude : The Cold War Structure*
*of South and North Korea and Japan and Border-Crossing in the Literature of Zainich Koreans*

조은애

　박사과정을 수료한 해 겨울, 한국문학 분야의 한 민간 연구 단체가 주관하는 학술대회에서 글을 발표할 기회가 있었다. 당시 발표한 글은 해방 직후부터 대한민국 정부 수립 직후까지 남조선(남한) 지역에서 생산된 문학과 미디어를 '재일조선인'이라는(당시 미디어에서 가장 많이 쓰이던 표현을 따르면 '재일동포'라는) 키워드로 읽었을 때, '민족 / 국가'의 표상에는 어떠한 공백들이 나타나는가에 관한 것이었다. 이러한 의도로 글의 부제를 '재일조선인이라는 투시법'이라고 지었다. 지금 생각해도 어딘지 어색하고 모호한 표현이기는 하다. '재일조선인'은 그 안에 셀 수 없이 다양하고 불균형한 역사적 경험과 정체성을 지닌 개별 존재들을 임의적으로 일반화하는 말이다. 그것이 세계를 특정한 방식으로 인식하는 데 유효한 '투시법'이 될 수 있을까.

　당시 나는 일본으로의 '인양引揚げ'과 조선으로의 '귀환', 그리고 '재일'이라는 1945년 8・15 이후의 역사적 교차들에 대해 생각하도록 하는 이회성의 장편소설 『백 년 동안의 나그네百年の旅人たち』(1994)를 언급하며 발표를 시작했었다. 한편, 발표를 맺으며 언급한 텍스트는 남한 단독정부 수립 직후 재일조선인과 대한민국 '국민' 사이의 물리적・정신적 거리를 드러낸 손소희의 단편 「현해탄」(1948)이었다. 『백 년 동안의 나그네』에서 재일조선인의 삶은 사할린으로부터의 '인양'과 일본 '본토' 종단이라는 기나긴 여정 끝에 시작된다. 이와 같은 재일조선인의 서사는 '8・15＝해방'을 소실점으로 하여 그려지는 귀환과 국민－되기의

서사로부터도, '8·15＝패전'을 소실점으로 하여 그려지는 제국 붕괴와 일본인의 '인양', 그리고 일본 국가의 재건 신화로부터도 변별되는 어떤 독자적인 서사의 장소 및 문법의 가능성을 시사한다. 1990년대 이회성이 일본에서 써낸 회고적 소설과 남한 단독정부 수립 직후 손소희가 한국에서 써낸 소설 사이의 '거리'를, 이를테면 이렇게 의미화할 수 있다고 보았다.

이와 같은 글의 구도에 관하여 당시 들었던 인상적인 코멘트는, '그래서 이 글 속의 재일조선인은 재현의 주체인가 대상인가' 하는 것이었다. 당시의 장면은 재현의 주체와 대상이라는 문제를 놓고 재일조선인의 글쓰기가 일본과 조선／한반도／남북한에 걸쳐 교합하고 길항하는 모습을 어떻게 설명하면 좋은가, 라는 오랜 물음의 원풍경을 이루고 있다. 그 질문은 박사논문을 구상하고 체계를 마련하고 서술과 수정을 거치는 동안 수없이 꺼내본 문장이기도 하다. 누가 언제－어디에서 무엇을 재현하는가. 그 '누구'와 '언제－어디', 그리고 '무엇'의 관계는 어떠한 것인가. 이 책에서는 '자기민족지'라는 글쓰기／읽기의 형식에서 그 답을 찾아보고자 했다. 재일조선인의 글쓰기가 복수의 언어와 장소, 양식과 생산 시스템 사이에서 쓰이고 이동하고 읽히는 방식을 맥락화하고, 그렇게 쓰이고 이동하고 읽힌 텍스트가 느슨한 '자기민족지'의 아카이브를 이룬 장소들을 조명함으로써 '누구'와 '언제－어디'와 '무엇'의 관계를 말해볼 수 있지 않을까.

이 책에서 말하는 '재일조선인 문학'이란, 그러한 재일조선인의 자기민족지적 글쓰기를 가리킨다. 이 때 자기민족지는 해방 전 식민자에 의해 기술되고 집적된 민족지적 아카이브를 의식한 대항적 아카이브라 할 수 있으며(레이 초우), 글쓰기écriture란 사회적 목적에 의해 변화한 문학 언어(롤랑 바르트)라 할 수 있다. 이 책은 재일조선인들이 글쓰기의 언어와 양식을 통해 다양한 사회적 장에 연루되는 방식, 이를테면 신식민주의와 냉전, 그리고 다민족·다언어 독자 집단과 관계하는 방식을 '자기민족지적 글쓰기의 계보'라는 불규칙적이고 다층적인 역사로서 구성한 것이다. 탈식민 시대의 민족지라고 할 수 있는 자기민족지는 대상에 대한 관찰자의 욕망을 자원으로 한다는 점에서 민족지적이지만, 그것이 식민자의 민족지와 다른 이유는 관찰과 기록의 대상이었던 '타자'로서의 기억이 그 안에 각인되어 있기 때문이다. '보는 주체=식민자', '보이는 대상=피식민자'라는 이항대립 관계가 원칙적으로 종결된 제국 붕괴 후의 일본에서, 재일조선인 작가들은 어떻게 '관찰하는 사람이자 관찰되는 사람'으로 탈식민지적 양식을 만들어 갔을까.

자기민족지가 이 책에서 다루는 대상들의 종적 맥락 또는 내적 맥락이라면, 또 하나의 맥락으로 이 책을 가로지르는 것은 분단의 지리적 표상인 동시에 신체적 경험이기도 한 '38도선'이다. 재일조선인이 경험한 38도선을 어떻게 바라보아야 하는가, 라는 질문을 나는 '남북일 냉전 구조'라는 다소 불균형한 관계질서 속에서 찾고자 했다. 그것은 '포스트/점령'과 '스캐퍼니즈 모델'로 일컬어지는 미일관계(존 다우어), 그리고 남북한 분단 구조를 경유한 비대칭적인 대일관계, 즉 상대방의 '비정상화'를 수반해야만 '정상화'가 가능했던 한일/북일 관계(박정진)를 포괄한다. 이 불균형한 질서를 명확히 보여주는 것이 바로 재일조선인의 상태이자 위치였다. 이러한 냉전의 구조가 재일조선인이라는 조건을 경유하였을 때 어떻게 상상되고 전유되며 재편될 수 있는지를, 한반도 분단의 연장으로서만 냉전을 경험할 수는 없었던 재일조선인 작가의 작업 속에서 살피고자 했다.

짐작한 분들도 있겠지만 이 책의 제목이기도 한 '디아스포라의 위도' 란 김시종이 『장편시집 니이가타』(1970)에서 쓴 '불길한 위도'라는 표현을 참고한 것이다. 이때의 '위도'는 물론 북위 38도를 일컫는다. 하지만 그것이 한반도를 남북으로 가른 '38도선'의 지정학적 좌표와 동일하다고는 할 수 없다. 이 위도선은 1945년 8월 미국과 소련에 의해 조선의 영토 분할을 목적으로 선택된 좌표축이었을 뿐만 아니라, 수많은 재일조선인들을 이념적으로 대립하도록 한 '일본 안의 38선'이기도 했다. 또한 1959년 시작된 재일조선인들의 북한 '귀국' 수속을 담당했던 일본적십자센터가 자리한 니가타新潟 시를 관통하는 선이기도 하다. 한반도의 분단선을 동쪽으로 연장한 곳에 재일조선인 '귀국'의 출발지가 있었던 것이다. 남북한 사이의 이동을 가로막은 위도가 어떤 이들에게는 그동안 가로막힌 '조국'으로의 항로를 열어준 입구가 되었다.

그런데 왜 이와 같은 '열림'의 장소를 시인은 '불길'하다고 하였을까. '북선北鮮'의 원산에서 태어나 '남선南鮮'의 제주에서 자란 그는 언젠가 자신이 고향에 도달할 수 있을 것이라 믿었고, 그렇기에 '남선'에서는 넘을 수 없었던 38선을 일본에서 넘겠다고 생각했다. 그런 이유로 38선은 불길하기 전에 '숙명적'인 것이었다. 하지만 1955년 총련(재일본조선인총연합회) 체제로 정비된 민족조직이 '조국＝조선민주주의인민공화국'으로의 사상적·언어적 귀속을 표명함에 따라, 김시종의 일본어 창작은 조직과 '공화국'의 거센 비판을 받게 된다. 『장편시집 니이가타』는 1959년 니가타의 '귀국센터', 즉 일본에서의 삶을 모두 정리한 재일조선인들이 최소한의 짐만 들고 '귀국선'을 타기 위해 수용되어 있던 일본적십자센터에 서 있는 한 사람의 시점으로 시작된다. 하지만 이 시집은 김시종이 총련과 완전히 결별한 후에야 출판될 수 있었다. 그는 시집에서 시의 내적 맥락과 외적 맥락을 '핍색逼塞'이라는 단어로 중첩시키는데, 그가 시집에서 말하지 않은 또 하나의 '핍색'이 있다. 시집이 출판된 1970년이면 이미 북한으로의 '귀국'자들이 마주한 실상들이 조금씩 재일 사회에도 알려지고 있었다. 어떤 의미에서는 북한 내에서 거주지 선택과 이동의 자유를 제한당한 많은 '귀국'자들이야말로 '핍색' 그 자체였을 것이다. 위도의 '불길함'은 이 시점에 이르면 이미 예감이 아닌 현실이었던 셈이다.

한편 김달수에게 '三八'은 '조선'을 시간적·공간적으로 연상시키는 기호였다. 그는 「표찰標札」(1952)이라는 단편소설 안에 '삼십팔', '삼팔', '산쥬하치', '산파치' 등으로 읽힐 수 있는 '三八'이라는 기호를 등장시키며, 그것이 만약 1952년 현재 일본에서 쓰인다면 과연 무엇을 의미하는지 묻는다. 소설 속에서 '三八'은 아시아·태평양전쟁기 군수물자를 제조하던 '히카리光 항공계기'의 후신이자, 현재는 한반도에 투하될 네이팜 탄을 제조하는 기업의 이름이다. 그는 이 '三八'이라는 기호를 통해 아시아·태평양전쟁과 한국전쟁이라는 두 전쟁을 시간적인 연속의 과정으로 파악하고, 냉전과 열전, 기지와 전장의 분리될 수 없는 속성을 그린다.

'위도'에 대한 재일 작가들의 상상은 저마다 조금씩 다르지만, '조선으로 돌아갈 수 없다'거나 '이러한 방식으로는 돌아가지 않겠다'는 강렬한 의식이 일본에서의 '위도'를 다양한 늘어짐과 휘어짐과 교착의 형태로 그려내게끔 했다. 물론 1970년대 이후 한국과의 관계에 따라, '조선적'을 가지고도 한국으로 '초청'되었던 작가, '대한민국적'을 가지고도 돌아갈 수 없던 작가들이 교차했던 것처럼, 돌아간다는 것, 즉 '귀환'의 가능성은 매우 복잡한 양상을 띠게 되었다. 이를테면, 1981년 김달수를 비롯한 『계간삼천리』의 편집위원 일부가 해방 후 처음으로 한국을 방문할 수 있게 되었던 반면, 그 시기 일본에 망명해 있던 저널리스트 정경모가 한국으로 돌아갈 수 있는 가능성은 희박했다. 많은 재일조선인들의 텍스트에서 탈식민·냉전 시대의 일본은 '잔류'나 '핍색'의 장소로 표상되었고, 그것이 '조국'으로의 월경을 서사화하는 원동력이 되기도 했다.

이 책은 2020년 8월에 나온 박사학위논문(「남북일 냉전 구조와 재일조선인의 문화적 월경—자기민족지적 글쓰기의 계보」, 동국대)을 수정하고 부분적으로는 후속 논의를 추가하여 완성된 것이다. 학위논문 작성과 단행본 작업 모두 심사위원 선생님들의 조언에 힘입은 바 크다. 유임하 선생님은 논문의 시작부터 끝까지, 문장 하나하나에서 전체적인 문제의식에 이르기까지 섬세하고도 대담하게 노를 젓는 방법을 고민하도록 해 주셨다. 차승기 선생님은 세부적으로 설정해둔 문제의식을 해결하기 전에 또 다른 자료를 덧붙이며 자신 없음을 들켜 버리는 글쓰기의 습관을 간파하고, 이를 돌아볼 수 있도록 해 주셨다. 장세진 선생님은 연구 대상이 되는 재일조선인 작가들이 냉전 시대에 보여준 강렬한 민족주의를 어떻게 트랜스내셔널한 담론·실천과 연결지을 수 있는가, 라는 논문의 근본적인 문제 설정을 재점검하도록 하셨다. 김춘식 선생님은 논문 곳곳에서 뭉툭하고 효과 없이 쓰이는 개념들을 날카롭게 벼려야 한다는 점을 거듭 강조하셨다. 지도교수 박광현 선생님은 재일조선인의 글쓰기가 세계를 인식하는 날카롭고 도전적인 '투시법'이었던 역사에 대해, 그리고 여전히 그러한 현재에 대해 늘 앞서 이야기해오신 분이다. 15년 동안 선생님으로부터 받은 가르침은 결코 학문의 영역에 국한되어 있지 않다.

한 학교에서 학부, 석사, 박사과정을 모두 졸업한 만큼 동국대학교 국어국문학과 선생님들로부터 오랜 가르침과 두터운 은혜를 입었다. 특히 구인모, 박혜경, 이종대, 장영우, 정종현, 한만수, 허병식, 황종연 선생님의 강의를 들으며 진학과 연구의 길을 구체화해 갔다. 대학원 진학 후 커다란 자극과 활력을 주신 권보드래, 이선미 선생님, 넓은 시야를 열어 주신, 박현수, 서경석, 이철호 선생님께도 깊은 감사를 드린다. 학부 및 석사 초기부터 지금까지 좋은 친구이자 동료로 인연을 맺고 있는 김혜인, 연윤희, 유인혁, 임세화, 홍덕구 선생님, 그리고 대학원 수업과 세미나에서 함께 공부했던 선후배 연구자들에게 감사드린다. 오랫동안 공부 모임을 함께하며 우정과 유대를 쌓아 온 김준현, 손혜민, 조은정 선생님, 지지와 조언을 아끼지 않은 이행선 선생님, 그리고 부족함 많은 후배를 늘 믿어주시는 박연희 선생님께도. 또한 멋진 아이디어로 영감을 주곤 하는 김지혜, 이현진님께도 감사드린다.

한국문학을 모전공으로 하면서, 그리고 이산이나 월경의 트라우마를 가지지 않은 채 국민국가에 안정적으로 '귀속'된 지위에서 재일조선인 문학을 연구하는 이유는 무엇인가. 이는 정중하고 조심스럽게, 때로는 암시의 형태로, 혹은 어쩌면 스스로에게서 종종 받아온 질문이다. 하지만 나는 이러한 질문을 다행히도 배제보다는 포용의 형식 속에서 받아왔다. 한국문학과 미디어를 훨씬 많이 다루는 장 속에서도, 함께 문제의식을 나누며 그것을 공유하기 위해 기획하는 과정에 몇 차례 참여하는 행운을 얻었다. 공동 기획과 발표의 장에서, 앞서 말한 '포용적 질문'을 통해 재일조선인의 정체성과 표상, 미디어에 관한 소주제들을 공개할 수 있었다. 그 시작은 '안드로메다 문화비평'이었다. 이때 함께한 동료들은 지금 연구자라는 틀로는 담아내기 어려울 만큼, 비평과 교육, 기획과 출판 등의 전방위적인 분야에서 배울 점 많은 실천을 보여주고 있다. 강부원, 김민섭, 오혜진, 장문석, 허민 선생님과 시작을 함께한 것을 감사하게 생각한다. 이봉범 선생님의 배려 덕분에 참가할 수 있었던 '신문과 문학 세미나'와 '냉전문화 세미나'에서도 그와 같은 연대의 감각을 공유했다. 특히 후자의 경험은 임유경 선생님의 말걸기가 아니면 불가능했다. 두 세미나에서는 공동 연구의 성과를 점검하는 학술대회를 자체적으로 기획했는데, 감사하게도 두 번 모두 발표할 기회를 얻었다. 당시의 원고들을 밑거름 삼아 박사논문 본론의 첫 장과 마지막 장을 완성할 수 있었다.

박사논문의 많은 부분이 크고 작은 학술대회의 발표 원고들을 보완하고 다듬는 과정으로 완성되었다. 따라서 당시 발표되었던 개별 연구 성과들을 읽고 학술대회의 공식적인 토론자로서, 비공식적인 조언자로서, 또는 익명의 심사자로서 글을 고치는 데 길잡이가 되어 주신 분들이 아니었다면 박사논문은 아마 완성되지 못했을 것이다. 날카로운 질문과 중요한 조언을 아끼지 않으신 고영란, 곽형덕, 다카하시 아즈사高橋梓, 손유경, 신지영, 오카자키 료코岡崎享子, 이순욱, 최병구 선생님, 팀 발표의 공동 패널 및 좌장으로서 용기를 북돋워주신 류충희, 손이레, 오세종, 황호덕 선생님, 그리고 박사논문 집필 단계와 제출 이후에 깊은 대화의 장을 마련해 주신 박진영, 이화진 선생님께 감사드린다. 발표를 통해 글을 공개하고 피드백을 거쳐 수정하는 것을 주된 작업 패턴으로 삼아온 나에게 이와 같은 경험은 아주 직접적인 절차이자 귀중한 연구의 원천이다.

한국에서의 연구 경험만으로는 박사논문도 이 책도 결코 나올 수 없었을 것이다. 일한문화교류기금의 지원으로 도쿄대학에 소속되어 연구한 시간은 앞에서 말한 '거리'를 본격적으로 언어화할 수 있는 중요한 계기가 되었다. 미쓰이 다카시三ツ井崇 선생님의 후의와 섬세한 배려에 감사드린다. 외국어에도 외국 생활에도 미숙한 박사과정 수료생을 받아들이고 교류에 참여시키는 일은 호의만으로는 불가능한 것이며 매우 많은 시간과 에너지를 필요로 하는 일이라는 것을 몸소 보여주셨다. 선생님이 제공해 주신 공개발표의 기회 또한 박사논문을 완성하는 데에 직접적으로 기여했다. 도쿄에 있는 동안 훌륭한 한국/조선 문학 연구자들과 대화할 수 있었던 것도 귀중한 경험이었다. 인문평론연구회에서 만난 선생님들 모두에게 감사드리며, 박사논문 제출 전후로 문제의식의 폭과 깊이에 대해 생각할 수 있는 다양한 조언을 해주신 와타나베 나오키渡辺直樹 선생님께 특히 감사드린다.

일본에서 만나 서로의 학문적 방향을 공유하고 양국 학술 시스템에 대한 의견이나 일상적인 고민까지도 두루 나눈 친구들 또한 감사해야 될 분들이다. 김경채, 민동엽 선생님은 일본에서 지낼 때 가장 신세를 많이 진 친구이며, 언어의 한계나 자료 접근의 어려움 등으로 자주 막막한 내게 여전히 큰 힘을 준다. 마찬가지 이유로 한승희 선생님께도 더불어 감사를 표한다. 매년 일본, 한국, 홍콩을 오가는 일상적 월경의 당사자이자 조선학교 출신의 역사 전공자로, 친밀하고 소탈한 만남 뒤에 한동안은 왜 '재일'인가, 왜 '문학'인가라는 여운을 남기곤 하는 조금희 선생님께도. 어서 이 팬데믹의 장벽을 극복하여 이들과 보다 더 자유롭게 만나기를 꿈꾼다.

이 책이 연세근대한국학총서의 하나로 출간되는 것을 영광으로 생각한다. 부족한 학위논문을 추천해주신 한수영 선생님의 후의와 지원에 진심으로 감사드린다. 늦어지는 원고를 인내로 기다려 주신 노혜경 선생님, 소명출판 편집자님께 감사하고 죄송하다.

이 책은 둔하면서 예민하고 느리면서 조급한 나의 걸음을 단 한 번도 탓하지 않고 오랫동안 묵묵히 지켜봐 주신 조이현, 김순복님께 바치는 딸의 첫 번째 책이다. 남동생 영재와 윤빛나라 부부, 조카 윤우가 우리 모두를 부드러운 평화 속으로 이끌었다. 자매나 다름없는 영인에게도 고마움을 전한다. 늘 살뜰히 챙기고 응원해 주시는 정동석, 장연순님께도 감사드린다. 끝으로 이 책이 쓰이는 시간만큼 같이 읽고, 같이 쓰고, 같이 먹고, 같이 웃고, 같이 울어준 정창훈에게 고마움과 존경을 전한다. 서로가 쓴 문장의 첫 독자가 되는 설렘과 책임을 나눠 가질 수 있어서 기쁘다.

2021년 7월

조은애

## 차례

# 자기민족지적 글쓰기로서의
# 재일조선인 문학

## 1. 탈식민 · 냉전 시대의 자기민족지

패전 후 과거 제국주의적 지배에 대한 망각과 함께 단일민족 · 단일 언어 사회로의 이행을 급격히 추구한 일본에서, 이민족 집단의 구성원 이었던 많은 재일조선인 작가들은 다수자 집단의 언어인 일본어로 글을 썼다.[1] 하지만 기억해야 할 점은, 그들보다 많다고는 할 수 없지만 역시

---

1  이 책에서 사용하는 '재일조선인'이란, 20세기 이래 한반도에서 일본으로 건너가 일정 기간 거주한 사람들을 가리키는 통칭이다. 미즈노 나오키 · 문경수, 한승동 역, 『재일조 선─역사, 그 너머의 역사』, 삼천리, 2016, 17면. 한반도 분단 이후 재일조선인들의 귀 속의식(identification)과 일본 외국인등록법에 따른 국적 기재 문제, 그리고 남북한 및 일본, 미국 등에서 이들에 관해 가져온 역사적 관점의 변화 등 복잡한 요인으로 인해, 이 들은 '재일조선인', '재일한국인', '재일한국 · 조선인', '재일코리안', '자이니치' 등 다 양한 용어로 불리어 왔다. 이 책은 '조선(인)'이 특정 국적에의 귀속이나 등록증상의 국 적 표기, 정치적 지향이 아닌 민족적(ethnic) 함의를 가진다는 전제 아래, 기본적으로 '재일조선인'이라는 명칭을 채택하였다. 여기에는 1945년 8월 15일 이후 일본으로 건

적잖은 재일조선인 작가들이 단일언어주의를 표방한 '전후' 일본 내에서 조선어 글쓰기를 이어갔다는 점이다. 뿐만 아니라 일본어로 쓰고 있던 많은 재일조선인 작가들은 자신이 모국어가 아닌 일본어로 쓰는 이유에 대해 해명하곤 하였다. 단일민족·단일언어 이데올로기로 재편된 패전 후 일본에서 조선인으로 살며 이언어二言語에 걸친 글쓰기를 수행하였다는 점에서, 재일조선인 작가들은 탈식민·냉전 시대의 탈식민성·혼종성이라는 문제 틀을 환기한다.

재일조선인 사회가 보여 온 '조국' 지향성을 공유했던 재일조선인 작가들은 일본의 국가적 경계 안에 살면서 그 경계 바깥의 '조국'에 대한 글을 썼다. 이 책에서 주목하는 것은 특히 식민지 조선 출신의 지식인-작가들이 제국 붕괴 후 일본에서 남긴 '조국' 지향적 글쓰기에 나타나는 자기민족지적 특성이다. '이언어biliteracy'와 '귀환 불가'라는 역사적 기반을 공유한 식민지 조선 출신의 재일 작가들은 한반도의 '해방'과 '분단', 그리고 일본의 '패전'·'점령' 및 '전후' 시스템과 중층적으로 관계

너간 조선인, 1948년 대한민국 정부수립 후 '대한민국 국적'을 보유하였으나 다양한 목적과 형태로 일본으로 건너가서 거주한 자 등도 포함된다. 따라서, 이 책의 마지막 장에서 주요 텍스트로 다루는 『한양』의 발행 주체나 필진, 그리고 민족통일협의회(이하 '민통협'으로 줄임), 한국민주회복통일촉진국민회의(특히 일본본부, 이하 '한민통'으로 줄임) 등 단체와 관련된 서술의 경우에도 기본적으로는 '재일조선인'이라는 명칭으로 통일한다. 다만, 위의 주체들은 스스로를 가리킬 때 '재일조선인'이라는 명칭을 사용할 때가 드물고 때에 따라 '재일교포', '재일동포', '재일한국인' 등을 혼용하고 있으므로, 위의 주체들에 의해 직접 언급된 경우를 나타낼 때에는 문맥에 따라 '재일교포'나 '재일동포', '재일한국인', '재일한인' 등의 표기를 채용할 수도 있음을 밝힌다. 나아가 이 책에서 '남조선'과 '북조선'이란 각각 1945년 8월 15일의 '해방' 직후부터 1948년 8월과 9월 각각 '대한민국'과 '조선민주주의인민공화국'이 수립되기 전까지의 38도선 이남 및 이북 지역을 가리킨다. '대한민국'은 문맥에 따라 '한국' 또는 '남한'으로, '조선민주주의인민공화국'은 문맥에 따라 '공화국' 또는 '북한'으로 줄여 부를 것이다. 끝으로 '조선어'는 재일조선인 사회에서 통용되는 경우와 남한에서 통용되는 경우, 그리고 북한에서 통용되는 경우를 포괄하여 유연하게 사용하고자 한다.

하며, 이를 '재일'의 맥락에서 재배치remapping하고자 하였다. 그들은 '조국'으로의 귀환이 어려운 여건 속에서 일본의 국경 너머에 있는 '조국'으로의 월경을 상상하거나 그 실천의 의지를 표명했다. 이들의 '조국' 지향적 텍스트들은 남북한이 각각 '민족'의 정통성을 선취하기 위해 재일조선인에 대한 배제 / 포함의 문화통합 정치를 작동시키는 과정에서, 거주지와 '조국' 사이의 경계를 넘나들기도 했다. 이와 같은 재일조선인의 '조국' 지향적 글쓰기에서 보이는 언어적·지리적·사상적 이동과 접촉의 양태를 이 책에서는 (문화적) '월경'이라는 개념으로 포괄하여 기술하고자 한다. 그러한 월경의 양태들을 살핌으로써, '재일'이라는 특수하고도 유동적이며 복잡한 조건 속에서 탈식민·냉전 시대 한반도와 일본의 관계를 사유하고자 한 존재들의 정치적 상상력을 탐구하고 해석하는 것이 이 책의 과제라 할 수 있다.

제2차 세계대전 후, 냉전은 미국과 소련으로 양분된 패권국가를 중심으로 전지구를 이념적·사상적인 적 / 동지로 분할하는 보편주의적 권력 질서로서 출현하였다. 이 새로운 보편주의적 질서에 따라, 세계는 일차적으로 소련과 미국 주도의 동서 진영 대립으로 표상되었다. 하지만 한편으로 이 대립의 경계선은 일본의 식민지 지배와 침략전쟁으로 구상되고 확장된 과거 '대동아공영권'의 대상 지역들이 탈식민과 신생 민족국가 수립으로 내홍과 단결을 거듭하는 과정 위에 다양하게 굴절되거나 연장되었다. 일본 패전 후 과거의 '대동아공영권'은 식민지 제국 체제에서 국민국가 체제로 전환되는 과정을 겪고 있었지만, 거기에는 또 다른 방식으로 아시아의 각 권역을 가르고 진영화하는 냉전의 분할선이 그려지는 중이었다. 냉전이 새로운 보편주의적 분할의 이데올로기라는 것은

1952년 영국 외무상 로드 핼리팩스Lord Halifax가 남한을 냉전지정학적으로 가리키는 데 사용한 '자유의 최전선the frontier of freedom, freedom frontier'이라는 수사에서 잘 드러난다. 이후 남한 전체를 가리키거나 비무장지대를 가리키는 상용구가 되었지만, 이 수사는 냉전적 분할선의 다변화와 중첩이라는 실질적 양상들을 억압하는 냉전의 중심-주변 구도를 상징적으로 보여준다.[2]

한편, 한일 군사정보 보호협정GSOMIA 종료를 둘러싸고 한일관계의 위기론이 대두했을 때 다시금 소환되기도 한 '안보의 방파제'라는 수사는, 한국을 일본 방위 유지의 보호막으로 삼아 온 미국의 극동 정책에 의해 냉전적 분할선이 한반도와 일본을 관통해온 역사를 환기한다. 1969년 미국의 오키나와 기지 반환에 대한 사토-닉슨 공동성명에서 미일 양국은 한국에 관한 조항을 설치하고 "한국의 안전은 일본 자신의 안전에 필수적"이라는 데 공명한 바 있었다. 닉슨 대통령의 중국 방문, 일중 국교정상화 등 기존 냉전 질서에 데탕트 무드가 형성되고, 안보 위기 해소와 평화 유지라는 제스처 속에 미일간의 전방위적 협력을 협의한 1973년 다나카-닉슨 공동성명이 발표되었지만, 여전히 '한반도의 평화와 안전'은 안보 위기 해소의 중요한 조건이었다. 하지만 한반도에서 냉전은 소련 / 미국(또는 중국 / 미국)으로 대표되는 동서 대립뿐만 아니라 근대의 비대칭적 세계질서에 의해 파생된 중심 / 주변, 패권국 / 종속국, 강대국 / 약소국 등의 갈등과 대립을 포괄한 탈식민 문제가 결

---

2    로드 핼리팩스의 기고문 타이틀("We Must Defend the Frontier of Freedom", *The Rotarian*, 1952.2)에서 유래한 '자유의 경계선'이라는 상용구에 관해서는 테드 휴즈, 나병철 역, 『냉전 시대 한국의 문학과 영화-자유의 경계선』, 소명출판, 2013, 48면 참조.

합함으로써 복잡한 국면으로 전개되었다.[3] 따라서 한반도와 일본을 비롯한 아시아 지역에서 실질적으로 그어진 냉전의 분할선이란, '동서 대립' 또는 '남북 대립'의 어느 한 사태를 초래하는 지리적·사상적 경계선의 단순한 연장만은 아니었다고 할 수 있다.

그렇다면 한반도의 분단을 '안보의 방파제' 삼아 '전후 부흥'에 박차를 가하고 있던 일본국가의 내부에서 살아가던 재일조선인들, 아직 도래하지 않았거나 과거형으로만 표명될 수 있는 '조선'의 영토를 민족적 정체성의 원점으로 삼으면서도 분단된 '조국' 중 한쪽으로의 귀속을 직·간접적으로 요구받은 그들은 한반도와 일본 사이에 교차하고 있던 냉전적 분할선에 어떤 방식으로 접촉하였을까. 이는 한반도의 '분단 조국'과 일본에 발을 걸치고 조선어와 일본어 사이에서 동요하던 재일조선인의 글쓰기를 조명하고자 할 때 반드시 거쳐야 하는 질문이다. 이 책은 이 질문에 답하기 위해, 우선 식민지 역사와 탈식민 문제에서 비롯된 재일조선인 글쓰기의 주요 경험적 조건인 '이언어'와 '귀환 불가'라는 상황에 주목하는 것으로부터 출발하고자 한다. 나아가 냉전의 굴곡에 따라 '조국'으로의 집단적 인구이동('귀국' 사업)과 텍스트의 이동('번역'), 그리고 '재일'을 거점으로 한 국제적 교류('연대')가 현실적 운동과 실천으로 가시화되었을 때, 재일조선인의 글쓰기들이 각각의 가능성 속에서 어떻게 의미화될 수 있었는지를 되돌아보고자 한다.

그렇다면 왜 '재일'이라는 조건을 경유해야 하는 깃일까. 재일조선인들은 '전후'로 명명된 패전 후 일본사회와의 관계 속에서 '해방'을 받아

---

3   홍석률, 「냉전의 예외와 규칙 – 냉전사를 통해 본 한국 현대사」, 『역사비평』, 역사비평사, 2015.2, 113면.

들였다. 이때의 '해방'은 실제로 '경험'된 것이라기보다는, '전후 일본'으로 명명된 지식과 담론의 체계를 순간적인 공백으로 돌려놓으며 예외적으로 출현하거나 발견되는 '사건event'의 의미를 지닌다.[4] 재일조선인들은 '해방' 이후 지속적으로 '진정한 해방'의 좌표를 마련하고자 했으며, 그러한 실천은 자신들의 '조국'(뿌리) / '모국'(국가) / '고국'(고향)이 위치한 한반도로의 물리적·정신적 '귀환'이라는 이동 속에서, 정확히는 그러한 이동에 관한 기술 속에서 영위되었다.[5] 이들이 '해방'을 끊임없이 사건화하며 그것의 새로운 의미를 발견하고자 한 이유는, '해방'을 정의하고 명명하는 권력의 주체가 그들 자신이 아니었다는 점에서 유래한다. 그 권력 주체란 다름 아닌 "전쟁 중에 그 원형이 만들어졌고 패전과 점령에 의해 강화되어 그 후 수십 년간 유지되었"던 일본과 미국의 정치적 합작을 가리키는 '스캐파니즈 모델SCAPanese model' 속에 있

---

4  이때 '사건'이란, 제국 붕괴 후 일본 사회가 단일민족·단일언어 지향적으로 재편되는 과정에서 일본 사회에 포함되면서도 국민으로 셈해지지 않게 된 재일조선인의 존재, 또는 그 존재가 가시화되는 순간을 의미한다. 이것은 어떤 사회적(역사적) 상황 속에서 현시된 다수에 속해 있으며 그 다수성에 의해서만 현시되어 왔으면서도 실제로 그 다수성의 시각에서는 결코 재현될 수 없는 자리, 또는 그러한 원소를 가리키는 알랭 바디우의 '사건적 자리(site événementiel)'와 '사건(événement)'에 대한 정식을 참조한 것이다. 그에 따르면 사건적 자리는 "현시되지만 그것의 원소 중의 어떤 것도 현시되지 않는다. 이것은 속하지만 철저하게 포함되지는 않는다. 이것은 원소이지만 결코 부분은 아니다. 총체적으로 비정규적이다". 알랭 바디우, 조형준 역, 『존재와 사건』, 새물결, 2013, 796면.
5  '조국'과 '고국', 그리고 '모국'이 분열된 존재로 재일조선인을 정의하고 있는 서경식이 다나카 가쓰히코(田中克彦, 『言葉と国家』, 岩波書店, 1981)의 개념을 빌어 구분한 바에 따르면, "'조국'은 조상의 출신지(뿌리), '모국'은 자신이 실제로 국민으로서 소속되어 있는 국가, '고국'은 자신이 태어난 곳(고향)을 의미한다". 그에 따르면 재일조선인의 정체성 문제는 '조국' / '고국' / '모국'의 분열 상황만이 아니라 그것들 사이의 가치 대립에서 오는 곤란함에 있다. 서경식, 임성모·이규수 역, 『난민과 국민 사이』, 돌베개, 2006, 181면. 이 책에서는 이러한 문제의식을 참조하되, '분열'과 '가치 대립'까지도 포함한 '뿌리 / 국가 / 고향'의 총합으로서 '조국(homeland)'라는 용어를 주요 개념으로 사용하고자 한다.

었다.[6]

1952년 4월 샌프란시스코 강화조약의 발효에 따라 일본국과 그 영
토에 대한 일본국민의 완전한 주권이 승인되었다. 일본이 연합국과 대
등한 독립국가로서 국제사회에 복귀할 수 있음을 보장한 이 조약에는
일본국이 조선의 독립을 '승인'하고 조선에 대한 일체의 권리를 '포기放
棄'한다는 조항이 명시되어 있다. 이 샌프란시스코 강화조약 발효와 동
시에 시행된 것이 외국인등록법이다. 그로부터 반 년 전에 설치된 출입
국관리 및 난민인정법에 의거해 외국인으로 규정된 자들에 대한 관리와
통제를 강화하는 법체계가 외국인등록법을 통해 마련된 것이다. 이른바
SCAP연합국군최고사령관총사령부과 일본정부의 '합작'으로 일컬어진 일본
의 외국인 관련 법체계의 적용 대상 중 가장 높은 비율을 구성하고 있던
집단은 물론 재일조선인이었다.[7] 패전 직후 일본에 남아 있던 조선인은
약 200만 명에 달했다. 이후 일본에서 조선으로 귀환한 조선인의 수는
1945년 11월부터 1946년 3월까지 약 5개월 동안 최고조에 달했으며
통계에 나타나지 않은 40만여 명을 포함하면 130만여 명까지도 추산된
다.[8] 1946년 2월 SCAP에서 '조선인, 중국인, 류큐인, 타이완인의 등록'
에 대한 각서를 통해 귀국희망자 등록을 요구한 후로 귀환자의 수가 점
차 줄어들다가, 1946년 11월 귀환 거부자에게는 일본국적을 일괄 부여
한다는 발표를 계기로 사실상 1차 '계획수송' 작업은 완료된다. 이후 귀

---

6    존 다우어, 최은석 역, 『패배를 껴안고—제2차 세계 대전 후의 일본과 일본인』, 민음사,
      2009, 730면.
7    김태기, 「GHQ / SCAP의 對 재일한국인정책」, 『국제정치논총』 38-3, 한국국제정치학
      회, 1999.2, 267면.
8    森田芳夫, 『在日朝鮮人處遇の推移と現狀』, 法務研修所, 1955, 57면.

환이 중지된 1947년 9월 이후 외국인으로 등록된 조선인의 수는 59만 8천여 명으로 보고되었다.[9] 1947년의 외국인등록령으로 모든 재일조선인은 외국인으로 등록하도록 강요받았지만 일본정부는 조선에 대한 일본의 주권이 아직까지는 공식적으로 박탈된 적이 없다고 해석하기도 했다.[10] 이처럼 전쟁-패전-점령의 과정에서 형성되고 강화된 미국과 일본의 합작에 의한 스캐파니즈 모델 속에서, 재일조선인은 '해방국민'과 '적국민' 사이, 그리고 '국민'과 '비국민' 사이를 불안정하게 오갔다.

재일조선인들의 귀환을 일괄적으로 계획하고 관리하는 SCAP의 계획수송, 그리고 조선인 송환의 모든 권한을 쥐려 했던 일본 정부의 치안정책에 따라, "귀환은 어느새 조선인의 송환 문제로 뒤바뀌게 되었다".[11] 이는 식민의 역사를 통해 형성된 재일조선인의 생활권과 거주권이 스캐파니즈 모델 속에서 인정될 수 있는 여지란 없었으며 그 속에서 재일조선인들의 존재는 불법적인 것으로 인식되었음을 뜻한다. 그러한 불법적인 삶에 대한 인식은, "전방위에 걸친 집약적인 방사형 식민지 제국"[12]의 붕괴로 발생한 대규모의 인구이동이 국민국가 시스템으로의 재편을 위한 '복귀'의 과정으로 이해됨으로써 형성된 '합법적' 관계의 표상과 연동되어 있었다. '해방'과 동시에 '민족국가' 수립을 최대 당면 과제로 받아들인 조선 사회에도 또한 그러한 관계적 표상이 형성되고 있

---

9    도노무라 마사루, 신유원·김인덕 역,『재일조선인 사회의 역사학적 연구』, 논형, 2009, 390면.

10   정영환,「재일조선인의 '국적'과 조선전쟁(1947~1952)」, 오타 오사무·허은 편,『동아시아 냉전의 문화』, 소명출판, 2017.

11   정영환, 임경화 역,『해방 공간의 재일조선인사-독립으로 가는 험난한 길』, 푸른역사, 2019, 158면.

12   강상중, 이경덕 역,『오리엔탈리즘을 넘어서』, 이산, 1997, 81면.

었다. 조선인은 조선의 영토에서 조선인을 대상으로 하여, 조선인의 생활과 사상을 조선어로 써내야 한다는 당위성에 근거한 단일민족국가 내의 '조화로운 관계'가 그것이다. 반면 재일조선인은 그러한 관계적 표상으로부터 벗어나 있었다. 생활권 및 거주권의 장소가 주권의 장소를 의미하지 않던 재일조선인들은 일본의 외국인 관리 법체계에 의해 일본 국가에 '있는' 동시에 언제라도 그 존재와 권리를 부정당할 수 있었다. 이처럼 통치권력에 의해 부여받은 '해방'이 아니라 스스로 명명할 수 있는 '진정한 해방'을 모색하고자 한 재일조선인의 상상력과 실천이, '조국' 및 '일본'과의 관계 속에 자기 자신을 기입하는 형태로 나타났다는 것은 무엇을 의미할까. 제2차 세계대전 후의 냉전적 질서에 편입된 직후부터 국제적 데탕트 무드와 분단의 내재화가 교차하던 1970년대 중반까지, 재일조선인들이 '해방'을 끊임없이 '사건'의 자리에 놓으며 새롭게 정의하고 해석하고자 한 데에는, 어떠한 내적·외적 맥락이 작용하고 있었을까.

재일조선인들은 해방 후 식민본국 및 점령지·전장으로부터 한반도로 귀환하는 대규모의 인구이동에서 '이탈'하여 '잔류'한 존재로 일컬어졌으며, '조국'에서 전개되는 해방·건설운동의 '외부'로서 자기 위치를 인식했다. 그런데 그들이 '조국'의 해방·건설운동에 개입하고자 할 때 가장 먼저 착수한 작업은 '이언어' 문제에 대해 성찰하는 것이었다. 이는 자신들의 정치적 운동이 누구를 위해, 누구를 향해 발신되는지에 대한 물음과 같았다. 일본인을 향해 말할 것인가, 조선인을 향해 말할 것인가. 일본어 사용자에게 무엇을 말하며, 조선어 사용자에게 무엇을 말해야 하는가. 자신의 말이 '조국'의 독자들에게 가 닿을 수 있는가,

그렇다면 '남'의 독자인가 '북'의 독자인가. 이처럼 재일조선인의 글쓰기는 그 출발에서부터 이언어 문제를 안고 있었으며, 그 독자 집단은 일본인 / 조선인이라는 이항대립적 집단으로 단순화될 수 없었다. 달리 말하면, '민족어의 회복'이라는 순간이 재일조선인들에게는 '해방'과 '억압'을 동시에 의미했던 셈이다. 이러한 '민족어 회복'의 양면성은 1945년 이후 재일조선인의 문학적 글쓰기가 안고 있는 탈식민성의 복잡한 기원을 시사한다. 여기 더하여, 재일조선인의 문학적 글쓰기가 지닌 탈식민적 기원과 형식을 탐색하고자 하는 시도에서 고려해야 할 '문학의 특권적 지위'에 관한 문제들을 몇 가지 언급하고자 한다.

첫째, 이언어 문제에 대한 성찰은 그 자체로 식민지 시기 일본어 교육을 통한 문해력의 소유자인 남성 지식인−작가들의 자기 탈식민 과정과 깊이 연루되어 있었다. 조선인들의 대규모 귀환이 한창 진행되고 있던 1946년 4월에 나란히 창간된 재일조선인 종합잡지 『조련문화朝連文化』와 『민주조선民主朝鮮』은 각각 조선어와 일본어를 사용언어로 채택하였는데, 두 잡지의 편집 주체 모두 창간호를 통해 해당 잡지가 채택한 표기언어에 대해 '해명'해야만 했다. 나아가 이언어의 소유자들은 이를테면 김태준의 『조선소설사』를 번역한 이은직李殷直과 그것을 『민주조선』에 게재한 김달수金達壽의 사례처럼, 조선의 문화를 일본어로 번역하는 방식으로 초기 민족문화운동에 개입했다. 나아가 그들은 이언어 상황을 텍스트 안에 기입하고, 이언어를 매개하는 서술자에게 특권적 위치를 부여했다.

둘째, 이언어의 소유자이기도 했던 식민지 조선 출신의 재일조선 남성 지식인−작가들의 문학적 글쓰기는 스스로가 딛고 있는 '재일'의 위치에서 '조국'과의 관계를 표상하는 장치이자, '조국'과 자기 사이의 커뮤니케이션을 담당하는 매체였다. 작가들은 문학적 글쓰기를 통해 '조국'과 일본 사이를 오가는 사람과 사상의 이동, 그리고 통신과 서적, 전쟁기계 같은 사물의 흐름을 포착할 수 있었다. 또한 이언어로 이루어진 문자텍스트의 세계 속에서 작가들은 자신들이 거주하고 있는 일본 사회와 재일조선인의 생활 문제를, 그리고 '조국'에서 일어나는 정치적 문제를 기술했다. 이것은 식민지 조선 출신으로 일본에서 '해방'을 맞이하거나, '해방' 후 일본으로 건너간 뒤 일본에서 '진정한 해방'의 문제를 제기한 지식인-작가들이 스스로 문화적 기술의 과업을 적극적으로 부여함으로써 형성된 글쓰기의 문법과 형식에 대한 중요성을 시사한다. 이 책에서는 그러한 기술의 과업에 대한 자의식을 자기민족지 기술자의 의식으로 파악하고자 한다. 또한 이 책에서 다루는 재일조선인의 문학적 글쓰기는, '조국과의 관계를 재일조선인 지식인-작가라는 특권적 위치에서 기술하고자 하는 자기민족지적 글쓰기'를 포괄한다.

자기민족지는 해방 전 식민자에 의해 기술되고 집적된 민족지적 텍스트를 의식한 대항적 개념이다. 재일조선인 문학은 식민자의 민족지적 재현 관습과 이에 대응하는 피식민자의 자기재현이라는 관계를 계승, 전유한 것이라는 점에서 자기민족지적 글쓰기의 특성으로 이해할 수 있다. 자기민족지는 일반적으로, '예전에 민족지의 대상이었던 사람들이 그들 자신의 집단에 관한 연구의 저지가 되는 네이티브 인류학', '민족적 소수자ethnic minority 집단의 구성원에 의해 쓰인 사적 서사인 민족적 자서전', '인류학자들의 개인적 경험을 민족지적 글쓰기에 투사하는 자서전적 민족지'라는 글쓰기의 세 가지 장르들이 교차하는 지점에 위치하는 것으로 파악된다.[13] 메리 루이스 프랫Mary Louise Pratt은 "식민화된 주체가 식민자의 표현과 맞물린 방식으로 스스로를 재현하는 경우" 자기민족지적 특징을 띠게 된다고 말한다. 따라서 자기민족지적 텍스트는 토착적이거나 '진정한' 자기재현의 형식이라기보다는 대도시나 정복자의 관습적 표현 양식에 대한 선택적 협력selective collaboration과 전유의 결과물이라 할 수 있다.[14] 이 책은 재일조선인 문학을 이와 같은 자기민족지적 글쓰기의 특성으로 파악하고자 한다. 그것은 글쓰기를 통한 주체 형성의 메커니즘을 넘어서, 이를테면 모어와 지배 언어의 관계, 다수자 집단의 관습적 표현 양식과 소수자 집단의 표현 양식의 관계, 그리고 저자와 복수의 독자 집단 사이의 관계 등에 대한 종합적 고찰을 위해 필요한 것이다.

프랫의 논의를 바탕으로 현대 중국영화를 '새로운 민족지'라는 관점에서 바라보는 레이 초우Rey Chow는, 과거에 민족지가 표방해온 객관적 진실의 기록이란 사실상 허구이며 민족지가 '주관적 기원을 가진 표상'이었음을 드러낼 수 있는 것이 자기민족지라고 말한다. 초우에 따르면 "예전에 민족지의 대상이 되었던 사람들, 그리고 포스트콜로니얼 시대에 자기 자신의 문화를 민족지적으로 기술하는 과업을 적극적으로 떠맡은 사람들에 의해서 실천되고 있는 민족지의 주관적 기원에 우리의 관심을 돌릴 때에만 새로운 민족지가 가능"하다.[15] 자기민족지는 민족

---

13 Deborah Reed-Danahay, "Introduction", D. Reed-Danahay(Ed.), *Auto/ethnography : Rewriting the Self and the Social*, Berg Publishers, 1997, p.2.
14 메리 루이스 프랫, 김남혁 역, 『제국의 시선-여행기와 문화 횡단』, 현실문화, 2015, 36~37면.
15 레이 초우, 정재서 역, 『원시적 열정』, 이산, 2004, 269면.

지의 '주관적 기원', 다시 말해 대상에 대한 관찰자의 욕망을 드러내지만, 동시에 거기에는 과거 관찰과 기록의 대상이었던 '타자'로서의 기억이 각인되어 있다. 이것이 환기하는 것은, '보는 주체＝식민자', '보이는 대상＝피식민자'라는 이항대립 관계가 원칙적으로는 종결된 제국 붕괴 후의 일본에서 재일조선인 작가들은 어떻게 '관찰하는 사람이자 관찰되는 사람'으로 그 식민지적 양식과 조우하는가 하는 점이다.

　재일조선인의 문학적 글쓰기를 이처럼 자기민족지적 글쓰기의 특성으로 파악할 경우 생각할 수 있는 중요한 문제는 재일조선인 민족문화운동에서 지식인–작가와 그들의 문학적 글쓰기가 지니는 사회적·공적 지위와 대표성에 관한 것이다. 냉전기 재일조선인 사회 내에서 가장 활발하고 조직적으로 전개되며 가장 많은 재일조선인들을 동원한 민족운동이 조련–민전–총련 계열의 민족주의적 운동이었음은 반박하기 어렵다.[16] 그 중에서도 1955년 일본공산당과의 공동투쟁 노선을 폐지하고 북한의 정치 노선을 따를 것을 표명하며 창설된 총련은 항구적 '재일' 상태를 거부하며 강력한 본국 지향성을 드러냈다. 총련의 문화를 견인한 '총련 이데올로기'는 본국 지향성을 근간으로 '조선인성'을 확인하고, '귀국'에 대한 기대를 드러내며 일본 사회에 대한 반反동화적 태도를 견지했다.[17] 주지하다시피 1955년은 일본 내 보수정당과 진보정당들이 각 진영 내부를 통합하여 자민당과 사회당 양당체제로의 개편을 단행함으

---

16　각 단체들의 정식 명칭과 활동 시기는 다음과 같다. 조련 : 재일본조선인연맹(在日本朝鮮人連盟(聯盟)), 1945～1949; 민전 : 재일조선통일민주전선(在日朝鮮統一民主戰線), 1951～1955; 총련 : 재일본조선인총연합회(在日本朝鮮人総連合会(聯合會)), 1955～.

17　존 리, 김혜진 역, 『자이니치–디아스포라 민족주의와 탈식민 정체성』, 소명출판, 2019, 82～83면.

로써 이른바 '55년 체제'가 성립된 해이기도 하다. 일본공산당 내에서 조선인의 역할 또한 점차 축소되며 실제로 많은 조선인 당원들이 탈퇴하여 총련으로 결집했다. 이러한 흐름 속에서, 일본 내 특정 민족조직으로서는 최대 규모를 형성한 총련의 운동은 아르준 아파두라이Arjun App-adurai가 정의한 것과 같은 문화주의적 운동의 형태를 띠었다. 그것은 "국가적이며 초국가적인 정치학의 필요에 의해 문화적 차이들을 의식적으로 동원하는 현상"으로, "매우 빈번하게 치외법권적인 역사 혹은 기억들과 연관되어 있고, 때로는 피난민들의 지위와 망명자들과 연관되어 있으며, 대개의 경우 현존하는 국민국가나 다양한 초국가적 기구로부터 좀 더 확고하게 인정받으려는 투쟁과 연관되어 있다. 문화주의적 운동은 (…중략…) 종종 이주와 분리라는 사실 혹은 그 가능성에 의존한다".[18] 그리고 거기에는 현대 국민국가에 의해 동원된 민족성의 범주가 존재한다. 문화주의는 국민국가에 의해 암묵적인 형태로, 또는 노골적인 형태로 지지되거나 육성되는 민족성 동원의 형식이기도 하다.[19]

이 책에서 다루는 일부 재일 작가들(이은직, 김달수, 김석범, 김시종)은 조련이나 민전 시절부터 문화 사업의 전위에서 활동해 왔다. 민전에서 총련으로의 노선 전환 과정에서 이들의 위치는 보다 복잡해지지만, 총련 이데올로기와 귀국 지향이 가장 강력한 동원력을 발휘하고 있던 시기인 1950년대 중후반, 이들은 내부 갈등 속에서도 어쨌든 총련의 문화 사업 부문에 속해 있거나 여전히 중추적 위치에 있었다. 그들의 글쓰기는 재

---

18 아르준 아파두라이, 차원현·채호석·배개화 역, 『고삐 풀린 현대성』, 현실문화연구, 2004, 33면.
19 위의 책, 253~254면.

일 민족조직 내에서 그들이 점하고 있던 사회적·공적 위치와 분리될 수 없었다. 하지만 그들의 글쓰기가 재일 민족조직이 전개한 문화주의 운동의 방향성을 대표한다고는 할 수 없다. 사실 총련이 원칙적으로 일본어 글쓰기를 부정하고 조선어 글쓰기를 지향한 순간부터 조직과의 갈등은 예고되어 있는 셈이었다. 결국 이들 중 일부는 1960년대 중반부터 1970년대에 걸쳐 총련을 이탈하며 일본 및 '조국'과의 관계 속에서 '재일성'을 확인하는 글을 써 나갔다.

이 책에서 다루는 작가들이 모두 위와 같은 조련-민전-총련 계열에 속하는 것은 아니다. 또한 총련 계열 작가들도 그 내부에서는 총련 주류파와의 관계에 있어서 다양한 스펙트럼을 보인다. 이 책에서는 재일 작가들이 민족조직의 운동 내부에서 수행한 역할이나 조직 내의 위치, 또는 조직과의 관계보다는, 그들의 글쓰기가 지닌 자기민족지적인 특성의 내적·외적인 조건, 그리고 그것이 발생시키는 정치적·미학적 효과에 주목하고자 한다. 그들은 개인마다 편차가 있긴 하지만 식민지 제국 체제에서 제도화된 교육을 받았으며 그 언어와 지식을 배경으로 탈식민·냉전에 관한 자신의 문화를 민족지적으로 기술하려 했다는 공통점을 가진다. 따라서 이들의 자기민족지적 글쓰기에 대한 분석은, 그들이 스스로의 '재일성'을 확인하는 과정에 연루되어 있는 탈식민과 냉전이라는 문제에 다층적으로 접근할 수 있는 통로가 될 것이다.

이러한 문제의식을 바탕으로, 이 책에서는 탈식민·냉전 시대에 '조국'과의 관계를 상상하고 표명한 재일조선인의 자기민족지적 글쓰기에 대해 두 가지 차원에서 접근하고자 한다. 첫째는 재일조선인의 자기민족지적 글쓰기에 표명된 '월경'의 상상력과 실천 의지가 어떠한 언어적 조건이나 서사적 문법과 관계하는지 탐색하는 것이다. 이를 위해 우선 '해방'을 사건화하는 재일조선인 글쓰기에 작용하는 언어적 조건으로서 이 책에서 '문답의 장치'라고 부르게 될 정치・미학적 주체화 장치의 구조를 분석하고자 한다. 나아가서, 귀환 불가라는 역사적 현실에서 쓰인 '조국' 지향적 텍스트의 서사적 문법을 탐구하고자 한다. 둘째는 남북일 냉전 구조와 관계하며 쓰인 자기민족지적 텍스트들을 통해, 탈식민・냉전 시대의 '재일'이 가진 문화정치적 함의를 다각도로 검토하는 것이다. 특히 총련 이데올로기에 의해 '귀국' 지향이 강력한 문화적 동원력으로 작동하던 담론 공간, 그리고 분단된 '조국'의 양 체제에서 '민족'을 매개로 한 문화통합적 정치가 작동하던 공간, 끝으로 냉전의 다극화・내재화와 더불어 '재일' 사회 안팎으로 냉전 극복의 담론이 작동하던 공간에 주목하고자 한다. 이러한 복합적인 담론 공간과 관계하며, '재일'의 위치에서 글을 쓴다는 행위가 어떤 의미와 효과를 발생시켰는가 하는 점에 대해 고찰하고자 한다.

## 2. 재일조선인 문학 연구의 조건과 남북일 냉전 구조

문학사가 그 기술 대상을 정의하고 기원을 물으며 주체・언어・영토 등의 경계를 구획하는 것에서부터 시작된다면, '재일조선인 문학'을 정의하는 시도는 특히 그것의 언어적 경계를 정하는 작업과 중요한 연관성을 가져 왔다. 1949년 일본에서는 해방 후 재일조선인 문학의 추이를 정리한 최초의 작업이라고 할 수 있을 『재일조선문화연감在日朝鮮文化年

鑑』이 조선어로 출간되었다. 이 저서는 '재일조선인 문학계의 개황'이라는 항목을 설치하여 재일 문학단체 결성과 사용언어 논쟁, 출판 및 정기간행물 현황 등을 연대기적으로 서술하였다. 다만 이 저서는 재일조선인 문화주의 운동의 일환으로, 초창기의 재일조선인 문학을 '조선문학'의 '정통성' 속에서 파악하려는 뚜렷한 의도를 가지고 쓰였음을 고려할 필요가 있다. '조선문학의 정통'이라는 확고한 기준에 따라 일본어 창작은 그러한 '정통'에 배치背馳되는 "기형적"이고 "과도기"적인 문학 운동의 조류로 평가되었다.[20] 문제는 이처럼 '당위'로서의 조선어 창작보다 '기형'이나 '과도기'라고 지적된 일본어 창작이 이미 수적으로 앞서고 있었으며 무엇보다도 점령기 일본 사회에서 진보적 성향의 일본 지식인층을 고정적인 독자층으로 확보해 가고 있었다는 점이다.

이처럼 일본어 우세의 경향이 점차 확고해지는 가운데, 재일조선인 문학 연구에서 언어는 재일조선인 문학의 기원론과도 결부되는 중요한 범주 설정의 조건이 되어 왔다. 1970년대부터 '일본어 문학'으로서의 재일조선인 문학론을 펼쳐온 이소가이 지로磯貝治良는 김사량金史良으로 시작되는 '재일조선인 일본어문학'의 계보를 살폈다.[21] '재일' 외국인과 변별하기 위한 의미로 그는 '조선반도'를 루트root로 삼은 사람의 독자성을 지시하는 '재일'이라는 표기를 사용하였다. 이소가이는 『민주조선』과 김달수를 '전후=해방 후 재일조선인 문학'의 시작점으로 보고, 1960년대 중반 '재일조선인 문학'이라는 호칭의 일본 내 유포와 함께 그것이 "일본어문학의 독자적인 장르"로 형성되었다는 도식을 마련했

---

20  在日朝鮮文化年鑑編輯室 編, 『在日朝鮮文化年鑑』, 朝鮮文藝社, 1949, 68면.
21  磯貝治良, 『始源の光 ―在日朝鮮人文学論』, 創樹社, 1972.

다.[22] 그에 따르면 1990년대 이후에는 기존의 '정통'적인 '재일조선인 문학'이 새로운 조류로서의 '재일문학'과 병립하게 된다. 그는 '재일(조선인)문학'을 첫째, 1945년 8월 15일 이후 시작된 일본어 문학, 둘째, '조선반도'에 루트를 가진 사람이 썼으며 제재 및 주제가 본국이나 '재일'과 관계하는 문학으로 정의하였다.[23]

하야시 고지林浩治는 재일조선인의 일본어 문학을 통해 '조선인에게 일본어란 무엇인가'를 넘어 '일본인에게 일본어는 무엇인가', 나아가 '일본문학이란 무엇인가'라는 "근원적인 문제"에 접근할 수 있다고 말한다.[24] 그는 김사량과 장혁주張赫宙라는 두 '선구'적 작가들이 조선의 문화나 실상을 세계에 전하기 위해 '세계어'로서의 일본어로 창작했으면서도 '내선일체' 운동의 여파 속에 정반대 길을 걷게 되었다며, 이로부터 "전후 재일조선인 문학의 원형"을 찾는다.[25] 식민지 작가들의 일본어 글쓰기부터 '전후 재일조선인 문학'의 1세대인 김달수, 2세대인 고사명高史明, 김태생金泰生, 김석범金石範, 이회성李恢成 등을 거쳐 이양지李良枝에 이르면서, 일본어 글쓰기의 두 갈래 길, 즉 "일본화인가 조선화인가라는 양자택일의 시대는 종언에 가까워졌다"고 그는 선언한다. 더 이상 일본어와도 조선어와도 싸우지 않는 이양지의 문학에서 그는 '처세적 일본어'를 발견한다. 이러한 과정을 통해 그가 보고자 하는 것은 결국 조선문학이든 일본문학이든 민족문학의 이념이 파탄되는 지점이며, 민족어 혹은 국어를 갖지 않는 세계문학의 도래이다. 결국 그에게 재일

---

22　磯貝治良, 『〈在日〉文学論』, 新幹社, 2004, 12면.
23　磯貝治良, 『〈在日〉文学の変容と継承』, 新幹社, 2015, 94~95면.
24　林浩治, 『在日朝鮮人日本語文学論』, 新幹社, 1991, 12면.
25　위의 책, 30면.

조선인 문학은 민족어에 대한 귀속의식을 극복해 나가는 과정에서 조선 문학뿐만 아니라 일본문학을 넘어설 수 있는 가능성으로 읽히며, 그것이 그에게는 재일조선인 문학의 '근원적' 가능성이었던 셈이다. 민족문학을 넘어선 세계문학으로서의 재일조선인 문학의 가능성이란, 어디까지나 세계문학으로서의 가능성이 예견된 일본문학의 시야를 통해서만 발견될 수 있는 것이다. 또한 본격적인 '전후 재일조선인 문학사'를 표방한 『전후 비일非日 문학론』은 앞에서 살핀 『재일조선인 일본어문학론』에 이어 재일조선인 문학을 '일본 아닌 일본어문학', 즉 일본문학이라는 근대적 환상의 안티테제로서 논한다. 여기에서 그는 1945년 이후 시작되어 1960년대 중반에 '종언'을 맞는 '전후 재일조선인 문학' = 일본어문학을 '전후문학'으로서의 일본문학사 위에 겹쳐 읽는다.[26]

한편 가와무라 미나토川村湊는 일본을 아시아 및 국제사회로부터 고립시키는 '전후'의 시대가 여전히 지속되고 있으며, 전쟁의 망령이 '성불'하지 않는 한 그것은 종언을 고할 수 없을 것이라고 말한다. 이러한 관점에서 '전후문학'을 상대화하기 위한 논제들 속에 '재일하는 자의 문학'을 위치시킨다. 그는 재일조선인 문학의 요건으로 주체·언어·민족적 정체성을 제시하며, 재일조선인이 일본어로 민족적 정체성의 위기 속에서 그들의 고뇌와 저항을 표현한 문학을 재일조선인 문학으로 규정한다.[27] 이후 본격적인 '재일조선인 문학론'을 통해 그는 '식민지 문학'에도 '민족문학'에도 속하지 않는 고유한 '전후 재일조선인 문학'의 효

---

26  林浩治, 『戦後非日文学論』, 新幹社, 1997.
27  가와무라 미나토, 유숙자 역, 「재일(在日)하는 자'의 문학」, 『전후문학을 묻는다 – 그 체험과 이념』, 소화, 2005, 179면.

시로 김달수를 들며, "전후 '재일조선인 문학'의 실질을 형태지어 나간" 이회성, 김석범, 김태생, 고사명, 김시종金時鐘, 안우식安宇植, 윤학준尹學準 등이 모두 총련 조직에서 탈퇴한 작가들이라는 점에 주목한다.[28] 조선민주주의인민공화국으로의 귀속을 표명하며 출범한 총련 산하의 예술인단체(재일본조선문학예술가동맹, 이하 '문예동'으로 줄임)가 공화국의 공민 문학을 표방하면서 원칙적으로 일본어에 의한 재일조선인 문학을 인정하지 않았고, 거기에서 이탈한 작가들이 일본어 창작을 본격화하면서 재일조선인 문학의 '실질'로서 형태를 드러냈다고 가와무라는 말한다. 이러한 관점은 곧 어떻게 해서 일본어 작품만이 재일조선인 문학의 연구 대상으로 가시화되었으며 조선어 작품은 '조선문학' 또는 '민족문학'이라는 범주로 이월되고 배제되었는지를 '전후문학'의 논리 속에서 보여주는 것이다.

한국에서는 1980년대 후반 월북 작가 해금 조치와 맞물려 김달수, 이은직, 김석범, 이회성 등 (구)총련계 작가들이 소개되며 '민족문학'과의 관련성이 논의되었다. 이때 논자들을 곤혹스럽게 한 것 역시 일본어라는 사용언어의 문제였다.[29] 1990년대 들어 "일본에 거주하고 있는 조선인의 문학이면 어떤 언어로 쓰였든 그것을 총괄해서 재일조선인 문학이라고" 볼 수 있다는 관점이 제시되기도 하였다.[30] 하지만 한국 학계에서도 오랫동안 재일조선인 문학의 범주를 일본어 작품에 한정하는 것을 당연

---

28  川村湊,『生まれたらそこがふるさと—在日朝鮮人文学論』, 平凡社, 1999, 16면.
29  월북작가 해금 조치 이후 한국에 출판된 재일조선인 문학들을 민족문학 담론 내에 배치한 당대의 논의로는 다음이 대표적이다. 김명인, 「왜곡된 민족사의 문학적 복원」,『문학사상』194, 문학사상사, 1988.12; 김재용 · 정민 · 진형준 · 황지우, 「[좌담] 현대사를 배경으로 한 정치 소설에 대하여」,『오늘의 소설』2, 玄岩社, 1989.1.
30  홍기삼, 「재외 한국인 문학 개관」,『문학사와 문학비평』, 해냄, 1996, 289면.

시해왔으며 연구 대상 역시 압도적으로 일본어 텍스트에 집중되었다.

2000년대 초·중반에는 총련계의 조선어 문학을 중심으로 연구하는 이른바 '재일동포 한국어 문학'에 관한 공동연구가 활발히 수행된 바 있다.[31] 이는 한반도 긴장완화에 따라 총련계 문학연구자들과의 교류가 진전되고 북한 출판물에 대한 접근도가 높아지면서, 북한 출판물을 경유한 형태로 재일조선인 조선어 문학을 연구하는 경향으로 이어졌다. 일본 '전후문학'의 시야에서 재일조선인 문학이 기술됨에 따라 전혀 논의되어 오지 못한 총련계 조선어 작품군을 가시화하고 총련계 매체나 북한 출판계에서 활발하게 활동했던 조선어 작가들을 발굴, 소개했다는 점에서 의미 있는 기획들이었다고 할 수 있다. 하지만 총련계 재일조선인의 조선어 문학이 북한 문예정책 및 출판·유통 시스템과 연계되어 있으면서도 한편으론 재일조선인의 자율적이고 고유한 출판 시스템과 북한의 출판 시스템이라는 별도의 조건 속에서 생산되었다는 기본적인 사실이 적극적으로 고려되지 못했다. 그 결과 첫째, 재일조선인 조선어 문학이 북한의 출판·유통 시스템으로 이동할 때 발생하는 개작의 문제, 그리고 처음부터 북한 내 출판만을 목표로 기획된 글쓰기의 문제 등이 변별적으로 다뤄지지 못했다. 둘째, 조선어 글쓰기와 일본어 글쓰기를 시간적으로 오가거나 병행하였던 이언어 작가들이 때로는 조선어 작가의 범주에서만 논의되기도 했다. 셋째, 비총련 계열의 조선어(한국어) 글쓰기 및 그에 관련된 비동맹·중립 계열의 문화적 실천이 무시되거나

---

31  재일조선인 조선어 문학에 대한 공동연구 성과로는 다음이 대표적이다. 김학렬 외, 『재일동포 한국어문학의 전개양상과 특징 연구』, 국학자료원, 2007; 한승옥 외, 『재일동포 한국어문학의 민족문학적 성격 연구』, 국학자료원, 2007; 김종회 편, 『한민족 문화권의 문학』 2, 국학자료원, 2006.

간과되었다. 이처럼 재일조선인 조선어 문학이 '총련계=북한계 조선어 문학'으로 축소·고립되면서, 조선어(한국어) 글쓰기를 매개로 한 남한 사회나 북미·유럽 재주 '한인' 사회와의 문화적 네트워크에 대한 시야 또한 가로막혔다. 따라서 "재일조선인 일본어 문학과 한글 문학을 통합적으로 고찰할 수 있는 논의의 틀거리, 학문적 연구의 접점"을 모색할 필요성은 계속 제기되고 있다.[32]

재일조선인 문학에 관한 많은 선행 연구에서 언어적 범주는 텍스트의 생산 과정에 육박해온 언어 선택의 문제를 앞질러 규정되어 버렸다고 할 수 있다. 다시 말해 언어적 범주 설정에 대한 과도한 집착이나 무시가 재일조선인 문학의 언어문제가 지닌 리얼리티를 축소·확대하거나 왜곡하는 경향을 만들어 온 셈이다. 예를 들어 '국민문학=일본문학'을 넘어서기 위한 '일본어 문학'의 시야 속에 재일조선인 문학을 취급하면서 총련계 조선어 문학은 타자의 '민족문학'으로 이월하는 이소가이의 입장은 재일조선인 문학을 규정할 때 작용하는 언어적·민족적 정체성의 흡인력을 반증한다.

위에서 언급한 이소가이 지로의 『〈재일〉문학론』과 하야시 고지의 『재일조선인 일본어문학론』·『전후 비일문학론』 중 일부를 선별 번역한 『재일 디아스포라 문학』의 편자이자 공동 저자인 김환기는 총론적 성격의 「재일 코리언 문학의 계보」에서 그 대상 범주를 일본어 문학으로 한정하고, 재일 1세대와 중간세대, 그리고 신세대라는 세대론에 기반하여 민족의식의 변화를 서술한다. 이를 통해 '재일 코리언 문학의 계

---

32  윤송아, 『재일조선인 문학의 주체 서사 연구 ─가족·신체·민족의 상관성을 중심으로』, 인문사, 2012, 34면.

보'는 "식민지 시대 지식인의 일본어 글쓰기, 해방 이후의 재일 1세대의 민족적 글쓰기, 재일 중간세대의 자기 정체성 묻기와 해답 찾기, 신세대 재일 작가의 탈국가, 탈민족적 글쓰기, 해체 개념으로서의 재일문학"이라는 과정으로 설명된다.[33]

　재일조선인 문학의 변천 과정을 세대론에 입각해 설명하는 방법은 재일조선인 문학에 관한 역사적 기술에서 주류를 이루어 왔다. 이러한 세대구분론이 재일조선인 문학을 한국문학사나 일본문학사와 같은 국민문학사의 변종으로 다루어온 연구 관습과 무관하지 않음을 지적한 박광현은 "그런 배경 위에, 재일문학이 우리가 사는 동시대의 문학이고, 또 그 기원이 명증하다는 이유에서 세대구분론의 유효성이 더욱 인정받아 왔는지도 모른다"고 말한다.[34] 그는 일본문학사 내에서 재일 문학에 대한 '역사화와 영역화'가 진행되는 것과 병행하여 2세대 재일 문학이 '발견'되고, 2세대 문학론을 경유하여 재일 문학 내부의 차이를 드러내는 기준으로 세대론이 부상하게 되는 역사적 맥락을 강조한다. 그러한 역사적 맥락에는, 1959년의 '귀국' 사업이나 1965년 한일국교정상화와 같은 '조국'과 일본 사이의 정치적 변화 역시 포함되었다.

　재일조선인 문학을 서구로부터 수용된 일본 근대 교양소설의 계보에 위치시키고 일본 '전후민주주의'와 시민사회적 통합이라는 관점에서 2세대 재일 문학을 읽어내고자 한 다케다 세이지竹田靑嗣는, 재일 2세대의 정체성과 욕망이 일본 근대 교양소설이라는 관습화된 문학 양식에 의해

---

33　김환기, 「재일 코리언 문학의 계보」, 김환기 편, 『재일 디아스포라 문학』, 새미, 2006, 46면.
34　박광현, 「재일문학의 2세대론을 넘어서—'역사화와 영역화'에 대한 비판을 중심으로」, 『현해탄 트라우마—식민주의의 산물, 그 언어와 문학』, 어문학사, 2013, 252면.

형성된 것으로 파악한다. 교양소설의 주체인 '젊은 남성'을 화자로 했을 때만 성립할 수 있는 재일 2세대의 정체성에서 그가 공통적으로 보고자 하는 것은 "일본 전후문학이 계속 안고 있던 '정치와 문학'이라는 문제" 이다.[35] 하지만 세대구분에 입각한 재일조선인의 '정치와 문학' 문제는 결국 '민족인가 동화인가'라는 정체성론으로 회수되는 양상을 보인다. 이는 민족 / 동화, 조국 / 일본, 남한 / 북한, 귀환 / 정주와 같은 양자택일로 설명될 수 없는 '정치와 문학'의 훨씬 복잡하고 실제적이며 결정적인 국면들을 차단한다.

송혜원은 세대론과 정체성론, 그리고 김달수로 대표되는 일본어 창작 기점론의 반복 속에서 실상은 부재했던 '재일조선인 문학사'를 구축하기 위하여 넘어서야 할 장벽으로 '식민지 엘리트 · 남성 · 일본어 작품'이라는 기준을 든다. 이때 '식민지 엘리트 – 남성 – 일본어'라는 인접관계를 동시에 뒤집었을 때 가장 먼저 서술되어야 할 위치에 놓이는 것은 재일조선인 문학의 '원류'로서의 '여성문학사'이다. 송혜원에 따르면 여성들이 '문해 · 글쓰기 · 문학'을 획득하는 과정은 "일본어와 조선어가 교착하는 식민지 이후의 언어세계"에서 끊임없이 형성되고 있었다.[36] 송혜원은 '식민지 엘리트 남성의 일본어 문학'에만 귀 기울여 온 연구 · 독서 관습을 넘어서기 위한 문학사적 조건을 탐색하기 위해 조선어 텍스트와 일본어 텍스트를 포괄하여 다루며, 조선어 텍스트의 경우 북한의 출판 시스템과 문학 담론에 배치되는 맥락을 중요시한다. 또한 식민

---

35  다케다 세이지, 재일조선인문화연구회 역, 『'재일'이라는 근거』, 소명출판, 2016, 4면.
36  송혜원, 『'재일조선인 문학사'를 위하여 – 소리 없는 목소리의 폴리포니』, 소명출판, 2019, 160면.

지 출신의 전형적인 엘리트 작가뿐만 아니라 해방 이후 서로 다른 시기와 상황에서 밀항하거나 망명한 '다양한 1세대'들의 모습을 포착하며, 귀환과 망명, 역류와 송환 등 다양한 형태로 현해탄을 건넌 자들의 문학(사)적 내력을 기술한다.

한편 윤정화는 재일 한인의 문화적 기억과 공간에 관한 글쓰기라는 발상에서 출발하여, 주체의 이동 행위 및 언어 의식을 드러내는 '디아스포라 글쓰기'에 주목한 바 있다. 윤정화에 따르면 거주 공간에 대한 의식의 변모 과정이 디아스포라적 글쓰기를 통해 서사적으로 재현되며, 그러한 기억과 공간에 관한 글쓰기가 다시금 작가들의 의식세계를 형성한다. 특히 귀국에 대한 염원으로 상상되고 구축된 '조국'을 역사적 서술 공간으로 배치한 '1세대' 작가들의 경우, '공유 기억'을 통해 '조국 공간'이 재현되는 방식은 '해방'에 대한 작가들의 역사적 회고 및 상상력에서 비롯된다고 분석하고 있다.[37]

해방의 순간을 일본에서 경험하였으나 조국으로의 귀환 대열에 동참하지 못했던 김달수, 이은직 같은 작가들은 '조국'에 관한 텍스트를 통해 스스로의 귀환 불가능성이라는 조건을 반추하고 현재의 '재일'이라는 위치를 끊임없이 참조했다. '귀환'을 성취하지 못한 지점에서 시작된 재일 조선인의 일본어 문학이라는 관점에서 김달수를 '재일문학'의 출발점으로 재의미화한 박광현은, 김달수 문학에서 반복적으로 등장하는 밀항의 상상력을 "정신적 도항"이라는 개념으로 포착한 바 있다.[38] 또한 두 빨치

37  윤정화, 「재일 한인 작가의 디아스포라 글쓰기 연구」, 이화여대 박사논문, 2010.
38  박광현, 「국민문학의 반어법, '재일'문학의 '기원' – 김달수 소설을 중심으로」, 앞의 책, 206면.

산 대원의 일본 밀항과 남북한으로의 재이동을 서사화한 김달수의 『밀항자』 속 "'(역)밀항'의 상상력"에는 작품 집필 과정을 둘러싼 '귀국' 운동과 4·19 및 5·16, 그리고 한일회담 재개라는 정세적 추이에 따라 점차 강렬해진 "조국 귀환의 정념"이 작용했다고 논한다.[39] 박광현에 따르면 그와 같은 '(역)밀항의 상상력'은 분단된 '조국'과 일본을 넘나들며 재일조선인 주체의 '자기분열적인 동일화'를 경험하도록 한다.

지금까지 살펴 본 선행 연구들의 성과를 참조하여, 이 책에서는 재일조선인의 자기민족지적 텍스트 안팎에 드러나는 월경의 상상력과 실천의 의지가 어떻게 남북한 및 일본 사이에 형성된 냉전 구조를 '재일'의 위치에서 전유하며 재배치하도록 했는지 고찰하려 한다. 이때 다음과 같은 시각에서 선행 연구들과의 변별점을 확보하고자 한다. 첫째, 재일조선인 문학을 일본문학사 또는 한국문학사와 같은 '국민문학national literature'의 시야로 회수하는 언어적·민족적·세대적 정체성론을 따르기보다는, '이언어'와 '귀환 불가'라는 경험적 조건이 어떻게 글쓰기의 제도적·사회심리적 장치를 작동시켰는지 살피고자 한다. 둘째, 탈식민 주체의 민족지적 실천 및 이주자 집단의 문화주의와 관계 맺는 문자세계의 표현 행위라는 의미에서, 재일조선인 문학을 자기민족지적 글쓰기의 특성으로 파악한다. 여기에는 좁은 의미의 문학 장르를 넘어, 재일조선인 사회에서 대표적인 공론장으로 기능했던 매체들에 수록된 정론이나 좌담까지도 포함된다. 셋째, 기존의 연구들에서 거의 비교되지 않았던 지식인-작가들을 상호 비교항으로 위치시키거나 함께 논할 수 있는

---

**39** 박광현, 「'밀항'의 상상력과 지도 위의 심상 '조국'—1963년 김달수의 소설을 중심으로」, 『일본학연구』 42, 단국대 일본학연구소, 2014, 279면.

시야를 열어두고자 한다. 김두용과 이은직이 『해방신문』에 각각 남긴 정치적 언설과 소설 텍스트를 이언어적 글쓰기의 한 축인 조선어 글쓰기의 맥락에서 함께 다룬 것이 대표적이다. 또한 김민과 김시종이 '해방' 직후 발생한 우키시마마루浮島丸 사건에 관해 쓴 텍스트를, 재일조선인 '귀국' 운동의 맥락에서 비교 분석하기도 한다. 또 다른 사례를 들자면, 김달수와 이은직은 같은 니혼대학日本大学 출신에 해방 후에는 『민주조선』 등으로 동지적 관계를 맺은 바 있다. 그러나 이미 두 사람의 일본 문학계 및 민족조직 내 위치가 상이해진 뒤인 1965년 북한에서 발행된 조선어 앤솔로지에 나란히 이름을 올린 맥락에 대해서는 지금껏 조명되지 못했다.

이 책에서 가장 자주 언급되는 작가 중 한 사람은 이은직이다. 그는 해방 직후부터 활동한 많은 재일조선인 작가들처럼 조선어를 일본어로 옮기는 일에 왕성히 동참한 번역가이기도 했다. 조금 다른 점을 꼽자면, 해방 직후부터 말년에 이르기까지 조선어와 일본어 창작을 그처럼 중단 없이 병행한 작가는 이언어 작가들 중에서도 드문 편이다. 또 한 가지 특기할 사항은, 사후 출판이 아닌 생전 출판을 기준으로 했을 때 남북한 및 일본 모두에서 자신의 창작을 단독 저서로 간행한 거의 유일한 재일 작가라는 점이다. 세 개의 국가적 영역과 두 언어에 지속적으로 발을 걸치며 복수複數의 독자집단을 예민하게 의식해 왔음이 분명한 그의 언어적 동요와 말년까지 이어진 저술 활동, 그리고 '분단 조국'에서의 번역·출판과 그 과정에서 이루어진 개작의 문제 등은, '월경하는 재일조선인 문학'의 구체적인 양상을 시계열적으로 보여줄 수 있는 하나의 축이기도 하다.

다음으로는 재일조선인 문제를 경유한 전후사 및 한일·북일 관계사 연구들을 검토하는 과정을 통해 남북일 냉전 구조라는 틀을 상정하여 보고자 한다. 앞서 살폈듯이, 일본의 독립과 국제사회 복귀를 승인한 샌프란시스코 강화조약의 발효와 동시에 선포된 것은 재일조선인을 사실상 가장 직접적이고 가장 많은 적용 대상으로 겨냥한 외국인등록법의 시행이었다. 그것은 수많은 재일조선인의 삶을 불법화함으로써 강제송환이 현실화된다는 것을 의미했다. 이러한 일본 내 법체계의 강화와 더불어 외교적으로는 제1차 한일국교정상화 교섭이 결렬되며 조선인 강제송환 문제가 점화되었다. 그 영향으로 1952년 5월에는 일본에서 410명의 재일조선인에 대한 집단적 강제송환이 최초로 시행되었다. 또한 같은 시기 일본에서 공표된 파괴활동방지법은 한국전쟁에 대한 재일조선인의 대규모 반대운동에 참가한 조선인들을 언제든 강제송환할 수 있는 여건을 더욱 공고히 하고 있었다.

이처럼 재일조선인 문제를 경유하여 이 시기를 바라볼 때 부상하는 것은 아시아·태평양전쟁과 한국전쟁이라는 '두 개의 전쟁'을 통과하는 시간대를 연속적인 시각으로 바라보는 관전사적 방법이다.[40] '두 개의 전쟁'은 식민지 제국 체제와 냉전 체제 양자에 공통된 개발주의에 의해

---

40 아시아·태평양전쟁과 한국전쟁(그리고 베트남전쟁), 식민지 제국 체제와 냉전 체제를 관통하는 역사적 연속성에 주목하여 그것을 관전사적 관점으로 기술하고 있는 연구들로는 다음을 참조. 한수영, 「관전사(貫戰史)의 관점으로 본 한국전쟁 기억의 두 가지 형식」, 『어문학』 113, 한국어문학회, 2011; 고바야시 소메이, 「M.L.오즈본의 포로 교육 경험과 '貫戰史(Trans-War History)'로서의 심리전」, 『이화사학연구』 56, 이화여자대학교 이화사학연구소, 2018; 염창동, 「하근찬 장편소설 『야호(夜壺)』의 관전사(貫戰史)적 연구: 국가권력의 폭력구조와 국민정체성의 이동을 중심으로」, 『현대문학의 연구』 66, 한국문학연구학회, 2011; 장세진, 「학병, 전쟁 연쇄 그리고 파병의 논리—선우휘의 「물결은 메콩강까지」(1966)를 중심으로」, 『사이』 25, 국제한국문학문화학회, 2018.

진행되고 발전된 사건이었다. 잘 알려진 대로 일본의 '전후 부흥'이 가시화된 것은 한국전쟁 직후였다. 따라서 '전후'를 일본의 폐허 위에 시작되는 내재적 부흥의 서사가 아니라 두 개의 전쟁을 관통하며 형성된 시간적 경험의 공유라는 의미로 대체해야 한다는 필요성이 제기되기도 한다. 마루카와 데쓰시丸川哲史는 이와 같은 의미에서 "한국전쟁 이후의 시간성을 우리가 살고 있다는 자각, 이른바 일본의 '전후'를 '한국전쟁 후'로 대체하는 작업이 요청된다"고 강조한다.[41]

샌프란시스코 강화조약은 일본의 독립을 승인하는 동시에, 미국 중심 냉전질서 속의 파트너십이 강조된 미일 안보체제의 출발을 알리는 것이기도 했다. 고영란은 1945년 8월 15일을 기점으로 형성된 일본의 '전후'를, 미국과의 전쟁구도와 그 종언이라는 서사로 축소된 기억의 작용이자 식민지 지배와 침략전쟁에 관한 기억을 삭제하는 프레임으로 파악한다. 예컨대 강화조약을 계기로 일본공산당 계열 문화인들이 일본을 미국에 의한 '피압박' 상황으로 규정하는데, 이때 1945년 이전의 '피압박 민족'인 식민지 조선을 소환하는 과정을 통해 '전후' 기억은 재편된다. 그러한 담론적 결합 속에서, 한국전쟁기에 김달수가 일본어로 쓴 반식민 항쟁의 기억은 한국전쟁이라는 동시대적 사건으로서 공유되기보다 조선의 식민지적 과거와 동일시되었다. 한국전쟁과 강화조약 이후 '공투' 형태로 재일조선인과 연대하고자 한 일본 문화세력이 주목한 것은 미국에 의한 일본의 신식민지화, 그리고 이에 대한 투쟁 서사로 치환 가능한 조선인의 반식민지적 기억 서사였다는 것이다.[42]

41  마루카와 데쓰시, 장세진 역,『냉전문화론』, 너머북스, 2010, 200면.
42  고영란, 김미정 역,『전후라는 이데올로기 – 일본 전후를 둘러싼 기억의 노이즈』, 현실

해방 직후 남조선을 무대로 귀환 청년의 투쟁과 성장 과정을 서사화한 이은직의 대하 3부작 『탁류濁流』는, 미국의 신식민지적 질서에 대한 투쟁의 주체라는 자기규정을 통해 '해방'의 기억이 어떻게 담론적으로 재편될 수 있는지를 보여준다. 1968년 간행된 『탁류』 제2부의 저자 후기에는, 1년 전 간행된 제1부가 사실 1949년에 이미 집필된 상태였다는 언급이 등장한다. 18년의 시간적 격차를 강조하며 저자는 '현재'의 한국 -베트남-오키나와 민중이 겪는 고통의 근원으로 미국의 신식민지적 질서를 지목하고, '아시아 민중'의 고통의 공유를 통한 연대를 희망한다. 이때 그가 가리키는 미국의 신식민지적 질서란, 1960년 신 미일안전보장조약Treaty of Mutual Cooperation and Security에 기반한 미일동맹의 성립을 통해 재편·강화된 미국-아시아의 관계 질서를 의미했다.

신 안보조약은 표면적으로는 안보 관계의 안정화와 일본 경제성장에 주력할 것을 목표로 하고 있었다. 하지만 이후의 연구를 통해 밝혀졌듯이, 신 안보조약은 미국의 핵무기를 일본의 기지로 운반할 경우와 한반도 유사시 주일 미군기지에서 군사적 출격을 감행할 경우 어떠한 사전협의도 필요치 않다는 것을 골자로 한 '밀약'을 포함했다. "미국이 핵을 포함한 전략방위의 '창'을 일본에 제공하고, 그 대신 일본은 극동을 포함한 아시아 전 지역의 전방거점에 있는 기지를 미국에 제공해서 미국 도서방위선의 '방패'가 된다는 계약"이었다.[43] 이은직은 미군정의 폭압에 대항하여 싸우는 인물들을 그린 조선의 '해방'에 관한 서사가, '밀약'

---

문화, 2013.

**43** 소토카 히데토시·혼다 마사루·미우라 도시아키, 진창수·김철수 역, 『미일동맹-안보와 밀약의 역사』, 한울아카데미, 2005, 208면.

으로 체결된 미일동맹 체제에 대한 아시아 민중의 투쟁 서사로 읽히기를 희망했다. 이러한 모습은 냉전의 정치가 작동하는 공간에서 '해방'의 기억을 재편성하는 사례를 보여준다. 저자의 후기대로라면, 『탁류』 제1부의 원본 텍스트인 『해방』은 1949년이라는 점령의 한가운데에서 집필되었으나 실제 출판은 점령 종료 후 신 안보조약을 필두로 재편된 미일동맹의 컨텍스트에서 이루어졌다. 이은직은 각각 점령기의 일본, 그리고 신 안보체제로 재편된 일본에서 조선의 '해방'을 (다시) 썼다. 그리고 이 (다시)쓰기의 출발점은 모두 '조선 문제'의 미해결성에 있었다. 따라서 『탁류』라는 텍스트는 포스트 / 점령이라는 미일 관계와 한반도 분단을 경유한 한일·북일관계가 교차하는 지점에 놓여 있는 것으로 읽을 필요가 있다.

당시 '조선 문제'에 대해서는, 1950년대 말에서 1960년대 중반에 걸쳐 일어난 한일회담 반대운동의 맥락 속에서 '일본인 책임론'을 내세우며 설립된 '일본조선연구소'의 주요 구성원 중 한 명이었던 가지무라 히데키梶村秀樹의 말을 통해 생각해 볼 수 있다. 그는 당시 일본에서 조선의 '해방'과 분단, 전쟁에 대한 역사적 논의가 활발했던 분위기를 회고하며 이것이 "일한체제로의 이행 과정"이라는 시대 인식과 관련된다고 언급한다.[44] 여기에는 재일조선인들의 '귀국' 운동을 전후로 '일조日朝 우호 운동'이 일본조선연구소의 주요 방향으로 설정된 한편, 재일조선인으로부터 제기된 문제의식을 계승하는 형태로 한일회담 반대운동과 '일본인 책임론'의 논리를 구축해 나간 일본 내 진보 담론의 흐름이 자리잡

---

44  梶村秀樹, 「はじめに」, 梶村秀樹編, 『朝鮮現代史の手引き』, 勁草書房, 1981, 1면.

고 있었다.[45] 이러한 '일한 체제' 속에서의 조선 문제란, 1955년 재일조선인 운동의 체제적 전환과 '귀국' 운동의 전개, 이에 대한 한국 정부의 저지 공작, 그리고 이어진 한일 국교정상화와 재일조선인 '귀국' 사업의 중단과 같이 재일조선인의 눈앞에 펼쳐진 일련의 정세들을 포괄한 것이었다. 동시에 이 조선 문제는 '귀국' 운동이나 한일회담 반대운동, '귀국' 재개 운동 등과 같은 재일조선인 운동으로부터 견인되어 일본 내 진보 담론으로 확산된 인식의 차원도 포함하고 있었다.

이러한 일련의 과정을 '북일냉전'의 성립이라는 맥락에서 연구한 박정진은, 한일관계의 정상화와 북일관계의 '비정상화'를 동반하며 1965년을 전후로 동북아시아의 지역냉전에 휩쓸리는 과정에서 형성된 "행위주체별 관계질서"를 '65년 체제'로 개념화한다. 그것은 한일관계와 북일관계가 복합적으로 작용한 결과이다.[46] '65년 체제' 성립 후 북일관계에 작용하는 냉전의 영향력 또한 "남북한 분단구조를 경유해 현실화"되었다.[47] 이와 같은 남북한 및 일본 사이의 관계에 작용하는 냉전의 현실화 과정에서 주목되는 것은 재일조선인의 위치와 역할이다. 달리 말하면, 재일조선인이라는 조건과 그들을 둘러싼 정세, 그리고 재일조선인으로부터의 문제제기를 경유하였을 때 비로소 '일한 / 한일 체제' 또는 '65년 체제'의 형성 및 재편 과정의 실질적인 측면을 드러낼 수 있다고 할 수 있다.

---

45 이타가키 류타, 「조선인 강제연행론의 계보(1955~1965)」, 오타 오사무·허은 편, 『동아시아 냉전의 문화』, 소명출판, 2017, 55~56면.

46 朴正鎭, 『日朝冷戰構造の誕生 1945-1965 – 封印された外交史』, 平凡社, 2012, 495~497면.

47 박정진, 「북일냉전, 1950~1973 – 전후처리의 분단구조」, 『일본비평』 22, 서울대 일본연구소, 2020.2, 114면.

이 책에서는 이상에서 살펴본 일본 전후사 비판 및 미일관계·한일관계·북일관계에 대한 선행연구를 종합적으로 참조하여 '남북일 냉전 구조'라는 담론적 관계질서를 상정하고자 한다. 즉 '포스트 / 점령'이나 '스캐파니즈 모델'이 상정하는 미일관계, 그리고 남북한 분단 구조를 경유하여 상대방의 '비정상화'를 수반해야만 '정상화'가 가능했던 한일 / 북일 관계를 포괄하는 의미로 '남북일 냉전 구조'라는 용어를 사용하고자 한다. 이 책에서는 그와 같은 구조가 재일조선인이라는 조건을 경유하였을 때 어떻게 상상되고 전유되며 재편될 수 있는지를, 그들의 문학적 작업을 통해 따라가 보고자 한다.

## 3. '다민족 · 다언어' 사회에서 글쓰기와 '월경'의 역설

이 절에서는 우선, 재일조선인의 문학적 글쓰기를 언어적 · 역사적 · 양식적으로 관통하는 '재일'의 특수한 조건을 파악하기 위해 쓰인 '문답의 장치'라는 조어에 대해 설명하고자 한다. 이를 위해, 20여 년의 시간차를 두고 두 명의 재일 작가가 스스로에게 던진 질문, '왜 일본어로 쓰는가'에 관한 자문자답의 형식으로부터 출발해 보자.

1947년 재일조선문학자회 주도로 창간된 『조선문예』라는 일본어 잡지가 있다. 이 잡지의 1948년 4월호 특집 '용어문제에 대하여'는, 일본어 창작을 통한 조선문학의 가능성을 주장한 김달수와 이를 두고 기형적 발상이라고 공격한 어당魚塘 간의 논쟁을 중심으로 이야기되어 왔다. 반면 양극단의 주장 사이에서 동요하는 듯한 이은직의 발언은 상대적으로

소홀히 취급된 경향이 있다. 그는 '조선인인 나는 왜 일본어로 쓰는가'를 스스로 묻고 답하는 과정에서 복수의 독자층에 대한 의식을 드러낸다. 사실상 이 '용어문제' 특집은 재일조선인의 일본어 글쓰기에 관한 일본인 작가와 조선인 작가의 입장 표명이었다는 점에서, 이은직의 글 제목이 나타내는 대로 '조선인인 나는(또는 너는)' '왜 일본어로 쓰는가'라는 질문에 대한 답변의 형식으로 수렴될 수밖에 없었다.[48] 이것은 엄밀히 말해 조선인 스스로 묻고 답하는 과정만은 아니었다. 왜냐하면 특집에 앞서 『조선문예』 창간호에서 이미 일본 평론가인 아오노 스에키치靑野季吉가 조선인 작가의 일본어 창작 문제를 언급한 바 있기 때문이다.[49]

그로부터 20여 년 후인 1969년에는 김석범이 7년 만에 「허몽담虛夢譚」으로 한동한 중단했던 일본어 글쓰기를 재개하였다. 이후 집중적으로 펼친 일련의 언어론을 통해 그는 '왜 일본어로 쓰는가'에 대해 반복적으로 자문자답했다. 그는 '왜 일본어로 쓰는가'라는 표현 자체가 일본인 작가에게서는 나올 수 없는 것이라고 말하며, 여기에는 일본어를 객관시하는 조선인의 자세가 반영되어 있음을 강조한다. 나아가 그는 이 표현에서 '윤리적인 내성內省'을 포함한 '자문자답'의 주체성을 발견한다.[50] 여기에서 김석범이 말하는 '자문자답'이란 재일조선인 작가의 내적 성찰과 주체 형성이라는 윤리적 요소를 내포하고 있으며, 일본의 '전후 문학' 담론 공간에서 주체화의 장치dispositif, apparatus로 기능하는 것이다.

---

48  李殷直, 「朝鮮人たる私は何故日本語で書くか」, 『朝鮮文藝』, 1948.4.
49  青野季吉, 「朝鮮作家と日本語の問題」, 『朝鮮文藝』, 1947.10.
50  金石範, 「「なぜ日本語で書くか」について」(『文学的立場』, 1971.7), 『ことばの呪縛―「在日朝鮮人」と日本語』, 筑摩書房, 1972, 105~106면.

통치성에 관한 연구에서 푸코가 장치라는 이름으로 포착하고자 한 것은 "담론, 제도, 건축상의 정비, 법규에 관한 결정, 법, 행정상의 조치, 과학적 언표, 철학적·도덕적·박애적 명제를 포함하는 확연히 이질적인 집합"으로, "장치 자체는 이런 요소들 사이에 세워지는 네트워크"이다. 나아가 그것은 "권력의 게임에 기입되어 있을 뿐만 아니라 거기서 생겨나고 또 그것을 조건짓기도 하는 지식의 (…중략…) 여러 유형을 지탱하고, 또 그것에 의해 지탱되는 힘관계의 전략들"이다.[51] 아감벤은 이러한 푸코의 장치에 대한 설명에서 장치란 일종의 네트워크이며 권력관계 속에 기입된다는 점, 그리고 그것은 권력관계와 지식의 교차로부터 발생한다는 점에 주목한다. 따라서 그것은 권력의 테크놀로지만을 가리키는 것이 아니라 오히려 여러 요소들 사이에 발생하는 네트워크이며 주체 생산의 과정을 내포한다. 이를테면 서구 기독교 전통의 고해성사는 새로운 '나'가 옛날의 '나'의 부정과 수용을 통해 구성됨으로써 주체화되도록 하는 속죄의 장치이다.[52]

일본(어) 담론질서 안에서 재일조선인의 글쓰기를 통한 주체 생산의 장치로 기능했던 '왜 일본어로 쓰는가'라는 질문은, 이은직과 김석범의 경우에서와 같이 '나'를 주어로 한 자문자답의 형식을 통해 던져졌다. 그러나 엄밀히 따지면 『조선문예』 용어문제 특집이나 조선인 작가의 일본어 문제에 대한 아오노 스에키치의 평론에서처럼, 그들의 물음을 자문자답의 구조로 환원하는 또 다른 질문의 주체로서 일본 '전후 문학'이

---

51 미셸 푸코·콜린 고든, 홍성민 역, 『권력과 지식-미셸 푸코와의 대담』, 나남, 1991, 235~236면.
52 조르조 아감벤, 양창렬 역, 『장치란 무엇인가-장치학을 위한 서론』, 난장, 2010, 17~42면.

거기 가로놓여 있었음을 간과해선 안 될 것이다. 김석범이 일본인 작가 스스로는 '왜 일본어로 쓰는가'를 물을 수 없다고 한 것도 같은 맥락에서 이해할 수 있다. 다음 장의 마지막 절에서 구체적으로 살펴보겠지만, 김석범이나 이회성처럼 1970년대 일본 문단과 지식인들 사이에서 주목받던 재일 작가들은, '왜 조선인인 나 / 너는 일본어로 쓰는가'라는 질문을 우회로로 삼아 도달한 일본 문학인들의 자기점검 및 반성의 장에서 그 문제에 대해 이야기할 것을 요구받았다. 요컨대 '나는 왜 일본어로 쓰는가'라는 질문 속에는 타자로서의, '너=재일조선인'이라는 2인칭 주어로 시작되는 질문이 동시에 작동하고 있었던 셈이다.

이처럼 문답의 장치는 1945년 이후 재일조선인의 이언어성에 관련된 질문과 답변의 형태로 촉발된 것이다. 이 책에서는 여기에서 한 걸음 더 나아가, 같은 원리로 재일조선인을 '답하는 자'의 위치에 자리매김하는 일본(어) 담론 공간의 사회심리적 장치를 포괄하는 의미로 이 조어를 사용하고자 한다. 따라서 이 책의 전반부인 1부에서는 '나(너)는 왜 일본어로 쓰는가', '나(너)는 왜 일본에서 조선(인)에 대해 쓰는가', '나(너)는 왜 조선으로 귀환하지 않고 일본에 남았는가'라는 질문에 대한 응답으로 텍스트가 쓰이는 맥락들을 살핀다. 각 장에서 자세히 살피겠지만, 이들 질문에 대한 응답은 텍스트 내에서 '번역가-서술자'와 '자기민족지 기술자', 그리고 '귀환자'와 같이 서술 가능한 자아narratable self를 내세우는 형태로 나타나는 경향을 띤다. 아드리아나 카바레로Adriana Cavarero는 자기 자신에 대해 이야기하고자 하는 서사적 욕망이란 텍스트 내의 '친숙한' 자아를 통해 작동하는 것이며 이때의 자아를 '서술 가능한 자아'라고 말한다.[53] 기억의 서사화 작업으로 이루어지는 자기서사의 자아는 서술 활동을 주관하는 초월적 주체이기도 하고 미지의 대상이기도 하다. 이 책에서는 카바레로가 말하는 '이야기되는 자아'와 '이야기하는 나'의 이러한 구분 불가능성에 주의를 기울이며, 재일조선인의 자기민족지적 문학 텍스트들에 등장하는 서사적 자아란 주체와 대상, 이야기하는 자아와 이야기되는 자아로 완벽히 구분될 수 없는 위치에 있다는 점에 주목하고자 한다.

다시 장치에 대한 사유로 돌아와 보면, 인간의 삶에 침투하여 그것을 제어하거나 차단하거나 보장하는 권력의 광범위한 형태를 장치라고 할 때 중요한 것은 그것이 삶의 영역에 권력을 침투시키고 분산시킬수록 거기에 포획되지 않는 요소들이 더욱 많이 출현한다는 점이다. 아감벤에 따르면 이 '통치될 수 없는 것Ingovernabile'들로부터 정치가 시작된다.[54] 따라서 이 책의 후반부인 2부에서는, '전후 일본'의 담론 공간 내에서 주체화를 촉발하는 문답의 장치가 포획할 수 없는 경계들에 걸쳐 있는 텍스트의 내적 · 외적 맥락들을 살피고자 한다. 이를테면 '귀국' 지향이라는 재일 민족조직의 독자적 논리 속에서 그에 부응하거나 저항하는 형태로 생산된 텍스트, 재일조선인 문학이 남북한의 민족문화에 통합되는 과정에서 발생하는 개작과 번역의 문제, 그리고 '재일'이라는 위치가 '응답자'가 아닌 '질문자'로 전환되는 과정을 기입하고 있는 조선어 매체를 각 장에서 중심적으로 다루고자 한다.

국경의 외부로부터 영향을 받지 않는 국가문화란 존재하지 않으며

---

53  Adriana Cavarero, *Relating Narratives : Storytelling and Selfhood*, Trans. Paul A. Kottman, Routledge, 2000.
54  조르조 아감벤, 앞의 책, 47~48면.

따라서 순수성이 아닌 혼종성이 표준이 되어야 한다고 지적하는 존 리 John Lie는, 국가 형성과 식민지 확장, 자본주의 산업화 등 민족 이질성을 초래한 인력引力들에 의해 형성된 근현대 일본을 논한다는 것이란 곧 다민족 일본multiethnic Japan을 논하는 것이라고 말한다.[55] 단일민족 일본이라는 사상은 제국 몰락과 민족 다양성의 축소라는 사회적 배경에서 부상했으며, 1960년대 후반 형성된 '일본인성' 담론은 번영으로부터 탄생한 새로운 '전후 민족주의'와 공명했다. 이처럼 전후 일본에서는 다민족 기억을 급격히 제거하고 단일민족 논리에 타당성을 부여하는 움직임이 발생했다.[56] 이 새로운 단일민족 이데올로기 안에서 재일조선인 집단은 인정과 사회적 시민권을 보장받지 못했다. 이때의 인정이란 단지 정체성을 재확인하는 행위가 아니라 사랑, 권리, 존중 등이 수용됨을 느끼는 감정의 다양한 복합체이며, 사회적 시민권이란 '사회 유산을 온전히 공유하고 그 사회 보편 기준에 따라 문명화된 삶을 살 권리'를 의미한다. 단일민족 이데올로기로 재편된 다민족 일본에서 이와 같은 인정과 사회적 시민권을 보장받지 못한 재일조선인은 광범위한 '부인'의 대상이 되었다.[57]

제국 붕괴 후 다민족 기억의 삭제와 더불어 국민국가 일본의 '전후 부흥'을 이끈 단일민족 이데올로기는 1970년대와 80년대에 걸쳐 가장 고조되었다. 그때까지 일본 내의 재일조선인 운동이 단일민족 이데올로기를 반박하는 형태로 조직화·표면화된 적은 없었다. 가장 강력한 민족

---

55  존 리, 김혜진 역, 『다민족 일본』, 소명출판, 2019, 140~145면.
56  위의 책, 205~225면.
57  존 리, 『자이니치』, 144~146면.

조직이었던 총련이 1950년대 중반에서 1960년대 중반 사이의 운동에서 최종 목표로 삼은 것은 '조국'으로의 귀환이었으며, 정확히는 조선민주주의인민공화국으로의 '귀국'이었다. 광범위하고 촘촘한 부인의 구조에서 재일조선인은 인종적 경계를 넘어 일본에 흡수되는 '행세passing'를 택하기도 했지만, 그것이 곧 단일민족 이데올로기에 대한 항의나 극복을 의미하는 것은 아니었다. 이 시기의 '귀국' 지향과 '행세'는 모두 단일민족 이데올로기의 재생산에 관여했다. 이후 총련 이데올로기가 자립적인 공동체로서의 재일의 지위를 인정하지 않으며 그 현실을 오인한다는 내부 비판과 함께, 1970년을 전후로 '자이니치 이데올로기'라는 새로운 사상 노선이 부상한다. 더불어 민단 내부에서도 박정희 독재정권을 지지하는 조직 노선에 반발하여 새로운 사회운동의 흐름이 생겨났다. 이러한 자이니치 이데올로기로의 이행은 조국으로의 '귀국'도, 일본으로의 '귀화'도 아닌 '제3의 길'로서의 '자이니치성'에 대한 인정을 촉구했으며, 독립적 존재 가능성을 시사하는 디아스포라 범주를 가시화했다. 이와 같은 '자이니치 이데올로기'는 디아스포라 민족주의의 한 형태로 기능했다.[58]

이 책에서 살피고자 하는 재일조선인의 자기민족지적 글쓰기는 제국 붕괴 후 민족적 다양성이 급격히 축소된 일본의 국가문화가 단일민족 지향적으로 재편되는 시기에 걸쳐져 있다. 하지만 이러한 일본 내부의 문화 형성과 변용 과정만으로는 이들의 글쓰기가 지닌 성격을 온전히

---

[58] 이 단락은 위의 책, 제1장~제4장의 내용을 참고하여 정리한 것이다. 이하에서는 이 책에서 사용하는 명칭의 통일성을 갖추기 위해 위의 선행 연구에서 사용된 '자이니치 이데올로기'를 '재일 이데올로기'로, '자이니치성(Zainichi-ness)'을 '재일성'으로 표기하고자 한다.

파악하기 어렵다. 일본의 단일민족 이데올로기에 의하여 재일조선인이 배제 / 포섭되는 과정은, 한편으로 '조국'의 양 체제가 각각의 민족주의에 따라 재일조선인을 문화통합이라는 논리로 배제 / 포섭하는 과정과 맞물려 있다. 뿐만 아니라 일본의 국가적 경계 내부에서 재일 집단은 수없이 분열되어 있었으면서도 한편으로 그 분열 상황을 극복하려는 시도를 계속했다. 끝으로 재일 이데올로기가 디아스포라 민족주의의 한 형태라고 한다면, 그러한 분열과 연대의 진자운동을 통해 디아스포라의 범주가 구성되는 과정 또한 얽히게 된다.

이 책이 대상으로 삼은 시기는 제국 일본 붕괴 직후인 1945년부터 국제적 데탕트와 한일 유착관계, 그리고 분단의 내재화가 복잡하게 얽혀 있던 1970년대 중반까지이다. 다만 북한에서 재일조선인 문학에 대한 문화통합이 1960년대 중반에 정점을 찍었던 것에 비해, 남한에서는 1988년 월북 작가들에 대한 해금과 함께 가장 가시적인 문화통합의 전략들이 발견되므로 예외적으로 이와 같은 국면까지도 포함한다. 하지만 이때 남한의 문화통합 논의에서 주요하게 다뤄졌던 재일조선인 문학들이 주로 1960년대에 일본어로 쓰였으며 공통적으로 해방기 남조선을 그린 텍스트들이었다는 점이 중요하다. 따라서 이 책이 다루는 시간적 범위는 거의 40여 년에 걸쳐 있지만 그 중에서도 집중적으로 다루려는 시기는 바로 재일조선인의 집단적 정체성이 총련 이데올로기에서 재일 이데올로기로의 커다란 흐름을 그려 나가던 1950년대 후반에서 1970년대 전반 사이에 해당한다.

사실 지금까지 재일 이데올로기와 재일성 담론을 견인한 것으로 언급되어온 작가들은 1930년을 전후하여 일본에서 출생한 '재일 2세' 작가들이었다. 하지만 이 책의 문제의식은 재일조선인들이 어떻게 이언어와 귀환 불가라는 상황에서 '해방'을 사건화하며 그것에 대해 반복적으로 질문하고 답하는가, 그 과정에서 '조국'과의 관계를 어떻게 쓰는가에 관한 것이다. 이 책에서 주요하게 다루는 작가들 중 대다수가 식민지 조선에서 출생하여 유소년기를 조선에서 보내고, 환경은 조금씩 다르지만 식민지 제국의 교육 시스템 속에서 이언어를 습득한 인물들로 구성된 것은 그러한 문제의식과 연관된다. 그들 대부분은 '전후 일본'에서 일본어와 조선어 양쪽으로 글을 쓴 경험이 있었다. 일부는 재일 민족운동의 주류라 할 수 있는 조련－민전－총련 계열의 문화사업에 종사했으며, 그 중에서도 일부는 60~70년대에 걸쳐 조직과 결별했다. '귀국' 지향이 가장 고조되었을 때의 총련 조직과 깊이 관계하였지만 그들의 실제 고향은 일부를 제외하고는 대부분 남한 지역에 속했다. 다시 말해 실제 '고향'과 사상적 귀속처로서의 '고국'의 불일치 속에서 '귀국'에 대한 글을 썼다. 이들은 공통적으로 향수의 대상과 충성의 대상 사이에서 유동하며 복잡성을 형성하였다. 주목할 점은 이들의 글쓰기가 식민지적 교육 시스템으로부터 형성된 지식과 문해력을 바탕으로, 편차는 있을지언정 형식적인 혼종성(이언어성)과 내용적 동종성(민족적 동질성)이라는 모순을 보였다는 점이다. 뿐만 아니라 '조국'에 관한 이들의 글쓰기가 '조국'의 문화 시스템과 만나는 과정은 국경의 초월과 민족적 통합이라는 모순을 발생시키기도 했다. 이 책은 남북일 냉전 구조 속에서 생산된 재일조선인의 자기민족지적 글쓰기가 근본적으로 이와 같은 모순을 주요한 특성으로 지닌다고 본다. 하지만 이 책에서는 자기민족지적 양식의 기원과 법칙을 해명하기보다는, 그것들이 어떠한 역사적·사회적 조건들과 관계하며 '재일'의 고유하면서도 다양한 문화를 형성해 왔는지, 그리고 어떠한 상이한 체제들과 관계해 왔는지 폭넓게 살핌으로써, '관계로서의 재일 서사'를 구축한 자기민족지적 글쓰기의 계보를 탐색하고자 한다.

이상에서 검토한 선행연구들의 성과를 참조하며, 이 책은 다음과 같은 구성으로 논의를 전개하고자 한다. 먼저 1, 2, 3장을 묶은 1부는 재일조선인의 '조국' 지향적 글쓰기가 '이언어'와 '귀환 불가'라는 조건 속에서 생산되는 방식을 각각 1948년 전후, 한국전쟁, '65년 체제' 성립 전후라는 맥락과 관계 지어 살핀다. 1부에서 다루는 『해방신문』의 정치적 언설과 문학 텍스트, 이은직과 김석범의 언어에 대한 문제의식, 김달수와 이은직이 쓴 단편 및 장편 텍스트들은 모두 '왜 쓰는가'라는 질문이 반복적으로 제기되는 '전후 일본'이라는 담론 공간 속에서 생산되었다. 그와 같은 문답의 장치가 작동하는 공간 속에서 이들은 어떻게 거기에 응답하고자 했는지, 그들의 이언어적 비전과 한계라는 차원에서, 그리고 그 텍스트들의 서사적 문법이라는 차원에서 분석해 보고자 한다. 그리고 4, 5, 6장을 묶은 2부는 문답의 장치의 포획 불 / 가능한 경계 위에서 '월경하는 재일조선인 문학'이 쓰이고 이동하며 읽히는 방식, 그리고 그것이 걸쳐 있는 영역들과 '재일'의 '관계'에 집중한다. 그 '관계'는 각각 재일 조직이 주도한 '귀국' 이데올로기와의 관계, '분단 조국'이 주도한 문화통합 이데올로기와의 관계, 복합적 '연대 세력'과의 관계로 구체화될 것이다.

냉전의 분할선이 동서 대립과 남북 대립의 교착 형태로 한반도와 일본을 가로지르던 시기, 재일조선인 사회는 '일본 속의 38선'으로 불릴 정도로 이 새로운 질서에 의해 표상되기 쉬운 취약함vulnerability을 가지고 있었다. 물론 그것은 민단(재일본대한민국거류민단, 이후 재일본대한민국민단으로 개칭, 1946년~)과 총련의 실질적 대립이라는 역사적 사실에 기인한 면이 크다. 1954년 북한의 외상外相 남일이 재일조선인을 '공화국의 공민'이라고 성명한 후 1955년 총련 체제로의 정비와 1959년 재일조선인의 '귀국' 사업(한국에서의 공식 명칭은 '북송')은 급격히 추진되었다. 그리고 한국에서 발생한 5·16군사쿠데타 및 박정희 장기집권 체제로의 이행 과정에서, 재일조선인 조직은 각각 '대한민국'과 '조선민주주의인민공화국'으로 실질적 귀속의식을 표명한 '민단'과 '총련'의 양립구도를 강화해 나갔다. 이것이 '일본 속의 38선' 또는 '분단 사회'로 재일조선인 사회를 표상하게 한 큰 원인이며, 실제로 수많은 재일조선인들이 '분단 가족'을 일상에서 마주하거나 그 당사자가 되었다. 하지만 재일의 탈식민·냉전 상태를, '조국' 위에 그어진 분할선이 현해탄 너머 그들에게까지 연장된 것으로 표상하는 것만으로는 충분하지 않다. 재일조선인들은 자신의 일상과 신체를 교차하며 관통하는 복잡한 분할선들을 어떻게 표상했으며 어떻게 넘어서고자 했을까. 이 책은 식민지 시기 일본 도항 또는 유학(김두용·이은직·김달수·정경모), 4·3사건 및 한국전쟁기의 일본 밀항(김시종·김민·김윤), 박정희 집권기의 일본 망명(정경모) 등 도일 시기와 형태 및 목적을 달리하며 민단과 조련-민전-총련 계열이라는 양립구도로 설명되지 않는 사상적 스펙트럼을 보여준 재일 작가들의 글쓰기를 분석함으로써 위의 질문에 답해보고자 한다. 그 과정을 통해, '재일'이라는 운명공동체를 대표/재현representation하는 동시에 때로는 상대화하는 글쓰기의 다양한 함의들이 드러나기를 바란다.

# 1부

## '이언어二言語'와 '귀환 불가'라는 조건 속에서

# 들어가며

1부에서는 재일조선인의 문화적 월경을 구성하는 언어적 조건과 서사적 문법에 대해 살핀다. '해방'이라는 사건의 장소를 '재일'의 위치에서 재편성하고자 했던 작가들의 글쓰기를 '전후 일본'의 주체화 장치와 관련시켜 논하고, '귀환 불가'라는 역사적 현실에서 쓰인 '조국' 지향적 텍스트의 서사 구조를 분석한다. 이를 통해, '전후 일본'이라는 권력과 지식의 교차 속에서 형성된 '문답의 장치'에 각각 '이언어'와 '귀환 불가'라는 상황으로부터 응답하는 주체가 부상하는 과정을 해명하고자 한다.

제1장에서는 재일조선인 글쓰기의 이언어 문제를 다룬다. '민족어의 회복'이라는 탈식민적 수사 자체가 '해방'과 '억압'의 양면성을 의미했던 상황부터 '조국'과 일본을 가로지른 냉전의 분할선에 따라 사상적인 충성이 강요되던 상황까지, '조국'에 대한 상상과 귀속감의 표명에는 언어 문제가 어떻게 작용하고 있었을까. 해방 직후 최대 민족조직으로 결성된 조련의 사실상의 기관지 역할을 하면서도 그에 완전히 부합되지 않는 독자적 위상을 지녔던 조선어 매체 『해방신문』에 실린 김두용과 이은직의 조선어 텍스트들을 그들의 일본어 텍스트와 비교함으로써, 해방 직후 '민족어의 회복=자유와 해방'이라는 도식을 넘어 발생한 정치적 상상력에 대해 탐색하고자 한다. 나아가 1948년과 1970년이라는 시점에서 각각 '왜 일본어로 쓰는가'를 묻고 답한 이은직과 김석범의 에세이를 통해, 재일조선인의 일본어 글쓰기를 둘러싼 담론의 통치성과 주체 생산의 관계에 대해 논의하고자 한다.

2장과 3장에서는 재일조선인 글쓰기에서 '재일'과 '조국'을 매개하는 서사적 문법에 대해 논한다. 픽션이라는 장치를 통해 '조국'과의 네트워크를 적극적으로 구축한 김달수와 이은직의 텍스트들이 그 대상이다. 먼저 아시아·태평양전쟁과 한국전쟁이라는 '두 개의 전쟁'을 시공간적 연속으로 그리는 김달수의 텍스트들을 겹쳐 읽으며, '일본에서 쓴다는 것'이 의미화되는 방식을 고찰한다. 다음으로는 다양한 언어적·양식적 시도로써 '해방'을 사건화한 이은직의 텍스트들을 통해, '귀환'을 성취하지 못했던 해방 직후의 상황에 대한 상상적 보충이 어떻게 남북일 냉전 구조라는 관계 질서를 부상시키며 '분단 조국'으로의 월경 불/가능성을 나타냈는지 살펴보고자 한다.

## / 제1장 /

# 이언어 상황과 탈식민적 글쓰기

## 1. 민족어 회복의 양면성

1946년 4월 일본에서는 조선어와 일본어를 각각의 사용 언어로 채택한 재일조선인 종합잡지 『조련문화』와 『민주조선』이 창간된다. 두 잡지 모두 창간호를 통해 사용언어 선택의 배경과 이유에 대해 해명했다. 우선 조련 문화부에서 조선어 강습과 교재 편찬을 담당한 임광철은, 『조련문화』 창간호에서 조선어 실력의 전반적인 부족으로 인해 원고가 모이지 않는 상황에 대한 안타까움을 드러냈다. 그러면서도, "조선사람으로서의 원고내용이라면 일본어로서 적합한 표현이 가능할까? 만약 그렇다면 우리는 문장에 있어서 구태여 조선어를 주장할 필요도 없으리라고 생각한다. 그럼에도 불구하고 모-든 사람이 조선문이 아니면 안된다고 생각하는 이유는 어듸 있는가를 생각해볼 필요가 있다"고 하며, 조련 문화

부 기관지로서 조선어를 채택해야만 했던 필연성에 대해 피력했다.[1]

한편, 『민주조선』 창간을 주도한 작가 김달수는 창간호 편집후기에서 다음과 같이 말하며, 일본인에게 조선을 제대로 알리기 위함이라는 잡지 창간의 목적을 밝혔다.

> 도쿄에서는 이미 조선(문자)의 활자 주조가 가능하여 조선민중신문 등이 발행되고 있으나, 저주받은 운명 아래 수득(修得)한 것이라 해도 이렇게 일본어를 구사하는 잡지가 한둘 존재하는 것이 우리 조선인으로서도 일본인으로서도 반드시 필요하다고 믿는다. 그리고 일본인도 우리의 조국에서 조선어로 그러한 잡지를 발행해 주기를 희망한다. 이것이 또한 자유와 해방이 아닐까.[2]

『민주조선』 창간의 주 목적 중 하나는 일본 내의 조선인뿐만 아니라 일본인에게도 읽힐 수 있는 잡지를 만드는 것이었다. 김달수는 제국 붕괴 후 조선에 남은 일본인들도 조선에서 조선어로 된 잡지를 발행해 주면 좋겠다고 덧붙였다. 그는 이와 같이 일본에 남은 조선인이 일본어로, 그리고 조선에 남은 일본인이 조선어로 잡지를 발행하는 상황을 상정하며 이것이 바로 '자유와 해방'의 상황을 의미할 것이라고 역설하였다. 이러한 수사법은 '저주받은' 환경 속에서 획득한 타자의 언어를 통해 자신의 타자성을 확인하는 행위에 대한 그의 옹호를 드러낸다. 그가 사용한 '자유와 해방'이라는 표현에는, 제국적 질서의 해체와 국민국가 체제

---

1 林光徹, 「藝術과 人民大衆-文化部活動報告에 代하여」, 『朝連文化』 1, 1946.4, 58면.
2 「編輯後記」, 『民主朝鮮』 창간호, 1946.4, 50면.

로의 이행 과정에 부과될 민족적 동질성의 요건들을 초월하여, 양 민족이 서로 타자의 언어로 동등하게 소통할 수 있는 상황에 대한 환상이 투사되어 있다.

'해방'된 조선의 공론장에서 일본어의 추방과 조선어의 귀환이라는 언어 회복의 당위성이 적극적으로 논의되었다면, 재일조선인 사회에서 언어 문제는 선택과 해명의 형태로 공론화되었고 잦은 논쟁의 대상이 되었다. 재일조선인이 발행한 일본어 매체의 필요성을 강조하고자 조선어 매체의 존재를 일단 확인시키는 김달수의 태도에서도 그러한 복잡함이 엿보인다. '당위'로서의 조선어 글쓰기보다 '기형'이나 '과도기'적이라고 지적된 일본어 글쓰기가 이미 수적으로 앞서고 있었으며, 일본인 독자 또한 무시할 수 없는 중요한 존재였다. 따라서 재일조선인의 탈식민적 기원에 얽힌 문제는, 국민 주체 형성의 상징적 의례인 영토적 귀환뿐 아니라 역시 중요한 의례인 민족어의 회복이 성사되지 못했다는 사실과도 깊은 관련을 가진다.

제국 붕괴 직후 재일조선인의 조선어 글쓰기는, 김달수의 표현에 따르면 '저주받은 운명'과도 같은 것이었다. 그는 스스로 '자유와 해방'이라고 표현한 언어와 영토의 역설적 일치, 즉 일본에서 일본어로 쓴다는 행위와 조선에서 조선어로 쓴다는 행위를 통해 그러한 '저주받은 운명'을 거스를 수 있다고 믿었던 듯하다. 그렇기에 도쿄에서 이미 『조선민중신문』과 같은 조선어 매체가 발행되는 상황 속에서 오히려 '일본어로 된 잡지 하나쯤'은 반드시 필요했다고 말한 것이다.[3]

---

3  1945년 10월 창간된 『민중신문』은 처음에는 '조선민중신문'이라는 제호를 유지하다가 곧 '조선'을 뺀 '민중신문'이라는 제호로 발행하기 시작하며, 1946년 8월에는 '우리신

그렇다면 조선어를 통해 문화주의적 운동을 전개한 측의 입장은 어땠을까. 1949년 도쿄의 '조선문예사'에서는 '해방' 후 3년간의 재일조선인 문화운동에 대해 정리하고, 그 성과를 '조국'의 문화운동과 비교하여 성찰하기 위해 『재일조선문화연감』이 발행되었다.[4] 재일조선인 문학을 '조선어 문학'과 '일본어 문학'으로 구분하고, 재일조선인 문화운동을 언어 기준으로 양분하는 것이 『재일조선문화연감』의 기본적인 서술 체제였다. 이를테면 조선어 문학은 "과거 일제군제에 짓밟혀 함정에 빠졌던 조선문학의 전통을 지키고 대중문학 계몽운동에 결부시키어 조선민족문학의 재건에 힘쓰는 정통문학운동"으로, 일본어문학은 "일본어의 창작이 비록 조선문학의 기형적 존재가 될지라도, 일본민주화의 촉진은 (…중략…) 조朝·일日 양민족의 공통의 이념이란 전제하에서 일본문단에 적극적 참가는 그 목표에 달할 수 있는 동시, 간접적으로 조선민주문학이 된다는 기형적인 과도기문학운동"으로 평가되었다.[5] 그리고 각각 전자와 후자의 입장 사이에 벌어진 논쟁의 사례로, 오사카에서

___

문'으로, 1946년 9월에는 '해방신문'이라는 제호로 발행하기 시작했다. '해방신문'이라는 제호는 1950년 폐간시까지 유지되었다. 이하에서는 이 매체의 일반적 특성과 관련지어 언급할 경우는 '해방신문(민중신문)'으로 표기하고, 기사, 문학작품 등의 텍스트를 직접 인용할 경우에는 인용문이 게재될 당시의 표제를 기준으로 '민중신문'과 '해방신문'을 구분하여 표기한다.

4  『재일조선문화연감』의 서문에서 그 문화주의적 성격을 짐작할 수 있다. "우리 조국은 남부조선, 북부조선을 막론하고 인민의 힘을 토대로 한 새로운 문화의 묘종이 깊이 뿌리를 박고 가지를 벌려 (…중략…) 찬란한 우리문화의 새싹이 왕성히 움트고 있습니다. 그런데 이 역사적인 3년간을 조선의 인구의 실로 5분지1을 점령하고 있는 재일 우리 동포는 어떻게 걸어왔는가? 어떠한 운동을 전개해 왔으며 어떠한 문화적 성과를 가져왔는가? 이것은 당연히 토론되어야 할 일이고 또 비판되고 평가되어야 할 일이라고 믿습니다." 在日朝鮮文化年鑑編輯室 編, 『在日朝鮮文化年鑑』, 朝鮮文藝社, 1949. 이 서문은 '재일조선문화연감편집실' 명의로 작성되었으며 여기에는 어당, 허남기, 박삼문 3인이 포함되어 있다. 이 책의 발행은 조선문예사가, 인쇄는 해방신문사 인쇄부가 담당했다.

5  위의 책, 68면.

발행되던『조선신보』지상에서 전개된 김달수와 어당 사이의 논쟁을 들었다.[6] 두 입장 모두 재일조선인의 글쓰기를 '조선문학'의 범주 내에서 파악하고자 했지만, 일본어로 쓰인 조선문학과 조선어로 쓰인 조선문학은 재일조선인의 글쓰기에서 양립 불가능하다는 인식이 지배적이었다.[7]

『재일조선문화연감』에 따르면 김달수는 일본어 창작에 의한 조선문학의 가능성을 주장하였으며, 어당은 일본어 창작을 조선문학이라고 보는 것 자체가 기형적인 발상이라고 주장하였다. 조선어로 서술된『재일조선문화연감』의 편집위원 중에 논쟁의 당사자인 어당이 포함되어 있었으며, 논쟁에서 쓰인 어당의 표현을 따라 일본어 창작을 '기형적인 과도기문학운동'이라고 평가한 데서도 알 수 있듯이,『재일조선문화연감』의 기조는 조선어 글쓰기를 옹호하는 쪽에 있었다. 그러한『재일조선문화연감』에서 조선어 글쓰기의 주요한 지반으로 주목한 것이『해방신문』이었다. 연감에 따르면 "『해방신문』을 제외한 나머지 전부가 일문日文으로

---

6　『조선신보』는 오사카 지역에서 발행되고 있던『조선신문』,『조선건국신문』,『공화신문』,『조선민보』 4종을 통합하여 1946년 6월 1일 발행을 개시했다. 처음에는 조선어 활자가 없어 일본어로 발행되다가 7월에 와서 조선어판을 발행하기 시작했다. 小林聡明,『在日朝鮮人のメディア空間－GHQ占領期における新聞発行とそのダイナミズム』, 風響社, 2007, 23~24면.

7　김달수를 통해 '일본어로 쓰인 조선문학' 개념의 형성 과정을 고찰한 히로세 요이치는, 재일조선인이 일본어로 행하는 문학활동을 통해 한반도에서 전개되고 있던 '조국' 독립을 위한 혁명운동에서 일익을 담당할 수 있다는 논리가 '일본어로 쓰인 조선문학' 개념에 깃들어 있다고 논한다. 廣瀬陽一,『金達寿とその時代－文学・古代史・国家』, クレイン, 2016, 100면. 재일조선인 작가의 언어문제에 대해서는 다음을 참조. 이재봉, 「해방 직후 재일한인문단과 '일본어' 창작문제－『朝鮮文藝』를 중심으로」,『한국문학논총』42, 한국문학회, 2006.4; 호테이 토시히로, 「해방 후 재일 한국인 문학의 형성과 전개－1945~60년대 초를 중심으로」,『인문논총』47, 서울대 인문학연구원, 2002; 閔東曄, 「在日朝鮮人作家·金達寿と「解放」－日本語雑誌『民主朝鮮』を中心に」,『アジア地域文化研究』11, 東京大学大学院総合文化研究科教養学部アジア地域文化研究会, 2015.3; 閔東曄, 「金達寿の「日本語創作論」からみる在日朝鮮人社会の〈民族〉と〈言語〉」,『韓日民族問題研究』31, 한일민족문제학회, 2016.

나오고 있다는 것은 재일 우리 문화의 한 불구적 특색"이라는 것이었다.[8] 『해방신문(민중신문)』은 앞서 김달수가 쓴 『민주조선』 창간호의 편집후기에서 일본어 잡지 발간의 타당성을 위한 비교항으로 제시된 바 있었다. 그런데 『재일조선문화연감』에서는 일본어로 된 조선인 잡지의 문화적 '불구성'을 강조하기 위한 비교항으로 제시되었던 셈이다.

일본 내 조선인 커뮤니티를 대상으로 한 조선어 매체의 역사는 식민지 시기로 거슬러 올라간다. 식민지 시기 다양한 동기와 경로를 통해 일본으로 건너간 조선인들은 오사카, 도쿄 등에 민족적ethnic 밀집 지역을 형성하며 빠르게 그들만의 커뮤니티를 만들어 나갔다. 해방 전부터 이들은 재일조선인 커뮤니티를 위한 조선어 매체를 발행하고 있었다. 일본인들의 주류 사회로부터 그리 떨어지지 않은 곳에 산재해 있던 조선인 사회는 그들만의 독자적인 장소를 형성하고 그 안에서 독자적인 언어를 지켜가고 있었다. 하지만 선행연구에 따르면, 그들이 『민중시보』 같은 조선어 매체에서 주장한 것은, 자신들이 '내지' 일본인들과 동일한 법역 내에 있으며 따라서 일본 본토의 법체계를 자신들의 사회에도 합리적으로 적용해야 한다는 점이었다. 이것은 식민 본국의 조선인들을 식민지의 조선인들과 구분짓도록 하였는데, 이처럼 일본인 사회와 근거리에 산재한 일본 내 조선인 사회는 그 독자적 장소와 언어를 '보이지 않는' 방법으로 가시화함으로써 식민권력으로부터 예외적 존재로 간주되었다.[9]

---

8    在日朝鮮文化年鑑編輯室 編, 앞의 책, 98면.
9    차승기, 「내지의 외지, 식민본국의 피식민지인, 또는 구멍의 (비)존재론」, 『현대문학의 연구』 46, 한국문학연구학회, 2012.

제국 붕괴 후에도 일본에 남아 있던 조선인들은 일본정부와 점령당국GHQ / SCAP이 '처리'하기 곤란한 대상이 됨으로써 그 민족적, 정치적 독자성을 가시화하였다. 조선이 해방됨에 따라 일본 내 조선인 또한 일본인과 동일한 법 적용의 대상으로 규정할 근거가 미약해지자, 일본정부 및 점령당국은 그들의 국적 처리와 지위 규정에 비일관적이고 애매한 태도를 취하기 시작했다. 일본정부는 자국 내에 거주하는 옛 식민지 민족들을 비국민화는 정책을 펼쳤다. 일본을 여전히 생활의 근거지로 삼고 있던 재일조선인들은 경제활동에 따른 납세대상자이자 점령당국 및 일본정부의 통치대상으로 현시되면서도 정확히 귀속되지 않는 상태에 있었으며, 일본국가 바깥의 유일한 귀속처인 '조국'마저 양분된 상태였다. 일본 내 '외국인'으로 등록하도록 요구받았던 1947년 당시 그들이 적어 넣은 '조선'이라는 국적은 실재하는 것이 아니라 상상으로만 존재하는 국민국가의 기호였다. 분단 이전의 '조선'은 식민지 지배를 받는 제국의 일부였다. 재일조선인들은 일본에서 '조국'의 분단을 접하며, 아직 존재하지 않거나 과거에만 존재했던 나라인 조선을 국적란에 기입했다. 이러한 교착들은 제국 붕괴 후 냉전 체제로의 이행 사이에 놓여 있는 민족국가의 성립이 얼마나 모순 가득한 과정이었는지를 말해준다.

이 장에서는 자신들을 명실상부한 '외국인'으로 등록하도록 만든 일본이라는 법역과 심상적인 귀속처인 '조국' 사이에서 전개된 재일조선인의 주체화 과정을, 국민국가의 형성 및 언어에 대한 인식을 통해 재구성하고자 한다. 2절에서는 『해방신문(민중신문)』이 재일조선인의 문화주의적 운동을 어떻게 견인하였는지 살펴보고, 주필이었던 김두용金斗鎔이 『해방신문(민중신문)』을 통한 조선어 글쓰기와 일본공산당 기관지를 통한 일본어 글쓰기를 동시에 보여준 이언어 지식인 – 작가였다는 사실에 주목하고자 한다. 3절에서는 역시『해방신문』에서 조선어 글쓰기를 활발하게 수행한 이은직의 경우를 따라가 보며, 1948년 8월과 9월 한반도 남북한에 각각 배타적인 정권이 수립되면서 귀속의식의 변화 과정이 어떻게 드러나는지 살피고자 한다. 이어서 4절에서는 1948년과 1970년의 시점에 각각 스스로에게 '왜 일본어로 쓰는가'를 물었던 이은직과 김석범의 언어론을 분석함으로써, 재일조선인의 글쓰기에 작용한 문답의 장치의 원리를 밝혀보고자 한다.

## 2. 김두용의 이언어적 비전과 한계

『조선민중신문』으로 출발한『해방신문(민중신문)』의 창간일은 1945년 10월 10일로 알려져 있다.[10] 등사판으로 인쇄되던『민중신문』은 제14호인 1946년 3월 25일자부터 활자판으로 발행되었다.[11] 발행 및 편

---

10  일본 법무 당국의 관점에서 재일조선인 단체 및 매체에 대해 개괄했던 쓰보이 도요키치에 따르면『조선민중신문』은 제2차대전 종전 직후 박흥규(朴興奎)가 발빠르게 조선민중신문사를 창립함으로써 1945년 10월 10일 그 창간호가 발행되었다. 坪井豊吉,『在日朝鮮人運動の槪況』, 法務綜合研究所, 1959, 224면. 창간호의 실물은 아직까지 발굴되지 않았으며 45년 10월 15일자 신문부터 계속 김계담이 '편집 및 발행인'으로 등록되어 있다. 최영호에 따르면 2호로 추정되는 1945년 10월 15일자 신문(특집호)의 제호는『민중신문』이며 발행처 역시 '민중신문사(民衆新聞社)'로 되어 있다. 입수 가능한 신문 중 위의 특집호(2호) 다음으로 가장 이른 날짜인 1946년 1월 15일자 신문(제9호)의 제호는『조선민중신문』이며, 발행처 역시 '조선민중신문사'로 변경되어 있다. 최영호는 이에 대해 1945년 11월 15일 일본사회당 계열 신문으로 창간된『民衆新聞』과의 중복을 피하기 위한 방책으로 보인다고 추정한다. 최영호,「신문을 통해 보는 해방직후 재일조선인의 동향」,『한일민족문제연구』9, 한일민족문제학회, 2005, 265면.
11  「結束-盛熱-鬪爭에 所産-活字版을 내놓으면서」,『民衆新聞』, 1946.3.25, 1면.

집인은 김계담金桂淡이었고, 대표는 김천해金天海, 주필은 김두용으로 김천해와 김두용은 1945년 12월 일본공산당 재건 당시부터 각각 당 내의 조선인부 부장과 부副부장을 맡았던 인물이며 조련 결성에도 관여했다.[12] 한 선행연구는 『민중신문』과 그 후신인 『해방신문』이 "해방 후 재일조선인 매체의 원류"라고 하며, 『해방신문(민중신문)』이 조련의 공식 기관지임을 직접 표명한 적은 없으나 조련과 실질적으로 밀접한 관계를 가졌고 일본공산당과도 밀접한 관계를 맺고 있었다고 설명한다.[13] GHQ 검열자료를 중심으로 점령기 일본에서 발행된 조선어 매체의 성격을 살핀 선행연구에서는 『해방신문(민중신문)』의 주요 운영 주체들이 일본공산당의 강한 영향력 아래 있었다고 파악한다. 또한 일본공산당과 『해방신문(민중신문)』에 모두 밀접하게 관계하고 있던 김천해와 김두용이 더 이상 신문에 관여하지 않게 된 1948년 이후에도 여전히 좌파 성향의 인물들이 신문을 주도한 것으로 보고 있다.[14] 한편 또 다른 선행연구는 『해방신문(민중신문)』이 조련계 조선인에 의해 발행된 신문이기는 하지만, 조련의 기관지는 아니었기 때문에 조련의 공식적 주장을 그대

---

12  정영환은 조련을 중심으로 전개된 재일조선인의 '해방 5년사' 동안의 운동이란, 1920년대 일본에서 조선인운동에 참여한 사람들(김천해, 박열, 백무, 김두용 등)을 최고위 리더로 앉히고 1930년대 일본공산당 시절 노동운동·소비조합운동, 혹은 융화 단체·상호부조단체 활동에 관여한 사람들을 기반으로 전개된 것이라고 설명한다. 정영환, 임경화 역, 『해방 공간의 재일조선인사-'독립'으로 가는 험난한 길』, 푸른역사, 2019, 72~73면.

13  小林聡明, 앞의 책, 9~10면. 쓰보이 도요키치 역시 『민중신문』과 『우리신문』, 그리고 그것의 개제판인 『해방신문』이 "북조선(北鮮)과 조련의 기관지적 역할"을 맡고 있었던 것으로 파악한다(坪井豊吉, 앞의 책, 319면). 재일 북조선계 조선인(North Koreans in Japan)에 대해 연구한 소니아 량 역시 『해방신문』을 "조련의 조선어 기관지(The League's Korean-language organ)"로 명시하고 있다. Sonia Ryang, *North Koreans in Japan : Lanaguage, Ideology, and Identity*, Westview Press, 1997, p.80.

14  윤희상, 『그들만의 언론』, 천년의 시작, 2006, 52~53면.

로 반영한 것만은 아니었다는 점을 중요하게 지적하고 있다.[15]

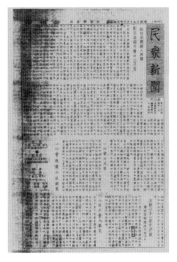

그림 1 재일본조선인연맹 창립기념대회
특집 『민중신문』(1945.10.15)

1945년 10월 15일에 일본 히비야日比谷 공회당에서 조련 결성대회가 개최되었다. 행사 이틀째인 16일에는 대회장에 『민중신문』 특집호가 배포되었다.[16] 조련이 당시 일본 내에 남아 있던 200만여 명의 조선인을 대표하는 기관이라고 명시한 이 특집호에는, 조선인들의 귀환 문제를 시급히 처리하는 한편 신조선 건설을 목표로 "종교가나 민족주의자나 공산주의자나 다같이" 단결하되 민족반역자와 전쟁범죄자를 배제하자는 취지문이 실렸다. 거기에는 조련 설립 과정에서 과거 친

일 경력을 지닌 인물들이 간부로 포함되는 상황에 반발하여, "연맹에 대한 사상성과 정치성"을 명확히 해야 한다는 내용도 포함되었다.[17]

1946년 3월 25일 활자판으로 전환한 『민중신문』은 두 가지 슬로건을 내걸었다. 첫째는 "통일은 완전 독립의 절대조건이다. 국내 국외의 민주주의적 모든 정당과 단체는 민주주의민족전선에 참가하자"였다. 둘째는 "재일본 조선 동포는 조선인연맹 깃발 밑에 민족적으로 결동하자"였다.[18] 그에 앞서 열린 조선민중신문사 지국장·분국장 및 열성자

15  정영환, 앞의 책, 112·253면.
16  吳圭祥, 『ドキュメント在日本朝鮮人連盟 1945~1949』, 岩波書店, 2009, 13~14면. 조련 결성준비위원회 및 결성대회, 그리고 총5회에 걸친 전체대회와 각 중앙위원회의 내용에 대해서는 김인덕, 『재일본조선인연맹 전체대회 연구』, 선인, 2007 참조.
17  「在日朝鮮人聯盟 創立全國大會에 一言함」, 『民衆新聞』, 1945.10.15, 1면.
18  『民衆新聞』, 1946.3.25, 1면.

대회에서는 1945년 9월 조선에 수립된 조선인민공화국 절대 지지를 선언하고 미소공동위원회에 대해서는 조선의 진보적 민주주의 건설에 협력할 때에만 그 정책을 용인하기로 결의했다.[19] 한편 1946년 3·1기념일에는 조선민중신문사 대표이자 일본공산당 조선인부 부장인 김천해가 『민중신문』을 통해, 일본 천황제 타도와 일본 민주주의혁명에의 협력, 그리고 인민공화국 지지와 민주주의민족통일전선 참가라는 재일조선인운동의 두 가지 방향성을 명확히 했다.[20] 일본 민주주의 혁명과 '조국'의 혁명전선 참가라는 두 개의 노선은 재일조선인이 당시 일본과 조선 사이에서 점하고 있었던 독특한 위상을 잘 보여준다. 일본과 조선 양쪽에서의 민주주의 혁명을 지지하는 동시에 그 혁명 주체로서 자기 위치를 발견하고자 한 것이지만 실상 전자는 일본공산당과의 연관성을, 후자는 조선공산당과의 연관성을 긴밀히 한다는 점에서 향후의 갈등 요소 또한 잠재해 있었다.[21] 달리 말해 조련 내부에는 공산당 인터내셔널리즘과 내셔널리즘이라는 두 개의 서로 다른 경향이 공존하고 있었다.[22]

　일본공산당 조선인부 부부장이자 『민중신문』 주필이었던 김두용은 일본공산당 기관지인 『젠에이前衛』 창간호에 쓴 글에서, 일본에서의 조선인 문제가 조선의 정치적 동향과도 결부되어 있는 한편 일본의 혁명

19　「조선인민공화국 지지결의!」, 『民衆新聞』, 1946.1.15, 1면.
20　金天海, 「三·一혁명을 회고하며」, 『民衆新聞』, 1946.3.1, 1면.
21　오규상은 조련 결성이 일본공산당의 지도에 의해서라기보다는 식민지 시기 일본공산당에 속해 있던 조선인 당원이 조련 결성에 관여하면서 일본공산당에 그것을 통보한 형태로 전개되었다고 파악한다. 일본공산당의 주요간부였던 김천해, 송성철 등은 일본공산당의 간부와 조선인 활동가라는 두 측면에서 조련 활동에 관여했다. 한편, 해방 직후 조선쪽과의 관계를 보면 조련에서 그 결성을 보고하기 위해 조선에 파견단을 보내기는 했으나 이 역시 조선 내 기관이나 단체의 지도에 따른 것은 아니었다. 呉圭祥, 앞의 책, 17~21면.
22　Sonia Ryang, op.cit., p.83.

상태와도 결부되어 있다고 말했다.[23] 이처럼 그는 일본에서 조선인 문제가 지닌 양면적 성격을 일찍이 규정하고 있었다. 그런데 그의 글은 1945년 11월 개최된 일본공산당 중앙위원회 협의사항 중 하나였던 '조선인에 대한 당의 기본적 활동방침' 결정내용을 반영한 것이었다.[24] 김두용은 일본인민과 조선인민의 공동투쟁에 관한 방향을 제시하며 그것을 조선인의 귀환 문제와 연관시키기도 했다. 1945년 11월에서 1946년 3월까지 일본에서 귀환한 조선인 수는 공식적으로는 94만여 명이었지만 비공식적 숫자까지 합치면 약 130만 명까지 추산되며, 이때가 가장 많은 조선인이 귀환하던 시기였다.[25] 김두용은 조선에 통일된 정부가 없고 산업 재건도 미미한 실정에 주택난이 겹쳐, 귀환한 조선인들이

---

23  金斗鎔, 「日本における朝鮮人問題」, 『前衛』 1-1, 1946.2.15(朴慶植, 『朝鮮問題資料叢書 第十五卷－日本共産党と朝鮮問題』, アジア問題研究所, 1991, 8면). 1926년 도쿄제대 미학미술사학과에 입학하여 일본프롤레타리아예술연맹 소속으로 조선프롤레타리아예술동맹 도쿄 지부 설립에 참여한 김두용은 『예술운동(芸術運動)』, 『무산자(無産者)』의 편집 및 발행에 종사한다. 그는 1929년부터 노동운동에 집중하여 재일본조선노동총동맹(재일노총)의 일본노동조합전국협의회(전협) 합류를 주도하며 민족노선보다는 계급과 국제적 연대 노선을 주장했다. 그의 활동에 대해서는 민족운동을 일본 내 계급운동으로 해소시켰다는 평가가 일반적이지만, 윤건차는 한편으로 그가 노동운동과 문화운동의 접점을 모색하였으며 식민지 시기 계급과 민족의 문제를 해방 후 재일조선인 조직 및 활동으로 연결시켰다는 점에 주목한다(윤건차, 박진우 외 역, 『자이니치의 정신사－남·북·일 세 개의 국가 사이에서』, 한겨레출판, 2016, 62~87면). 해방 직후에는 일본에서 '조선인정치범석방위원회'를 결성하여 활동했고, 조선예술좌에 속해 있었으나 조련 등의 조직활동 및 신문 관련 업무에 전념하기 위해 연극계를 떠난 것으로 알려졌다. 在日朝鮮文化年鑑編輯室 編, 앞의 책, 75면. 일본공산당 조선인부 부부장, 선전선동(アジプロ) 부원이기도 했던 그는 조선 해방 / 일본 패전 직후부터 일본공산당의 재일조선인운동 방침 결정 및 집필에 중요한 역할을 맡고 있었다.

24  김두용은 『젠에이』 창간호를 비롯하여 조선인 문제 또는 조선인 운동에 관한 총 3편의 글을 이 잡지에 발표했다. 『젠에이』에 게재된 김두용의 세 글들이 조선인 문제에 관한 일본공산당의 지령과 맺는 관계 및 김두용의 귀환을 둘러싼 정황에 대해서는 井上學, 「戰後日本共産党の在日朝鮮人運動に関する「指令」をめぐって－指令七一号と一四〇号, 金斗鎔の帰国」, 『海峽』 24, 朝鮮問題研究会, 2011.6 참조.

25  森田芳夫, 『在日朝鮮人處遇の推移と現狀』, 法務研修所, 1955, 57면.

일본으로 재도항하는 사례가 늘고 있다고 지적한다.[26] 그에 따르면 이는 곧 "우리 조선인, 특히 프롤레타리아 대중은 결국 우리들 자신의 생활문제를 근본적으로 개선하기 위해, 일본 내지內地에서도 일본인민과 함께 협력하여 공동투쟁해야 할 필요성을 보여주는 것"이었다.[27] 그는 이러한 공동투쟁의 과정에서 획득되는 인적·물적 교류를 통해 일본인민과 조선인민 사이의 민족적 감정과 편견이 해소되기를 희망했다.[28] 요컨대, 그의 글에서 조선인들의 귀환 문제로부터 출발한 공동투쟁의 방향은 당의 근본목표인 '천황제 타도'로 합류되는 구조를 띠고 있었다.

공동투쟁에서 조선인의 역할이 중요한 만큼, 그는 일본공산당과 조련 영향 하에 있는 조선인을 이론적·실천적으로 단련하기 위한 계몽기관의 필요성을 강조하면서 『민중신문』을 언급하였다. 당시는 아직 『민중신문』이 활자판을 발행하기 전이라 지면과 기술 관계상 대중적인 계몽 매체로 충분히 활용되지 못했다고 지적한 그는, 『민중신문』이 곧 활판화된다면 재일조선인 운동의 선전활동이 약진할 것이라는 기대를 내비쳤다.[29]

『민중신문』이 활자판을 발행하기 시작한 1946년 3월 25일을 시작으로, 김두용은 3개월간 6회에 걸쳐 「신조선건설강좌」를 『민중신문』에 연재했다. 김두용의 이름으로 『민중신문』에 처음 발표된 글이었다.[30]

---

26 실제로 가장 많은 재일조선인이 귀환했던 1946년 4월부터 12월 사이의 귀환자 수는 82,900명으로 추산되며, 같은 해 비정규 루트인 밀항을 통해 일본으로 재입국하다가 검거된 재일조선인의 수는 19,107명, 강제송환된 수는 26,032명에 달했다. 도노무라 마사루, 신유원·김인덕 역, 『재일조선인 사회의 역사학적 연구』, 논형, 2009, 392~395면.
27 金斗鎔, 앞의 글, 10면.
28 위의 글, 11면.
29 위의 글, 12면.
30 1946년 6월 25일 6회차로 연재가 중단되었다.

조련이 '조국'의 민주주의민족전선 참가를 위해 대표단의 파견을 앞두고 있던 4월 15일에는 주필 김두용의 이름으로 대표단에 대한 당부인사가 게재되었다. 당시 조련은 민주주의민족전선 참가를 위해 대표단의 서울 파견을 앞두고 있었다.[31] 김두용은 이번 파견의 목표가 조련이 "일본에 있는 우리 동포의 유일한 민주주의적 단체라는 것을 본국에서 승인을 받게 되는" 것이라고 하며, 조련이 일본 내 조선인 단체로서 지니는 대표성을 강조하였다. 하지만 그는 "동시에 이번의 대표는 다만 조련을 대표하는 것이 아니라 **일본에 있는 정치적 전위**를 보내어 장차 성립되는 임시민주정부를 위하여 적극적으로 활동하게 하는 것"이라고 덧붙였다.[32] (강조는 인용자) 일본공산당의 입장에서 공동투쟁의 목적이 조련을 사실상 일본 내 혁명운동의 전위조직으로 삼는 데 있었음을 생각할 때, '조련'의 대표로서만이 아니라 '일본의 정치적 전위'로서 '조국' 민주전선에 참가하기를 당부하는 김두용의 발언은 그가 놓인 양면적 위치, 그리고 조선인 문제가 일본에서 지니던 양면적 성격을 잘 보여준다.

---

31  조련은 1945년 11월부터 이미 서울에 '서울시위원회'를 설치하고 있었다. 민주주의민족전선 측은 1946년 2월 결성대회를 앞두고 해내·해외의 각 단체들을 초청했는데 거기에 조련도 포함되어 있었다. 「초청단체결정, 민전 결성 앞두고」, 『동아일보』, 1946.2.13, 1면; 「[社說] 진보적 민주주의 조선을 건설하자 : 본국파견대표단을 보내면서」, 『民衆新聞』, 1946.4.10, 1면. 조련에서 최초로 조선에 대표단을 파견한 것은 1945년 11월 6일로, 조련 중앙위원장 윤근을 단장으로 하는 대표단 10명이 '조국' 정세의 조사와 재일조선인 생활실태 보고를 목적으로 조선에 파견되었다. 조선 도착 후 예상치 못한 반일 정서를 접하고는 애초의 보고서 강령에 적힌 '일본국민과의 호양우의'에 관한 항목을 삭제하고, 통일정부 수립을 위한 대동단결, 귀국동포 생활 안정을 위한 주택과 직업 확보, 조국반역자 처단, 그리고 조련을 재일조선인들의 대표적인 공적 기관으로 인정할 것 등을 요구하는 보고서를 채택했다. 이들은 2개월 정도 조선에 체류하며 전국인민대표자회의, 민심사 주최 좌담회, 전국청년동맹 결성대회 등에 참석하고 각자 일본으로 재입국했다. 최영호, 『부관연락선과 부산』, 논형, 2007.

32  「代表團에게! 主筆 金斗鎔씨의 말」, 『民衆新聞』, 1946.4.15, 1면.

그러나 조선의 민주정부 수립은 조선인 문제에 대한 일본공산당의 개입 범위를 넘어서는 문제였다. 조련에 대한 일본공산당의 지도방침이 처음 명시된 1946년 8월의 제4회 확대중앙위원회 결정사항인 이른바 '8월방침'에 의하면, 조선인 조직은 일본공산당의 세포로 가입하여 일본인 당원과 일체가 되어야 하고, 조련 주요직에는 일본공산당원이 배치되어야 했으며, 조련은 어디까지나 일본공산당의 인민민주주의전선 내부의 역할을 수행하도록 제한되었다.[33] 이러한 방침을 반영하여, 김두용은 1947년 3월 『젠에이』에 발표한 「조선인운동은 전환하고 있다」라는 제목의 글에서 조선인 운동이 "본국(조선—인용자)과 완전히 보조를 함께하여 나아가"는 것을 경계하기도 했다. 또한 앞으로 "어떻게 해서든 우리의 실제적인 투쟁은 **일본의 정치 쪽으로** 향하지 않으면 안 된다"고 강조하였다.[34](강조는 인용자)

이 글이 발표된 직후인 1947년 3월 19일에는 일본공산당 중앙위원회 서기국 지령71호 '조선인 사이의 활동방침'이 발령되었으며, 『젠에이』 1947년 5월호에는 김두용이 지령71호와 거의 비슷한 내용으로 「조선인운동의 올바른 발전을 위하여」라는 제목의 글을 발표하였다. 그는 이 글에서 앞의 두 논설보다 더욱 강력하게 민족문제를 계급투쟁의 하위에 두고 공산주의 원칙의 우위를 주장했으며, 민족문제와 계급문제 양자가 서로 모순될 때에는 계급적 이익을 위하여 민족적 이익을 버릴 필요가 있다는 입장을 피력했다.[35] 그는 조선인 문제를 일본인 문제와 별개로 보

---

33 박경식, 앞의 책, 109면. '8월방침'은 공산당 조선인부의 주요 멤버인 김천해, 김두용, 송성철(宋性撤) 등의 토의 끝에 결정된 것이라고 한다.

34 金斗鎔, 「朝鮮人運動は轉換しつつある」, 『前衛』 14, 1947.3.1(박경식, 앞의 책, 13면).

35 金斗鎔, 「朝鮮人運動の正しい發展のために」, 『前衛』 16, 1947.5(박경식, 앞의 책, 16면).

는 생각이 "당을 국제주의로 결합시키지 못하도록 방해"하는 것이라고 비판했다.[36] 민족적 차이는 인정해야 하지만 그 차이가 계급투쟁에 방해가 될 때는 민족주의를 버리고 국제주의로 방향을 명확히 해야 한다는 것이 『젠에이』에서 그가 남긴 정치적 언설의 결말이었다.

『민중신문』에서 『해방신문』으로의 개제는, 이처럼 일본공산당이 제시한 조선인 문제에 대한 방향이 민족주의를 지양하고 국제주의를 강화하는 쪽으로 기울어지고 있던 1946년 초반에서 1947년 중반 사이 이루어졌다. 『민중신문』은 오사카에서 발행되던 조선어 신문 『대중신문』과의 통합을 계기로, 1946년 8월 15일 '우리신문'으로 제호를 변경하였다. 그리고 그로부터 불과 보름 뒤인 1946년 9월 1일에는 제호를 '해방신문'으로, 발행사를 해방신문사로 재변경하여 합동 제3호를 발행하였다.[37] 『해방신문』의 발행 이후 주필 김두용의 이름이 제호의 하단에 매호 명시되기 시작했으며, 주요 사설 또한 그의 이름으로 게재되었다.[38]

---

36 위의 글, 18면. 이노우에 마나부에 따르면 글의 작성시점으로 볼 때 그의 세 번째 논문 작성 직후 '지령71호'가 발령되었으며 그 내용 또한 겹치고 있으므로, '지령71호' 자체가 김두용의 논문에 기초하여 쓰였을 가능성이 있다고 한다. 井上學, 앞의 글, 57면.

37 해방신문사는 제호 변경에 대해, 변화하는 정세의 요구에 맞추어 신문의 민주주의적 지도성을 확립하기 위해서라고 밝히고 있다. 「「解放新聞」으로 開題-民主主義言論의 確立을 위하야」, 『解放新聞』, 1946.9.1, 1면. 고바야시 소메이는 이 제호 변경이 순조선어 표기로 인한 유통 상의 불편을 해소하기 위해서였다고 해명한다. 小林聡明, 앞의 책 14면. 『해방신문』이라는 제호는 1950년 점령당국에 의해 폐간될 때까지 유지되었고 2년 뒤 복간되고 나서도 동일한 제호로 발행되다가, 총련 결성 2년 후인 1957년에는 제호를 『조선민보』로, 1961년에는 『조선신보』로 변경하여 현재까지 계속 발행되고 있다. 그런 점에서 『해방신문(민중신문)』은 현재까지 발행되는 총련의 기관지 『조선신문』의 원형이었다고도 할 수 있다.

38 『해방신문』은 집필자의 이름을 명기하여 사설을 게재하기 시작했는데, 이때 주요 필진들은 주필 김두용 이외에 오수민, 유종환, 이윤우 등이었다. 유종환은 편집국장, 이윤우는 출판국장의 직위에 있었다. 『해방신문』 본사 편집부 기자는 조선인 7명과 일본인 1명으로 구성되어 있었고, 그 외에도 2명의 일본인이 사무직으로 근무했다. 즉 해방신문사 구성원 전체가 재일조선인인 것은 아니었다. 위의 책, 14면.

그의 이름으로 『해방신문』에 실린 첫 사설은 1910년 8월 29일 '국치國恥' 사건과 1923년 9월 1일 관동대지진 당시의 조선인 학살 사건을 동시에 기념하는 내용이었다. 사설에서 그는 두 기념일을 모두 지배계급에 의한 조선인 학살 사건으로 다루었으며, 과거 조선의 식민지적 지위를 현재의 '비민주적' 상태에 겹쳐놓음으로써 "진보적 자주독립국가"라는 '조국 건설'의 목표와 연결시켰다.[39]

또 다른 사설에서 그는, 패전 후 일본정부의 재일조선인 탄압 및 정치계 인사들의 차별적인 망언 사건들이 발생하는 상황을 관동대지진 당시의 조선인 학살사건과 연관지어 해석했다. 그리고 "일본 반동정부"에 대해서는, "조선사람 앞에 머리를 수그리고 조선사람을 외국인으로 대우하고 생활이 안정되도록 노력하는 동시에 성의를 가져야" 한다고 항의했다.[40] 주목할 점은 그가 조선인을 '외국인으로 대우'하라고 요구한 부분이다. 이러한 요구가 나온 맥락에는 항의의 발단이 된 일본 정치계 인사들의 망언 내용이 주로 재일조선인의 불법행위에 대한 일본 사법당국의 강력한 법적 대응을 주장한 것이었다는 사정이 놓여 있다.[41] 그가 조선인을 외국인으로 대우하라고 일본 정부에 요구했을 때, 이는 일본의 법령을 조선인에게도 동일하게 적용해선 안 된다는 주장을 담고 있는 것이었다.

---

39  金斗鎔, 「[社說] 八・二九 九・一을 記念하면서」, 『解放新聞』, 1946.9.1, 1면.
40  金斗鎔, 「[社說] 日本反動政府의 陰謀를 暴露함」, 『解放新聞』, 1946.9.10, 1면.
41  사설에서 김두용이 들고 있는 사례란 1946년 8월 국회에서 일본 진보당 중의원인 시이쿠마 사부로(椎熊三郎)가 조선인이 패전 하의 일본국민의 고통을 무시하고 '전승국민'인 체 날뛴다는 취지의 발언을 한 것과, 1946년 9월 귀족원에서 야마다 사부로(山田三良)가 향후 경찰력을 강력히 발휘하여 조선인・타이완인의 불법행위를 탄압하겠다고 말한 것이었다.

하지만 김두용은 재일조선인 사회를 일본이라는 법역으로부터 완전히 분리시키는 것에 대해서도 반대했다. 이는 일본에서의 생활권 옹호와 선거권·피선거권 요구의 형태로 드러났다. 1947년 초에는 일본 민주혁명에 참가하는 것이 재일조선인의 생활권을 지키기 위한 필수요건으로 거론되었다.[42] 2월 1일 『해방신문』에는 '조일朝日 양인민兩人民 공동투쟁'이라고 적힌 현수막을 들고 요시다 내각과 자본가를 향해 "쓸어오는 인민들의 반정부투쟁"을 그린 만평이 실렸다. 시위대의 물결 속에는 '생활권옹호', '반동내각타도', '인민정부수립'이라는 구호 사이에 들려 있는 태극기가 눈에 띈다(그림 2).[43] 조선인 운동에 대한 일본공산당의 지도방침을 반영하여 재일조선인의 투쟁을 일본의 정치에 종속시켜야 한다고 주장한 김두용의 「조선인 운동은 전환하고 있다」가 『젠에이』에 발표된 시점보다 조금 일찍 『해방신문』에 실린 만평이었다. 그림 속 시위대는 일본 자본가 계급과 결탁한 요시다 내각을 상대로 투쟁을 벌이고 있지만, 동시에 민족적 인정의 기호인 태극기를 동원하고 있기도 하다. 이 그림은 재일조선인 운동이 문화적 차이를 동원하여 '현존하는 국민국가' 일본과 '초국가적 기구'인 점령당국 양쪽 모두로부터 인정받으려는 문화주의적 특징을 지니고 있었음을 잘 보여준다.[44] 일본 내부를 향해 행진하는 방향의 반대쪽에는, '조국'으로 귀환이 불가능해지고 이주지에서의 정주가 점차 현실화되는 상황이 놓여 있었다. 김두

---

42 「우리들의 生活權을 지키기 위하야 日本民主革命에 參加하자!」, 『解放新聞』, 1947.2.1, 2면.
43 『解放新聞』, 1947.2.1, 2면.
44 "이주와 분리라는 사실 혹은 그 가능성에 의존한" 상상력으로서의 문화주의에 대해서는 아르준 아파두라이, 차원현·채호석·배개화 역, 『고삐 풀린 현대성』, 현실문화연구, 2004, 서장 참조

그림 2 『해방신문』 1947년 2월 1일자 만평

용이 1947년 3월 『해방신문』의 사설에서 재일조선인의 선거권과 피선
거권을 요구한 데에는 정주의 현실화라는 상황이 관련되어 있었다. "우
리가 '조국'에 돌아가지 못하고 이곳에 있는 이상은 좋거나 궂거나 반드
시 일본정치제도의 영향을 받지 않을 수 없"다는 것이었다. 그렇다고 해
서 선거권·피선거권의 요구가 "일본국민이 되려는" 것을 의미하지는
않았다. 선거를 통해 재일조선인들을 둘러싼 "협위脅威와 불안"을 없애
고 "안정된 생활"을 일본 내에서 영위하고자 한 것이었다.[45]

이상에서 살핀 『해방신문』의 사설에서, 김두용은 식민지 기억을 소
환하여 재일조선인의 역사를 민족주의적으로 재구성하고 그것을 '조
국'의 독립 및 조일 양쪽의 인민정부 수립이라는 목표와 연관시켰다. 이
처럼 공동투쟁의 당위성을 조선의 식민지 기억으로부터 찾는 일은, 자

---

45    김두용, 「[社說] 選擧權·被選擧權을 要求하는 이유」, 『解放新聞』, 1947.3.15, 2면.

신이 주도적으로 설계한 일본공산당의 조선인 대책을 반영한 『젠에이』의 논설들에서는 드러나지 않는 것이었다. 『전에이』의 일본어 논설들과 달리, 그는 '국치' 기념일과 관동대지진 기념일을 병치하여 일본 내에서의 조선인 투쟁이 식민지적 기원을 갖는다는 점을 부각시켰다. 이와 더불어 그가 주필로 있던 『해방신문』이 강조한 재일조선인의 태도는 '패전국민＝일본인'과 변별되는 '해방국민'으로서의 자부심과 그에 걸맞은 시민의식이었다.[46]

그런데 『해방신문』에서 강조하는 재일조선인의 '해방'과 『젠에이』에서 전개했던 공동투쟁 노선에서의 '해방' 사이에는 미묘한 차이가 발생한다. 김두용이 쓴 『해방신문』의 논설을 통해 확인되는 사실은 재일조선인의 '해방'과 일본인민의 '해방'이 동일한 지평에 놓일 수 없다는 점이었다. 하지만 계급적 이익이 민족적 이익에 우선한다는 일본공산당의 노선에 따라 재일조선인과 일본인민의 미완의 '해방'이 가지고 있는 '차이'에 눈감을 때, 재일조선인의 해방 운동과 그것이 속해야 할 일본 혁명 운동 사이에는 비약이 발생한다.[47] 이러한 비약은 김두용이 『해방신문』에 의해 견인된 재일조선인의 문화주의와, 『젠에이』에 의해 이론화된 전후 일본의 마르크시즘적 국제주의에 동시에 관여함으로써 두드러졌다. 김두용이 '조국'으로 귀환하기 전까지 일본공산당의 재일조선

---

46 전후 처음 열린 1946년 메이데이 행사에서의 조선인 참가에 대해, 신문은 "조선의 노동인민이 해방국민으로서의 자랑을 그대로 가지고" 세계 노동자로서의 보편적 요구와 재일조선인의 특수한 이익을 옹호하기 위한 요구를 동시에 해냈다는 점에 의의를 두고 있다. 「[社說] 메-데-의 教訓과 政治的 自覺」, 『民衆新聞』, 1946.5.1, 1면. 한편 해방된 국민으로서 자존심과 독립국민의 체면을 가지고 "일본국민"을 적대시하지 말자는 취지의 사설도 실렸다. 「解放된 國民으로서의 自尊心과 自制心을 가지라」, 『民衆新聞』, 1946.7.1, 1면.
47 정영환, 앞의 책, 258~259면.

인 대책은 그들의 민족적 타자성을 인정하지 않는 것을 핵심으로 했다. 따라서 그는 재일조선인 운동의 자주성을 인정하지 않고 민족성을 계급적으로 해소했다는 후대의 역사적 평가로부터 자유롭지 못했다. 하지만 이러한 평가에서, 그가 『해방신문』과 『젠에이』라는 재일조선인 운동과 일본공산당 운동의 상징인 두 매체에서 동시에 '재일'의 비전을 제시하는 위치에 있었다는 점이 충분히 설명되지는 않았다. 그의 이론 속에는 서로 합치될 수 없는 '해방'이 있었을 뿐만 아니라, 공동투쟁의 주체와 민족적 주체라는 서로 다른 '재일'이 존재했다. 또한 서로 다른 '재일'은 일본어와 조선어라는, 각각 다른 언어로 제시되었다. 이러한 명백한 차이들을 스스로 현시하면서도 그 차이를 무화시키고, 하나의 '해방'과 하나의 '재일'을 제시한 것이 김두용이 동시적으로 병행한 이언어 글쓰기의 특징이었다.

김두용이 조선인 독자들에게 전하는 귀환사歸還辭인 「조국에 돌아가며」는 그가 『해방신문』에 남긴 마지막 글이 되었다. 그는 20년 만에 "모국의 땅"을 밟게 될 기쁨과 북조선의 정치적 과업에 동참하게 된 감격을 이야기했다. 또한 "일본에 있는" 동포들에게는 서로 멀리 떨어져 있더라도 운동의 방향과 성격이 일치하면 여전히 좋은 동무이자 동지가 될 것이라고 하면서 마지막 인사를 고하였다.[48] 그의 귀환을 둘러싸고는 일본공산당 내부 인정투쟁에서 헤게모니를 장악하지 못해서라는 추측과, 북조선에서의 임무 수행을 위해서라는 추측, 그리고 일본공산당의

---

48 「祖國에 도라가며－본사 주필 김두용」, 『解放新聞』, 1947.7.1, 1면. 함흥 출신인 그의 북조선으로의 귀환은 1946년 12월 미－소 간에 '소련지구 인양에 관한 미소 협정'이 체결되어 북조선 출신 재일조선인의 합법적 귀환이 일시 가능해진 이후에 이루어졌다.

그림 3 김두용이 귀환 직전 『해방신문』에 남긴 글

국제적 연대 모색을 위한 일시적 파견이었다는 추측 등이 뒤섞여 있다.[49] 그의 귀환을 전후로 한 시기에는 패전국 일본의 비무장화 및 민주화를 목표로 하던 점령 당국이 '역코스Reverse Course'로 정책을 선회하여 일본을 극동 반공블록의 경제적·안보적 거점으로 삼으려 하고 있었다. 김두용의 귀환 직후 발령된 일본공산당 서기국 '지령140호'는 이전까지 김두용이 조선인 문제에 대한 당의 기본방침으로 제시해온 '민족문제와 계급문제의 양립불가'라는 입장을 비판하고, 대중적 일상투쟁을 통해 당 내부 통합을 강화하는 면으로 궤도를 수정했다.[50] 한편 '조

---

49  미 육군 정보기관(MIS)의 '김두용 파일'을 분석한 이노우에 마나부에 따르면 미국 정보기관은 김두용의 귀환이 일본공산당과 코민포름의 관계에 중요한 작용을 했을 것이라는 판단 하에, 귀환 당시 행적과 귀환 목적 등을 집요하게 추적했다. 대부분이 제보자('내통자')의 보고로 이루어진 '김두용 파일'에는 김두용이 북조선공산당과의 연락 확립을 위해서, 또는 하얼빈에서 열리는 코민테른 준비회의 및 바르샤바에서 열릴 코민테른 집회의 참가를 위해서 출국한 것이라는 설이 뒤섞여 있다. 귀환의 성격 또한 영구 귀환이란 의견과 일시 귀환 후 일본으로의 재밀항 설이 혼재되어 있다. 하지만 1948년 3월 북조선노동당 제2전당대회에서 김두용이 중앙위원 후보로 선출되었다는 보고가 있다. 井上学, 앞의 글, 61~68면. 한편 재일 민족교육에 관한 저술에서 김덕룡은 김두용이 1960년에 북한의 한 도서관 관장으로 근무하고 있었던 사실이 확인된다고 언급한다. 김덕룡, 『바람의 추억―재일조선인1세가 창조한 민족교육의 역사』, 선인, 2009, 21면.

50  井上学, 앞의 글, 56~59면.

국'에서는 1946년 5월 무기 휴회에 돌입한 미소공동위원회가 1년 만인 1947년 5월에 재개되었지만, 한반도 문제의 UN 이관 및 미소 양군 동시철군 문제에서 각각 이견을 보임으로써 10월에 위원회가 최종 결렬되었다. 그리하여 결국 1948년 5월 10일 UN 감시하에 남한 단독 총선거가 실시되었다. 이러한 상황은 재일조선인 운동이 일본공산당 운동 내부의 갈등과 한반도에서의 남북문제에 관한 갈등에 중층적으로 휘말리도록 만들었다. 1948년 1월에 개최된 조련 제13회 중앙위원회에서는 서기장인 백무가 남한 단독정부 수립 및 일본공산당 지도방침의 전면적 수용에 반대함으로써 조직에서 제명되는 일이 일어났다. 백무에게 가해진 비판은 북조선인민위원회를 단독정부로 인정했다는 것과 조련의 흡수·해체를 합리화하는 민족통일론을 주장했다는 것이었다.[51]

재일조선인 사회 내부에서는 아직 국가가 수립되지 않은 채 분단된 '조국'의 어느 쪽에 귀속되어야 하는지를 두고 분열의 조짐이 일어났다. 그것은 어느 쪽이 되었든 이들의 정주 지향성이 아닌 '조국' 지향성에 바탕한 것이었지만, 이러한 '조국' 지향성이 '재일' 내부의 위치에도 영향을 미친다는 것이 이 시기 재일조선인을 둘러싼 조건이었다. 1947년 5월 실시된 외국인등록령은 재일조선인으로 하여금 난민의 지위로 전락하거나 그렇지 않으면 존재하지 않는 국적 선택이라는 딜레마에 빠지도록 만들었다. 이미 귀환에 관한 등록제 실시로 귀환의 조건이 점차 까다로워지고 있었고, 그나마 귀환한 뒤에도 극심한 생활고로 재밀항하는 사례가 속출하고 있었다. 『해방신문』은 '본국소식' 또는 '고국소식'란을

---

51 김인덕, 앞의 책, 90~92면.

통해 남조선의 정세를 실시간으로 보도했다. 그리고 일본으로의 재밀항자들을 통해 들려오는 귀환자들의 '운명'을 계속하여 기록했다.[52] 귀환자들은 '귀환 불가'라는 재일의 상태를 의식하도록 하는 참조항이었다. 하지만 일본의 외국인등록령은 재일조선인들을 일본국가 내부에 '있는' 동시에 '없는' 존재로 만들 수도 있었다. 아직 '국가'를 소유하지 못한 그들이 그럼에도 '국가'라는 형태로 가시화하고자 한 '조국'과의 관계, 일본공산당이라는 합법적인 정당노선과 맺고자 한 '인민'적 관계, 그리고 공동의 '적'으로 삼은 일본정부와의 관계란 모두 일대일로 대응되지 않고 다른 관계들을 끌어들이거나 배제함으로써만 형성될 수 있는 것들이었다. 그 관계는 국민과 국가의 관계로, 국가 간의 관계로, 또는 민족 간의 관계로 설명되지 않는 중층적이고 유동적인 관계의 영역이 제국 붕괴후 일본과 한반도 사이에서 만들어지고 있다는 것을 의미했다.

## 3. 이은직의 조선어 창작과 '1948'

외국인등록령에 의해 난민의 지위로 전락할 수 있는 위기에서 재일조선인들은 '조국'에 자주통일독립국가가 수립되는 것만을 기대해야 했다. 그렇지 않으면 그들의 국적란에 적힌 '조선'이라는 기호는 '조국' 분단 이전을 가리키는 식민지적 과거에 고착되거나, 아니면 통일 이후

---

52 「暴露된 九州 事情-죽지 못해 사는 在渡航 同胞」; 「개보다 더 못한 歸國同胞의 運命」, 『解放新聞』, 1946.11.20; 「서울은 戰災民이 올 곳이 아니다!」; 「歸國戰災同胞의 住宅難-서울에서는 天幕에 受容」, 『解放新聞』, 1947.7.5.

라는 기약 없는 미래를 향해 부유할 수밖에 없었다. 『해방신문』은 1948년 2월 7일 UN조선임시위원단을 반대하며 남로당을 중심으로 시작된 남조선의 구국투쟁을 크게 보도하고,[53] '3 · 1의 혁명전통을 계승하여 우리 자력으로 완전독립을 달성하자'는 표어를 내걸었다.[54] 1948년 4월 19일 평양에서 개최될 예정인 전조선정당사회단체대표 연석회의를 앞두고는 "조국의 자주통일독립을 달성"하려는 대회의 의의를 높이 평가하고, 김천해의 명의로 연석회의를 지지하는 성명을 싣기도 했다.[55] 또 "재일조선인 각단체는 단선단정 국련조위國聯朝委, UN조선위원회에 반대하는 한 조국애에 입각하야 의사와 행동을 통일한 다음 일대 구국투쟁을 전개해야 한"다는 조련 중앙상임위원회 발표를 싣기도 했다.[56] 이후 1948년 제주 4 · 3사건, 5월의 남조선 단정 실시 및 1948년 4월 한신阪神 지역을 중심으로 퍼져나간 교육탄압 반대투쟁 등을 거치면서 재일조선인운동의 방향은 "방위투쟁"으로 이행하였다. 북조선인민회의에서 결의된 조선민주주의인민공화국 헌법에 기초하여 실시하기로 예정된 1948년 8월 25일의 총선거를 앞두고는 "통일정부수립의 초석"이 마련되기를 기대하였으며,[57] 결국 1948년 9월 15일 "조선민주주의인민공화국 중앙정부 수립 만세"라는 구호를 외쳤다.[58]

53 「南朝鮮一帶 總罷業 實施─國聯朝鮮委員團을 反對, 美소 兩軍 卽時撤兵을 主張」, 『解放新聞』, 1948.2.15, 1면; 「南朝鮮 抗爭은 繼續」, 『解放新聞』, 1948.2.20, 1면.
54 『解放新聞』, 1948.3.1, 1면.
55 「統一自主獨立에 曙光! 救國會議에 南北이 一致」; 「分裂危機를 박차고 救國運動의 烽火」; 「海內外 同胞는 平壤連席會議를 支持하자─金天海씨 談」, 『解放新聞』, 1948.4.5, 1면.
56 「救國을 위하야 倍前의 力量을─朝聯 第14回 中央委員會 4月 1日부터 3日間 緊急開催」, 『解放新聞』, 1948.4.15, 1면.
57 「解放 3年을 中央政府樹立으로─在日同胞는 防衛鬪爭에 蹶起하자!」, 『解放新聞』, 1948.8.15, 1면.
58 「朝鮮民主主義人民共和國 中央政府 樹立 만세」; 「[社說] 眞情한 우리 人民政府의 誕生」; 「政府 樹立 喜報에 歡喜하는 在日同胞─統一까지에 鬪爭을 盟誓」, 『解放新聞』, 1948.9.15, 1~2면.

1946년에서 47년 사이에 일본 반동정부 타도와 생활권 옹호, 그리고 인민정부 수립을 목표로 전개된 공동투쟁이 과열된 양상을 보인 것처럼, 1948년 중반 자주적 통일독립국가 확립을 위한 '구국운동'과 '조국 방위운동', 그리고 통일국가 수립이 좌절된 후 조선민주주의인민공화국에 대한 절대적인 지지의 과정 또한 치열하게 진행되었다. 1948년 10월 10일 일본 전역에서는 공화국 정부 수립을 축하하기 위한 대회가 거행되었고, 조련에서는 '본국파견 경축대표단'을 기획했다.[59] 사이타마埼玉 현에서 열린 경축대회에 참석한 시인 허남기는 "오늘 /一九四八年 十月十日 / 玄海灘건너 제땅에못살고 / 日本온 우리겨레 암담히 모여 / 우리國旗 처음걸고 / 우리 몇十年만에 처음갖는 새나라의 노래"를 낭송했다.[60] 그리고 "그날의 성대한 잔치"를 보지 못하고 한반도 남쪽의 고향에서 작고한 아버지를 아래와 같이 애도했다.

님이여

당신은 보셨읍니까

당신이 바라고 바래시던

그 새 깃발

당신이 바라고 바래시던

그 새 국호

이제 당신이

---

59　김천해, 김훈, 허준, 정동문, 윤병옥, 조희준, 이중관 외 지방대표 수 명과 문화인 3명, 그리고 언론계 2명을 파견하기로 결정되었다. 「本國派遣慶祝代表團」, 『解放新聞』, 1948.10.18 ·21, 2면. 하지만 이 계획은 일본정부의 불허로 실현되지 못했다.

60　許南麒, 「國旗」, 『解放新聞』, 1948.10.12·15, 2면.

쉰다섯해의 생애를받치신

조국의하눌

아래

완연히 빛나고

뚜렷이 휘날니는것을

아하 그리고

당신이 계시고 당신이

도라가신 그곳이

남부조선도 아주 남쪽

경상도 동내고을이였어

九월초여들엣날

새 나라가 생겨낫다는

말 들으시면서도

그 때문은 태극기와

별많은 검은손으로

눈과 귀를 가리워

못듣고 못보시고 도라가신

그 새 깃발

그 새 국호

보셨읍니까[61]

---

61  許南麒, 「당신은 보셨읍니까」(부분), 『解放新聞』, 1948.10.18·21, 2면.

그는 고향이 있는 '조국'의 남반부에서 "때묻은 태극기"로 묘사된 봉건지주 세력과 "별 많은 검은 손"으로 묘사된 미군정의 방해로 공화국 수립 소식도 듣지 못한 채 돌아가셨을 아버지의 부음을 시의 소재로 사용했다. 그는 공화국에 의하여 '조국' 남반부가 '통일=해방'되는 날에야 비로소 아버지가 남긴 고향의 집으로 "돌아갈 수 있"을 것이라고 말한다. 이처럼 공화국 수립은 그에게는 귀환에 대한 희망과 좌절을 모두 안겨준 사건으로 이해되었다. 공화국이라는 귀속국가가 주어진 대신, 대한민국은 돌아갈 수 없는 고향이 되었다.

공화국 수립에 호응하여 '조국' 부흥에 재일조선인들을 동원하는 재일조선인 집단의 문화주의 운동은 일본 전역에 파견할 문화공작대를 편성하고, 귀속국가 앞에 부끄럽지 않은 재일조선인 문화의 창조와 향유를 요구하는 방향으로 전개되었다.[62] 귀속국가인 공화국의 문화사업은 재일조선인의 문화적 발전 상태를 스스로 평가할 수 있는 절대적 기준이었다. 『해방신문』이 공화국의 문화사업 중에서 가장 주목한 것은 다름 아닌 문맹 퇴치 사업이었다. 1946년에 32만여 명, 1947년에 81만여 명, 1948년에는 96만여 명의 문맹을 퇴치하고 1948년 11월 말까지 문맹 완전 퇴치를 목표로 하고 있다는 공화국 문맹퇴치운동의 "경이적 소식"은 "재류동포, 특히 각 단체에서 일하는 마음 있는 지도자들에게 적지 않은 충격과 많은 교훈을 주었"다.[63]

---

62 「文化工作運動 民靑・文學會에서 推進」; 具眼生, 「流行歌文化 擡頭에 對한 考察」, 『解放新聞』, 1948.12・15, 2면.

63 「文盲退治에 關하야」, 『解放新聞』, 1948.11.24, 1면. 그밖에도 북조선 문맹퇴치사업에 관한 기사로는 다음과 같은 것들이 있다. 「平南의 巨大한 啓蒙事業, 年初에는 文盲이 一掃된다」; 「人口의 4割이나 되는 文盲을 一掃, 平南 孟山郡 東面에서」, 『解放新聞』, 1948.1.10, 1면; 「놀라운 文盲退治事業, 平壤敎育局會議에서 報告」, 『解放新聞』, 1948.1.20, 1면.

재일조선인 운동에서의 문맹은 이중의 의미를 지니고 있었다. 하나는 글 자체를 읽고 쓸 수 있는 능력의 부재라는 일반적 의미에서의 문맹이며, 다른 하나는 조선어 리터러시의 부재라는 특정 언어에 한정된 문맹이다. 재일조선인 문맹퇴치 캠페인에서는 문맹을 '국가에 이바지할 수 있는 인민'의 자격이 없는 존재로 간주하며 위의 두 가지 의미를 동일화했다. 공화국의 문맹퇴치 사업을 참조하여, 조련 문교당국은 1949년 2월에 제1차 발표를 통해 '4개월 내 3만 명'이라는 문맹퇴치 목표 대상을 설정하고, 『해방신문』 등의 조선어 매체를 활용한 일상에서의 '국어' 습득 분위기 형성을 제안했다.[64] 1949년 2월에 열린 조련 제17회 중앙위원회에서는 "문맹은 조선인민공화국 인민의 수치다!", "인민의 나라를 더 한층 빛나게 하기 위해서 우리는 본국의 인민에게 지지 않게 한 사람 한 사람이 다 읽고 쓰고 배우고 가르쳐 국가에 이바지할 수 있는 인민이 되자!"와 같은 캐치프레이즈가 사용되었다.[65] 재일조선인 문맹퇴치 캠페인은 공화국의 문화정책의 연장선으로 이해되는 한편, 재일조선인 운동의 맥락에서는 '인민'의 자격을 획득하기 위한 조선어 교육으로 전유되었다.

이러한 문화운동의 방편으로 조련 문교부에서는 아동문화상을 제정하였다. 이 상의 제정 목적은, "재일동포 아동의 자주적 문화의 향상과 더불어 **인민공화국의 제2국민으로서** 뒤떨어지지 않도록 향학열을 앙양하고 지도층에 있는 관계자의 더욱 깊은 관심과 창의성을 촉성하"는 데 있었다.[66](강조는 인용자) 앞선 '창작언어' 논쟁에서 김달수와 대립한 어당

---

64  「4個月 內에 3萬名 – 文盲退治 第1次計劃을 樹立」, 『解放新聞』, 1949.2.18, 1면.
65  「17中央委員會 口號」, 『解放新聞』, 1949.2.18, 1면.

이 아동문화상 심사위원에 포함되었는데, 그는 이 상을 통해 재일조선 아동들이 공화국의 '제2국민'으로서 성장할 수 있을지 가늠하고, 재일 조선인들의 교육투쟁 성과를 대외적으로 알리고자 했다.[67] 이 문화 이 벤트는 재일조선인 아동에 대하여 귀속국가의 '제2국민'이라는 점을 강 조함으로써 귀속국가에 대한 '재일성'의 거리를 인정하는 동시에 축소 하고자 하는 욕망을 드러냈으며, 재일조선 아동들을 잠재적인 '본국민' 으로 상정하였다. 이때 재일조선인들의 '본국'과의 관계를 나타내는 '제2국민'이라는 표현은, 점령기 일본의 통치권력이 재일조선인의 당 사자성을 제한하기 위해 사용한 '제삼국인第三國人'이라는 표현에 대해 서도 대항적인 의미를 지닌다. '제삼국인'이라는 표현은 일본 패전 직후 부터 유포되어 1949년의 조련 해산시까지 재일조선인의 불법적이고 폭력적인 이미지를 강조하기 위해 사용된 차별적인 단어였다.[68] 일본 내에서 교섭의 비당사자로 배제되어 가는 구조 속에서, '제2국민'은 갓 수립된 '본국'과의 관계를 공고히 하여 비국민이 아닌 국민으로서의, 제 삼자가 아닌 당사자로서의 위치를 확립해 나간다는 재일조선인 운동의 '현위치'와 잠재적 '미래'를 담고 있는 표현이었다.

이와 같이 '제2국민'의 명실상부한 목표인 '본국' 지향 속에서 조선 어를 중심으로 한 민족문화 운동이 전개되었다. 문화운동의 주체들은 생활 속에서 여전히 일본어를 제1언어로 사용하는 분위기를 강력히 비

---

66　「朝聯兒童文化賞 第1回 入賞作品發表」, 『解放新聞』, 1949.1.31, 2면.

67　魚塘, 「作品審査를 마치고」, 『解放新聞』, 1949.1.31, 2면.

68　水野直樹, 「「第三国人」の起源と流布についての考察」, 『在日朝鮮人史研究』 30, 2000; 정영 환, 앞의 책; 사카사이 아키토, 박광현·정창훈·조은애·홍덕구 역, 『'잿더미' 전후공간 론』, 이숲, 2020.

판했으며,[69] 민족어의 상용을 통한 '민족감정'과 '민족문화'의 제고를 주장했다.[70] 『해방신문』은 총 2면으로 발행되는 신문의 절반 가까이 되는 지면을 문화면으로 활용하고 조선어 창작의 발표공간을 적극적으로 마련했다.

　그중에서 이은직은 『해방신문』의 첫 창작인 「우정」을 비롯하여 지속적인 조선어 창작활동을 보여주었다. 그리하여 『재일조선문화연감』에서는 『해방신문』의 창작 부문에서 활약한 주요 작가로 거론되기도 했다. 『해방신문』의 첫 단편인 「우정」(1946.9.10)은 아시아·태평양전쟁 시기 일본의 탄광으로 징용된 두 조선인 청년이 탈출 후 일본에서 해방을 맞은 뒤의 이야기이다. 해방 후 재일조선인 민족조직 활동에 열성적으로 참여하는 한 청년과 유흥에 빠진 또 다른 청년은 서로 갈등을 빚다가 어느 인민대회에서 마주치며 극적인 화해를 이룬다. 『재일조선문화연감』에서는 1947년까지의 그의 조선어 창작이 대부분 식민지 시기 빈곤이나 징용 등으로 일본에 건너간 조선인들의 수난 및 저항사에 집중되었으나, 1948년 이후의 조선어 창작에서는 재일조선인 운동을 방해하는 세력에 대한 투쟁의식이 적극적으로 드러나기 시작했다고 평가했다. 1948년 1월 발표된 조선어 창작 「개새끼」에 대하여서는, "모든 작품들이 과거의 36년간 타령"이었다가 재일조선인 사회 내부에 대한 "간접적인 자기비판"을 감행한 점에서 작가에게 하나의 전기轉機가 된 작품이라고 평가했다.[71] 이 작품은 과거에는 친일 세력과, 현재는 자본기들과 결

---

69　「警覺心의 高揚－'日本말'에 痛烈한 批判」; 「祖國말을 쓰자」, 『解放新聞』, 1949.1.31, 2면.
70　魚塘, 「民族의 言語와 文字」 1, 『解放新聞』, 1948.6.5, 1면.
71　在日朝鮮文化年鑑編集室, 앞의 책, 69면. 연감에는, 이은직이 『해방신문』에 1946년부터 1949년까지 약 3년 동안 10여 편의 조선어 단편을 발표했으나 그의 조선어가 미숙하다

탁하여 재일조선인 운동을 방해하는 모리배의 모습을 묘사하고 있다.

이은직의 「개새끼」에 대하여 또 다른 이언어 작가인 박원준朴元俊이 남긴 2차 텍스트는 당시 재일조선인들의 조선어 텍스트 수용 환경을 시사하는 흥미로운 풍경을 그려내었다. 박원준의 글에 등장하는 한 나이 든 재일조선인은 『해방신문』에 실린 이은직의 「개새끼」를 읽고 흥분하여 집밖으로 뛰쳐나가 이웃들을 붙잡고 신문을 펴든 채 소설을 "낭독" 한다.[72] 이 짧은 장면은 일본 사회에서 초기 조선어 문학이 읽히던 조건에 관한 몇 가지 특징을 시사한다. 즉 무관심한 이웃을 붙들어야 할 만큼 소수의 독자들에게만 읽혔다는 점, 조선어 리터러시의 부족 상황에서 낭독이라는 전통적 읽기의 방식이 여전히 조선어 문학에서 효용적이었다는 점이 그것이다. 그리고 거리로 뛰쳐나가 사람들 앞에서 소설을 큰소리로 읽은 노인의 행동이 보여주듯이, 조선어 창작은 재일조선인 공동체 내에서 마치 연설이나 강연 텍스트 같은 공공성과 교육성을 지니고 있기도 했다. 특히나 재일조선인 문화운동의 주체들이 직접 '과거의 36년간 타령'으로부터 벗어나 '내부의 자기비판'을 감행한 작품이라고 평가한 「개새끼」가 그 공적 텍스트였다는 점이 그러한 성격을 뒷받침한다. 하지만, 다음 절에서 살펴볼 것처럼 이러한 전환의 과정을 이은직 스스로는 자기 내부에서 민족어를 회복하는 수행의 과정으로 서사화하였다. 문화운동 내부에서는 '과거 36년간 타령'으로 묘사되었지만, 식민지 기억을 소환하여 진행된 '해방' 후 그의 조선어 글쓰기는, '해방'

---

는 이유로 완성도 면에서는 일본어잡지인 『민주조선』에 실린 단편들이 더 뛰어나다고 언급되어 있기도 하다.

**72** 朴元俊, 「개사냥－"개새끼" 후일담」 1, 『解放新聞』, 1948.1.25, 2면.

전 일본문단을 동경하며 열중했던 그 자신의 일본어 글쓰기를 상대화해 나가는 과정이기도 했다.

『재일조선문화연감』에서 '전기轉機'로 평가된 단편 「개새끼」를 기점으로, 1948년 이후 이은직의 조선어 창작은 차츰 식민지 기억을 소환하는 대신 분단된 '조국'을 둘러싼 국제정세에 치중하며 귀속의 형태를 가시화하는 쪽으로 이행하였다. 1948년 2월에 발표된 「꿈속에 만난 자들」은 1월의 UN한국임시위원단 방문으로 남조선 단독선거가 확실시되고 있던 '분단 조국'의 상황을 반영한 단편이다. 꿈속에서 양쪽 다리를 짓누르고 있는 "무거운 힘"에 꼼짝없이 붙들린 작중화자에게 UN한국임시위원단 9개국의 대표를 상징하는 사람들이 다가와 한명씩 자신을 소개하고 "하눌님"이라고 불리는 감시자의 종이 되면 자유를 주겠노라고 유혹한다.[73] 꼼짝없이 누워 이들의 회유와 협박, 언쟁을 듣고 있던 작중화자는 "나는 네놈들의 힘이 아니라도 좀 몸만 낫어지면 나의 힘으로 일어서서 활발한 길을 걸어 나갈" 것이라고 외치며 잠에서 깨어난다.

조선민주주의인민공화국 수립을 2개월여 앞둔 1948년 7월에는 무기력한 나날을 보내고 있던 재일조선인 청년들이 한 지도자로부터 본국 이야기를 듣고, 국가와 민족의 장래를 위해 기술자로 재탄생한다는 내용을 그린 단편 「일꾼들」이 발표되었다. 일본에서 조선인 경영 공장에 들어가 일을 배우기 시작한 15명의 조선인 청년들은 반년 후 일부는 낙오하고 일부는 숙련된 '일꾼'으로 성장하게 된다. 그 '일꾼'들은 머지않

---

73　李殷直, 「꿈속에 만난 자들」, 『解放新聞』, 1948.2.15, 3면. UN한국임시위원단 9개국 대표 중 우크라이나의 참가 거부로 실제로는 8개국 대표만이 남조선에 방문하는데, 이와 관련하여 소설 속에서는 "아홉이 오기로 했는데 한사람만은 끝까지 종놈같은 심부름은 하지 않겠다고 아직 오지 않았"다고 언급한다.

아 수립될 공화국의 부름에 언제든지 응답할 준비가 되어 있는 자들로, 국가로부터 "환호소리를 들으면서 고국 땅을 밟"을 날을 기다린다.[74] 이 단편의 등장인물들은 재일조선 청년이지만, 당시 '제2국민'이라고 칭해진 재일조선 아동들의 상당수가 10여 년 뒤면 실제 '국가=공화국'으로부터 '환호소리를 들으며 고국 땅을 밟'게 된다. 1959년 시작된 재일조선인 '귀국' 사업은 '공화국'의 새로운 '일꾼'으로서 스스로를 '제2국민'이라고 칭해온 재일조선인을 공화국에서 직접 '공민' 지위로 인정한 후에 현실화된 사건이었다.

『해방신문』에 발표된 이은직의 조선어 창작은 식민지적 과거의 소환과 새롭게 건설중인 인민공화국에의 귀속이라는 두 가지 방향을 설정하고 있었다. 그렇다면 후자의 조선어는 누구를 향해 말해진 것일까. 해방 후 3년간의 재일조선인 문학을 정리한『재일조선문화연감』에서는 조선어 창작이 극히 제한적으로만 유지되고 있는 현상을 '기형적' 특색이라고 지적한 바 있다. 따라서 '국어' 재건을 위해 작가의 역할이 중요하다는 점을 강조하기는 하였지만, 정작 그렇게 '국어'로 쓰인 재일조선인의 문학이 누구에게 얼마나 읽힐 수 있는지에 대해서는 말하지 않았다. 공화국 수립 직후부터 과열된 귀속의 정치 속에서 재일조선인들의 조선어 글쓰기는 '조국'이라는 거대한 독자, 혹은 검열 주체를 마주하게 되었다.

『해방신문』에서 전개된 이은직의 조선어 글쓰기는 지리적 한계를 초월하여 '조국'과의 지식 및 권력의 네트워크가 구축되는 과정을 압축적으로 보여준다. 공화국 수립과 동시에 『해방신문』은 적극적인 지지와

---

74 李殷直,「일꾼들」,『解放新聞』, 1948.7.1, 2면.

환영의 뜻을 표명했다. 공화국 정부에서는 조련 측에 국제전보를 보내 그들을 격려하고 초청 의사를 밝혔다. 조련에서는 즉시 대표단을 결성하여 평양에 파견하려 했으나 일본정부의 승인을 받지 못해 무산되었다. 하지만 공화국 수립을 전후하여 재일조선인 지식인들은 이 신생 국가에 대한 견문 의지를 강하게 드러내었다. 1948년 4월 남북연석회의 취재차 평양에 방문한 서광제의 『북조선기행』 복제판이 도쿄에 출현한 것은 공화국 수립 직후인 1948년 10월로, 그러한 견문 의지가 절정에 이르렀을 때였다. 이은직은 『북조선기행』에 대한 서평에서, 북조선의 발전 과정과 재건 현장을 상세히 기록한 이 견문록을 통해 "참으로 민주주의인민공화국의 중앙정부를 갖게 된 행복을 새삼스럽게 느낄 것"이라고 하며 재일 독자들이 읽기를 권장하였다. 뿐만 아니라 『북조선기행』의 문장력에 대해서도 언급하며 조선어 교육용 텍스트로 사용하기를 추천하였다.[75] 이은직은 『북조선기행』을 통해 재일조선인이 국가를 향유할 수 있는 가능성을 확인하고자 했다. 나아가 국가 건설의 현장을 남조선에서 생산된 견문록에 의지하여 상상하고, 그 조선어 문장들을 학습하고 모방해야 하는 위치에 있다는 점 또한 확인하였다.

'공화국의 중앙정부'라는 이은직의 표현에서도 알 수 있듯이, 공화국의 수립과 동시에 조련은 그것을 조직의 귀속국가로 수용하는 태도를 보였다. 모든 공식행사에서는 공화국의 인공기를 게양했고, 『해방신

---

75 李殷直, 「北朝鮮紀行에 關하야」, 『解放新聞』, 1948.10.18·21, 2면. 서광제의 『북조선기행』은 1948년 10월 한국의 청년사(靑年社) 간행본의 복제판이 일본에 있는 동아통신사(東亞通信社)에서 간행된 뒤, 같은해 12월에는 조련 나가노(長野)현본부출판부에서 일본어판이 간행되었다. 이후 1949년 1월에서 8월까지 『민주조선』에 4회로 나누어 연재되었다.

문』은 '진정한' 인민정부의 탄생을 축하하고 지지하는 언설들을 생산했다.[76] 하지만 그러한 담론의 주변부에는 국민국가의 개념으로 분절할 수 없는 '조국'의 기호들이 여전히 산재했다. 일찍이 서울에 분국을 설치하여 남조선의 정보와 문서들을 신속하게 입수할 수 있었던 『해방신문』은 남조선 소식이 대부분을 차지하는 단신란을 가리키는 용어로 '고국 통신'과 '본국 통신'을 분별없이 사용했다. 이러한 관습은 공화국 수립 후에도 한동안 유지되었다. '조국'이라는 표현은 귀속국가의 정통성과 관계없이 단일한 민족국가에 대한 상상적 기호로 사용되었다.

재일 비평가 서경식은 재일조선인을 '조국'과 '고국', 그리고 '모국'이 분열된 존재로 묘사한 바 있다. 그가 언어학자 다나카 가쓰히코田中克彦의 개념을 빌어 구분한 바에 따르면, "'조국'은 조상의 출신지(뿌리), '모국'은 자신이 실제로 국민으로서 소속되어 있는 국가, '고국'은 자신이 태어난 곳(고향)을 의미한다".[77] 서경식은 재일조선인의 정체성 문제란 '조국'과 '모국', 그리고 '고국'이 분열되어 있다는 상황 때문만이 아니라, 그것들 사이의 가치가 대립하는 데서 오는 곤란함에 있다고 덧붙인다.[78] 물론 『해방신문(민중신문)』에서 사용된 '조국'과 '고국' 그리고 ('모국'보다 자주 사용된) '본국'의 개념은 위의 구분과 정확히 일치하지 않는다. 하지만 이러한 분열과 가치 대립의 조건은 재일조선인 문화주의 운동 내부에서 그 운동을 대표하거나 견인하는 공적 텍스트를 생산했던

---

76  일본 내 점령권력은 인공기의 게양을 금지했으나 조련은 공식 행사에서 인공기를 게양했고 이로 인해 수많은 이들이 체포되었다. Sonia Ryang, op.cit., p.81.

77  田中克彦, 『言葉と国家』, 岩波書店, 1981(서경식, 임성모·이규수 역, 『난민과 국민 사이』, 돌베개, 2006, 181면에서 재인용).

78  서경식, 앞의 책, 181면.

글쓰기의 주체들에게도 적용할 수 있는 문제였다. 상이한 활동 이력과 글쓰기 스타일을 지녔지만 공통적으로 이언어 작가였던 김두용과 이은직이 『해방신문』에서 보여준 '재일론'은, 조선인 간부들을 파이프로 한 일본공산당의 조선인 운동 노선만으로도, 조련이라는 민족조직의 노선만으로도 설명되지 않는 재일조선인 운동의 문화주의적 노선을 공론장에 가시화하였다. 『해방신문』은 그러한 재일조선인 운동을 대표하는 매체였다. 하지만 『해방신문』에서 국가 단위의 개념으로 분절되지 못한 채 부유하던 '조국'이라는 기호가 시사하듯이, 글쓰기의 주체들 또한 집단성과 개별성, 대표성과 예외성, 지향점과 현실 사이에서 끊임없는 분열과 대립을 경험했을 터였다. 이은직이 공화국 수립을 전후로 수행한 조선어 창작에서의 귀속의식은 그러한 분열과 대립이 어느 정도 봉합되어 가는 국면을 보여준다. 하지만 그가 동시대에 수행한 일본어 창작, 그리고 일본어 글쓰기에 대한 자문자답 속에서는 그러한 분열과 대립의 당사자로서의 재일성을 보다 다양하고 복잡한 사회적 관계 속에서 설명하고자 하는 시도가 엿보인다.

## 4. 문답의 장치―나 / 너는 왜 일본어로 쓰는가

### 1) 이은직의 '고백'의 정치

**재일조선인 문학의 '용어' 논쟁 다시 읽기**

『재일조선문화연감』에서도 언급된 바 있는 김달수와 어당 사이의 논쟁은 1948년 4월, 『재일조선문화연감』의 발행사이기도 한 조선문예사

의 일본어 문예지 『조선문예』의 「용어문제에 관하여用語問題について」라는 특집으로 이어진다. 이 특집에는 3명의 재일조선인 작가(이은직, 어당, 김달수)와 일본인 작가 도쿠나가 스나오德永直가 필자로 참여했다. 그런데 눈여겨볼 점은, 조선인 작가의 일본어 창작 문제가 이미 이 특집호 이전에도 『조선문예』 창간호인 1947년 10월호에서 일본인 평론가 아오노 스에키치에 의해 제기된 바 있다는 사실이다. 그는 조선인의 일본어 창작은 말과 작가의 "마술적인 사랑의 관계"의 이끌림에 의해 "운명 지워진" 것이라고 규정한다. 그리고 좋든 싫든 일본어 없이는 문학을 할 수 없는 "우리 일본인"이 "어떤 악조건 하에서도 여전히 문학을 하고 있다는 것은 어떤 의미로 그것(일본어-인용자)의 사멸과 싸우고 있음"을 뜻한다고 말한다. 그에게 일본인은 일본어를 필사적으로 붙들어야 하는 것과 달리, 조선인 작가는 일본어를 잃는다 해도 그것이 문학의 불가능을 의미하지 않는다. 따라서 "일시적으로는 어떤 부자유함에 괴로워하더라도, 그것이 오히려 일본어로부터의 해방을 의미한다고" 볼 수 있다는 것이다.[79] 이는 역설적으로 일본인보다 조선인에 의해 일본어 창작이 훨씬 자유로운 위치에서 실현될 수 있다는 인식을 보여준다.

1948년 4월의 '용어' 특집에서 김달수는 '일본어로 쓰여진 조선문학'이라는 것 자체가 이상한 말이며 그것은 "올바른 우리 조선문학"이 아니라 "기형적인 조선문학"임을 우선 시인한다.[80] 하지만 거꾸로, '일본어로 쓰여진 조선문학'은 과거로부터 현재까지 여전히 일본에 '조선인과 그 생활'이 있다는 증거이기도 하다. 따라서 그는 언어 문제에 우

---

79  青野季吉, 「朝鮮作家と日本語の問題」, 『朝鮮文藝』, 1947.10, 14~15면.
80  金達壽, 「一つの可能性」, 『朝鮮文藝』, 1948.4, 13면.

선하여 과거의 저주받은 '수령'으로부터 벗어나기 위해 투쟁하는 주체로서 자신의 역사적 임무에 충실하는 것, 다시 말해 "조선인으로서의 자기 민족적 주체를 확립"하는 동시에 "일본민주주의문학의 일익"을 담당하는 것이 조선문학의 독특한 가능성이자 역할이라고 말한다.[81] 이때 붙는 단서는 그 '수령'으로서의 과거를 계급적으로 이해하는 것, 따라서 일본의 프롤레타리아 계급과 연대하는 것이다.

신일본문학회 창간 멤버인 도쿠나가 스나오 역시 이 특집에 참여하면서, 일본 내 조선인 작가에 의한 일본어문학은 김사량과 장혁주에게서 보이듯 "일본의 근로대중과 공통하는 입장에서 출현한 것임을 상기"해야 한다고 말한다.[82] 그리고는 당시 신일본문학회 상임중앙위원이기도 했던 김달수를 그 두 작가의 계급적 동일성의 연장선상에 위치시킨다. 그는 전후 일본의 민주주의적 문학자로서 조선인과 일본인은 모두 같은 출발선에 놓였음을 강조하며, 일본과 조선의 민족적 경계를 넘어서 세계 민주주의문학 안에 포함되기 위해서라도 조선인 작가들이 일본어를 적극적으로 이용해 줄 것을 당부한다.

반면 『해방신문』에서도 민족어의 사용을 강하게 주장한 어당은 민족문학이 민족어에 종속되어야 한다는 입장을 분명하게 밝힌다. 단적으로 말해 그에게 "조선어 없는 조선문학"이란 성립 불가능한 것이었다. 그는 조선어를 통한 조선문학의 새로운 출발점에 서서 "새로운 휴머니즘"과 "조국의 민주혁명운동"에 참가하는 것이 조선문학자의 사명이라고 역설한다. 일본어로 쓰여진 조선문학이 하나의 "기형"이라는 표현과 관

---

81  위의 글, 17면.
82  德永直, 「日本語の積極的利用」, 『朝鮮文藝』, 1948.4, 12면.

점의 원형은 이처럼 어당의 언설에서 가장 명확히 확인할 수 있다. 그는 일본어 창작을 통해 일본문단에 데뷔한 자들은 "조선문학자라는 자부심을 내팽개치고", "조선문학의 전통을 더럽히는" 자라고까지 표현하며 강도 높게 비난한다.[83]

이처럼 일본어에 의한 재일조선문학을 하나의 가능성으로 여기는 쪽과 그것을 강력하게 반대하는 쪽 사이에서 찬반론이나 양자택일론을 벗어나 있는 것이 이은직의 고백체 글이다.[84]

해방이 왔을 때 나는 어찌하면 좋을지 몰랐다. 나는 바로 해방된 고국으로 돌아가 도움이 되는 일을 하고 싶어 견딜 수 없었지만, 말하는 것도 쓰는 것도 잊어버린 자신을 돌아볼 때 치욕과 가책의 생각으로 도저히 조국 땅을 밟을 용기가 나지 않았다. 나는 멍해져 버렸다. 국어를, 우리들의 문자를 막힘 없이 구사할 수 있도록 열심히 공부해야만 한다고 생각하면서도 나는 역시나 습관적으로 멍하게 일본어로 뭔가를 적고 있었다.

일본에서 조선인의 운동이 왕성해지고 나도 그 속에서 분주히 돌아다녔지만 활자도 활자를 문선하는 이도 없는 현실로 인해 조선어로 된 문학출판은 거의 나오지 않고, 일본어 출판물 쪽이 오히려 위세 좋게 우리들 속에서 나왔다. 나는 깊은 자각도 없이 얼마간의 단편을 발표했다. 그저 쓸 수 있으니

---

83 魚塘, 「日本語による朝鮮文學に就て」, 『朝鮮文藝』, 1948.4, 10~11면.
84 『조선문예』에서 가장 반대되는 입장을 보이고, 실제로 『조선신보』 지면상에서 논쟁하기도 했던 김달수와 어당이 각각 전자와 후자를 대표했다면, 그 사이에는 『민주조선』이나 『해방신문(민중신문)』 양쪽에서 일본어창작과 조선어창작을 병행하며 그 사이에서 갈등했던 이은직, 허남기, 박원준 등이 있었다. 송혜원은 이처럼 "일본어와 조선어 사이에서 갈등하고 있었던 작가들이야말로 전형적인 '해방' 직후 재일조선인 작가의 모습이었다고 할 수 있지 않을까"라고 평한다. 송혜원, 『'재일조선인 문학사'를 위하여 – 소리 없는 목소리의 폴리포니』, 소명출판, 2019, 56면.

까 써냈다고 해도 어찌할 수 없다는 태도였다.

요즘 들어 나는 나의 국어와 문자로 차츰 문장을 쓸 수 있다는 기쁨에 역시 나를 잊을 정도로 열중하여 쓰고 있다. 그리고 차츰 예의 그 격심한 분노와 호소를 일본문으로 쓰지 않고는 못 견디었던 기분으로 돌아갔다. 나는 조선인을 진실로 알아주려 하지 않는 많은 일본인을 향해 마구 쓰지 않고는 견딜 수 없는 기분이었다.[85]

위의 인용문에서 그는 글의 제목이 말해주는 바와 같이, '조선인인 나는 왜 일본어로 쓰는가'라는 물음에 대한 일종의 자기고백을 시도한다. 식민지 조선에서 소학교를 마치고 일본으로 건너간 그는 곧바로 일본어에 둘러싸인 생활을 시작했다. 그는 일본어만으로 살아온 그때를 가리켜 "나를 잊을" 정도로 일본어에 몰두하며 살아온 시절이라 회상한다. 그렇게 일본어와 일본인에 둘러싸인 생활을 하며 그는 "우리를 멸시하는 일본인에 대한 분노와 일본인 전체에 대한 호소"의 문장을 일본어로 써내기 시작했다. 그리고 해방 후에도 '조국'의 언어를 잊은 자신이 치욕스러워 돌아갈 수 없었던 그는 조선어로 된 활자도 그것을 다루는 사람도 없는 현실 속에서 여전히 일본어 단편을 발표해오다가, 최근 들어 "나의 국어"로 글쓰기를 시도하고 있다. 조선어 글쓰기를 할 수 있다는 기쁨의 한편에서 그는 동시에 일본어로 쓰지 않고는 못 견디었던 과거의 감정이 되살아나는 듯한 경험을 한다. 이 부분에서 그의 진술은 사실 모호한 면이 있다. 최근 시도하는 조선어 글쓰기에 의해 비로소 해방 직

---

**85** 李殷直, 「朝鮮人たる私は何故日本語で書くか」, 『朝鮮文藝』, 1948.4, 9면.

후 그저 쓸 수 있으니 써냈던 일본어 글쓰기의 타성으로부터 벗어나게 되었고, 일본인에 대한 "격심한 분노와 호소"의 감정이 되살아난 것으로 이해될 수도 있지만, 그것은 어디까지나 일본어로 발화해야만 전달 가능한 '분노'와 '호소'인 것이다. 그리고 무엇보다 이 글은 '조선인인 나는 왜 일본어로 쓰는가'라는 자문에 대한 고백이자 응답의 서사로 구성되었다. 조선어 글쓰기의 기쁨을 누리는 한편으로, 아니 오히려 조선어로 쓸수록 커져가는 욕망, 즉 일본인 독자를 향해 그것이 항의든 분노든 호소든 일본어로 발화하고자 하는 욕망에 대해 고백한 셈이었다.

### 이언어의 기입과 '번역하는 서술자' – 이은직의 「단층斷層」(1948)

이은직이『해방신문』에서 보여준 조선어 글쓰기는 1948년 9월을 전후로, 즉 '조국'의 정체가 점차 '국민국가'의 형태로 가시화됨에 따라 '재일조선인의 식민지 기억'이라는 테마에서 '국가수립을 둘러싼 조국 정세'라는 테마로 변화한다. 이와 비교할 때『민주조선』에 발표된 그의 초기 작품군은, '해방' 직후 재편되고 있는 재일조선인의 생활공간에 보다 밀착해 있는 것처럼 보인다. 그 중 여기에서는『민주조선』에 게재된 이은직의 일본어 단편소설인 「단층」(1947.7)에 재현된 이언어성에 대해 살피고자 한다.

「단층」은 해방 후에도 군락을 이루어 일본에서 생활을 계속하고 있던 도쿄 근교의 재일조선인 마을에 '패전국 일본'의 그림자가 드리워지는 과정을 묘사하는 단편이다. 일본 패전 후 얼마 지나지 않아 이 마을로 이사한 '나'는 벽 하나를 사이에 두고 이웃해 사는 박산만이라는 남자의 방에 두 명의 일본인 자매가 자주 드나들고 있다는 것을 알게 된다.

전장에서 아직 돌아오지 않은 두 오빠를 대신해 식량을 구하러 다녀야 하는 자매들은, 동네 사람들의 소문에 따르면 긴자 어느 댄스홀의 연습생이라고 한다. '나'는 겉보기에 여학교까지 제대로 나온 듯한 자매들이 왜 박산만 같은 암거래꾼에게 의지하며 사는지 이해하지 못한다. 공동 수도장에 모여 빨래를 하는 조선인 여자들은 일본인 자매들이 먹고살기 위해 몸을 파는 부끄럼도 모른다고 수군대며 "패전국이란 참 싫은 거구면. 저런 짓을 하지 않으면 먹고 살 수 없으니……" 하고 뒷말을 일삼는다.[86] 소설은 자매 중 동생과 함께 있는 박산만의 방에 북지北支로부터의 복원병인 첫째 오빠가 들이닥쳐 소동을 일으키는 장면으로부터 시작한다. '나'는 소동을 가라앉히기 위해 복원병과 마주앉아 술을 권하면서 박산만을 처음 만났을 당시를 떠올린다. 박산만은 도쿄 공습이 시작되기 직전 홋카이도의 탄광으로 징용되어 온 인물인데, 전쟁이 끝나기 전 가까스로 탈출하여 이 마을로 와서 종전을 맞게 된 것이었다. 아래 인용문은 회상 장면으로, '나'가 이 마을로 이사한 뒤 처음으로 그와 나눈 대화의 일부이다.

> "일주일 만에 훈련인지 뭔지를 받고 드디어 땅속으로 끌려들어갔을 때는, 무서워서 이제 목숨은 없는 셈이라고 생각했습니다. 그날부터 도망쳐 나오는 것만 궁리한 것이지요."
>
> 강원도 방언으로 익살맞은 몸짓을 섞어가며 재밌는 남일이라도 말하는 듯 했다.

---

86   李殷直,「斷層」,『民主朝鮮』, 1947.7, 32면.

"밤중에 산을 세 개나 넘어 도망쳤다구."

그렇게 일본어로 모험의 추억을 이야기했다.

"잡히면 반죽음이야. 사흘 동안 밥을 못 먹었어."

정색하며 입술을 뾰죽 내밀었다. 조선인으로는 보이지 않는 두꺼운 입술이었다.

"당신 몸무게는 어느 정도 되지?"

이야기를 중단시키자 박산만은 조금 당황했다.

"21관(약 79kg-인용자) 조금 더 돼. 요즘에는 빠졌지."

이번만은 조선인 특유의 길고 가는 눈이 지워져서 없어질 것 같은 미소를 보여주었다.[87] (강조는 인용자)


위 대화 부분에서 '나'는 박산만의 탈출담을 그저 들어주는 위치에 있다. 박산만이 '강원도 방언'으로 구체화된 조선어와 일본어를 번갈아가며 모험담을 들려주는 사이, '나'는 어떤 언어로 그에 응수했는지 드러나지 않는다. 박산만의 '강원도 방언'과 '일본어'가 교차하는 언어 사용이 다분히 의도적으로 설정되었다는 것은, 그의 외모를 관찰하며 '조선인다움'에 매치되는지 아닌지를 탐색하는 '나'의 태도에서 알 수 있다. 조선어와 일본어를 섞어 말하는 박산만은 어떤 면에서는 "조선인으

---

87 위의 글, 31~32면. "「一週間ばかり訓練とかをされて、いよいよ地底に連れこまれたときは、怖くて、もう命はないと思つてました。その日から逃げだすことばかり工夫したんです。」/江原道の方言で、滑稽な身振りをまぜ、面白い他人事でも話すようだつた。/「夜中に、山を三つも超して逃げたよ」/そう日本語で、冒険の思い出を語つた。/「つかまつたら、半分殺されるよ。三日、飯をたべなかつた」/むきになつて唇をとがらした。朝鮮人にはみられぬ厚い唇だつた。/「あんた、目方は何貫位あるかね?」/話のこしを折られ、朴山萬はすこしとまどつた。/「二十一貫とすこし、この頃やせたよ」/これだけは朝鮮人獨特の、切長い細い眼が、消えてなくなるような笑いをみせた。"

로는 보이지 않는" 모습을, 또 어떤 면에서는 "조선인 특유의" 모습을 띠는 인물이다. 이 대화의 청자인 동시에 그것을 하나의 시점에서 관찰하고 전하도록 초점화된 화자이기도 한 '나'는, 박산만의 언어가 조선어에서 일본어로, 또 다시 조선어로 바뀔 때마다 그것을 강하게 의식하고 그 언어 상황을 내포독자에게 보고하는 역할을 맡고 있다.

일본어로 쓰인 이 텍스트 속에 (조선어인가 아니면 일본어인가에 그치지 않고, 어느 지방의 방언인지까지 언급하는) 언어상황을 표시하는 서술자='나'의 행위가 없었다면, 당연히 박산만이라는 인물이 조선어와 일본어를 어지러이 뒤섞어 쓰는 사람이라는 특징은 설명하기 어려웠을 것이다. 뿐만 아니라 그의 그러한 언어습관은 이 텍스트 속에서 "조선인으로는 볼 수 없"다고 생각한 순간 곧바로 "조선인 특유의" 얼굴을 만들어 보이는, 시시각각 변하는 인물 즉 믿기 힘든 캐릭터 형성에 중요한 역할을 한다. 다음에 이어지는 대화를 보면 박산만의 언어가 조선어인지 일본어인지의 문제는 집요할 정도로까지 의식되고 있다.

이 마을에 이사왔을 때, 이미 박산만의 방에 일본인 자매가 드나들고 있음을 깨달은 '나'는 박산만이 해방 후 바로 조선으로 돌아가지 않은 것은 이 자매 중에 좋아하는 사람이 있기 때문이 아니냐고 묻는다.

"왜 고향에 돌아가지 않는 거요?"

"간다 한들 할 일도 없고……기뻐해줄 사람도 늙어빠진 아버지 하나이니, 어차피 돌아가기야 하겠지만 좀 더 있고 싶어요."

웃음은 사라지고, 진지한 조선어로 바뀌어 있었다.

"무엇을 하며 살고 있소?"

히힛, 하고 웃었다. 예상치 못한 간사함이, 눈꼬리에 빈틈없는 선을 그렸다.

"좀 전에 아주 예쁜 아가씨들이 왔잖소. 좋아하는 사람이요?"

"좋아하지 않아……."

일본어로 바뀌고, 소년 같은 수줍음이 흘렀다.

"돌아갈 수 없는 건 그 사람 때문이지요? 그렇다면 아무쪼록 그런 건 빨리 결혼해 버리면 좋지 않나?"

"아니, 시집와 주지 않을 걸. 놀러 오는 것뿐이지."

그렇게 말했지만, 잠시 생각에 잠긴 듯하다가 조선어로 "생각해본 적도 있어요. 하지만 좀처럼 간단히 될 일이 아닌걸요. 앞일을 생각하거나 하면 어느 쪽이 좋을지 모르겠어요."**88**(강조는 인용자)

"익살스런 몸짓"으로 자신의 "모험담"을 들려주던 박산만은 왜 귀환하지 않느냐는 질문에 급히 안색을 바꾸어 "진지한 조선어"로 그 이유를 설명한다. 하지만 "좋아하는 사람이요?"라는 '나'의 질문에는 대답이 곧바로 "일본어로 바뀌고", 그는 "소년 같은" 얼굴이 되어 "좋아하지 않"는다고 답하는 것이다. 다시 "조선어"로 바꿔 말하며 그는 "생각해본 적도 있"지만, "어느 쪽이 좋을지 모르겠"다며 갈등하는 심경을 드러낸

---

88 위의 글, 32면. 「「どうして、故郷にかえらないんです?」/「行つたつて、やる事はないし……よろこぶ人も、老いぼれた親爺一人で、いずれ歸ることあ歸りますが、もうすこし居たいです。」/ 笑いは消えて、眞劍な朝鮮語にかえつていた。/「何をやつているんですか?」/ ヒヒツと笑つた。思いかげないずるさが、眼尻に油斷なく筋をひいた。/「さつき、えらいきれいな娘さんたちがきてましたね。好きな人ですか? 好きぢやないよ……」/ 日本語にかわつて、少年のような照れがただつた。/「歸れないのは、その人のためですね? そんなら一つのこと、はやく結婚すればよいぢやないか?」/「駄目、きてくれないよ。遊びにくるだけ」/ そういつたが、しばらく考えこむようにし、朝鮮語で「考えてみることもあるんです。でもなかなか簡単に行かないんです。さきのこと考えたりすると、どちらがよいかわからなくなります。」」

다. 여기까지 봤을 때 박산만은 '일본어'라는 가면 안쪽에 조선으로의 귀환과 일본여성과의 결혼이라는, "좀처럼 간단히 될 일이 아닌" 일 사이에서 갈등하는 내면의 진지함을 감추고 있는 듯도 보인다. 하지만 그것은 어디까지나, 그의 이야기를 얼마든지 들어주는 흔들림 없는 '나'라는 청자가 없었다면 결코 드러날 수 없는 진지함이기도 하다. 사실상 일본어로 번역되어야만 문자 세계에 기입될 수 있는 대화 속 조선어는 박산만의 진짜 목소리라기보다는 '나'의 뒤에 있으며 텍스트와 독자의 경계에 있는 서술자의 목소리로서 감지되는 것이다.

갑작스레 '진지한 조선어'로 내면의 갈등을 드러내는 박산만의 태도 변화가 시사하는 것은, 이 부분에서 '조선어'라는 표식이 조선인의 내면을 진지하게 '고백'하는 장치로서 작동한다는 점이다. 박산만과 '나'의 관계는 '고백하는 자'와 그것의 '청자'로 설정된다. 게다가 자매의 둘째 오빠와 첫째 오빠가 차례차례 전장에서 복원하여 '나'와 마주치게 되면서, 이들 또한 박산만과 마찬가지로 '나'에게 무언가를 고백한다. 뉴기니로부터 먼저 돌아온 둘째 오빠는 전장에서 깨달은 제국 일본 정신주의의 허무성에 대해 토로하는데, 작중에 묘사된 바에 따르면 "목사 앞에서 참회하고 싶은 충동에 휩싸인 신도처럼 그는 피곤해 보이는 모습으로 고백을 이어"간다.[89] 다음에 북지에서 돌아온 첫째 오빠는 반대로 일본적 정신주의에 대한 확고한 신념을 '나'의 앞에서 고백한다.

둘째 오빠가 돌아온지 얼마 되지 않았을 때 박산만과 자매 중 여동생은 부부와 다름없는 생활을 시작한다. 그러다 첫째 오빠가 북지에서 돌

---

[89] 위의 글, 35면.

아왔다는 소식을 우연히 들은 '나'는 그 다음날 술에 취해 찾아온 박산만과 다음과 같은 이야기를 나눈다. 이 대화에서도 역시 일본어로 진행되던 박산만의 말은 곧바로 조선어로 바뀐다.

"또 한 명의 오빠라는 사람이 돌아왔다면서요."

거기에는 대답하지 않고

"나는 저런 여자하고는 결혼하지 않겠어. 조선으로 돌아가서 조선의 아가씨와 결혼해야만 해."

서툰 일본어로 허세를 부렸다.

"왜 그러는데?"

"계획수송에 늦어도 조선에는 돌아갈 수 있겠지요?"

하고 이번에는 조선어로 물었다.

"돌아가는 것은 언제든지 돌아갈 수 있겠지요. 뭐 걱정할 건 없으니까 조급해하지 말고 적당한 시기에 돌아갑시다."[90] (강조는 인용자)

이 대화 직후 박산만은 "나의 자랑"이라며 강원도 아리랑을 부르기 시작한다. 일본의 정신주의를 옹호하는 첫째 오빠의 복원과 동시에 박산만은 "조선으로 돌아가서 조선의 아가씨와 결혼해야만" 한다는 입장을 "서툰 일본어"로 피력한다. 계획수송의 시기를 놓치지는 않을지 걱

---

90 위의 글, 37면. 「も一人の兄さんという人がかえつてきたそうですね。」/ それには答えないで / 「おれ、あんな女と結婚しない。朝鮮にかえつて、朝鮮の娘と、結婚しないと、いけない。」/ まずい日本語で、りきんでみせた。/ 「どうかしたの?」/ 「計劃輸送におくれても、朝鮮にはかえれるでせうねえ?」 と、今度は、朝鮮語できた。/ 「歸れるのは、いつだつて歸れるでしよう。まあ、心配することはないから、あせらないで適當な時期にかえりましよう」

정하는 그 '진지한' 조선어는 텍스트상에 일본어로 번역되어 있다. 그런 점에서 이 조선어의 '진지함'이란 '번역 가능함'과도 상통한다고 할 수 있다. 반대로 조선인의 입을 통해 발화된 일본어의 '서툼'은, 바로 뒤에 "허세를 부렸다"라는 서술자의 해석이 첨가되어 있는 것에서도 볼 수 있듯, 이 일본어 텍스트 안에서는 도저히 번역 불가능한 것이 된다. 그의 서툰 일본어로 전해진, "조선에 돌아가서 조선의 아가씨와 결혼해야만 해"라는 말 속에 내재된 귀환의 당위성과 사랑하는 일본 여성에 대한 미련 사이의 긴장은 기껏해야 허세를 부리는 것으로밖에 해석될 수 없는 것이다. 조선어와 일본어 사이를 오가며 진심을 감추거나 드러내기를 반복하는 박산만의 말을 중개하고 있는 이 서술자가 하는 일은 이 언어의 왕복운동 속에서 박산만이라는 인물의 진의와 허세, 그리고 조선으로의 귀환 의지와 잔류 욕망 사이의 갈등을 드러내고, 그 속에 도저히 번역 불가능한 인간의 내밀한 욕망이 자리잡고 있다는 사실 자체를 이야기하는 일일 것이다.

위의 대화로부터 이틀이 지난 후가 바로 서사상의 '현재'로서, 여기에서 텍스트의 시간은 일본인 자매의 첫째 오빠가 박산만을 찾아와 대소동을 일으키는 처음의 장면으로 돌아온다. 그리고 그 또한 '나'에게 고백을 하는데, 그 내용은 둘째 오빠가 이야기한 것과는 반대로 일본이 가진 정신적인 힘에 대한 확신이었다. 일본이 전쟁에서 진 것은 과학이 뒤처지고 군사력이 약했기 때문이지 결코 정신이 약해서가 아니었다고 강변하는 그는, 자신이 아무리 힘들어도 이를 악다물고 싸웠던 이유는 "일본이라는 것을 사랑하고 있었기 때문", 그리고 "내 뒤에는 남동생이나 여동생이나 차례차례 새로이 태어날 일본인이 이어질 것이라고 생각했기 때문"이었다고 말한다. "진정한 일본인은 훌륭하게 자신을 지키며 살아가"는 반면, "일본인의 얼굴을 더럽힌 녀석은 그것이 내 여동생이든 누구든" 자신이 직접 처분해야 한다고 생각해서 달려왔다는 것이다.[91] 그의 이야기를 들은 '나'는 "왜 여동생이 그래야만 했는가, 왜 당신 가족이 굶주려야 했는가, 그 원인이 어디에 있는지, 당신은 먼저 그것을 생각해야 하지 않았습니까?"라고 반문한다.[92] 이 소동이 있고 나서 며칠 뒤 박산만의 방을 나온 여자는 다른 젊은 암거래꾼의 방을 드나들기 시작하고, 이후 동네에서는 그녀가 누구의 아이인지 모르는 아이를 임신했다는 소문이 떠돈다. 그리고는 이듬해 봄에 우연히 버스 안에서 자매 중 언니를 한번 보았을 뿐, 더 이상 그 사건에 대해 떠드는 사람은 없다.

이처럼 일본 패전 직후의 배급제와 암시장 거래, 도시 빈민과 일본군의 귀환 등을 일본인 사회가 아닌 '조선인 마을'에서 일어난 사건으로부터 회고한다는 것이 이 소설의 특색이라고 할 수 있다. 그런데 여기에서 이상한 것은 박산만이라는 조선인 남성과 두 명의 일본인 복원병 모두와 개별적으로 면담을 하고, 화자와 청자 사이의 묘한 권력관계를 형성하며 스스로에게 특권을 부여하는 듯한 '작가'인 '나'의 위치이다. 북지에서 돌아온 첫째 오빠의 일본의 정신력과 순결성에 대한 옹호를 듣고 패전 후 일본의 비참한 상황을 상기시키며 일침을 가하는 장면에서, 일본인의 여전한 차별의식과 애국주의에 대한 작가의 비판 의식을 감지할 수 있다. 그런데 조선어와 일본어를 거의 문장 단위로 바꿔 가며 말하는

---

91 위의 글, 39면.
92 위의 글, 39면.

특징을 가진 박산만과 대화하는 동안 '나'는 어떤 언어를 사용했을까. '나'라는 서술자는 왜 박산만의 언어가 바뀌는 상황을 집요하게 표시해야 했을까. 저자는 왜 일본어 텍스트에 조선인의 말이 어떤 언어인지 알 수 있도록 하는 표식을 여기저기 새겨둔 것일까.

그것이 실제 재일조선인의 언어 상황을 반영한 것이며, 이미 식민지 조선 작가들의 일본어 글쓰기로부터 형성된 일종의 문학적 관습이라는 것, 나아가 일본어 창작이 아닌 조선어 창작에서도 식민자와 피식민자의 만남은 일본어와 조선어라는 두 언어의 접촉을 전제할 수밖에 없었다는 것이 상식적인 대답일지 모른다. 하지만 이 소설이 『민주조선』에 발표된 시기는 어쩌면 "그저 쓸 수 있으니까 써냈"던 식민지적 연장으로서의 '해방' 직후 일본어 글쓰기와 결별하고 조선어에 몰두함으로써 역설적으로 일본(인)을 향한 '분노'와 '호소'를 일본어로 쓸 수 있게 된 시기에 해당하는 것이 아닐까. 따라서 "조선인을 진실로 알아주려 하지 않는 많은 일본인을 향해" 호소하는 일본어 글쓰기의 가능성을 발견하는 과정이 이 텍스트의 맥락에 가로놓여 있는 것은 아닐까. 만약 조선어에 익숙한 독자나 재일조선인 독자들이 제1의 내포독자로 설정되었다면 이언어가 교차하는 언어적 컨텍스트를 별다른 표식 없이도 상기하는 일은 어렵지 않았을지 모른다. 그런데 조선어와 일본어가 시시때때로 번갈아가며 발화되는 조선인의 종작없는 대화문과 그것을 집요하게까지 표시하는 서술자의 지시문이 갖는 모종의 부자연스러움을 통해서만 전해지는 무언가가 있다면, 그 전달의 대상이 바로 이은직이 자문자답에서 언급한바 "조선인을 진실로 알아주려 하지 않는 많은 일본인"이 아니었을까. 그런 의미에서 이 텍스트는 '번역가-서술자'로서의 '나'

라는 자아에 의한 번역의 프로세스를 통해 성립된 텍스트라고 할 수 있다. 거기에서는 '조선인인 나는 왜 일본어로 쓰는가'라는 자문자답 끝에, 일본어를 완전히 도구화하는 김달수와는 또 다른 방식으로 복수의 독자를 상정하고 그 위계를 은연중에 노출하고 있는 이은직의 언어적 동요가 읽힌다.

'해방' 이후 조선어와 일본어 사이에서 갈등해온 작가들은 "번역에 종사하지 않은 작가가 오히려 소수파"였을 만큼 번역에 대한 자각과 실제 번역 행위를 통해 두 언어 사이를 끊임없이 이동해 왔다.[93] 이은직 또한 '해방' 직후 활동한 많은 작가들처럼, 조선어 텍스트를 일본어로 옮기는 일에 왕성히 동참한 번역가이기도 했다. 잘 알려진 것으로는 『민주조선』에 연재된 김태준의 「조선소설사」나 1960년대에 집중된 이기영·한설야 소설의 번역이 있다. 뿐만 아니라 그는 해방 직후부터 말년에 이르기까지 조선어와 일본어 창작을 거의 동시적으로 병행한 작가이다. 그가 두 언어 사이에서, 또는 좀 더 시간이 지나면 둘로 나뉜 '조국'과 일본 사이에서 흔들리는 모습은 미묘하면서도 다양한 형태로 나타난다. 지금까지 살펴본 「단층」에서처럼 '번역가-서술자'라는 시점을 채용한 것이 그 한 예이다. 나아가 앞으로 장을 달리하여 살펴볼 것들은 픽션이나 자기 서사를 통한 식민지 기억과 일본어 글쓰기에 대한 회상, 그리고 일본 내 출판과 '공화국' 내 출판을 오가는 가운데 이루어진 개작 등이다. 후에 다시 구체적으로 논하겠지만, 생전에 남북한과 일본에서 모두 자신의 창작을 단독으로 간행한 유일한 작가인 그는 '공화국'

---

93  송혜원, 앞의 책, 404면.

쪽에서 작품에 손댄 것을 제외하면 절대 스스로 "만세 부르는 글"을 쓰지 않았다고 강변하기도 했다.[94] 두 언어에 지속적으로 발을 걸치며 자신의 글을 읽는 복수의 독자집단을 예민하게 의식해 왔음이 분명한 그의 언어적 동요를 또 다른 '자역' 작가들과 겹쳐 읽는다면, 재일조선인 문학에서의 언어문제나 '번역'의 함의는 확장될 것이다.[95]

## 2) 김석범의 '전달 가능성'

1976년 전12권으로 출간된 '이와나미 강좌 문학' 시리즈 중 제8권 『표현의 방법—새로운 세계의 문학』에는 '재일조선인 문학'이 독립된 항목으로 개설되어 있다. 이 항목의 필자인 김석범은 "본 강좌에 재일조선인 문학에 관한 하나의 항목이 개설된 것도 그것이 하나의 시민권을 얻은 덕"이라고 하며, 한편으로는 그것이 의미하는 바에 대해 "존재영역의 확장인가, 아니면 풍화의 촉진인가라는 복잡한 생각"을 적고 있다.[96] 일본문학계에서 재일조선인 문학의 가시화는 재일조선인 문학의 독립된 영역을 확보하고 확장할 것인가, 아니면 일본문학으로의 흡수를

---

94 윤희상, 『그들만의 언론』, 천년의 시작, 2006, 285면.
95 송혜원의 『'재일조선인 문학사'를 위하여』의 서평에서 신지영은 이 책 자체가 '자역'의 산물이라는 데 주목하며 일본어로 쓰인 이와나미쇼텐(岩波書店) 판을 원본이라고 할 수 없는 언어적 조건에 대해 말한다. 이미 이와나미쇼텐판에서 다루는 많은 재일조선인 문학텍스트들이 조선어에서 일본어로의 번역을 거친 결과물이란 점에서 "창작과 번역의 위계"가 흐트러졌으며, "글쓰기가 곧 번역을 동반하는 과정이었다는 상황"이 '자역'의 방향을 결정짓는 중요한 요인이 되었을 것이라고 말한다. 신지영, 「부 / 재의 언어로 (가) 쓰다」, 『사이』 27, 국제한국문학문화학회, 2019, 197~198면. 이은직의 「단층」은 그와 같은 '글쓰기가 곧 번역을 동반하는 과정'임을 보여주는 꽤 앞선 사례라고 할 수 있다.
96 金石範, 「在日朝鮮人文学」, 『岩波講座文学 8 表現の方法 5—新しい世界の文学』, 岩波書店, 1976, 272면.

촉진할 것인가 하는 문제를 제기하였으며, 그것을 재일조선인 작가로 하여금 진단하도록 하는 것이 이 강좌의 목적이었음을 알 수 있다.

김석범은 재일조선인 문학이 그 탄생에서부터 식민주의의 소산인 '부負'와 문학의 자율성이라는 '정正'이 모순적으로 얽힌 것이었다고 말한다. 하지만 그에게 이 모순은 한편으로 '정'과 '부'의 작용을 통일시킬 수 있는 에너지로 전화할 가능성을 품고 있는 요소이기도 하다. 그 가능성을 김석범은 "일본어로 쓰고 있는 모순으로부터 도망갈 수 없는 이상, '왜 일본어로 쓰는가'라는 일본어를 수단으로 보는 견해 위에 '왜 쓰는가'라는 존재에 관한 것으로서의 중층적인 견해", 즉 일본어로 쓴다는 문제와 허구적 상상력을 통한 보편성의 획득 과정에서 찾는다.[97] 그것은 재일조선인 문학의 '시민권의 획득'이 진행중이던 당대 일본 문단에서 재일조선인 문학에 대해 평가하는 두 가지 대표적인 방식에 대한 현실적인 비판이기도 했다. 여기서 재일조선인 문학을 평가하는 두 가지 시각이란 첫째, 재일조선인 문학은 '조선'을 테마로 하기 때문에 보편성이 결여되어 있다는 시각이며, 둘째, 재일조선인 문학은 일본문학이라는 '자기'를 비옥하게 할 수 있다는 시각이다. 김석범은 이것이 재일조선인 작가의 존재 이유를 무화하는 것이며, "식민지적 존재의 새로운 형태의 연장"에 불과한 것이라고 지적한다. 이어지는 내용에서 그는 1969년 「허몽담」으로 7년 만에 "두 번째 일본어 소설의 시작"을 감행한 뒤 일본어로 쓰는 것에 대해 괴로워했던 심경을 밝히며, 소설 쓰기를 계속하기 위해 "일본어로 소설을 쓴다는 것은 어떠한 것인가를 스스로

---

97 위의 글, 283면.

밝히"려 했던 작업들을 소개해 나간다.[98]

1925년 오사카 출생으로 해방 직전(1945년 3월~6월)과 직후(1945년 11월~1946년 여름) 조선에 체류했던 경험을 가지고 있는 김석범은, 1951년 일본어 잡지『조선평론朝鮮評論』을 창간하고, 박통朴樋이라는 필명으로 4·3사건 후의 제주 풍경을 묘사한「1949년경의 일지로부터－「죽음의 산」의 한 절로부터一九四九年頃の日誌より－「死の山」の一節より－」를 발표하며 본격적인 창작 활동을 시작한다. 1957년「간수 박서방看守朴書房」과「까마귀의 죽음鴉の死」을『문예수도文藝首都』(8월호·12월호)에 발표하면서 4·3이라는 필생의 과제를 설정한 김석범은, 조선학교 교사를 거쳐 총련 기관지『조선신보』편집국에 들어가면서 일본어 창작을 한동안 중단한다. 1962년 5월『문화평론文化評論』에 발표된「관덕정觀德亭」이후 1969년 8월『세카이世界』에「허몽담」을 발표하기까지, 7년 동안 그는 문예동 중앙기관지『문학예술』의 편집을 담당하며 조선어로만 문필활동을 하다가 총련과 결별한 후에야 일본어 글쓰기를 재개한 것이다.[99] 1969년「허몽담」으로 7년만의 일본어 글쓰기를 재개한 뒤, 1970년대에 집중적으로 펼친 일련의 '언어론'을 통해 김석범이 해명하고자한 것이 바로 '왜 일본어로 쓰는가'라는 문제였다.[100] 이와나미강좌 문

---

98  위의 글, 283면.

99  총련 조직과의 결별에 결정적인 영향을 준 것은 1967년 9월 기발표 일본어 소설인「까마귀의 죽음」,「간수 박서방」,「똥과 자유(糞と自由と)」,「관덕정」네 편을 수록한 작품집『까마귀의 죽음』의 간행을 총련 당국이 불허했음에도 비준 절차 없이 이를 간행한 일이었다고 알려져 있다. 이상의 연보는 平塚毅,「詳細年譜」,『金石範作品集』2, 平凡社, 2005, 604~609면 참조.

100 1970년대에 '일본어로 쓰는 것'에 관해 집중적으로 기술한 김석범의 평론집으로는『ことばの呪縛－「在日朝鮮人」と日本語』, 筑摩書房, 1972;『民族·言語·文学』, 創樹社, 1976이 대표적이다. 김석범의 언어론에 대한 자세한 고찰로는 이한정,「김석범의 언어론

학 시리즈의 「재일조선인 문학」 항목은 그러한 일련의 작업들에 대한 총괄인 셈이다.

그는 '왜 일본어로 쓰는가'라는 질문이, "식민지시대에 잃어버린 (…중략…) 민족어―빼앗긴 조선어를 되찾아 발전시키는 도상에서, 적어도 말ことば에 관한 한 조선인으로서 그 핵심에 서 있지 않았다는 현실과 결코 무관하지 않다"는 점을 지적했다. 또한 그럼에도 불구하고 "재일조선인들 중에 조선어 작가가 아닌 자들은 일본어로 쓰고 있다"는 사실이 어떤 의미를 지니는지 답하고자 했다.[101] 이는 바로 '해방' 직후의 재일조선인 문화운동이 처해 있던 상황, 즉 당시 재일조선인들은 식민본국 및 점령지·전장으로부터 한반도로의 귀환이라는 대규모 인구이동 현상에서 배제되어 있었으며, 따라서 한반도 전체에 걸친 민족주의적 문화운동에 직접 참가할 수 없었던 상황을 말한다. '잃어버린 민족어=빼앗긴 조선어'의 '회복'이 재일조선인 사회에서도 당면한 문화적 과제로 대두하는 가운데, 적어도 "말에 관한 한" 그것을 '자유'와 '해방'에 직결시킬 수 없었던 재일조선인들의 상황에 주목하는 것으로부터 그의 질문은 시작되는 것이다.

그는 문학의 언어를 본질적인 성격과 기능적인 성격으로 구분하여 그것을 '제1의적第一意的'인 것과 '제2의적第二意的'인 것이라고 파악한다. 그리고 "재일조선인 일본어작가는 문학에 의한 '커뮤니케이션'인 제2의적인 것에 자신을 의탁하여, 그 위에 제1의적인 것 즉 문학의 본질적인 문제를 파악하고 (거기서 이미 조선인 작가로서의 모순을 품은) 그 작

---

―'일본어'로 쓴다는 것」, 『일본학』 42, 동국대 일본학연구소, 2016 참조.
**101** 金石範, 「言語と自由―日本語で書くということ」, 『人間として』, 1970.9; 앞의 책, 76면.

업을 하고 있는 것"이라고 말한다. 그런데 번역의 과정을 거치지 않는한, 즉 "우리의 경우 조선어로 쓴 것을 번역하지 않는 한" 제1의적인 것은 드러날 수 없다. 그는 이어서 말한다. "내 속의 모국어가, 내 속의 모국어 아닌 것을 넘어설 수 없다."[102](강조점은 원문을 따름) 그는 모국어가아닌 일본어의 세계에서 쓰고자 하는 것의 본질을 어느 정도로 구현할수 있는지를 강조하며, '왜 일본어로 쓰는가'라는 질문 위에 '왜 쓰는가'라는 차원의 질문을 중첩시킨다. 그는 "말에서 서로 번역할 수 있는 요소란, 일본어의 형식(소리, 형태)을 가지고 있어도 조선어의 형식(소리, 형태)으로 형성된 것 속에 있는 의미, 즉 본질을 완벽히는 아니더라도 쓸수 있도록 하는 요소와 동일하다"고 말한다. 그리고 여기에서 "'나'를'일본적'인 것으로 만들어 갈지도 모르는 '일본어'의 틀 혹은 주박으로부터 풀려날 수 있는, 재일조선인 작가가 조선인으로서의 자유를 스스로 보장할 수 있는 현실적인 조건"을 찾는다.[103]

이처럼 말 속에 있는 번역 가능한 요소를 찾아 다른 형태의 말로 옮김으로써 그 속의 본질을 쓸 수 있도록 하는 것, 즉 "언어의 벽을 넘어 공유관계로" 이르도록 하는 것은 "인간의 상상력"이다. 그는 상상력의 작업에 의해 구축된 허구, 즉 "전체로서의 이미지의 세계"란 "보편적이지않으면 안 된다"고 강조한다. "상상력이 말의 개별적인 기질을 통해 거기 내재하는 보편적인 것에 관련되어 말 그 자체를 열어놓는다"는 것이다.[104] 요컨대, 상상력의 작업을 통해 허구의 세계가 드러날 때 말은 보

---

102 위의 글, 78면.
103 위의 글, 94면.
104 金石範, 앞의 글, 290면.

편성을 향해 열리게 된다. 이것이 그가 재일조선인 작가의 일본어 글쓰기를 '자유'와 '해방'에 연결시키는 방식이었다. 조선인 작가의 일본어 글쓰기를 통한 보편성의 개방이라는 프로세스는 조선인 작가의 주체성을 조건으로 하며, 주체적 존재로서의 조선인 작가의 상상력이 일본어에 근거하면서도 그 일본어가 상상력에 의해 초월되고 변질된다는 "이러한 모순을 우리는 문학 그 자체의 기폭제로서의 힘으로 삼고자 한다"고 그는 말한다.[105]

그는 이처럼 '왜 일본어로 쓰는가'라는 표현 자체가 일본인 작가에게는 불가능하다는 점에서 일본어를 객관시하는 조선인의 자세를 반영한 것이라고 주장하며, '윤리적인 내성內省'을 포함한 '자문자답'의 주체성을 강조한다. 이 주체성을 조건으로 하여, 그는 조선인 작가의 일본어 글쓰기가 상상력의 작업을 통해 보편적인 '자유'와 '해방'에 이르는 과정을 보여주고자 했다.[106] "나는 나의 내부에서 빛을 비추지 않으면 안 된다. 그리고 그 내부에서 조선어가 나 자신을 비춰내는 것 같은 긴장을 지속시키지 않으면 안 되는 것이다. (…중략…) 내가 일본어로 쓴다는 상태는, 타인의 집에 있는 거울 속의 나 자신을 보고 있는 의식 상태와 닮아 있다고 해도 좋다"는 말에서 그의 '윤리적 내성'의 의미를 찾을 수 있다.[107] 따라서 그가 말한 '자문자답'을 일본 '전후 문학(담론)'이라는

---

105 위의 글, 292면.

106 그의 '자문자답'에 대한 설명을 덧붙이면 다음과 같다. "물론 나도 그 하나인 재일조선인 작가 자신으로부터 자문자답의 형태를 취하기 쉬운(그것은 일본어로 쓰고 있다는 것에 대한 윤리적인 내성을 스스로에게 강요하는 형태를 취하는 것이지만), 이런 종류의 질문을 하는 조선인 작가로서의 주체적인 지향의 적극성을 평가하면서도, 다시 한 번 '왜 일본어로 쓰는가'에 대해 생각해볼 필요가 있음을 느낀다." 金石範, 「「なぜ日本語で書くか」について」, 『文学的立場』, 1971.7; 앞의 책, 105면.

107 金石範, 앞의 글, 78면.

컨텍스트 속에서 바라보면, 그것은 재일조선인 작가의 내적 성찰과 주체 형성이라는 윤리적 요소이면서도, 그의 글쓰기를 승인하거나 거부하는 일본 '전후 문학(담론)' 공간에서 주체의 분열과 재구성을 작동시키는 조건임을 알 수 있다.

아감벤은 장치에 대한 푸코의 설명에서 다음과 같은 점에 주목한 바 있다. 첫째, 장치란 그 안에 어떤 요소든 포함할 수 있는 이질적인 집합이자 그러한 요소들 사이의 네트워크이다. 둘째, 장치는 구체적인 전략적 기능을 지니며 권력관계 속에 기입된다. 셋째, 장치는 권력관계와 지식관계의 교차로부터 발생한다.[108] 즉 그것은 권력관계와 지식관계가 교차하는 영역 속의 요소들이 촘촘하게 엮어내는 그물망과 같은 것이며, 그 그물망 속에서 주체는 이를테면 고해성사와 같은 고백-속죄의 장치를 통해 과거의 '나'와 현재의 '나'가 분리되는 과정을 거쳐 새롭게 통합된 '나'로 주체화된다. 앞서 이은직이 식민지 시기의 일본어 글쓰기라는 과거와 결별하고 조선어 창작에의 몰두를 계기로 비로소 일본어 글쓰기의 현재적 의미를 발견하는 과정 또한, 그러한 고해성사의 형식으로 쓰인 바 있었다.

일본(어) 담론질서 안에서 재일조선인의 일본어 글쓰기라는 행위와 관련되며 주체화의 장치로 기능했던 '왜 일본어로 쓰는가'라는 질문은 '나'를 주어로 한 '자문자답'의 형식을 가정한다. 그러나 엄밀히 따지면 그 속에서 작동하는 것은 이들의 글쓰기 형식을 자문자답의 구조로 환원하는 일본(어) 질서 내의 숨은 목소리이다. 다시 말해 '나는 왜 일본어

---

108 조르조 아감벤, 양창렬 역, 『장치란 무엇인가-장치학을 위한 서론』, 난장, 2010, 17~18면.

로 쓰는가'라는 질문 속에는, '너는 왜 (조선인이면서) 일본어로 쓰는가'
와 같이 '너＝재일조선인'을 타자화한 결과로서의 2인칭 주어가 언제나
동시에 드리워져 있는 셈이다. 그러한 점에서 재일조선인 문학의 역사
는 '전후'로 명명된 일본·일본어·일본문학의 공간에서 '나／너'라는
두 개의 주어가 교차하는 문답의 장치의 역사였다고 할 수 있다.

앞서 살폈듯이 1948년『조선문예』의 '용어문제' 특집 이전에 이미
창간호에서 일본인 평론가 아오노 스에키치는, 조선인의 일본어 글쓰기
가 일시적으로는 부자유함을 의미하더라도 결과적으로는 일본어로부
터의 해방을 의미한다고 하며, '조선작가의 일본어 문제'라는 틀을 제시
한 바 있었다. 또한 '용어문제' 특집에서는 조선인 작가뿐만 아니라 도
쿠나가 스나오 같은 일본인 작가도 함께 참여하며 조선인의 일본어 글
쓰기에 대해 논의했다. 따라서 1970년 11월『분가쿠文学』지상에서 김
석범, 이회성, 오에 겐자부로大江健三郎가 나눈 좌담회의 제목이 '일본어
로 쓴다는 것에 대하여'였다는 사실은 그저 우연만은 아니었던 것이다.
오에 겐자부로는 "재일조선인 작가의 일본어 소설이 특수하다고 비판
하는 사람들이 모두 일본인이라는 점"에 대해 반성해야 한다는 입장을
취한다.[109] 그는 두 재일 작가와의 대화 속에서 "저 자신이 왜 일본어로
쓰는가라는 것에 대한 근본적인 반성을 하지 않으면 안 된다는 느낌을
지금 확실히 받게 된 것 같"다며 다음처럼 덧붙인다. "김석범 씨가 말씀
하신 재일조선인으로서의 주체 확립에 대해 생각한 뒤에, 정말로 일본
인이 일본어로 쓰는 작가로서의 주체성을 아시아의 규모에서든 확립해

---

**109** 金石範·李恢成·大江健三郎,「[座談会] 日本語で書くことについて」,『文学』, 1970.11;
김석범, 앞의 책, 125면.

간다는 것은 무엇인지를 생각해야만 할 것이다."[110]

이 좌담회에서 오에는 김석범이 자문자답의 형식을 통해 강조하고자 했던 주체성을 일본인의 주체 확립을 위한 참조항으로 삼는다. 그것은 다음과 같은 진술에 잘 드러난다. "정말 그것(재일조선인의 주체성 – 인용자) 은 그대로 **일본인으로서 왜 너는 일본어로 쓰고 있는가**, 라는 질문을 받고 있는 듯한 느낌입니다. 일본인이 가지고 있는 일본어의 보편성이라는 느낌은 매우 가짜 같은 것, 일본어란 정말로 뿌리 없는 풀과 같은 것으로, (…중략…) 일본어란 무엇인가, 일본인의 주체성이란 어떠한 것인가를 포함하여 생각할 때 저는 재일조선인의 문학은 아주 소중한 것이라고 새삼 생각합니다."[111](강조는 인용자) 이는 문답의 장치를 구성하는 질문의 원형인 '왜 일본어로 쓰는가'라는 표현 속에는 김석범이 말한 것처럼, 일본인 스스로는 불가능하지만 재일조선인의 자문자답을 경유한 형태로 일본인 작가의 일본어 글쓰기를 통한 주체화의 문제 역시 작동하고 있음을 보여준다.

문학과 언어의 관계, 그리고 번역 가능성과 보편성의 관계에 대한 김석범의 이해 방식은 언어의 '전달 가능성'에 대한 발터 벤야민의 사유를 상기시킨다. 벤야민은 "우리는 언명할 수 없는 것의 전망 속에 동시에 마지막 정신적 본질을 보게 된다"고 말한다.[112] 이것이 언어의 '전달 가능성'으로, 모든 사건 / 사물은 근본적으로 자신의 정신적 본질을 전달하도록 되어 있으며 그것은 언어 속에서만 전달될 수 있다. 하지만 우리는 어

---

110 위의 글, 126면.
111 위의 글, 161면.
112 발터 벤야민, 최성만 역, 「언어 일반과 인간의 언어에 대하여」, 『언어 일반과 인간의 언어에 대하여 / 번역가의 과제 외』, 도서출판 길, 2008, 80면.

떤 사건 / 사물의 본질을 전하고자 애쓰면서도, 그것의 정신적 본질과 언어적 본질이 동일하지 않다는 것을 알고 있다. 아무리 전달하려 해도 전해지지 않는 어떤 본질적인 것이 저 밑바닥 어딘가에 존재하지만, 사실 사건 / 사물의 본질이란 언어 속에서가 아니면 결코 본질로서 드러날 수 없다. 이러한 언명 불가능성을 인지하면서도 동시에 그 불가능성을 전하려는 시도는 표현 행위의 중요한 동력이 된다. "언어는 어떤 경우이든 전달 가능한 것의 전달이기만 한 것이 아니라 동시에 전달 불가능한 것의 상징이기도 하다. (…중략…) 모든 상위의 언어는 하위의 언어의 번역이고, 이 번역은 이 언어운동의 통일인 신의 말씀이 마지막 명징함 속에서 전개될 때까지 지속된다."[113] 그리고 "낯선 (원작의) 언어 마력에 걸려 꼼짝 못하고 있는 순수언어를 번역자 자신의 언어를 통해 해방시키고 또 작품 속에 갇혀 있는 언어를 그 작품의 재창작을 통해 해방시키는 것이 번역자의 과제이다".[114] 일본어로 씀으로써 '일본적인 것'의 개별성을 넘어서는 동시에 보편성을 향해 말이 열리는 순간을 상상하고, 그 모순적인 번역의 운동을 반복함으로써 말 속의 본질을 (결코 완벽하지는 않은 형태로) 전할 수 있다는 김석범의 언어론이란, 결국 번역론이자 번역자의 과제에 관한 것이다. 김석범에게 일본어 글쓰기는 다름 아닌 번역의 모순된 운동이고, 그것이야말로 '문학 그 자체의 기폭제'였다.

'민족어의 회복'이라는 탈식민의 수사가 '해방'과 '억압'을 동시에 의미했던 상황부터 '조국'과 일본을 가로지른 냉전의 분할선에 의한 사상적 획일화가 강요되었던 상황까지, 재일조선인 작가들의 '조국'에 대한

---

113 위의 책, 95면.
114 발터 벤야민, 「번역가의 과제」, 위의 책, 139면.

상상과 귀속의식에는 언어 문제가 중요하게 작용했다. '해방'된 조선 내부의 정치와 문학을 비롯하여 일상생활의 수준에서까지 일본어의 추방과 조선어의 귀환은 당위로서 공유되었다. 하지만 재일조선인의 경우에 조선어 사용은 간단히 수용될 수 있는 문제가 아니었다. 제국 붕괴 후 얼마 지나지 않아 이미 '당위'로서의 조선어 글쓰기보다 '기형'이나 '과도기적'이라는 자기비판 속에서도 일본어 글쓰기가 우세했으며, 일본인 고정독자층 또한 꾸준히 형성되고 있었다. 반면 조선어 글쓰기의 고정독자는 미미한 수준이었다.

이처럼 '민족어의 회복'이 결코 '자유와 해방'으로 직결될 수 없는 운명 속에서도, '회복된 민족어'인 조선어를 통하여 문화주의적 운동을 전개한 흐름들이 있었다. 이 장에서는 당대에 이 문화주의 운동 주체들 사이에서 조선어 글쓰기의 주요한 지반으로 언급되던 『해방신문(민중신문)』에 주목했다. 초대 주필이었던 김두용은 『해방신문』에서의 조선어 글쓰기와 일본공산당 이론지인 『젠에이』에서의 일본어 글쓰기를 병행한 이언어 작가였다. 귀환 전까지 그가 주로 쓴 『해방신문』의 사설은 식민지 기억을 소환하여 재일의 역사를 민족주의적으로 재구성하고, 그것을 '조국'의 독립 및 조일朝日 양쪽의 인민정부 수립이라는 목표로 연결하는 것이었다. 공동투쟁의 당위성을 조선의 식민지 기억으로부터 찾는 방법은, 그가 주도적으로 설계한 일본공산당 조선인 대책이 반영되어 있는 『젠에이』의 논설들과는 다른 문법이었다.

김두용이 1947년 7월 북조선으로 귀환하기 전까지 일본공산당의 재일조선인 대책은 민족적 타자성을 인정하지 않는 것을 핵심으로 했다. 하지만 그는 『해방신문』과 『젠에이』라는, 각각 재일조선인 운동과 일본공산당 운동을 견인하는 두 매체에서 동시에 '재일'의 비전을 제시하는 위치에 있었다. 그의 이론 속에는 서로 합치될 수 없는 '해방'이 있었을 뿐 아니라, 공동투쟁의 주체와 민족적 주체라는 서로 다른 '재일'이 존재했다. 그 자신이 그러한 차이들을 현시하는 위치에 있었지만, 그는 그러한 차이들을 무화시키고 하나의 '해방'과 하나의 '재일'을 제시하는 방식으로 이언어 글쓰기를 수행했다.

김두용의 귀환 후인 1948년 이후 『해방신문』은 한반도 북반부에 수립된 공화국의 '제2국민'을 양성하기 위한 문화 사업들을 진행했다. 재일조선인들이 일본 내에서 교섭의 비당사자로 배제되어 가는 구조 속에서, '제2국민' 담론은 갓 수립된 공화국과의 관계를 공고히 하여 비국민이 아닌 국민으로서의, 제삼자가 아닌 당사자로서의 위치를 확립해 나간다는 재일조선인 운동의 방향성을 내포하고 있었다. 『해방신문』의 창작 부문에서 활약한 이언어 작가 이은직은, 공화국 수립 시점을 전후하여 각각 식민지적 과거의 소환과 건설중인 공화국에의 귀속이라는 두 가지 방향을 설정하였다. 『해방신문』은 일본공산당과 조련이라는 정당·조직의 노선만으로 설명되지 않는 재일조선인 운동의 문화주의적 노선을 공론장에 가시화하였다. 하지만 그 내부의 글쓰기 주체들은 집단성과 개별성, 대표성과 예외성, 이상과 현실 사이에서 분열과 대립을 경험하였다. 이은직이 공화국 수립을 전후로 수행한 조선어 창작에서의 귀속의식은 그러한 분열과 대립의 봉합 과정을 보여준다. 하지만 그가 동시대에 수행한 일본어 글쓰기 및 그에 관한 자문자답 속에서는 분열과 대립의 당사자로서의 재일성을 보다 다양하고 복잡한 사회적 관계 속에서 설명하려는 시도가 엿보인다.

이은직이 1948년 '조선인인 나는 왜 일본어로 쓰는가'라고 물으며 복수의 독자층을 향한 이언어 창작의 의의를 스스로 해명했다면, 1970년 김석범은 7년 동안 전념한 조선어 창작과 결별하고 일본어 창작으로 복귀하면서 역시 같은 질문을 던졌다. 그는 이 질문이 일본어를 객관시하는 조선인의 자세를 반영한 것이라고 하면서, 윤리적 내성을 포함한 자문자답의 주체성을 강조하였다. 이러한 자문자답의 형식으로 제시된 '조선인인 나는 왜 일본어로 쓰는가'라는 질문은, '전후 일본'이라는 권력과 지식의 네트워크 속에서 과거의 '나'와 현재의 '나'를 분열시키고 새로운 통합적 주체를 생산하는 장치로 기능했다.

이 '문답의 장치'는 창작언어 문제를 넘어 '조선인=너'를 타자화하는 '전후 일본'의 지식관계 및 권력관계 속에 기입되어 있었다. 재일조선인 작가들은 '나(너)는 왜 일본에서 조선의 해방과 전쟁에 대해 쓰는가', '나(너)는 왜 귀환하지 않고 일본에 남았는가'라는 질문에 응답하는 서사적 주체를 생산하였다. 그것은 '조국'으로의 월경에 대한 상상력을 서사화한 김달수와 이은직의 텍스트에서 두드러졌다. 따라서 1부의 나머지 장들에서는 김달수와 이은직의 이동에 관한 상상력이 드러나는 텍스트들을 통해, '재일'의 위치에서 '조국'과의 관계를 구축하는 서사적 문법에 대해 탐구하고자 한다.

/ 제2장 /

# 냉전 / 열전의 동시대성

### 김달수의 '조국'과 '전쟁'

## 1. 매개된 '조국'─텍스트 속의 편지, 뉴스, 밀항자

1945년 이후 재일조선인의 이언어성에 관련된 질문과 답변의 형태로 출발한 문답의 장치는 재일조선인의 자문자답 구조를 통해 '답하는 주체'를 구성했다. '조선인=나'를 주어로 한 자문자답 형식으로 제기된 '일본어로 쓴다는 것'의 문제는, '전후 일본(어)' 담론질서 안에서 재일조선인의 글쓰기를 통한 주체 생산의 장치에 기반한 것이었다. 이 문답의 장치는 창작언어 문제를 넘어 '조선인=너'를 타자화하는 '전후 일본' 문학의 지식 및 권력관계와도 연결된다. '나(너)는 왜 일본어로 쓰는가'에 답해야 했던 재일조선인 작가들은, 같은 원리로 '나(너)는 왜 일본에서 조선에 대해 쓰는가', '나(너)는 왜 조선으로 귀환하지 않고 일본에 남았는가'라는 질문에 응답하는 서사적 주체를 생산하였다. 그것은 '조국'으로의 월경에 대한 상상력을 서사화한 김달수와 이은직의 텍스트들에서 두드러진다.

이 장에서는 김달수가 일본에서 경험한 '조국'의 해방과 전쟁에 관한 텍스트들을 통해, 그 사건들을 어떻게 시·공간적 연속성 속에서 파악하고 '재일'과 '조국'의 관계를 구축하는지 살펴보고자 한다. 김달수가 한국전쟁 기간 쓴 단편들 중에는 일본과 조선이 전쟁기계의 운송 시스템에 의해 연결되어 있다는 사실이나, 한국전쟁이 아시아·태평양전쟁의 진행형이자 발전형이라는 사실을 깨닫는 인물들이 등장한다. 그러한 인물들이 작중에서 '조국'과 동시대를 살아간다는 감각을 획득하는 과정을 중점적으로 분석하고, 결과적으로 '조국'의 해방과 전쟁 모두의 당사자라는 관점으로 '조국'의 인민에 동일화하고자 했음을 밝히고자 한다.

김달수는 해방 전인 1943년 4월부터 이듬해 2월까지 경성일보사에서 일하며 경성에 체재한 적이 있다. 짧은 경성 생활을 마치고 요코스카橫須賀로 돌아온 뒤부터 친형 집에서 조선인들과 모여 앉아 "태어나 처음 듣는 일본 천황의 방송"으로 조선 해방 / 일본 패전을 맞이하기까지, 요코스카에서 보낸 1년 남짓한 시간은 그에게 주로 밤의 시간으로 회고된다.[1] 경성에서 요코스카로 돌아온 그는 원래 알고 지내던 이은직과 장두식, 그리고 새로 알게 된 김성민과 함께 『계림鷄林』이라는 제호의 작은 회람지를 만들고 등화관제가 실시되던 밤에 모여 서로의 글에 대해 토론하곤 했다. 회원이라야 네 명뿐인 이 작은 모임은 김달수 자신에게는 향후 첫 장편소설로 출간될 『후예의 거리後裔の街』가 시작된 곳이라는 점에서 의미 의미 깊었다.[2] 그밖에도 이 합평의 밤에 관한 기억에서 자

---

1    金達寿, 『わが文学と生活』, 青丘文化社, 1998, 125면.

2    김달수의 회고에 따르면 『후예의 거리』는 『계림』에 제2장까지 연재되다가 전후 『민주

주 언급된 것은 늘 격렬해지곤 했던 김성민과의 대립이었는데, 그는 김성민이 조선의 민족이나 독립에 무관심한 "소위 예술지상주의자"를 표방하면서도 실상은 "지독한 '황민화소설'이라는 정치적인 것"을 썼다고 하며 거침없이 비판했다. 거꾸로 김성민은 『후예의 거리』 1회차를 읽고 나서 "노호怒號의 문학"이라며 혹평했다고 한다.[3]

　　제국 붕괴 후 김달수를 비롯하여 이은직과 장두식은 일본에 남아 재일조선인 작가로서의 활동을 본격화한 반면, 김성민은 별다른 활동을 하지 않은 채 곧 남조선으로 귀환했다.[4] 해방 전 『녹기연맹緑旗聯盟』, 『천상 이야기天上物語』, 『혜련 이야기恵蓮物語』 등 대부분의 창작활동을 일본어로만 해온 김성민은 해방 후 조선으로 돌아가 몇 편의 단편을 조선어로 발표하기도 했으나, 단정 수립 이후로는 시나리오 집필과 감독을 병행하며 소설에서 영화의 세계로 완전히 전향하게 되는 인물이다. 그러한 김성민이 조선으로 귀환한 지 얼마 되지 않아 패전 직후의 도쿄 풍경을 조선의 독자들에게 글로 전한 시기와 거의 비슷한 무렵,[5] 일본의 김달수는 '성민 형聖珉兄'을 수신자로 하는 편지 형식의 일본어 단편 「상흔傷痕」을 발표한

────────────────

조선』 창간호(1946.4)에 다시 옮겨 연재되었다. 위의 책, 142~143면. 『민주조선』 1947년 5월호까지 총10회에 걸쳐 연재된 『후예의 거리』는 1949년 세카이효론샤(世界評論社)에서 단행본으로 출간되고, 1955년에는 도호샤(東方社)에서 재출간되었다.

3　위의 책, 123면.

4　김성민을 제외한 세 명은 모두 10대 또는 유년기에 일본으로 건너가 패전 후 일본에 남은 반면, 김성민이 일본으로 건너간 것은 1936년 『반도의 예술가들(半島の芸術家たち)』로 『선데이마이니치(サンデー毎日)』 대중문예소설부문 현상공모에 입선한 이후이며 그는 해방 후 얼마 되지 않아 남조선으로 돌아왔다. 부연하면 김달수(1920~1997)와 장두식(1916~1977)은 경상남도 창원, 이은직(1917~2017)은 전라북도 정읍 출생이며, 김성민은 평안남도 평양 출생으로 평양고보 졸업 후 영변에서 역무원으로 근무했다. 『반도의 예술가들』을 발표하기 전에는 경성의 영화계에 종사하기도 했다.

5　金聖珉, 「敗戰直後의 東京表情－朝鮮人과 日本人의 感情的 摩擦에 관하여 쓴, 산 記錄」, 『白民』, 1948.1.

다.[6] 수신자인 성민은 텍스트 내에서 과거 '우리들'과 함께 했던 작가이자, 현재는 '이곳' 일본에 부재하는 인물로 설정되어 있다.

미우라三浦 반도의 구석진 해변 호텔에 머물고 있는 화자 '나'는 1년 전 죽은 아내에 관한 이야기를 하고 싶다는 말로 긴 편지를 시작한다. 하지만 "성민 형, 나는 지금 끝없이 이야기하고 싶어. 한없이 말하고 싶어"라고 하면서도, 실상 아내에 관한 이야기는 전혀 진전되지 않는다.[7] 대신 화자는 아시아·태평양전쟁 말기 '우리들'에게 알리지 않은 채 고국에 돌아가 다시 중국에 의용군으로 잠입한 작가 김진삼金眞三을 언급하거나, 1945년 10월 10일 석방된 조선인 공산주의자 K의 투쟁기를 담은 전기傳記의 "조선어와 일본어판을 동시에 낸다는 엄청난 작업"을 자신이 맡게 되었다고 전한다.[8] 김사량과 김천해를 모델로 한 것이 분명한 위의 인물들을 언급한 뒤, 그는 해방 후 2년간 민족단체 결성, 잡지 간행, 집필과 강연 등으로 아내와의 애정을 차분히 생각해볼 여유가 전혀 없었던 상황을 돌이켜 본다. 그리고는 지금 자신이 머물고 있는 해변 호텔이 실은 10년 전 넝마를 주우며 야학에 다니던 시절에 가끔 물을 얻어 마시러 오던 장소라고 고백한다. 결국 그가 꺼낸 애정 이야기는 죽은 조선인 아내와의 것이 아니라, 넝마주이를 막 그만둘 무렵에 만난 일본인 연인과의 이야기로 진행된다.[9] 그의 연인이었던 에이코瑛子는 부친에게 결혼 허락을 받으려 하지만, "정말로 너를 사랑한다면 (그가—인용자)

---

6    金達壽, 「傷痕」, 『朝鮮文藝』, 1948.2. 후에 이 소설이 『金達寿小説全集』 제1권에 수록되면서 '성민(聖珉)'은 '정민(正民)'이라는 이름으로 수정되었다.

7    위의 글, 21면.

8    위의 글, 23면.

9    김달수는 도일 후 실제로 넝마를 주우며 생계를 유지하면서 고학했던 과거를 가지고 있으며, 이때의 경험과 일본 여성과의 연애담은 그의 다른 작품들에서도 빈번히 다뤄진다.

자기 자신에 대해 이야기하지 않을 리가 없다"는 부친의 말을 듣고는 이 별을 결심한다.[10] 하지만 이별을 고하려던 에이코는 오히려 그를 붙잡 고 울면서 용서를 빌고, 그가 에이코의 뺨을 때리던 장면을 회상한 채로 소설은 중단된다.

「상흔」은 일본에 남은 조선인 작가가 '조국'에 돌아간 것으로 암시된 동료 작가에게 자기 자신에 대한 이야기를 하는 서간체 소설이다. 김달 수는 이후에 발표한 자서전에서 '해방' 직후 "1945년 8월, 전쟁이 끝나 다. 곧바로 재일조선인연맹('조련')의 결성에 참가하다. 활기횡일活氣橫溢 하다"라고 써두었던 일기를 언급하며, 이것이 자신의 '청춘'의 실상이 었다고 말한 바 있다.[11] "'조국'과 같은 것으로서의" 민족조직과 자신을 동일시하고 그것을 통해 '조국'과의 연결을 도모했던 해방 후의 '나＝ 청춘'은, 넝마를 줍던 시절의, 또는 일본인 여성에게 굴욕을 전가했던 순간의 '나'와 단절함으로써 만들어진다.[12] 그러나 한편으로는 '해방'

---

10  위의 글, 32면.

11  金達寿, 앞의 책, 125~126면.

12  김달수는 "8·15 이후, 조련, 민전, 총련으로 계속된 조직은 재일조선인으로서의 우리들 에게는 '조국'과 같은 것"이었다고 회고한 바 있다. 위의 책, 196면. 주지하듯이 1947년 일본에서의 외국인등록령 실시 이후 재일조선인들의 국적표기는 '조선'으로 일괄 등록 되었다. 1950년 외국인등록국적란에 '한국' 표기가 가능해진 이후에도 '조선'적은 (꾸준 히 감소하기는 하지만) 1955년까지 75% 이상을 유지했다. 李瑜煥, 『在日韓国人五十年史 -発生因に於ける歴史的背景と解放後に於ける動向』, 新樹物産株式会社出版部, 1960, 112 면의 〈외국인등록국적란의 '한국'과 '조선'(법무성조사)〉 재인용. 이때 국적란에서의 '조선'이라는 기재는 "과거 일본 영토였던 조선반도로부터 내일(來日)한 조선인을 가리 키는 용어로, 어떤 국적을 의미하는 것도 아님"을 일본 법무성에서 확인한 바 있다. 또한 한일 양국의 국교 수립 이전부터 '한국'이라는 기재가 국적을 대신한 것은, 주일한국대표 부가 발행하는 국민등록증을 제시할 경우 '조선'에서 '한국'으로의 변환을 인정하고 "그 것이 오랜 시간에 걸쳐 유지되고 실질적으로 국적과 같은 작용을 해온 경위 등으로부터 미루어보아 현 시점에서 그 기재는 대한민국의 국적을 표시하는 것이라고 생각할 수밖에 없는" 상황 때문이었다. 「外国人登録上の国籍欄の「韓国」あるいは「朝鮮」の記載について」 (法務省, 1965.10.26), 『在日韓國人의 地位에 關한 資料』 II, 외무부, 1976.11, 37~38면

전의 '나'와 완전히 결별하지 못하고 그것을 '상흔'으로 남겨두어야 했음을 이 소설은 고백하고 있다. 이 소설은 구조적으로는 '조국'으로의 귀환자에게 보내는 고백류의 서간체라는 형식을 채택하면서, 실질적으로는 일본의 독자들을 향해 쓰인 자기 서사였다. 미소공위가 최종 결렬되고 해가 바뀌며 점차 통일국가 수립보다는 분단의 고착이 가시화되는 시점에 쓰인 이 미완의 텍스트는, '조국'과의 허구적 네트워크를 통해 '재일'이라는 관계성의 좌표를 그리고자 한 시도를 계보학적으로 살피고자 할 때 하나의 원형을 보여준다.

편지를 통한 '조국'과의 허구적·가상적 네트워크는, 「상흔」과는 반대로 대한민국의 한 순경이 본인과 같은 경상남도 'M市' 출신의 재일조선인 작가에게 보내는 "편지·수기"의 형식을 취한 소설『고국 사람故国の人』(1956)에서도 활용된다.[13] 『고국 사람』은 「고국 사람 – 어느 순경의 수기故国の人 – 或る巡警の手記」라는 단편으로 일단 발표된 후 두 편의 수기 형식으로 된 픽션이 더해져 장편소설로 출간되었다. 이 텍스트는 '해방' 후부터 한국전쟁에 이르는 시기 남한의 중남부 지역을 무대로 삼아 좌

---

(국가기록원 관리번호 C11M31266). 이러한 정황상 비(非)한국이라는 의미에서의 '조선'이 일종의 국적처럼 비쳐지게 되었을 뿐, 재일조선인에게 있어 '조선'이라는 기호는 해방 직후 분단된 한반도가 아니라, 해방 및 분단 이전이라는 과거, 또는 통일 이후라는 미래뿐이었음을 알 수 있다. 김달수의 회고에서 알 수 있는 것은, '활기횡일'했던 조직에의 참여가 그러한 기억(과거) / 상상(미래)의 심상지리인 '조국=조선'에 실재성을 부여했을 가능성이다.

13  金達寿, 『故国の人』, 筑摩書房, 1956, 5면. 「故国の人 – 或る巡警の手記」는 『改造』 1954년 11월호에 발표되고, 여기에 제2부와 제3부가 더해져 장편 『故国の人』로 발행된다. 제1부의 언급에 따르면 '나'보다 9세 연상인 2인칭 수신자 '당신'은 12세에 고향을 떠나 일본으로 건너간 인물이다. 김달수의 출생 당시 행정구역인 경상남도 창원군은 1949년 마산시로 변경되었으며, 작중에서 "우리가 태어난" M시 N면은, 집필 당시의 행정구역인 마산시 내서면(김달수의 실제 출생지역)을 염두에 둔 것으로 추정된다.

우파의 사상적 대립과 국군-공산군 간의 전투를 서사화하고 있다. 총3부로 나뉘는 장편의 제1부는 동향 출신의 한 재일 작가를 향해 쓰인 순경 이인종의 수기이고, 제2부는 이인종의 동창이자 그가 사랑한 옥순이란 여성의 오빠인 천문규가 한국전쟁 중 대구 M형무소 폭파를 주동한 후에 순경 이인종 앞으로 남긴 수기이다. 그리고 제3부는 국군에 편입된 이인종이 전투지에서 천문규의 수기를 받아 읽은 뒤에 쓴 것으로 되어 있는 '속續 이인규의 수기'이다. 제1부의 서두에서 이인종은 이 '편지·수기'가 재일조선인인 '당신'에게 실제 부쳐질지 미지수라고 단서를 달기는 하지만, '당신'에 대한 상세한 정보를 늘어놓으며 '당신'이 지금 일본에 있다는 사실을 강조한다. 여기에는 이 텍스트가 전쟁 중인 '조국'에서 재일 작가에게 보내진 전쟁 당사자의 서한이자 수기로 독해되기를 바란 저자의 메시지가 명확히 드러난다.

김달수의 글쓰기에서 조선(대부분 현재의 남한 지역)과 일본 사이의 이동(밀항)은 빈번하고도 중요한 모티프이다. 하지만 그것은 "숨겨진 모티프"라고 표현되기도 하는데,[14] 점령기에 쓰인 김달수의 소설에서 공간적 이동이 전면에 드러난 경우는 거의 없기 때문이다. 이동하는 순간에 대한 묘사는 김달수 자신의 경험을 반영하여 식민지 말기 관부연락선을 타고 현해탄을 건너 부산에 도착한 뒤 경성과 일본을 오가는 재일 남성을 주인공으로 한 장편소설 『현해탄』(『新日本文学』, 1952.1~1953.1) 정도에서만 보인다. 식민 본국에 거주하던 청년이 식민지 조선의 부르주아 청년과 만남으로써 연대 가능성을 확인하고 민족운동에 투신하는 과정

---

14 마루카와 데쓰시, 장세진 역, 『냉전문화론』, 너머북스, 2010, 186~187면.

을 그린 이 소설은, 경부선 열차와 관부연락선을 환승해 가며 경성-부산-일본을 왕래하는 인물의 내면 묘사에 많은 부분을 할애한다. 이를 통해 밀항자를 적발하는 조선인 형사나 재일조선인을 식별하는 식민지 조선인 같은 시선에 복잡하게 노출된 존재, 즉 '조선 안 / 밖의 재일조선인'이라는 정체성의 이중구속을 다룬다. 『현해탄』 속 인물들의 해방 후 행적을 다룬 속편 격의 장편소설 『태백산맥』(『文化評論』, 1964.9~1968.9)에서, 재일 출신 청년과 조선의 부르주아 청년이 해방 후 감옥에서 출소하여 남조선에서 각각 역사연구자와 혁명지도자로 살아가는 모습은, 『현해탄』에서 보여준 해방 전의 이동 서사라는 전사前史 위에 쓰일 수 있었던 셈이다.

김달수가 '조국'에 관해 쓴 소설 텍스트들은 그 관계성의 형식에 따라 크게 두 그룹으로 나눌 수 있다. 우선 주목되는 것은 재일조선인들에게 '조국'의 정세와 동향을 전하는 편지, 신문이나 잡지, 뉴스영화 같은 매체가 텍스트 내에 삽입되는 방식이다. 이를테면 재일조선인 청년들이 뉴욕에서 발행되는 화보 잡지 『라이프LIFE』를 통해 여순사건에 관한 보도사진을 접하고 지리산으로 향한다는 내용의 단편 「반란군反乱軍」(『潮流』, 1949.8~9), 한국전쟁기 '조국'에서 발생한 폭격 장면을 보여주는 뉴스영화를 계기로 자신이 직접 겪은 도쿄 대공습과 간접적으로 겪은 한국전쟁이 구분 불가능한 기억으로 겹쳐지며 착란 증세에 빠지는 한 재일조선인 노인을 그린 단편 「손영감孫令監」(『新日本文学』, 1951.9) 등이 있다. 다음 절에서 자세히 살피겠지만, 「손영감」에서 노인에게 "고국 조선의 사람들이 죽임 당한다"는 감각을 일깨운 것은 우연히 보게 된 뉴스영화라는 시각매체였다.[15]

뉴스영화를 통한 충격과 그로 인한 자기 인식의 변화라는 「손영감」에서의 시각적 프로세스는, 레이 초우가 "시각적 조우"라고 표현한 바 있는 루쉰의 경험을 떠오르게 한다. 의사를 목표로 도쿄에서 유학중이던 루쉰은 어느 날 대학 강의실에서 뉴스영화의 한 장면을 보게 된다. 거기에는 러일전쟁에서 승리한 일본군에 의해 처형당하는 중국인들과, 그들의 죽음을 무표정하게 바라보던 또 다른 중국인 포로들의 모습이 적나라하게 담겨 있었다. 초우에 따르면 외부 침략자들에 의한 중국인 처형 장면을 담은 뉴스영화를 접한 루쉰의 충격적 경험이 중요한 것은, 그것이 루쉰 자신의 회고대로 진로를 의사에서 작가로 변경하도록 한 결정적 계기이기 때문만은 아니다. 오히려 중요한 것은 '중국인'에게 일어난 비극적인 사건을 접함으로써 그가 같은 '중국인'이라는 하나의 구경거리로, 하지만 동시에 그것을 외부에서 보는 존재로 자기 자신을 인식하기 시작했다는 점이다. 시각 매체라는 새로운 테크놀로지를 통해 루쉰은 자기 자신을 중국(인)이라는 근대적 국가(국민) 개념 속에서 인식할 수 있었던 동시에, 저 화면 너머에서 처형당하거나 그것을 무기력하게 지켜보던 중국인과는 구분된 위치에서 그들에 관해 글을 쓰고 그들을 계몽하는 중국인으로서의 자기 이미지를 기획할 수 있었다.[16] 이를 참고하자면, 김달수의 텍스트들에서는 '조선의 사람들'에게 일어나고 있는 사건을 미디어로 접하고 직접 조선으로 향하거나 사건의 당사자성을 확인하게 되는 서사적 주체를 통해, 자기 자신에 내재한 당사자성과 타자성을 양면적으로 확인하는 순간을 포착할 수 있다. 나아가 이

---

15 金達寿, 「孫令監」, 『金達寿小説全集』 2, 筑摩書房, 1980, 44면.
16 레이 초우, 정재서 역, 『원시적 열정』, 이산, 2004, 24면.

는, 그러한 인물들을 그려냄으로써 '조국'과의 거리 감각을 조절하고, 그것과의 차이와 동일성을 통해 '재일'의 표상을 구축하는 김달수의 사회적 기획의 일환이었다고 할 수 있다.

'조국'과의 관계를 서사화하기 위해 편지나 뉴스 같은 매체를 동원하는 텍스트 그룹의 다른 한 편에는, 남한에서 온 밀항자와의 접촉이라는 형식으로 '조국'과의 관계를 서사화하는 텍스트 그룹이 존재한다. 예컨대 「대한민국에서 온 남자大韓民国から来た男」(『新日本文学』, 1949.11)는 일본으로 밀항한 한국인과의 만남을 계기로 남한에서의 혁명 완수를 위해 떠나기로 결심하는 재일조선인 청년의 모습을 그린다. 앞에서 언급했듯이 김달수의 글쓰기에서 모티프로 활용되는 이동의 형태는 대부분 밀항이며, 그 방향성은 「대한민국에서 온 남자」를 비롯하여 「부대장과 법무중위」(『近代文学』, 1953.1~2), 「일본에 남겨둔 등록증日本にのこす登録証」(『別冊週刊朝日』, 1959.11) 등의 경우처럼 남한에서 일본으로 밀항해온 인물들이 다수를 차지한다. 그런데 '조국'으로의 합법적 이동이 현실화된 사건인 '귀국' 사업을 전후로 한 시기에는, 이동의 방향이 북한으로의 '귀국'을 염두에 둔 남한으로부터의 밀항과 재밀항 등으로 분화된다. 첫 귀국선이 출항하기 한 달 전에 발표된 「일본에 남겨둔 등록증」에서는, 남한에서 일본으로 밀항한 후 '귀국' 대열에 합류하여 북한으로 향하기를 기다리는 남자의 이야기가 그려진다. 1960년 이후 발표된 「밤에 온 남자夜きた男」(『別冊文芸春秋』, 1960.6)나 『밀항자』(筑摩書房, 1963)에서는, 남한에서 일본으로 밀항해온 인물이 남한으로 재밀항하거나 오무라 수용소에서의 투쟁을 통해 북한으로의 '귀국'을 성사시킨다는 내용이 그려진다.[17]

선행연구에 따르면, 김달수의 이력에서 1959년 12월 시작된 재일조선인들의 북한 '귀국' 사업을 전후로 한 시기, 즉 1959년 2월부터 1960년 4월 사이의 시기에는 귀국을 독려하는 글쓰기나 귀국한 주변인들에 관한 글쓰기가 집중적으로 이루어졌다고 한다. 그 사이 그의 작업들에서 '귀국' 사업에 대한 비판의 논조는 거의 찾아볼 수 없으며, 당시 총련 및 문예동 집행부와 팽팽한 긴장관계를 이루었음에도 불구하고 여전히 총련 조직을 '조국과 같은 것'으로 생각하며 되도록 협력하고자 하는 태도를 유지하고 있었다는 것이다. 이는 '귀국' 사업의 실상을 보지 못하고 여전히 총련 측에서 제시한 '지상 낙원'의 이미지를 넘지 못한 한계로 평가된다.[18] 북한으로의 '귀국' 사업은 그것에 관한 글쓰기의 집중적인 생산을 견인했을 뿐만 아니라, 서사 내 이동 루트에도 미묘한 변화를 일으켰다. 김달수의 텍스트들에서 '귀국' 서사의 대상은 자본주의 국가 일본에서 겪는 차별과 곤란을 청산하고 '조국' 품에 안기는 재일조선인에만 한정되지 않는다. 「일본에 남겨둔 등록증」은 일본으로 밀항한 남한 사람을 북한으로의 '귀국' 루트에 참여시켰는데, 이는 일본 밀항이라는 우회로를 통한 남북 간 이동, 보다 정확히 말하면 '월북'의 가능성을 시사한 것이었다.

---

17 『밀항자』의 연재 시작년도는 1958년(『関西公論』)이지만 잡지의 폐간과 개명, 지면의 이동 등으로 인해 1963년(『現実と文学』)에야 완결되었다. 『밀항자』에서는 두 명의 지리산 빨치산 청년이 일본으로 밀항하여 그 중 한 명은 타인의 외국인등록증으로 신분을 위장해 일본에 정착하고, 다른 한 명은 밀입국자로 적발되어 오무라 수용소에 수감된 뒤 북한으로의 송환을 요구하는 투쟁 끝에 북한으로 향한다. 한편 일본에 정착했던 인물은 5·16군사쿠데타 이후 남한에서의 반정부 투쟁에 참가하기 위해 다시 남한으로 향한다. 박광현은 이러한 김달수 텍스트 속의 이동에 대한 상상력을 "'(역)밀항'의 상상력"이라는 개념으로 고찰한 바 있다. 박광현, 「'밀항'의 상상력과 지도 위의 심상 '조국'−1963년 김달수의 소설을 중심으로」, 『일본학연구』 42, 단국대 일본학연구소, 2014.
18 廣瀬陽一, 『金達寿とその時代−文学・古代史・国家』, クレイン, 2016, 228면.

'귀국' 사업이 활발하던 시기는 4·19를 계기로 한국의 정세가 격변한 시기이기도 하다. 4·19 직후에 쓰인 「밤에 온 남자」는 일본과 북한 사이에서 진행된 '귀국' 사업의 정세에 4·19라는 남한의 정세가 더해지며, 일본을 사이에 두고 '두 개의 조국' 사이에서 교차하는 이동의 가능성을 탐색한다. 1960년 4월 20일 아침, 재일조선인 작가인 '나'는 신문을 통해 서울에서 일어난 대규모 시위사건을 접하고 과거 잠시 머문 적이 있는 서울의 거리를 떠올린다. 그때 두어 달 전 남한에서 밀항해온 도평택이라는 남자가 '나'를 찾아온다. 밀항 직후의 도평택을 만났을 때 '나'는 그가 어쩌면 바로 전년도에 시작된 재일조선인들의 '귀국' 운동을 저지하기 위해 이승만 정부가 보낸 테러단의 일원일지도 모른다고 의심한 적이 있지만, 도평택이 자기를 찾아와서 한 일이라곤 김일성, 모택동, 레닌의 저작집을 빌려가는 것뿐이었다. 그러던 어느 날 도평택은 자신의 고향이 경상남도 거창이며, 한국전쟁 발발 후 국군에 동원된 사이 고향에서 일어난 양민 학살 사건으로 부모를 잃고, 그 후 울분을 억누른 채 살다가 끝내 일본으로 밀항하게 되었다고 고백한다. 4·19 이후 여러 강연에서 한국의 정세를 일본인에게 알리고 있던 '나'에게 도평택은 그 강연 내용을 묻는다. '나'는 도평택에게 일본의 지인들이 한국의 4·19를 지지하는 뜻으로 썼다는 하이쿠를 보여주거나, 한국의 신문에 실린 여학생의 유서를 보여주며 논평을 이어간다. 이승만이 미국으로 망명했다는 기사를 접한 5월 말의 어느 날, 도평택은 갑자기 남한으로 다시 밀항하겠다고 말하며, 실은 자신이 밀항해온 이유가 북한으로 '귀국'하기 위해서였지만 이번 4·19를 계기로 마음을 바꿨다고 고백한다. 끝으로 그는 '나'에게 "당신은 돌아가려거든 반드시 북으로 가십

시오"라는 말을 남기고 떠난다.[19]

　이 소설의 특징을 꼽자면, 화자인 '나'가 도평택이라는 남한 출신 밀항자에게 4·19에 대한 일본에서의 자기 강연 내용을 설명하는 데 많은 지면을 할애한다는 점이다. 시위대에 참가하여 경관의 총탄에 맞아 쓰러진 한 여중생이 미리 가족 앞으로 남겨두었다는 유서, 군대는 자기들의 적敵이 아니라는 의미로 시위대가 작성한 문장 등은 재일조선인 작가인 화자가 일본인들에게 강연한 내용이기도 하고, 실제로 이 소설을 읽는 일본인 독자들에게 전달하고자 하는 저자의 의도가 분명히 드러나는 강연용 자료이기도 하다. 그런 점에서 이 소설 전체는 일본의 독자들에게 현 남한의 정세를 알리는 강연 텍스트로 기능한다고도 할 수 있다. 예를 들어 '나'는 일본의 주간지에 게재된 시위 현장의 사진 속에 선명하게 찍힌 현수막 속의 "군인 아저씨들, 부모형제들에게 총을 겨누지 말아주세요"라는 한국어 구호의 '부모형제'가 일본어 설명에서는 '아버지'로 잘못 번역되어 있다는 식으로, 일본의 독자들에게 상세하고 정확한 정보를 전달하기 위해 노력한다. 그는 일본인 독자들을 대상으로 하고 있음이 분명한 이러한 정보들을 장황히 전달한 후, 갑자기 텍스트 속의 청자인 도평택을 향해 "이를테면 나는 이런 이야기들을 하게 되지요"라고 하며 텍스트 안팎의 경계 지점을 환기한다. 요컨대 이 텍스트는 남한에서 온 밀항자와 일본의 독자를 향해 두 개의 차원에서 중층적으로 발화된 강연인 셈이다. 여기에서 앞서 본 「상흔」과 같은 문제가 1960년의 시점에서도 여전히 작동하고 있음을 알 수 있다. 「상흔」의 성민이나

---

19　金達寿, 「夜きた男」, 앞의 책, 289면.

「밤에 온 남자」의 도평택이라는 수신자·청자를 상정할 경우, 그들에게 발화되는 편지나 강연은 당연히 조선어였음을 가정할 수 있지만 이는 어디까지나 성민·도평택이라는 수신자·청자와 재일조선인 작가인 '나' 사이의 가상적 네트워크 내에서만 가능한 것이다. 현실세계에서는 일본어라는 표기체계를 매개로 한 일본의 독자와 재일조선인 작가 김달수 사이의 언어적·문화적 네트워크가 엄연히 작동하고 있기 때문이다. 김달수에게 일본에서 조선에 대해 쓴다는 것은 이 서로 다른 차원의 독자(수신자·청자)들을 향해 어떻게 발화해야 할 것인가라는 글쓰기의 형식에 대한 물음을 동반하는 문제였다.

## 2. '두 전쟁'의 연속성

### 1) 상영되는 '조국'의 전장

1950년 6월 25일 발발한 한국전쟁은 GHQ / SCAP의 점령하에 있던 일본으로서는 패전 후 5년도 채 되지 않아 옛 식민지이자 '대동아공영권' 역내에서 일어난 또 하나의 전쟁이었다. 지리적으로는 일본의 영토 너머에서 일어난 '외부'의 전쟁이었지만 그것은 미국과 소련을 중심으로 편성된 동아시아 냉전 속에서 발생한 열전의 한 형태이기도 했다. 주일 미군의 남한 전속으로 인한 일본 내 치안 공백을 메우기 위한 명목으로 '경찰예비대'가 창설된 것은 일본에서 남한으로의 군사력 이동, 그리고 일본 내의 새로운 군사력 확립이라는 일련의 유기적인 현상으로 이해할 수 있다. 표면적으로는 경찰예비대라는 명칭이 시사하는 것처럼 치안 유지를 내세웠지만 이는 실상 미국에 의한 일본 재무장화의 전초였다. 한국전쟁기에 일본은 미군 출정을 위한 '전토기지全土基地' 방식으로 기능하며 전쟁 수행을 위한 후방기지가 되었다. 한국전쟁 기간 중 강화조약을 체결하고 국제사회에 복귀한 '기지국가' 일본은, '평화국가' 선언이라는 표면과 '군사국가'로의 드라이브라는 이면의 긴장 속에서 요시다 정부와 대다수 국민들에 의해 요청된 현실적인 노선의 반영이었다.[20]

결과적으로 일본에게 한국전쟁은 "불황의 벼랑 끝"이라고 불리던 일본 전후경제에 전쟁 특수라는 '예기치 못한 전개'를 가져다 준, 미국을 통해 전달된 '신의 선물'이었다. 대부분의 산업 부문이 활기를 찾았지만 그중에서도 무기와 탄약, 그리고 군장비의 수리 기술 등은 일본 내에서 군사적으로 생산과 사용이 금지되어 있었음에도 불구하고 미국이 특히 의존하고 있는 부문이었다.[21] 경찰예비대 창설로 인한 미국 감시하의 일본 재군비화, 그리고 무엇보다도 눈앞에서 지나다니는 군수물자의 운반 차량들은 한국전쟁 관련 보도에 대한 점령당국의 미디어 통제에도 불구하고 '일본 내 거주자'들에게 5년 만에 되살아나는 전쟁에 대한 공포 분위기를 조성하기에 충분했다.

한국전쟁이 '일본 내 거주자'에게 가져다준 정서적 자극이 공포에 그칠 리 없지만, 그중에서도 1947년 일본 정부의 외국인등록령 실시 이후

---

20 '기지국가 일본' 개념은 남기정, 『기지국가의 탄생―일본이 치른 한국전쟁』, 서울대 출판문화원, 2016 참조. 남기정은 "'기지국가'로서의 전쟁 수행 방식이 역사적으로 유례가 없었을 뿐 일본은 전투행위라는 구체성을 드러내지 않는 새로운 종류의 전쟁을 역사적으로 가장 먼저 경험했던 것"이라는 점에서 일본이 사실상의 한국전쟁 참전국이었음을 시사한다(438면).

21 존 다우어, 최은석 역, 『패배를 껴안고―제2차 세계 대전 후의 일본과 일본인』, 민음사, 2009, 705~707면.

"당분간 외국인"으로, 그리고 1952년 샌프란시스코 강화조약 발효 이후에는 "일본 국적을 상실한" 명백한 비국민으로 전락한 재일조선인이 한국전쟁에 대해 갖는 태도란 보다 복잡한 것이었다. 38도선을 경계로 남북 양쪽에서 각각 상대 국가를 인정하지 않는 정부가 수립된 1948년 이후, 재일조선인 사회 역시 그러한 '조국'의 분단선을 기준으로 양분되기 시작했다. 한국전쟁에 대한 입장 또한 대립했다. 조련-민전 계열 조선인들은 한국전쟁을 미국의 침략전쟁에 대한 인민의 투쟁으로 의미화하며 일본 내에서 에스닉 경계를 초월한 반미·반전 연대를 촉발하였다.[22] 한편 일부 우파 재일조선인들은 조국 상실에 대한 위기의식과 국민 되기라는 열망으로 의용병이 되어 참전했으나, 이승만 정부의 소극적 태도로 소수만이 일본으로 돌아가게 되었고 나머지는 전사하거나 실종되거나 한국에 홀로 남겨졌다.[23]

한국전쟁 발발과 샌프란시스코 강화조약을 계기로 일본 내에서 발생한 반미·반전 연대 투쟁은 일본공산당과 재일조선인 조직의 공투 형태로 전개되었다. 선행연구에 따르면 강화조약을 계기로 일본공산당 계열의 문화인들은 1952년 이후의 일본을 미국에 의한 '피압박'의 상황으로 규정하며, 1945년 이전의 '피압박 민족'이었던 식민지 조선을 소환하고 거기에 스스로를 동일시하고자 했다. 1952년 이후 일본 문화계에

---

22 한국전쟁과 관련된 재일조선인의 경험을 기록한 텍스트에 대한 분석을 통해 동아시아 지역 내의 네이션 체제를 넘어선 연대 및 트랜스내셔널리즘의 가능성을 사유하고자 한 연구로는 장세진, 「트랜스내셔널리즘, (불)가능 그리고 재일조선인이라는 예외상태-재일조선인의 한국전쟁 관련 텍스트를 중심으로」, 『동방학지』 57, 연세대 국학연구원, 2012.3 참조.
23 오가타 요시히로, 「6.25전쟁과 재일동포 참전 의용병-이승만 정부의 인식과 대응을 중심으로」, 『아세아연구』 63-1, 고려대 아세아문제연구소, 2020.

는 국민문학론의 영향 아래 미국 헤게모니 하의 일본과 식민지 조선의 정세를 담론적으로 결합하려는 시도가 발생했다. 공투의 형태로 재일조선인과 연대하고자 한 문화세력이 주목한 것은 미국에 의한 일본의 신식민지화와 그에 대한 투쟁 서사로 치환 가능한 조선인의 반식민지 항쟁에 관한 기억 서사였다. 그러한 기억은 소환하는 쪽과 응답하는 쪽 모두에게서 '1910년 8월 29일', 즉 일본에 의한 조선의 식민지화라는 역사적 시간에 대한 모종의 망각 작용을 동반한 것이었다.[24] 또 다른 선행 연구에 따르면, 한국전쟁이라는 동시대적 사건을 통해 일본 문학자와 재일조선인 문학자 사이의 연대가 모색되었으나, 이때 동일시의 대상은 조선의 식민지적 과거에 한정되었다. 예컨대 나카노 시게하루가 1954년 발표한 「피압박민족의 문학」은 일본의 독립 상실을 조선의 식민지 체험과 결부시키는 기획이었으나, 거기에서 이야기되는 연대란 한국전쟁에 대한 침묵을 조건으로 한 것이었다.[25] 덧붙이자면 '한국전쟁'이라는 동시대 조선의 실상에 대한 망각이나 회피를 통해 구상되었던 일본 문학자와 재일 문학자의 연대는 일본어 글쓰기를 매개로 했다. 김달수는 일본어로 반식민 항쟁의 기억을 씀으로써 동시대 일본의 위기 상황에 응답한 조선인 작가였던 것이다. 일본어를 매개로 한 소환과 응답의 관계를 통해 위기로서 현시되고 나아가 공고해질 '국민문학'이란 제국 붕괴 후 일본의 단일민족 이데올로기에 부응하는 개념이었다. 일본의 국가적 경계를 넘어 진행 중인 '전장'으로서의 동시대 한반도는 그 개념

---

24 고영란, 김미정 역, 『전후라는 이데올로기―일본 전후를 둘러싼 기억의 노이즈』, 현실문화, 2013.
25 서동주, 「나카노 시게하루와 조선」, 권혁태·차승기 편, 『전후의 탄생―일본, 그리고 '조선'이라는 경계』, 그린비, 2013.

에 포함될 수 없었다.

하지만 김달수가 동시대 '전장' 한반도에서 진행 중인 전시 상황에 대해 결코 쓰지 않은 것은 아니었다. 오히려 꽤나 적극적으로 한국전쟁에 대해, 그것이 일본과 '분단 조국'과 동아시아를 공간적으로 연결하는 동시대적 사건이며, 한편으로는 아시아·태평양전쟁이라는 과거의 시간과 연속적인 관계 속의 사건임을 표명하고자 한 시도들이 한국전쟁기에 쓰인 몇 편의 텍스트들에서 엿보인다. 1951년 9월 『신일본문학』에 실린 단편 「손영감」은 구한말 조선에서 태어나 "갑오전쟁. 을사조약. 그리고 잊을 수도 없는 저 8월 29일의 '일한병합'. 그리고 (…중략…) 3·1독립만세의 봉기. 투옥. 국내에서의 유랑"을 경험하고 식민지 말기에 "결국 국외 일본으로 관부연락선"을 타고 건너온 한 노인이, 한국전쟁의 전장을 기록한 뉴스영화를 본 뒤 전쟁의 시간적·공간적 연속성을 정신과 신체에 새기기까지의 과정을 인상적으로 제시한다.[26]

이야기의 무대가 되는 공간은 도쿄만의 일부를 매립하여 형성된 N이라는 조선인 부락으로, 이곳 주민 대부분은 전전戰前에 이 지역의 매립 공사에 동원되어 온 징용자와 그 가족들이다. 매립공사가 군항으로 연결되는 군용도로와 방파제 공사로까지 이어져, 징용자들은 거기에 부락을 짓고 모여 살게 된 것이었다. 군용으로 건설된 간선도로 위에는 1945년 8월 15일 이전까지 일본 해군의 행렬과 군용 트럭, 포차 등이 끊임없이 지나다녔으나, 1945년 8월 15일의 "항복 이후"로는 "일시 쥐 죽은 듯, 하얀 간선도로가 끝없이 길게 보이고, 정면의 푸른 바다 저편

---

26  金達寿, 「孫令監」, 앞의 책, 44면.

에는 굽은 보소반도房総半島: 치바현 남반부를 이루는 반도의 산들이 달려들 듯 보일" 때가 있었다.[27] 하지만 몇 년 후 그 간선도로에는 탄약을 잔뜩 실은 트럭이 밤낮없이 나타나 과거 군항이었던 H항을 향해 다니기 시작하고, 그 트럭에 치인 시체들이 도로 위에서 자주 발견되곤 한다. 부락 사람들은 트럭에서 눈을 떼지 못하는데, 그 이유는 "지금 그 트럭에 쌓여 있는 것이 H항을 지나 어디로, 왜 옮겨져 가는지를 확실히 알고 있기 때문이다".[28] 열 가구 남짓 살고 있는 이 부락에는 1945년 8월 15일 이후 조선으로 돌아간 사람들이 남겨놓은 빈집에 새로 들어와 살게 된 사람들이 있었는데, 아들, 며느리, 손녀와 함께 살고 있는 손영감도 그 무리 중 한 명이었다. 그는 일본에 돈벌이를 하러 와 있던 아들이 가나가와 현 히라쓰카平塚 시에 집을 마련하여 둔 뒤 그곳으로 건너가 함께 살았으나, 도쿄대공습으로 부인과 손자가 폭사爆死하고 삶의 터전마저 잃어 지금의 N부락으로 옮겨온 것이었다. 공습으로 잿더미가 된 땅에서 불에 탄 손자의 한쪽 팔과 까맣게 그을린 부인의 몸통만을 겨우 수습할 수 있었던 손영감은 N부락으로 이사한 뒤에도 그 충격에서 한동안 벗어나지 못한다. 그러나 1945년 8월 15일 이후 점차 활기를 띠며 민족조직의 활동에 참가하는 부락 내 젊은이들의 분위기에 힘입어, 그도 모임에 참여하는 등 기운을 얻기 시작한다. 하지만 민족교육과 계몽을 위한 집회들이 조련 해산과 조선인 학교 폐쇄 등 재일조선인 사회에 대한 당국의 탄압에 따라 점차 방위 투쟁의 성격으로 변화하게 된다. 그리고 1950년 6월 25일에는 "그 적에 의해" 전쟁이 일어나게 된 것이다.[29]

---

27 위의 글, 35면.
28 위의 글, 36면.

부락 사람들은 과거 자신들의 손으로 건설한 간선도로가 현재 자기 '고국 조선'의 사람들을 죽이는 데 쓰이고 있다는 잔인한 현실에 깊은 분노와 우울로 점철된 1년을 보낸다. 부락의 젊은 리더들은 무기·탄약 수송을 반대하는 전단을 살포했다는 이유로 소요죄의 적용을 받아 복역 중이다. 이 무렵부터 손영감은 점차 신경쇠약 증세를 보이기 시작하는데, 그 결정적인 계기는 옛 소련 영화를 관람하기 위해 찾은 극장에서 본편 시작 전에 틀어준 뉴스영화 속의 폭격 장면이, 허구가 아니라 얼마전 '고국 조선'에서 실제로 발생한 사건을 "거울처럼" 비춘 장면임을 알고 난 뒤부터이다. 그 장면을 본 후 손영감은 밤새 악몽과 환영에 시달리는데, 그것은 부인과 손자의 생전의 얼굴로부터 시작해 "새똥처럼 척, 척, 떨어지는 듯한 폭탄"이 땅 위에서 환하게 작열하는 모습, "인간이 산산조각이 되어 날아가는" 모습, 잿더미 속에서 드러난 손자의 타버린 한쪽 팔과 부인의 몸통, 이어 "트럭의 대열"과 반전 시위로 투옥된 젊은이들의 모습으로 바뀌며 그의 머릿속을 조여 간다.

그 후부터였다. 그 이후, 손영감의 머릿속에서는 저 히라쓰카에서 실제로 맞은 공습의 폭격과 그 뉴스영화에서 본 폭격, 그리고 집 뒤의 도로를 화음을 울리며 달려오는 트럭에 쌓인 것, 세 가지가 완전히 일치해 버렸다. 더구나 그 불쾌한 트럭 대열의 화음은 매일 밤낮없이 울려퍼졌다. (…중략…) 고국 조선의 사람들이 죽임을 당한다. 불쌍한, 함께 배를 곯던 사람들이, 산산조각이 되어 날아간다.[30] (강조는 인용자)

---

29 위의 글, 41~42면.
30 위의 글, 45면.

위와 같이 극장에서 상영된 조국 전장의 폭격과 자신이 직접 겪은 도쿄대공습 때의 폭격, 그리고 자기 집 뒤를 달리는 트럭 위의 무기와 탄약이 '일치'하는 환영에 시달리는 손영감은, 오늘은 살아 있을 '고국 조선의 사람들'이 내일이면, 또는 모레면 '죽임당한다'는 사실에 전율한다. 거리로 뛰쳐나가 그것을 멈춰야 한다고 외치던 손영감은 결국 "1951년 6월 23일, 뉴욕에서 말리크 소비에트 대표의 휴전제안이 나온 지 4일째 되는 날 아침", 간선도로 위에 "튕겨져 나가 쓰러진 채 가슴이 찢긴" 시체로 발견된다.[31] '고국 조선의 사람들'이 폭격으로 죽어가는 뉴스영화와의 '시각적 조우'로 인한 충격은 손영감으로 하여금 "지금 이 순간에는 살아 있을" '고국 조선'의 사람들에 앞서서, 또는 이미 죽어버린 그들에 뒤이어 자기 또한 죽음을 거리 위에 '전시'하는 운명임을 인식하도록 하였다. 영화는 그저 '만들어진 것'이라고만 생각해온 손영감에게 조국에서 일어난 폭격을 담은 뉴스영화는 실제 전장을 '거울처럼' 반영한 것이었던 것과 마찬가지로, 길 위로 날아가 몸이 찢긴 채로 당한 그의 죽음은 폭격으로 '산산조각이 되어 날아간' 두 개의 전쟁을 '거울처럼' 비추어 낸다. 지켜보는 위치에서 자신 또한 전시되는 위치로의 이행은 이처럼 손영감의 길 위의 죽음이라는 결말을 통해 드러나게 된다. 이때 두 개의 전쟁이 모두 공습의 형태로 이미지화되고, 그 공습의 주체가 모두 '그 적', 즉 미국이었다는 점이 이 단편의 발표 지면이었던 『신일본문학』의 구성원들에게는 공투의 가능성을 시사하는 요소로 받아들여졌을 것임을 충분히 짐작할 수 있다. 하지만 손영감이 환영에

---

31　위의 글, 45면.

서 본 '일치'는 동시에 '갑오전쟁'과 '을사조약', 그리고 '저 잊을 수 없는 8·29의 일한병합'에서부터 시작하는 자신의 일생 전체를 돌아보는 역사적 체험이기도 했다. 그리고 '고국 조선'의 사람들과 자기 자신이 오늘이든 내일이든 조금 앞서거나 조금 뒤처지는 형태로, 즉 '동시대성'의 시간 속에서 삶을 끝낼 수도 있다는 감각을 김달수는 길 위에 튕겨져 버린 신체 이미지로 전달하고자 했다. 그의 시체가 놓인 간선도로는 아시아·태평양전쟁과 한국전쟁이라는 두 개의 전쟁을 시간적으로도, 공간적으로도 연결하는 연속성의 은유인 셈이다.

「손영감」은 2012년 일본에서 간행된 '전쟁과 문학' 컬렉션 제1권 『조선전쟁』 안에도 수록되었다. 한국전쟁에 관한 참전이나 취재의 경험, 그리고 그 기원에 해당하는 해방기의 이념대립 등 일본 내부에서 생산된 한국전쟁에 관한 텍스트들을 다시금 조명함으로써, 그것이 일본을 포함한 냉전 아시아의 공통의 사건이었음을 상기시키고자 하는 것이 이 앤솔로지의 간행 목적이었다. 편집과 해설을 담당한 가와무라 미나토와 나리타 류이치는 "조선전쟁을 '일본'으로부터 묘사할 때는 전투 장면이 공백이 된다"는 점에 특히 주목한다.[32] 앤솔로지에 포함된 김달수 또한 일본 내부에서 한국전쟁을 둘러싸고 일어나는 재일조선인들의 투쟁과 각성, 분열 등을 묘사할 때는 물론이고 그 무대를 전시戰時 남한으로 삼은 텍스트에서도 전투 장면을 상세히 그릴 수 없었다. 전쟁이 일어난 바로 그 시기에 두 차례의 한국 취재 경험을 기반으로 전장 그 자체를 실

---

32  川村湊·成田龍一,「[解説] 海の向うで、戦火は続く」,『コレクション 戦争と文学1 朝鮮戦争』, 集英社, 2012, 657면. 이 앤솔로지에는 나카노 시게하루, 마쓰모토 세이초, 사다 이네코, 고바야시 마사루 등의 작품에 더하여 김석범의 「까마귀의 죽음」, 장혁주의 「눈(眼)」, 김달수의 「손영감」이 포함되어 있다.

감나게 묘사한 르포르타주나 장편소설을 쓴 장혁주의 작업만이 예외적이었다고 할 수 있다.[33]

「손영감」이후에 쓰인「부산」(『文学芸術』, 1952.4)은 1 · 4후퇴 후의 부산을 묘사한 텍스트이다. 이 소설의 배경인 부산은 한반도의 전장을 직접 볼 수 없었던 김달수가 실시간으로 그릴 수 있는 전쟁의 공간적 임계를 시사한다. 부산은 실제 전투 지역은 아니었지만 이 텍스트가 일본에서 쓰였으며, 앞서「손영감」에서 '고국 조선의 사람들이 죽는다'는 충격과 함께 죽음을 맞이한 재일조선인을 그린 바 있다는 사실을 상기할 필요가 있다. 이때 바로 '고국 조선'의 부산은 김달수의 텍스트에서 전장에 준하는 동시대성을 띤 공간으로 재편된다. 「부산」은 한국전쟁 기간을 전후하여 쓰인 김달수의 텍스트들 중에서는 상대적으로 관련 논의의 비중이 적은 쪽에 속한다. 하지만 그가 한국전쟁을 동시대적으로 어떻게 이해하려 했으며 일본을 넘어선 동시대의 '조국' 공간을 어떤 방식으로 재현하고자 했는지 파악하는 데 중요한 단서를 제공할 것이다.

## 2) 한국전쟁의 지리적 연장

「부산」은 김달수의 작품 중에서는 유일하게 한국전쟁이 일어나던 동시대의 남한, 그중에서도 1 · 4후퇴 후의 부산을 배경으로 한다. 1930년 일본으로 건너간 김달수는 1943년 경성일보사의 기자로 취직하여 경성에 체류했다가 이듬해인 1944년에 다시 이전의 직장이었던 가나

---

33 장혁주 한국전쟁 관련 텍스트들의 '중립' 감각을 '중간파'의 몰락이라는 한국(어) 맥락과 '기지국가'의 평화론이라는 일본(어) 맥락에 겹쳐 분석하는 연구로는 장세진, 「基地의 '평화'와 전장의 글쓰기―장혁주 한국전쟁 관련 텍스트(1951~1954)를 중심으로」, 『대동문화연구』 107, 성균관대 대동문화연구원, 2019.9 참조.

가와 신문사로 돌아간 후, 1981년 『계간삼천리季刊三千里』편집진으로서 서울을 방문하기 전까지 한 번도 '조국' 땅을 밟지 못한다. 해방과 분단, 한국전쟁, 4·19와 5·16 등 한국의 결정적인 역사적 사건들을 모두 일본에서 전해 들었던 그는 그러한 역사적 순간마다 '조국'의 구체적인 장소를 떠올린다. 「부산」이 한국전쟁 당시의 부산을 텍스트 내로 소환한다면, 비슷한 시기 연재된 장편 『현해탄』(1952.1~1953.1)에서 부산은 식민지와 식민 본국을 항로로 연결하는 환승의 장소로 묘사된다.

『현해탄』은 식민지 말기 경성일보사 취직을 위해 일본에서 조선으로 건너온 서경태와 지주의 아들인 백성오가 각성과 연대를 통해 민족운동에 투신하는 과정을 그린다. 서경태는 경성일보 취직이 결정된 후 원래 다니고 있던 일본의 신문사에서 정식으로 퇴사 수속을 밟고 일본인 애인을 만날 목적으로 잠시 일본에 다녀오기로 한다. 일본으로 향하는 관부연락선을 타기 위해 도착한 부산은 1년 전 형과 함께 고향을 찾기 위해 들렀던 곳이기도 하다. 그렇게 몇 차례 가본 부산항은 관부연락선과 경부선 열차 사이의 환승지이며 특고형사의 취조를 피해갈 수 없는 검증의 자리이다. 도항증명서 없이 일본에 다녀와야 하는 서경태는 기차 안에서부터 선창에 이르기까지 의식적으로 조선인임을 숨기지만 결국 두 개의 시선에 노출되고 만다. 하나는 일본인 형사 곁에서 밀항 조선인을 가려내는 조선인 형사의 시선이고, 또 하나는 일본인인 줄 알았더니 "같은 조선 사람인 주제에 금방 왜놈이라도 된 것 같은 낯짝을 하고 (…중략…) 조선말이 아주 서투른" 재일조선인임을 알아채는 조선인 소년의 시선이다.[34] 이처럼 부산에서 확인되는 서경태의 위치는 '조선인'을 닮았거나 '일본인'이 된 것 같은 이중적 위치이다. 달리 말해 부산은 서경태라는 재일조선인을 한편으로는 '조선인'으로, 다른 한편으로는 '일본인'으로 보이도록 하며 피식민 주체의 혼종성을 드러낸다.

『현해탄』에 묘사된 1943년의 부산이 환승의 장소였던 것과는 대조적으로, 『현해탄』 연재 기간 중 발표된 단편 「부산」에서 그려지는 1·4후퇴 후의 부산은 남한 주민들의 일상이 영위되는 거주지이다. 그것이 흥미로운 이유는 임시수도 부산을 다룬 동시대 남한의 문학 텍스트에서 그곳은 피난과 관련되어 있으며, 갑작스러운 인구 밀집으로 퇴폐와 혼란에 찬 임시적 거주지로 다루어졌기 때문이다. 「부산」에서도 그곳이 임시수도가 된 상황을 지시하고는 있지만 서울로부터 대통령이 '온' 곳이라고 표현되어 있는 데서도 알 수 있듯이, 이 서사에서 채택하고 있는 시선은 기본적으로 정주자의 그것이다. 덧붙이자면, 텍스트 속에서 인물들이 이동하는 모습은 주로 '징병'이나 '월북' 등 등장인물의 가족들이 그곳을 빠져나가는 한정적인 형태로 제시되어 있다.

「부산」은 항구로부터 연일 들려오는 소리, 즉 전투기의 굉음 및 무기와 폭탄을 들어 내리는 크레인의 기계음에 히스테리적인 반응을 보이는 여자를 등장시킨다. 항구에서 일어나는 그러한 전쟁의 소음들을 서술자는 "상륙"의 소리라고 표현한다. 그 상륙의 소음은 뒤이어 여자가 사는 집 앞 골목을 지나다니는 포차와 군대의 행렬이 땅을 울리며 내는 "진동"으로 연결된다.

　　오늘도 역시 꽤나 많이 상륙한 듯하다.

---

**34** 김달수, 김석희 역, 『현해탄』, 동광출판사, 1989, 69면.

항구로부터 덜컹덜컹, 꽝, 하고 크레인 올라가는 소리 등의 소음이 끊이질 않고, 때때로 아무 맥락도 없이 갑자기 아랫배를 치미는 듯한 대포가 울린다. 상륙을 원호·경계하는 하늘을 찢어 가를 듯한 제트기의 폭음. 거기에다 앞길에는 도대체 거기를 지나서 어디로 나가는 것인지 척, 척, 군대가 행진하고 있다. 거기에 더하여 우웅─하는 탱크나 포차의 진동이 사라져 간다.[35]

박방구의 아내 혹은 상유 어머니로 불릴 뿐 이름이 주어지지 않은 여성 인물은 6년 전 아들 상유가 중학교 졸업 후 함흥에 다녀오겠다고 한 뒤에 행방불명되었기 때문에 남편과 단둘이 부산에 살고 있다. 그녀는 항구로부터 들려오는 소음과 거리의 진동을 들을 때면 화를 참지 못하고 늘 투덜거린다. 최근에는 식량 부족 때문에 쓸 일도 없는 가마솥이나 식기를 하루 종일 닦는 버릇이 생겼다. 핀잔을 주는 남편에게 그녀는 "무엇이라도 이놈의 낡아빠진 집을 닦듯" 하고 있어야지, 그렇지 않으면 "저 군대가 여기를 지나고 있는 동안에는 가만히 있질 못하겠다"며 시장에 나가 밥벌이라도 좀 해오라고 오히려 남편을 다그친다. 남편은 오늘 뒷산 공동묘지에서 있을 "빨갱이"의 처형 현장을 보러 가야 해서 안 된다고 답한다. 낡은 집, 한참 동안 꺼내지 않은 오래된 그릇들, 토담 옆에 묻어둔 비상식량은 6년 전 월북한 아들을 기다리는 고향으로서 부산의 장소성을 구체화한다.

---

35　金達寿, 「釜山」, 앞의 책, 47면. "今日もまた、いやにたくさん上陸したらしい。/ 港からはがらがら、があーんというクレーンの捲き上げる音などの騒音がたえず、ときどき何の脈絡もなしに、急に下腹を突き上げるようにして大砲が鳴る。上陸を援護·警戒する空をきり裂くようなジェット機の爆音。そこへもってきて前の通りには、いったいそこをとおってどこへでるというのか、ざくッ、ざくッと兵隊が行進していっている。それをさらに、ごうーというタンクや、砲車のひびきがかき消してゆく。"

군용차가 집 앞을 지나갈 때마다 그녀가 '무엇이라도' 닦지 않으면 안 되는 이유는 저들이 지나다니고 나서부터는 수없이 많은 이들이 '빨갱이'라는 이유로 죽임을 당하고 있기 때문이다. 밥벌이도 하지 않고 연일 마을의 처형소에 다니는 남편의 의도가 혹시라도 처형당하는 사람들 속에 아들 상유가 있지 않을까 해서라는 걸 깨달은 그녀는, 아들이 혹시 집에 들를지도 모른다는 생각에 오래 묻어두었던 비상식량을 꺼내려고 땅을 정신없이 파헤치기 시작한다. 그때 옆집의 수온 모친이 그 모습을 보고 상유는 월북하여 '빨갱이' 군대가 되었을 것이라고 시비를 건다. 두 여인이 서로 얽혀 몸싸움을 하던 와중에 뒷산 쪽에서는 "탕, 하고 귀를 찢을 듯한 일제사격의 총성이 주변의 모든 소음을 집어삼키며 울려" 온다. 총성이 잦아들자 다시 항구에서는 크레인이 내는 기계음과 제트기의 폭음, 질주하는 트럭의 굉음이 들려온다. 그렇게 또 다시 "석양의 상륙"이 시작된다.[36]

이처럼 '상륙'의 소리에서 시작되어 '상륙'의 소리로 끝나는 이 소설에서 특징적인 것은 전시 상황을 환기하는 청각적 이미지이다. 후방이었던 부산을 소재로 삼으면서 전투 장면을 생략한 작가는 그 '공백'을 크레인과 제트기, 트럭 등이 내는 폭음과 뒷산에서 들려오는 총성 등과 같이 전쟁을 연상시키는 청각적 기호로 대체하였다. 제트기, 크레인, 트럭과 군대의 행렬, 총기 들이 내는 소리는 순차대로 해상에서 항구로, 그리고 마을에서 뒷산으로 옮겨가는 것처럼 묘사되는데, 그 시작점을 알리는 것이 바로 '상륙'의 소리였던 것이다.

---

**36** 위의 글, 53~54면.

그런데 그 소리들은 어디로부터 '상륙'한 것일까. 다시 말해 그 무시무시한 전쟁 기계는 어디로부터 온 것일까. 앞서 본 단편 「손영감」에서는, 조선인 부락 뒤로 뻗은 간선도로를 질주하는 트럭 위에 쌓인 무기와 탄약들이 "H항을 지나 어디로, 왜 옮겨져 가는지"를 질문한 바 있다.[37] 「손영감」의 N부락 조선인들이 모두 알고 있듯이, 그것은 바다 건너 「부산」의 부산항을 비롯하여 남한의 민간인 거주지로 이어져 있다. N부락 사람들을 반전 투쟁으로 끌어낸 질문, 즉 '저것은 어디로 가는가'와, 전시의 부산에서 '빨갱이' 아들의 죽음을 예감하는 모친을 통해 던져진 질문, 즉 '저것은 어디에서 오는가'는 그렇게 하나의 구문으로 연결된다. 이처럼 「손영감」과 「부산」이라는, 동시대 한국전쟁을 각각 '재일'과 '조국'의 위치에서 다룬 텍스트를 겹쳐 읽음으로써, 한국전쟁이 일본과 조선을 잇는 하나의 사건으로 표상됨을 알 수 있다. 따라서 김달수에게 전시중의 부산은 한국전쟁의 후방 또는 '피난지'일 수만은 없었다. 앞서 본 앤솔로지에서 "조선전쟁을 '일본'으로부터 묘사한" 작가 그룹에 포함된 김달수에게 부산은 대통령이 전쟁을 피해 '내려온' 후방이기도 했지만, 그보다는 일본에서 생산·운반된 전쟁기계들이 '전투' 수행을 위해 상륙하는 전쟁의 제2의 출발점이라는 실감이 우선하였다.

### 3) 한국전쟁의 시간성과 민족적 균열

　　「부산」에는 마을 뒷산의 '빨갱이' 처형 장면을 묘사하면서, 주민들에겐 공중에서 들리는 제트기의 굉음보다도 산에서 들려오는 그 총성이

---

**37**　金達寿, 「孫令監」, 앞의 책, 36면.

훨씬 공포스러운 것이었다고 하는 대목이 나온다. 물론 공습이 주로 해상에서 일어난 점도 있지만, 그보다도 "공습은 **일본의 전쟁** 때부터 익숙해져 있기" 때문이었다.[38](강조는 인용자)

1944년 경성에서 다시 일본으로 돌아간 김달수는 요코스카에서 종전을 맞는다. 경성에 머물던 1년 사이에 요코스카의 풍경은 상당히 변해 있었다. 가장 먼저 그의 눈에 띈 것은 푸른 작업복 차림의 조선인 징용공과 그들의 취체를 위해 나타난 조선인 '보조헌병'이었다. 이 시기에 대한 그의 회고를 살펴보면 종전 직전까지 1년간의 일본 생활은 군항 요코스카에서 격화되어 가는 미군의 공습과 그 아래 비밀리에 행해진 조선인 문학도들의 회합이라는 두 가지 기억으로 요약된다. 경성에 1년간 체류하는 사이 '민족주의자'가 되어 돌아온 그는 조선인 작가들을 중심으로 한 잡지를 발행하고 싶었으나 인쇄와 출판 여건이 악화되어 결국 이은직, 장두식, 김성민과 함께 자필원고를 그대로 철한 형태의 회람잡지 『계림鷄林』을 창간한다. 김달수는 미국의 공습이 본격화하자 등화관제 속에서도 소리죽여 서로의 작품을 합평하던 때를 자세히 회고한다. 일본에 건너간 1930년 이후, 그는 일본에서 15년 동안 그런 식으로 "전쟁의 세월"을 살아왔다고 말한다.[39] 공습이 "일본의 전쟁 때부터 익숙해져 있"는 것은 김달수 자신의 감각이었을 테지만, 「부산」에서는 그것이 부산 주민들의 감각으로 분유分有된다.[40] 그는 한국전쟁이 일어나

---

38 金達寿,「釜山」, 앞의 책, 48면.
39 金達寿, 앞의 책(『わが文学と生活』), 122~123면.
40 1945년 7월 이후 미군은 부산항을 비롯한 조선 남부지역에 빈번한 공중폭격을 실시했으며, 7월과 8월 부산항에 집중적인 공중폭격을 가했다. 아시아·태평양전쟁과 한국전쟁기의 공습이 지닌 연관성은 역사적인 사실로서 증명되기도 했다. 한국전쟁 초기 북한지역 폭격을 전담한 미 극동공군 폭격기사령부가 사용한 B-29는 2차대전 시기 일본 본

고 있는 동안 일본 내에서 한국전쟁에 대해 듣고 쓰는 작업들 속에서, 자신이 일본에서 겪은 15년이라는 '전쟁의 세월'을 소환한다. 아래는 1952년 11월에 발표된 그의 단편 「표찰標札」(『新世紀』, 1952.11)의 일부 이다.

"—음, 15년 정도군. 15년."

하세가와(長谷川)는 책상 위에 팔을 걸치고, 먼 곳을 보는 듯한 눈빛으로 말했다.

"뭐가 15년이라는 겁니까. 15년이면 어떻다는 말씀입니까?"

자신의 책상이었던 서랍을 찾다가 창진은 갑자기 따져 물었다. 아직 흥분이 가시지 않던 때여서 그는 곧바로 하세가와 쪽으로 다가갔다.

"그래 자네, 기운이 넘치는군. 기운 넘치는 건 자네 자유지만 시세를 관망하고 있는 걸세. 자네의 그 기세등등한 시세를. 자네가 그런 식으로 의욕이 넘치는 게 자유이듯이, 우리가 그 시세를 관망하는 것도 역시 자유란 말일세. 어쨌든 민주주의의 세상이니까, 하하……."[41]

---

토에 대한 소이탄 폭격과 원폭을 수행한 것으로 유명하다. 한국전쟁 때 한반도에 대한 공습을 주도한 커티스 르메이(Curtis LeMay)는 2차대전 당시 일본에 대한 전략폭격을 수행한 제21폭격기사령부의 사령관으로 임명되었던 인물로, 그는 "2차대전, 한국전쟁, 베트남전쟁에 이르기까지 미군의 민간지역 무차별 폭격작전의 상징적 존재"가 되었다. 김태우, 『폭격—미공군의 공중폭격 기록으로 읽는 한국전쟁』, 창비, 2013, 41면. 주일 미군기지의 가장 중요한 역할은 일본 바깥에서 진행되는 미군 전투의 지원이었으며, 일본은 한국전쟁 당시 북한 공습을 위한 핵심 기지였다. 존 다우어, 박인규 역, 「샌프란시스코 체제—미-일-중 관계의 과거, 현재, 미래」 3, 『프레시안』, 2014.3.20.

41 金達寿, 「標札」, 앞의 책(『金達寿小説全集』2), 76면. "—まあ、十五年というところだね。 十五年」 / 長谷川が机のうえに片肘をついて、遠くをみるような眼つきをしていった。 / 「何が 十五年だというのですか。十五年たったら、どうだといわれるのですか。 / 自分の机だった抽出 しをさがしていた昌真は、ふときときがめていった。まだ昂奮のなまなましいときで、彼はすぐ に長谷川たちのところへ寄っていった。 / 「そう君、はりきりたもうな。いや、はりきるのは君の

「표찰」은 제국 붕괴 이후부터 한국전쟁 중인 현재까지 문패에 적힌 '본명'과 '통명'을 둘러싸고 벌어지는 조선인 남편과 일본인 아내의 갈등을 중심으로, 두 인물 사이의 "민족으로부터 오는 균열"에 대해 다룬다.[42] 이야기는 식민지 시기 일본유학 중에 일본인 여성과 결혼하여 정주하게 된 조선인 석창진晳昌真이 '조국'의 '해방'으로부터 5년이 지난 이후에도 여전히 네 글자로 된 이름, 즉 '구니바야시 쇼신国林昌真'이라는 이름으로 되어 있는 자기 집앞 문패를 들여다보는 장면으로부터 시작된다. 그날은 그가 일본 패전 직전까지 다니던 회사 '히카리光 항공계기航空計器'의 조선인 동료였던 서용철을 7년 만에 거리에서 마주친 날이었다. 창진의 초라한 행색을 보고 서용철은 "너도 북선계北鮮係냐"고 비아냥거린다.[43] 1949년 조련이 점령당국에 의해 해산되면서 직장을 잃은 조련 집행위원 다수가 지방의 조선인 부락으로 흩어져 근근이 활동을 이어가고 있던 때였다. 역시 조련의 집행위원이었다가 지금은 실업자로 전락한 창진은 서용철이 자신을 훑어보며 '북선계'냐고 물은 의도가 어떠한 것인지 알고 있었다. 7년 전, 일본 패전 직후 공장이 점령군에 접수된다는 소식을 듣고 기세등등한 마음으로 자기 물건을 정리하러 갔을 때, 패전국민이 되어 '15년' 세월을 향수하던 총무부장 하세가 앞에는 당시 호시노星野로 불리던 서용철도 마주앉아 있었기 때문이다. 그로부터 7년 후, 거리에서 만난 석창진에게 서용철은 '산파치三八

---

自由だが、時世を観望しているのだよ。君のそのはりきっている時世をな。君のそういうふうにはりきっているのが自由なように、われわれがその時世を観望するのもまた自由というわけさ。何しろ民主主義の世の中だからな、はっはは……」

**42** 위의 글, 84면.
**43** 위의 글, 75면.

산업주식회사 취체역전무'라고 적힌 명함을 건넨다. 서용철은 그곳 사장이 예전 히카리 항공계기의 총무부장이었던 하세가와라는 말도 덧붙인다.[44]

집으로 돌아오자 부인 요시코와의 갈등이 시작된다. 하루 종일 집안에 누워 신문을 보던 요시코는, 집에 돌아와 '다다이마只今'라고 일본식 인사를 하지 않는 창진에게 "그것도 무슨 나라의 독립과 관계있는 거냐"고 따져 묻는다.[45] 문패에 적힌 일본식 이름을 본명으로 바꾸겠다는 창진에게 요시코는 남편이 조선인인 것을 들키고 싶지 않다며 반대한다. 그러한 갈등은 1945년 8월 15일 이후 몇 년째 계속되어 온 갈등이다. 하루는 조련 시절의 동료들이 창진의 집을 방문했다가 일본식 문패를 발견하고 그것을 떼어내 길바닥에 던져버린다. 이를 계기로 창진은 문패의 이름을 본명으로 바꾸고, 대신 요시코는 창진으로부터 앞으로는 친구들과 집에서 조선어로 대화하지 않겠다는 약속을 받아낸다. 그러던 중 한국전쟁에 사용될 무기를 적재한 트럭이 눈앞에 점차 빈번히 지나다니는 상황이 발생한다. 재일조선인들의 무기 운송 저지 시위가 확산

---

44 점령기 일본의 '잿더미(燒跡)'와 '암시장(闇)' 표상을 연구한 저서 속에서 김달수의 점령기 단편소설을 분석한 사카사이 아키토(逆井聡人)는 『신일본문학』에 처음 발표된 김달수의 「8·15 이후」가 "하나의 모습으로 인식되고 있던 재일조선인의 본래적인 다양성과 그 내부에서의 갈등"을 조련의 여러 인물군이나 일본에서 성공한 실업가 등 "독립운동가, 식민지주의를 내면화한 인물, 일본사회에 동화한 인물과 같이 다양한 당시 재일조선인의 유형적 인물상이 할당되어 서로 대립하는 장면"을 통해 보여준다고 말한다. 또한 이것이 김달수의 '일본어에 의한 조선문학'의 의도, 즉 조선에 대한 일본인의 잘못된 생각을 바로잡는다는 의지의 한 반영임을 논한다. 사카사이 아키토, 박광현·정창훈·조은애·홍덕구 역, 『'잿더미' 전후공간론』, 이숲, 2020, 254면. 「표찰」에서 일본인 하세가와 곁을 맴돌며 패전 후 일본에서 기업 간부로 승진한 서용철 또한 석창진이나 그의 조련 시절 동료들과는 달리 '동화'하는 재일조선인의 한 유형을 보여주고 있다.

45 金達寿, 앞의 글, 77면.

됨과 동시에 조선인 강제송환 문제가 대두하면서 다시금 부부 사이에 잠재해 있던 민족적 균열이 부상한다.

창진은 미국의 세균전 확대에 관한 기사를 보며 미국의 선전선동으로 꾸며진 '상식' 속에서 힘든 투쟁을 해나갈 것을 다짐한다. 이는 당시 한국전쟁을 둘러싸고 구 조련 계열의 재일조선인 좌익 조직들이 공유하던 입장이었다.[46] 한편, 아시아·태평양전쟁 당시 해군 장교였던 오빠를 오키나와전에서 잃고 미군 공습으로 양친과 아이를 잃은 요시코는 전쟁을 저주하며 일본의 '평화론'을 대변하는 입장에 선다. 창진은 이에 대해, 지금 벌어지고 있는 전쟁이 정의·인도·평화의 명분으로 자행된 것이며 과거 일본이 벌인 전쟁 또한 '동양의 평화'를 내세웠었다는 점을 상기시킨다. 두 사람의 토론은 오래 가지 못하는데, 그것은 조선인 남편이 강제송환될까봐 공포에 떠는 요시코의 발작 때문이었다. 요시코는 조선인에 대한 일본인의 일반적인 차별과 혐오, 그리고 "독립"된 조선인에 대한 패전 국민의 뒤틀린 감정을 대변하고 있지만, 한편으로는 아시아·태평양전쟁 중 미군에게 모든 혈육을 잃고 유일한 가족인 창진조차 점령 정책으로 인해 강제송환될까봐 두려워하는 입장에 있다는 점에서 미국에 의한 피해자로 형상화되기도 한다. 따라서 요시코로 대변되는 일본인과의 민족적 균열을 테마로 하고 있으면서도, 미국에 의해 고통받는 연대 집단 간의 갈등과 화해의 반복이라는 서사성이 이 부부를

---

46 재일조선인 운동은 구 조련, 민청, 해방구원회, 여성동맹, 해방신문 등 좌익 조직을 중심으로 미국의 한국전쟁 개입에 반대하는 조직적인 행동에 나서기 시작했다. 그들은 북한 정부가 남한에 선전포고했다는 것은 반동세력이 만들어 낸 잘못된 보도이며, 이 내전은 남한 측이 월경하여 공격을 개시한 데 따른 것이라고 선전했다. 또한 그들은 북한측을 지지하는 대중집회 개최, 대중 동원 활동, 민단계의 자원군 모집에 대한 방해공작 등을 전개했다. 남기정, 앞의 책, 315면.

통해 제시된다. 이때 창진의 강제송환은 그 당사자가 될 가능성이 큰 창진에게만이 아니라, 그를 유일한 가족으로 둔 요시코에게도 남의 일이 아닌 문제로, 다시 말해 공유 가능한 당사자성의 문제로 제시된 것이다.

실제로 조선인 강제송환이 현실화된 것은 1952년 4월 28일 샌프란시스코 강화조약의 발효에 따라 일본이 비로소 완전한 '독립국가'로서 국제사회에 복귀하고, 한국에 대한 '주권 포기'의 형태로 한일간 분리를 연합국으로부터 '승인'받은 후의 일이었다.[47] 그 최초의 집단 강제송환은 1952년 5월 12일 일본 선박 야마미즈마루山水丸가 410명의 조선인을 태우고 사세보 항을 출발하여 이튿날 부산항에 도착한 사건이었다. 대한민국 정부는 강제송환이 일본 정부의 일방적인 결정이며 조선인의 일본 영주권을 무시했다는 이유로 이 중 100명 이상을 되돌려 보냈다.[48] 하지만 1947년 외국인등록령 이후 점령당국과 일본국의 촘촘하고 교묘한 법망에 의해 재일조선인들은 법적 지위와 처우에 대한 교섭권을 갖지 못한 채 강제송환의 위협에 노출되어 있었다. 1947년 GHQ / SCAP에 의해 '당분간 외국인으로 간주한다'고 규정된 재일조선인들은 스스로를 외국인으로 등록해야 했는데, 1950년부터는 기존의 '조선' 이외에는 '한국'으로만 국적표기를 할 수 있게 되었다.[49] 이는 거꾸

---

47  한국의 독립이 샌프란시스코 강화조약의 제2조에 포함된 '주권포기조항'에 의해 비로소 국제적으로 승인되었다는 평가는 나가사와 유코, 「전후 일본의 잔여주권과 한국의 독립 승인ㅡ대일강화조약의 '한일 분리' 논리를 중심으로(1945~1952년)」, 이동준·장박진 편저, 『미완의 해방ㅡ한일관계의 기원과 전개』, 고려대 아세아문제연구소, 2013 참조.
48  「日의 불손 노골화ㅡ일방적으로 강제송환, 8·15 해방 전 거주자까지 포함」, 『경향신문』, 1952.5.17; 「영주권을 무시ㅡ한인 재송환에 외무당국 견해」, 『경향신문』, 1952.5.28.
49  샌프란시스코 강화조약이 발효된 1952년 4월 이후 '한국'적 등록자가 증가하는 반면 '한국'란이 신설된 직후인 1950년에는 93퍼센트였던 '조선'적은 이후 꾸준히 감소하였다. 또한, '한국적'과 '한국계', '조선적'과 '북조선계'가 서로 완전히 일치하는 것은 아니

로 식민지 시기부터 일본에 거주하고 있던 조선인들은 이제 일본 영토 내에서 국민 지위를 일괄적으로 박탈당하고 비국민으로서 불안정한 삶을 살 수밖에 없게 되었음을 의미했다.

나아가 강제송환의 법적 근거를 마련해준 출입국관리령이 1951년 11월 실시되어, 그러한 외국인 '공산주의자' 및 '파괴활동자'들은 언제든 일본 밖으로 추방할 수 있게 되었다. 그리고 샌프란시스코 강화조약 발효일과 같은 날짜인 1952년 4월 28일, "출입국관리령과 함께 SCAP와 일본정부의 또하나의 합작"인 외국인등록법이 공포, 시행되었다.[50] 이러한 법체계의 강화와 동시에 조선인 강제송환 문제를 점화시킨 데에는 1951년 9월 강화조약 조인 직후인 10월부터 시작되어 1952년 4월 완전 결렬된 제1차 한일국교정상화 교섭이 가로놓여 있다. 1차회담 중지의 결정적인 원인은 일본의 재한일본인 재산권 청구에 있었는데, 이에 대해 대한민국측에서는 강제송환된 조선인 일부를 아직 양국간 국교가 없다는 이유로 반송하는 것으로 응수하고, 이렇게 반송된 조선인의 일부를 일본 법무성 당국은 오무라 수용소에 '정리수용'한다고 밝히게 된 것이다.[51] 이는 밀입국자 송환에 대해서는 출입국관리령에 의거하여 한국측의 반박의 여지를 줄이고, 반면에 '질서파괴자'라는 이름으로 불리는 정치범에 대해서는 (재)송환 대기자로 분류하여 사실상 '격리'할 수 있음을 표명한 것이다. 「표찰」에서 요시코가 남편의 강제송환에 병

---

었다. 李瑜煥, 『在日韓国人五十年史 ─ 発生因に於ける歴史的背景と解放後に於ける動向』, 新樹物産株式会社出版部, 1960.

50 김태기, 「GHQ/SCAP의 對 재일한국인정책」, 『국제정치논총』 38-3, 한국국제정치학회, 1999.2, 267면.

51 「교포 생활 안정에 협력, 日법무성 당국과 기자 문답」, 『동아일보』, 1952.8.30.

적으로 집착하면서 히스테리적 증상을 드러내기 시작한 것은 신문기사를 통해 "마침내 이번엔 강제 '격리'"가 실시된다는 사실을 알게 된 뒤부터였다.[52] 그러한 이유로 요시코는 문패에 적힌 창진의 본명을 다시 일본식 통명으로 고쳐 적었던 것이다.

텍스트 속에서 창진과 요시코 부부의 공동의 문제로 그려진 강제송환은, 실제로 일본 좌파 성향의 지적 담론에서 재일조선인 문제를 넘어 일본 전체의 문제로 공유되었다. 그러한 공유 의식의 표명에 앞장선 것은 이 소설이 게재된 『신일본문학』의 발행주체인 신일본문학회였다. 강제송환에 대한 신일본문학회의 입장을 살펴보기 전에 재일조선인 조직과 일본공산당의 대응을 살펴보자. 1951년 4월 이미 외국인등록령의 대폭 개정안이 보도되었을 당시부터 구 조련계의 재일조선인들은 이것이 요시다 내각의 정치적 음모라며 전단, 포스터, 기관지, 각종 집회 등을 통해 강력히 항의하였다. 이후 출입국관리령안이 대대적으로 발표된 뒤에는 조직적인 투쟁을 결정했다.[53] 1951년 10월 '조선인 강제추방 반대 중앙투쟁위원회준비회'가 결성되었으며, 일본공산당에서도 이

---

52  金達寿, 앞의 글, 78면.
53  篠崎平治, 『在日朝鮮人運動』, 令文社, 1955, 246면. 이 책은 한국전쟁 발생 이후 "세계평화의 귀추를 결정하는 중대문제로서 전인류의 눈앞에 전개되고 있"(5면)는 조선 문제에 대한 이해를 위해 쓰였다고 그 의도를 밝히고 있다. 이 책의 서문을 쓴 당시 경찰청 경비제2과장 히라이 마나부(平井学)는 "재일 60만의 조선민족이 여전히 우리나라의 정치, 치안상 중대문제"라고 언급한다. 1955년의 시점의 재일조선인문제를 일본국가에 대한 치안 차원에서 접근한 이 책의 저자 시노자키 헤이지는 1952년에 일어난 강제송환 반대운동 중 불법행위로서 입건된 사례를 '민단원에 대한 폭행사건 4건', '삐라 배포 위반사건 4건', '무허가집회에 기초한 불법행위 4건', '기타 4건' 등 총 16건에 검거인원 75명으로 수적으로는 의외로 적지만 내용상 상당히 요주할 점이 있고 금후의 "한일회담 추이 여하에 따라서는 본격적인 반항이 계속 집행되어 불법행위의 다발도 예상된다"고 쓰고 있다(248면). 이 자료는 강제송환에 대한 재일조선인의 반응을 치안 주체의 관점에서 어떻게 해석하고 있는지를 보여준다.

에 연대하여 출입국관리령 반대를 표명하고, 세계평화와 일본 민주화, 그리고 '일조日朝 우호'의 차원에서 조선인 강제송환에 반대한다는 당 중앙본부 지령을 발표했다.

신일본문학회는 1952년 3월 제6차대회에서 결의된 조선인 강제송환 반대성명을『신일본문학』6월호에 게재했다. 조선인 강제송환 반대성명 은 파괴방지법 반대성명과 나란히 실렸는데, 이 파괴방지법 반대성명 또 한 같은 6차대회에서 결의된 것이었다. 아래는 두 성명의 일부이다.

〈파괴활동방지법안에 반대한다〉

우리는 파괴활동방지법안에 반대한다.

그것은 치안유지법이 지난날 권력에 의해 그러했던 것처럼, 금일의 지배 권력이 전쟁을 향한 자기 정책의 강행을 위해 언론, 집회, 결사, 사상의 자유 를 억압할 목적 하에 준비하고 있는 것이다. 하지만 그 제 규정의 애매함과 광범위함은 이미 치안유지법 이상으로 가혹한 억압의 가능성을 여실히 안 고 있다. 만약 권력이 인민의 의지와 그 감정 및 이성에 反하여 전쟁의 길을 걸으려 하지 않는다면 이러한 법규를 필요로 하지는 않을 것이다. 이 법안은 그를 위한 권력에 의한 폭력의 합리화, 야만의 조직화의 企圖를 나타낸 것이 라고밖에 할 수 없다.

〈조선인강제송환에 반대한다〉

그리운 고향을 뒤로

현해탄을 건너

오고 싶어 온 것인가

일본의 땅으로


　일본에서 자란 조선인 아이들이 지금 새삼스럽게 애창하고 있는 노래 중 하나는 이 노래, 〈강제송환 반대의 노래〉입니다. 재일조선인이 작사하고 작곡한 것이라고 들었습니다. 그들, 조선의 아이들이 마음을 다해 이 일본의 거리나 마을에서 이 노래를 부르지 않을 수 없는 심정이 우리의 심금을 울립니다.

　작년부터 금년에 걸쳐 '조선인스파이사건'이라는, 구호만은 삼엄했으나 유야무야하는 사이 엄격하게 처리된 사건이 있었습니다. 그 공판에서 무죄를 언도받은 한 명으로 金宝聖이라는 청년이 있습니다. 일본의 군사재판에서 무죄가 된 김군은 무죄와 동시에 '외국인등록령' 위반의 명목으로 조선에 송환되었습니다. 그 조선은 김군이 조국으로서 사랑해 마지않는 인민의 조선, 이기영, 이태준, 조기천 등의 문학을 낳은 조선 인민의 조선이 아니라, 제국주의자의 더러운 손에 흔들리는 조선이었습니다. 이승만정부는 무시무시한 고문 끝에 이 김군에게 곧바로 사형을 선고했습니다. 일본에서 스파이의 혐의를 받을 짓을 했다는 것이 이 사형선고의 이유의 전부였습니다.

　작년 11월 1일부터 시행된 '출입국관리령'은 이 김군에 대한 불법의 처사를 한층 더 대규모로 제빨리 집행할 수 있는 구조가 되었습니다. 1년 이상의 징역이나 금고에 처해진 것은 물론, 일본정부가 그 자신의 정부를 '폭력으로 파괴하는 일을 기도하거나 주장'한다고 인정한 모든 기도행위에 관계한다고 인정된 자는 강제송환되는 구조입니다. 조선인의 경우, 송환되는 쪽이

'대한민국'임은 물론일 것입니다.[54] (번역 및 강조는 인용자)

성명에 언급된 강제송환 사건은 일본에서 출입국관리령이 처음 시행된 1951년 11월 1일로부터 불과 이틀 전인 10월 30일에 일어났다. 이는 출입국관리령이 "외국인 공산주의자와 파괴활동가의 일본에서의 활동을 저지하고 이들을 일본으로부터 추방하는 것을 효과적으로 다룰"[55] 수 있는 법체계를 보강하기 위해 만들어졌음을 상징적으로 보여준다. 성명에 등장한 김보성이라는 조선인은 1945년 이전부터 일본에 거주해온 인물로, 1951년 6월 스파이 혐의로 군사법정에 회부되었으나 한국 측의 요청으로 기소가 각하되어 즉시 석방되었다. 그런데 석방되어 "경시청의 문을 나옴과 동시에" 그는 밀입국 혐의로 재체포되고 1951년 10월 30일 출입국관리청 결정으로 본국송환이 결정되었다.[56] 새로운 외국인등록법이 공포되기 이틀 전인 1952년 4월 26일에 열린 일본 국회 외무위원회에서도 이 사건이 대정부 질의에 포함되었는데, 이는 회의의 주요 안건이었던 외국인등록법안이 출입국관리령과 짝패를 이루며 작성된 것이었음을 실증적으로 보여준다.

신일본문학회 6차대회가 열린 1952년 3월 30일은 파괴활동방지법이 아직 초안 단계에 있던 때로,[57] 아직 공포되지 않은 파괴활동방지법을 일

---

54 「新日本文学会第六回大会を終えて－大会声明 破防法反対・強制送還反対」, 『新日本文学』, 1952.6, 62~65면.
55 김태기, 앞의 글, 267면.
56 「参議院会議録情報 第13回国会 外務委員会 第25号」, 1952.4.26.
http://kokkai.ndl.go.jp/SENTAKU/sangiin/013/0082/01304260082025a.html
57 파괴활동방지법은 1952년 7월 21일 시행되었다. 이 법이 처음 적용되어 유죄판결이 내려진 것은 1961년이었다.

찍이 출입국관리령 및 외국인등록법안과 연루된 조선인 강제송환 문제와 동시적으로 다루고 나란히 반대성명을 낸 것은 조선인 강제송환 문제가 일본 좌파 지식인들에게 '일본의 민주화'라는 시야에서 공유되었음을 말해준다. 실제로 파괴활동방지법의 시행과 외국인등록법 시행에 공통적으로 영향을 미친 사건은 '피의 메이데이'로 불리는 1952년 5월 1일의 반전시위였다. 도쿄에서 발생한 이 사건은 오사카의 스이타吹田 사건, 나고야名古屋의 오스大須 사건과 더불어 재일조선인을 선두에 세운 대표적인 반정부 투쟁으로 평가된다. 일본공산당에서 활동했던 작가 고사명은 당시 사건에 대해, "일본인은 허겁지겁 도망쳤지만 조선인은 가장 마지막까지 남아 경찰과 대적했다"고 회고하였다.[58]

「표찰」에서 창진을 비롯한 조선인 활동가들은 이 시위에 참가하여 마지막까지 남은 조선인 무리 속에 있었다. 그런데 거리를 메운 시위대 속에서 창진을 찾아 헤매는 듯한 요시코의 모습을 발견한다. 창진은 어느새 집에 돌아와 있는 요시코에게 마치 시위대 속을 헤집던 그녀의 모습이 "빨치산의 여군" 같았다며 빈정거린다.[59] 반전 시위대 속에서 전혀 다른 목적으로 창진만을 찾아 헤매는 요시코의 모습이 마치 '빨치산의 여군'을 흉내 내는 것처럼 이질적이었다고 야유한 것이다. 이는 한국전쟁에 대한 재일조선인의 반전 운동 속에서 공유 불가능한 당사자성으로서의 '조선인성'을 확보하고, 가족이라는 연대 관계의 형태로 모색된 공동의 당사자성으로부터 일본 민족을 배제한다는 것을 의미한다. 「표찰」에서 김달수는 한국전쟁을 '일본 민주화'의 방향키로 공유하는 일본 좌

---

58 「조선인이냐, 공산당이냐」, 『한겨레21』 571, 2005.8.5.
59 金達寿, 앞의 글, 86면.

파 진영의 지적 담론을 의식하면서도, 한국전쟁을 재일조선인의 민족적 자각과 일상의 위협을 초래한 사건으로 다루는 데 초점을 맞추었다. 하지만 공유 불가능한 재일조선인 고유의 당사자성을 확보하고 봉합 불가능한 민족적 균열을 그리는 방식은, 요시코라는 변덕스럽고 히스테릭한 일본인 아내의 형상을 창조하고 그 일탈적이고 개인적인 성격에 의탁하지 않으면 불가능했을 것이다.

남편이 조선인이라는 사실이 발각되지 않도록 일본명 문패를 고집하는 요시코의 히스테리는 점차 심해진다. 조직활동을 그만두고 직장을 구하라는 요시코의 요구에 석창진은 "운동에서 몸을 뺄 생각은 조금도 없지만, 하지만 졌다"며 일단 산파치산업주식회사의 전무취체역인 서용철에게 취직을 부탁하기로 한다.[60] 하지만 결코 메울 수 없는 '최후'의 균열은 예기치 못한 곳에서 드러나는데, 그것은 석창진이 서용철의 소개로 산파치산업주식회사를 찾아간 후이다. 1945년 8월 15일 직후 '패전국민'이 되어 지난 15년 세월을 향수하던 '히카리 항공계기'의 총무부장 하세가와가 사장으로 있는 회사명이 하필 '38'인 것이 내키지 않지만 그는 내심 취직을 기대한다. '산파치'가 조선의 '삼팔선'을 연상시키는 상호라면 조선과 관계된 일본 기업에서의 일이란 구체적으로 무엇인지 아직 석창진은 알지 못한다. 석창진이 찾아오기 전 이미 그가 해방 직후 조련의 집행위원으로 활동했음을 조사해둔 서용철은, 그곳이 항공기의 보조 탱크를 제작하는 회사라고 그제서야 알려준다.

---

60  위의 글, 86~87면.

서용철의 말에 창진은 꼼짝 않고 눈을 부릅뜬 채 앉아 있었다. '네이팜 폭탄!' 그 말이 바로 생각났다. 보조 탱크의 제작이라는 것이 조선전쟁에서 왕성히 쓰이고 있는 네이팜 폭탄을 의미한다는 건 이미 세간에는 진작부터 알려져 있었다. '네이팜은 넓은 지역에 흩어지는 고형의 유지(油脂)로, 거기에 맞으면 무엇이든 타 버린다. 피부에 붙으면 곧바로 그것을 코크스로 변화시키고 신체조직은 불을 뿜는다.'

'사람들을, 동포를, 선 채로 코크스로 만드는 저 네이팜 폭탄!'

"자네가 있는 이곳은 그 네이팜 폭탄을 만드는 곳인가?"[61]

아시아·태평양전쟁 중에 군 관리공장으로 승격되어 승승장구하다가 군수공장이 되기 직전 종전을 맞았던 '히카리 항공계기'는, 점령군에 접수된 후 한국전쟁을 계기로 드디어 군수공장을 소유한 '산파치산업 주식회사'로 면모를 일신한 것이다. 아시아·태평양전쟁으로 가족을 잃은 요시코가 한국전쟁을 과거의 불행했던 전쟁의 반복으로 여겼다면,

---

61  위의 글, 88면. "徐用哲は机のむこうからしずかに立ち上ってやってきた。/ 彼のことばに昌真は、凝然としたように眼をみはって座っていた。〈ナパーム爆弾!〉そのことばがすぐに思いうかんだ。補助タンクの製作ということが、朝鮮戦線でさかんにつかわれているナパーム爆弾を意味していることは、もはや世間にはとうから知らわたっていることであった。〈「ナパームはひろい地域にとびちる固形の油脂で、それにふれたものは何でもくっつき燃えつづける。皮膚につくとたちまち肉をコークスに変じ、身体組織は火をふく―」〉/〈人々を、同胞を、立ったままでコークスにしているという、あのナパーム爆弾!〉/「君のここは、あのナパーム爆弾をつくっているところなのか」" 이 네이팜탄은 오사카의 조선인 밀집구역에서도 소규모 공장들에서 제조되고 있었다. 1952년 6월 오사카 스이타시 일대에서 일어난 대규모 반전 시위로 '일본 3대 소요 사건' 중 하나라고 알려진 스이타 사건 당시 일본공산당의 비밀지령에 따라 시위대의 최후미에서 중추적 역할을 맡았던 사실을 뒤늦게 밝힌 시인 김시종 또한, 한 강연에서 네이팜탄에 대해 위와 비슷한 방식으로 묘사한 바 있다. 니시무라 히데키, 심아정·김정은·김수지·강민아 역, 『'일본'에서 싸운 한국전쟁의 날들─재일조선인과 스이타사건』, 논형, 2020, 310면.

히카리 항공계기에서 산파치산업주식회사로의 전신轉身은 두 개의 전쟁이 독립적인 전쟁의 반복이나 재연이 아니라 제국주의 체제와 냉전 체제 양자에 공통된 개발주의에 의해 진행, 발전되어 온 것임을 보여준다. 그렇다면 이 발전 관계에 있는 두 개의 전쟁 사이에 놓인 '조국'의 '해방'은 어떤 의미를 지니는가. 「표찰」의 창진은 강제송환만이 관심사인 요시코와의 깊은 '민족적 균열'을 느끼면서 자신이 참가하고 있는 재일조선인 반전 운동을 일본 정부 및 점령 당국에 대한 투쟁 방향으로 명확히 인식해 간다. "그들 사이의 민족에서 오는 균열을 메우기 위해서도", 그리고 "다시 한 번 그녀의 나라 안에 묶인 식민지인으로 돌아가는" 일을 겪지 않기 위해서라도 출구는 '투쟁'뿐이라고 믿는다.[62] 하지만 전향의 한 방식으로 서용철의 '산파치산업주식회사'를 찾아갔던 그는 아시아·태평양전쟁에서 한국전쟁으로 진행·발전되고 있는 '일본의 전쟁'이 '15년의 전쟁'이라는 세월로 끝나지 않았음을 깨닫고, 집으로 돌아가 요시코에게 결별을 선언하며 일본식 문패를 떼어서 던져버린다. 그것은 '싸움'을 통해서 창진과 요시코로 표상되는 두 민족의 균열을 메울 수 있다고 확신했던 창진의 생각이 바뀌었음을 보여준다. 15년을 넘어 계속해서 진행·발전 중인 '일본의 전쟁'의 연장으로서의 '한국전쟁' 속을 살고 있다면, 아직 자신은 '해방'된 것이 아니며 여전히 '그녀의 나라'에서 '식민지인'으로 살고 있을 뿐이다. 이렇게 '민족에서 오는 균열'은 메워질 수 없는 것으로 남게 되고, 한국전쟁에 대해 묻는 것은 결국 일본에서의 '전후'란 무엇인지를 묻는 것과 같은 의미를 지니게 된다.

---

62 위의 글, 84면.

한국전쟁의 시간성 속에서는 조선의 '해방'도 일본의 '전후'도 허울에 불과하기 때문이다.

　김달수가 한국전쟁 기간 중에 쓴 단편 「손영감」, 「부산」, 「표찰」은 일본과 조선이 각 국토와 해상을 이동하는 전쟁기계의 운송 시스템에 의해 연결되어 있다고 말하거나, 한국전쟁이 아시아·태평양전쟁의 진행형이자 발전형이라고 말하는 방식으로 전쟁의 위상도와 계보를 기술하고자 한 문학적 시도로 파악할 수 있다. 하지만 동시대의 한국전쟁을 다룬 이 작품들은 한국전쟁에 관한 '전후 일본'의 지적 담론 공간에서도, 김달수에 대한 문학사적 평가에서도 중심적 위치를 차지하지 못했다. 김달수 스스로도 같은 시기에 대한 회고에서 위 작품들을 언급한 사례는 『현해탄』이나 『일본의 겨울日本の冬』(1956) 같은 작품에 비해 현저히 드물다. 물론 앞의 세 작품이 모두 단편이어서 동시대에 쓰인 장편에 비해 주목되기 어려웠던 점도 있었을 것이다. 한국전쟁기 '조선'이라는 기호를 미국과 일본의 점령-피점령 관계에 관한 논의 내로 한정한 '전후 일본'의 선별적인 담론 장 속에서, 김달수는 가장 우선적인 선별의 대상이었다. 하지만 담론적으로 '선별되지 않은' 김달수의 작품들을 통하여 거꾸로 '전후 일본'이 한국전쟁기 조선인의 텍스트에서 보고자 했던 것과 보지 않으려 했던 것이 무엇인지를 구성할 수 있을 것이다. 앞서 본 선행연구들이 지적했듯이 일본 문학자들이 한국전쟁을 회피하거나 아니면 한국전쟁 속의 조선(한국)이라는 기호를 언제든 '일본'으로 치환 가능하도록 함으로써 한국전쟁을 일본 네이션의 경험으로 고정·축소시켰다면, 김달수는 한국전쟁을 시간적·공간적 연속성 위에 가시화함으로써 '재일'의 위치에서 '조국'의 전쟁에 대한 당사자성을 확보하려

했다고 할 수 있다. 그의 동시대 문학에서 미국의 '피압박민족'으로서의 일본인과 식민지 시기의 '조선인'의 상동성을 선별적으로 발견하려 한 '전후 일본'의 지적 담론에 대하여, 김달수는 선택적 협력이나 전유의 방식으로 '재일'의 위치를 기술하고자 했다. 그것이 '조국'에의 귀속의식을 드러내는 사회적 실천의 한 방식이었던 것이다. 하지만 한편으로 그가 '조국'의 정치에 대하여 개입과 교섭이 가능한 '재일'의 당사자성을 확보하는 서사적·사회적 실천은, 「상흔」이나 「표찰」에 등장하는 일본인 연인이나 아내처럼 상호 결합과 균열을 반복하는 민족적 타자와의 불균형한 젠더 권력이 뒷받침되지 않으면 불가능한 것이기도 했다.

# 제3장

# 월경의 분신술

### 이은직의 '해방'과 '귀환'

## 1. '신식민지적 질서'와 '해방'의 재배치

### 1) 포스트 / 점령과 반복되는 이향離鄕

1945년 10월에서 1946년 10월까지 약 1년여의 시간 동안 정읍, 부산, 서울 등을 배경으로 펼쳐지는 도쿄 유학생 출신 지식인의 투쟁기이자 귀환 청년의 성장소설인 『탁류』가 일본에서 발행된 것은 1967년에서 68년 사이이다.[1] 그런데 1968년 발행된 『탁류』 제2부 권말에 수록된 저자 후기에 따르면, 『탁류』 제1부와 제2부의 집필 사이에는 큰 시간적 차이가 있었다. 그에 따르면 제1부는 사실 1949년 봄에 이미 '해방'이라는 제목으로 집필되어 미발표 상태로 보관하고 있던 것이며, 이

---

[1] 일본의 신코쇼보(新興書房)에서 총3부(3권)로 출판된 이은직의 『탁류』는 각권의 발행 시기에 조금씩 차이가 있다. 1쇄 기준으로 제1부에 해당하는 『濁流 その序章』의 발행일은 1967년 5월 30일, 『濁流 第二部－暴圧の下で』의 발행일은 1968년 7월 1일, 『濁流 第三部－人民抗争』의 발행일은 1968년 10월 30일이다.

것이 18년 만인 1967년에 와서야 3부작 중의 제1부인 『탁류—그 서장』으로 출판되었다는 것이다.

제2부의 탈고 직후 쓰인 것으로 추정되는 이 후기에 따르면, 그가 제1부, 즉 '해방'이라는 원제의 소설을 단숨에 써내려간 것은 1949년 봄, 과로로 휴양 중이던 시기였다. 전년도인 1948년은 GHQ / SCAP의 조선인학교 폐쇄령과 문부성의 조선인학교 폐쇄 강행 통첩에 반대하여 효고兵庫현을 중심으로 재일조선인들의 거센 항쟁이 일어나고, 이를 통제하기 위해 4월에 일본 최초로 비상사태가 선언될 정도로 사태가 격화하고 있었다. 이에 당시 조련 문교부장이었던 이은직은 조련 중앙 및 도쿄 본부의 대표 중 한 명으로 문부성 학교교육국장과 문부대신을 면담하고, 도쿄 내 각 조선인학교 대표 긴급소집회의에서 작성된 결의문을 문부성에 전달하는 등의 중추적 역할을 맡았다.[2] 또한 같은 해 8월에는 도쿄조선공업학교(야간) 설치 인가를 얻고 9월에는 도쿄조선학교 고등부를 병설하는 데 관여하는 등, "청춘의 피가 끓어오르도록 분투한 일꾼들"의 한 사람으로서 "일복 넘치는" 생활을 하고 있었던 것이다.[3] 이렇게 해서 이듬해 봄에 일단락된 「해방」의 집필동기에 대해 이은직은 다음과 같이 말한다.

1948년 5월 미국은 조국통일을 바라던 조선 민중의 의지를 짓밟았다. 남한에 단독정권을 수립하고 무력을 배경으로 단독선거를 강행했다. 그리고

---

2  김경해, 정희선·김인덕·주혜정 역, 『1948년 한신(阪神) 교육투쟁』, 경인문화사, 2006.
3  李殷直, 『物語「在日」民族教育の夜明け—1945年10月~48年10月』, 高文研, 2002, 761·733면.

각본대로 미국에서 온 이승만을 대통령으로 만들어 8월에는 '대한민국정부'를 만들었다.

통일을 위해 모든 힘을 다하고 있었던 북한의 인민위원회에서도 총선거를 실시하여 9월에는 '조선민주주의인민공화국'의 창건을 선포하였다.

이처럼 한반도엔 남북이 분단된 채로 두 개의 정부가 수립되었다. 어째서 그렇게 되었는가? 나와 친한 일본인 친구들도 그 진상을 알고 싶어하였다.

그러나 당시 미군의 점령하에 있었던 일본은 미군의 엄중한 언론통제하에서 모든 출판물이 엄격한 검열을 받아 미국측의 일방적인 선전을 소개할 뿐이어서 해방 후의 한반도의 실상을 거의 알릴 수 없었다.

그때 나는 좀체로 원고를 쓸 여유가 없었지만, 많은 일본 친구들로부터 해방 후의 조선을 전할 수 있는 문학작품을 써보라는 권유를 받고 있었다.[4]

위의 「후기」에서 언급하고 있는 「해방」의 집필 동기와 관련하여 주목되는 것은 첫째, 한반도 분단의 진상을 알고자 하는 일본인들의 요구에 응답하고자 했다는 점이며, 둘째, 1949년 당시에는 미군 점령 하의 일본에서 출판물에 대한 검열로 인해 한반도의 실상을 거의 알릴 수 없었다는 점이다.

해방 직후 조선의 역사와 문화에 관한 서술은 재일조선인 민족교육 분야에서 활발히 개진되었다. 특히 해방 직후 결성된 조련 내에는 1946년 2월 국어, 역사, 지리, 수학, 미술 등의 과목별 교재를 편찬하여 재일조선인 민족교육에 활용하기 위한 초등교재편찬위원회가 설치되었는

---

4　이은직, 김명인 역, 「후기」, 『탁류』 下, 풀빛, 1988, 367면. 원작에서는 제2부 말미에 수록된 후기를, 한국어판에서는 하권 말미에 수록하였다.

데, 이은직도 여기에 편찬위원으로 소속되어 지리 분야의 집필을 담당
했다.[5] 일본 국회도서관 프랑게プランゲ 문고에 소장된 조선어교재에 관
한 선행연구에 따르면, 조련 초등교재편찬위원회에서 편찬한『초등조
선지리』(1946년 9월 15일 발행)는 한반도를 '중선', '남선', '북선' 지방으
로 나누어 각각의 지세, 산업, 도시 및 교통에 대해 상세히 기술한 책이
다. 특히 마지막 부분에 '해방과 신조선'이라는 항목을 두어 해방 후 한
반도의 움직임과 전망을 기술하고 있으며, 여기에는 검열당국에 의해
부분삭제처분을 받은 일곱 곳의 흔적이 남아 있다.[6] 이 교과서의 집필자
였을 것으로 추정되는 이은직의 조선 지리 및 사회사에 대한 관심과 지
식은『탁류』의 공간 편성에도 반영되어 있다.

「후기」에 적힌 이은직의 회고에서처럼, 점령기 일본에서 해방 직후
조선의 분단 상황과 좌우 대립에 대해, 특히 미군정의 남조선 통치정책
에 대해 직접적으로 비판한 저술은 드물었다. 그런 조건에서 눈에 띄는
것은 1949년 하쿠요샤白揚社에서 나온 두 권의 저서에 등장하는 조선의
해방에 관한 항목이다.[7] 하나는 이은직과 함께 조련 문교부에 소속되어
초등교재편찬위원과 도쿄조선중학교 역사교사로 재직했던 임광철이

---

**5** 魚塘,「解放後初期の在日朝鮮人組織と教科書編纂事業」,『在日朝鮮人史研究』28, 1998. 어
  당은 지리 담당의 이은직, 역사 담당의 임광철과 더불어 국어 담당으로 교재편찬위원회에
  참여했으며, 역시 두 사람과 함께 1946년 10월 설립된 도쿄조선중학교의 초기 교원진에
  도 포함되어 있었다. 도쿄조선중학교의 설립에 대해서는 김인덕,「재일조선인 민족교육
  과 東京朝鮮中学校의 설립-『도쿄조선중고급학교10년사』를 중심으로」,『숭실사학』28,
  숭실사학회, 2012.6 참조

**6** 池貞姬,「プランゲ文庫に見る占領期の朝鮮語教科書について」,『愛媛大学法文学部論叢 人文
  学科編』32, 2012, 170~171면.

**7** 1917년 설립된 하쿠요샤는 1932년 잡지『역사과학』을 창간하고,『자본론』이나『레닌
  중요저작집』등 수백 권의 좌익사상서를 출판했으며, 과학, 역사, 철학, 문학, 실용서 등
  도 두루 간행해온 출판사이다. http://www.hakuyo-sha.co.jp/company/

일본어로 쓴 조선역사서 『조선역사독본朝鮮歷史讀本』의 제4편 '근대화로의 길'의 일부이며, 다른 하나는 세계경제연구소 편 『아시아의 민족운동アジアの民族運動』에서 재일조선인 역사학자 김광지金廣志가 서술한 「조선」 항목이다. 임광철은 1945년 10월 30일 조련 문화부에서 발행한 『조선역사교재초안』(조선어) 하권에서 한일합방부터 해방까지의 독립운동사를 유물사관에 기초하여 서술하고 있으며, "일본에서 재일조선인의 초기 역사교육의 원형을 이해하는 데 결정적인 정보를 제공"한 것으로 평가된다.[8] 또한 1948년 조련 문교부에서 발행한 『조선사입문』(조선어) 상권의 서문에서 해방 이후 조선반도의 혼란상을 기술하며, 시간의 경과에 따른 사회 변혁을 개관하는 시각의 필요성을 강조한 바 있다.[9] 초기 재일조선인의 역사서술 및 교육의 방향성을 제시하는 데 중요한 역할을 한 임광철에 주목해온 선행연구에 따르면, '민족의 독립 : 인민혁명의 준비', 그리고 '통일전선의 역사적 전망'으로 끝맺는 『조선역사독본』의 서술 방식은 사적 유물론에 입각하여 인민혁명의 전망을 제시하며 '해방'에 적극적인 의미를 부여하는 시각을 지니는 것으로 평가된다.[10]

한편, 중국, 조선, 인도, 버마, 인도차이나, 인도네시아, 필리핀, 시암(타이), 말레이, 외몽고의 민족해방운동을 기술하고 있는 일본 세계경제

---

8 김인덕, 「해방 후 재일본조선인연맹의 민족교육과 정체성─『조선역사교재초안』과 『어린이 국사』를 통해」, 『역사교육』 121, 역사교육연구회, 2012.3, 187면.

9 池貞姬, 앞의 글, 76면.

10 김인덕, 「임광철(林光澈)의 재일조선인사 인식에 대한 소고」, 『사림』 59, 수선사학회, 2017.1, 200면. 조련 문교부와 교재편찬위원회, 그리고 도쿄조선중학교에 함께 재직하며 초기 조련 문화활동 및 민족교육의 방향을 정하는 데 중요한 역할을 해온 이은직과 임광철의 관계, 특히 『조선역사독본』의 서술방식이 『탁류』 제1부의 서술 시각과 맺는 관계에 대해서는 향후 보다 진전된 고찰이 필요해 보인다.

연구소 편 『아시아의 민족운동』에 중국편 다음으로 수록된 김광지의 「조선」은, 「남조선부南朝鮮の部」와 「북조선부北朝鮮の部」로 나누어 해방 직후부터 각각 대한민국과 조선민주주의인민공화국의 수립까지를 다룬다. 「조선」의 서술 체제를 표로 정리하면 아래와 같다.

표 1 『アジアの民族運動』(1949)에 수록된 「朝鮮」 항목의 서술 체제

| 1. 남조선부 | 2. 북조선부 |
|---|---|
| (1) 건국준비위원회의 결성에서 인민공화국의 해산까지<br>(2) 반동세력의 대두와 민주민족전선의 결성<br>(3) 경제적 파탄과 10월인민항쟁<br>(4) 단독선거와 선거반대투쟁<br>(5) 대한민국의 성립과 각지의 국방군의 반란 | (1) 소비에트동맹군의 진주와 인민위원회의 활동<br>(2) 북조선임시인민위원회의 성립과 諸 민주개혁<br>(3) 북조선노동당의 창립과 민주민족전선의 결성<br>(4) 북조선 각급인민위원회의 선거와 인민경제계획의 수립<br>(5) 조선최고인민회의의 선거와 조선민주주의인민공화국의 성립 |

「북조선부」 서술과의 비교를 통해 알 수 있는 「남조선부」의 서술상의 특징은, 각 절의 제목에서도 알 수 있듯이 민주 세력과 반동 세력 간의 대립 구도가 전면화되어 있다는 점이다. 또한 양 진영 사이의 대립은 모스크바협정을 둘러싸고 첨예화된 것으로 묘사된다. 이러한 양 진영간의 대립 구도가 전면화되면서 우파와 중도 우파의 차이, 이를테면 이승만과 김구, 혹은 김규식 사이의 차이가 드러나지 않는다는 점도 눈여겨 볼 대목이다. 또한 군정당국이 이승만과 김구가 지도하는 '비상정치국민회의'를 군정청의 고문기관으로 간주하고, 이승만을 의장으로 하는 '남조선대한민국국민대표민주의원'이 조선임시정부수립 준비기관으로 결정되었다는 서술이 있기는 하지만, 군정당국에 의한 인민공화국 해산에 대해서는 직접적으로 언급되어 있지 않다. 이처럼 민주 진영에 대한 미군정의 억압은 반동 진영에의 지원을 강조하는 형식을 통해 우회적, 또는 축소적으로 서술되어 있다는 점이 특징적이다. 예를 들면 반

동진영이 1946년 5월 8일 미소공위 무기휴회 돌입 이후 반탁시위를 멈추지 않음에도 "군정당국은 이에 대해 '비판의 자유'를 부여했다"며 조소하는 방식에서도 그러한 특징이 발견된다.[11]

그렇다면 「해방」이라는 원제로 이미 점령 하에서 쓰인 상태였다고 언급된 『탁류』 제1부는 조선의 '해방'을 어떻게 묘사하고 있을까. 우선 제1부의 줄거리를 간단히 정리하면 다음과 같다. 1945년 가을, 주인공 이상근은 일본에서의 생활을 정리하고 전라북도 곡창지대에 위치한 팔선리八仙里로 귀향한다. 그는 인민위원회 간부 송진태로부터 마을 농민조합을 조직하라는 임무를 받고, 마을의 유일한 조선인 지주였던 이관학−이용섭 부자의 방해 공작에 맞서 소작쟁의를 주도하는 한편, 마을 청년 및 부녀자들을 대상으로 한 강습회를 여는 등의 계몽운동을 이끈다. 백정의 딸 순희와 이용섭의 딸 옥련이라는 두 여성 모두에게 매혹되면서도 그는 '조국'의 완전한 통일과 건국이 완수되기 전까지는 혁명운동에만 매진하겠다고 다짐한다. 반공폭력단에 의한 좌익 습격 사건이 곳곳에서 빈발하는 가운데, 군수직을 매수한 이용섭이 이상근을 노리고 폭력단과 무장경관을 보낼 것이라는 정보를 들은 이상근은 조직의 지령에 따라 이웃 군으로 떠난다.

이처럼 『탁류』 제1부의 주요 사건은 이관학−이용섭 부자를 통해 해방 전후로 이어지는 지주 계급의 횡포, 그리고 이에 대한 농민들의 저항을 주축으로 구성된다. 이는 주인공 이상근이 해방의 감격을 기대하며 조선의 고향에 돌아왔으나 여전히 그 요원함을 깨닫고 그 원인을 일본

---

11  金廣志, 「朝鮮」, 『アジアの民族運動』, 白揚社, 1949, 33면.

의 36년간의 식민지 지배로부터 찾는다는 사실과도 관계된다. 소설의 서두에서, 막 고향 팔선리의 진입로에 들어선 이상근이 부산에 상륙하여 기차를 타고 귀향하는 과정에서 느낀 절망감을 길게 회상하는 것은 바로 그 때문이다.

조국에, 해방된 조국에 돌아왔다고 하는 것만으로도 기쁨과 감격에 빠져 있는 동포들을 그득 채운 기차 속에서 그는 예기하지 못했던 괴로운 심정에 사로잡혔다. 커다란 위기가 눈앞에 다가오고 있는데 어느 누구든 무엇 하나 생각하고 있지 않는 듯이 보여졌다. 그리고 냉혹한 현실이 현실로서 다가올 때 사람들은 미치광이처럼 아우성치고 배반당했다는 생각으로 조국을, 해방을 저주할 것이라는 두려운 생각만이 점점 더해갔던 것이었다. 그는 기차 속에서 웅크리고 있는 것조차 견디기 어려워 숨이 차기 시작했다. 어쨌든 기차는 움직였고 그는 고향역에 내렸던 것이다.

소학교의 선생을 하면서 조용한 농촌에서 조용히 지내고 싶다는 것이 결국은 향수로부터 비롯된 망상에 불과한 것이 아닌가라는 생각이 들었다. 그가 보았던 고향은, 15년 전 그를 일본인 상점의 점원으로 내몰았던 그 고향과 거의 변함이 없는 것으로 보여졌다. 어머니가 계시는 이 형네 집까지도 무정한 객사처럼 왠지 모르게 정다와보이지 않았다.

'나는 고향이 없는 영원한 방랑객이 되어버린 것인가…….'[12]

고향에 돌아왔으나 고향을 잃어버린 듯한 감각, 해방된 조선의 고향

---

12 이은직, 김명인 역, 『탁류』上, 풀빛, 1988, 38면.

이 15년 전 자신을 일본인 상점가로, 이어서 끝내 일본으로 내몰았던 과거의 고향과 다르지 않다는 감각은 귀환 후 또 다시 이향離鄕의 모험에 나설 수밖에 없을 청년의 향후 행보를 암시한다. 그는 귀환 직후 느낀 절망감의 원인을 일제의 36년간의 조선 통치로부터 찾고, 이를 통해 인근 농민들을 규합하고자 한다. 그는 각종 통계 자료를 비롯하여 일본에서 학습한 지식과 경험을 총동원하여 순회 연설에 나선다. 그리하여 "일본이 조선을 침략하기 시작한 이래 얼마나 많은 쌀을 약탈해갔는가를 자세한 숫자를 들어 설명"하고, "해외에 있었던 사람들과 그리고 국내에 있는 빈민들이 살아가기 위하여 얼마나 고생했는가를 말했으며, 전쟁에 동원된 동포들이 일본의 탄광과 공장, 그리고 병영에서 어떠한 대우를 받았는가를 본 사실대로 말해주었다".[13]

『탁류』 제1부에서 이상근을 통해 보여주고자 하는 '민족해방'이란 3·7제와 금납제를 골자로 하는 소작쟁의와 농민조합 결성, 그리고 그 연장선상의 농촌계몽운동에 집중되어 있다. 그러한 해방운동을 억압하는 적대의 대상 역시, 이용섭을 주축으로 하는 한국민주당 계열 지역유지와 그들이 동원한 폭력단으로 고정되어 있다. 하지만 시간이 지나 작성된 「후기」에서 강조된 것은, 미국의 "각본"에 의해 강행되고 이로써 한반도 분단을 고착화한 남한의 단독선거, 그리고 당국의 검열로 인해 그것을 직접적으로 쓸 수 없었던 일본의 점령 공간을 기억하는 일이었다. 「해방」이라는 원고가 1949년 당시에 어느 정도까지 쓰인 상태였는지, 『탁류』 제1부와 「해방」이라는 미발표 원고의 관계를 「후기」에 나타난

---

13 위의 책, 50~51면.

진술대로 신뢰할 수 있는지 하는 물음은 사실 답하기 어려운 것이다. 하지만 보다 중요한 것은, 농촌 지역으로 한정된 이야기의 공간에 미군정의 통치권력이 압박해 옴에 따라, 이상근을 미군정 권력과의 본격적인 투쟁의 장으로 이동시킴으로써 제1부가 끝맺는다는 점일 것이다.

이후 제2부를 중심으로 이상근이 직면하게 될 미군정의 조직적이면서도 교묘한 감시 체계, 그리고 광범위하고 무차별적인 착취 양태는, 대하 3부작 『탁류』의 기획이 "여전히 남한의 민중을 간난의 어려움에 빠뜨리고 있고, 또한 베트남 민중에게 지옥의 고통을 맛보게 하고 있"으며, "오키나와 일본인의 고통이기도" 한 "신식민지적 질서를 고착시키려는 미국의 의도"와 무관치 않음을 말해준다.[14] 「후기」의 뒷부분에서 이은직은 '남한의 민중'과 '베트남의 민중', 그리고 '오키나와의 일본인'을 미국의 '신식민지적 질서' 아래 동등하게 고통받는 "아시아의 민중"으로 묘사한 것이다. 여기서 다시 김달수의 『현해탄』이 1952년 『신일본문학』에 연재되었을 때를 떠올려보면, 그것을 샌프란시스코 강화조약 및 미일안보조약 이후 일본이 미국과의 관계에서 놓이게 될 상태를 이해하는 하나의 실마리로 삼는 담론이 신일본문학회 작가들을 중심으로 구성된 바 있었다. 즉 1951년의 샌프란시스코 강화조약은 '점령 종료=독립'이 아닌 새로운 '예속=식민지화'임을 인식하는 방법으로 당시의 일본을 식민지 조선의 위치에, 그리고 당시의 미국을 식민종주국 일본의 위치에 두는 논리가 형성되었던 것이다.[15]

---

14 이은직, 앞의 글, 366면.
15 고영란, 김미정 역, 『전후라는 이데올로기—일본 전후를 둘러싼 기억의 노이즈』, 현실문화, 2013 제6장 참조.

그런데 이은직의 「후기」에서 보이는 것처럼, 해방 이후 남조선에 대한 미군정의 통치를 서사화하고 그것을 '아시아 민중'에 대한 미국의 '신식민지적 질서'로 전유하는 구도가 1960년 신 미일안보조약에 기반한 미일동맹 형성 이후에 나왔음은 주목을 요한다. 20세기 말까지 약 40년에 걸친 미일동맹의 기본적 프레임으로 작용해온 1960년의 미일안보조약은 표면적으로는 양국의 '동맹' 관계를 강조함으로써, 기존의 주둔군에 관한 규정에 내재한 불평등성을 삭제하고 양국간의 대등성에 기반한 안보관계를 안정화하는 데 목적을 두었다. 일본은 또한 이를 통해 경제성장에 주력하는 일본의 이미지를 형성하고자 했다. 하지만 이후의 연구를 통해 밝혀졌듯이, 신 미일안보조약은 미국의 핵무기를 일본의 기지로 운반할 경우와 한반도 유사시 일본의 미군기지에서 군사적 출격을 감행할 경우 어떠한 사전협의도 필요치 않다는 것을 골자로 한 '밀약'의 내용을 포함했다. 즉 "미국이 핵을 포함한 전략방위의 '창'을 일본에 제공하고, 그 대신에 일본은 극동을 포함한 아시아 전 지역의 전방거점에 있는 기지를 미국에 제공해서 미국의 도서방위선의 '방패'가 된다는 계약"이었던 것이다.[16]

그의 「후기」는 "해방 직후 남한의 문제는 역사적인 과거의 일이 아니라 오늘날에도 이어지는 문제"라는 문화유물론적 관점에 입각해 있다. 나아가 "신식민지적 질서를 고착시키려는 미국"에 대한 "조선인의 투쟁"은 "아시아 민중들의 투쟁이며, 또한 인류해방을 위해 싸우는 세계의 모든 민중들의 투쟁과 이어지는 것"이라는 그의 관점은, 『탁류』 제1

---

16 소토카 히데토시·혼다 마사루·미우라 도시아키, 진창수·김철수 역, 『미일동맹—안보와 밀약의 역사』, 한울아카데미, 2005, 208면.

부에서 역설한 일본 식민주의로부터의 민족적 · 계급적 '해방'이라는 사건을 냉전 구도 속에서 전유한 것이다. 그것은 다시 말해 "주권을 단위로 하여 구성되는 국제 관계도 아니고, 주권과 주권을 뛰어넘은 군사적 폭력이 겹치는 곳에서 발생하는 통치 문제"[17]로서의 냉전의 정치가 작동하는 공간에서, '8 · 15 해방'에 관한 기억을 재편성한다는 것을 의미했다. 이처럼 '주권의 경계'를 초월한 냉전의 정치가 사실상 '신식민지적 질서'의 정치임을 강조한 「후기」의 후반부 서술은, 그러한 냉전 정치를 미군정 통치하 남조선이라는 시공간을 경유하여 '해석＝번역'하기를 유도한다. 이 「후기」는 그러한 '해석＝번역'으로서의 『탁류』 3부작이라는 기획이 한반도 분단에 대한 '일본인'들의 앎의 욕구, 그리고 제1부 출판 직후 '일본인' 독자들이 보인 관심에 대해 이은직이 내놓은 나름의 '응답'이었음을 말해준다. 그는 미발표 상태로 보관해 오던 원고가 18년 만에 신코쇼보에서 출판된 후, "일본인 독자가 보내준 수많은 편지에서 새로운 감동을 받았다"고 쓰고 있다. 또 제1부와 제2부 집필 사이의 시간적 · 논리적 비약을 암시하며 "주인공 상근은 농촌을 떠나 서울로 갈 예정이었던 것이 (제2부에서—인용자) 지나는 길에 도청에 취직하여 마침내 미군에게 체포되어 버렸다. 완전히 예상밖의 일이었다"고 말한다. 그것은 도청 취직과 미군에 의한 체포라는 사건이, 18년 전의 '의도'와는 달리 1960년대의 서술 시점에서 새롭게 제기된 문제의식의 반영임을 말해준다.

---

17  도미야마 이치로, 「기지를 감지한다는 것」, 오타 오사무 · 허은 편, 『동아시아 냉전의 문화』, 소명출판, 2017, 424면.

## 2) 이언어로 그린 '해방'과 '혁명'

이처럼 텍스트 사이의 시간적 단절을 강조하고 있는 「후기」를 통해 알 수 있는 것은, 『탁류』라는 텍스트가 점령의 한가운데라는 컨텍스트와 점령종료 10여 년 후의 신 미일안보조약을 필두로 재편된 포스트 점령기의 일본이라는 컨텍스트 사이에 가로놓여 있다는 점이다. 이에 더하여, '그때'는 말하지 못했지만 '지금'은 말할 수 있는 사실을 통해서 해방기의 조선을 올바로 이해할 것을 제안하는 것은— 한국어판에서는 역자 서문으로 대체되었으나— 일본어판 제1부 끝에 수록된 편집부의 「해설」이다. 거기에서는 "자주적으로 실권을 잡고 있던 인민위원회가 미군의 탄압을 받아 해산을 명령받고, 지주들이 다시 활기를 얻어 마을을 지배하게 되"면서 새롭게 시작되는 주인공의 투쟁에 대한 인식의 필요성을 강조한다. 그러한 인식을 통해서만 조선의 인민항쟁과 이후의 3년간의 전쟁, 그리고 "여전히 미해결"인 "조선 문제"에 대한 올바른 이해가 가능하다는 것이다.[18]

그런데 『탁류』가 출판된 1960년대 중반의 시점에서 '조선 문제'란, 특히 해방 및 분단과 관련하여 일본에서 전개된 담론 내에서 '여전히 미해결'인 '조선 문제'란 무엇이었을까. 1950년대 말에서 1960년대 중반에 걸쳐 일어난 한일회담반대운동의 맥락 속에서 '일본인 책임론'을 내세우며 설립된 연구단체 '일본조선연구소'의 주요 구성원이었던 역사학자 가지무라 히데키는, 당시 일본에서 조선의 해방과 분단, 한국전쟁의 역사를 비중 있게 조망한 역사서술들이 "일한체제로의 이행과정"이

---

18  編輯部, 「解說」, 李殷直, 『濁流 その序章』, 新興書房, 1967, 279~280면.

라는 시대 인식 속에서 나온 것이라고 회고한다.[19] 여기에는 재일조선인들의 북한 '귀국' 운동(1958~1959)을 전후로 한 시기 '일조우호운동日朝友好運動'이 일본조선연구소 창립 당시 주요 운동 방향으로 설정되었고, 재일조선인으로부터 선행된 문제제기를 이어받는 형태로 '한일회담반대운동'과 '일본인 책임론'의 논리를 구축했다는 배경이 자리잡고 있었다.[20] 즉, '일한체제로의 이행' 속에서 바라본 '조선 문제'란, 북한에서 재일조선인을 공식적인 '재외공민'으로 인정한 이후 진행된 1955년 총련 체제로의 개편, '귀국' 운동과 이승만 주도의 '북송' 반대운동, 그리고 '한일회담반대운동'과 그에 따른 '귀국' 사업 중단과 같이 재일조선인의 문제를 핵심적으로 포괄하는 동시에, 재일조선인에 의해 선행적으로 촉발된 문제라는 의미를 모두 담고 있는 것으로 이해되어야 할 것이다.

그러한 과정들을 '일조 냉전 구조日朝冷戰構造'의 성립과 재편 과정으로서 검토한 선행연구는, 한일관계의 '정상화'와 북일관계의 '비정상

---

19  梶村秀樹, 「はじめに」, 梶村秀樹編, 『朝鮮現代史の手引き』, 勁草書房, 1981, 1면. 이 책은 『조선 근대사 안내(朝鮮近代史の手引)』(日本朝鮮研究所, 1966) 및 일본조선연구소 기관지『朝鮮研究』에 1967년 4월부터 1969년 6월까지 20회에 걸쳐 연재한 「조선현대사 안내(朝鮮現代史の手引)」를 저본으로 개정한 것이다. 가지무라 히데키가 집필한 부분에서는 1945년 이후 일본에서 출판된 조선현대사 관련 개설서의 출판현황을 소개하고 있다. 그중 주요 저술로 1960년대까지만 한정하여 보면, 본문에서 언급한 임광철과 김광지의 저서 이외에도, 劉浩一『현대조선의 역사(現代朝鮮の歷史)』(三一書房, 1953), 金種鳴編『조선신민주주의혁명사(朝鮮新民主主義革命史)』(五月書房, 1953. 현대사 부분은 姜在彦·呉在陽·玄尚好가 분담집필), 朴慶植·姜在彦『조선의 역사(朝鮮の歷史)』(三一書房, 1959), 統一朝鮮新聞社『통일조선연감 1965-66년판(統一朝鮮年鑑 一九六五~六六年版)』(1965)의 해방20년사 특집편(317~586면), 藤島宇内·畑田重夫編『현대조선론(現代朝鮮論)』(勁草書房, 1966), 『아시아·아프리카강좌 제3권 일본과 조선(アジア·アフリカ講座第三巻 日本と朝鮮)』(勁草書房, 1965) 등이 언급된다(128~138면).
20  이타가키 류타, 「조선인 강제연행론의 계보(1955~1965)」, 오타 오사무·허은 편, 『동아시아 냉전의 문화』, 소명출판, 2017, 55~56면.

화'를 동반하며 1965년을 전후로 동북아시아의 지역냉전에 휩쓸리는 과정에서 형성된 "행위주체별 관계질서"를 "65년 질서(65년 체제)"의 핵심적인 정의로 삼는다.[21] 여기에서 중요한 것은 한일관계와 북일관계는 상대방의 '비정상화'를 수반한 '정상화'로의 상호 길항 과정으로 이해할 수 있다는 점이다. 또한 재일조선인의 조건을 경유하거나, 재일조선인에 의한 문제제기를 경유할 때 비로소 북일관계를 내포한 '일한 / 한일 체제' 또는 '65년 체제'의 형성이 서로 복합하게 얽히는 과정을 실질적으로 드러낼 수 있다는 점이다.

『탁류』제2부와 제3부에서는, 해방 후 귀환한 이상근이 다시 고향을 떠나 본격적으로 '혁명'을 향한 모험에 나서는 과정을 그린다. 이상근이 이용섭의 습격을 피해 떠난 이웃 군은 그가 일본에 유학하기 전 점원으로 일한 일본인 소유의 약국이 있던 곳으로, 그는 당시 인연을 맺었던 최봉술의 집에 은신하며 모스크바 삼상회의 결정의 진상을 알리고 결정사항의 이행만이 조선 독립의 지름길이라고 호소하는 전단지를 작성한다. 하지만 읍내에서 폭행사건에 휘말린 채 이번에는 도청소재지가 있는 도시로 떠나 전북도청 상공과의 '자료연구반' 주임이 된다. 그런데 그는 미군정 사령부에서 요청한 전라북도 미곡수확 및 공출가능량 통계표를 결과적으로 미군정의 의도에 반하여 제시했다는 이유로 첩보기관의 감시대상이 된다. 그는 경찰대의 훈련장에 잠입하여 강제공출의 부당성을 폭로하는 연설을 했다는 이유로 미군 헌병대에 체포되었다가, 전향 회유를 거절하고 검사국 미결구치소로 이감된다. 그러던 중 부산

---

21  朴正鎭, 『日朝冷戰構造の誕生 1945~1965 −封印された外交史』, 平凡社, 2012, 495~497면.

장기 출장을 조건으로 석방되는데, 여기에서 그의 체포와 전향 회유, 그리고 석방까지의 모든 과정이 일찍이 "서로 가까운 친구가" 되자며 접근한 뒤 그 동향을 미군정에 보고해온 미국인 선교사 및 미군 장교를 통해 조작되었다는 사실이 드러난다.[22] 미군정의 폭압성은 이후 제3부에서 부산의 귀환자 부락 전체를 소각하고 부락민을 강제로 이주시키는 지점에서 가장 극적으로 묘사된다.

그런데 이와 같이 『탁류』에서 보여주는 미국에 대한 태도는, 이은직이 동시대에 보여준 또 다른 글쓰기의 경향을 고려한다면, '포스트 / 점령'이라는 미일관계의 맥락뿐만 아니라 '남북일 냉전 구조'의 맥락에서도 분석될 필요가 있다. 여기에서의 '남북일 냉전 구조'란 '포스트 / 점령'이나 '스캐파니즈 모델'이 상정하는 미일관계, 그리고 남북한 분단 구조를 경유하여 상대방의 '비정상화'를 수반할 경우에만 '정상화'될 수 있었던 한일 / 북일 관계를 포괄하는 담론적 관계질서라고 할 수 있다. 이러한 관계질서는 같은 시기 이은직이 언어적 경계와 양식적 경계를 적극적으로 넘나들며 보여준 집필활동의 형태를 볼 때 더욱 중요해진다. 그는 이 시기 일본어 장편소설『탁류』외에 여러 편의 조선어 중·단편소설을 총련 산하 문예지와 신문에 발표했으며, 한편으로는 조선의 옛 명장들에 관한 전기 시리즈인 『명장 이야기名將物語』를 재일조선인 발행의 일본어 잡지 『통일평론統一評論』에 2년 넘게 연재하기도 했다.[23]

---

22 이은직, 김명인 역, 『탁류』中, 풀빛, 1988, 231면.
23 이은직의 『명장 이야기』는 을지문덕 편(1965.1)을 시작으로 서산대사와 사명당 (1965.3), 정문부(1965.7), 김웅서(1965.10·12), 강감찬(1966.3), 김유신(1966.6·8), 장보고(1966.10), 윤관(1967.2), 망이(1967.5) 순으로 『통일평론』에 연재되었다. 1967년 4월에는 연재분의 일부에 연개소문과 이순신을 추가하여 『조선명장전(朝鮮名將伝)』이 신코쇼보에서 출간되었다.

조금 더 앞선 시기까지 살펴보면, 1965년에는 그의 작품 2편이 포함된 재일조선인 작가들의 조선어 소설 앤솔로지가 처음으로 북한의 출판·인쇄시스템을 통해 북한 독자들에게 소개되었다. 같은 해 그는 『탁류』의 출판사이기도 한 신코쇼보를 통해, 한국의 4·19 관련 수기를 일본어로 번역하고 해설을 첨부한 『서울 4월봉기ソウル 四月蜂起』를 펴내기도 했다.[24] 이와 더불어 1955년에는 한설야의 『대동강』을, 1960년에는 한설야의 『황혼』과 이기영의 『고향』을, 1961년과 1962년에는 이기영의 『두만강』을 일본어로 번역한 것에서도 알 수 있듯이, 그는 조선문학의 전문 번역가이기도 했다.

이처럼 이은직은 언어적 경계와 글쓰기의 양식적 경계를 넘나들며 '조국'을 소재로 한 글쓰기를 시도해 왔다. 그중 『탁류』가 다루는 서사적 시공간으로서의 해방기 남조선과 비교되는 것은 1960년대 중반의 조선어 창작에서 공통적으로 다루고 있는 시기, 즉 4·19와 5·16, 그리고 한일회담을 배경으로 하는 1960년대 남한 사회의 모습이다. 이에 관해서는 여러 편의 조선어 텍스트가 있지만, 여기에서는 『탁류』 3부작이 간행된 1967년에서 1968년 사이에 문예동 중앙기관지 『문학예술』에 실린 「생활 속에서」라는 중편소설만을 검토하고자 한다. 이야기 속의 시간대는 정확히 언급되어 있지는 않지만, '4·19의 투사', '군사정권', '웰남 전쟁터' 등의 표현으로 보아 작품 발표 시점으로부터 멀리 떨어져 있지 않음

---

24 이은직이 집필활동을 통해 보여준 언어적·장르적 교차는 물론 이 시기에만 한정된 것은 아니다. 이은직은 작가인 동시에 재일조선인 교육 관련 운동에 평생을 몸담은 활동가이기도 했다. 해방 직후 결성된 조련 초기부터 문교부에서 재일조선인 교육 분야 업무를 담당했으며, 1951년 가나가와 조선중학교의 교장을 역임한 이래 평생을 재일조선인 교육관계에 종사했다. 그런 한편으로 창작 활동 또한 꾸준하게 이어가서 그는 말년까지 일본어 글쓰기와 조선어 글쓰기를 병행했다.

을 알 수 있다.[25] 이야기의 주요 공간은 서울의 한 국민학교와 그 주변의 주거지역이다. 「생활 속에서」는 한때 "4·19의 투사"[26]였으나 제대 후 한 사람의 생활인이 되어 사회에 정착한 윤기철이라는 국민학교 교사가, 장기결석 아동들의 가정 방문을 통해 시민들의 각종 비극들을 접하고 각성하며 권력계층과의 투쟁 의지를 재확인한다는 성장의 서사를 취한다. 가정방문 소재를 활용한 옴니버스식 구성 덕택에, 남한의 비극적인 사회상은 무허가촌 철거문제, 거리로 내몰린 아이들, 좌파 지식인에 대한 정보기관의 감시와 추적, 기지촌 성매매 등 비교적 짧은 분량임에도 불구하고 텍스트 상에서 다양한 방면으로 드러난다.

「생활 속에서」의 함의는 크게 두 가지 방향에서 생각해볼 수 있을 듯하다. 첫째는 픽션과 논픽션, 창작과 보고서 사이를 교묘하게 넘나드는 이은직의 글쓰기 방식이 「생활 속에서」에도 여지없이 작용하고 있다는 점이다. 사실 그가 인생의 많은 부분을 재일조선인 민족교육운동에 할애해온 활동가였다는 점을 생각하면, 남한의 교육 문제가 1960년대 그의 조선어 창작에서 다루어진 점은 이해하기 어렵지 않다. 그리고 이미 1965년 2월에 『문학예술』에 발표한 한 교육시평에서 그가 언급한 "남

---

25 텍스트상에서 구체적인 연도가 언급되어 있지는 않지만, 이은직의 또 다른 텍스트와 남한의 담론 공간이라는 컨텍스트를 경유하여 보면 「생활 속에서」가 어느 시점을 염두에 두고 쓰였는지는 추정이 가능하다. 「생활 속에서」에는 남한의 열악한 초등교육 실태를 보여주기 위한 통계적 수치 자료가 제시되는데, 그것은 이은직이 『문학예술』에 발표한 남한 교육에 관한 시평(時評), 「이래도 교육인가−파멸 상태인 남반부 초급 교육 실정에 대하여」(1965.2)에서 들고 있는 수치와 거의 일치하며, 이 통계 자료의 원 출처는 한국의 교육관련 월간지 『교육평론』(1964.12)에 발표된 1963년도 장학사의 학교평가 조사보고서(「서울시내 국민학교교육의 실태분석−63년도 장학사의 학교평가를 중심으로」)이기 때문이다. 이에 관한 구체적인 논의는 제5장 참조.

26 리은직, 「생활속에서」(하), 『문학예술』 24, 1968.2, 77면.

반부의 교육 실정", 이를테면 1963년도 통계를 활용하여 제시하고 있는 학령인구 대비 학급수의 절대부족 상황 등은, 2년 뒤에 발표된 이 중편소설의 문제의식으로 이어진다. 그는 1965년에 쓴 교육시평에서, 남한의 열악한 교육 문제는 "모든 것이 미제 강점 하의 식민지 노예 정책의 산물이며 국가 예산의 태반을 군사력 유지에 랑비하는 매판 정권의 그릇된 정치의 결과"라고 언급한다.[27] 그는 한국의 몇몇 "량심적인 교육자"들이 간혹 일본에 와서 재일조선인 민족교육 사업을 보고는 감탄하며 돌아간다는 점을 힘주어 말하는가 하면, "이와 대조해서 생각할 때 우리 공화국 북반부의 교육 실정은 얼마나 휘황찬란"한지 예찬하기도 한다.[28] 여기서 짐작할 수 있듯이, 「생활 속에서」의 두 번째 함의는 그것이 놓인 컨텍스트가 북한의 문예정책 및 재일조선인 정책으로부터 자유롭지 않다는 점이다. 물론 그것은 「생활 속에서」가 발표된 『문학예술』을 비롯하여 총련 산하의 매체 전반에 해당하는 문제이기도 하다.

1954년 북한의 남일 외상은 재일조선인들을 조선민주주의인민공화국의 공민으로 정식 선언하는 성명을 발표했다. 이후 재일조선인 문학을 '공민'의 문학으로, 즉 북한 문예정책에 충실한 자국문학 경계 내로 포섭하고자 하는 시도는 북한에서 재일조선인 문학의 출판과 비평을 활성화하고 그 역할과 가치를 평가하려는 작업으로 이어졌다. 제도적인 차원에서는 허남기, 남시우, 김민과 같이 총련 체제로의 개편 초기부터 문예동의 중심적 역할을 한 재일조선인 작가들을 1957년 북한의 조선

---

27  리은직, 「이래도 교육인가 – 파멸 상태인 남반부 초급 교육 실정에 대하여」, 『문학예술』 12, 1965.2, 88~89면.
28  위의 글, 90면.

작가동맹에 정식으로 등록시키는 절차가 진행되었다.[29] 재일조선인 '귀국' 사업 개시 이듬해인 1960년 1월, 문예동 중앙기관지로서 창간된 『문학예술』은 그 창간호 권두언에서 "귀국 실현과 더부러 더욱 앙양되는 재일동포들의 (…중략…) 창조 성과를 반영하며 천리마의 기세로 조국에서 개화되고 있는 사회주의 – 공산주의 문학예술 성과들을 계통적으로 이에 반영할 것"임을 표명하였다. 나아가 "미제와 리승만 도당들의 학정 하에 있는 남반부 동포들의 처참한 처지와 미국식 퇴페 문화가 범람하는 남조선의 문학예술 실정을 계통적으로 반영할 것"임을 강조했다.[30]

한편, 한일기본조약이 조인된 지 얼마 지나지 않은 1965년 8월 30일에는 문예동 중앙위원회 제3기 제3차 회의에서 "조국의 문예 정책을 받들고 그를 일본의 현실에 가장 알맞게 구현화한 총련의 문예 방침을 관철하기 위하여 사실주의 기치를 높이 들고 (…중략…) 매국적인 '한일 조약'을 반대 배격하며 민주주의적 민족 권리를 옹호하여 싸우는 재일동포들의 용감한 투쟁 모습을 더욱 많이, 더욱 격조 높이 형상화할 것"을 결의하는 결정서가 채택되었다.[31] 이때 『문학예술』에 실린 많은 조선어 창작들이 "남반부 동포들의 비참한 처지"를 "사실주의 기치"에 기반하여 그리고자 한 것은, 1960년대 중후반 '사회주의 리얼리즘의 조선화' 작업으로서 수령을 정점으로 한 공산주의자, 애국자, 그리고 '남조선' 혁명가라는 전형의 위계가 형성되던 맥락[32]과도 관련이 있음을

---

29  송혜원, 『재일조선인 문학사를 위하여 – 소리 없는 목소리의 폴리포니』, 소명출판, 2019, 230면.
30  「권두언」, 『문학예술』 1, 1960.1, 5면.
31  「문예동 중앙위원회(제3기 제3차) 회의 결정서」, 『문학예술』 15, 1965.9, 21~22면.

추정할 수 있다. 실제로 그러한 기준 위에서 이은직의 「생활 속에서」는 북한의 저명한 평론가인 엄호석에 의해, "기막힌 비극들에서 남조선의 사회상을 인식하며 (…중략…) 인민들의 투쟁에 합류하는 윤기철의 이 야기를 통하여 그가 혁명가로 장성하는 과정을 그리는" 작품으로서 성과가 있다고 인정되었다.[33]

그에 비하면, 「후기」를 통해서도 확인했듯이 '일본인 독자'를 내포독자로 설정해 둔 일본어 텍스트 『탁류』는, 엄밀히 말해 북한의 문예 정책이 일방적으로 적용되기 어려운 일본(어) 출판 시스템의 산물이었다. 총련에 직접 관계된 조선어 기관지보다는 북한의 문예 정책으로부터 비교적 자유로운 위치에 있었던 것이다. 그러나 한편으로 『탁류』는 그 특정한 국가적 출판 시스템의 경계 바깥으로 그의 다른 텍스트들이 가장 활발히 넘나들거나, 시스템의 예외적 경계 위에서 외줄타기를 하던 시기의 산물이기도 하다. 따라서 1988년 한국어 번역판에서는 삭제될 수밖에 없었던 일본어 원작의 한 대목은 예사롭지 않다. 제1부에서 아직 고향을 떠나기 전 이상근은 마을 사람들을 모아놓고 농민조합의 필요성을 역설하던 중, 조선의 해방은 일본제국주의의 탄압에 저항한 민족지도자들의 투쟁의 결과임을 강조하며 여운형의 이름과 함께 또 한 명의 이름을 거론한다. "김일성 장군은 아직 젊었던 소년시절부터 항일 빨치산 부대를 조직하여 일본군과 싸웠습니다. 무기를 들고 일본군과 오늘날까지 싸워온 사람들 중에서는 가장 용기 있고 애국심이 강한 사람입니다. 지

---

32  김태경, 「북한 '사회주의 리얼리즘의 조선화(Koreanization)' – 문학에서의 당의 유일 사상체계의 역사적 형성」, 서울대 박사논문, 2018, 237면.

33  엄호석, 「재일조선작가예술인들의 성과」, 『조선문학』 8・9, 1969.9, 98면.

금부터 10여 년 전, 함경남도로 진격하여 경찰들을 물리치고, 그 주변 일대에 해방지구를 만든 일은 여러분도 알고 있겠지요."[34]


## 2. 귀환자의 시선

### 1) 귀환／잔류의 분신술

지금까지 이은직의 글쓰기가 언어적 경계와 시간적 경계를 넘나들었던 점에 주목했다면, 이제 보다 근본적인 질문, 왜『탁류』는 가상의 인물을 '해방 조선'으로 돌려보내는 것으로부터 시작해야 했는가에 대해서 답해보고자 한다. 이를 위해 물리적 월경과 대비되는 정신적 월경, 또는 현실적 월경과 대비되는 상상적 월경이라는 차원에서 텍스트를 검토하고자 한다. 이은직이 여러 저술들에 수록한 자필 연보나 실제 자신의 경험을 반영한 자기 서사들을 통해 밝힌 바 있듯이, 해방 직후 귀환의 문턱까지 갔으나 여러 제반 조건들로 인해 귀환을 포기해야 했던 사실은, 그 불가능한 귀환을 대리실현하는 상상적 보충물로서의 귀환 가능성을 시사한다.

앞에서도 살펴봤듯이『탁류』는 1945년 가을, 이상근이 해방된 조선의 고향 마을로 12년 만에 돌아오는 장면으로부터 시작한다. 그의 고향은 신태인역에서 10리 정도 떨어진 팔선리로 "팔부동八富洞, 용전龍田,

---

**34** 李殷直, 앞의 책(『濁流 その序章』), 64면. 이 문장들은 한국어판에서는 삭제된 부분인데, 이 부분이 한국어판에서는 여운형에 대한 언급 뒤에 "이런 분이 한두 사람이 아닙니다"라는 문구를 삽입하는 것으로 대체되었다. 이은직, 『탁류』上, 53면.

석정리石亭里, 외동外洞의 네 부락으로 이루어져 있고, 200여 가구, 약 1,300명의 사람이 살고 있"는 지역이며, 그중에서도 이상근의 고향집이 있는 마을은 용전이다.[35] 이후 그는 이용섭의 추격을 피해 일본으로 도항하기 전 고용살이를 하던 이웃 군으로 옮겨가며, 그곳에서 사건에 휘말려 다시 도청소재지가 있는 곳으로 가게 된다. 텍스트상에는 서울과 부산 외에는 그 지명이 구체적으로 나와 있지 않지만, 여러 지리적 정보들을 제공하고 있어 그것들을 조합해 보면 이상근의 고향은 정읍, 고용살이를 하던 곳은 김제, 도청소재지는 전주임을 알 수 있다.

한편, 작가 이은직은 말년에 자신을 모델로 한 송영철이라는 인물의 민족교육 투쟁기를 두 권의『이야기 '재일' 민족교육物語「在日」民族教育』 시리즈로 써낸 바 있다.[36] 이 자기 서사는 해방 직후인 1945년 10월부터 1954년 4월까지 일본을 배경으로, 송영철이 주로 조련 문교부와 조선학교에 관여하며 펼쳐온 민족교육 운동을 시간의 흐름에 따라 상세히 보여준다. 작가로서의 활동이 전혀 노출되지 않는 것은 아니나, 대부분 교육운동가로서의 업무에 보다 충실한 모습으로 그려진다. 가령 1949년에 과로로 휴양하던 당시에 대한 서술도 있는데, 앞서 본『탁류』의 「후기」에서처럼 장편 분량의 창작 원고를 단숨에 써내려갔다거나 하는 기록은 없고, 다만 온천에서 요양 중『신일본문학』에 실린 자기 평론을 우연히 서점에서 발견하고는 더 이상 쉴 수가 없어 곧바로 업무로 복귀했다는 내용으로 기술되어 있다. 이 자기 서사 제1부의 서문에서 이은

---

35  이은직, 앞의 책, 14면.
36  李殷直, 앞의 책;『物語 「在日」民族教育・苦難の道－1948年10月～54年4月』, 高文研, 2003.

직은 작중의 송영철이라는 인물이 바로 자신의 '분신'이라고 언급하는
가운데, 또 한 명의 분신의 이름을 덧붙인다.

> 이것은 필자의 자전적인 소설의 일부이며, 5부작『조선의 여명을 찾아서
> (朝鮮の夜明けを求めて)』의 후속이 되는 이야기이다.
> 필자는 30년 전에 발표한 3부작 장편『탁류』에서 주인공 상근이가 해방
> 직후의 남조선에서 활동하는 모습을 그렸으므로, 본편에서는 필자의 분신
> 을 송영철이라고 이름지었다.[37]

『이야기 '재일' 민족교육』시리즈는 후생성 중앙흥생회 신문국에서
기자로 일하던 송영철이 일본 패전 직후 신문이 휴간되면서 조련 중앙
문화부(문교부)에 자리를 얻어 일하기 시작한 시점부터 서술된다. 그런
데 위의 서문에서 이은직은 송영철이 자신의 '분신'이며 이 자기 서사는
또 다른 자기 서사『조선의 여명을 찾아서』의 후속이라는 점, 나아가 30
년 전에 발표한 장편『탁류』에서 해방 직후 남조선에서 활동한 인물을
이상근이라는 이름으로 그렸기 때문에, 이번에는 패전 직후 일본에서
활동한 자기 분신의 이름을 송영철로 했다는 점을 밝힌다. 서문에는 나
와 있지 않지만, 1997년 총5부작(5권)으로 간행된 그의 자기 서사 텍스
트인『조선의 여명을 찾아서』에 등장하는 그의 또 다른 분신 이름이 바
로『탁류』의 주인공인 이상근이었던 것이다. 이처럼『탁류』와『조선의
여명을 찾아서』, 그리고『이야기 '재일' 민족교육』은 서로 연관된 인물

---

**37** 李殷直,「はじめに」, 앞의 책, 1면.

과 시공간적 연속성으로 인해 상호텍스트적 독해를 요청한다. 각 텍스트의 출판 시기와 이야기의 주요 시공간 및 중심인물을 한눈에 파악할 수 있도록 정리하면 다음과 같다.

표 2 이은직의 『탁류』 및 자기 서사 텍스트의 주요 사항 비교

| | 『탁류』 | 『조선의 여명을 찾아서』 | 『이야기 '재일' 민족교육』 |
|---|---|---|---|
| 출판시기 | 1967~1968년 | 1997년 | 2002~2003년 |
| 서사의 시간 | 1945년 10월~ 1946년 10월 | 1917년~ 1945년 11월 | 1945년 10월~ 1954년 4월 |
| 서사의 공간 | 남조선 | 조선→일본 | 일본 |
| 중심인물 | 이상근 | 이상근 | 송영철 |

자전적 경험을 반영한 위의 세 가지 텍스트들을 픽션 / 논픽션이라는 기준으로 명확히 분류하기는 어렵다. 물론 『탁류』는 장편소설이라는 허구적 장르로 규정할 수 있지만 뒤의 두 텍스트에 제시된 자전적 요소들이 이미 상당수 포함되어 있기도 하다. 뒤의 두 방대한 서사물 또한 명백히 자서전으로 분류하기는 어렵다. 하지만 이 세 가지 자전적 텍스트들을 서로 교차시켜 읽을 경우, 출판시기로 봤을 때 중간에 놓인 5부작 『조선의 여명을 찾아서』는 각각 남조선과 일본을 중심무대로 삼은 『탁류』와 『이야기 '재일' 민족교육』 양쪽 모두의 전사前史로 해석될 수 있기에 흥미롭다. 『조선의 여명을 찾아서』의 주인공을 30년 전 출판된 『탁류』의 주인공과 동명의 인물로 설정하고, 가장 마지막에 출간된 『이야기 '재일' 민족교육』의 서문에서 그것이 『조선의 여명을 찾아서』의 후속작이라고 언급하는 등, 양쪽 모두의 '전사'로 읽히도록 요구하는 장치들이 곳곳에 심어져 있기도 하다.

『조선의 여명을 찾아서』에는 1917년 정읍군에서 태어난 이상근이

동학당이었던 부친의 영향으로 어릴 적부터 민족의식을 키워나가고, 보통학교 졸업 후 고향마을을 떠나 이웃 군인 임실과 김제의 일본인 경영 약국에서 고용살이를 하다가 학문의 뜻을 포기하지 못해 일본으로 유학하기까지의 일화가 상세히 기술되어 있는데, 이는 『탁류』의 과거 회상 부분을 구체적인 지명 및 인명으로써 보충하는 것이기도 하다. 또 『조선의 여명을 찾아서』에 서술되는 이상근의 행보는 많은 부분에서 작가 이은직의 실제 이력과 겹친다. 이은직이 다닌 니혼대학 예술학부와 『예술과藝術科』라는 학내 잡지, 그리고 여기에 게재되어 아쿠타가와상 후보에 오르기도 한 소설 「흐름ながれ」을 둘러싼 사건들, 『춘향전』을 주제로 한 학부 졸업논문, 끝으로 후생성 중앙흥생회 신문국 기자라는 신분과 조련에서의 활동까지. 따라서 『조선의 여명을 찾아서』는 『탁류』라는 허구적 장르의 스핀오프spin-off이자, 이은직이라는 실존 작가의 자서 전이라는 모순된 효과를 발생시킨다.

　그것이 서로 모순된 가장 큰 이유는 조선의 해방과 일본의 패전을 동시에 함의하는 '8·15' 이후의 선택, 즉 '귀환'과 '미귀환'이라는 선택에 있어서 『탁류』의 이상근과 작가 이은직의 선택이 명백히 나뉘기 때문이다. 그것은 단지 '귀환'과 '미귀환'의 차이를 넘어, '재일'이라는 법적 지위, 혹은 존재적 지위를 결정짓는 가장 결정적인 순간의 차이로 의미화된다. 따라서 『조선의 여명을 찾아서』에서 해방 직후 이상근의 '귀환 충동'을 반복적으로 강조하는 것은 중요한 의미를 지닌다. 후생성 중앙흥생회 신문국 기자로 재직하던 이상근은 해방 직후 조선으로 귀환하고자 몰려드는 '동포'들을 취재하기 위해 시모노세키下關와 하카타博多로 출장을 떠난다. 그러다 그가 최초로 귀국에 대한 강렬한 충동을 느끼는 순간

이 찾아오는데, 그것은 그가 "유일한 마음의 스승으로서 존경해온" 조선 문학자 김태준의 소식과 관련이 있다.[38] 이상근은 1939년, 졸업논문 주 제를 『춘향전』 및 조선의 고전문학으로 정하고 자료조사를 위해 경성제 대(텍스트 상에서는 '서울대ソウル大学')로 견학을 떠난다. 그곳에서 이상근은 문학부 강사인 김태준을 만나보라는 권유를 받고 그의 자택으로 향한다. 김태준의 서재에서 낡은 한문 서적들을 보며 압도당한 이상근은, "소설 을 쓰기 위한 공부를 하면서 졸업논문에서는 조선의 민족문학의 전통을 거론하고 싶다니 (…중략…) 자네와 같은 학생을 상대로 하면 가르치는 보람이 있을 것이네"라는 김태준의 칭찬을 듣고 경성제대로의 전학을 권 유받기까지 한다.[39] 사립대학에서 제국대학으로의 전학이 어렵다는 말 을 하자, 김태준은 "앞으로 3일 간 자네를 위해 조선문학의 개략만이라 도 이야기해주겠"다고 제안하며 자필서명한 초판본 『조선소설사』를 선 물한다.[40] 그렇게 '유일한 마음의 스승'이 된 자의 이름을, 해방 직후 조 선인민공화국 수립 발표에 관한 신문기사 속의 인민위원회 임원 명단에 서 발견한 그는 "즉각 서울로 달려가고 싶은 충동을" 느낀 것이다.[41] 서 사는 이상근이 "그리운 고향의 산하를 뇌리에 떠올려보며 (…중략…) 하

---

38  李殷直, 『朝鮮の夜明けを求めて』 5, 明石書店, 1997, 300면.
39  李殷直, 『朝鮮の夜明けを求めて』 3, 明石書店, 1997, 299면.
40  위의 책, 300면. 소설 『탁류』에서는 김태준이라는 실명은 언급되지 않은 채, 이 3일 간 의 기억이 짧막하지만 강렬한 영향을 준 사건으로 회고된다. 실제로 이은직은 해방 전에 일본에서 『조선소설사』를 일본어로 번역하여 두었고, 그 원고는 김달수가 가지고 있었 던 듯하다. 김달수의 회고에 따르면 해방 후 일본어로 된 잡지인 『민주조선』을 창간할 무렵 이은직과 연락이 닿지 않아, 수중에 있던 『조선소설사』 일본어 번역을 이은직의 양해 없이 창간호에 연재하기 시작했다고 한다. 金達寿, 『わが文学と生活』, 靑丘文化社, 1998, 145면. 이는 김태준의 『조선소설사』 번역 및 연재가 『민주조선』의 문화주의적 방 향을 설정하는 데 매우 중요한 작업이었음을 시사한다.
41  李殷直, 앞의 책, 300면.

루라도 빨리 돌아가야만 한다"고 외치는 데서 종결된다.[42]

『조선의 여명을 찾아서』의 이와 같은 결말, 즉 귀환을 결심하지만 실제로 현해탄을 건너지는 않도록 하는 설정은, 한편으로는 『탁류』의 이상근이 시모노세키에서 귀환선을 타고 부산항에 도착하여 '해방' 조선에서의 투쟁을 시작하는 장면과도, 또 한편으로는 『이야기 '재일' 민족교육』의 송영철이 '전후' 재일조선인 사회의 출발선에 합류하여 민족교육운동을 시작하는 장면과도 접속이 가능하도록 한다. 그 중 전자인 『탁류』의 이동 방향을 생각해 보면, 해방 후 귀환한 이상근은 다시 고향을 떠나 식민지 시기 밟았던 이향離鄕의 경로를 마치 반복하듯이 인근의 김제군으로 향하고, 일본인 상점 거리에서 일본인에 둘러싸여 고용살이 하던 시절의 자신을 마주하게 된다. 이로써 『탁류』는 일본에서 '8·15'를 맞이한 자의 '귀환'을 향한 서사적 충동을 통해, 조선에서 일본으로 건너갔던 과거의 루트를 역으로 되밟게끔 하는 '역류'의 서사로 독해할 수 있게 된다.

이때 『조선의 여명을 찾아서』의 결말부에 드러나는 이와 같은 서술적 자아의 귀환 충동은 회귀 본능이나 향수와는 다른 방식으로 서사 내에서 '구축'된 것이다. 텍스트 안에서는 그러한 귀환 충동의 '구축'의 계기들이 발견된다. 첫째는 '해방' 전 경성에서 이루어진 김태준과의 만남과 짧은 문학수업, 그리고 '해방' 직후 조선인민공화국 수립과 재건 조선공산당 활동에서 핵심적인 역할을 맡은 김태준에 대한 소식 등, 김태준이라는 지식인-활동가를 경유하여 조선의 문화운동에 개입하고자

---

42  위의 책, 329면.

하는 욕망이다. 둘째는 이상근이 흥생국 신문사 소속으로 취재차 체류한 시모노세키에서 조선으로 귀환하기 위해 몰려든 조선인들을 만나는 과정에서, 자신 또한 그들과 같은 귀환 대열에 동참하고자 하는 충동으로 나타난다. 이처럼 서사적으로 '구축'된 그의 귀환 충동은, 향후 이은직의 활동의 반영이기도 한 『이야기 '재일' 민족교육』에 이르러, 귀환이 불가능해진 후 일본에서의 문화운동을 통한 재일조선인 공동체의 실현이라는 서사로 승화되었다고 할 수 있다.

## 2) 경계로서의 귀환자 부락

소설 『탁류』에서 고향에 돌아온 지 얼마 안 되어 다시 길을 떠난 이상근의 모험은 정읍의 작은 마을에서 시작해 과거 일본인 거리가 있던 김제의 군청소재지로, 이어서 도청소재지인 전주부府로, 그리고 몇 달간의 부산 생활을 거쳐 서울로 이동하는 루트를 밟는다. 그 중 부산을 주요 공간으로 하여 펼쳐지는 제3부의 줄거리는 다음과 같다. 부산 장기 출장을 조건으로 석방된 이상근은 경남도청 귀환원호계에서 전라북도 출신 귀환자들의 방문 용건을 처리하는 '잡무'를 맡는다. 하지만 귀환자 부락에서 '송장데모' 사건이 발생하자 귀환자들의 처우 개선을 위해 부산부청 및 미군정 부산사령부와의 교섭을 주도한다. 이후 그는 지하조직의 지시를 받아, 미소공위 정보 수집차 서울에 다녀온다. 한편 부산에서는 미군정 사령부가 귀환자 부락을 소각하고 부락민을 강제로 이주시킨 사건을 도화선으로 각 공장들이 일제히 동맹파업에 돌입한다. 이상근은 동맹파업이 결정되자, 방적공장에 잠입하여 파업 동참 호소 연설을 한다. 미소공위 결렬과 조선정판사 위조지폐사건이 보도된 직후 그는 서울로 활동지를 옮기기 위해 일단 전북도청으로 복귀한다. 정읍군수 이용섭이 제안한 옥련과의 의형제 결의 기념을 겸한 군민대회 참석 도중, 그는 순희가 이웃마을에서 보리공출 반대집회 선두에 섰다가 사망했다는 소식을 듣고는 자신이 그녀의 '약혼자'임을 내세우고 상주를 자청하여 항의 장례를 주도한다. 이후 그는 서울에서 민전 지도부에 있는 경제학자 조(趙) 교수의 비서가 되어 1946년 10월 항쟁 전야의 가두연설장에 나타난다.[43]

『탁류』에서 다루고 있는 시기는 일본에 재주하던 조선인들의 귀환이 가장 대규모로 이루어진 때로, 실제 1945년 8월에서 1946년 12월 사이 귀환한 조선인의 숫자는 약 140만 명 정도라고 알려져 있다. 부산항을 통해 귀환한 조선인들은 대다수가 부산에 체류하거나 정착했기 때문에 해방 직후 부산의 인구는 단기간에 급증했고, 이로 인한 주택난, 실업난, 식량난 등 많은 사회문제를 겪게 되었다. 그뿐 아니라 이때는 한반도에 거주하던 일본인들이 부산항을 통하여 본국으로 대거 귀환한 시기이기도 했다. 해방 직후 부산 지역의 귀환자 원호체계에 대한 선행연구에 따르면, 일본에서 부산항으로 들어오는 귀환선은 모두 제1부두에 정박했으며 여기에 상륙한 귀환자들은 소독 절차를 밟고 부두에 마련된 환전소에서 일본은행권을 조선은행권으로 교환했다. 그런데 당시 남조

---

**43** 경제학을 전공하는 '서울대학의 조(趙) 교수'는 이상근이 석방되어 부산으로 향하던 기차에서 만난 인물인데, 이후 이상근이 미소공위의 정보 수집차 서울에 잠시 다녀올 때 다시 한번 만나 서로 뜻을 나누게 된다. 텍스트상에서 북한의 사회개혁 내용을 일목요연하게 전달해주는 역할을 맡고 있기도 한 조 교수는 경제학을 전공하는 '서울대학'(경성대학) 교수라는 점부터 시작해서 해방 전 사회주의 사상으로 옥고를 치르고 해방 후에는 민전 지도간부의 한 사람으로 참여하고 있다는 점 등으로 미루어 백남운을 모델로 한 것으로 추정된다.

선의 무질서와 빈곤이 일본에 전해지면서 일본에서 등록을 실시하고 있던 귀환희망자가 귀환을 포기하거나, 일단 귀환한 사람들의 재밀항이 증가하는 상황이 발생하였다. 『탁류』에서도 그러한 상황을 반영하듯, 귀환 후 적응하지 못하고 일본인들의 인양을 담당한 부산일본인세화회에 자신이 일본인이라고 속여 재도항한 귀환자의 일화가 등장한다. 1946년 여름에 전국적으로 발생한 콜레라와 홍수재해, 철도 파업 등으로 귀환계획에는 점차 차질이 생겨, 일본 점령당국 및 일본 정부는 몇 차례의 계획변경 끝에 한국인에 대한 집단 귀환계획을 1946년 12월 28일로 종결한다.[44]

1946년 5월 부산에서 처음 발견된 콜레라 환자는 한 달 사이 92명으로 늘어났으며, 그 중 사망자가 25명으로, 다른 지역들에 비해 그 수가 월등히 높았다.[45] 『탁류』에서는 부산의 귀환자 부락에서 발생한 시신 처리를 당국에서 거부하자 부락민들이 시신을 들고 부산부청으로 진입하는 이른바 '송장데모' 사건이 발생한다. 그런데 이때 부윤府尹이 보여준 노골적인 혐오와 공포에서도 드러나듯이, 귀환자들은 주거, 보건, 교육과 같은 기본적인 삶의 여건을 보장받지 못함은 물론이고, 타지, 특히 얼마 전까지 식민 본국이었던 일본에서 돌아왔다는 이유로 언제든 차별과 멸시의 대상이 되기 쉬웠다. 예를 들어 1947년 벽두에 부산의 거리를 취재한 기사에서는, 부산지방 범죄통계의 60퍼센트가 전재민의 식죄竊食罪라고 하며 '기아동포', '절도범', '정신이상자' 등의 차별적인

44 최영호, 「해방직후 부산경남지역의 귀환자 원호체계와 원호활동」, 『한국민족운동사연구』 36, 한국민족운동사학회, 2003.
45 「[社說] 防疫에 協力하자」, 『동아일보』, 1946.5.25, 1면; 「虎疫各地에 漸次로 蔓延」, 『동아일보』, 1946.5.30, 2면.

휘를 사용하여 귀환자들이 범람하는 부산의 거리를 묘사했다.[46] 『탁류』가 다루는 시기에서 몇 개월 뒤에 쓰인 한 르포 기사에서는 "제국주의 침략정책 병참기지"에서 "새조선의 해외발전기지로" 변모 중인 부산의 "씩씩한 약동"을 방해하는 "우울과 부정의 온상"으로서 왜색 잔재, 부랑아와 고아의 범람, 전재민의 범람, 모리배의 암약을 거론하며 그중에서도 특히 "일본말하는 전재아동"의 부랑생활을 비판했다. 기사에서는 다음과 같이 말한다. "이곳같이 전재민이 많이 모인 곳도 없을 것이다. 해외에서 기쁨과 희망을 품고 돌아온 이들을 부산서는 어떻게 맞아주었는가? 들으니 대부분이 일본서 온 동포들인데 악질화하는 경향이 있다 한다. 책임을 전재민에게만 돌릴 것인가? 거리에 거지꼴로 흩어져 있는 그들의 모습은 처량할 뿐이다."[47]

『탁류』에서 이상근의 눈에 비친 귀환자의 실상도 크게 다르지 않았다. 사실 부산의 귀환원호계에서 본격적으로 귀환자들의 민원과 고충처리를 담당하기 전부터, 이상근이 목격한 남조선의 현실 중 가장 비참한 것으로 포착된 것은 거의 불가능해 보이는 귀환자의 재정착 문제였다. 일례로 이상근이 한창 고향의 농민조합을 조직하느라 여념이 없던 시기에 같은 마을에 귀환한 일가족이 집단자살하는 사건이 발생한다. 연못에서 건져 올려진 다섯 구의 시체를 바라보던 상근은 처음으로 "갑자기 눈앞이 캄캄해"지는 것을 느끼며 "저 일가의 집단자살이 마치 자신의 책임인 것 같은 생각에 오열한다.[48] 그는 이 사건을 계기로 마을 내 귀환

---

46  「慘憺한 戰災民의 實情」, 『동아일보』, 1947.1.11, 2면.
47  「새 朝鮮의 基地·釜山港의 最近片貌」, 『경향신문』, 1947.4.5, 2면.
48  이은직, 앞의 책(『탁류』上), 185면.

자 원호기관 설립을 제창하고 모금운동을 벌이지만 실패한다. 플롯상으로 이상근의 부산행은 감옥에서 석방된 후 받은 근신처분에 해당하지만, 부산에 도착한 그가 처음에는 귀환자들의 민원 처리로 시작하여 결국 부락의 대리자 역할까지 자처하면서 점령당국 및 지방행정당국과 싸우게 되는 것은 이러한 귀환자 문제에 대한 관심의 연장이라 할 수 있는 것이다. 『탁류』보다 30년 뒤에 쓰인 『조선의 여명을 찾아서』의 이상근이 시모노세키에서의 현장 취재를 통해 해방 직후 조선인들의 귀환 (전) 문제를 다루었다면, 『탁류』는 같은 시기 부산을 비롯한 남조선 지역을 대상으로 귀환 (후) 문제에 상상적으로 개입한 것이었다.

『탁류』의 이상근이 출장지 부산에서 소속되어 있던 기관의 실제 모델은 경남도청에 근무하던 조선인 관리들이 중심이 되어 1945년 8월 30일 조직된 '귀환조선인원호본부'로 추정된다.[49] 이상근은 미처리 상태로 쌓인 귀환자 관련 민원 보고서를 검토하기 시작한다. 민원자의 방문 일시와 가족사항 등이 일정한 양식으로 적힌 보고서들을 읽고 난 이상근은 "자신도 귀환자의 한 사람이었던 만큼" 착잡한 기분에 사로잡힌다.[50] 그것은 그만큼 귀환자 업무에 대한 이상근의 사명감을 자극하는 것이기도 했다. 하지만 이내 보고서에 일정한 양식으로 정리된 귀환자들의 사연을 읽는 데 그치지 않고, 실제 귀환자 부락을 방문해야만 하는 상황이 발생한다. 부락 내에서 발생한 시신 처리를 요구하는 귀환자들

---

[49] '귀환조선인원호본부'와 같은 날 조직된 민간 원호단체 '조선귀환동포구호회'는 이후 건준위가 흡수하여, '조선건국준비위원회 원호회 경남지부'가 되었다. 부산광역시 서구 홈페이지, https://www.bsseogu.go.kr/tour/index.bsseogu?menuCd=DOM_000000 301003004010.

[50] 이은직, 앞의 책, 114면.

사이에서 그는 "납치범들에게 포위된 듯한 두려움을" 느끼며 부락으로 향한다.

> 어느 집이든 사람이 사는 곳이라고 말할 수 있는 집은 없었다. 폭풍이라도 불면 순식간에 날아갈 것 같은, 작은 상자 같은 움막집이 늘어서 있었다. 좁은 골목으로 들어서자마자 무어라고 표현할 수도 없는 냄새가 코를 찔렀다.
> 아직 맨발로는 추울텐데도 모래땅인 골목길을 뛰어다니는 아이들은 거의가 맨발이었다. 입고 있는 옷도 너덜너덜한 데다가 잔뜩 더럽혀져 있었다. (…중략…) 창문이 없어서 속이 컴컴했지만 잠시 들여다보고 있자니, 판자 위에 멍석을 깔아놓았을 뿐인 방 한가운데에 얼굴에 하얀 수건을 덮어쓴 사람이 누워 있었고, 머리를 풀어헤친 여자가 그 곁에 웅크리고 있었다. (…중략…) 상근은 그곳으로부터 한시라도 빨리 도망쳐나오고 싶은 충동에 사로잡혔지만, 주위에 둘러서서 매섭게 노려보고 있는 사람들의 시선을 의식하고서 애써 마음을 고쳐먹고, 죽은 사람에 대한 예를 다하기 위해 신발을 벗고 방으로 들어갔다.[51]

위에 인용된 장면은 귀환자 문제를 시종일관 '자신도 귀환자의 한 사람이었던' 입장에서 바라보던 그의 의식에 균열이 발생하는 순간을 보여준다. 이 더럽고 음침한 부락은 '귀환자-분신'과 '귀환자-타자' 간의 경계로서, 또한 이상근이 "조국의 해방을 위해, 민중의 행복을 위해"

---

51 위의 책, 128면.

라는 스스로의 혁명적 각오를 시험하는 무대로서 그의 앞에 나타난 것이다. 나아가 그것은 이 서사의 가장 처음, "두번 다시 이 바다를 건너지 않을 것"이라는 각오로 "부산에 상륙했던" 순간 그의 눈앞에 펼쳐진 다음과 같은 부산역의 활기가 신기루에 불과했음을 의미한다.

> 과연 역 앞은 활기에 차 있었다. 전국 각도의 인민위원회 깃발이 세워져 있었고, 굶주려 고국에 돌아온 동포들에게 훈훈한 마음을 갖게 하려는지 헤아릴 수 없을 정도로 많은 구원단체의 완장이 군중 속을 바쁘게 누비고 다녔다. 우리의 우두머리로 제멋대로 설쳐대던 일본놈의 모습은 어디에도 없었고 그들의 다다미방을 화려하게 꾸몄던 가구들이랑 비싼 여자옷, 그리고 방에 쓰는 도구들까지 길거리에 산더미같이 쌓여 싸구려로 팔리고 있었다.
> 그는 현기증을 느꼈다. 감격이 한계를 넘어서 그 무엇을 보아도 그것은 현실이 아닌 것 같다는 생각이 들었다.[52]

이상근이 처음 부산에 상륙한 순간의 광경과 귀환자 부락에 들어섰을 때의 광경이 보여주는 간극은, 애초에 그가 '귀환자'라는 동일성으로 묶일 수 없는 존재였음을 시사한다. 그렇다면 이상근의 '귀환'과 '재이향再離鄕'의 여정의 끝은 어디일까.

### 3) 상상의 루트, '월북'과 '귀국'의 연속과 단절

이상근이 석방 직후 부산 출장 지시를 받고 올라탄 기차 안에서 이루

---

52 이은직, 앞의 책, 37면.

어진 조 교수와의 만남은, 부산 출장이 끝나더라도 전북도청으로 돌아가지 않을 것임을 예비하는 복선이기도 하다. 물론 조 교수에 대한 이상근의 개인적인 존경심과 민전 중앙 차원에서 이상근을 활용하려는 의도가 서로 맞아떨어졌다는 조건에서이긴 하지만, 그는 결국 서울대학(경성대학)에서 해임되고 병색이 완연해진 조 교수 옆에서 비서이자 연설가로 서울 중심가에 나타난다. 1946년 9월 30일, 무장경관과 우익폭력단이 용산 철도기관고에서 파업 농성중인 노동자들을 습격하여 수십 명의 사상자가 발생한 날 밤의 일이었다.

　미군정청을 규탄하는 연설가들 속에서 이상근이 모습을 드러냈다는 간략한 진술만으로 서사는 끝나지만, 이날 이후의 시간이 덧붙여 쓰인다면 이상근은 어디에 있게 될까. 이 텍스트가 발표된 1967년에서 68년은 한일 국교정상화의 타격으로 재일조선인들의 북한 '귀국' 사업이 중단된 시기로, 1966년 8월 북한측의 귀국협정 연장 요청을 일본 정부가 거절하고 이듬해 8월 12일부로 귀국신청의 접수를 마감하면서 일본과 북한 간의 귀국협정은 종료된 상태였다. 이에 총련계 재일조선인들은 '귀국' 재개 및 '조국자유왕래' 운동을 거세게 전개하고 있었다.[53] 따라서 이처럼 '귀국'의 컨텍스트와 '귀환'의 컨텍스트가 교차하는 곳에서 『탁류』를 독해하는 것이 가능하다면, 텍스트에는 괄호 쳐져 있지만 어쩌면 이상근의 여정의 끝에 닿아 있을지 모르는 38도선 이북으로의 루트를 그려볼 수도 있지 않을까. 이처럼 『탁류』에서는 '귀환'과 '귀국'의 목적지인 '조국'이 하나

---

53 1967년 귀국 협정의 종료 이후 1972년에 귀국선의 취항이 재개되었다. 이후 북한으로의 귀국자 수는 꾸준히 감소하다가 1984년에 출항한 귀국선이 마지막이 되었다. 高崎宗司, 「帰国運動の経過と背景」, 高崎宗司・朴正鎮 編, 『帰国運動とは何だったのか―封印された日朝関係史』, 平凡社, 2010, 49~50면.

로 고정되어 있지 않다는 점이 시사되며, '조국'으로의 서사적 월경의 불 / 가능성과 그것의 경계가 제시된다.

자기서사를 통해 '해방'을 끊임없이 돌아본 이은직은, '귀환'하지 못한 '해방' 직후의 자아를 다양하게 변주하며 '재일'의 현재적 위치를 묻고자 했다. 그 첫 작업인 대하 3부작 『탁류』(1967~68)는 1960년 신 미일안전보장조약을 계기로 재편된 '신식민지적 질서'와 한반도-일본 간에 형성된 '일한 / 한일 체제' 및 '65년 질서'라는 복합적

그림 4 재일조선인 '귀국' 재개운동을 기록한 영화 〈총련시보〉 광고(『문학예술』 22, 1967.8)

맥락 속에 조선의 '해방'을 재배치하는 시도였다. 저자 이은직은 『탁류』 제1부의 서술 시점(1949년)과 간행 시점 사이에 놓인 시간적 단절을 강조하였다. 그리고 이후에 쓰인 방대한 자기 서사들을 통해, '해방' 직후 조선으로 귀환한 『탁류』의 주인공이 과거 일본에서 밟아왔을 경로를 상기시키거나, 『탁류』의 주인공과는 반대로 '재일'의 길을 선택한 민족교육 운동가로서의 자아에 대해 기술하는 등 서사적 주체의 분신술을 시도했다. '귀환'과 '재일'이라는 선택지 사이에서 이은직이 시험한 또 하나의 선택지는 '월북' 루트의 가능성이었다. 이 가능성은 당시 일본 내에서 거세게 전개되고 있던 재일조선인 '귀국' 재개 운동과 이를 둘러싼 북일 관계라는 맥락을 염두에 둔 정치적 가능성이기도 했다. 이처럼 『탁류』에서는 해방 직후라는 맥락에서의 '귀환'과 1960년대적 맥락에서의 '귀

국'의 목적지가 더 이상 하나로 고정되어 있지 않다는 사실과 함께, 분단된 '조국'으로의 서사적 월경의 가능성이 시험되었다.

# 2부
# 남북일 냉전 구조와 '재일'의 접경들

# 들어가며

1부에서는 '전후 일본'의 담론 공간에서 재일조선인의 글쓰기에 대한 문답의 장치가 작동하는 방식을 이언어와 귀환 불가라는 조건과 관련 지어 살펴보았다면, 2부에서는 문답의 장치에 의한 통치성의 경계를 넘나들며 생산된 재일조선인의 글쓰기를 통해 '재일성'의 경계가 형성되고 재편되었던 장면들을 들여다보고자 한다. 그것은 일본의 국가적 경계 바깥에 놓인 '조국'의 두 정치 체제, 혹은 일본 내의 '외부'로서 단일민족 이데올로기에 균열을 내고 있던 디아스포라 영역들과의 관계를 적극적으로 사유할 때 드러날 수 있는 것들이다. 그 관계란 첫째, 민족 조직이 주도한 '귀국 이데올로기'와의 관계, 둘째, 남북한 각각이 재일조선인에 대해 구상했던 '문화통합 이데올로기'와의 관계, 셋째, 일본 시민 사회 및 해외 한민족 디아스포라 사회라는 복합적 '연대 세력'과의 관계를 말한다. 이들 관계는 모두 '전후 일본'의 내셔널한 경계를 넘어선다는 점에서, '월경 의식' 이상의 실천적인 월경을 통해 '관계로서의 재일 서사' 혹은 '재일성'이 구성되는 방식을 엿볼 수 있도록 한다.

2부의 각 장에서는 이러한 관계들에 주목하며, 첫째, 총련의 이데올로기로부터 견인된 '귀국' 지향이 강력한 문화적 동원의 원리로 부상하던 시기, 둘째, 분단된 '조국'의 양 체제에서 '민족'을 표나게 내세운 문화통합의 정치가 작동하던 시기, 셋째, 국제적인 데탕트 무드 속에서 '재일' 안팎에서도 분단 및 냉전 극복의 담론이 부상하던 시기의 글쓰기를 조명하고자 한다. 이 시기는 연대기적 순서에 따른 것이라기보다는,

남북일 냉전 구조 안에서 서로 겹쳐지거나 갈라지는 관계적 질서에 따라 배치된 것이다.

제4장에서는 1959년 시작된 재일조선인들의 북한 '귀국' 운동 속에서 '해방' 직후의 '불가능한 귀환'을 상징했던 '우키시마마루 사건'을 호출하는 방식을 검토한다. 총련 이데올로기의 주축을 이룬 '귀국' 지향 속에서, 우키시마마루 사건을 '불가능한 귀환'의 기억으로 재편하려 한 시도와 '공화국' 스타일을 참조한 생활 이야기 사이의 어긋남에 주목한다. 다음으로는 '귀국'의 출발지점에서 우키시마마루 사건을 겹쳐내는 김시종이 '귀국'의 장소를 '불길한 위도'로 파악함으로써 과거와 현재의 위치를 '핍색逼塞'이라는 시어로 알레고리화하는 방식을 분석한다.

제5장에서는 재일조선인 문학이 '분단 조국'에서 주목받으며 번역·출판되었던 맥락을 비교 검토한다. 양 체제의 '문화통합 이데올로기' 속에서 북한에서의 출판은 총련계 작가들의 조선어 텍스트가 기본을 이루었고, 반대로 남한에서의 출판은 일본어 텍스트의 번역만이 가능했다. 여기서는 우선 북한의 출판·인쇄 시스템으로 재일 문학이 통합되는 과정에 작용한 '공민'의 문법과 개작의 구조를 살펴본다. 다음으로는 남한의 월북 작가 해금 조치와 관련된 재일 문학 텍스트의 수용을 민족문학론과의 관계 속에서 살피고, 나아가 그것을 다시금 '민족문학'과 '세계문학'의 관점에서 전유한 재일 문학자들의 반응을 추적하고자 한다. 이를 통해 재일 문학이 '분단 조국'의 독자들과 접촉하면서 '재일성'의 내포와 외연을 새롭게 사유해 나간 과정을 탐색해 보고자 한다.

제6장은 총련 계열이나 그 출신 작가 이외에도 조선어(한국어)를 사용하여 일본 안팎의 연대를 매개하고자 했던 『한양』과 『민족시보』를 통해, '재일성'이 한일 연대와 한민족 디아스포라 연대라는 중층적 관계 속에서 자리매김될 수 있었던 가능성에 대해 살펴보려 한다. 우선 연대의 조건으로 다양한 월경자들의 만남과 대화를 기록한 『한양』의 좌담 텍스트에 주목하고, 그것이 재일론에서 통일론으로 이행하는 과정이 의미하는 바를 밝히고자 한다. 이어서 7·4남북공동성명 이후 지금껏 '재일' 이데올로기에서 배제되었던 망명자의 글쓰기를 다시금 이언어 글쓰기의 실천 속에서 조명해 보고자 한다.

# 제4장

# '귀국' 지향 속의 '재일'

## '우키시마마루 사건'의 기억 정치*

## 1. 마이즈루舞鶴의 국가적 기억과 새로운 역사의 가능성

교토부京都府 북쪽의 항만도시 마이즈루 연안은 언제나 '조용한', '잔잔한' 등의 수식어로 묘사된다. 일본 개항의 역사를 간직한 벽돌창고 공원舞鶴赤れんがパーク에서 동북쪽으로 원을 그리며 올라가는 해안도로는 시립 와카우라若浦 중학교 앞에서 북쪽의 터널 방면과 서쪽의 마이즈루 크레인 브리지Crane Bridge 방면으로 갈라진다. 그리고 이렇게 둘로 나뉜 길 위에는, '일본 패전' 직후의 일본인 귀환과 '조선 해방' 직후의 조선인 귀환이라는, 아시아·태평양전쟁 종료 후 서로 방향을 달리하여 일어난 대규모 인구이동에 관련된 기념물이 각각 세워져 있다.

---

* 이 장은 『마이너리티 아이콘－재일조선인 사건의 표상과 전유』(박광현·조은애 편저, 역락, 2021)에 수록된 필자의 논문 「죽음을 기억하는 언어들－우키시마마루(浮島丸) 사건의 다언어적 표상」의 일부(1~3절)를, '귀국' 논리 속에서 재난이라는 사회적 기억과 길항하며 구축되는 '재일성'의 관점에서 수정, 보완한 것이다.

그림 5 마이즈루인양기념관(ⓒ 조은애)

　물론 두 기념물은 그 규모 면에서도, 알려진 정보와 지식 면에서도 상
당한 차이가 있다. 우선, 터널을 지나면 패전 직후의 역사를 간직한 마이
즈루인양기념관이 나온다(그림 5). 패전 직후 일본 인양원호국에 의해 전
국 18개 지역의 공식적인 인양항引揚港 중 하나로 지정된 마이즈루는, 특
히 만주나 한반도, 시베리아로부터의 귀환자와 복원병復員兵이 일본 본토
에 상륙하기 위한 관문으로 이용되었다. 이를 기념하는 목적으로 지어진
인양기념관의 소장 자료 전체는, '마이즈루로의 생환 1945~1956, 시
베리아 억류 등 일본인의 본국 인양 기록'이라는 명칭으로, 2015년 10
월 10일 유네스코 세계기록유산Memory of the World에 등재되었다.[1]

　전시실 입구에 걸린 화면에는 만주, 조선, 동남아시아, 시베리아 등에

---

1　2015년 10월 10일 유네스코 본부가 웹사이트를 통해 공개한 2014~2015년 세계기록유
　산 명단에는 마이즈루의 인양관계자료(Return to Maizuru Port-Documents Related
　to the Internment and Repatriation Experiences of Japanese(1945~1956))와 함께,
　중국의 난징대학살, 한국의 유교책판 및 KBS 특별생방송 '이산가족을 찾습니다' 등 47개
　의 자료가 등록되었다. 덧붙이자면, 마이즈루 인양기록과 같은 해 한국에서 신청한 일본
　군 '위안부' 관계자료는 위 47개 명단에 오르지 못했다.

서 귀환의 길에 오른 일본인들의 '고난'에 찬 여정, 그리고 일본 곳곳에서 연출된 '환영'과 '재회'의 장면들이 15분 정도의 비디오로 편집되어 재생된다. 전시실 내의 오래된 기록사진들은 '어머니 항구母なる港'로서 귀환자들을 품었던 '인양항' 마이즈루가 '전후 인생의 출발점'으로 전환되는 순간을 서사화한다. 기념관을 품은 공원의 가장 높은 지대에 설치된 전망대 주변에서는 마이즈루를 '어머니'의 품에 비유하는 '아아 어머니 나라ああ母なる国'를 비롯하여, '망향 위령의 비望郷慰霊之碑'와 '평화의 군상平和の群像' 등 다양한 기념비와 조각상이 세워져 있다. 기념관 앞뜰에는 "인양의 역사나 전쟁의 비참함 및 평화의 존엄함, 이향에서 죽은 사람들의 진혼 등에 대해 함께 이야기한다는 의미로 제작"된, '대화語らい'라는 이름의 석상이 솟아 있다.[2]

한편, 터널을 통과하지 않고 마이즈루 크레인 브리지를 건너면 해안도로가에 덩그러니 서 있는 또 하나의 조각상을 볼 수 있다. 갓난아기의 시체를 안은 한복 차림의 여성 주변으로 물살에 휩쓸려가는 사람들의 고통스러운 표정과 동작을 표현한 이 조각상의 정식 명칭은 '우키시마마루 순난자의 비浮島丸殉難者の碑'이다. 이 기념비는 1945년 8월 24일 마이즈루 시모사바카下佐波蝌賀 반도 연안에서 일어난 우키시마마루 사건의 희생자들을 추도하기 위해, 1978년 교토의 한 시민단체가 제작한 것이다.

우키시마마루 사건이란, 1945년 8월 22일 아오모리青森 현 오미나토大湊 항에서 조선인 수천 명을 귀환시키기 위하여 출항한 해군 특별운송

---

2    舞鶴引揚記念館, 『舞鶴引揚記念館図録』, 舞鶴市, 2015, 66면. '어머니 항구'와 '전후 인생의 출발점'은 전시관의 각 코너에 부여된 명칭의 일부이다.

선 우키시마마루가 이틀 뒤 애초의 목적지였던 부산으로 향하지 못하고 마이즈루 만湾에서 침몰한 사건이다. 일본정부 측의 공식 발표에 따른 조선인 사망자만 해도 최소 524명이라는 대규모의 인명 피해를 발생시켰지만 여전히 일본과 한국 양쪽에서 잘 알려져 있지 않은 사건이기도 하다. 탑승한 조선인 중 대다수는 아시아·태평양전쟁 말기 아오모리현의 대규모 공사현장에 강제동원되어 '다코베야タコ部屋'에서 생활하던 노동자들이나, 전쟁 전부터 일본에 건너와 다양한 형태의 노동에 종사하던 거주민들이었다.[3] 마이즈루에서 일어난 원인 불명의 이 '폭침' 사고로 인해 수백 명이 한꺼번에 사망했으며, 사체와 유골은 대부분 수습되지 못했다. 사건 직후 진행되었어야 할 진상 조사는 이루어지지 않은 채 1950년 후생성 인양원호국에서 작성한 보고가 이후 일본 정부의 공식 입장을 오랫동안 대변했다.[4]

이 사건은 재일조선인들의 귀환길에 발생한 대규모의 재난이었으며, 점령 당국의 공식적인 귀환·수송 작업이 개시되기도 전에 발생한 사건이었다. 그러한 연유로 이 사건은 '전후' 일본에서 재일조선인의 정체성이 새롭게 형성되는 첫 '출발점'에서 일어난 사건으로 기록되기도 했다. 예를 들어, 2015년 이와나미 신서로 간행된『재일조선인─역사와 현재在

---

3 다코베야란 주로 일본 패전 전까지 홋카이도나 가라후토 등의 탄광에서 가혹한 노동을 강요받은 노동자들의 숙소를 말한다. 여기에 한번 들어가면 문어 포획용 항아리인 '다코쓰보(蛸壺)' 속에 들어간 문어처럼 다시 나올 수 없다는 데에서 유래한 어휘이다.

4 1950년 2월 28일 일본 인양원호청 제2복원국 잔무처리과장이었던 나카지마 지카타카(中島親孝)가 GHQ참모부 및 극동미해군사령부 앞으로 제출한 보고서로, 그 내용은 中島親孝,「浮島丸問題について」,『親和』, 1954.12, 18~21면에서 확인할 수 있다. 이 보고 이후 일본정부가 고수하는 폭침 원인은 '촉뢰'로 일관되었으며, 1990년대 들어 시작된 일련의 소송 과정에서도 피고측인 일본 정부의 입장은 이 최초의 보고에서 별다른 변화를 보이지 않았다.

日朝鮮人―歷史と現在』에는 '전전'과 '전후' 각각 일본 내의 대규모 조선인 인명피해 사건을 언급하는 부분이 있다. '전전' 편에서 다루는 것은 관동 대지진 직후 발생한 조선인 집단학살사건이며, '전후' 편에서 다루는 것 은 귀환 과정에서 일어난 '비극적 사건'으로 묘사된 우키시마마루 침몰사 건이다. 하지만 두 사건이 저술 내에서 차지하는 비중에는 상당한 차이가 있다. 관동대지진 당시의 조선인 학살사건은 하나의 독립된 항목으로 상 세히 다뤄지지만, 우키시마마루 사건은 '전후 재일조선인의 출발'이라는 항목 속에서 "귀환 과정에서 벌어진 비극"으로 짧게 언급된다.[5]

기억의 공유를 통한 공동체의식과 집단적 정체성의 형성이라는 측면 에서도 두 사건은 비교된다. 해방 직후 결성된 조련은 일본 내에서뿐만 아니라 서울에서도 조련 서울시위원회를 중심으로 매년 관동대지진 조 선인 학살 사건 당시의 희생자들을 추도하는 행사를 열었고, 이는 조선 에서도 크게 보도되었다.[6] 그것은 식민 본국에서 발생한 피식민자의 희 생을 극적으로 상기시키고, 동일한 피식민의 경험을 가진 '민족'의 기억 을 되살리는 역할을 했다. 그런 면에서 관동대지진 조선인 학살 사건에 관한 기억은, 그 기억을 공유하는 집단적 정체성 형성이라는 의미에서 '전후 재일조선인'의 상징적 출발에 크게 관여했다고 볼 수 있다. 뿐만 아니라 그것은 국민국가 건설의 열기가 고조된 해방기 조선 사회 내부 의 분위기와 결합하여, 식민지 기억을 공유하는 공동체로서의 민족을 환기했다.

---

5    미즈노 나오키·문경수, 한승동 역, 『재일조선인―역사, 그 너머의 역사』, 삼천리, 2016,
     106면.
6    「7千同胞追悼, 日政에 眞相發表要求―震災記念日에 在日朝聯 談話」, 『自由新聞』, 1947.9.2.

하지만 해방 후 재일조선인의 역사적 '출발'이나 그 '기원'은 항상 해방 / 패전과 '귀환'의 내러티브 혹은 그것의 잔여·역전·중지를 통해 설명되었다는 점 또한 기억될 필요가 있다. '전후' 재일조선인 사회란, 당연하게도 귀환을 성취하지 못한 / 않은 자들을 중심으로 형성된 사회였던 것이다. 그런 점에서 '귀환에 따른 비극', 그것도 최초이자 최대의 비극이었던 우키시마마루 사건이 지니는 상징성은 크다고 할 수 있다. 1960년대에 김달수가 소속된 신일본문학회 및 아사히신문사 기자 등에 의해 집필된 『일본과 조선』 시리즈 중에도, 우시키마마루는 "되찾은 조국으로" 돌아가는 과정에서 일어난 비극의 상징, 또는 "무사히 귀국할 수" 없었던 "인양자引揚者"의 표상으로 다루어진다.[7] 또한 『자이니치의 정신사』에서 윤건차는 "귀환의 양상"이라는 항목에서 "일본 정부가 전혀 귀환 정책을 강구하지 않은 가운데 조선인은 속속 귀환항으로 쇄도하여 바다를 건너 고향으로 돌아가려고 했다"고 하며 그 과정에서 일어난 우키시마마루 사건을 서두에 언급한다.[8]

이처럼 우키시마마루 사건은 '되찾은 조국으로' 돌아가지 못한 재일조선인의 비극적 '출발'을 가리키는 사건으로 일부 기억되어 오기는 했다. 하지만 그것은 오랫동안 정치적 쟁점의 대상이나 재일조선인 운동의 중심에 놓이는 일이 드물었으며, 그렇게 공론화되지 못한 채로 많은

---

7  "이 귀환자들이 모두 무사히 귀국할 수 있었다는 증거는 어디에도 없다. 예를 들어, 1945년 8월 아오모리현 오미나토항을 출발한 전 일본해군어용선 '우키시마마루'가 3,736명의 조선인을 실은 채 마이즈루항에서 폭침한 괴사건을 떠올릴 필요가 있다." 中薗英助, 「在日朝鮮人・その歷史と背景」, 金達寿 外, 『シリーズ日本と朝鮮4 - 日本の中の朝鮮』, 太平出版社, 1966, 72면.
8  윤건차, 박진우 외 역, 『자이니치의 정신사 - 남·북·일 세 개의 국가 사이에서』, 한겨레출판, 2016, 122면.

소문과 유언비어를 낳았다. 소문의 내용은 주로 우키시마마루의 침몰 원인에 관한 것이었다. 생존자나 사건 현장의 주민들 사이에서는, 패전 후 조선으로 운항하는 것을 두려워한 일본 해군의 승조원들이 배를 고의로 폭파했다는 소문이 돌았다. 사건 직후 정확한 진상조사 없이 오랜 시간이 흘렀기 때문에 정확한 승선 인원이나 사망자 수조차 파악되지 않았다. 따라서 일본 정부가 발표한 524명을 훌쩍 뛰어넘어 사망자만 수천 명에 이를 것이라는 추측도 무성했다. 승선한 조선인의 신분 확인 및 승선·귀환 경위의 파악에 있어 중요한 단서가 될 오미나토 지역 강제노동에 관한 현황 역시 늦게 조사되기 시작했다.[9] 물론 생존자의 증언을 바탕으로 한 경우도 많았기에 소문이 모두 터무니없다고는 할 수 없었다. 1943년 25세의 나이로 일본에 징용되어 아오모리 현 미사와三沢 비행장에서 근로하던 중 해방을 맞아 우키시마마루에 탑승했다는 한 생존자는, 우키시마마루가 사고 직전 예정된 항로를 벗어나 동해 일본 측 연안으로 접어들었고 배가 폭발하기 직전에는 승조원들이 이미 구명정을 함선에서 내리고 있었다고 주장했다. 또한 외부 압력에 의한 폭발 시에 솟아야 할 물기둥이 보이지 않았다고 하며, 일본 승무원들이 배를 폭파시킬 계획으로 배 안에 폭탄을 장치했음이 틀림없다고 주장했다. 사고 당시 물에 빠져 표류하던 중 일본인 어부에게 구조되어 목숨을 건진 그는, 후에 조선의 고향으로 돌아와서도 너무 억울해 새 정부가 들어설

---

9 1965년 출간된 박경식의 『조선인 강제연행의 기록』에서도, "8월 22일에는 전 일본군 어용선 우키시마마루가 홋카이도 광산에서 강제노동에 사역되고 있던 조선인 징용노동자 2,838명"을 태우고 있었다고 하며, 아오모리현 오미나토 지역 노동자들을 홋카이도 광산 노동자들과 혼동하여 표기하고 있다(朴慶植, 『朝鮮人强制連行の記錄』, 未來社, 1965, 100~101면).

때마다 진상규명을 요구했으나, 당국에서는 아무 성의를 보이지 않았다고 호소했다. 그는 1991년 사고 당사자들과 함께 '우키시마호 폭침사건 진상규명회'를 결성했다.[10]

우키시마마루 사건은 현장 근처에 사는 사람들에게조차 생소한 사건이었으며, 사건의 진상에 대해 거의 알려진 것이 없이 뿌연 안개 속에 가려진 채 소수의 사람들에게만 회자되어 왔다. 재일조선인 사회에서 그것은 오랫동안 '환영'이나 '착각', '거짓' 등을 함의하는 '마보로시幻'의 해난 / 학살 사건으로 전해져 왔다.[11] 사실이라고는 도저히 받아들일 수 없는 역사적 실재라는 점에서는 우키시마마루 사건의 발단에 해당하는 시모키타 반도의 오마大間 철도 공사나 다코베야 노동 또한 마찬가지로 '마보로시' 같은 것이었다.[12] 한국에서 이 사건은 1990년대 이후 피해자 및 유족들의 집단소송과 한국 참여정부에 의한 진상조사 및 자료집 공개 등을 통해 뒤늦게 알려지기 시작했다. 우키시마마루 사건 관련 소송은 1989년부터 준비 작업을 거쳐 1992년부터 2003년까지 일본 법정에서 진행되었으며, 한국에서는 2005년 일제강점하강제동원피해 진상규명위원회에 의한 조사가 결정되었다.[13] 우키시마마루 사건 소송의 쟁점은 ① 도의적 국가로서의 의무와 일본국의 손해배상 책임, ② 안전배려의무위반에 기초한 손해배상 책임, ③ 입법부작위에 기초한 손해배상 책임, ④ 유족들의 유골반환 청구, ⑤ 시효 문제와 '한일청구권협

---

10 「[인터뷰] 우키시마호 폭침사건 진상규명회 회장 김태석씨」, 『한겨레』, 1995.8.24, 18면.
11 金賛汀, 『浮島丸釜山港へ向かわず』, かもがわ出版, 1994.12~15면.
12 「浮島丸事件 下北からの証言」発刊をすすめる会 編, 『アイゴーの海ー浮島丸事件・下北からの証言』, 下北の地域問題研究所, 1993, 81~85면.
13 관련 자료집으로는 『우키시마호사건자료집(1)-신문기사편』(2006)과 『우키시마호사건 소송자료집』 Ⅰ, Ⅱ(2007) 등이 간행되었다.

정'의 규정성 등이었다. 제1심 재판부는 "우키시마호의 출항 및 승선시 정황을 고려할 때 일본국에게는 안전배려의무가 있으므로, 원고들 중 승선 후 피해를 입은 사실이 확인된 15명에게는 일괄 300만 엔을 지급하도록 결정"하며 '부분승소' 판결을 내렸다. 이에 피고측인 일본국은 1955년에 이미 시효기간 10년이 만료되었고 1965년의 한일협정으로 양국간 청구권이 "완전하고 최종적으로 해결되었다"는 주장을 내세워 항소했고, 항소심 재판부는 원심 판결을 뒤집어 배상금 지급결정을 취소했다.[14]

그림 6 마이즈루인양기념공원 내 '평화의 군상'(ⓒ 조은애)

'해방' 직후 500명 이상의 조선인이 사망한 우키시마마루 사건은 조선인들을 대거 귀환시킨 마이즈루 항 연안에서 발생했지만, 일본 주류 사회의 기억에서 마이즈루는 일본 '패전' 후 외지에서 몰려든 일본인들의 '인양'을 상징하는 항구로 표상되어 왔다. 차분하고 깔끔하게 조성된 마이즈루인양기념공원에 세워진 '평화의 군상'(그림 6)과 해안도로 한켠에 우두커니 세워진 '우키시마마루 순난자의 비'(그림 7)는 모두 군상群像 사이에서 우뚝 선 어머니의 형상이 중심을 차지하고 있는 구도라는 점에서 같지만, 그 중심에 있는 '어머니'의 역할에는 커다란 간극

---

14 이연식, 「자료 해제」, 『우키시마호사건 소송자료집』 I, 일제강점하강제동원피해자진상규명위원회, 2007, 10~19면.

그림 7 우키시마마루 순난자의 비((ⓒ 조은애)

이 있다. 인양기념관 경내에 세워진 기념비나 조형물에서 어머니의 이미지는 곳곳에서 발견된다. 그 조형물들은 '어머니 항구'라는 별칭을 가진 마이즈루 항의 포용적 이미지를 재현함으로써 살아 돌아온 일본인 귀환자들을 받아들이고 품어주는 메시지를 전달한다. '망향위령의 비'처럼 일본으로 돌아오지 못한 미귀환자를 위로하고 그들의 넋까지도 받아들여 주는 '어머니 항구'의 역할을 하는 조형물도 있다. 반면 '우키시마마루 순난자의 비'에서 가운데 선 여성은 귀환의 길에 나섰다가 끝내 '조국'으로 돌아가지 못하고 '죽어버린' 조선인들의 넋을 건져 올리고 위로하는, 닿지 못한 '조선'의 어머니를 표상한다. 환영과 애도라는 두 어머니의 이미지, 그리고 평화와 고통이라는 두 군상의 이미지는 한 집단의 문화적 유산으로서의 사회적 기억 행위가 또 다른 집단의 기억을 은폐하는 역할을 한다는 점을 상기시킨다. 따라서 마이즈루인양기념관에서 보관·전시하는 자료들은 바로 그 시공간에서 동시적으로 발생한 우키시마마루 사건에 대해서는 아무것도 말하고 있지 않다.

'사건event'은 일반적으로 지역, 날짜, 인명 등을 특정하는 방식으로 명명되며 대부분 그것의 공식적 명명과 정의는 지배자나 통치권력에 의해 이루어진다. '우키시마마루 사건'에 대한 일본정부의 공식적인 규정은, 미군 부설 수뢰에 촉뢰한 우키시마마루의 침몰로 524명의 조선인 승선자가 사망했다고 기록한 최초의 보고서에서 크게 벗어나 있지 않다. 하지만 1978년 마이즈루의 시민사회가 제작한 순난자의 비와 그 이전부터 재일조선인 문제를 중심으로 한 운동의 일환으로 기록된 다양한 텍스트들, 그리고 생존자들을 중심으로 한 진상규명회의 결성과 한국에서 마련된 특별법에 따라 발족한 일제강점하강제동원피해진상규명위원회에 의한 조사자료 등은 일본정부의 공식적인 기록문서에 대한 대항기억을 생성한다. 인양기념관의 국가주의적 서사가 국가적 지식의 축적이라면, 다른 갈래로 난 해안도로 위에 돌연 솟아 있는 우키시마마루 순난자의 비는 국가적 지식의 축적과 국가주의적 서사의 체계에 구멍을 내는 사건의 기원을 현시한다.[15] 그것은 또한 국가권력이나 통치세력에 의한 상징화 작업과는 다른 사건의 고유한 자리를 지시한다. 그런 점에서 인양기념관이 국가주의적인 "기억을 공식화하기 위해 의도적으로 쓰인" 문서document의 보관소라면, 사건에 대한 증거들이 모두 사라진 현장에서 스스로 사건의 기억을 보존하고 증거하는 순난비는 "말해야

---

15 사물들의 상태에 대한 규칙들에 부합하는 언표들을 뜻하는 '지식의 축적'과 구별되는 '진리' 및 그것을 구성하는 '사건의 기원'에 대해서는 알랭 바디우, 서용순 역, 『철학을 위한 선언』, 길, 2010, 51~59면 참조.

할 것으로 지정되지 않았기 때문에 자신의 존재만으로 기억을 보존하고 직접적으로 말하는" 기념물monument이 된다. 기념물의 궁극적인 목적은 그 둘 사이의 대립을 폐기하고 자신의 담론을 보증할 수 있는 '새로운 역사'를 쓰는 일일 것이다.[16] 따라서 차분하게 정돈된 마이즈루인양 기념관으로 향하는 길에서 살짝 벗어난 곳에 우두커니 서 있는 우키시마마루 사건 기념비로 초점을 이동하여 그 사건의 내력과 정치를 기술하는 일은 일본의 '전후'라는 담론공간을 탈구축하기 위한 것이기도 하다. 이 장에서는 이처럼 '해방' 직후 '불가능한 귀환'의 상징이었던 '우키시마마루 사건'을 소환하고자 한 재일 작가들의 글쓰기를 '귀국' 운동의 맥락에서 조명하고자 한다.

새일조선인 작가들은 1959년 재일조신인들의 북한 '귀국'이라는 일대 사건 속에서 해방 직후 일어난 '불가능한 귀환'의 상징이었던 우키시마마루 사건을 소환했다. 그 중 총련 이데올로기의 강력한 영향 아래 쓰인 김민의 「바닷길」은 우키시마마루 사건을 재일조선인 생활사의 출발점에 위치시키고자 한 기획이었다. 한편 '귀국' 사업의 출발지인 니가타 항에서 우키시마마루 사건을 바라본 김시종은 우키시마마루의 침몰과 자신을 둘러싼 민족조직의 규제 상황을 가리켜 동일하게 '핍색逼塞'이라는 표현을 사용하며 '재일'의 의미를 발견하고자 했다. '귀국' 운동은 '전후 일본(어/문학)' 담론 내에서 재일조선인 글쓰기를 둘러싸고 작동했던 문답의 장치의 조건인 '귀환 불가'라는 현실을 극복하고, '재일'의 조건을 벗어나 '조국'을 실제로 접할 수 있으며 그곳에 안정적으로 귀속

---

16 자크 랑시에르, 박영옥 역, 『역사의 형상들』, 글항아리, 2016, 34~35면.

될 것이라는 논리를 제공했다. 따라서 이러한 '귀국'의 논리에 대응하여 우키시마마루 사건을 소환한 재일 작가들의 글쓰기를 비교하는 일은, 문답의 장치에 전제된 '재일'의 조건을 어떻게 극복하거나 재규정할 것 인가라는 그들의 물음과 마주하는 것이기도 하다.

## 2. '귀국'과 '생활'의 간극―김민의 장편 기획과 『문학예술』

우키시마마루는 일본정부의 주도로 센자키仙崎에서 조선인을 태운 첫 공식 귀환선의 출항일인 1945년 8월 30일보다 8일이나 앞서 출항했다. 다시 말해 이 사건은 조선인의 공식적 귀환 작업이 시작되기도 전, 서둘러 조선인들을 집단 송환하는 과정에서 일어났다. 결과적으로 이 최초의 조선인 집단 귀환 / 송환 계획은 그들의 집단적 죽음이라는 형태로 좌절되었다. 따라서 '불가능한 귀환'의 최초의 상징이기도 한 우키시마마루는 재일조선인 '귀국' 운동의 고조 속에서 성공을 위한 실패의 서사로 소환될 수 있었던 것이다. 조선민주주의인민공화국으로의 공식적인 '귀국' 사업이 실현된 지 한 달이 지난 1960년 1월, 총련 산하의 공식 문예기관인 문예동의 중앙기관지로 조선어 잡지 『문학예술』이 창간되었는데, 이때 첫 연재소설인 「바닷길」의 소재로 채택된 것은 다름 아닌 우키시마마루 사건이었다.

이 소설을 1945년 8월 22일 마이즈르 항구에서 폭파된 우끼지마마루의 희생 동포들에게 드린다.[17]

『문학예술』 창간호에 실린 김민의 연재소설 「바닷길」은 위와 같이 우키시마마루 사건의 희생자에 대한 헌사로 시작된다. 소설의 첫 장면에는 일본의 패전으로부터 불과 며칠 후, 아오모리현 오미나토 항구의 기쿠치菊地 잔교로 수많은 사람들이 몰려드는 광경이 묘사되어 있다. 일본 해병대와 헌병대가 위치한 거리 한쪽에서는 기차역을 향해 걸어가는 군인들의 무리가 끊이지 않는다. 반대로, 기쿠치 잔교로 모여드는 사람들은 "대부분이 방공호 속에서 나온 사람들"이었다. 그들은 "방공호 아궁이가 자기들을 다시 물어 당기기나 하는 것처럼 뒤도 돌아다 보지 않고 걸었다".[18]

실제로 당시 아오모리 현에 강제동원된 조선인 노동자들은 '오미나토 해군시설부'에 소속되어 일하거나, 홋카이도와 시모키타 반도를 연결하는 국철 군항선인 오마大間 철도공사의 하청업체에 소속되어 '다코베야'나 '함바飯場'에서 숙식하며 강제노동에 동원되었다. 철도공사는 대부분 터널을 뚫는 작업이었다. 오미나토 해군시설부에 관계된 자들은 비행장 건설 공사에 동원되거나 본토결전에 대비한 군수물자 저장용 및 대피용 방공호 또는 수도隧道를 파는 작업에 동원되었다.[19] 그 중에서도 대부분이 "해군의 방공호를 파는 작업"이었으며, 조선인들은 "매일매일 방공호를 팠다".[20]

---

17  김민, 「바닷길」 1, 『문학예술』 1, 1960.1, 88면. 실제 마이즈루 항구에서 우키시마마루가 폭발한 날짜는 8월 24일이며, 8월 22일은 아오모리현의 오미나토항에서 우키시마마루가 출발한 날짜이다.

18  위의 글, 88면.

19  秋元良治・鳴海健太郎, 「下北半島と『浮島丸事件』」, 『朝鮮研究』 121, 日本朝鮮研究所, 1972.12, 10~12면.

20  金贊汀, 앞의 책, 74면.

이 소설에는 일본 패전 직후 오미나토 항구 주변의 상황이 생생히 묘사되어 있다. 거리에서는 배를 타고 귀환하기 위해 부두로 몰려드는 조선인들과 제대 후 고향으로 돌아가기 위해 기차역으로 몰려드는 일본군들의 무리가 어지러이 교차한다. 일부 조선인들은 배에 오르기 전 해군부대에 저장되어 있던 배급품을 빼돌려 조선까지 싣고 가려고 아우성이다. 항구에 몰려든 조선인들 사이에서는 자신들을 부산까지 실어다줄 이들이 다름 아닌 일본 해군 승조원이라는 이야기가 떠돌자 뒤숭숭한 분위기가 흐른다. 승선을 기다리는 조선인들 중에는 남무웅이라는 헌병 보조가 있었는데, 이 인물은 실제로 일본에서 헌병 보조로 있다가 일본 패전 직후 조선인 노동자들과 함께 우키시마마루에 승선한 뒤 숱한 소문만을 남긴 채 행방불명되었다는 미나미南라는 실존인물을 연상시킨다. 일본 '패전' 전에 많은 조선인들을 괴롭힌 것으로 유명했던 이 실존인물과 관련하여 떠돌던 소문은, 일본 해군이 폭약을 작동시킬 때 배 안에서 이를 목격했다거나, "일제 놈들이 화약을 터트려 배를 침몰시키려 한다"고 주변 승선자들에게 떠들고 다녔다는 것이었다. 이런 소문은 총련 산하의 조선어 신문인 『조선신보』(1965.5.24)에까지 보도될 정도였다.[21]

소설은 오미나토의 상황을 생생하게 그리고 있지만, 조선인들을 실어 나르는 마지막 발동선이 기쿠치 잔교를 떠나 거대한 우키시마마루를 향해 떠나는 장면을 끝으로, 연재 2회 만에 중단되고 만다. 하지만 이 소설은 애초에 장편으로 구상되었던 것으로 보인다. 연재 1, 2회는 패전 직후 오미나토의 상황을 배경으로 하고 있지만, 전전戰前부터 이어져

---

21 위의 책, 163~164면.

온 등장인물간의 관계를 설명하는 데 많은 분량을 할애하고 있다. 특히 주인공 김정석과 그의 친구인 리영길의 가족사와 그들 사이에 얽힌 관계가 일본 패전 전의 시모키타 지역 공사현장 등을 중심으로 자세하게 서술되어 있다. 소설의 저자인 김민은 재일 조선어 문학에서 지금껏 성취되지 못한 장편소설을 『문학예술』이라는 기반 위에 펼쳐나가려 하고 있었다. 이 소설이 중단된 뒤에도 김민은 『문학예술』에 꾸준히 단편소설을 발표하지만 장편소설에 대한 꿈은 계속 간직하고 있었던 것으로 보인다. 연재가 중단된 지 6년이나 지난 1966년의 시점에서 "『문학예술』一, 二호에 련재하다가 그만둔 장편『바닷길』을 탈고하는 일이 금년도의 나의 창작 계획의 중심"이라고 밝히고 있기 때문이다.[22]

하지만 "장편『바닷길』"은 결국 세상의 빛을 보지 못했다.[23] 그런데 1966년에 밝힌 이「바닷길」의 탈고 계획에서는, 1, 2회의 중심 소재인 동시에 제사題詞의 형식으로 쓰이기도 했던 우키시마마루 사건에 대한 언급을 전혀 찾아볼 수 없다. 김민이 1966년의 '계획'에서 밝힌 바에 따르면 "이 소설은 해방 직후부터 1950년 초에 이르는 기간을 포괄하여 재일동포들의 성장을 그리려" 한 것으로 되어 있다. 즉 그 기간에 있었

---

22  김민, 「나의 창작 계획―『바닷길』의 탈고」, 『문학예술』 18, 1966.3, 13면. 「나의 창작 계획」 특집에서는 김민 외에도 강순, 김달수, 김순명, 김창덕, 이은직(리은직), 정화수, 허훈 등이 스스로 1년간의 창작 계획을 밝히고 있다.

23  재일조선문학회 서기장 및 부위원장을 역임한 바 있는 김민(1924~1981)은 1970년경 집필을 그만두고 총련 조직으로부터도 거리를 두었다고 한다. 송혜원, 『'재일조선인 문학사'를 위하여―소리 없는 목소리의 폴리포니』, 소명출판, 2019, 403면. 만약 김민의 연재가 중단되지 않았다면 「바닷길」은 재일조선인 문학사 최초의 조선어 장편소설이 되었을지도 모른다. 송혜원은 재일조선인 작가가 쓴 조선어 장편의 시작을, 일본어 장편소설 『火山島』의 원형이었던 김석범의 조선어소설 『화산도』(『문학예술』, 1965~67)로 보고 있다(같은 책, 382면).

던 조련 결성과 해산, 그리고 민족학교 수립 등의 과정에서 많은 탄압과 시련을 극복하며 "주동적으로 일하는 동포 군상"을 그리고자 했다는 것이다. 또한 그러한 "애국투쟁 력사를 높은 시야에서 자기의 것으로 하"기까지의 시간과 고민이 필요했다는 것이 연재 중단에 대한 변辯으로 적혀 있다.[24] 김민의 말대로라면 우키시마마루 사건은 그러한 '재일동포들의 성장'의 한 출발점으로 포착된 것이라고 할 수 있다.

같은 글에서 김민은 그 사이 조직 차원의 지역 파견을 통해 단편으로 형상화한 바 있던 재일조선인 여성들의 삶을 장편 속에 긴 호흡으로 담아내고 싶다고 밝히는 한편, "『고향』『조국』『석개울의 봄』『시련 속에서』 등을 비롯한 **조국 작품**들에서 보는바와 같은 절절한 자연묘사가 거의 없는 **우리들의 작품**에 대해 여러 가지로 생각하는 바가 많다"고 하며 글을 맺는다.[25] (강조는 인용자) 김민이 속해 있던 문예동은 출범 당시부터 "공화국 문예 로선과 총련의 문예 정책을 받들고 재일 동포 및 전체 조선 인민의 리익에 복무"할 것을 규약으로 삼고 있었다.[26] 하지만 그가 1966년의 글에서 강조한 내용, 즉 작가들의 지역 파견을 통한 취재나 '조국'의 자연풍광에 대한 사실적 묘사 등은, 연재가 시작된 1960년의 시점에 이미 구상된 것이라고 보기는 어렵다. 문예동 작가들의 지역파견은 1961년 10월에 이르러 실시되었고,[27] 김민은 이때의 취재를 바탕으로 하여 이후 재일조선 여성들의 삶을 제재로 한 단편소설을 발표했

---

24 김민, 앞의 글, 13면.
25 위의 글, 14면.
26 「재일본 조선 문학 예술가 동맹 강령 및 규약」, 『문학예술』 1, 1960.1, 76면.
27 손지원, 「재일동포국문문학운동에 대하여」, 김종회 편, 『한민족 문화권의 문학』 2, 국학자료원, 2006, 196면.

기 때문이다. 이를테면 "파란만장한 인생을 걸은 간사이闗西 거주 여성을 취재한 「어머니의 역사」(1961)"가 대표적이며, 이는 당시 '공화국' 작가들의 성과를 참조한 것이다.[28] 김민 자신은 실현하지 못했지만 그가 도달하고자 한 '조국 풍광'에 대한 묘사는, 10년 이상이 지난 1974년 3월 문예동 작가들의 조선민주주의인민공화국 방문이 공식적으로 성사됨으로써 가능해졌다. 재일 작가들의 공화국 방문이 처음으로 실현된 후 1974년 6월에는 평양에서 김일성과의 담화가 이루어졌고, 이후 문예동 작가들에 대한 창작 강습이 실시되었으며, 작가들은 공화국의 각 지역을 답사한 후 그 경험을 반영하여 작품을 창작하기도 했다.[29]

김민은 『문학예술』 창간호부터 허남기, 남시우, 림경상, 류벽 등과 함께 편집위원으로 소속되어 있었다. 또한 제3호부터 발행처가 문학예술사에서 문예동 중앙상임위원회로 바뀌면서 허남기에 이어 잡지의 편집인이 되었다. 이 3호는 1년 2개월이라는 긴 공백 끝에 발행된 호로, 편집인이 된 김민은 잡지의 "정상적 간행을 위해" 종래의 문학예술사 편집위원회가 해산되고 문예동 중앙상임위원회의 직접 편집 체제로 변경되었음을 밝히고 있다.[30] 문예동 맹원이자 『문학예술』의 편집위원, 그리고 곧이어 수석 편집자라는 지위에 있던 김민의 입장에서 볼 때, "장편 『바닷길』"은 연재 시작 시점에 제사를 통해 밝힌 것처럼 우키시마마루 사건의 희생자들에 대한 애도로는 완성될 수 없었던 것일까. 이 기획은 지역 파견을 통한 실생활의 채록이나, 조직이 전범으로 삼은 '조

---

28  송혜원, 앞의 책, 242면.
29  손지원, 앞의 글, 200면.
30  김민, 「편집후기」, 『문학예술』 3, 1961.5.

국=조선민주주의인민공화국'문학에 대한 접근 및 모방으로 그 방향을 급선회하였던 것으로 보인다. 그것은 『문학예술』 창간 이후 6년 동안 공화국 및 총련의 영향을 받아온 문예정책과 창작 실천을 통해 설정된 '우리들의 작품'과 '조국의 작품' 사이의 관계를 반영하고 있다.

문예동의 출범과 『문학예술』의 창간은, 1954년 조선민주주의인민공화국의 남일 외상이 처음으로 재일조선인들을 '공민'으로 규정한 후 일본과 북한이 각각 상대국 거주 자국민의 '귀국'을 타진했던 1956년의 적십자회담을 거쳐, 1959년 재일조선인의 '귀국사업'이 개시된 직후의 결과물이었다.[31] 『문학예술』 창간호 첫 장에 실린 총련 초대初代 의장 한덕수의 「공화국 대표 환영가」는 "인도주의 기치 높이 귀국선을 타고 왔네 / 어화 둥둥 배가 왔네 공화국의 배가 왔네 / 수령께서 보내신 배 어화 둥둥 잘도 왔네"라며 '귀국' 사업을 맞은 감격을 노래했다.[32] 허남기, 남시우, 강순 등 문예동을 대표하는 시인들의 「귀국시초帰国詩抄」가 실렸으며, 르포르타주 「바람난리 물난리」(김태경), 공화국 창건 11주년 기념 문학부문 공모 입선작 「아버지와 아들」(리수웅) 등의 산문은 '귀국' 운동의 전개 속에서 재일조선인의 지역공동체나 가족 등의 일상이 어떻게 변화해 가는지를 포착해 보여주었다.

『문학예술』 제2호에서는 편집후기를 통해 다음호가 '조국의 평화적 통일과 귀국 문제'에 대한 창작특집으로 꾸며질 것임을 예고했다. 1년

---

31  남일 외상은 1954년 8월과 10월 두 차례에 걸쳐 재일조선인에 대한 일본정부의 부당한 박해를 반대하고 합법적 권리와 자유 보장을 요구하는 항의성명을 발표했다. 이 성명을 통해 북한은 재일조선인을 '조선민주주의인민공화국의 공민'으로 규정했다. 朴正鎭, 「帰国運動の歴史的背景-戦後日朝関係の開始」, 高崎宗司・朴正鎭 編, 『帰国運動とは何だったのか-封印された日朝関係史』, 平凡社, 2010, 70면.

32  한덕수, 「공화국 대표 환영가」, 『문학예술』 1, 1960.1.

2개월이라는 공백 끝에 발행된 제3호에서 그러한 창작특집은 표면화되지 않았으나, 사실상 『문학예술』은 그 출발부터 '귀국'의 이벤트로 탄생한 것이라 해도 좋았다. 그만큼 '귀국' 문제는 1960년대 전반기 내내 『문학예술』에서 주요한 문학적 동기로 작용했다. 『문학예술』의 '귀국' 서사들은 '조국'에서 펼쳐질 새로운 삶을 상상하며 '지금−여기'에서 '귀국' 사업을 지원하는 조선인들의 삶을 투쟁의 일환으로 보여주고자 했다. 그리고 한편으로 이미 주변의 많은 동포들이 '귀국'을 선택함에 따라 일상적인 것이 된 이산의 경험 속에서, 주변 사람들을 '떠나보낸' 수많은 이야기의 서술자들은 '남은 자'인 동시에 '보는 자 / 쓰는 자'로서의 자신의 위치와 역할을 정립해야 했다.

> 꿈 같이 그리던
> 그야말로 조국을 향해
> 귀국선은 떠난다
> 어느 누구나
> 막지 못할
> 항로를 떠난다!
>
> 오늘 나는
> 동양 지도에
> 새로운 붉은 줄 항로를 기입한다
>
> 청진-니이가다[33] (강조는 인용자)

그것은 위의 시가 보여주듯이 한편으론 '공화국'으로 떠나는 동포들을 '환송'하는 일인 동시에, '조국'과 '이곳' 사이에 새로운 길을 "기입"하는 행위이기도 하다. 니가타 항에서 동포들을 떠나보내는 시적 화자가 "동양 지도"에 그리려는 "청진-니가타"라는 항로는 재일조선인과 '조국'을 잇는 유일한 공식적 항로인 동시에 재도항이 허용되지 않는 일방적·일회적 항로였다. 이 항로 위로 펼쳐질 여행은 "왕복이 아닌 편도 여행, 두 번 다시는 돌아올 일이 없는 여행"이었다.[34] 이처럼 '귀국'을 통해 재일조선인의 '조국'에 대한 새로운 심상지리가 형성되고 있었으나, 『문학예술』의 많은 '귀국' 서사에서 그려 넣고자 한 '조국'으로의 길은 단선적이고 명료한 것이어서 우키시마마루 사건과 같은 '환영(幻)의 사건'이 이야기될 수 있는 틈이란 좀처럼 보이지 않았다. '청진-니가타'라는 항로와 전혀 다르게 우키시마마루는 남쪽 도시 부산을 향하기도 했지만, 무엇보다 우키시마마루 사건은 '실패'한 '귀국'의 표상이었던 것이다.

앞서 확인했듯이, 미완의 연재소설 「바닷길」은 우키시마마루 사건 희생자들에 대한 헌사로 시작한다. 연재된 텍스트만을 놓고 보면 '귀국'을 통해 새롭게 열릴 '조국'에서의 집단적 삶과 그것을 가능케 한 집단적 이동을 상상하는 작업은, 과거의 집단적 죽음('실패'한 이동)을 응시하고 기억 / 기록하는 일로부터 시작되어야 한다고 말하는 듯하다. 하지만 우키시마마루를 눈앞에 두고 멈춰버린 풍경처럼, 「바닷길」의 연재

---

33  김윤호, 「귀국시초-환송」(전문), 『문학예술』 3, 1961.5, 73면.
34  테사 모리스 스즈키, 한철호 역, 『북한행 엑서더스-그들은 왜 '북송선'을 타야만 했는가』, 책과함께, 2008, 22면.

중단은 '남은 자=기록자'의 위치에서 귀환 / '귀국'을 그릴 때 부딪힐 수밖에 없는 서사의 벽이 존재한다는 사실 또한 보여주었다.

'귀국' 운동이 가장 고조되었을 때 『문학예술』에서 전개된 일련의 '귀국'에 관한 서사들이 종종 '조국'을 가지기 이전의 재일조선인의 삶을 어둡고 음울하며 죽음에 가까운 것으로 그려내었다는 점에도 주목할 필요가 있다. 그러한 서사들에서 '귀국'이란 '조국'을 가질 수 있고 그곳으로 돌아갈 수 있으며, 이전의 죽음과 같은 삶에서 벗어남을 의미했다. 그러한 '귀국' 운동의 맥락 속에서 '조국'을 가지기 이전의 삶의 형태를 단적으로 대표하는 것이 바로 1958년 고마쓰가와小松川 살인사건의 범인으로 처형된 이진우 같은 존재의 삶이었다.[35] 『문학예술』 제3호에 게재된 오체르크 「귀국한 리 동무」의 필자는, "우린 역시 조국이 없이는 못 산다. (…중략…) 난, 이번 일본에서 몸에 붙인 때자국을 깨끗이 청산하고 조국에 돌아가 새로 출발하겠다"며 '귀국' 소식을 전해온 리 동무의 편지를 받고는, 언젠가 둘이 함께 읽었던 신문기사를 떠올린다. 기사는 오사카에서 백주에 은행원과 경관을 살해하고 도주하며 권총을 난사한 권權이라는 조선인 청년에 관한 것이었다. 이후 필자는 권이 '고베의 바다가 보고 싶다'는 말을 남기며 옥중에서 자살했다는 기사를 읽게 된

---

35  1958년 도쿄 도립 고마쓰가와 고교에 다니던 여학생을 살해한 혐의로 18세 재일조선인 소년 이진우가 체포되는 사건이 있었고 이는 일본사회 전체를 떠들썩하게 만들었다. 재일조선인 저널리스트 박수남과 주고받은 옥중서한, 한국 및 일본에서의 구명운동 등 사건에 대한 다양한 사회적 개입이 발생했고 그를 모델로 한 일본인 및 재일조선인 작가들의 픽션이 발표되거나 오시마 나기사 감독의 영화 〈교사형(絞死刑)〉(1968)처럼 영화화되기도 했다. 특히 "'귀국'을 통한 조국건설에 희망을 찾은 60년대 초 재일조선인사회에 있어 이진우는 부인해야 할 또 하나의 자화상이었다". 조경희, 「'조선인 사형수'를 둘러싼 전유의 구도─ 고마쓰가와 사건(小松川事件)과 일본 / '조선'」, 『동방학지』 158, 연세대 국학연구원, 2012, 348면.

다. 그는 방탕한 생활 끝에 귀국을 결심한 리 동무와 자포자기적인 심정으로 범행을 저지르고는 자살에 이른 권 청년의 운명을 비교하며, "이제는 두 번 다시 우리 재일 동포 중에서 자살한 권을 내지 않을 것"이라고 확신한다.[36] 이처럼 '타국'에서 '조국'으로의 이동 가능성을 곧 죽음에서 삶으로의 이동 가능성에 비유하는 수사학적 방법을 통해, '귀국'의 찬동자들은 '조국'에서의 새로운 삶과 풍경, 혹은 그것을 예비하고 지원하는 일꾼들의 삶을 조급하게 그려내야 했던 것이다.

하지만 앞에서도 말했듯이, '남은 자'의 위치에 있었던 작가들이 '귀국' 후의 삶을 어디까지 예측하고 묘사할 수 있었을지는 의문이다. 그런 점에서 우키시마마루를 '귀국'의 은유로 삼았던 「바닷길」의 서사적 미완은, 『문학예술』에서 '귀국'을 서사화하는 다른 작업들이 부딪히게 될 형식적 모순을 일찍이 예고하고 있었다고도 할 수 있겠다. 「바닷길」의 연재분에서 중심적 위치에 있는 인물 김정석 및 그와 대립 관계에 있는 인물 리영길은 기쿠치 잔교에서 우키시마마루로 향하는 마지막 발동선에 탑승한다. 다음은 제2회 연재분의 마지막 대목이다.

김정석이 겨우 발동선의 뒷꽁무니에 날쌔게 매여 달렸을 때에 등뒤에서는 울음소리가 일었다. 사람들 떼는 아직도 시커멓게 부두에서 욱실거리는데 기관실 우의 천막에 올라선 군인은 악에 바친 소리로

『다음에 또 배가 들어오니 기다리라』고 한마디 쏘아붙였다. 그것이 마지막 배였다. 하루 이틀이면 고향이라던 군대복을 끼여 입은 중늙은이가 「이

---

36 조남두, 「[오체르크] 귀국한 리 동무」, 『문학예술』 3, 1961.5, 62면.

백정놈들아!」 하고 욕지거리를 퍼부었다. 바로 그의 앞에서 승선은 일단 중지된 것이다.

『 — . 잘 탔소. 이게 마지막 배라오』

당신은 요행이란 듯이 남가가 김정석에게 낮은 소리로 건네었다.

『뭣이요? 그럼 나머지 사람은 어떻게 한단 말이요?』

김정석은 버럭 화를 내며 남가에게 쏘아붙였다. 그러나 그 이상 더 말을 계속할 수가 없었다. 배 우에는 무장 차림의 군인들이 파수처럼 구석구석에 서 있었다. 배는 곧바로 항만 한복판에 시커떻게 서 있는 우끼지마마루를 향하여 악을 쓰며 달려 갔다.

(…중략…)

동포들은 그제야 생기를 얻은 듯 와작 떠들기 시작한다. 고향으로가는 배에 탈 수 있었다는 안도감에서 말소리도 높았다. 여느 때면 그런 소리는커녕, 바닷쪽을 바라보기만 하여도 눈을 부립뜨던 해병들도 뱃머리에 붙어서서 못들은 척 담배만 빨고 있다.

부두에서의 아우성 소리도 들리지 않고 노을 속에 거리의 등불이 아물거렸다. 김정석은 묵묵히 그것을 지키고 서 있었다. 그는 가슴이 뿌듯해지는 것을 붙안았다. 그는 문득 아버지는 지금 쯤 어느 곳에 있을까 하고 짐작 해보다가 주의를 살폈다. 리영길이 큰 짐을 날쎄게 한구석에 집어넣고 씩 웃어 보였다.[37]

이처럼 김정석을 주요 초점화자로 하여 서술되는 소설은 김정석과

---

37  김민, 「바닷길」 2, 『문학예술』 2, 1960.3, 107면.

리영길 등 마지막 연락선에 탄 조선인들이 정박해 있는 우키시마마루로 옮겨 타기 직전 중단되고 만다. 만약 그들이 정말 우키시마마루의 마지막 탑승자가 되었다면, 그 이후의 전개는 작자 김민이 1966년에 밝힌 바와 같은 재일조선인의 조직활동이나 생활상에 집중되기 어려웠을 것이다. 연재된 텍스트에 드러난 내용은 조선인들이 어떻게 해서 우키시마마루에 타게 되었는가, 즉 어떻게 '귀환'하기로 했는가이지, 어떻게 '잔류'하게 되었는가 하는 것이 아니기 때문이다. 만약 공화국 스타일을 모방한 재일조선인의 생활 이야기로 장편을 완성하자면, 김정석이나 리영길 같은 귀환자가 아닌 일본에 남은 누군가로 그 시점을 옮겨야 한다. 물론 김정석은 뒤따라올 누이와 아버지보다 한발 앞서 우키시마마루에 타기로 했으므로, 이후 김정석의 가족이 귀환하게 될지 아니면 일본에 남게 될지, 아니면 귀환한 누군가가 일본으로 밀항하여 다시 일본에 거주하게 될지는 알 수 없는 바이지만, 적어도 '쓰인' 부분에서는 서사구조상 '남은 자'들의 이야기를 하기 어려워 보인다.

인상적이게도 이 소설은 귀환과 잔류 어느 쪽도 확실히 결정되지 않은 채로 바다 위에서 멈추어 있다. 귀환을 택하는 순간 그 이후의 이야기는 더 이상 할 수 없는 것이 되어버린다. 그것은 김민뿐만 아니라, 재일조선인 작가들이 일본에서 한반도로의 귀환(일본 재밀항 후의 강제송환까지도 포함한 이동)을 소재로 했을 때 부딪히는 재현의 어려움이기도 하다. 게다가 그 귀환의 과정에서 일어난 조선인의 집단죽음이라는, 상상조차 어려운 사건이 재현의 벽 앞에 놓여 있었다. 따라서 김정석이라는 중심인물을 일본 영토로 재소환하거나, 아니면 연재된 부분에서 부각되지 않은 인물을 통해 완전히 새로운 이야기를 다시 써야 한다는 선택 사이에서 소설은 막다른길에 이르렀던 것으로 보인다. 요컨대 우키시마마루 사건을 기억하며 '귀국' 운동 속에 재맥락화하고자 한 김민의 「바닷길」이, 재일조선인 사회의 형성을 역사적으로 조망하는 "장편 『바닷길』"이 되기 위해서는, 전혀 새로운 시점에서 다시 쓰이지 않는 한 그 서사적 진행이 불가능했던 셈이다.

'공화국' 작품에서 보이는 "절절한 자연묘사"를 보고 "여러 가지로 생각하는 바가 많다"고 했던 김민의 글에서처럼, '공화국' 작품을 문예동 소속 작가들이 따라야 할 전범으로 삼는다면 '재일'이라는 '지금 여기'의 현실은 전경화하기 어려워진다. '재일'이라는 현실에 초점을 맞추는 일은 "재일조선인의 의식과 생활감정이 조선민족의 그것과는 이질인 것처럼 단정함으로써 재일조선인 속에서 높아가는 공화국 공민으로서의 자각과 영예감을 고취하기는커녕 오히려 민족적 긍지감에 침을 뱉고 일제가 강요한 식민지적 노예근성을 답습 합리화하려는 것"이라는 이유로 강하게 비판되었다.[38] 실제 김달수와 김시종은 그러한 이유로 거센 비판과 추궁을 받기도 했다. 재일조선인의 의식과 생활을 조선민족의 그것과 일치시키기 위해 취해야 할 방법은 앞에서 본 것처럼 "재일본 조선 문학예술인들을 조선민주주의인민공화국 두리에 총집결시키며 (…중략…) 공화국의 문예정책에 튼튼히 립각"하는 것이었다.[39] 이에 따라 재일조선인 문학은 "일제가 우리들로부터 빼앗아 간 우리말과 글"을 찾고, "일제의 가혹한 탄압 속에서도 굴치 않고 지켜온 우리 문학예술의 혁명적 전통을 계승하여 오늘날 공화국 북반부에서 사회주의 건설에 이

---

38  림경상, 「創作運動의 새로운 樣相」, 『문학예술』 1, 1960.1, 42면.
39  「재일본 조선 문학 예술가 동맹 강령 및 규약」, 위의 책, 76면.

바지하고 있는 조국의 창조적 성과들에게서 배우며 그를 재일동포들 속에 널리 보급하"는 문학이 되어야 했다.[40] 총련계 조선어 문학은 공화국의 문학 스타일을 모방하는 언어로서의 조선어를 지향점으로 삼았다. 하지만 다른 한편으로 그 언어를 사용하여 표현하는 재일조선인의 의식 및 감정이란, 아무리 경직되고 교조적인 노선에 직결되어 있었다 하더라도 재일조선인의 생활공간에서 실제 벌어지는 언어상황을 배제한 '모방'으로서만 작동했을 리 만무하다.

## 3. 불길한 '귀국'과 이중의 '핍색逼塞' ─김시종의 『장편시집 니이가타』

일본과 조선민주주의인민공화국 간에 재일조선인의 '귀국'에 관한 협정이 체결된 이후 뜬 첫 귀국선은, 그 항로는 다르다 하더라도 오래전 조선인들을 태운 사실상의 첫 귀국선이었던 우키시마마루를 떠올리도록 하기에 충분했다. 1959년 '귀국' 실현이라는 상황 속에서 우키시마마루는 수면 위로 조금씩 끌어올려지고 있었다. 1960년 이미 거의 쓰여졌다는 김시종의 『장편시집 니이가타』도 그러한 맥락 속에서 우키시마마루를 '귀국'의 은유로서 사용할 수 있었던 것으로 보인다.[41]

---

40 림경상, 앞의 글, 42면.
41 『장편시집 니이가타』의 1970년도 초판본의 발문을 쓴 오노 도자부로는 김시종이 장편시를 구상한 것은 10년 전이며 그 시점에서 작품으로서도 거의 완결되어 있던 듯하다고 언급한다. 小野十三郎, 「長編詩「新潟」に寄せて」, 金時鐘, 『長編詩・新潟』, 構造社, 1970, 198면. 2015년에 완역된 한국어판 서문에서도 김시종은 "북조선으로 '귀국'하는 첫 번째 배는 1959년 말, 니이가타항에서 출항했는데, 『장편시집 니이가타』는 그때 당시 거의 다 쓰여진 상태였다. 하지만 출판까지는 거의 10년이라는 세월을 흐르지 않으면 안 됐다'고 하며 이 시가 '귀국' 사업이라는 민감한 맥락 속에서 의식적으로 쓰여졌음을 암

김민의 「바닷길」이 애초에 '귀국' 운동의 고조 속에서 우키시마마루 사건의 희생자들을 불러냈듯이, 『장편시집 니이가타』의 화자 역시 '귀국'의 행렬 앞에서 15년 전의 비극적인 사건을 떠올렸다. 특히 총 3부로 구성된 이 시 중 제2부에 해당하는 부분은, 우키시마마루가 지닌 상징성을 이해하고 있지 않으면 온전히 독해하기 힘들 만큼 많은 시어들이 우키시마마루 사건 및 그 발단지였던 강제노동의 현장을 연상시키는 것들, 즉 폭발, 구멍, 어둠, 바닷속, 시체, 유골, 배 등의 이미지와 결합되어 있다. 선행연구에 따르면 『장편시집 니이가타』에서 '우키시마마루'라는 고유명사가 함의하는 바는 단지 역사적 과거의 대상 그 자체를 가리키는 데 그치지 않는다. 그것은 4·3이라는 "'사건'으로 향하는 운반자로서의 '배'의 역할"을 하며, "현재와 과거를 포갤 뿐 아니라 지향 대상과 지향 작용, 촉발하는 것과 촉발되는 것, 육지와 해저 등을 중층적으로 산출"한다. 특히 이 고유명에 포함된 '우키浮'와 '시마島'라는 문자는 "침체와 부상의 반복이라는 이미지를 환기"한다.[42] 제2부의 시작은 소설 「바닷길」의 시작이 그러했던 것처럼, 전쟁이 끝난 후 조선인들을 수없이 뱉어냈던 방공호의 그 어두운 구멍 속이었다. 하지만 '참호의 깊이'만큼이나 길었던 전쟁이 끝난 지금, 여전히 '동포'는 그 구멍을 벗어

---

시한다. 김시종, 곽형덕 역, 「한국어판 간행에 부치는 글」, 『장편시집 니이가타』, 글누림, 2014. 한편 오세종에 따르면 김시종 본인으로부터 확인한 『장편시집 니이가타』의 탈고 시점은 1961년이라고 한다. 吳世宗, 『リズムと抒情の詩学－金時鐘と「短歌的抒情」の否定』, 生活書院, 2010, 246면.

42  위의 책, 340면. 나아가 이 배는 단순히 과거의 대상일 뿐만 아니라, 역사적 사건의 운반자로 기능하며 타자를 '드러낸다'는 의미를 가진다. 오세종, 「타자, 역사, 일본어를 드러낸다－김시종 장편시집 『니이가타(新潟)』를 중심으로」, 고명철·이한정·하상일·곽형덕·김동현·오세종·김계자·후지이시 다카요, 『김시종, 재일의 중력과 지평의 사상』, 보고사, 2020, 172면.

나지 못한 채 '자신의 미로'를 파고 있는 것으로 그려진다.

혈거를

기어 나오는데

오천년을 들인

인간이

더욱 깊숙이

혈거를 파야만 하는

시대를

산다.

(…중략…)

전쟁의 종언은

참호의 깊이로

추량했다.

(…중략…)

밀치락달치락

대항해 싸웠던

터널 깊숙한 곳에서

눈 먼

개미일 수밖에 없었던

동포가

출구 없는

자신의 미로를

그래도 파고 있다.[43]

『장편시집 니이가타』는 총3부로 구성되어 시간적으로는 개화기부터 식민지 시기를 거쳐 1959년 '귀국' 운동의 시점 사이를, 공간적으로는 일본과 한반도 곳곳을 혼란스럽게 오간다. 먼저 제1부 '간기의 노래雁木のうた(간기란 니가타 등 적설량이 많은 곳에서 눈을 피하기 위해 지붕에 설치한 구조물을 말함)'에서는 김시종 자신의 실제 경험을 상당수 공유한 시적 화자가 해방 후 곧바로 미군정이 실시된 조선에서 바다를 건너 일본으로 건너오기까지의 과정을 그린다.[44] 또 제1부의 2장과 3장을 통해서는 한국전쟁 당시 일본이 군수물자의 생산·공급지가 되었던 상황과 재일조선인의 반전운동, 스이타 사건 등을 다룬다. 앞서 말했듯이 스이타 사건이란 1952년 6월 24일에서 25일 사이 오사카 스이타시에서 재일조선인과 일본 노동자·학생 등 1,000여 명이 모여 일본의 한국전쟁 협력에 반대해 벌인 대규모 시위로, 경찰의 강경한 진압과 이에 대한 시위대의 격렬한 저항으로 인하여 50여 명이 중경상을 입고 300여 명이 체포되었다. 김시종은 2002년 스이타 사건 연구모임에서 주최한 어느 시민모임에 강

---

43 김시종, 앞의 책, 87~89면.
44 아사미 요코는 『장편시집 니이가타』에 대한 주석적 독해를 시도하며 각 부와 장을 다음과 같은 키워드로 구분한다. Ⅰ-①: 기존의 '길'의 부정·새로운 '길'의 창조. Ⅰ-②: 한국전쟁·폭탄의 부품공장. Ⅰ-③: 스이타 사건. Ⅰ-④: '번데기'로의 변신. Ⅱ-①: 난파하여 토사에 묻힌 환목선 Ⅱ-②: 4.3사건. Ⅱ-③: 4.3사건. Ⅱ-④: 우키시마마루의 인양. Ⅲ-①: 귀국선을 고대하는 사람들. Ⅲ-②: 종족검증. Ⅲ-③: 귀국센터에서 출국수속(공화국으로의 귀국에 대한 문제제기) Ⅲ-④: 만남에의 희구. 이러한 구분은 복잡하게 시공간이 교차하고 있는 이 시의 흐름과 각 부분의 역사적·정치적 맥락을 이해하는 데 도움이 되지만 오히려 주석자가 부여한 키워드로 인해 각 항목의 시어들이 지닌 중층성을 놓칠 수도 있다(浅見洋子, 「金時鐘『長編詩集 新潟』注釈の試み」, 『論潮』1, 2008.6).

연자로 초빙되어, 당시 일본공산당 오사카부위원회 민족대책부의 비밀 지령을 받고 집회의 사전준비를 주도하는 한편, 시위대의 최후미에서 무장경관대를 방어한 후 수년간 도피 생활을 한 경험을 조심스럽고도 상세하게 밝혔다. 그는 강연에서 "전쟁공범자인 / 일본에 / 있으면서 / 자신이 / 평온해지는 / 헐거만을 / 바라고 있는 / 이 장부臟腑의 / 추악함"을 견딜 수 없다고 토로했던 『장편시집 니이가타』의 제1부 3장의 한 구절을 낭독했다.[45] 그리고 "스이타 사건이라고 하면 나는 설사밖에 떠오르지 않습니다. 똥을 누는 것조차 마음대로 할 수 없는 것이 일본과의 관계라고 생각하면, 나의 증오는 논리적인 것이 아닌 생리로서 치밀어 오는 것"이라고 말하며 강연을 마무리했다.[46] 그는 강연에서, "북위 38도선은 니가타 시내를 통과하고 있는데, 어쩔 수 없이 고향을 떠나야 했던 한 남자가, 조국에서는 넘을 수 없었던 38도선을 일본에서 넘는다는 것"이 바로 『장편시집 니이가타』의 주제였음을 밝히기도 했다.[47]

제2부 '해명 속을海鳴りのなかを'에서 시적 화자는 시간을 거슬러 우키시마마루의 출발지인 시모키타 반도로 이동하는데, 이것을 서술하는 시점이 1959년의 니가타에 있음은 다음과 같은 구절을 통해서 알 수 있다. 현재 시점에서 화자가 서 있는 니가타는 조선민주주의인민공화국을 유일한 목적지로 삼고 있는 것이나 다름없는 '귀국선'의 출발지였다.

---

45 김시종, 앞의 책, 53~54면.

46 니시무라 히데키, 심아정·김정은·김수지·강민아 역,『'일본'에서 싸운 한국전쟁의 날들—재일조선인과 스이타사건』, 논형, 2020, 317~318면. 김시종이 스이타 사건의 시위에 참가했었다는 사실은 1999년 아사히신문 창간 120년 기념판에서 기사로 다루어진 바 있다. 같은 책, 300면.

47 위의 책, 316면. 김시종은 이러한 주제의식을 2015년 출간된 『장편시집 니이가타』 한국어판 서문에서도 비슷하게 밝히고 있다.

바다를 건넌

배만이

내 사상의

증거는 아니다.

다시 건너지 못한 채

난파했던

배도 있다.

사람도 있다.

개인이 있다.[48]


앞 절에서 확인한 것처럼, '귀국' 운동의 자장 속에서 '동양 지도' 위에 새롭게 그려지고 있던 '청진－니가타'라는 항로는, 김시종의 언어로 번역하자면 당시의 총련 조직으로부터, 혹은 공화국으로부터 유일하게 인정되는 '사상의 증거'이기도 했다. 그렇다면 십수년 전 바다를 건너지 못하고 난파한 '배'의 존재는, 그리고 '개인'의 존재는 어떻게 설명되어야 하는가, 라고 그는 묻고 있는 것이다.


막다른 골목길인

마이즈루만舞鶴湾을

엎드러 기어

완전히

---

48  김시종, 앞의 책, 86면.

아지랑이로

뒤틀린

우키시마루浮島丸가

어슴새벽.

밤의

아지랑이가 돼

불타 버렸다.

오십 물 길

해저에

끌어당겨진

내

고향이

폭파된

팔월과 함께

지금도

남색

바다에

웅크린 채로 있다.[49]


제2부 1장의 끝부분에 이르면 난파한 배의 이름 '우키시마마루'와 난 파한 장소 '마이즈루만'이 시어로 등장하며, 2장에서는 본격적으로 여

---

[49] 위의 책, 92~93면.

러 가지 사건들이 겹쳐지기 시작한다. 여기서 시적 시간과 공간은 시체들이 겹겹이 쌓인 마이즈루만의 해변에서 제주 4·3 사건의 현장으로, 다시 '아버지'의 고향 원산으로, 또 다시 미국의 무장함 제너럴 셔먼호가 침입한 1866년의 대동강으로 급변한다. 3장에서는 1948년으로 시간대가 또 한 번 바뀌며 5월 단독선거 전후의 상황이 묘사된다. 1948년 5월 10일 UN 감시 하에 이루어진 남조선 단독 총선거는, 아직 국가가 수립되지 않은 '조국'의 두 체제 사이에서 그것을 자신의 '소속'과 일본 내 지위에 직결된 문제로 인식하며 미소공위의 재개와 결렬 과정을 가슴 졸인 채 지켜봐온 재일조선인 사회에 결정적인 분열의 기폭제로 작용한 사건이었다. 김시종은 "5월"이라는 시어에 스스로 주註를 달아 그것을 강조한다. 그는 주에서 "같은 해 4월 3일, 불길을 올린 제주도인민 봉기사건은 진압까지 2년여가 걸렸다. (…중략…) 이때 학살된 제주도민의 수는 7만 3천명을 넘어섰고, 섬 내 5만 7천 가옥 가운데 그 반수를 넘은 2만 8천 가구가 완전히 불태워졌다"고 하면서 제주 4·3사건을 직접 언급한다.[50]

해방 후 제주도에서 남로당원으로 활동했던 김시종은 자서전에서 이 '참혹한 5월'에 대해 좀 더 상세히 쓰고 있다. 그는 사촌매형의 시체를 눈앞에서 보고서야 제주를 휩쓴 "광란의 학살"이 자신의 주변에까지 뻗어오고 있음을 온몸으로 느꼈다. "참살된 시체를 찬찬히 본 것은 이때가 처음"이었다.[51] 뒤틀린 팔과 반쯤 쥔 주먹, 까맣게 도려내져 허공을 보는 듯 피에 물든 눈구멍, 절규하듯 벌어진 채 굳어버린 입을 보며 그는

---

50  위의 책, 186면.
51  김시종, 윤여일 역, 『조선과 일본에 살다-재일시인 김시종 자전』, 돌베개, 2016, 210면.

"표현할 길 없는 분노가 몸을 흔들고 증오가 몸속에서 날뛰었"다고 회상한다. 그는 T. S. 엘리엇의 시구를 차용하여 "누군가의 시는 아닙니다만, 정말이지 '5월은 잔인한 달'입니다"라고 덧붙인다.[52] 『장편시집 니이가타』에서는 그 '참혹한 5월'에 대해, "읍내에서 / 산골에서 / 죽은 자는 / 오월을 / 토마토처럼 / 빨갛게 돼 / 문드러졌다"고 묘사하고 있으며,[53] 이 '5월'을 경계로 하여 화자의 '조국'은 "가항을 / 뱃바닥에 / 감금한 채" 폭발한다.[54] 이는 우키시마마루가 폭발하는 순간과 겹쳐지면서 『장편시집 니이가타』의 절정을 이룬다.

이후 제2부의 4장에 이르면 '그'라는 3인칭 화자가 처음으로 등장한다. 그는 "바다의 오장육부에 삼켜진" 잠수부이며,[55] 배에 갇혀 바다에 가라앉은 자신인 동시에 그 자신의 뼈를 수습하기 위해 배 속으로 들어온 또 다른 '나'이기도 하다. 시대적 상황은 "전쟁이라고는 하지만 / 바다 저 멀리 / 건너편의 일"로 치부되고 "주형鑄型에서 쫓겨난 / 수도꼭지조차 / 깎여 / 폭탄이 되"던 때이다.[56] 이는 침몰 후 마스트를 수면 위로 드러낸 채 마이즈루만 시모사바카 앞바다에 잠긴 지 5년 만에 우키시마마루의 인양이 실시된 1950년과, 또 한 차례의 인양이 실시된 1954년의 상황을 가리킨다. 1950년에 실시된 제1차 인양의 목적은 우키시마마루의 원 소유주였던 오사카상선주식회사가 배의 훼손 여부를 확인하

---

52 위의 책, 213면.
53 김시종, 앞의 책, 107면.
54 위의 책, 112면. 우키시마마루의 침몰이라는 집단적 기억을 4·3이라는 집단적 기억과 김시종의 밀항이라는 개인적 기억의 겹침으로 해석한 연구로는 김계자, 「돌 하나의 목마름에 천의 파도를 실어-김시종『장편시집 니이가타』」, 고명철 외, 앞의 책.
55 위의 책, 124면.
56 위의 책, 119면.

고 그것을 재사용할 수 있는지 검토하기 위해서였다. 폭발 직후 'ᄉ' 모양으로 꺾여 가라앉았다가 이내 'ᄉ' 모양으로 뒤집어진 채 그대로 침몰한 배의 후방부가 우선 인양되었으나 배의 훼손도가 너무 심해 재사용할 수 있는 상태가 아님을 확인한 오사카상선주식회사는 나머지 전방부의 인양을 포기했다. 그렇게 남은 전방부는 1954년 1월, 선체를 고철로 재사용할 목적으로 인양되었다. 한국전쟁 당시 일본은 전쟁에 필요한 군수산업의 재부흥으로 이른바 전쟁특수를 누릴 때였기 때문에 인양된 선체는 고철로서의 이용가치가 있었다.[57]

조선인들을 '해방'된 조선으로 귀환시키기기 위해 출항한 바닷길에서 침몰한 우키시마마루는 한국전쟁으로 부흥을 노리던 '전후 일본'의 공간에서 다시금 그 모습을 드러냈다. 두 차례 모두 진상 조사나 유골 발굴 및 수습 자체가 목적은 아니었다. 우키시마마루는 아시아·태평양전쟁의 종결과 함께 가라앉았다가 한국전쟁과 함께 참혹하게 일그러지고 부식된 채 다시 떠올랐다. 『장편시집 니이가타』에서는 이러한 인양 상황에서 유골 수습을 위해 선체에 진입한 잠수부를 '바다의 오장육부에 삼켜진 잠수부'라고 표현하고 있다. 그는 수면 위로 돌아가지 못한 채 '바다의 오장육부'와도 같은 배 안에 갇혀 "**핍색逼塞한 날들**"을 보내면서,[58] (강조는 인용자) 이미 죽은 자들을 응시하는 동시에 기억해 내는 자였던 것이다.

---

57 우키시마마루의 인양 과정에 대해서는 金賛汀, 앞의 책, 216~230면에 상세히 기술되어 있다.
58 김시종, 앞의 책, 115면.

흐릿한 망막에 어른거리는 것은

삶과 죽음이 엮어낸

하나의 시체다.

도려내진

흉곽 깊은 곳을

더듬어 찾는 자신의 형상이

입을 벌린 채로

산란하고 있다.[59]

　자신 또한 물속에 갇힌 존재이면서 이미 죽은 자의 도려내진 가슴을 더듬어 찾는 잠수부의 형상은, 김시종이 매형의 시체와 그 도려내진 눈구멍을 처음으로 응시했다고 하는 1948년의 '잔인한 5월'을 상기시키기에 충분하다. 그 시체를 보며 온몸을 훑고 지나갔던 전율의 정체는 무엇일까. 도미야마 이치로에 따르면, 전장이나 폭력·학살의 현장에서 죽은 자의 옆에서 다음 총살을 기다리는 자는 시체에 의해 "응시"되는 자이며, 이러한 시선의 연쇄를 통해 '응시되는 자=기술자記述者'의 운명은 계속된다. 그 운명을 인지하는 것에서부터 저항은 시작된다.[60] 그러한 운명에의 예감은 바다에 가라앉은 우키시마마루의 인양을 위해 물속에 들어간―사실상은 물속에 갇힌―잠수부의 운명에 대한 것이기도 하다. 잠수부의 망막에 맺힌 것은 '삶과 죽음이 엮어낸 하나의 시체'인 동시에, 그 시체를 더듬어 찾는 '자신의 형상'이기도 했다.

---

59　위의 책, 124면.
60　도미야마 이치로, 손지연·김우자·송석원 역, 『폭력의 예감』, 그린비, 2009, 27~30면.

제3부 '위도가 보인다緯度が見える'에 이르면 화자는 다시 1959년 현재의 니가타로 돌아온다. 제1부의 도입부에서부터 이미 화자는 북위 38도의 연장선에 위치한 니가타의 '귀국센터' 위에 서 있는 것으로 기술된 바 있다.[61] 그곳은 일본에서의 삶을 모두 정리한 재일조선인들이 최소한의 짐만 들고 '귀국선'을 타기 전 마지막 며칠을 보내기 위해 수용되었던 곳, '귀국'에 대한 심사와 함께 최종적으로 '귀국 의사'를 확인했던 일본 적십자센터이다.[62] 그 경계를 넘지 않겠다고 이미 제1부에서 단언한 바 있는 그에게 위도란 "불길한" 것이며, "금강산 벼랑 끝에서 끊어져" 버린 것이다.[63] 니가타에서 청진으로 이어지는 이 '불길한' 북위 38도 위의 일방적 항로를 회피하기 위해, 시인은 마이즈루, 시모키타 반도, 제주, 원산, 평양 등을 어지럽게 오가며 '재일을 살아가는' 자의 역사와 현재를 써 나가는 자신의 위치를 확인한다. 그것은 다름 아닌 우키시마마루가 나섰던 "환영의 순례幻の遍路"를 상상하며 시작된 것이다.

그것이

가령

환영의 순례라 하여도

가로막을 수 없는

---

61 동북 일본과 서남 일본을 둘로 가르는 경계이자, 북위 38도의 연장선에 위치해 있기도 한 니가타의 지정학적 특성과 관련하여 고명철은 김시종이 니가타 자체를 '틈새'로 인식하고 그 위에 현존한다는 점에 주목했다. 고명철, 「재일조선인 김시종의 『장편시집 니이가타』의 문제의식―분단과 냉전에 대한 '바다'의 심상을 중심으로」, 고명철 외, 앞의 책, 214면.

62 니가타의 일본적십자센터에서 이루어진 '귀국' 심사 및 이를 위해 대기하고 있던 수용자들의 일상은 테사 모리스 스즈키, 앞의 책, 19~31면에 생생히 재구성되어 있다.

63 김시종, 앞의 책, 178면.

조류가

오미나토를

떠났다.[64] (강조는 인용자)


김시종은 한국어판 간행 당시 자신이 쓴 서문에서, 『장편시집 니이가타』를 쓰게 된 경위와 그것을 뒤늦게 출판했던 이유에 대해 쓰고 있다. 다음은 그 일부이다.


　　북조선으로 '귀국'하는 첫 번째 배는 1959년 말, 니이가타항에서 출항했는데, 『장편시집 니이가타』는 그때 당시 거의 다 쓰여진 상태였다. 하지만, 출판까지는 거의 10년이라는 세월이 흐르지 않으면 안 됐다. 나는 모든 표현행위로부터 핍색逼塞을 강요당했던 터라, 오로지 일본에 남아 살아가고 있는 내 '재일'의 의미를 스스로 생각해 발견해야만 하는 입장에 서게 되었다. 이른바 『장편시집 니이가타』는 내가 살아남아 생활하고 있는 일본에서 또다시 일본어에 맞붙어서 살아야만 하는 "재일을 살아가는在日を生きる" 것이 갖는 의미를 자신에게 계속해서 물었던 시집이다. 그러므로 내게는 '마디'가 된 시집이다. 1970년 겨울 마침내 나는 결심을 굳혔다. 10년간 보관만 하고 있던 『장편시집 니이가타』를 소속기관에 상의하지 않고 세상에 내놓아 조선총련으로부터의 모든 규제를 벗어 던졌다.[65] (강조는 인용자)


　　주목할 점은 『장편시집 니이가타』가 1960년 전후로 거의 완성되었

---

64　위의 책, 91면.
65　김시종, 「한국어판 간행에 부치는 글」, 위의 책.

다고 그 스스로 말하고 있으며 텍스트에서도 1959년의 니가타가 시간적·공간적으로 '지금 여기'의 경계를 이루고 있지만, 우키시마마루의 폭발–침몰–인양이라는 상황은, "조선총련으로부터의 모든 규제를 벗어 던"지고 1970년『장편시집 니이가타』가 출간되기까지의 10년이라는 시간의 차를 은유하기도 한다는 점이다. "바다의 오장육부에 삼켜져" 버린 잠수부는 여전히 "핍색한 날들"을 보내고 있는 중이다. 거기서 "자유자재로 변환할 수 있는 / 유영을 꿈꾸고 있"으며 "바다 그 자체의 영유領有야말로 / 내 간절한 바람이다"라고 말하는 '잠수부=나'는,[66] 위의 한국어판 서문에 나와 있듯이 "모든 표현행위로부터 핍색을 강요당했던 터라 오로지 일본에 남아 살아가고 있는 내 '재일'의 의미를 스스로 발견해야만 하"던 10년 간의 '나=김시종'과도 겹쳐진다. 이 지점에서 '잠수부'의 운명은 응시하는 자=응시되는 자의 관계를 함축하는 '기술자'의 그것으로 확장된다.

김시종은 우키시마마루의 침몰과 자신을 둘러싼 민족조직의 규제 상황을 가리켜 동일하게 '핍색'이라는 말로 규정하며 '재일'의 의미를 발견하고자 했다. 이는 과거의 불가능했던 귀환은 잊고 일시적인 재류 상태에서 벗어나 '조국'으로 향하자는 '귀국' 이데올로기에 대한 대응이었다. 『장편시집 니이가타』가 출판된 시점에는 이미 귀국자들의 실상이 드러나기 시작하고 있었다. 김시종은 바다에 갇힌 우키시마마루=잠수부와 현실에서의 총련 압박하의 자기 상황을 겹쳐서 이중의 '핍색'으로 의미화하였지만, 시집이 출판된 시점에서 빙산의 일각을 드러낸 귀

---

66 위의 책, 117면.

국자들의 실상이야말로 '핍색' 그 자체였던 것이다. 이미 그 실상이 드러나기 시작하는 시점에서 말해진 '귀국'의 불길함은 약간 빛바랜 감이 있지만 한편으로는 자신의 예언이 현실화했다는 확신으로도 읽힌다. 귀국자들의 실상은 '핍색'이 시간적·지리적으로 연속되고 있음에 대한, 그리고 '귀국'의 불길함에 대한 증거임이 분명했지만 그들은 한동안 '재일'의 의미 속에서 발견될 수도, 쓰일 수도 수 없었다.

'해방' 직후 500명 이상의 조선인이 사망한 우키시마마루 사건은 조선인들을 대거 귀환시킨 마이즈루 항 연안에서 발생했지만, 일본 주류 집단의 기억에서 마이즈루는 패전 후 외지에서 몰려든 일본인들의 인양을 상징하는 항구로 표상되었다. 마이즈루 인양기념관이 국가적 기억을 공식화하기 위한 문서document들의 보관소라면, 마이즈루에서 일어난 우키시마마루 사건에 대한 기억들이 희미해진 현장에 세워진 우키시마마루 사건 순난비는 그러한 국가적 서사에 파열점을 내는 기념물 monument로 바라볼 수 있다. 이 장에서는, 국가권력이나 통치세력에 의한 상징화 작업에 포함될 수 없는 '사건'의 고유한 자리로서 우키시마마루 사건의 내력과 정치를 기술하고자 한 시도들을 살펴봄으로써, '전후 일본'이라는 동질적인 담론 공간을 탈구축하고자 하였다.

'귀국' 사업은 '귀환 불가'라는 조건을 벗어나 '조국'으로의 합법적 이동이 가능하다는 논리를 재일 작가들에게 제공했다. 이러한 '귀국' 이데올로기의 자장 속에서, '해방' 직후 '불가능한 귀환'을 상징했던 우키시마마루 사건을 다시금 소환하는 글쓰기가 시도되었다. '귀국' 지향성이 가장 절정에 이르던 시기에 총련의 문화주의 노선에 따라 쓰인 김민의 「바닷길」은 우키시마마루 사건을 재일조선인 생활사의 출발점에 위치시키려던 기획의 실패를 보여준다. 희생자를 애도하며 우키시마마루 사건을 '귀국'의 성공이라는 맥락으로 재의미화하려 한 김민의 기획은, 공화국 문학의 스타일을 모방하여 장구한 재일조선인사의 관점에서 그 것을 조망하겠다는 기획으로 수정된 채 중단되었다. 활발히 생산된 '귀 국' 서사를 기점으로 총련계의 조선어 문학은 공화국 문학의 기조에 입 각하며 그 노선을 분명히 해 나갔지만, 공화국 스타일을 모방한 조선어 로 재현될 수 없는 생활이자 현실로서의 재일이라는 범주 또한 중요하 게 의식되기 시작했다.

1970년에 간행되었지만 실상은 이미 1960년에 거의 완성된 상태였 다고 스스로 강조하는 김시종의 『장편시집 니이가타』 또한 우키시마마 루를 '귀국'의 은유로 사용했다. '귀국'의 출발지인 니가타 항에서 1945년의 우키시마마루 사건을 떠올리는 김시종은 우키시마마루의 침 몰과 자신에 대한 총련의 압박을 가리켜 동일하게 '핍색逼塞'이라는 표 현을 사용하며, 이러한 이중의 '핍색' 속에서 '재일을 산다는 것'의 의미 를 발견하고자 했다. 이는 '불가능한 귀환'을 극복하고 '재일'의 조건을 벗어나 '조국'을 실제로 접할 수 있다는 '귀국'의 논리에 대항하여 '재 일'의 조건을 재규정한다는 것을 뜻했다. 하지만 『장편시집 니이가 타』가 간행된 1970년의 시점에서는 이미 일본에도 귀국자들의 실상이 알려지고 있었다. 귀국자들의 실상이야말로 시간적 단절을 뛰어넘은 '핍색'의 상황, 그리고 김시종 자신이 예견했던 '귀국'의 불길함에 대한 증거였을 터였다. 하지만 그들은 더 이상 김시종이 '핍색'이라는 표현을 통해 의미화하고자 한 '재일'의 시야에서 발견될 수도, 쓰일 수도 없었 다. 정작 '귀국'의 당사자들은 여전히 언어를 갖지 못한 채, '모든 표현

행위로부터 핍색을 강요'당하고 있었다.

하지만 '귀국'의 불길함을 주장하면서 왜 그 당사자의 목소리를 배제했느냐고 물을 수는 없을 것이다. 1960년 전후로는 '귀국' 지향이 재일조선인들의 반박 불가능한 정치 노선처럼 여겨지고 있던 상황이었다. 그러한 상황에서 김시종은 '재일'의 역사와 현재를, '조국'으로 돌아가지 못하고 침몰해버린 우키시마마루에 갇힌 채 그 안을 쉼 없이 탐색하는 잠수부의 모습으로 형상화해 내었다. 누군가에게는 그 갇힌 상황으로부터 벗어나는 길이 바로 '귀국' 대열에 동참하는 것일 수도 있었을 터이다. 하지만 김시종은 그 해답이 적어도 니가타 적십자센터에서 일괄적 수속으로 처리되어 버리는 '귀국' 사업이어서는 안 되었다는 것을, 1970년의 시점에서 다시금 돌아보게 하였다.

'귀국' 지향을 근간으로 하는 총련의 문화주의가 재일조선인 운동을 주도하기 시작했을 때, 북한으로의 집단적 이주=추방이었던 '귀국' 사업보다 앞서 진행된 것은 북한에서의 재일 문학 출판 사업이었다. 다음 장에서는 그러한 출판 사업을 통해 '조국'의 독자를 확보하게 된 김달수와 이은직이 북한에서 어떤 방식으로 읽혔는지를 살펴보고, 나아가 북한과 30여 년의 시차를 두고 재일 문학을 민족문학으로 통합하고자 했던 남한에서는 또한 어떤 방식으로 읽혔는지에 대해 비교적 관점에서 접근하여 보고자 한다.

# 제5장

# '조국'으로부터의 문화통합

## 남북한 출판에서의 개작과 번역

## 1. '분단 조국'으로 월경하는 재일 텍스트

재일조선인 문학 연구에서 김달수와 이은직은 식민지 시기부터 활동했던 '제1세대' 작가로 분류되는 작가들이다. 하지만 김달수의 일본어 소설이 북한에서 조선어로 '번역'된 사실이나, 이은직이 일본과 대한민국, 그리고 조선민주주의인민공화국이라는 세 개의 체제 모두에서 자신의 이름으로 문학서를 출판한 유일한 재일조선인 작가라는 점은 그리 주목되지 않았다. 이러한 사실들은 일본어 (퀀)텍스트와 조선어 (퀀)텍스트를 동시에 고려할 때 중요한 의미를 띠게 될 것이다. 이 장에서는 재일조선인 문학의 공간을 '전후 일본'에서 '분단 조국'으로 확장하고, 그 사이에서 발생하는 복잡한 교차의 흔적을 재구성하여 남북일 냉전구조에서 재일 텍스트의 월경이 의미하는 바에 대해 살펴보고자 한다.

이 장에서 주로 언급되는 두 작가는, 북한과 재일조선인 문학을 연결하는 '상식의 고리'에서는 예외에 해당하는 인물들이다. 왜냐하면 1955년 한덕수 의장 체제와 함께 출범한 총련과 '공화국'과의 공고한 연계 속에 '공민문학'으로 포섭된 재일조선인 문학의 특정한 범주 자체가, 거꾸로 '조총련계 문학'과 '조선어 문학'이라는 '상식의 고리'를 만들어 간 측면이 있기 때문이다. 물론 이러한 '예외'를 통해 재일조선인 문학의 북한에서의 통합 과정을 추적하는 방법은 북한 내에서 출판되고 유통되고 읽힌 재일조선인 문학의 전체 규모를 파악하는 데는 부족한 점이 적지 않다. 이 장에서는 그러한 한계를 보완하고자 4·19와 5·16이라는 남한의 정치상황, 그리고 '한일회담'이나 '귀국' 사업처럼 남북한이 일본과 맺는 국제적 관계 속에서 재일조선인 문학을 선택·수정·조직해 가려는 북한의 문학 담론을 함께 살핀다. 그러한 '자국문학'으로서의 '공민문학'을 위한 번역 / 개작 과정에는, '전후 일본'이라는 권력－지식 관계망 속에서 재일조선인의 글쓰기를 추동하는 문단의 장치와 일본어로 연결된 창작－독서공동체의 관계, 나아가 '전후 일본'과 '분단 조국' 사이에서 길항하는 재일조선인 작가의 복잡한 정치적·미학적 입장을 배제하거나 축소하는 과정이 개입된다. 이 장의 전반부인 1절과 2절에서는 각각 4·19를 소재로 한 일본어 원작이 번역됨으로써, 그리고 활발하고 중첩적인 이언어의 병행 창작 가운데 조선어 창작만이 선택됨으로써 북한의 문학 시스템에 편입된 두 '예외'적인 장면을 조명하고자 한다. 이를 통해, 재일조선인 문학의 배제 / 포섭이라는 전략으로 '자국문학'의 피라미드를 보충하고자 했던 북한 문학 담론의 함의를 가시화하고자 한다.

반면 1980년대 후반 한국에서 월북작가 해금 조치와 맞물려 번역된 김달수와 이은직의 장편 역사소설들은 한국에서 진행된 재일조선인 일본어 작품의 '민족문학' 편입 원리를 전형적으로 보여주는 일본어 텍스트들이다. 이 중 이은직은 해방 직후부터 조선어 글쓰기와 일본어 글쓰기를 중단 없이 병행한 이언어 작가이며, 이미 1960년대에 '공민문학'으로서의 재일조선인 문학이 북한에 편입되기 시작한 초기부터 모범적인 사례로 언급되고 있었다. 한국에 그의 일본어 소설이 처음 번역된 1980년대 후반에도 그는 북한에서 활발하게 자신의 조선어 창작을 발표하고 있었다. 하지만 한국에서 그가 '민족문학으로서의 재일조선인 문학'의 전형으로 자리잡는 과정에는 그 모든 '예외성'이 소거된 채 '민족어'를 유실한 일본어 작가로 포착되는 과정이 포함된다.

## 2. '공민'의 문법 – '귀국'에 앞선 재일 문학의 북한 수용

1954년 8월 30일, 북한의 남일 외상은 평양 방송을 통해 일본 거주 조선인에 대한 일본정부의 부당한 처우에 항의하며, 그들을 조선민주주의인민공화국의 공민으로 처우하고 그 정당한 권리를 인정하라는 내용의 성명을 발표하였다. 이는 북한에서 재일조선인을 공화국의 공민으로 명시한 첫 사례였다. 한편 일본에서는 1955년 평화헌법과 미일안전보장조약 개정을 둘러싸고 보수정당과 진보정당이 각각 통합하여 자민당과 사회당의 양당체제로 개편하였다. 이로써 이른바 일본의 '55년 체제'가 성립되었다. 같은 해 일본공산당은 무력투쟁에서 의회주의로 노선을 전환하며, 무력투쟁의 선봉에 섰던 재일조선인의 역할을 축소시켰다. 일본공산당이 이처럼 극좌모험주의와의 단절을 선언한 직후 재일조선인 조직은 민전 해산과 총련의 결성이라는 수순을 밟게 된다. 한편 민단 집행부는 한국전쟁 발발을 전후로 이승만정권을 지지하며 조직을 정비했다.[1] 이처럼 일본공산당은 1955년 1월을 기점으로, 그때까지 재일조선인운동을 일본의 천황제 타도 및 계급운동에 포함해온 기존의 노선을 변경한 것이다. 그 영향으로 1955년 재일조선인 당원들은 대거 탈당하고 새롭게 결성된 총련을 중심으로 결집하게 되었다.

북한 측에서 재일조선인들을 '조선민주주의인민공화국의 공민'으로 공식 선언한 이후, 재일조선인 작가들을 지칭하는 용어로 '공민 작가'라는 표현을 확인할 수 있는 것은 1956년 10월에 개최된 제2차 조선작가대회 문헌집에서이다. 이 대회에는 조선작가동맹의 요청으로 허남기, 남시우 등의 재일조선작가들이 대표로 선출되어 파견될 예정이었으나, 일본 외무성의 허가를 받지 못해 참석이 불발되었다.[2] 대회 당시 재일조선인 작가들에 관해 발제한 송영은 재일조선인 작가들이 대회에 참석하지 못한 것에 대한 아쉬움을 드러내며, "다음번 대회에는 그들도 영광스러운 우리 조국 조선민주주의인민공화국의 떳떳한 공민 작가로서 한 자리에 모여질 것을 확신하는 바"라고 힘주어 말하였다.[3] 그는 나아가 재일조선인 작가들이 '조국'의 평화통일과 자유왕래·문통·교류를 달성

1　松田利彦, 「1950年代末~1960年代における在日韓国人の民族統一運動ー『統一朝鮮新聞』の分析を軸に」, 東京大学 アジア地域研究センター 韓国学研究部門·青巖大学校 在日コリアン研究所, 〈在日コリアン研究成果拡散大会〉, 東京大学, 2016.6.8.

2　송혜원, 『'재일조선인 문학사'를 위하여ー소리 없는 목소리의 폴리포니』, 소명출판, 2019, 228면.

3　송영, 「재 일본 조선인 작가 예술가들에게 형제적 성원을 보내자」, 『제2차 조선작가대회 문헌집』, 조선작가동맹출판사, 1956, 89면.

하기 위한 '새로운 투쟁 단계'에 들어섰다고 하면서, 재일조선인 문학이 재일동포 사회 전체를 고무시킬 힘이 있다는 점과 '조일 양국 인민의 우의와 친선'에 이바지하는 바가 크다는 점을 강조하였다. 따라서 재일조선인 작가들의 작품을 더 많이 발굴하여 조선작가동맹 기관지 및 기타 출판물을 통해 발표할 것과, 재일본조선인문학회의 추천을 통해 재일조선인 작가들을 조선작가동맹의 맹원으로 받을 것, 그리고 재일조선인 작가들의 공화국 파견, 상호 왕래 및 문서교환 등을 통하여 "재일본 동포 작가들과 모국의 작가간의 호상 련계를 더욱 공고화하게 할 것" 등을 제안하였다.[4]

제2차 조선작가대회가 개최된 시기는 『조국에 드리는 노래』라는 제목으로 총련 계열의 대표적인 시인 허남기, 강순, 남시우의 3인 시집이 도쿄에서 발행된 직후였다. 송영은 이 시집을 가리켜 '새로운 투쟁 단계'에 들어선 재일조선인 문학의 '새로운 활동의 표현'이라고 평가하였다. 한편으로 북한 문학계 내부의 상황을 살펴보면, 제2차 조선작가대회는 1956년 8월의 반종파 투쟁 이후 문학적 쇄신의 필요성이 제기됨에 따라 기획된 것으로, 북한의 공식적 관점에서 이 대회는 수정주의를 비판하고 사회주의적 사실주의의 원칙을 고수한 것으로 평가되었다. 하지만 실제 작가대회의 보고와 토론에서는 도식주의 비판, 기교와 형식

---

4  위의 글, 104면. 1957년에는 허남기, 남시우, 김민이 문예동 맹원중 가장 먼저 조선작가동맹의 정맹원이 되었다. 1963년 3월 1일에는 북한의 문예총(조선문학예술총동맹) 산하 각 동맹(조선음악가동맹, 조선미술가동맹, 조선영화인동맹, 조선작가동맹, 조선연극인동맹, 조선무용가동맹 등)에서 정맹원 또는 후보맹원으로 선발된 재일조선인 문학예술들에 대한 맹원증 수여식이 진행되었다. 이때 문예동 소속 작가 정화수가 후보 맹원으로 이름을 올렸다. 「재일 문예 일꾼 19명에게 조국 문예총 가맹증 수여」, 『문학예술』 5, 1963.3, 89면.

의 강조, 문학예술에 가해지는 관료주의적 통제에 대한 비판 등이 다양하게 제기되었다. 약 2개월 후 천리마 운동의 시작과 김일성 개인숭배 강화에 따라 제2차 조선작가대회의 성과는 대부분 부정되지만, 이 대회는 북한 문학 내부의 실질적인 균열과 다양하고 자유로운 창작 가능성, 그리고 내재적 변화 가능성 모두를 보여주었던 사건으로 평가된다.[5]

이처럼 북한에서 재일조선인 문학에 대한 발견과 포섭은, 재일조선인 운동을 일본공산당으로부터 분리하고 재일조선인을 총련으로 새롭게 결집시키며 공화국과의 연계를 공고히 하려는 움직임, 그리고 북한 문학계 내부의 쇄신 요구와 일시적인 다양성이 공존하는 분위기가 맞물리는 가운데 이루어졌다. 이런 조건 속에서 송영은 현재 재일조선인 작가들이 구체적으로 나아가야 할 방향을 제시하기에 앞서 우선 그들이 스스로 내세운 '새로운 투쟁'의 과제란 무엇인지 검토했다. 물론, 재일조선인 문학이 당의 문예정책에 따라야 한다는 것이 기본적인 입장이었지만, 당시의 시점에서는 재일조선인 문학과 적극적으로 교류하고, 자유롭게 양쪽 작가들을 교환할 수 있는 체제의 기반이 마련되기를 기대한 측면이 더 컸음을 짐작할 수 있다.

송영이 제2차 조선작가대회에서 시집 『조국에 드리는 노래』를 언급한 지 약 1년 후, 이 책은 동일한 표제를 가지고 평양의 조선작가동맹출판사에서 첫 '재일본조선시집'으로 간행된다. 이 책은 북한에서 단행본 형태로 발행된 최초의 재일조선인 문학 작품집이다. 또한 1959년에는 남시우의 개인시집 『조국의 품안에로』가 도쿄의 재일조선문학회에서

---

5 오성호, 「제2차 조선작가대회 전후 북한문학 – 한설야의 보고를 중심으로」, 『배달말』 40, 배달말학회, 2007.

발행된 지 1년 뒤에 같은 표제로 평양의 조선작가동맹출판사에서 발행되었고, 이듬해에는 허남기의 개인시집『조국을 향하여』가 역시 조선작가동맹출판사에서 발행되었다. 그리고 1965년에는 총련 결성 10주년을 맞아 '재일조선작가시집'과 '재일조선작가소설집'이 북한에서 나란히 발행되었다.[6] 이 중 '재일조선작가소설집'인『조국의 빛발아래』는 북한에서 처음으로 독점 출판된 재일조선인 작가들의 조선어 소설집이다. 여기에는 임경상(림경상), 박원준, 이은직(리은직), 김재남 등의 조선어 텍스트와 함께 김달수의「밤에 온 사나이」도 함께 수록되었는데, 이는 앞의 제2장에서도 언급한 바 있는 일본어 소설「밤에 온 남자夜きた男」(1960.6)의 조선어 번역본이다.『조국의 빛발아래』수록작 중 번역은 이 단편이 유일하며, 나머지는 모두 재일조선인 문예지나 신문에 조선어로 발표된 것들이다.[7] 여기에는 총12명의 작가들이 직접 선정했다고 하는 단편 및 소품 17편이 수록되었다. 편집자 서문[8]에 제시된 수록작

---

6 이상의 출판사항은「재일조선문학(작품, 평론)집 목록」,『문학예술』110, 재일본조선문학예술가동맹, 2009.6, 105면 참고. 1957년에서 1990년 사이 북한에서 출판된 재일조선인 문학서 현황은 이 절 끝에 첨부된 표 3 참조.

7 「밤에 온 사나이」외에 일본이나 평양에서 발행된 재일조선인 작품집에 조선어로 번역되어 수록된 김달수의 작품으로는『찬사』(1962)에 실린「장군의 상」과『조선문학』(1956.5~6)에 실린「손영감」이 있다. 송혜원, 앞의 책, 50~51면.

8 「편집부로부터」,『조국의 빛발아래』, 조선문학예술총동맹출판사, 1965. 수록작들을 편집부에서 제시한 주제별로 분류해 보면 대략 다음과 같다. ①「스승의 길」(림경상), 「비오는 날」(조남두), 「포옹」(김민), 「승리의 날에」(김재남), 「임무」(리은직) ②「생명」(림경상), 「환송」(박원준), 「아버지와 아들」(리수웅), 「바지와 저고리」(김병두), 「호출장」(김영철) ③「이남의 거리」(박원준), 「밤에 온 사나이」(김달수), 「전기」(박영일), 「겁쟁이」(김병두), 「삐라」(리필국), 「투쟁 속에서」(김재남), 「마지막 총'부리는」(리은직). ③에서 남한을 직접 무대화하는 작품으로는, '일본 밀항→(4·19전후) 남한으로의 역밀항'을 서술한「밤에 온 사나이」와「전기」를 제외한 작품들, 즉 5·16 직후의 반미·반정부 투쟁을 그린「이남의 거리」·「삐라」, 동시기 대한민국 경찰의 소시민적 삶과 심리적 변화를 그린「마지막 총'부리는」, 한일회담 반대투쟁을 다룬「투쟁 속에서」와 소품「겁쟁이」등 5편이다.

들의 주요 테마는 다음과 같이 분류할 수 있다.

① "공화국의 공민 된 자랑과 궁지를 안고" 일본의 민족적 차별에 맞서는 과정
② "그리운 조국으로 돌아오기까지의 갖가지 이야기며 귀국의 감격과 환희"
③ 미제국주의의 침략에 대한 "남조선 인민의 애국 투쟁" 및 통일 염원 투쟁

이때 ②의 '조국으로 돌아오기까지'란 물론 북한으로의 '귀국' 사업을 가리킨다. 하지만 실제 수록된 작품 중에는 남한→일본(밀항)→남한(역밀항)의 루트를 다룬 것도 있는데, 김달수의 「밤에 온 사나이」가 대표적이다.[9] 이 소설은 남한에서 밀항한 남성이 4·19 직후 남한의 혁명에 동참하기 위해 되돌아간다는 암시를 주는 한편 재일조선인 작가인 '나'에게 북한으로의 '귀국'을 권유하는 방식으로 남과 북 각각의 방향성을 제시한다. 투쟁 장소로서의 남한, 귀속 장소로서의 북한이라는 인식은 남한을 무대로 한 수록작들의 공통점이기도 하다. 박영일의 「전기」역시 남한에서 미군과 공권력의 횡포를 피해 일본으로 밀항한 대한민국 청년을 묘사한다. 청년은 총련 활동에 열성적인 한 재일조선인 여성을 통해 민족애와 반미적 투지를 확인하고 남한으로 돌아가 4·19 대열의 선두에서 희생되는데, 소설은 이 소식을 듣고 일본에서 제사를 지내주는 그 여성과 남편의 회상 구조로 되어 있다. 특히 「전기」는 이처럼 남한→일본(밀항)→남한(역밀항)의 루트가 결국 ③의 주제, 즉 미제 침

---

9　김달수 텍스트의 '역밀항'에 대해서는 박광현, 「'밀항'의 상상력과 지도 위의 심상 '조국'−1963년 김달수의 소설을 중심으로」, 『일본학연구』 42, 단국대 일본학연구소, 2014 참조.

락에 대한 '남조선 인민'의 투쟁을 서사화한다는 것과 관계있음을 전형적으로 보여준다.

이 책에 수록된 작품들이 일본에서 처음 발표된 시기는 1960년 1월에서 1965년 1월 사이이다. 수록작들은 대부분 작품이 발표된 시기와 비슷한 시간대를 그 서사적 배경으로 삼았다. 특히 남한을 무대로 한 수록작들은 4·19와 5·16, 그리고 한일회담 반대투쟁인 6·3 등의 정치적 배경을 강력하게 환기한다. 앞에서 서술한 ①에서 ③까지의 테마와 각 작품 속 주요공간의 관계를 정리해 보면 ①과 ②는 일본, ③은 남한과 연결된다. 하지만 '조국으로 돌아오기까지'라는 서문 속의 구절이 시사하듯이, 북한으로의 '귀국' 이후에 펼쳐지는 삶과 그 장소는 절대적인 공백으로 처리된다.

특히 남한을 무대로 한 수록작들의 중요한 소재는 4·19(그리고 바로 이듬해 발생한 5·16)이다. 선행연구에 따르면 북한에서 4·19에 관한 담론은 1960년대 초반의 천리마운동 담론에서 1960년대 중반 김일성의 빨치산 문예전통 정전화를 위한 혁명적 문학예술 담론으로 옮겨가는 과정에 출현하였다. 4·19는 그 이후로도 북한에서 정례적으로 호명되었고, 특히 월북 작가들을 통해 반복적으로 거론되며 북한 체제 내에서의 존재증명을 위한 도구로 활용된 측면도 있다고 파악된다.[10] 이는 4·19를 배경으로 남한을 재현한 재일조선인 문학 텍스트가 북한의 독서공동체 내로 편입되었을 때, 역시 북한 체제 내에서 재일조선인 작가들의 존재증명으로 활용될 수도 있었음을 시사한다. 북한에서 4·19의 문학적

---

10 김성수, 「선동과 소통 사이-북한 작가의 4·19 담론과 전유방식 비판」, 『한국근대문학연구』 30, 한국근대문학회, 2014.

형상화가 대부분 선동시라는 장르적 한정 속에서 수행되었다면, 4·19 전후 남한의 시공간을 소설 장르 안에서 서사화한 재일조선인 작가들의 작품은 북한의 4·19 담론 지형 속에서 고유의 위치와 역할을 부여받았다고 볼 수 있다.

수록작인 김달수의 「밤에 온 사나이」는 그런 점에서 4·19에 관한 (제한된) 정보제공이라는 측면과, 일본과 남북한 사이의 (제한된) 이동 방향 제시라는 측면으로 이해할 수 있다. 원작인 일본어판 「밤에 온 남자」는 4·19 직후인 1960년 6월에 『별책 문예춘추別冊文芸春秋』를 통해 발표되었다. 앞에서도 언급한 바 있는 이 소설의 특징을 다시 한번 상기하자면, 화자 자신이 도평택에게 4·19에 대한 자신의 강연 내용을 들려주는 대목이 이 텍스트의 많은 분량을 차지한다는 점이다. 텍스트에 삽입된 일본인의 하이쿠나 한국 여학생의 유서, 그리고 시위대가 내세운 구호 등은 작중 화자가 일본인들을 대상으로 했다는 강연의 자료들인 동시에, 실제로 이 소설을 읽는 일본인 독자들을 이해시키기 위해 제공되는 텍스트이기도 하다. 이 소설이 명백히 일본의 독자들에게 동시대 남한의 정세를 알리는 강연적 텍스트임을 알 수 있게 해 주는 대목은, 가령 일본 주간지에 게재된 시위 사진 속 플래카드에 적힌 구호를 잘못 해석한 일본어에 대해 지적하는 경우이다. 그는 장황한 해설 끝에 "이를 테면 나는 이런 이야기들을 하게 되지요"라고 말한다. 이 대사는 4·19에 관한 이 텍스트가 남한에서 온 밀항자, 강연에 참석한 일본인 청중, 그리고 원작이 상정한 내포독자로서의 일본(어) 독서공동체라는 중층의 독자/청자를 향해 쓰였음을 환기한다.

나아가 이 텍스트는 바로 전년도에 개시된 '귀국' 사업을 통한 재일조선인의 북한으로의 이동과 4·19 이후 남한에서 일본으로 온 밀항자의 재이동을 겹쳐놓으며, 일본을 사이에 두고 '두 개의 조국'을 종착지로 삼는 이동의 (불)가능성을 탐색한다. 이 소설의 결말이 주는 메시지를 단적으로 표현하자면, 남한에서 온 밀항자는 북한으로의 '귀국' 루트에 동참하기를 단념하고 남한으로 돌아가야 하는 것이며, 재일조선인은 "반드시" 북한으로 가야 하는 것이다.[11] 이처럼 「밤에 온 남자」는 재일조선인 작가인 화자 '나'를 중심에 둘 경우 4·19에 관한 상세한 강연 텍스트가 되고, 밀항자 '도평택'을 중심에 둘 경우 남한 출신 밀항자의 역밀항을 그린 이동 텍스트가 된다. 그렇다면 당시 총련 내에서 김달수가 놓여 있던 불안정한 지위와 일본어 원작의 존재에도 불구하고 이 소설이 『조국의 빛발아래』에 수록된 이유에 대해서도 짐작해볼 수 있을 것이다.[12] 4·19 이전의 정치적 억압이 고조된 남한을 떠나 일본으로 밀항해온 남자가 4·19를 계기로 남한의 혁명운동을 위해 역밀항한다는 이동 방향의 (제한적) 제시는, 북한 내에서 4·19를 계기로 남한의 단

---

11 남한으로 역밀항하기 전 도평택이 작중화자인 작가 '나'에게 한 대사는 "당신은 돌아가려거든 반드시 북으로 가십시오"였다. 金達寿, 「夜きた男」, 『金達寿小説全集』 2, 筑摩書房, 1980, 289면. 선행연구에 따르면 이 시기 실제 조선인들의 일본 밀항('재밀항')은 종종 "국가에 대한 배신감"에 의해 추동되었으며, 일본을 경유한 북한행과도 연결되어 있었다. 조경희, 「불안전한 영토 밖의 일상—해방 이후 1970년대까지 제주인들의 일본 밀항」, 권혁태·이정은·조경희 편, 『주권의 야만—밀항, 수용소, 재일조선인』, 한울, 2017, 147면.
12 대부분의 작품을 일본어로 썼던 김달수는 1958년 『조선—민족·역사·문화(朝鮮—民族·歷史·文化)』(岩波書店)를 총련의 비준 없이 출판했다는 문제로부터 시작하여 이후 총련의 거센 비판을 받았다. 『조선』 출판 이후 당시 총련 기관지였던 『조선민보』를 비롯하여 『조선문화』, 『조선총련』, 『조선문제연구』, 심지어 북한의 『문학신문』에까지 비판문이 게재될 정도였다. 선행연구에 따르면 이러한 '재일조선인운동의 사상체계 확립'을 위한 비판 사업의 표적이 된 것은 당시 김달수만은 아니었다. 1957년에는 박경식과 강재언이 공저로 펴낸 『조선의 역사』 신서 출판 직후에도 북한 당국으로부터의 비판이 있었다. 廣瀬陽一, 『金達寿とその時代—文学·古代史·国家』, クレイン, 2016, 202~221면.

독혁명을 인정하는 쪽으로 변화한 정책적 드라이브를 미묘하게 보충한다.[13] 이는 작품집 내에서 동일한 루트를 다룬 박영일의 「전기」에서도 마찬가지이다.

하지만 이러한 정치담론의 보충은, 번역 행위를 비롯하여 최초의 텍스트를 둘러싼 문맥을 적극적으로 생략하는 행위를 통해 이루어졌다. 예를 들어, 작중 화자가 남한에서 온 도평택을 처음 만났던 순간의 대화를 원작(일본어판)과 수록작(조선어판)에서 비교해 보자. 먼저 『조국의 빛발아래』에 수록된 조선어판의 대화 장면은 아래와 같다.

> "저, 말씀 좀 물어 봅시다."
>
> 하며 다가 왔다. ①말투로 보아 조선 사람임에 틀림없었다.
>
> "이 근처에 김씨 댁이라구 어데 있는지요?"
>
> "여깁니다."
>
> 하고 ②나는 자기 집을 가리키고는 계속해서 물었다.
>
> "그래 김은 전데 당신은 누구신가요?"
>
> "예, 그렇습니까. 갑자기 찾아 와서 안 됐습니다만…" ③사나이도 류창한 조선'말을 하고 있었다.
>
> "나는 한…… 아니 조선에서 왔습니다. 도평택이라 합니다."[14] (번호 및 강조는 인용자)

---

13 1950년대까지의 북한의 대남(對南) 시나리오는 '미제에 종속된 남조선 혁명'을 '민주기지'인 북한이 주도하는 것이었지만, 4·19를 계기로 북한에서는 남조선혁명의 독자성을 인정하기 시작했다. 김성수, 앞의 글, 10면.
14 김달수, 「밤에 온 사나이」, 『조국의 빛발아래』, 157면.

위의 인용문에서 번호와 밑줄로 표시된 문장은 모두 대화문을 하나의 초점으로 통합하는 '나'의 서술인데, 일본어판에서 해당 문장들은 원래 아래와 같이 되어 있었다.

①일본어였지만 발음으로 보아 조선인이 틀림없었다.
②나는 내 집을 가리키고, 계속해서 조선어로 말했다.
③그때는 이미 남자도 유창한 조선어로[15]

대화문마다 해당 발화가 어떤 언어로 되어 있는지를 일일이 설명하는 일본어판 「밤에 온 남자」의 서술문은, 재일조선인의 일본어 텍스트에서 대화를 재현할 때 거의 빠짐없이 활용되는 방식이기도 하다. 특히, 대화에서 일본어와 조선어의 교차 빈도가 높아질수록, 발화자의 언어를 서술문에서 설명하는 빈도 또한 높아진다. 일본어판에서는, 처음에 도평택이 일본어로 말을 걸고, 그의 일본어 발음으로 조선인임을 알아챈 '나'가 조선어로 응답한 뒤, '조선'에서 왔다고 밝힌 도평택이 일본어에서 '유창한 조선어'로 바꾸어 말하는 과정이 꽤 구체적으로 서술된다. 조선어판 「밤에 온 사나이」에서 그러한 언어 교체의 흔적이 완전히 제거된 것은 물론 아니다. 첫 대화가 일본어로부터 시작되었음을 적시하는 문구("일본어였지만")가 사라지고, 마치 처음부터 당연하게 모든 대화를 조선어로 나누었음직한 형태로 이언어를 배제하고자 한 흔적이 남아 있는 것이다.

---

15 金達寿, 앞의 글, 277~278면. ①"日本語であったが、発音からして、朝鮮人にまちがいはなかった。" ②"私は自分の家を指さし、つづけて私は朝鮮語でいった。" ③"そのときはもう男も流暢な朝鮮語になっていて"

이러한 정제 작업은 번역과 번역자가 애초에 존재하지 않았다는 듯이 침묵하는 행위이기도 하다. 조선어판에서는 위와 같이 대화에 사용된 일본어의 존재를 지워내는가 하면, 번역 과정에서 "재일조선인"을 "재일조선 공민"으로, 4·19를 지지하는 일본인들의 편지 내용 대부분을 말줄임표로, 4·19의 감상을 하이쿠로 지어 '나'에게 보내온 일본인들의 성명을 "사람"이라는 일반명사로 바꾸는 등의 수정을 가했다. 이러한 번역이 김달수 본인의 것이거나, 적어도 자신의 의지에 따른 것이라고 보기는 어렵다. 또한 그의 많은 회고 중에서도 유독 이 부분에 관한 언급은 찾아보기 힘들다. 하지만 분명한 것은 「밤에 온 사나이」에 숨은 번역(자)의 행위가 텍스트를 일본 내의 일본어 독서공동체라는 문화적 배경으로부터 분리하고, 북한 내의 조선어 독서공동체 내로 이행시키는 데 일조했다는 점이다.

표 3 1957~1990년 북한에서 출판된 재일조선인 문학서 목록

| 출판년도 | 타이틀(출판사) | 구분(저자) |
|---|---|---|
| 1957 | 조국에 드리는 노래(조선작가동맹출판사) | 재일본조선인시집(허남기外) |
| 1960 | 조국의 품안에로(조선작가동맹출판사) | 남시우시집 |
| 1960 | 어머니조국(조선작가동맹출판사) | 재일조선작가시집(허남기外) |
| 1962 | 조국을 향하여(조선작가동맹출판사) | 허남기시집 |
| 1965 | 풍랑을 헤치고(문예총출판사) | 재일조선작가시집 |
| 1965 | 조국의 빛발아래(문예총출판사) | 재일조선작가소설집(김달수外) |
| 1969 | 우리에게는 조국이 있다(문예출판사) | 허남기영화문학 |
| 1971 | 태양을 우러러(문예출판사) | 재일조선작가시집 |
| 1971 | 해빛은 여기에도 비친다(문예출판사) | 재일조선작가작품집(김영곤外) |
| 1979 | 조국은 언제나 마음속에(문예출판사) | 재일조선작가작품집(리은직外) |
| 1979 | 해방후서정시선집(문예출판사) | 재일조선작가시집(허남기外) |
| 1980 | 조국의 하늘 우러러(문예출판사) | 허남기시집 |
| 1980 | 영원한 사랑 조국의 품이여(문예출판사) | 정화수시집 |
| 1980 | 감격의 이날(문예출판사) | 정화흠시집 |

| 출판년도 | 타이틀(출판사) | 구분(저자) |
|---|---|---|
| 1980 | 영원히 당과 함께(문예출판사) | 재일조선작가시집(허남기外) |
| 1982 | 조국에 드리는 송가(문예출판사) | 남시우시집 |
| 1983 | 조국의 품에서 부르는 노래(문예출판사) | 재일작가시집 |
| 1984 | 임무(문예출판사) | 리은직단편소설집 |
| 1984 | 형제(문예출판사) | 재일작가단편집(김봉식外) |
| 1985 | 고향손님(문예출판사) | 소영호단편소설집 |
| 1985 | 조국, 그 이름 부를 때마다(문예출판사) | 김두권시집 |
| 1985 | 입선작품집(문예출판사) | 재일본조선인총련합회결성40돌 기념 문학예술작품 현상모집(박순애 外) |
| 1986 | 이른 새벽(문예출판사) | 김민단편소설집 |
| 1987 | 내고향(문예출판사) | 김윤호시집 |
| 1989 | 원앙유정(문예출판사) | 박종상단편소설집 |
| 1990 | 아, 조국은(문예출판사) | 김학렬시집 |

※ 「재일조선문학(작품, 평론)집 목록」, 『문학예술』 110, 재일본조선문학예술가동맹, 2009.6; 이정석, 「재일조선인 문학작품 및 연구자료 목록」, 『재일조선인 문학의 존재양상』, 인터북스, 2009를 참고하여 작성함.

## 3. '공민문학'으로의 개작

### 1) '남조선 혁명가'라는 전형

『조국의 빛발아래』가 출판된 1965년은 한일기본조약이 성립된 해이다. 1964년 한국에서는 일본과의 국교 정상화에 반대하여 결집한 시민과 학생, 재야인사 등에 의한 대규모 시위가 발생했다. 주지의 사실이지만, 1951년 예비회담에서 1965년 한일기본조약 조인까지 총 7차의 본회담과 수차례의 비공식 교섭을 통해 전개된 한일회담은 재일조선인의 법적지위 문제, 청구권 문제, 어업협정 문제 등의 주요 의제들에서 입장차를 좁히지 못하고 장기간의 결렬과 교착, 재개를 반복했다. 약 14년의 교섭 끝에 성립된 한일기본조약은 아시아·태평양전쟁 후의 양국 관계를 재수립하기 위한 '원점'으로 평가된다.[16] 그런데 이때의 '원점'이란 처음부터 양국 간의 엇갈린 관계를 내장한 것이기도 했다. 한국은 1951년의 예비회담 때부터 이를 강화회담 성격으로 취급하고, 과거에 대한 일본의 반성을 전제로 한 교섭을 구상했다. 반면, 일본은 과거의 식민지통치가 합법적이고 정당한 것이었다는 인식을 기반으로, 이 회담을 국가 간 외교관계 수립을 위한 첫 단계로 인식했다. 이처럼 양국 간의 역사인식 차이, 요컨대 "한일관계에서 과거사 문제가 지닌 폭발성"이 한일회담 장기화의 근본적인 원인으로 꼽힌다.[17]

제6차 한일회담 기간인 1961년에서 1964년 사이에는 '김-오히라 메모'로 알려진 정치적 절충에 의한 청구권 문제의 타결, 그밖에 평화선 및 어업협정 문제 등의 타결에 따라 양국 간 국교의 '정상화'를 향한 움직임이 가속화되었다. 하지만 야당 및 사회단체 대표들이 1964년 3월 '대일굴욕외교반대 범국민투쟁위원회'를 발족하고 구국선언문 및 대정부경고문을 발표하는 한편, 서울 시내 각 대학에서 일제히 한일회담 반대시위가 일어나며 전국적으로 투쟁의 열기가 확산되었다. 6월 3일에는 서울 시내를 비롯하여 수도권 및 각 지방에서도 대규모 시위 행렬이 이어지며 곳곳에서 경찰과의 유혈 충돌이 일어났다. 박정희정부는 이날 밤 서울 전역에 비상계엄령을 선포했다.

『조국의 빛발아래』 수록작인 김재남의 「투쟁 속에서」는 서울 시내 대학생들이 "6월 3일, 오후 1시. 서울 시청 앞 광장"으로 모여드는 장면

---

16 이원덕, 『한일 과거사 처리의 원점－일본의 전후 처리 외교와 한일회담』, 서울대 출판부, 1996, 1～5면.
17 박진희, 『한일회담－제1공화국의 대일정책과 한일회담 전개과정』, 선인, 2008, 195면.

에서 시작하여, 경찰의 저지선을 뚫고 중앙청과 청와대까지 나아가는 과정을 생생히 묘사한다.[18] 작가는 서울대 문리대학 정치학과 2학년생인 명식이라는 인물이 시위대 선두에서 전진하며 중앙청 경내를 점령하고, 탈취한 트럭에 올라 서울 시내를 질주하며 "승리감"에 도취하는 모습,[19] 그리고 결국 청와대 앞에 펼쳐진 최후의 저지선을 향해 절규하며 돌진하는 모습 등을 짧은 분량의 단편 속에 담아내었다. 그밖에도 김병두의 소품 「겁쟁이」는 한일회담을 옹호하는 어느 국회의원이 자기 고향의 "온 마을"을 '반국가주의자'와 '용공분자'로 고발하기로 마음먹었다가 한일회담 반대와 박 정권 타도, 미군 축출을 요구하는 군중들에 둘러싸이는 상황을 짧고 강렬하게 그려낸다.[20]

한일기본조약이 조인된 후에 북한에서는 이를 '매국배족행위'라고 규탄하는 한편, 이로 인해 '재일조선공민'의 지위와 권리가 위협받게 되었다고 비판했다. 그러한 비판의 연장으로, 북한 노동당출판사 산하의 근로자사에서 발행되는 당 중앙위원회 이론기관지 『근로자』에는, 한일협정을 계기로 북한과 총련의 연계 하에 유지된 재일조선인 민족교육을 탄압하고 동화교육 정책을 실시하려는 일본 교육 당국을 강력하게 규탄하는 글이 게재되었다. 글에 따르면 재일조선인을 차별하는 일본의 교육정책 속에서도 총련이 전개해온 '민주주의적 민족교육' 사업이 발전할 수 있었던 것은 공화국의 지원과 재일조선인들의 애국적 열의에 따른 것이었다. 그런데 한일협정을 계기로 일본 정부가 '재일조선공민'의

---

18 김재남, 「투쟁 속에서」, 『조국의 빛발아래』, 302면.
19 위의 글, 309면.
20 김병두, 「겁쟁이」, 앞의 책, 262면.

민족교육을 탄압하기 위한 정책들을 노골적으로 실시하기 시작했다는 것이다. 이러한 비판은 일본 정부에 재일조선인학교 폐쇄를 요구하는 박정희정부, 나아가 그 배후에 있다고 지목된 미국에 대한 비판으로 이어졌다.[21]

한일협정 이후 북한의 재일조선인 정책에 가장 큰 타격을 준 것은 '귀국' 사업의 중단이었다. 일본과 북한 간의 귀국협정은 1966년 8월 북한 측의 협정 연장 요청을 일본정부가 거절하고, 이듬해 8월에 귀국신청 접수를 마감함에 따라 종료되었다. 이후 4년 동안 폐쇄된 니가타-청진 간 항로는, 1971년 귀국신청을 이미 끝낸 자에 한한 잠정조치로 귀국이 허가됨에 따라 다시 열렸다. 이후 1972년에는 정기 취항을 재개하였으나 매년 취항 편수가 감소하다가 1984년 출항한 귀국선을 끝으로 '귀국' 사업은 종료되었다.[22] 1967년 귀국 협정이 일시 종료된 직후, 『근로자』에는 이를 규탄하는 글이 게재되었다. 필자인 김경은 "재일동포들은 날로 륭성발전하는 조선민주주의인민공화국의 공민으로서 자기 조국에 돌아와 국내 동포들과 함께 행복한 생활을 누릴 수 있는 응당한 권리를 가지고 있다"고 한 1958년 김일성의 발언을 토대로, 일본의 귀국 협정 폐기는 "한 주권국가의 해외공민이 자기 조국에로 돌아오는" 공인된 국제법상의 권리를 침해하는 것이라고 성토했다. 이러한 '미제-일본 군국주의자-(박정희) 괴뢰도당'의 책동이 '한일조약' 체결 후 더욱 악화되고 있다는 것이었다.[23]

---

21 박희석, 「민주주의적 민족교육은 재일 조선공민들의 응당한 권리」, 『근로자』, 1966.11.
22 高崎宗司, 「帰国問題の経過と背景」, 高崎宗司・朴正鎮編, 『帰国運動とは何だったのか―封印された日朝関係史』, 平凡社, 2010, 49~50면.
23 김경, 「재일 조선공민들의 귀국사업을 파괴하려는 미제와 일본군국주의자들의 범죄적

'귀국'이 4년째 중단되고 있던 1970년 5월, 북한의 조선작가동맹 기관지 『조선문학』은 '재일조선작가들의 작품'이라는 특집을 통해 일본에 기발표된 시, 단편소설 등을 게재했다. 그중 박종상의 「하늬바람」은 1965년 한일기본조약 수립 전후의 남해안 지방을 배경으로, 일본 자본의 수산업계 진출로 생활권에 타격을 입고 정부로부터는 반국가주의자 혐의를 받으면서도 끝까지 바다를 지키며 생활투쟁을 이어가는 남한 어민들의 모습을 그린 단편이다. 이 소설은 원래 1966년 4월 총련의 기관지 『조선신보』에 연재된 것으로, 연재 시작 당시 박종상은 『조선신보』에 게재된 「작가의 말」을 통해 다음과 같이 집필 의도를 밝힌 바 있다.

> 오늘 미제의 사촉을 받아 박정희 도당과 일본 군국주의자들이 야합하여 범죄적 〈한일협정〉을 체결함으로써 우리 남녘 땅은 2중의 식민지로 전락하려 하고 있습니다. (…중략…) 여러분도 이미 아시다싶이 런일 남해 어장에서는 사건이 일어나고 있습니다만 그 어민들이 공화국 북반부의 민주 기지에 고무되면서 어떻게 바다의 주인으로서 자각을 깊여 나아가고 있는가 — 즉 〈생명의 바람인 하늬바람을 막고 있는 장벽을 헐어뜨리기 위한 투쟁을 준비하는 모습을 그려 보자〉 — 이것이 저의 의도였습니다.[24] (강조는 인용자)

북한의 『조선문학』에 재수록된 박종상의 「하늬바람」에서, 일본의 자본공세와 한국의 정치탄압이라는 이중의 고통에 시달리던 남한 어민들은 "공화국의 바다는…… 그런 별천지가 없다더라"는 소문을 듣고는

---

책동」, 『근로자』, 1967.8, 50~51면.
**24**  박종상, 「작가의 말」, 『조선신보』, 1966.4.6, 6면.

"남조선에서도 어서 그런 세상이 펼쳐지고 경애하는 수상님을 모시고 싶은 간절한 생각"을 하며 생활권 옹호 투쟁에 뛰어든다.[25]

박종상의 소설이 실린 것과 같은 호에서『조선문학』은 일본 측의 협정 연장 거부와 '귀국' 중단의 장기화 사태를 비판하며, 1959년 '귀국' 개시 이후 10여 년간 이뤄온 성과가 적지 않음을 대비시켜 보여주는 전략을 취했다. 특히 '귀국'한 재일조선인들을 김일성이 직접 접견하거나 방문하며 그들의 새로운 생활 양상을 점검하고 지원하였다는 일화, 그리고 북한에 정착한 '귀국동포'들의 윤택한 삶과 안정적 지위, 사회적 성공담 등을 열거하며 이들이 "세상에서 가장 행복하고 가장 영예스러운 해외공민"임을 힘주어 드러냈다.[26] 또한 재일조선인 단체들이 일본에서 전개하고 있는 '귀국' 재개 요청 운동의 현황을 보고하며 '귀국' 사업 연장의 정당성을 피력하기도 했다.[27] 이처럼 재일조선인 문학 특집으로 꾸려진『조선문학』1970년 5월호는 '귀국' 사업의 교착상태를 한일회담의 여파로 돌리며 일본과 북한 사이의 바다에 그어진 '장벽'을 철폐하라고 촉구하는 한편,「하늬바람」에서는 또 다른 경계이자 '장벽'인 일본과 남한 사이의 바다에서 벌어지고 있는 투쟁을 보여주었다. 이와 같이 한일회담은 일본과 북한, 일본과 남한 사이의 바다 모두를 가로막는 '장벽'으로 표상되었다.「하늬바람」에서 남북일 냉전 구조는 바다 이미지를 통해 공간화되었다. 이 특집은 한일회담 전후 남한 어민의 고투

---

25  박종상,「하늬바람」,『조선문학』, 1970.5, 66면.

26  문기환,「어버이수령님께서 귀국동포들에게 들려주시는 극진한 사랑과 배려는 한없이 깊고 넓다」,『조선문학』, 1970.5, 6면.

27 「재일동포들이 귀국의 권리를 고수하기 위한 투쟁을 힘차게 전개」,『조선문학』, 1970.5, 6면.

와 재일조선인들의 '귀국' 불가능 상태, 그리고 이에 대항하여 일본에서 전개되는 재일조선인들의 투쟁이라는 연환 구조를 통해, '귀국'의 정당성과 재일조선인의 '공화국 국적법'에 따른 '공민'적 지위의 타당성을 주장하였다.

한일회담을 전후로 하여 북한에서는 밀월관계가 강화된 남한과 일본, 그리고 그 배후의 미국을 비판하며 대외적으로 재일조선인의 지위를 규정하는 한편, 북한의 대내적 정세에 따라 재일조선인 '공민문학'을 '자국문학'의 담론체계 내에서 설명하고자 하는 논의가 이루어졌다. 1969년 9월, 『조선문학』에는 총련 산하 문예단체인 문예동 결성 10주년을 맞아 재일조선인 문학의 특징과 성과를 점검하는 평론이 실린다. 1967년 당의 유일사상체계 신인 이후 문학에서 김일성의 '혁명적 문예사상'이 유일한 기준으로 제시되고, 그에 부합하는 전형성의 창조가 요구되던 시점이었다. 필자 엄호석은 재일조선인 문학의 모든 문제들을 그러한 '혁명적 문예사상'이라는 기준에 따라 논한다. 그는 "반동적 부르죠아 문학예술의 온갖 조류들이 탁류처럼 흐르고 있는 자본주의 사회의 환경 속에서 살고 창작하면서 사회주의적 사실주의의 기치를 고수하여 나아간"[28] 재일조선인 문학의 '미학적 이상'을 다음과 같이 세분화한다.

① 김일성의 위대함에 대한 형상화와 충성심의 표현
② 조국에 대한 사랑(공화국에 대한 동경, 항일투쟁사, 남조선에서의 조국통일 및 반미구국투쟁)

---

28 엄호석, 「재일조선작가예술인들의 성과」, 『조선문학』, 1969.9, 98면.

③ 낡은 사상의 교양과 개조(총련의 애국사업, 남조선 인민들의 혁명적 세계관 형성)

특히 이은직의 「생활 속에서」는 평범한 인민들이 낡은 사회의 불합리성을 인식하고 혁명가로 성장하는 과정을 그려야 한다는 수령의 요구에 '어느 정도 잘 대답한 작품'으로 꼽힌다. 엄호석은 「생활 속에서」에 대해 다음과 같이 논평한다.

이 작품에서 작가는 평범한 량심적인 소학교 교원 윤기철의 혁명적 세계관 형성과정을 풍부한 생활묘사를 통하여 비교적 심도있게 그려내는 데 성공하고 있다. 결석한 아이들의 집들을 방문하고 그 집들에서 벌어진 기막힌 비극들에서 남조선의 사회상을 인식하며 또 인민들의 울분과 투쟁을 직접 체험하는 과정에서 이 사회를 구해야 되겠다는 혁명적 각오를 다지고 인민들의 투쟁에 합류하는 윤기철의 이야기를 통하여 그가 혁명가로 장성하는 과정을 그리는 데 초점을 두었다는 점, 여기에 이 작품의 기본성과가 있다.[29]

평론에서 강조하는 이 소설의 '성과'는 남한에서 혁명적 애국투사가 만들어지는 과정을 교사의 학생방문 체험에 기초하여 개연성 있게 그리는 데 성공했다는 점에 있었다. 이때 윤기철이라는 인물은 '혁명적 문예사상' 창조를 위해 요구되는 전형성을 갖추었다는 이유로 높은 평가를 받는다. 1960년대 중후반에는 '사회주의 리얼리즘의 조선화'라는 북한

---

29  위의 글, 104면.

문학계의 과제를 창작에서 구현하기 위해, 수령을 정점으로 한 공산주의자, 애국자, '남조선' 혁명가와 같은 전형들의 위계가 형성되고 있었다.[30] 당시 북한이 주목한 재일조선인 문학에서 그려지는 남한의 동시대상과 혁명적 인물의 형상화는 '당의 유일사상체계'라는 목표 아래 통일적으로 위계화된 전형성의 피라미드에 포함되며 '국가－공민'의 관계 구축에 기여했음을 알 수 있다.

엄호석의 평론은 재일조선인 문학을 북한의 혁명문학전통 내에 어떻게 배치할지에 대한 당대 북한의 입장을 대변한다. 『조선문학』은 재일조선인 문학작품이나 이에 대한 평론, 또는 재일조선인 관련기사 지면의 여백에 재일조선인 단체 행사나 집회 관련 소식을 배치하는 편집 스타일을 종종 채용했다. 엄호석의 평론이 실린 지면의 여백에는 문예동 창립 10주년 기념행사 소식이 인쇄되어 있다. 이러한 잡지의 레이아웃은 '수령의 교시를 계승한 혁명적 문학예술 지침－재일조선인 문학의 분류와 비평을 통한 혁명적 문학예술에의 편입－재일조선인 사회의 응답'이라는 수직적 공간배치를 통해, 재일조선인 문학을 자국문학화하는 작업의 일환이었던 셈이다.

이처럼 북한에서 '재일조선인 문학＝공민문학'을 자국문학의 일부로 포섭하는 행위는 재일조선인 문학에 대한 적극적인 '승인'의 절차처럼 보이지만, 사실 이때의 적극성은 재일조선인 문학의 역사성과 공간성을 축소한다는 것과 다름없는 의미이다. 재일조선인 문학의 결산을 '문예동 10년간'의 결산과 동의어처럼 쓰는 엄호석의 평론에서도 이미 그 축

---

30  김태경, 「북한 '사회주의 리얼리즘의 조선화(Koreanization)'－문학에서의 당의 유일사상체계의 역사적 형성」, 서울대 박사논문, 2018, 237면.

소 지향은 잘 드러난다. 해방 직후 재일조선인 문학의 '용어 문제'가 재일조선인의 문학언어에 관한 다양한 균열과 시각차를 보여주었음에도 불구하고, 당사자들 간에 공유된 지향성은 자신들의 문학이 '조선문학'이라는 것, 따라서 그것이 '조선어로 쓰여야 한다'는 것이었다. 그 '공유된 이상'에도 불구하고 현실에서는 '왜 일본어로 쓰는가'를 '자문자답'의 구조로 환원시키는 것이 전후 일본(어) 문학 담론에서 기능하던 문답의 장치가 지닌 핵심이었다. 이는 일본어로 글을 쓰던 많은 재일조선인 작가들, 그리고 조선어 글쓰기를 병행한 작가들에게도 깊이 각인된 제도적 장치였다. 번역의 매개 없이(실제로는 번역의 은폐를 통해) 조선어 소설들만 수집한 결과물이라는 점에서, 1965년 출판된 『조국의 빛발아래』는 '조선어로 쓰인 조선문학'을 북한 내의 유일한 '재일조선인 문학=공민문학'의 방향으로 승인한 것이라는 의미를 지닌다. 그 과정에서 재일조선인 글쓰기의 이언어성, 그리고 글쓰기의 주체화 과정 자체에 관여했던 문답의 장치가 지닌 역사성은 개입할 여지가 없었다.

엄호석의 평론에서 성공적인 '자국문학화'의 사례로 비추어진 이은직의 조선어 중편 「생활 속에서」(『문학예술』, 1967.12~1968.2)가 발표된 지 불과 세 달 후의 시점에서, 그는 일본어 장편소설 『탁류』의 제2부를 탈고하고 그 후기를 쓰고 있었다. 뿐만 아니라, 『조국의 빛발아래』 수록작인 「마지막 총뿌리는」(『문학예술』, 1964.5)을 비롯하여 「이름 없는 야학」(『문학예술』, 1966.3), 「귀향」(『문학예술』, 1967.6), 「생활 속에서」 등의 조선어 소설을 『문학예술』 등에 꾸준히 발표하던 시기에, 한편으로 그는 을지문덕 편을 시작으로 한 조선의 옛 『명장이야기』(1965.1~1967.5)를 일본어로 연재하고 있기도 했다.[31] 북한의 문학 담론은 이러한 사실들을 (무)의식적으로 망각하며 조선어 '공민문학'만을 '자국문학'의 가능성 안으로 포섭한 것이다.

## 2) 개작의 남북일 냉전 구조

앞에서 살펴본 김달수의 「밤에 온 사나이」는 일본어에서 조선어로의 번역 / 검열 과정이 동반된 텍스트이다. 하지만 사실 당의 강력한 사상적 통제 아래 있는 북한의 문화적 컨텍스트로 재일조선인 문학이 이행하는 과정은 그 자체로 검열을 동반하는 과정이었다고 할 수 있다. 그러한 번역 / 검열의 정확한 주체를 판별하기 위해서는 보다 상세한 검토가 필요하지만, 일반적으로 북한의 모든 문화예술은 사전검열과 검토, 비판, 재검열 등의 까다로운 절차를 거치는 것으로 알려져 있다. 시기에 따라 변동은 있으나 검열의 기준은 대체로 다음과 같았다. 첫째, 사회주의적 사실주의 창작 방법에 철저히 입각하는가. 둘째, 국가 및 군사비밀을 노출시키지 않았는가. 셋째, 자본주의적 사상의 요소가 없는가. 넷째, 대중의 공산주의 교양에 도움이 되는가. 다섯째, 전투성 · 혁명성 · 계급성 등이 충분히 발양되었는가. 여섯째, 예술적으로 졸렬하지 않은

---

31 조선의 인물전기에 대한 이은직의 관심사는 1980년에서 1986년까지 총69회에 걸쳐 『통일평론』에 연재된 『조선명인전(朝鮮名人伝)』으로 이어진다(1989년 明石書店에서 단행본으로 출판). 그밖에 이은직의 저작 및 출판 현황(일부)에 대해서는 崔孝光, 「李殷直著作目録ノート」, 『國文學論叢』 45, 龍谷大學國文學會, 2000.2; 이미나, 「이은직 문학연구」, 홍익대 석사논문, 2012 참조. 위에서 언급한 것처럼 그는 동시대에 조선어와 일본어 글쓰기를 가장 활발하고 빈번하게 병행한 재일조선작가 중 한 명이었는데, 이는 그가 1948년의 「용어 문제」 특집 당시 '조선어로 쓰인 조선문학'의 당위성을 주장하던 어당과 '일본어로 쓰인 조선문학'의 가능성을 논하던 김달수 사이에서, 가장 사적인 방식으로 해방 전 / 후, 당위 / 욕망, 조선어 / 일본어 사이의 갈등을 고백하던 자였다는 사실과도 무관하지 않을 것이다.

가. 일곱째, 단어 및 어휘 표현이 정확한가 등이다.[32] 물론 북한 내 작가들에 대한 검열 시스템과 재일조선인 작가들에 대한 그것이 동일했던 것 같지는 않다. 1990년대 초반 북한에서 미발표 장편소설을 출간한 재일조선인 작가 양우직에 따르면 그는 기획에서 출판에 이르기까지 일본의 문예동과 북한의 출판당국을 여러 번 오가며 수정 작업을 거친 후 국가심의위원회에서 통과되어 단행본을 출간할 수 있었다.[33]

한편, 1965년 북한에서 출간된 재일조선인 단편집『조국의 빛발아래』에「임무」와「마지막 총부리는」이라는 단편을 수록하기도 한 이은직은, 2002년 요코하마橫浜의 자택에서 한국인 조사자와 인터뷰를 진행한 바 있다. 이때 그는 '지금도 "북조선 재외공민"인가'라는 조사자의 질문에 다음과 같은 북한 출판 경험으로 대답을 대신하기도 했다.

> 염불처럼 그런 소리 안하면 저쪽에선 못사니까. 일본에 있는 내 소설집을 그기서 낸다 하면서 김일성 만세, 김정일 만세를 부르짖지 않으면 출판을 못내게 하니, 저쪽에서 멋대로 고쳐가지고 집어넣지. 저쪽에 작가 동포회 사람들이 멋대로 손을 대가지고 (자기들 편할대로) 집어 넣어버렸어.[34]

맥락상 '저쪽'은 북한을, '작가 동포회'란 평양의 조선작가동맹을 일컫는 것으로 보인다. 그들의 개입으로 인해 자기 글이 "영 형편없는 작

---

32  전영선,『글과 사진으로 보는 북한의 사회와 문화』, 경진, 2016, 408~412면.
33  량우직,「장편소설『비바람 속에서』를 출판하여」,『문학예술』100, 1991.여름. 이에 관한 언급은 허명숙,「'조선' 국적의 내포와 재일동포 한국어 장편소설의 서사적 특징」, 한승옥 외,『재일동포 한국어문학의 민족문학적 성격 연구』, 국학자료원, 2007, 139~141면 참조.
34  윤희상,「리은직 인터뷰」,『그들만의 언론』, 천년의 시작, 2006, 285면.

품"이 되어버렸다고 아쉬워하는 그는, 자신의 의지로는 절대 "만세 부르는 글"은 쓰지 않았다고 하며 "일본 출판사에서 낼 때도 그런 말 하나도 안 하니까 남조선에서 번역해서 냈"던 것이라고 덧붙인다. 이때 남조선에서 번역해서 냈다는 글은 앞에서도 살펴본 바 있는 대하 3부작 『탁류』를 가리킨다. 40년이라는 시간차만큼이나 그의 입장도 위치도 달라졌을 테지만, 그는 '현재'는 더 이상 '북조선 재외공민'이 아니며, 사실상 '과거'일지라도 진심으로 북한 체제에 순응한 것은 아니었다는 것을 위와 같이 우회적으로 말한다. 이후에도 북한에서 출판되는 재일조선인 작품집에 여러 차례 이름을 올린 그는 1984년에 개인 소설집 『임무』를 평양의 문예출판사에서 출간한다. 그리고 2002년에는 미발표 장편소설인 『한 동포상공인에 대한 이야기』를 북한에서 독점 출판하는데, 위에 언급한 양우직과 비슷한 절차가 이루어졌을 것으로 짐작된다. 인터뷰에서 말한 검열과 개입은 그가 그때까지 북한에서 작품집을 출판해올 때 겪은 일이기도 하겠지만, 위 인터뷰와 같은 해 출판된 장편소설에 대한 경험이기도 한 것이다. 한국 연구자와의 인터뷰라는 점을 참작하더라도, 북한에서 미발표 장편소설을 독점 출간한 바로 그 해에 '북한의 관료주의에 싫증이 났'거나, '그곳에는 복종만이 있어서 인민들이 실망했다'는 등의 발언을 했던 사실은 흥미롭다.

그렇다면 김달수와 같은 '번역'의 사례 이외에, 조선어로 된 원작을 북한에서 재출간하는 과정에서 북한 당국의 개입은 실제 어느 정도로 이루어졌을까. 이하에서는 앞에서도 언급한 바 있는 이은직의 「생활 속에서」를 중심으로 그 수정 및 개입의 양상을 살펴보려 한다. 1969년 엄호석의 평론에서 남한 인민들의 혁명적 각성과 성장 과정을 그리는 데 성공한 작품으로 언급된 후, 「생활 속에서」는 1971년 평양의 문예출판 사에서 간행된 '재일조선작가작품집'『해빛은 여기에도 비친다』를 통해 북한에 소개된다.[35] 그리고 이 소설은 1984년 그의 첫 개인 소설집 인『임무』가 평양의 문예출판사에서 간행될 당시 그의 다른 작품들과 함께 다시금 수록되기도 한다. 그러면 가장 최초의 판본인 1967년『문학예술』판본(이하 '1967년본')과 1971년 북한의『해빛은 여기에도 비친다』수록본(이하 '1971년본'), 그리고 1984년 북한의『임무』수록본(이하 '1984년본') 사이에서 주목되는 변화를 살펴보자.

재일조선인 문학 작품이 북한의 출판 및 인쇄 시스템을 통해 재발표 될 때는 기본적으로 표기법과 어휘 차원의 수정이 이루어졌다. 앞에서 언급한 박종상의 「하늬바람」의 경우, 총련 기관지『조선신보』에 연재 된 원작은 경상남도 사천 지방을 배경으로 하고 있어서 인물들의 대화 문도 경상도 사투리로 재현되었지만, 북한의『조선문학』에 수록되면서 는 그러한 경상도 사투리의 어미가 북한식 표준어에 맞추어 변경되었 다. 하지만 표기법의 차원을 넘어 상당히 많은 부분에서 삭제, 첨가, 문 장/문단 단위의 수정이 실행되기도 한다. 이은직의 「생활 속에서」를 보면, 1967년본에서 1971년본으로의 개작은 크게 ① 남한의 '선진성' 을 연상시키는 부분의 삭제, ② 박정희 정부의 '괴뢰성' 강조, ③ 북한의 유일성과 실재성 강조라는 방향으로 이루어졌다.

①의 경우, 남한의 초등교육 실태에 대한 작가의 구체적인 관심사가 반영된 대목이 대부분 삭제되거나 축약되는 경향을 보였다. 소설의 서

---

35 여기에는 김달수의 「밤에 온 사나이」도 재수록되었다.

두에서 국민학교 교원인 주인공 윤기철은 자신이 담당한 학급의 학생 중 다섯 명의 장기결석자를 기다리다 각각의 가정을 모두 방문하기로 결심한다. 그의 이러한 열의는 학생 수가 넘쳐나는 학교 입장에서는 그리 달가운 것일 리 없다. 원작인 1967년본에서는 그러한 현실을 아래와 같이 서술한다.

> 과잉학생 수 때문에 골치를 싸매고 있는 학교인 만큼 결석자가 나오는 걸 그리 대수롭게 생각하는 사람도 없었고 일주일만 결석이 계속되면 그 학생은 없어진 것으로 치고 수속절차도 끝나기 전에 그 자리를 밀어부치는 게 례사였다. …학생이 한사람이라도 줄어지는 것을 다행이 여긴다는 듯이……
> 그러나 윤기철이는 일주일이 지난 후에도 아직껏 이 다섯 학생의 자리를 그대로 두고 애들 나오기를 바래고 있었던 것이다.[36]

그런데 북한의 1971년본에서는 1967년본에서 '과잉학생수'를 연상시키던 구문을 모두 삭제하고 아래와 같은 하나의 문장으로 축약한다.

> 결석자가 나오는 걸 그리 대수롭게 생각하는 사람이 없었으나 윤기철이는 일주일이 지나도록 다섯 학생의 자리를 그대로 두고 애들을 무척 기다리고 있었다.[37]

또한 1971년본에서는 남한의 학령인구 대비 학급수의 절대적인 부

---

36  리은직, 「생활속에서」 상, 『문학예술』 23, 1967.12, 35면.
37  리은직, 「생활속에서」, 『해빛은 여기에도 비친다』, 문예출판사, 1971, 320면.

족과 관련예산 부족을 강조하기 위해 서술된 학생수와 학급수의 구체적인 통계 사항을 아예 삭제하기도 했다. 예를 들면 1967년본에는 윤기철이 근무하는 학교의 학급 및 학생 수 현황을 아래와 같이 서술한 문단이 있었는데, 1971년본에는 아래에서 첫 문장을 제외한 나머지 문장들이 모두 삭제된 채 수록되었다.

> 1, 2학년은 4부제, 3, 4학년은 3부제, 5, 6학년은 2부제를 실시하고 있는 이 학교다. 총학급수는 98학급, 생도 수는 교장 말대로 1만명에서 한 명이 부족하다고 하니 자그마한 소도시의 인구 수와 비슷하다. 한 학급 평균인원은 100명을 초과하고 있는데 가장 많은 수는 5학년에 120명이란 학급이 있다. 그런데 학교 교실 수란 강당, 직원실, 음악실, 실험실 등 특별교실을 빼놓으면 불과 33교실밖에 없다. 교장과 교두가 정말 수수께끼 같은 계산 끝에 이런 방식을 고안해 냈으며 교원도 60명밖에 배당이 없으므로 4학년까지는 모두 교원 한사람이 두 학급식을 담당하고 있다.[38]

그렇다면 왜 북한에서 발표된 1971년본에서는 이러한 남한의 '과잉학생수'에 관한 기술이 모두 빠졌을까. 이는 원작인 1967년본에 앞서 1965년 2월 이은직이 『문학예술』에 발표한 「이래도 교육인가 ― 파멸상태인 남반부 초급 교육 실정에 대하여」라는 글의 내용과 관련이 있다. 그는 남한의 초등교육 실태를 비판하는 그 글에서, 서울에서 발행되는 월간지 『교육평론』에 실린 기고문과 조사보고 등을 활용하며 교육기관

---

38 리은직, 「생활속에서」 상(1967년본), 40면.

과 관련예산이 턱없이 부족한 남한의 교육 실정을 한탄한다. 그는 이것이 미 제국주의의 식민지 노예와 다름없는 정책의 산물이며 국가 예산의 태반을 군사력 유지에 낭비하는 매판 정권의 결과물이라고 비판한다.『교육평론』은 1956년 한국의 교육평론사에서 창간한 월간 교육전문 잡지이다. 이은직은 밝히고 있지 않으나 그가 참고한 자료는 1964년 12월호에 실린 문교부 장학관 이창우의「이것이 오늘의 국민학교다」와 서울시 교육위원회 초등교육과장 김병보의 조사보고「서울시내 국민학교교육의 실태분석－63년도 장학사의 교육평가를 중심으로」, 이 두 편의 글인 것으로 확인된다. 이은직이「이래도 교육인가」의 첫머리에 "서울에서 발행하고 있는「교육 평론」이란 잡지에 실린 소위 한국 정부 문교부 장학관을 하고 있는 사람이 쓴 글"임을 언급하며 인용한 부분은 문교부 장학관 이창우가 쓴「이것이 오늘의 국민학교다」의 첫 두 문단과 동일하다.[39]

그리고 이은직이 위의 인용문처럼 1967년본「생활 속에서」에서 설명한 서울의 한 국민학교 실태는, 1965년의 글「이래도 교육인가」에서

---

39  다음은 인용된 이창우 문교부 장학관의 글로부터 발췌한 부분이다. "요새 와서 義務教育의 危機란 말을 많이 듣는다. 教室이 約二萬餘個나 不足하니 한 學級에 八·九十名을 넣게 되고, 그래도 教室이 모자라서 二部, 三部制 수업을 하지 않으면 안 되었고, 教員도 法定學級대로 주지 못하는 형편이니 한 學級의 收容人口는 늘어 가게 마련이다. (…중략…) 여기에다가 豫算은 學級費經費가 半정도로 줄어드니 學習資料를 변변히 마련하기도 어렵다. (…중략…) 外國같으면 이런 與件下에 무슨 教育이냐 하여 여론도 용납않을 것이요 教育者들도 굉장한 示威가 벌어질 것이다." 李昶雨,「이것이 오늘의 國民學校다」,『교육평론』, 1964.12, 28면.
원문의 필자인 이창우는 이어 "悲觀的인 國民教育의 多樣論이라든지 爆發的인 學校人口의 激增을 여기에서는 言及하지 않고, 一線學校에서 그래도 教育으로써 國家再建에 奉仕하겠다는 不死鳥와 같은 勇氣와 熱意로 惡條件을 克服하고 있는 實態를 여기에 紹介하고자 한다"며 교육 당국의 입장에서 글을 전개한다. 이러한 글의 전체 방향과는 별개로, 이은직은 이창우가 첫 두 문단에서 기술한 '비관적 국민교육'에 관한 부분만을 인용한 것이다.

아래와 같이 이미 언급한 바 있는 한 국민학교의 사례와 거의 유사하게 기술되어 있다.

> 서울 시내의 상태는 더욱 막심하다. 137교의 국민 학교 중, 1부 수업을 하는 학교는 불과 11교, 2부 수업교가 38, 3부 수업교 56, 4부 수업교가 32교에 달하며 서울 시내 전체 아동 수 510,945명을 6,148학급으로 나누었기 때문에 학급당 평균 인원이 83명이라 한다.
>
> 그 중 가장 심한 학교는 전교 아동 수 9,030명, 학급수 98, 학급당 평균 인원 92명, 최고 수용 학급 아동수는 127명이라 한다.
>
> 교실은 30개도 없는 학교에 9천명의 아동들이 아침부터 밤까지 헤매고 있는 상태를 상상할 때 이 것은 교육의 마당이라기보다 수라장이라고 할 수 밖에 없다.[40]

위의 현황은 앞에서도 말했듯이 서울시 교육위 초등교육과장 김병보의 조사보고에서 인용한 것으로 확인된다. 그 조사보고는 "서울시내 국민학교 교육현황 즉 실태를 있는 그대로 정확히 파악하는 동시에 (···중략···) 교육개선 방향과 해결을 모색하기 위한 자료를 얻어보"기 위한 목적으로 1963년 실시된 집단장학의 결과보고서를 정리한 글이다. 이은직이 위에서 언급한 '가장 심한 학교'란, 김병보의 조사보고에서 "학교 및 학급인구의 과다 및 수업편제의 불량" 사례로 제시된 'J국민학교'의 경우를 그대로 가져온 것이다.[41]

---

40 리은직, 「이래도 교육인가 – 파멸 상태인 남반부 초급 교육 실정에 대하여」, 『문학예술』 12, 1965.2, 88면.

이은직은 이처럼 1965년 자신이 쓴 글에서 거론한 서울의 한 국민학교 현황을, 약간의 숫자만 조정한 채 1967년본 「생활속에서」의 무대로 가져왔다. 남한의 열악한 교육 인프라에 대한 안타까움과 분노가 이 소설의 원동력이었다고도 할 수 있으며, 일찍이 재일조선인 교육에 관여하고 그 현장에서 직접 교육자로 재직한 이은직으로서 그러한 교육 환경에 대한 관심의 표출은 이상할 것이 없었다. 물론 이 글이 실린 『문학예술』이 총련 산하 문화단체인 문예동의 중앙기관지였다는 성격에서도 짐작할 수 있는 것처럼, 이 글의 방향은 그러한 남한의 교육 실태를 북한과 비교하고, 이것을 '조국통일'의 정당성의 근거로 삼는 것이었다.

주목할 점은 그가 1965년 논설의 첫머리를 서울 발행의 『교육평론』에 실린 문교부 장학관의 글에서 직접 인용하며 시작하는 데서도 알 수 있듯이, 남한에서 발표된 글이나 통계를 전거로 활용하고 있다는 점이다. 이러한 참조의 단계를 거쳐 집필된 「생활 속에서」가 북한으로 이동하면서, 남한의 '과잉학생수'를 언급하며 이를 어떤 면에서는 남한의 '선진성'의 증거로 삼았던 1965년 논설의 관점이 「생활 속에서」에도 반복되고 있다는 점이 문제가 되었을 것으로 판단된다. 이은직은 「이래도 교육인가」에서 "달리 생각하면 남반부 같은 환경 속에서 90%의 아동이 취학하고 있다는 것이 기적일지도 모른다. (…중략…) 취학률이나 진학률을 보면 (그 내용이야 온갖 문제가 있겠지만) 상당한 **선진국의 수준**에 달하고 있다. 이것은 바로 (…중략…) 우리 민족이 우수한 문화적 전통을

---

41　金秉輔, 「서울市內 國民學校教育의 實態分析―六三年度 奬學士의 學校評價를 中心으로」, 『교육평론』, 1965.12, 104·106면. 이은직의 「생활 속에서」에 언급된 서울시내 국민학교 전체의 현황도 이 자료를 그대로 사용하고 있음을 확인할 수 있다.

가지고 있으며 어떠한 처지에서도 **고상한 품성**을 유지하는 슬기로운 민족이란 것을 증명하는 것이라고 할 수 있다"고 부연한다.[42](강조는 인용자) 이은직에게 '선진성'이란 사실 남한만의 것이 아니라, 위의 기술대로 민족문화적인 전통으로부터 계승된 하나의 '품성'으로 이해된 것이다. 하지만 이 '선진성'을 증명하는 취학률을 그대로 보여줄 수 있는 '과잉학생수'의 구체적인 현황들은 남북 분단과 냉전이라는 경쟁적 컨텍스트에서는 남한의 '선진성'을 지시할 수 있는 것, 따라서 드러나서는 안 되는 것이었다.

이상으로 1967년 발표된 「생활 속에서」가 1971년 북한에서 개작되는 과정에서 일어나는 주요한 변화 중 ① (남한의 '선진성'을 연상시키는 부분의 삭제)의 경우에 해당하는 사례를 상세히 살펴보았다. 나머지의 경우를 간략히 예시하면, ② (박정희 정부의 '괴뢰성' 강조)의 경우에는 '박정희'라는 이름이나 '집권자'라는 어휘 앞뒤에 항상 '괴뢰' 또는 '괴뢰정권' 같은 어휘를 연결시켰다. ③ (북한의 유일성과 실재성 강조)의 경우, "어느 곳"(=북한)과 "이놈의 곳"(=남한)의 생활상을 대비하는 등장인물의 대사에서 "어느 곳"을 정확히 "이북"이라고 명시하거나, "나는 그 립장이란 것이 자기가 선택한 계급을 떠나서는 있을 수 없다고 생각하게 되였소"라는 주인공 윤기철의 대사 중 '자기가 선택한 계급'을 "선진적인 로동계급"으로 구체화했다. 또한, 북한을 중국·소련과 비교하는 윤기철 아내의 대사에서 중국과 소련이라는 국가명을 삭제하고, 두 국가와 북한을 비교하는 말은 "이북에나 가면 좋지 않겠어요. 거긴

---

42  리은직, 앞의 글, 89면.

사람들이 세상 부러운 게 없이 살고 모든 사회건설이 그 어느 나라보다도 더 잘 되고 있다고 그러지 않아요"라는 말로 축약한다.

1984년본, 즉 북한에서 출간된 이은직의 첫 개인 소설집인 『임무』에 수록된 판본은 1971년본과 대부분 동일하지만, 그럼에도 중요한 변화가 없는 것은 아니다. 특히 눈에 띄는 부분은 문예동 중앙기관지 『문학예술』에 수록된 원작인 1967년본과 북한에서 처음 발표된 1971년본에서 '애국자'로 언급된 바 있는 '이순신'이라는 이름이, 북한의 두 번째 판본인 1984년본에서는 전부 삭제되었다는 점이다. 그런데 이 삭제 과정에서 고려할 또 하나의 판본이 있다. 그것은 1973년 '조선민주주의인민공화국창건' 25주년 기념으로 도쿄의 문예동에서 발행된 재일조선인작품집 『영광의 한길에서』에 수록된 「생활 속에서」이다. 이 네 개의 판본을 비교할 때, 이순신은 '1971년본(평양)'에서 '1984년본(평양)'으로 재수록되는 과정에서 삭제된 것이 아니라, '1971년본(평양)'에서 일단 다시 '1973년본(도쿄)'으로 국가적 출판 시스템의 경계를 넘어 재수록되는 과정에서 삭제된 것이며, 이것이 다시 한 번 경계를 넘어 '1984년본(평양)'으로 재수록되면서 반영된 것이다.

1971년에서 1973년 사이의 변화는, 남한의 박정희정권이 이순신을 영웅화하며 특히 반공과 국토통일의 선구자로 위치 짓기 위해 다양한 정책적, 학문적, 예술적 사업을 실시했다는 점을 상기하면 이해하기 어려운 것은 아니다. 선행연구에 따르면 이러한 이순신의 '성화' 작업에는, 이순신을 박정희 자신과 동일화하여 국론을 통합하고 반대파를 반국가주의자로 낙인찍는 대중정치가 작동하고 있었다.[43] 이순신의 영정을 안치하고 그의 업적을 기리기 위해 지어진 현충사를 1966년 대대적으로 확장하고 1968년에는 광화문 앞에 이순신동상을 세우는 등, 박정희 정권하의 이순신 영웅화 작업은 1960년대 중후반부터 본격화되고 있었다. 그럼에도 불구하고 1971년본에서 그 '이순신'의 존재는 "조국의 앞날을 위하여 목숨을 바쳤"던 "애국자"로서 아직껏 남아 있었던 것이다.[44]

한국 근대 문화사에서 이순신의 표상은 그 자체로 학문적 분석을 필요로 해왔을 만큼 복잡한 맥락을 지니고 있으며,[45] 이 작품에서 이순신이 언급되거나 삭제된 맥락 또한 쉽게 단정하기란 곤란하다. 덧붙이자면 「생활 속에서」를 발표하기 불과 몇 달 전 그는 1965년에서 67년까지 『통일평론』에 일본어로 연재한 '명장 이야기'를 정리하여 단행본 『조선명장전』을 출간한 바 있다. 그러면서 연재 당시에는 빠져 있던 "일본 수군을 전멸시킨 영원한 성웅" 이순신 항목을 새로 추가했다.[46] 분명한 것은, 그가 갈 수 없는 '조국'인 남한을 외부로부터 무대화하는 과정과 그것이 다시금 또 하나의 '조국' 북한으로 이동하는 과정에는, 일본

---

43 공임순, 「역사소설의 양식과 이순신의 형성 문법」, 『한국근대문학연구』 4-1, 한국근대문학회, 2003, 206~208면.

44 리은직, 「생활속에서」 상(1967년본), 35면; 리은직, 「생활속에서」(1971년본), 319면.

45 박태원의 임진왜란 서사를 중심으로 냉전기 남한과 북한에서의 이순신 표상을 연구한 전지니의 연구에 따르면, 이순신은 해방 이후에서 한국전쟁을 거치며 좌익과 우익, 남과 북 모두를 아우를 수 있는 인물로 이승만과 김일성 체제하에서 모두 동원되며 일종의 '담론투쟁'의 대상이 되었다. 전지니, 「박태원의 월북 전후를 통해 본 냉전기 남북의 이순신 표상 연구」, 『상허학보』 44, 상허학회, 2015.6. 그밖에 조선 후기부터 현대에 이르기까지의 이순신에 대한 인식의 변화와 추모 사업에 대한 통시적 고찰로는 최지혜, 「충무공 이순신에 대한 인식의 시대별 변화」, 『이순신연구논총』 21, 순천향대 이순신연구소, 2014.6 참조. 박정희 정권하의 이순신 '동상건립운동'과 애국적 표상의 연관에 대해서는 정호기, 「박정희시대의 '동상건립운동'과 애국주의-'애국선열조성건립위원회'의 활동을 중심으로」, 『정신문화연구』 30, 정신문화연구원, 2007 참조.

46 李殷直, 『朝鮮名将伝』, 新興書房, 1967, 163면.

－남한－북한을 넘나드는 공간적 이동, 그리고 언어체계(일본어－조선어) 및 글쓰기 양식(영웅전기－소설)의 이동이 복잡하게 연루되었다는 점이다. 이 복잡성은 '조국'의 바깥에서 어떤 '조국'을 서사화하며, 그것을 또 다른 '조국'으로 발신할 기회를 얻었던 재일조선인 문학자의 입장을 그대로 반영한다. 하지만 이러한 복잡성은 '조국'의 적극적인 포섭 / 배제의 원칙을 통해 형성된 '공민문학'의 공간 안에서 논의될 자리를 충분히 얻지는 못했다.

이제 앞으로 더욱 구명되어야 할 문제를 간략히 덧붙이며 다음 절로 넘어가고자 한다. 첫째는 재일조선인의 이언어 글쓰기가 번역과 개작 등을 통해 '북한어'로서의 '조선어'와 접속할 때, 그것을 동일한 '조선어 문학'의 범주에서 다루려면 곤란한 지점들이 발생한다는 점이며 '한국어 문학'이라면 한층 더 그러하다는 점이다. 일본어 원작을 번역한 김달수의 사례에서는 물론이고, 일본에서 발표된 조선어 텍스트가 북한의 출판 · 인쇄 시스템으로 이동할 때 기본적으로 이루어진 표기법과 어휘 차원의 수정만 보더라도 그렇다. 그 과정은 일본어 (퀸)텍스트의 배제뿐만 아니라 재일조선인 조선어 (퀸)텍스트의 배제도 역시 함께 얽혀 있는 과정임이 더욱 논의되어야 할 것이다.

둘째는 재일조선인 문학이 남북한 양쪽의 민족주의로 통합되는 과정에는 서로 다른 정치적, 이념적, 그리고 언어적 환경이 작용하고 있었다는 점이다. 1988년에 한국에서 번역된 이은직의 일본어 장편소설 『탁류』는 해방 직후에서 1946년의 10월 항쟁까지 서울과 정읍, 부산 등을 배경으로 펼쳐지는 도쿄 유학 출신 좌파 지식인의 투쟁기이다. 그런데 이 작품은 1988년의 해금 조치를 전후로 대두한 '해방 3년사'에 대한 관심 속에 김달수의 『태백산맥』, 김석범의 『화산도』 등과 함께 동시적으로 번역되었다. '해방 3년사'라는 비슷한 시간대의 남한을 무대화한 이들 소설이 처음 집필된 시기 역시 1960년대 초반에서 중반으로 겹쳐진다는 점,[47] 그리고 이은직이 (북한에서 출판된) 이기영과 한설야의 소설들을 일본어로 번역한 시기와도 겹쳐진다는 점은 또 어떻게 이해해야 할까. 나아가 이은직이 보여준 것과 같이 그가 각각 일본어와 조선어로 쓴 해방 직후의 남조선과 4·19 직후의 남한에 관한 텍스트가 번역과 검열이라는 제도를 거쳐 시차를 두고 남북한에서 모두 출판될 '수 있었다는' 사실을 어떻게 이해해야 할까. 앞에서 언급한 이은직의 인터뷰에서처럼, 그가 쓰고자 한 글은 '조국'의 어떤 체제에 대해서도 '만세 부르는 글'이 아니었기 때문이라는 대답만으로는 그 경위를 해명하기 힘들다. 김달수라는 예외가 있기는 하지만 총련 성립 후 북한에서 출판된 재일조선인 문학은 모두 조선어로 쓰였다. 북한에서 출판된 판본을 수집하여 2000년대 이후 남한에서 재출간한 사례를 제외하면 남한에서 출판된 재일조선인 문학은 모두 일본어로 쓰였다. 이은직은 그 두 가지 법칙, 즉 조선어 창작의 북한 출판과 일본어 창작의 남한 출판이라는 법칙에 모두 걸쳐 있었다. 달리 말해 그는 이언어 작가였기 때문에 남북한 양쪽에서 출판할 수 있었다. 하지만 일본 내에서 '총련 이데올로기'와 '귀국' 이데올로기가 예전의 강력한 영향력을 상실하기까지, 그리고 남한에서 87년 체제가 막 형성되며 반공 이데올로기와 거리를 둔 '실증

---

[47] 김석범의 일본어 장편 『화산도』는 『海嘯』라는 제목으로 1976년 연재를 시작했지만, 그 이전에 조선어 『화산도』가 1965년 『문학예술』에 장편 분량으로 연재되다가 1967년 중단된 바 있다.

적' 북한 연구가 시작되기까지의 시간적 거리가 남북한 출판 사이의 시차를 만들어 냈다.


## 4. 해방기 역사의 복원 – '해금' 전후 재일 문학의 남한 수용

### 1) 월북 작가 해금 조치와 선별된 재일 문학

1988년은 한국에서 재일 문학이 전에 없던 주목을 받은 해였다. 그 관심은 출판계에서 두드러지게 나타났다. 그동안 일본의 문학계와 출판 시스템을 통해 경력을 쌓아 온 네 명의 재일조선인 작가, 이은직·김달수·김석범·이회성의 일본이 장편소설이 기의 동시적으로 한국에서 번역 출간된 것이다.[48] 우선 1971년 재일조선인 작가로서는 처음으로 아쿠타가와상을 수상한 이회성의 「다듬이질하는 여인砧をうつ女」은 바로 이듬해 한국어로 번역 출간된 바 있으며, 1973년에는 그의 단편 「죽은 자가 남긴 것死者の遺したもの」(1970)이 국내 문예지에 번역 수록되기도 했다.[49] 1988년에 번역된 것은 『금단의 땅』(『禁じられた土地』; 『見果てぬ夢』 1, 1977)이라는 장편소설이었다. 한편 일찍이 일본어 창작으로 각각 1939년과 1953년 아쿠타가와상 후보에 오른 이은직과 김달수, 그리고 1950년대부터 제주 4·3항쟁을 주요 소재로 삼아 온 김석범의 경우,

---

48  이들 중 이은직과 김달수는 식민지 조선에서 출생하여(1917년, 1920년) 10대였던 1933년, 1930년에 도일했으며, 김석범은 1925년 오사카에서, 이회성은 1934년 사할린에서 출생했다.
49  이회성, 이호철 역, 「死者가 남긴 것」, 『문학사상』 7, 1973.4, 같은 호의 '재외작가특집'에는 이회성의 작품 외에 캐나다, 일본 등지로 이주한 작가의 한국어 작품 3편이 수록되었다.

1988년에 한국에서 출판된 『태백산맥』, 『탁류』, 『화산도』가 각각의 첫 한국어 번역작이었다.[50]

거의 동시적으로 번역된 김달수, 이은직, 김석범의 텍스트들은 모두 해방 직후의 남조선을 무대로 하여 당시의 급격한 정세 변동과 인민위원회 및 남로당의 활동, 미군정의 폭정과 민중 항쟁 등을 서사화했다는 공통점을 지닌다. 이은직의 『탁류』는 1945년 가을부터 1946년 10월 인민항쟁까지를 서사적 시간으로 다루며 공간적으로는 정읍, 김제, 전주 등의 전라북도 지역과 부산, 서울 등지를 광범위하게 포함한다. 김달수의 『태백산맥』도 비슷한 시기의 대구와 서울을 이야기의 중심 공간으로 삼는다. 『화산도』는 1988년 번역된 판본에 한정하면 해방 후부터 4·3 직후까지의 제주도를 무대화한 소설이다.[51] 각각 편차는 있으나 해방 정국의 남로당 조직과 지식인의 관계를 공통적으로 다룬 세 텍스트와 달리, 이회성의 『금단의 땅』은 박정희 정권하의 남한 정세를 다룬 소설이다.

위 소설들이 당시 한국 사회에서 일반적으로 어떤 범주를 통해 수용되었는지와 관련하여, 흥미로운 시사점을 제공하는 글은 당시 『한겨레

---

50　김달수, 이은직, 김석범, 이회성의 1988년 한국에서의 출판 사항은 다음과 같다. 김달수, 임규찬 역, 『태백산맥』上·下, 연구사, 1988; 이은직, 김명인 역, 『탁류』上·中·下, 풀빛, 1988; 김석범, 김석희 역, 『화산도』1~5, 실천문학사, 1988; 이회성, 이호철·김석희 역, 『금단의 땅』上·中·下, 미래사, 1988.

51　이은직의 『탁류』와 김달수의 『태백산맥』은 각각 동명의 일본어 완결본을 저본으로 하여 번역되었으며, 김석범의 『화산도』는 『海嘯』(『文学界』, 1976~1981)를 수정·가필하여 1983년 문예춘추사에서 간행된 『火山島』(전3권)를 저본으로 일부가 수정·누락된 채 번역되었다. 문예춘추사의 1983년도판 『火山島』는 이후 문예춘추사에서 간행된 『火山島』(전7권, 1997)의 제1부로 편입되며, 이 1997년도판 『火山島』는 2015년 김환기·김학동 공역으로 보고사에서 전12권으로 완역 출간되었다.

신문』 문화부 기자였던 조선희가 각각 「분단앞뒤 다룬 교포작가 소설 출간 활기」와 「'8 · 15는 미완성 해방' : 80년대 이념 소설의 주제」라는 제목으로 작성한 기사이다.[52] 1988년 5월과 8월 『한겨레신문』 문화면에 실린 두 기사에서 공통적으로 언급된 텍스트는 이은직의 『탁류』와 김달수의 『태백산맥』, 그리고 김석범의 『화산도』였다. 이 세 장편소설은 '분단 앞뒤를 다룬 교포작가 소설'과 '미완의 해방을 다룬 80년대 이념소설'이라는 두 기사의 주요 범주 속에서 정확히 교집합을 이루었다(그림 8). 다시 말해 1988년 5월과 8월 『한겨레신문』 문화면에 실린 두 기사는 그 해 동시적으로 번역된 재일조선인 문학 수용의 지평을 가늠하게 한다.

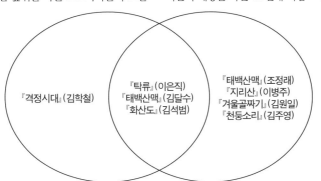

"분단 앞뒤를 다룬 교포작가들의 소설"　"미완의 해방을 다룬 80년대 이념 소설"

『격정시대』(김학철)

『탁류』(이은직)
『태백산맥』(김달수)
『화산도』(김석범)

『태백산맥』(조정래)
『지리산』(이병주)
『겨울골짜기』(김원일)
『천둥소리』(김주영)

그림 8 1988년 5월과 8월의 『한겨레신문』 기사를 바탕으로 재일 문학 수용의 범주를 재구성한 벤다이어그램

52　조선희, 「분단앞뒤 다룬 교포작가 소설 출간 활기」, 『한겨레신문』, 1988.5.31, 5면; 「'8 · 15는 미완성 해방'-80년대 이념 소설의 주제」, 『한겨레신문』, 1988.8.16, 5면.

당시 한국에서의 재일 문학 출판 붐과 관련하여 또 한 가지 중요한 맥락은 바로 그 해 3월과 7월 두 차례에 걸쳐 시행된 월북 작가 해금 조치이다. 1988년 세밑 『한겨레신문』에 실린 아래의 문학 기사를 통해 알 수 있듯이, 해방 후 한국 현대사의 국면들을 다룬 재일 작가들의 장편 역사소설들은, '해금문학의 풍요'를 맞은 당시 한국의 사회적 분위기 속에서 '해외동포 문인들의 문제작'이자 어떤 '문학적 사건'으로 받아들여졌다.

① '월 · 납북작가' 작품 해금 조치 : 정지용, 김기림, 이태준, 박태원, 임화, 이기영, 한설야, 김남천 등의 전집이 출간되었거나 출간 준비 중.

② 국적문제나 정치적 이유로 국내 출판이 불가능했던 '해외동포' 문인들의 문제작 : 이회성, 김석범, 김달수, 김학철, 이근전 등과 북한문학작품.

③ 공산권 현대문학의 번역 : 리바코프(소련), 라선(중국), 볼프(동독) 등.

④ '정치의 계절'에 대응하는 정치풍자꽁트의 유행과 빨치산 체험 수기.[53]

(강조는 인용자)

1988년 한 해 동안의 문학계를 '창작의 휴식기'와 '해금문학의 풍요'라는 대조적인 표현으로 정리한 『한겨레신문』의 기사는, 월 · 납북작가 작품과 '해외 동포' 작가 작품, 그리고 공산권 작가들의 번역 작품으로 '해금문학'의 권역을 분류하였다. 이 중 두 번째 카테고리로 분류된 '해외동포 문인들의 문제작' 속에 재중조선인 문학 및 북한문학과 함께 언

---

53 「해금문학의 해」, 『한겨레』, 1988.12.6, 7면.

급된 재일조선인 문학 텍스트는 각각 이회성의 『금단의 땅』, 김석범의
『화산도』, 김달수의 『태백산맥』이었다. 약 한 달 후인 1989년 벽두에
는 여성 작가인 이양지가 이회성에 이어 재일조선인 작가 중에서는 두
번째로 아쿠타가와상을 수상했다는 소식이 한국에 전해졌다. 이와 같은
재일 작가들에 대한 관심 속에서, 이들은 "작품을 우리말로 썼거나 현지
말로 썼거나 그 소재와 정서만은 예외 없이 한국적"이라는 평가를 받으
며 향후 "통일된 조국"의 문단을 예비하는 존재들로 간주되었다.[54]

　김석범은 당시 한국에서 『화산도』 출간을 둘러싼 상황을 한 글에서
회상한 바 있다. 그에 따르면 당시 한국어판 『화산도』의 출간은 한국 정
부 당국의 몰수와 판매 금지를 피하기 위해 비밀리에 진행되었으며, 초
빈에는 저자와 출판사 정보가 삭제된 채로 책 제목만 덩그러니 신문 광
고란에 인쇄되기도 했다는 것이다. 그에 따르면 『화산도』는 출간 직후
국가보안법 위반을 이유로 판금 조치를 받았으나 며칠 뒤 다시 합법 출
판이 인정되었다고 한다.[55] 『화산도』 한국어판의 발행 시점은 1988년
3월 월북 작가들 중 김기림, 정지용 등에 대한 출판이 우선적으로 허용
된 3·31조치로부터, 1988년 7월 문화공보부장관 정한모의 발표를 통
해 월북 작가의 해방 전 발표작에 대한 출판이 공식적으로 허용된 7·
19조치 사이에 놓여 있다.[56] 『화산도』의 한국어판을 출간한 실천문학

54　「교포 文學」, 『경향신문』, 1989.1.14, 2면.
55　김석범, 「발문」, 나카무라 후쿠지, 『김석범 『화산도』 읽기 - 제주 4·3 항쟁과 재일한국
인 문학』, 삼인, 2001, 268면.
56　『화산도』의 발행일은 1988년 6월 30일로 되어 있다. 한국에서 월북문인에 대한 공식적
인 해금은 1976년 3·31 조치 이후 네 단계에 걸쳐 이루어졌으며, 이것이 88년 7월 월·
재북 문인의 해방 전 발표작에 대한 전면해금으로 이어졌다. 김윤식·권영민, 「한국 근
대문학과 이데올로기 - 월북문인 해금조치와 관련하여」, 『문학사상』 191, 문학사상사,
1988.9. 1988년의 해금조치는 사상(이념)과 문학의 논리에 대한 분리 원칙에 따라 사상

사는 민족문학작가회의와 공동 주최로 출판기념회를 계획하고 김석범을 초청했으나, 주일한국대사관의 비자발급 거부로 김석범의 한국방문은 불발되었다. 이에 앞서 같은 해 3월에는 도쿄에서 열리기로 되어 있던 한일문학자 간담회 참석을 위한 고은의 일본 방문이 역시 당국에 의해 불허된 바 있었다. 이에 민족문학작가회의 등 국내 문화단체는 성명서를 발표하고 김석범의 방한 및 고은의 출국 금지에 대한 해명과 문화인 탄압 중지, 구속중인 문화인 즉시 석방, 헌법에 보장된 표현·사상·양심의 자유 보장 등을 촉구했다.[57]

1988년에 한국에서 처음으로 출간된 김달수, 이은직, 김석범의 텍스트들이 동년 두 차례에 걸쳐 시행된 월북 작가들에 대한 해금 조치와 갖는 직접적 관계란 사실 명확히 설명하기 어려운 것이다. 그들은 모두 (납)월북이나 재북 등의 카테고리에는 직접적으로 속해 있지 않기 때문이다. 물론 세 명 모두 당시 대한민국 국적자가 아니라 국적란에 '조선'으로 기재된 외국인등록증 소지자였고, 1960년대 중반까지는 모두 총련 관계 문화·문예조직이나 언론기관에서 주요한 역할을 한 바 있다. 하지만 이미 한동안 중단했던 일본어 창작을 개시하면서 총련 조직과도 결별한 김석범의 『화산도』가 우여곡절 끝에 한국 출판 허가를 얻었을 때, 한국의 한 신문 기사에서 "김석범은 북괴 공작원과 관계가 있는 파괴 세력이며, 적화 통일 주창자"라고 비난했다는 일화가 있다.[58] 김석범

---

적·정치적 복권을 불허했다는 점에서 불구적이고 정략적인 조치였으며, "국가보안법 틀 안에서 허용된 문학논리의 영역"에 제한되어 있었다. 이봉범, 「냉전과 월북, (납)월북 의제의 문화정치」, 『역사문제연구』 37, 역사문제연구소, 2017.4, 289면.

57 「소설 〈화산도〉 작가 김석범씨 모국방문 거부」, 『한겨레신문』, 1988.6.8, 5면; 「교포소설가 입국금지 항의-6개 문화단체 성명서 발표」, 『한겨레신문』, 1988.6.21, 5면.

58 김석범, 앞의 글, 269면.

의 회고 속에 등장하는 이 기사는 실제 1988년 6월 24일 『조선일보』에 실린 「해금과 단속의 되풀이」라는 제목의 기사인 것으로 추정된다. 이 기사는 1987년 10월 19일 출판활성화조치로 '이념 서적' 431종의 판매를 허용한 문화공보부가 다시 일부 서적의 사상 검증을 검찰에 의뢰하며 단속을 기도했다는 소식에 대한 항의의 성격을 띤다. 하지만 '좌익 서적 단속보다 파괴세력 직시를'이라는 부제에서도 짐작할 수 있듯이, 오히려 일련의 해금 조치가 '파괴세력'에 이용당하지 않도록 더욱 철저히 감시해야 한다는 뉘앙스로 끝나 버린다. 즉 문화공보부가 다시 일부 좌익 서적의 단속을 기도하는 것을 비판하는 동시에, 한편으로 이러한 "금기"의 제거 과정에 또 다른 "부당한 목적"을 위해 도서출판이 악용되는 것을 막아야 한다고 주장하는 것이다. 이때 그러한 "불순서적"으로 들고 있는 것은 마쓰모토 세이초松本清張의 『북의 시인北の詩人』을 번역한 『북의 시인 임화』(미래사, 1987), 그리고 김석범의 『화산도』였다. 기사에서는 김석범을 "일본에서 북괴공작원과 관계를 맺어온 전 재일 조총련예술가동맹 사무국장"이라 적고 있으며, 『화산도』가 "4·3폭동에 대한 「새로운 시각」으로 소개되고 있다"는 것에 우려를 드러냈다. 나아가 "파괴세력, 적화통일 주창자의 논리가 「새로운 시각」일 수는 없다"고 하며 강하게 당국의 '분별성'을 요구했다.[59] 이는 유신독재 시대를 거치며 재일조선인에게 부여된 공안 대상으로서의 이미지가 국가보안법의 논리 속에서 여전히 압도적인 힘을 발휘하고 있었음을 말해준다. 따라서 월북 작가 해금 조치에 따라 그간 북한과의 연계성이 각인되어 있던

---

[59] 「解禁과 단속의 되풀이―佐翼서적 단속보다 파괴세력 直視를」, 『조선일보』, 1988.6.24, 3면.

재일조선인 문학 또한 연쇄적으로 해금되었다고 보는 것은, "냉전·분
단체제를 지탱해온 공안통치적 레짐의 시혜적 조치를 사후 정당화"[60]하
는 작업에 공조하는 것일 수 있다. 재일조선인 문학의 동시적인 번역 출
판은 해금 조치에 의해 유도된 자유라기보다는, 앞에 인용된 기사에서
'해금문학의 풍요'로 거론된 다양한 텍스트 그룹이 보여주듯이, 금지—
허용을 반복하는 통치 권력의 정략적 문화 통제와 문화 세력 사이의 길
항의 결과였던 것으로 보인다.

한 선행 연구의 표현을 빌리면, 1988년의 해금 조치는 6월 항쟁으로
이끌어낸 6·29선언 이후의 87년 체제라는 "정치적 민주화의 도정에서
쟁취한 전리품 중 하나였다".[61] '해금문학의 풍요'라는 문화면의 기사에
서도 드러나듯, 해금 조치는 문학사 및 문화의 전반적인 영역을 풍성하
게 만들어줄 것이라는 인식을 확산시켰다. 이렇게 "반공주의의 이데올
로기 심급에 사로잡혀 있던 여러 학문적 의제들을 해방시켰"던 해금 조
치는, 근대문학사 복원이라는 경로와 더불어 "그간 봉인된 채 말할 수
없었던 서발턴들—월북문인과 납북문인과 재북문인, 월남문인과 친일
문인, 더 나아가 재일디아스포라 작가에 이르는—에 대한" 새로운 독
법을 요구하게 된 것이다.[62] 또한 1988년의 '공식적인' 해금 조치 이전
부터도 월북 작가들의 출판은 암암리에 이어져 왔으며, 1988년의 전면
적 해금 조치를 전후로 한 시기에는 월북 작가의 작품이 수록된 영인본
의 출판이 급증하고 있었다.[63] 덧붙이면 이 시기 합법·비합법적 출판물

60 김성수, 「재·월북 작가 '해금' 조치(1988)의 연구사·문화사적 의미」, 『상허학보』 55,
   상허학회, 2019.2, 30~31면.
61 유임하, 『반공주의와 한국문학』, 글누림, 2020, 365면.
62 위의 책, 383~384면.

의 급증은 월북 작가의 출판에 한정될 뿐만 아니라 1980년대 내내 성장해온 국내 출판문화의 전반적인 현상이기도 했다. 여기에 1987년 6월 항쟁이 가져온 '자유'로 인하여 1987년에서 88년 사이의 출판계는 전에 없던 호황을 누리고 있었다.[64] 재일조선인 문학은 이와 같은 '해금' 전후의 문화적 토대 위에서 선별적으로 발견／발굴된 셈이었다.

이러한 당대적 의미에 대해, 『탁류』를 번역한 평론가 김명인은 해당 텍스트에 대한 서평에서 다음과 같이 말한 바 있다.

반(反)외세 자주화와 민족통일문제에 있어서 우리 문학이 겪고 있는 난항을 깨는 신선한 자극으로 다가오는 것이 바로 최근 집중적으로 간행되고 있는 재외동포문학이라고 할 수 있다. 그 중에서도 특히 『태백산맥』『화산도』『탁류』 등의 재일동포들에 의한 장편소설은 모두 1945~1948년에 이르는 이른바 해방공간에서의 남한을 그 무대로 함으로써 더욱 우리 분단극복문학의 진전에 결정적인 징검다리를 놓아주고 있다.[65] (강조는 인용자)

같은 글에서 그는 이은직의 『탁류』가 "8・15 직후 남한에서 전개되었던 반제・반봉건투쟁에 관한 가장 치열한 보고서"였다고 언급한다.[66] 그런 점에서 이들의 문학은 "당연히 우리 민족문학사에 포함되어야" 하

---

63 장문석, 「월북작가의 해금과 작품집 출판(1)−1985~1989년 시기를 중심으로」, 『구보학보』 19, 구보학회, 2018.8.
64 천정환, 「1980년대 문학・문화사 연구를 위한 시론(1)−시대와 문학론의 '토픽'과 인식론을 중심으로」, 『민족문학사연구』 56, 민족문학사학회・민족문학사연구소, 2014, 397면.
65 김명인, 「민족해방문학의 귀중한 유산−『濁流』 이은직 장편소설 풀빛 刊」, 『한국문학』 181, 1988.11, 392면.
66 위의 글, 394면.

는 것이며, "해방 전후시기에 관한 한 이들의 작품은 민족문학사의 최고 봉으로서의 권위를 지닌"다고 평가되었다.[67]

이처럼 해방 전후를 다룬 재일조선인 문학을 '분단극복문학'의 견지에서 볼 때 '민족문학사' 내의 최고 권위를 가진 것으로 파악할 수 있었던 배경에는, 87년 6월 항쟁 직후 김명인이 제기한 바 있는 '새로운 민족문학'의 구상이 가로놓여 있었다. 그는 자신이 편집위원으로 참여한 문학무크지 『문학예술운동』 1호(풀빛, 1987.8)에 실린 「지식인 문학의 위기와 새로운 민족문학의 구상」이라는 글에서, "노동하는 생산대중의 세계관에 우리 민족운동의 당면과제인 반외세 자주화 · 반파쇼민주화투쟁의 전망을 올바로 접맥시키"는 것을 새로운 민족문학의 방향으로 제시한 바 있다.[68] 그것은 1970년대의 민족문학론이 소시민계급의 자기인식과 밀접한 시민적 민족문학론이었으나, 그것의 통일적인 지도력이 80년대 들어서는 생산대중의 힘에 의해 근본적 위기에 처하게 되었다는 의식으로부터 출발한 것이다.

특히 그의 '분단극복문학'으로서의 '새로운 민족문학'에 대한 관점은 80년대 중반을 넘어가며 결실을 맺고 있는 '장편 분단소설'에 대한 비판에서 두드러졌다. 여기서 거론되는 '장편 분단소설'이란 이문열의 『영웅시대』, 이병주의 『지리산』, 조정래의 『태백산맥』, 김원일의 『겨울 골짜기』 등으로, 이 네 편의 소설은 앞서 살핀 『한겨레신문』의 기사에서 '미완의 해방을 다룬 80년대 이념 소설' 그룹에 이은직의 『탁류』, 김

---

67 김명인, 「왜곡된 민족사의 문학적 복원」, 『문학사상』 194, 1988.12, 71면.
68 김명인, 「지식인 문학의 위기와 새로운 민족문학의 구상」, 『문학예술운동』 1, 풀빛, 1987.8, 98면.

달수의 『태백산맥』, 김석범의 『화산도』와 함께 언급된 소설들이기도 하다. 김명인은 각각의 소설들이 지니는 이념적 편차에도 불구하고 공통적으로 위의 소설들이 분단의 주제를 현재적 의미로부터 연역해 내지 못했다고 지적하며, 분단 당시의 이야기는 현재를 규정하는 모순이 어떠한 연원에서 비롯되는가 하는 견지에서 다루어져야 한다고 주장했다.[69] 그것을 '분단극복문학'의 의의로 설정하고 있는 필자에게 그 자신이 번역한 『탁류』를 비롯하여 분단 전후를 다룬 재일조선인 문학들은 남다른 '소설적 성과'로 보이기에 충분했다.

이처럼 1988년 이른바 '해금'을 둘러싼 문화적 자장에서 재일조선인 문학은 민족문학사 복원을 위한 '권위 있고 구체적인 보고서'이자, '찬탁=반민족적, 반탁=민족적'이라는 오랜 반공주의·국가주의 서사에 대한 대항서사로 발견되었다. 다만 이때 단서를 첨가하자면, 당시 한국(어) 담론 공간에서는 재일 문학에서의 일본어 창작이라는 "언어의 문제"가 지닌 "한계"를 극복하고 이들 문학을 "우리의 것"으로 만들기 위해 "번역에 의존"해야만 한다는 인식이 대체로 공유되었다는 사실이다.[70] "민족언어, 민족정서, 풍속, 생활감정 등 역사의 형상적 복원에 기초질료가 되는 부분들은 거의 포착해낼 수 없"다는 점에서,[71] 외국어로 쓰인 민족문학은 그 태생부터 '핸디캡'을 지닌 것으로 여겨지고 있었다. 그 '핸디캡'을 보완하고 민족사를 문학적으로 복원하는 일에 동참하는 의미에서 "우리말 감각을 지닌 우리나라 사람이 일어로 쓴 소설을 다시

---

69  위의 글, 81면.
70  김명인, 앞의 글, 76면.
71  위의 글, 76면.

우리말로 옮기는" 작업, 『탁류』의 번역 과정을 예로 들자면 "정읍지방과 부산지방의 사투리를 살려내는 일"의 중요성이 부각되기도 했다.[72] 해방기 조선을 무대화한 재일조선인 문학의 번역은 '일본(어)'이라는 장벽을 제거하고, 긴급하고도 절실한 역사적 복원의 대상으로 부상한 해방 / 분단 전후와 '지금-여기'를 직접적으로 매개하려는 행위였다고 할 수 있다.

따라서 '해방 / 분단'의 공간과 '해금'의 공간을 중첩시키고 직접적인 복원의 대상으로 삼는 번역의 행위는, 이 소설들을 그것이 서술된 1960년대 일본(어)의 컨텍스트로부터 일정 정도 분리하는 과정을 거칠 수밖에 없었다. 그렇기 때문에 『탁류』, 『태백산맥』, 『화산도』 같은 소설들이 해방 직후의 남조선 지역을 무대로 당시의 미군정 지배에 대한 '해금된 해석'을 공유한다는 점이 일본 내 출판 및 사상계의 경향과 연결지어 논의되지는 못했다. 이들에 관한 평론이나 좌담, 그리고 신문 기사 등의 비평을 살펴볼 때, 이들의 일본어 원텍스트가 왜 비슷한 시기에 집중되어 출판되었는가, 즉 '해방 3년사'에 관한 재일 작가들의 관심이 왜 그 무렵 집중되었는가에 대해서는 세밀한 분석이 이루어지지 못한 것이다. 하지만 1988년 '번역'의 컨텍스트에서 (무)의식적으로 망각하고 있던 '서술'의 컨텍스트는, 이미 이 책의 1부에서 살폈듯 '점령'과 '점령 이후'가 교차하고 남북일 냉전 구조의 역학이 작동하는 곳, 또한 일본어 글쓰기와 조선어 글쓰기가 교차하고 조선의 '해방'과 일본의 '패전'을 대하는 복수의 시선들이 교차하는 공간이기도 했다.

---

72 김명인, 「이 책을 읽는 이들에게」, 이은직, 『탁류』 上.

'해방 전후사의 복원'과 '번역'이라는 작업은, 분단 극복과 민족문학사의 복원이라는 1988년 당시의 문화운동에서 서로 긴밀한 과제로 연결되었다. 이는 "재일교포의 해방 전후 시기 관련 소설들은 재중교포들의 같은 작업에 비교해볼 때 아주 기본적인 한계를 갖고 있다"는 인식에서 비롯한다. 그 '한계'란 물론 앞에서도 확인한 것처럼 "언어의 문제"였다.[73] 일본어로 쓰인 재일 작가들의 원텍스트들이 번역에 의존하지 않고는 '우리의 것'이 될 수 없다는 논리에 따라, 『탁류』를 비롯하여 해방기 남조선 사회상을 그린 소설들을 번역하는 것은 역사적 기억의 복원이라는 적극적인 실천의 한 방식으로 간주되었다.

### 2) '비당파성' 비판 이면의 주체 / 타자 논리

앞서 살핀 『한겨레신문』의 기사에 사용된 '해금문학의 풍요'라는 표현은 같은 해 출판된 성민엽의 평론집 『문학의 빈곤, 빈곤의 문학』(문학과지성사)의 제목에서 사용된 '빈곤'의 레토릭과 대비되는 것이다. 성민엽이 선정 위원으로 속해 있던 재수록 전문 문예지 『오늘의 소설』 2호(1989.1) 권두언에서는 문학 행위가 정치 행위에 뒤떨어짐으로써 정치적 글쓰기로의 이탈 현상이 현저해지고 있다는 일부 비평가들의 위기의식에 대해, 오히려 이것을 '문학의 빈곤'으로 받아들이는 자세가 문제라고 지적한다.[74] 이처럼 '문학의 빈곤'과 '해금문학의 풍요'라는 이항대립적 레토릭은 바로 문학과 정치의 불균형이라는 현상 인식의 반영이기도 했다. 『오늘의 소설』 측은 이러한 문제의식 하에 '현대사를 배경으로

---

73 김명인, 「왜곡된 민족사의 문학적 복원」, 76면.
74 「[권두언] 정치적 열기와 '문학의 빈곤'」, 『오늘의 소설』 2, 현암사, 1989.1, 3면.

한 정치소설'을 한자리에서 논하기 위한 좌담을 마련했다. 이 좌담회에서는 우선 87년 6월 항쟁과 88년의 해금 조치 이후 그동안 금기시되어온 중국, 일본, 북한 등에 거주하는 "동포들의 문학"이 "변혁론적인 체로 걸러져서", 다시 말해 선별적으로 소개되는 현실에 주목했다.[75]

한 참석자는 '동포문학'이라고 할 때 제국주의와 식민주의의 직접적인 피해자로서 형성된 동포들—일본·소련·중국 거주 동포들—과, 해방 이후의 불안정한 국내 정세로부터 벗어나 안락한 삶을 누리기 위해 도피한 '중간계급' 중심의 동포들—미국·캐나다 등지의 동포들—을 구분할 필요성을 제기했다. 그 중에서 이 좌담회의 주제의식에 부합하는, '현대사를 배경으로 한 정치소설'에 해당되는 것들은 이른바 '변혁론'적인 문학이나 '진보적'인 문학으로 국내에 소개되고 있던 중국, 일본, 북한 거주 '동포'들의 문학이었다. '동포 문학'으로서의 재중조선인 소설·재일조선인 소설·북한 소설을 '정치소설'의 범주로서 논의하고자 한 데는, 해금에 의해 허용된 자유라는 통치권력 중심의 '허위의식'을 폭로하고, 이들 소설을 통해 '변혁론'적 민족문학의 가능성을 시험하고자 하는 적극적인 문화정치의 역학이 작동하고 있었다. 따라서 이 좌담회에서 '민족문학'으로서의 '동포 문학' 수용이라는 과제는 "발표된 지 20년도 더 지난 '동포 문학'이" 어떻게 1988년의 남한이라는 "현재를 연결"시킬 수 있는가 하는 점에 모아졌다. 이들의 문학이 지닌 '변혁론'적 성격이나 '진보적'인 성격, 다시 말해 '혁명성'의 내실을 이 기회를 통해 검토할 필요성이 제기된 셈이었다. 이면을 파고 들어가 보

---

75  김재용·정민·진형준·황지우, 「[좌담] 현대사를 배경으로 한 정치 소설에 대하여」, 『오늘의 소설』 2, 현암사, 1989.1, 11면(황지우의 발언).

면, 반제·반봉건적 지향성을 공유하고 있는 이른바 '진보적 동포 문학'은 "공산권에서 발표되었다는 '지역적 원죄'"로 인해 남한 문학 시스템으로의 진입이 그간 금지되었지만, "치열한 문제의식과 과학적 세계관을 갖추어 가는 **남한의 민중적 민족문학과 비교할 때**" 이들 '동포 문학'의 반제 의식은 투철할지 몰라도 그것의 혁명성이 과대평가될 위험은 경계해야 한다는 것이었다.[76](강조는 인용자)

이때 '공산권' 문학으로서의 '동포 문학'이란 구체적으로 재중조선인 문학·재일조선인 문학·북한 문학이지만, 재일조선인 문학의 경우 특히 과거 총련과 깊은 관련을 가졌거나 현재도 유지 중인 이른바 '조총련계' 작가들의 문학이라는 인식 속에서 '공산권'에 포함되었다는 특징을 보인다. 실상 이들은 한데 묶어 '조총련계' 작가들이라고 할 수 없을 만큼, 다양한 방식으로 일본의 독자 집단과 관계하고 있었다. 설령 총련과 관계한 이력이 있더라도 재일조선인 사회의 존재 방식에 대한 고려 없이 곧바로 이들 문학을 '공산권' 문학에 포함하는 것은, 당파를 불문하고 40년 간 '재일조선인'을 표상하는 데 관여해온 반공주의의 규정력을 방증하는 셈이다.

'발표된 지 20년도 더 지난 동포 문학'이라는 표현에서도 알 수 있듯이, 김달수의 『태백산맥』이나 이은직의 『탁류』, 그리고 김석범의 『화산도』나 이회성의 『금단의 땅』 같은 번역 텍스트의 원작이 이미 1960～70년대에 일본에서 발표되었다는 사실을 좌담회의 참석자들이 의식하지 않은 것은 아니었다. 하지만 이 시간적·공간적 거리는 논자에 따라,

---

**76** 위의 글, 15면(정민과 황지우의 대화).

그리고 논의 대상이 된 텍스트에 따라 조금씩 다르게 해석되었다. 먼저 8·15 직후 남조선 현실을 그린 『탁류』, 『태백산맥』, 『화산도』는 공통적으로 남로당의 활동을 서사의 중심축으로 삼고 있다는 점에서 주목을 받았다. 해방 직전이나 직후에 일본에서 돌아온 조선인 남성 엘리트들이 해방 후 남로당 조직에 들어가 활동가로 성장하는 과정을 포함하고 있는 위의 서사들과 관련하여, 논자들은 엘리트주의와 영웅주의를 공통된 문제점으로 꼽았다. 이 "영웅주의적 측면"은 재일 작가들의 특수한 위치와 관련하여 언급되었다. 요컨대 일본에서 성장한 지식인의 입장에서 쓰인 소설이기 때문에 조선의 대중으로부터 유리된 일 개인의 영웅성이 지나치게 강조되어 버렸다는 것이었다.[77] 이러한 영웅주의는 한편으로는 "이 땅", 즉 남조선의 민중적 잠재력에 비해 지식인의 선도적 역할이 미비한 데 대한 각성의 필요성을 재일 지식인의 입장에서 제기한 것으로 해석되기도 했다.[78] 『탁류』에 묘사된 영웅주의는 주인공 이상근이라는 '문제적 개인'이 심리적 동요 끝에 남로당 활동가로 변모해 가는 모습을 포착한 리얼리티의 한 측면으로 이해할 필요가 있으며, 특히 이 소설이 쓰일 당시의 역사적 측면과의 관계에서 바라보아야 한다는 주장도 제기되었다.[79] 이러한 주장에 대해 또 다른 참석자는 『탁류』를 둘러싼 정세를 구체적으로 언급하기보다는, 『태백산맥』과 『금단의 땅』, 그리고 『화산도』가 출판된 1960년대에서 80년대까지의 일본 사회의 지적 풍토 변화에 대해 언급하며 대화를 이어 갔다. 요컨대 유일사상체제

---

**77** 위의 글, 19면(김재용의 발언).
**78** 위의 글, 20면(진태원의 발언).
**79** 위의 글, 20면(황지우의 발언).

성립 후 일본의 북한 인식이 점차 비판적으로 변화하고 남과 북 모두에 거리를 두는 지식인들이 많아지는 가운데, 재일 사회에서도 과거 친북 성향이었던 일부 지식인들이 독자 노선을 걷기 시작하게 되었다는 것이었다. 또한 이러한 움직임 속에서 김달수, 이회성, 김석범의 장편소설들이 쓰일 수 있었다는 것이었다. 발언자는 이처럼 남과 북 모두를 부정하는 "독자 노선"에 입각해서는 한국 현대사의 진보를 찾을 수 없기 때문에, 이들의 서사가 체험적 과거에 머물거나 역사적 전망을 차단하는 "역사 허무주의"로 귀결되기 쉽다고 비판했다.[80]

하지만 원거리로부터 기인한 재일 작가들의 '비당파성'이 오히려 남로당의 복권이라는 일련의 흐름을 형성하는 데 일정한 작용을 했다고 보는 관점도 있었다.[81] 『탁류』에 등장하는 남로당계 인물들은 미군정의 제국주의적 본성을 정확히 인식하였으며, 모스크바 3상회의나 조선정판사 위조지폐 사건, 그리고 10월 인민 항쟁을 "미제와 한국 민중 사이의 모순"으로 파악하여 그리고 있다는 점에서 주목을 받았다. 특히 『탁류』에서 서술되는 지방인민위원회의 전개 과정은 해방 직후의 정세에 대한 사회과학적 분석의 측면에서도 참고가 될 만큼 구체적이라고 평가되기도 했다.[82] 또 1970년대 초반 한국의 지하 혁명운동을 다루는 이회

---

80  위의 글, 21면(정민의 발언). 그러한 '허무주의' 혹은 '심리주의'적 편향에 대한 비판이 집중된 텍스트는 제주 4·3항쟁을 다룬 김석범의 『화산도』였다. 거기에는 이 텍스트가 기본적으로 일본 독자를 대상으로 한 것이라는 객관적인 판단에 더해, '2세대 작가에게 가해진 일본 사소설의 영향'이라는 일종의 세대론적 선입관이 작용하고 있었다.

81  위의 글, 21면(황지우의 발언). 재일 작가들의 '비당파성'을 허무주의라고 비판한 정민의 발언에 뒤이어 이들 재일 작가들을 "『광장』의 이명준들의 해외판"이라고 비유한 황지우는, 재일 작가들이 북의 유일사상으로의 경화에 대한 거부감 속에서 결국 "앙데팡당 마르크시스트로서의 비당파성"을 공유하게 되었으리라고 진단하며, 그것이 결국 남로당의 복권으로 연결되는 지점이었을 것이라고 풀이했다.

성의『금단의 땅』은 지하 운동가들의 혁명의식이나 의지를 단순화시킨 측면도 있지만, 한편으로는 1980년대의 NL과 CA의 사상 투쟁을 1970년대라는 공간에서 예언적으로 선취하고 있는 듯한 시간적 선도성을 가지고 있다고 평가되었다.[83] 요컨대 1960년대에 이미 남로당의 활동에 주목하거나 모스크바 3상회의, 조선정판사 사건, 10월 인민항쟁 등을 미군정의 제국주의와 조선 민중 간의 투쟁이라는 시각에서 바라본『탁류』나『태백산맥』 같은 소설, 그리고 1970년대 한국을 무대로 한『금단의 땅』에서 보여준 혁명 노선 간의 사상 투쟁 등은, 1980년대 후반 한국의 진보 진영에서 전개된 해방기 역사의 재인식이나 개혁 노선의 분화보다 앞선다는 평가를 받았다.

이러한 시간적 선도성에 대한 강조는, 재일 문학이 줄지어 번역 소개되는 현상을 다룬 당시의 또 다른 신문기사에서도 발견된다. 기사에서는 국내보다 자유로운 처지에 있는 재일 작가들의 객관적 시각 덕분에 그러한 시간적 선도성이 성취될 수 있었다고 하며, 이것이 "민족문학의 자산"을 늘리고자 하는 한국문학계의 사각지대를 밝히는 재일 문학의 "효용"이라고 평가했다.[84] 지금까지 살펴본 논의들로부터 분명히 확인할 수 있는 것은, 해방기를 소재로 한 재일 텍스트들의 한국어판들은 선진적이고 객관적으로 해방 전후사를 '해석'하고 '복원'하는 민족문학의 '숨겨진' 자산으로 수용되는 한편, '이 땅'이라는 표현을 통해 반복적·무의식적으로 구별된 '지금, 여기' 한국 민족·민중문학운동의 주체가

---

82 위의 글, 25면(황지우와 김재용의 대화).
83 위의 글, 28~29면(김재용, 황지우, 정민의 대화).
84 「在日작가 作品 잇달아 出刊」, 『매일경제신문』, 1988.5.25, 9면.

될 수 없다는 점이었다.

　1987년 체제의 성립과 변혁론으로서의 민족·민중문학론의 자장에
서 번역되고 수용되고 해석된 재일 작가들의 대하소설은, 이승만 정권
수립 이후로 국내 작가들이 정면에서 다루기 어려웠던 해방 직후 남로
당의 조직 활동이나 좌우 대립을 그려내었다는 점에서 비상한 관심을
모았다. 물론 앞의 좌담회에서 이은직의 『탁류』 같은 소설은 노동자 계
급의 당파성을 소거한 엘리트주의적 관점이 한계로 지적되기도 했으며,
김학철 등의 재중조선인 작가와 그런 점에서 대비되기도 했다. 무엇보
다도 재중조선인 작가와의 비교 속에서 논자들로 하여금 재일 문학을
"민족문학의 범주"에 편입시킬 수 있는지 없는지 망설이도록 한 요인은
그것들이 '민족어'로 쓰이지 않았다는 점이었다.[85] 결국 좌담회의 논지
는 이들의 문학이 남한의 '민중적 민족문학'과는 다르지만 민족문학의
보편성으로 수렴될 수 있음을 확인하는 것이 첫째였으며,[86] 둘째는 이
들의 '원거리'라는 한계를 명확히 인식함으로써 '이 땅=우리'의 국내
작가들이 나아가야 할 방향을 찾자는 것이었다. 그렇다면 재일 문학자
들은 동시대 한국에서의 민족문학론 및 재일 문학에 대한 논의들을 어
떻게 바라보았을까.

---

85　김재용·정민·진형준·황지우, 앞의 글, 14면.
86　1980년대 문학운동의 '민족' 담론에 공통적으로 관통하는 보편주의에 대한 비판은 전
　　승주, 「1980년대 문학(운동)론에 대한 반성적 고찰」, 『민족문학사연구』 53, 민족문학
　　사학회·민족문학사연구소, 2013 참조.

## 5. 민족문학론의 역류—『민도民涛』의 반응

후식민 반공국가 대한민국에서 '일본'과 '북한'이라는 이중의 타자성
에 구속되어 있던 재일조선인 문학의 동시다발적 출간을 이끌어낸 데에
는, 분명 대통령 직선제로 상징되는 정치적 민주화와 그 문화적 영향으
로서의 월북 작가 해금 조치가 큰 계기로 작용했다. 일본어로 쓰인 텍스
트들은 일본과 한반도, 북한과 남한이라는 이중의 지리적·사상적 월경
을 통해 한국의 독자들에게 전달되었다. 하지만 일본어로 쓰인 이들 문
학의 번역 출판은 해금과 함께 개척된 '동포 문학'의 수용이라는 맥락과
더불어, 민간 단체를 중심으로 한국의 문화적 해방과 민주화를 요구해
온 한일 문화교류의 맥락에서도 주목할 만한 것이었다.

『화산도』 한국 출간에 맞추어 추진된 김석범의 방한이 불발된 사건
은, 그간 금지되었던 문화에의 접근을 부분적으로 가능하게 해준 한편
으로 여전히 엄혹한 문화적 감시와 통제가 가해지고 있던 한국 문화계
의 상황을 잘 보여준다. 김석범의 한국 방문은 실천문학사와 민족문학
작가회의가 주관한 『화산도』 한국어판 출판기념회 및 한일 문학인간담
회 참석을 위해 추진되었다. 주일한국대사관이 김석범에 대한 비자 발
급을 거부하며 내세운 사유는, 초청 단체인 민족문학작가회의가 '불법
단체'이며 올림픽까지는 '불안'한 국내 정세를 안정시킬 필요가 있다는
점이었다.[87] 김석범과 함께 초청받은 일본의 평론가 이토 나리히코伊藤

---

[87] 「소설 〈화산도〉 작가 김석범씨 모국방문 거부」, 『한겨레신문』, 1988.6.8, 5면. 당시 불
발되었던 김석범의 한국 방문은 그해 11월 민족문학작가회의와 실천문학사의 공동초
청으로 성사되었다. 「'화산도' 김석범씨 오늘 내한—40년만에 '작가회의' 등 초청으로」,
『한겨레신문』, 1988.11.4, 7면.

成彦는 김석범이 비자 발급을 거부당하자 홀로 내한했으나, 그 또한 김포공항에서 입국을 거부당해 다시 도쿄로 돌아갈 수밖에 없었다. 이에 민족문학작가회의는 당사자 없는 출판기념회를 당국에 대한 항의 대회로서 강행하기로 하였다. 그리고 앞 절에서 살펴본 것처럼 민족문학작가회의를 비롯한 여섯 개의 문화단체가 이 사태에 대한 항의 성명서를 발표하였는데, 거기에서는 한일 문화교류를 위한 문인들의 입·출국을 허용하라는 요구가 포함되었다.

여기에서 가리키는 출국이 불허된 작가란, 앞선 3월 일본 문화단체의 초청을 받아 방일하고 있던 고은이었다. 사실 김석범과 이토 나리히코가 초청된 6월의 한일 문학인간담회는, 이와나미쇼텐岩波書店 주최로 일본인·재일조선인·한국인 작가와 학자, 성직자 등 70여 명의 인사들을 초청한 이 3월 간담회에 대해 한국의 진보적 문화 그룹이 추진한 '응답'의 성격을 가지고 있었다. 이 간담회에는 백낙청과 고은이 함께 초청되었으나, 고은의 출국이 거부되어 백낙청 혼자 2월 29일에서 3월 8일까지의 방일 일정을 수행하였다.[88] 그는 3월 1일에 우선 이와나미쇼텐 주최 간담회에 참석한 후, 이튿날인 3월 2일에는 도쿄 간다神田의 총평(일본노동조합총평의회) 회관에서 '한국의 민중문학과 민족문학'이라는 제목으로 '3·1기념강연'을 하고, 역시 같은 강연회에서 '최근 나의 시작에 대해─서사시 「백두산」 「만인보」를 중심으로'라는 고은의 강연문을 대독하였다. 백낙청은 강연의 모두에서 한국 민주화운동

---

88  이후 고은은 같은 해 11월 28일부터 9일간의 일정으로 일본을 방문하게 된다. 당시 『민도』의 주최로 진행된 이회성(사회), 김시종, 김윤과의 좌담회가 '통일을 지향하는 민족문학이란 무엇인가(統一を志向する民族文学とはなにか)'라는 제목으로 6호(1989.2)에 수록되었다.

을 지원하는 일본 문화계에 우선 감사를 전했다. 그는 한국의 민주화운동이 민족주의적 운동과 연계되어 있는 것이지만 이때의 민족주의는 "진정한 국제적 연대에 감사할 줄 모르는 배타적 민족주의"가 아님을 강조하며, "이웃나라" 일본과의 민중적 연대의 필요성을 역설했다.[89]

두 사람의 강연문은 '민족문학의 가능성'이라는 특집으로 꾸며진 재일조선인 주체의 잡지 『민도』 3호(1988.5)에 전문 게재되었다. 또한 이들의 강연문 뒤에는 이토 나리히코가 백낙청의 강연 '한국의 민중문학과 민족문학'에 대한 응답으로 일본에서의 민중·민족과 일본문학의 현재에 대한 글을 실었다. 거기서 이토는 제3세계에 대한 현재 일본의 원조가 군사적 형태를 띠는 것은 아니지만 정치·경제·문화·사상 등 사회 전반을 포함하는 영역에서 민중을 억압하는 정권에 대한 원조임을 지적했다. 이어 지금 제3세계의 민중이 요구하는 것은 '원조'의 단순한 증액이 아니라, '원조'를 필요로 하는 세계 구조 그 자체의 변혁이라는 점을 강조하고, 그러한 변혁운동에 대한 연대야말로 진정한 '원조'임을 역설했다. 그러한 연대란 '선진국'으로부터의 시혜적 원조가 아니라, "'선진국'과 제3세계라는 구조 그 자체를 변화시키는 것"이어야 했다. 따라서 "아시아에 대한 일본인의 민족적 책임이란 과거 전쟁책임에 그치는 것이 아니라, '원조'에 의해 '구조적 폭력'을 유지해 가고 있는 현재 일본의 책임을 포함한다는 것"을 의미했다. 이토는 나아가 백낙청의 강연 내용 중 한반도 통일은 일본을 아시아로 '회귀'하도록 할 것이며, 이를 통하여 중국과 통일 한반도, 그리고 일본의 동아시아적 관계가 새

---

**89**　白楽晴, 「韓国の民衆文学と民族文学」, 『民涛』 3, 1988.5, 43면.

로운 인류 문화의 중심을 이루는 것이 '한일연대의 장래의 꿈'이라고 말한 데 대한 공감을 깊이 표명하였다. 이와 같은 '꿈'을 실현하기 위해서는 한국 민주화와 통일, 그리고 무엇보다 일본의 민주화와 변혁이 일본의 민족적 책임으로서 이루어져야 한다는 것이었다. 끝으로 그는 백낙청이 강연에서 던진 질문, 즉 '일본문학에서 민중·민족 문제는 어떤 위치를 점하는가'라는 질문은 결국 일본 현대문학이 일본의 변혁과 어떻게 관련되어 있는가 하는 물음으로 받아들여야 한다고 말하며 글을 맺는다.[90]

백낙청의 '민족문학(운동)' 및 '민중문학(운동)', 그리고 이토 나리히코가 그에 대한 응답으로 제기한 '제3세계 민중'과의 '연대'는 1987년 창간된 재일 잡지 『민도』가 표방한 이념 및 취지와도 긴밀히 연결된 개념들이었다. 이 잡지의 창간 기획은 1983년 7월 히로시마에서 개최된 '아시아 문학자 히로시마 회의'에 참석한 재일 작가들 사이에서 시작되었다. '민도사民涛社' 대표로 잡지 창간을 주도한 이회성은 창간사를 통해 '민족의 운명을 함께 짊어지는 것', '민주주의를 철저히 추구하는 것', '국제주의 정신으로 특히 제3세계 민중과 유대하는 것'을 민중문예운동의 출발점으로 삼으며, 한반도와 일본의 틈새에서 "독자적이고 이질적인 문화공간"을 만들어 가자고 제창했다.[91] 『민도』를 통해 재일조선인 문학의 계보를 재해석하고자 한 선행연구는 『민도』가 첫째, 1960~70년대 재일 1세를 중심으로 한 "피상적인 재일 담론"으로부터 "재일 민중들의 구체적인 삶의 묘사"로의 전환을 매개하였고, 둘째, 동서

---

90  伊藤成彦, 「民衆·民族と日本文学の現在」, 『民涛』 3, 1988.5, 73면.
91  李恢成, 「創刊辭」, 『民涛』 1, 1987.11, 3면.

이데올로기 해체라는 세계사적 격동기에 "재일조선인들의 새로운 공론장" 역할을 맡았으며, 셋째, 1980년대의 "문예 대중화"에 앞장섰다고 평했다.[92] 또 다른 선행연구는 『민도』를 문예 잡지로서의 성격에 한정하지 않고, 한국 민주화 및 민중문화운동과의 연계, 재일 사회의 '독자적 아이덴티티' 구축을 통한 제3세계와의 연결 등 다양한 흐름 속에서 살펴야 할 필요성을 제기하였다. 이 선행연구에 따르면 『민도』의 창간은 재일조선인 민중문화운동이 1980년대에 방일한 한국 지식인들과의 교류를 통해 단체 결성이나 협연 같은 적극적이고 직접적인 형태를 띠게 된 일련의 흐름과 관련이 있었다. 특히 이 선행연구는 이회성과 같은 잡지 주체들이 민족문학과 통일 문제 등에 대한 한국 작가들과의 대화를 통해 "민중문화의 흐름과 재일조선인 문학을 병치"하고, "조국의 통일과 민족문제 해결에 있어서의 재일조선인의 역할론"을 강조해 나가는 과정에 주목하였다.[93]

『민도』의 발행 기간은 1987년 11월부터 1990년 3월까지로 그리 길지 않은데, 편집위원들은 이 기간 방일한 한국 지식인들과의 대담을 '조국'과의 연계 속에서 재일조선인 운동의 방향을 설정하는 데 중요한 전기로 삼고자 했다. 예컨대 『민도』 3호는 백낙청의 강연록을 수록하는

---

92　양명심, 「재일조선인 문학계보의 재해석 − 잡지 『민도(民涛)』를 중심으로」, 『日本語文學』 68, 한국일본어문학회, 2016, 218~222면.

93　신재민, 「재일조선인 잡지 『민도』에 드러난 민중문화 운동의 실천과 양상 − 1980년대 한국의 민중문화 운동과의 관련성을 중심으로」, 『일본학보』 120, 한국일본학회, 2020.2, 138~139면. 위의 두 선행연구에 앞서 『민도』의 서지적 정보와 민중문화 운동의 성격을 밝힌 연구로는 신승모, 「재일문예지 『민도(民涛)』의 기획과 재일문화의 향방 − 서지적 고찰을 중심으로」, 『일본학연구』 43, 단국대 일본학연구소, 2014; 양명심·김주영, 「재일문예 『민도(民涛)』 연구 − 『민도』의 서지고찰과 이회성의 문제의식」, 『일본어문학』 62, 한국일본어문학회, 2014.9 참조.

것을 넘어, 그를 직접 좌담회에 초청하고 이를 '민족문학의 가능성' 특집 중 가장 앞부분에 배치했다. 백낙청과 함께 좌담을 나눈 이들은 『민도』의 주필인 재일 문학자 이회성과 역시 『민도』의 편집위원인 재일 민중문화운동가 양민기였다. 세 사람은 재일조선인 문학을 재일 민중문화운동과 "양립"시킬 수 있는가 하는 점을 논의하고, 그 둘의 "합치"를 통해서야만 "언어적인 장애물"을 넘어 한국문학 및 한국 민중예술운동과 접속할 수 있음을 확인했다.[94]

『민도』 편집위원들과 백낙청이 공유한 '민중' 개념은 각각 재일 문학과 한국문학을 제3세계문학론의 견지에서 파악할 수 있는 핵심 개념이기도 했다. 한 선행연구에 따르면 1970년대 후반에서 1980년대 초반 백낙청과 『창작과비평』이 보여준 "제3세계문학론의 스펙트럼은 지역성보다 민중성을 확보함으로써 가능한 것이었다". 이전까지 제3세계에는 비동맹의 함의가 우세했던 것에 비해, 데탕트 이후 비동맹 노선은 동서 냉전 관계라는 정치적 문제보다 선·후진국 관계라는 경제적 측면으로 전환되어 갔다. 따라서 이 시점에 백낙청이 바라보는 제3세계란 비동맹·평화공존보다는 후진국의 민중을 대체하는 용어이자 이념의 성격을 띠고 있었다.[95] 한국문학의 민족문학으로서의 저력은 그것의 제3세계적 속성에 있으며, 이것이 바로 한국문학의 세계사적 '사명'을 보여주는 것이라 할 때, 재일 문학의 '사명'이란 무엇인가. 좌담회 후반 양민기가 백낙청에게 던진 이 질문이 바로 「민족문학과 재일 문학을 둘러싸고民族文学と在日文学をめぐって」라는 제목으로 열린 좌담회의 핵심 과제를

---

94  白楽晴·李恢成·梁民基, 「[座談会] 民族文学と在日文学をめぐって」, 『民涛』 3, 1988.5, 21면.
95  박연희, 『제3세계의 기억─민족문학론의 전후 인식과 세계 표상』, 소명출판, 2020, 410면.

압축한 것이라고 할 수 있다. 이에 대해 백낙청은 제3세계가 후진국 민중의 입장을 대변하는 것이라면 과연 재일조선인을 둘러싼 세계는 제3세계인가 아닌가, 라는 문제에 먼저 답해야 했다.

내가 일본에 온 직후, 일본의 문학자·지식인과의 간담회에서도 그 이야기가 조금 나왔습니다. 재일동포는 제3세계라는 개념 속에 포함되는가, 하는 이야기가 나왔었는데요. 그때 말한 내용을 그대로 말하자면, 제3세계라는 것이 어디까지를 말한다고 엄밀히 정의된 개념이라기보다는, 세계 전체의 문제를 민중의 입장에서 보고자 하는 어떤 의지의 표현입니다. 그 이야기 과정에서, 재일동포의 문제란 특수한 문제를 포함한다고 생각했습니다. (…중략…) 서울을 기준으로 해서 재일동포 문제를 본다면, 재일동포는 또한 이 한반도에서 변경으로 다시금 내몰려 해외로 나간 그런 존재입니다. 변경 속에서도 더욱 변경이다. (…중략…) 하지만 다른 한쪽에서 본다면 한국이 제3세계임에 비해 일본은 제3세계라고 말할 수 없지 않습니까. 일본 자체도 역시 제2세계 중에서도 극히 기묘한 존재이기는 합니다만, 어쨌든 (재일 동포는─인용자) 제3세계라고는 볼 수 없는 선진자본주의국가 일본에 살고 있으므로, 한국보다는 변경이 아닌 것은 확실합니다. 그러므로 이것은 변경인가 아닌가, 정말 묘한 존재인데, 어떤 의미에서는 변경이고 또 어떤 의미에서는 변경이 아니라는 것, 재일동포가 한반도와 연결된 존재라는 것, 또한 그들이 속해 있는 일본 사회와의 관계, 일본 주류사회와의 관계, 또 전세계 속에서의 위치, 이러한 점들이 정확히 구명된다면, 그 과정에서 재일동포의 자기인식이 확립될 뿐만 아니라, 재일동포의 위치를 규정하는 모든 다른 요소, 말하자면 국내에 살고 있는 한국인의 존재나 일본에 살고 있는 일본인의 존재, 혹은 뉴욕이나 모스크바에 있는 사람들의 존재, 그러한 존재의 본질적인 성격이 어떠한 것인지 이해하는 데에도 어떤 중요한 단서를 제공해줄 것입니다.[96] (강조는 인용자)

　백낙청에 따르면, 한반도의 변경에서 다시 변경으로 내몰린 역사 속에서 재일조선인들은 '변경의 변경'이라는 이중의 타자성을 가진 존재들로 파악된다. 하지만 다른 한편으로, '제3세계' 한국이 아닌 '선진자본주의국가' 일본에 살고 있다는 점에서 보면 그들의 위치가 변경이라고 할 수만은 없다. 이처럼 '어떤 의미에서는 변경이고, 또 어떤 의미에서는 변경이 아닌' 재일조선인의 위치를 어떻게 구명할 것인가. 그들이 한반도와 일본 사회, 나아가 '전세계'에서 어떤 지점에 위치하는지를 구명함으로써, 결국 '국내에 사는 한국인', '일본에 사는 일본인', 그리고 '뉴욕이나 모스크바' 같은 곳의 모든 '존재의 본질적인 성격'을 파악하는 계기로 이어질 것이라는 관측이 백낙청의 답변이었다. 이 좌담회를 통해 『민도』 주필 이회성은 재일 문학을 '독자의 영역'으로 가시화하는 동시에, 이것이 '아시아'와 '제3세계'의 정신을 공유하는 문학임을 표명하고자 했다.[97] 이때 『민도』가 지향하는 재일 문학의 '독자성'이란 '민족'이나 '조국'과의 단절을 의미하지 않았다. 오히려 그것은 '민족'을 경유하여 제3세계 '민중'과의 연대를 추구한다는 명확한 이념을 가지고 있었으며, 이것이 백낙청의 민족·민중문학론 및 제3세계문학론

---

96　白樂晴·李恢成·梁民基, 앞의 글, 41~42면(백낙청의 발언).
97　좌담회에서 백낙청의 답변을 들은 이회성은, "독자의 영역을 지닌 문학"으로서의 재일 문학이 결국 "아시아로 통하고 제3세계와의 정신풍토를 공유하는 것으로, 한국에도 일본에도 역으로 무언가를 돌려주는, 그러한 문학을 걷게 되는 것이 아닐까" 하고 전망하고 있다. 위의 글, 42면.

을 재일 문학이라는 시야에서 전유하는 『민도』의 방식이었다. 물론, 이미 1980년대 초반 한국에서는 민족문학론과 제3세계문학의 접속을 통해 세계문학의 보편성을 확보하려 한 백낙청과 『창작과비평』의 민족문학론에 대한 비판의 목소리와 함께, 다양한 입장에 기반한 제3세계문학론이 분화하고 있었다.[98] 『민도』가 '세계시평' 같은 고정란을 통해 세계의 다양한 지역에 대해 지속적으로 보인 제3세계 인식을 살펴보면, 백낙청의 그것과 완전히 일치한다고 보기도 어렵다. 하지만 한국과 일본 모두로부터 일정한 거리를 둔 '독자적' 문학인 동시에 '민족'과 유리되지 않은 문학, 그리고 나아가 제3세계와 연대할 수 있는 문학이라는 『민도』의 아젠다를 완성하기 위해서는, 백낙청이 제시한 민족·민중문학론 및 제3세계문학론의 논리를 경유할 필요가 있었다.

이처럼 민족문학과의 관계 설정을 통해 재일 문학의 역할을 발견하고자 한 『민도』의 기획에서 본다면, 재일 문학에 관한 직접적인 논의가 이루어지고 있는 한국의 비평 현장은 각별한 관심의 대상일 수밖에 없었다. 『민도』 8호(1989.9)에 마련된 특집 '한국에서는 '재일문학'을 어떻게 읽고 있는가韓国では「在日文学」をどう読んでいるのか'는 그러한 동시대적 관심의 정도를 잘 보여준다. 이 특집은 "'해금'된 '재일 문학'을 비롯한 해외동포 문학을 한국에서는 어떻게 읽고 있는가"라는 편집부의 부기대로, 당시 한국의 간행물 중 재일 문학에 대한 논의를 선별하여 번역, 전재轉載한 것이다.[99] 1988년을 전후로 한국 출판계에 취해진 일련의

---

98  박연희, 앞의 책, 417~421면.

99  특집 구성은 다음과 같다. 「[① 座談会] 現代史を背景にした政治小説について」(원출처 : 「현대사를 배경으로 한 정치소설에 대하여」, 『오늘의 소설』 2, 현암사, 1989.1); ソ・ギョンソク, 「[② 評論－金石範『火山島』] 個人的倫理と自意識の克服問題」(원출처 : 서경

해금 조치와의 연관 속에서 재일 문학 출판 현상을 바라보고, 그것을 '재일문학의 해금'이라는 하나의 명확한 흐름으로 전유하고자 한 이 특집에서 눈에 띄는 것은 앞 절에서도 살펴본 바 있는 『오늘의 소설』 좌담회이다. '현대사회를 배경으로 한 정치소설에 대하여'라는 제목 아래 당시 출간된 재일 문학에 대해 비중 있게 논의한 이 좌담회는, 재일 문학에 대한 논의를 중심으로 전체의 약 3분의 2 정도가 발췌 번역되어 『민도』에 수록되었다. 독서의 컨텍스트가 한국에서 일본으로 변경됨에 따라 그에 맞추어 설명이 첨가되거나 일부 개념어 또는 지시어가 수정되기도 했지만 대체적으로 원문에 충실하게 번역된 편이었다. 하지만 그렇기에 원문의 개념이나 지시어와 교묘하게 어긋나 있는 몇 가지 번역어들이 더욱 눈에 띈다.

가장 먼저 확인할 수 있는 것은 원 텍스트를 훌쩍 넘어 강조되는 '민족(어)' 개념이다. 이 좌담회에서는 앞서 보았듯이 재중 작가들이 해외 동포 작가들 중에서 유일하게 '민족어'를 고수하는 작가들로 평가되었는데, 『민도』 수록본에는 "이는 중요한 것입니다"라는 문장이 원문에 더해 새롭게 첨가된 것이다. 뿐만 아니라 김학철의 『격정시대』나 홍명희의 『임꺽정』을 읽고 한 논자가 느꼈다는 "**순우리말**의 질박하고 담백한 맛"(『오늘의 소설』 수록본 14면)은 "**순민족어**의 소박하고 담백한 맛純民族語の素朴で淡白な味"으로 번역되었다.[100] (강조는 인용자) 재일 문학과 함께 '변혁론'적 문학으로 다루어진 재중조선인 문학이나 북한문학의 언어적 공통점

---

석, 「개인적 윤리와 자의식의 극복문제 – 김석범 장편소설, 『火山島』 1~5, 실천문학사, 1988」, 『실천문학』 12, 1988.12); ソン・ジテ, 「③[評論 – 李恢成 『禁断の地』] 歴史の政治的地平」(원출처 : 손지태, 「역사의 정치적 지평」, 『실천문학』 13, 1989.3).

100 「[①座談会] 現代史を背景にした政治小説について」, 『民涛』 8, 1989.9, 151면.

에 주목하고, 그 공통점을 '우리'가 아닌 '민족'으로 중성화시키는 과정이 여기 개입된 것이다. 약간의 과잉 해석을 허락한다면, 이는 '민족' 개념을 통해 '재일 문학'을 '조국'과 연결지으면서도, '조국'과는 변별되는 독자성의 차원과 '동포 문학'이라는 보편성의 차원에 동시 접속하고자 한 편집 주체들의 (무)의식적 욕망을 드러내는 것은 아닐까.

위와 같은 해석에 더욱 힘을 실어주는 것은 이후 원 좌담회의 논자들이 무의식적으로 사용한 '우리', '이 땅' 같은 지시어들을 『민도』 수록본에서는 경우에 따라 '재일'이나 '남한'이라는 고유명사로 혼용하거나, 재일 작가들을 가리켜 쓰인 '그들'이라는 지시대명사를 '우리'로 대체하고 있다는 사실이다. 예를 들어 앞서 본 것처럼 이 좌담회에서는 당시 출간된 재일 작가들의 소설 속 엘리트주의와 영웅주의가 민중의 역할을 과소평가한다고 지적된 바 있다. 하지만 왜 이들 소설이 한 개인으로서의 지식인에 주어진 선도적 역할을 중시했는가에 관해, **"일본 땅에 거주하는 지식인으로서의 작가의 입장에서 볼 때, 이 땅의 민중적 역량, 민중적 잠재력은 풍부한데, 사회적 제반 모순 해결에 도움을 주어야 하는 지식인의 선도적 역할이 미비하다고 본 때문"**(『오늘의 소설』 수록본 20쪽. 강조는 인용자)이라 보는 측도 있었다. 이러한 진단을 가능하게 한 것은 이들 소설의 주인공 대부분이 오랜 기간 일본 유학을 통해 근대 지식을 습득하고 해방 전후 귀국함으로써 (남조선 지역에 한정된) 민중들과 접촉하게 된다는 설정 때문이었을 터다. 그런데 이 부분이 『민도』에서는 어떻게 번역되었을까. 해당 부분의 문장 전문을 한국어로 옮기면 다음과 같다. **"재일 지식인으로서의 작가 입장에서 보면, 재일의 민중적 역량·잠재력은 풍부하나 사회적인 제 모순의 해결에 기여해야 하는 지식인**

으로서 지도적인 역할은 거의 해내지 못했던 점이 문제입니다."[101](강조는 인용자) 말하자면 원 텍스트인『오늘의 소설』수록본에 나타난 '이 땅의 민중'과『민도』수록본에 나타난 '재일의 민중'이란, 논의 대상이던 재일 문학이 공통적인 배경으로 삼았던 해방 직후의 남조선을 각각의 '지금 여기'라는 컨텍스트에서 전유한 결과물이라고 할 수 있다.

원래의 좌담회가 각각 재중조선인 문학, 재일조선인 문학, 그리고 북한 문학에 대한 논의를 거쳐 "우리 쪽 오늘의 소설들"(『오늘의 소설』수록본, 39면)을 작품별로 언급하는 방향으로 전환되었다면,『민도』는 그 부분을 통째로 잘라낸 채 민족문학론의 향방을 다짐하는 결말부를 축약 수록하는 것으로 이 기획의 한 꼭지를 일단락지어야 했다. 앞 절에서도 확인했듯이, 이 좌담회에서 '동포 문학'을 바라보는 궁극적인 관점은 "본국으로부터의 원거리"에서 오는 그것들의 "일정한 한계"를 인식하고, "우리 국내 작가들"의 "몫"을 찾아야 한다는 것이었다(『오늘의 소설』수록본 26면). 여기서 쓰인 '우리'라는 문제적인 지시대명사가 번역 과정에서 대거 누락되거나 '남한', '민족' 등의 용어로 대체되는 과정을 추적할 때, '현대사를 배경으로 한 정치소설'의 관점에서 재일 문학을 논하고자 했던 좌담회의 의도가 더욱 명확해진 셈이다. 하지만 이를 '한국에서는 재일 문학을 어떻게 읽는가'라는 기획으로 전유한『민도』측의 번역 전략은 '우리'라는 말이 함의하는 영토적 경계를 중화시키고, 그 대신 '재중조선인 문학'이나 '북한 문학'과의 동일 지평에서 '재일 문학'을, 그리고 '민족'과 '민중'의 동의어로서 '재일'을 표 나게 앞세우는 것이었다.

---

101 위의 글, 154~155면

다음 장에서는 1988년의 해금조치보다 훨씬 앞선 시기에 재일조선인의 '조선어' 문학이 남한에서 수용되던 시기가 있었다는 점을 기억하는 것으로부터 시작하고자 한다. 다음 장에서 중심적으로 다룰 『한양』은 민단계에서 파생한 매체이나, 한일국교정상화를 전후하여 민단 내부의 분열 조짐 속에서 극명하게 독자적 노선을 구축해 간 재일 조선어 잡지이다. 하지만 『한양』이 남한에 합법적으로 유통될 수 있던 시기는 매우 짧았으며 남한 작가들의 활동 무대로 인식된 측면도 컸던 탓에, 1962년에서 84년까지라는 엄혹한 상황 속에서도 결호 없이 20년 이상을 발행해온 이력에 비해서는 그 실상이 잘 드러나지 않았다. 특히 남한으로의 유통이 중단된 1970년대 이후의 활동은 베일에 싸여 있었다고 해도 좋을 정도이다. 다음 장에서는 『한양』이나 『민족시보』처럼 비총련계의 조선어 매체에서 이루어진 글쓰기를 주요 텍스트로 삼아, 재일 조선인의 문화적 월경을 탈냉전 및 통일에 대한 그들의 상상력과 관련지어 논의해 보고자 한다.

# 제6장

# 디아스포라의 교착交錯과 '연대'의 임계

## 1. 『한양』을 재단한 냉전의 연장선

한반도의 냉전은 1970년을 전후하여 세계적·국제적 냉전의 양상에서 빈번히 튕겨 나가는 형태로 전개되었다. 미·소 양극체제의 국제관계가 다변화되는 상황과 밀접히 연관되는 데탕트는 대립과 긴장 완화를 뜻하기도 하지만, 한편으로 기존 질서를 뒤흔드는 저항을 체제 내로 안정화하기 위해 제3세계 및 약소국의 '현상유지'에 암묵적으로 공조하는 면을 보이기도 했다. 이런 맥락에서 기존의 대립적인 국가 및 권력 간에 타협과 협상의 분위기가 조성되었지만, 주지하다시피 한반도에서는 남북의 정치체제가 더욱 억압적인 측면을 띠게 되었다. 이는 데탕트의 일면 보수적인 속성을 단적으로 말해주며, 이와 같은 한반도의 "엇박자 현상"은 냉전과 분단의 "내재화, 자립화"라는 특징으로 나타났다.[1]

이처럼 분단과 통일이 한반도 내부 문제로 고착화되는 과정에서 재일조선인 사회는 '내재화·자립화'해가는 냉전적 분할을 어떻게 받아들였을까. 그것을 잘 보여주는 한 사례로, 사건의 공식적 명칭에 '문인간첩'이라는 어휘를 선택하며 "사건의 핵심 주체를 '문인'이라는 이름으로 특정하여 표면화시켰던" 최초의 간첩단 사건으로 이야기되는 1974년의 '문인간첩단사건'을 들 수 있다.[2] 문인간첩단 사건에 '피의자' 신분으로 검거된 한국의 문학자들은 이미 재일교포간첩 사건을 통해 "일본-오사카-조총련-북한"이라는 의미망이 작동하고 있다는 사실을 경험적으로 학습한 바 있었다.[3] 따라서 그들이 이 의미망을 끊어내기 위해 구사한 논리란 바로, 사건의 배후로 지목된 재일 매체『한양』이 총련이 아닌 "민단의 원조를 받"는 잡지임을 강조하고,[4] "정부가 왜 민단을 신용하지 않는지 모르겠"다고 반문하는 것이었다.[5] 이는 1974년의 사건 당시 검찰측에 대한 항변의 논리로만 작동한 것이 아니었다. 이후에 사건에 대해 '기억'하는 과정에서도, 『한양』은 주일 한국공보관에 버젓이 전시되고 있었다거나 정부기관으로부터 '불온'으로 문제시된 적이 없었다는 점이 강조되곤 했다.[6] 이것은 검사측의 공소사실에서 『한양』이 민단계로 위장한 대남공작원 김기심·김인재에 의해 발행·

---

1   홍석률, 「냉전의 예외와 규칙-냉전사를 통해 본 한국 현대사」, 『역사비평』, 역사비평사, 2015.2, 125~126면.
2   임유경, 「낙인과 서명-1970년대 문화 검역과 문인간첩」, 『상허학보』 53, 상허학회, 2018, 197면.
3   위의 글, 202면.
4   김우종에 대한 권순영 변호사의 반대신문 중 김우종의 답변. 「문인 '간첩단' 사건 제3회 공판 방청기록」, 한승헌변호사변론사건실록간행위원회, 『한승헌변호사 변론사건실록』 2, 범우사, 2006, 188면.
5   임헌영에 대한 한승헌 변호사의 반대신문 중 임헌영의 답변. 위의 책, 196면.
6   한승헌, 「문인 개헌성명 후에 나온 '간첩단' 발표」, 위의 책, 164면.

편집되는 '위장기관지'라고 적시한 데 대한 대항 논리의 일환이었다. 피의자 중 한 사람이었던 임헌영이 처음 보안사에 연행되었을 때 자신을 개헌서명이 아닌 일본과의 관계로 엮고자 한 "끔찍한 '간첩조작'"이 일어났음을 직감하면서도, 『한양』이라는 이름이 나오자 "그거라면 자신 있다"고 판단했던 연유 또한 위와 같은 사실에 있었다.[7] 향후 재판 과정에서 그의 결백을 증명하는 요인으로 작용한 것은, 이호철, 임헌영, 김우종, 장병희, 정을병 5명의 지식인이 사건에 연루되기 직전까지도 실로 수많은 한국의 문화계 인사들이 정기적이거나 단발적인 방식으로 『한양』에 글을 발표했다는 점이었다.[8] '주일공보관, 민단, 국내 문화계 중진들'이라는 요소는 박정희 정권이 『한양』을 '재일교포 불온간행물'로 규정하기 위해 동원한 '대남공작원, 총련'이라는 요소를 반박하는 것들이었으며, 이 두 대립항 사이에 그어진 경계선은 한반도에 그어진 냉전적 분할선의 연장과도 같은 것이었다.

정부 당국이 '문인간첩단사건'에 관해 발표한 바로 다음날, 한양사 사장, 『한양』 발행 및 편집인이었던 김기심과 김인재는 일본에서 기자회견을 열었다. 그들은 "언론과 국내의 민주화운동을 탄압하기 위한 날조된 모략"을 중지하고 "명예훼손에 대한 해당한 회복조치"를 취할 것을 한국정부에 요구하는 성명서를 발표했다.[9] 또한 5명의 문인 중 정을병을 제외한 4인에 대해 반공법 및 국가보안법을 적용하여 징역 1년 6

---

7  임헌영, 「허황된 '문인간첩단' 사건의 누명」, 위의 책, 167면.
8  '문인간첩단사건'이 발생하기 2년 전인 1972년 3월 『한양』 창간 10주년 기념호에 축사를 남긴 문화계 인사 중에는 박종화, 백낙청, 백철, 유봉영, 황수영, 이해랑, 곽종원, 모윤숙, 김동리, 조연현, 정비석, 안수길, 박화성, 유주현 등이 포함되었다.
9  「声明書」, 『한양』 117, 1974.3, 154면.

개월(실형)에서 징역1년(집행유예 2년)까지 선고된 선고공판 직후에도, 그들은 기자회견을 열고 성명서를 발표했다. 그들은 "『한양』에 대하여 이른바 「불온」이라는 전시대적인 렛텔을 함부로 붙여놓고 본사 관계자들을 「공작원」 운운하는 도저히 용인할 수 없는 낙인을 찍"은 정부 당국자들에게, "도대체 무엇이 어떻게 「불온」하단 말인가" 하고 반문했다. 또한 자신들은 "어느 누구의 편도 아니며, 어느 누구를 위해서 있는 것도 아니며, 더군다나 누가 시켜서 하는 것도 아니다"라고 항변했다.[10]

그런데 이러한 발언이 어떤 시점에서 나온 것인지 살필 필요가 있다. 당시는 1970년대 초반 민단의 극심한 분열과 내홍 끝에 민단 중앙측이 정부의 신뢰를 받지 못하는 산하단체와 지부를 '인가취소'와 '직할 처분'이라는 상반된 배제 / 포섭 방식으로 정리한 시점이었다. 이후 민단 중앙은 '정부에게 신용을 받는' 조직으로의 전면적인 개편을 단행했다. 이 시점에서는 더 이상 『한양』을 민단과 직접적으로 연결시키기 곤란한 지점들이 표출되고 있었다. "어느 누구의 편도 아니며, 어느 누구를 위해서도 아니며, 누가 시켜서 하는 것도 아니"라는 성명서는 『한양』이 민단과 총련 양쪽으로부터 거리를 두고 독립적인 공론장을 형성해 나가기 위해 방향을 전환한 이후 발표된 것이었다.

오랫동안 『한양』에 대한 기억을 구성하는 핵심 어휘는 '문인간첩단 사건'이 일어나기 몇 년 전까지 한국 문화계 인사들의 기고를 활발하게 채용하던 '1960년대'였다.[11] 주로 『한양』에 발표된 비평이나 문학작품

---

10 「声明書」, 『한양』, 119, 1974.7, 130면.

11 『한양』에 대한 연구는 2000년대 초·중반 활기를 띠다가 2010년 이후 주춤해졌다. 손남훈의 최근 연구 성과(「『한양』 게재 시편의 변화 과정 연구—庚連과 鄭英勳의 시를 중심으로」, 『한국문학논총』 70, 2015.8; 「『한양』 게재 재일 한인 시의 주체 구성과 언술

을 연구대상으로 삼아온 선행 연구들의 공통된 전제는, 『한양』이 '재일한인' 편집주체를 비롯한 작가·지식인, 한국의 작가·지식인, 그리고 (초창기 이후에는) '재외 한인' 작가·지식인이라는 삼각 체제로 구성되었다는 관점이다.[12] 그러한 재일-본국-해외를 연결하는 '한인'의 매체

---

전략」, 부산대 박사논문, 2016; 「『한양』 게재 광주 항쟁 시의 언술 주체와 담론 특성」, 『한국민족문화』 68, 2018) 이전까지 『한양』 관련 연구는 대부분 1960년대 발행분에 집중되었다. 선행연구는 크게 (1)『한양』 게재 비평 담론에 관한 연구, (2)『한양』 게재 소설 및 수필 작품에 관한 연구, (3)『한양』 게재 시 작품에 관한 연구, (4)『한양』 게재 문학작품에 관한 개괄적 연구로 분류할 수 있다. (1)의 경우 먼저 ①1960년대 『한양』지에서 가장 활발히 활동한 재일 평론가 장일우와 김순남에 관한 연구(김유중, 「장일우 문학비평 연구」, 『한국현대문학연구』 17, 2005.6; 조현일, 「『한양』지의 장일우, 김순남, 평론에 나타난 민족주의 연구」, 『한국문학이론과비평』 43, 2009.6; 하상일, 「장일우 문학비평 연구」, 『한민족문화연구』 30, 2009.8; 하상일, 「김순남 문학비평 연구」, 『우리문학연구』 31, 2010.10; 박수연, 「1960년대의 시적 리얼리티 논의-장일우의 『한양』지 시평과 한국문단의 반응」, 『한국언어문학』 50, 2003.5)가 있다. 다음으로 ②1960년대 참여문학론 및 현실주의 문학론에 관한 연구(허윤회, 「1960년대 참여문학론의 도정-비평작업」, 『청맥』, 『한양』을 중심으로」, 『상허학보』 8, 2002.2; 하상일, 『1960년대 현실주의 문학비평 연구-『한양』, 『청맥』, 『창작과비평』, 『상황』을 중심으로』, 부산대 박사논문, 2005; 하상일, 『1960년대 현실주의 문학비평과 매체의 비평전략』, 소명출판, 2008; 고명철, 「민족의 주체적 근대화를 향한 『한양』의 진보적 비평정신-1960년대 비평 담론을 중심으로」, 『한민족문화연구』 19, 2006.12)가 있다. 1960년대 『한양』에 관한 연구는 비평 분야가 주를 이루었으며, 기타의 경우는 이헌홍의 작업(「에스닉 잡지 소재 재일한인 생활사 소설」, 『한국문학논총』 47, 2007.12; 『재일한인의 생활사이야기와 문학』, 부산대 출판부, 2014)이 대표적이다.

12 프롤로그에서도 밝혔듯이 이 책에서는 '해방'이나 '한국전쟁' 이후의 일본 도항자까지도 아우르는 의미로 '재일조선인'이라는 용어를 채택하였다. 다만 이 장에서는 스스로를 '재일교포' 또는 '재일동포', 그리고 '재일한국인'의 정체성에 가깝게 표상하는 집단에 대한 논의가 주를 이루므로, 맥락에 따라 '재일교포'나 '재일동포', '재일한국인', '재일한인' 등의 명칭을 '재일조선인'과 혼용하고자 한다. 이때 '재일조선인'과 '재일한국인'이라는 호칭 사이에는 아이덴티티에 관한 '간극'이 발생하는데, 선행연구에 따르면 '민단계 재일조선인'들이 스스로를 '재일한국인'이라고 부를 때 발생하는 이 '간극'이 오히려 "그들이 어떠한 생각과 입장으로 한국민주화운동을 했는지를 알 수 있는 실마리가 될" 수 있다. (조기은, 「민단계 재일조선인의 한국민주화운동-재일한국청년동맹을 중심으로」, 『한국학연구』 59, 인하대 한국학연구소, 2020, 489면) 나아가, '민단계 재일조선인'이라는 호칭과 민단민주화세력 스스로의 호칭 사이의 '간극'을 강조하며 재일조선인의 복합적인 상황을 가시화한 논의로는 조기은, 「민단계 재일조선인의 한국민주화운동-민단민주화운동세력과 김대중의 '연대'를 중심으로」, 『한국학연구』 75, 고려대

로 다룰 경우, 『한양』이 1970년대 이후 적극적으로 참조, 수용하고자 했던 '일한연대운동'이라는 역사적 흐름과 그 다양한 참여 주체와의 관계를 포착하기 어려워진다. 이때 '일한연대운동'이란 전후 일본 시민사회에서 국가와 민족, 언어가 다른 타자들과의 연대 필요성이 제기되며 일본의 진보적 지식인, 문화인, 학생 등이 한국의 민주화운동에 대한 지원과 연대를 위해 전개한 운동을 일컫는 역사적 개념이다. 선행연구에 따르면 1970년대 초 김지하와 서승 형제 등에 대한 구원운동에서 시작된 일한연대운동은, 구속된 개인에 대한 지식인이나 지인들의 구명 운동이 다양하게 결합하는 형태로 나타났다. 또한 여기에는 기생관광에 반대하는 페미니스트와 기독교인 그룹, 공해수출반대운동, 재일한국인 정치범구원운동, 김지하·김대중 구원운동, 재일조선인에 대한 민족차별과 싸우는 운동(일한연대연락회의), 재일한국인 단체의 한국민주화운동(한민통) 등이 서로 연결되어 있었다. 이에 더하여 해외에서의 한국 민주화운동 지원이라는 세계적인 연대의 움직임과 느슨한 연결관계 속에서 일본의 진보적 지식인과 활동가, 재일한국·조선인 지식인과 활동가들을 중심으로 독자적인 운동을 형성한 것이 바로 '일한연대운동'이었다고 할 수 있다.[13] 이 장에서는 『한양』에서 1970년대에 보여준 언설을 중심으로, 그러한 '일한연대운동'에서 그동안 잘 포착되지 않았던 그룹이나 개인들을 조명하여 보고자 한다.

'1960년대'와 '문인간첩단사건'처럼 지금까지 『한양』을 기억하는

한국학연구소, 2020.12.

13 李美淑, 『「日韓連帯運動」の時代－1970-80年代のトランスナショナルな公共圏とメディア』, 東京大学出版会, 2018.

대표적인 방식은, 『한양』이 국내로 입수되고 국내 독자를 확보했던 과정과 그 통로가 차단된 과정과도 밀접히 연관된다. 창간 직후에는 일본 서적 전문 유통업체인 동남도서무역주식회사를 통해 국내 각 서점에 비치하거나 개인 및 단체에 기증하는 형식으로 국내에 진출했던 『한양』은, 1964년 5월에는 한양사 한국지사 설치 허가를 얻고 본격적인 국내 독자 확보에 나선다. 창간호부터 첫 쪽에 '혁명공약'을 인쇄한 것에서도 알 수 있듯이 『한양』은 그 출발부터 현해탄 너머 한국의 구독자와 소비자를 명확하게 겨냥하고 있었다. 이후 몇 차례의 수입금지 조처가 취해지기도 했지만 『한양』의 국내 필자 확보 경로가 완전히 차단된 결정적 계기는 역시 '문인간첩단사건'이었다. 그렇기에 '재일' 대 '국내'라는 구도로 『한양』의 성격을 파악하자면 자연히 '1960년대', 또는 '문인간첩단사건' 직전까지가 그 한계선으로 설정될 수밖에 없었다. 나아가 '문인간첩단사건' 이후 더 이상 '국내' 필진을 배치할 수 없어 공백이 된 '재일' 이외의 필진을 대신하여, '해외 한인' 지식인이라는 제3의 집단이 그 공백을 차지하는 구도가 기존 『한양』에 대한 인식의 바탕이 되어 왔던 것이다.

그러한 구도가 오랫동안 『한양』의 이미지를 형성했다는 문제의식에 기초하여, 이 장에서는 다음과 같은 특징들에 주목하여 보고자 한다. 첫째, 창간 초기부터 이미 『한양』이 주요 의제 중 하나로 설정했던 '한일교류' 및 '한일연대'의 중요한 대화 그룹이었던 일본 지식인들의 참여 방식을 논의하고자 한다. 둘째, 『한양』의 가장 중심적인 구성체였다고 할 수 있는 '재일조선인' 내부의 차이와 중심 담론의 변화에 대해 살펴보고자 한다. 셋째, 『한양』이 '재일'의 경계 외부인 일본인 사회와 한국

사회, 그리고 해외 한인 사회와의 소통에 관여하는 과정에서 한일국교
정상화나 7·4남북공동성명 등 남북일 냉전 구조의 각 국면마다 새롭
게 등장한 월경(자)에 대해 논의해 보고자 한다. 이러한 문제들에 접근
하기 위해 이하에서는 새로운 형태의 '월경'과 그에 따른 '접촉'이 기록
된 대화 텍스트에 주목한다.[14] 이어서 『한양』을 '한일연대' 운동 세력
및 해외 한국 민주화·통일운동 세력과의 관계 속에서 살핌으로써,
1960~70년대 재일조선인 사회에서 냉전과 탈냉전이 경험되고 상상
된 과정을 기술한다.

1955년 한덕수 의장을 선두로 한 총련 체제로의 정비와 1956년 북
한 남일 외상의 '재일조선공민' 발언 및 1959년 시작된 '귀국' 사업, 그
리고 한국에서 발생한 5·16 군사쿠데타와 박정희 장기집권 체제로의
이행 과정에서, 재일조선인 민족조직은 각각 '대한민국'과 '조선민주주
의인민공화국'에 실질적으로 귀속된 '민단'과 '총련'의 양립구도를 강
화해 갔다. 이것이 '일본 속의 38도선' 또는 '분단 사회'로 재일조선인
사회를 표상하게 한 큰 원인이며, 실제로 수많은 재일조선인들이 '분단
가족'을 일상에서 마주하거나 그 당사자가 되었다. 하지만 재일조선인
사회가 그와 같은 '내부 분단'으로 표상됨으로써 간과되거나 누락되는

---

14 식민지 말기와 해방 직후 한국의 복수적 언어상황을 '이중언어' 환경으로 포착하고 '쓰
여진 것'과 '말해진 것' 사이의 간극과 봉합을 고찰한 신지영은 그러한 "특수한 역사적
언어적 관계성"이 드러나 있는 텍스트로서의 '대화적 텍스트'에 주목한다. 여기서 '대화
적 텍스트'란 "좌담, 연설, 대회의 기록, 통번역의 표시, 소설 속 대화·연설·통역·호명
등"을 널리 포괄하는 용어로 쓰인 것이다. 신지영, 「쓰여진 것과 말해진 것−'二重' 언어
글쓰기에 나타난 통역, 대화, 고유명」, 『민족문학사연구』 59, 2015, 410면. 이 논문에서
사용하는 용어인 '대화 텍스트'는 실제 대화가 일어난 공간의 복수적 언어상황을 고려
하여 위의 논의를 참조한 것임을 밝힌다. 그 중에서도 주로 분석하는 텍스트는 대담과
정담(鼎談)을 포함한 좌담회 및 강연 기록으로 한정한다.

요소들은 없을까. 그랬더라면 "어느 누구의 편도 아니"라는 성명서의 목소리가 배제되거나, 『한양』이 총련의 '위장기관지' 또는 민단의 '실질적 기관지'라는 양극화된 기억으로 남겨지지는 않았을 것이다. 이 장에서는 『한양』을 그러한 이항대립적 기억으로부터 분리하여 실체적인 맥락에서 파악하고자 한다. 그리하였을 때 한국의 민주화를 목적으로 연대하려 한 한일 지식사회와 해외 '한인' 네트워크의 플랫폼적인 성격이 부상할 것이다. 더불어 7·4남북공동성명 이후 『한양』의 대담 및 좌담회의 진행자로 빈번히 등장한 저널리스트 정경모의 발화 및 글쓰기를 조명해 보고자 한다. 그 과정에서 그가 주필로 있던 재일 조선어／일본어 신문 『민족시보』에 대해서도 다루고자 한다.

『한양』은 1962년 3월 창간되어 1984년 3월 폐간되기까지 결호 없이 177호를 발행한 월간·격월간(1969년 9월부터 격월간으로 전환) 종합잡지이다. 총련 계열의 '조선어' 매체와는 별도로 '한국어'를 표방한 잡지 중에서는 가장 오래 지속되었으며, 재일조선인 사회 및 한국 사회에서도, 물론 제한된 기간이기는 하지만, 상당한 영향력을 가진 잡지였다. 이러한 『한양』을 '냉전적 분할선의 다변화와 중첩'이라는 맥락에 위치시키려는 이 장에서는 재일조선인 사회 내부, 특히 민단 조직의 다변화 및 외부와의 연대라는 역사에 대해서도 살펴볼 것이다.

## 2. 좌담 속의 한일관계와 월경

### 1) 새로운 월경자들

1951년부터 1965년까지 한일관계의 '정상화'를 목표로 수차례 진행된 교섭은 양국으로 하여금 과거 일본제국의 형성과 붕괴 과정에 발생한 인구이동의 다양한 형태들을 재배치할 필요성을 제기했다. 밀항을 포함한 도항의 역사를 고려하는 한편, 제국 붕괴 후 수차례 결렬과 재개를 거듭한 교섭 국면마다 귀환 / 인양, 송환, 잔류, 밀항 등 복잡한 형태로 발생한 인구이동을 관리·통제하고 그것을 국가 간 교섭수단으로 활용하고자 한 것이 1950~60년대 한일회담 교섭 과정의 특징이었다.

한일회담은 그 자체로 협상의 에이전트들이 양국관계가 '정상화'되기 이전의 국경을 공식적으로 이동하며 상호 접촉하는 행위이기도 했다. 이때 국경을 넘은 협상의 에이전트 중에는 행정부를 비롯한 정부기관 인사들뿐 아니라 민간인으로 구성된 각종 전문가들도 포함되어 있었다. 특히 문화 부문의 경우, 제4차 회담부터는 한국 측이 기존까지 청구권위원회에서 함께 취급되었던 청구권과 문화재 문제의 분리를 제안함에 따라 문화재 문제가 문화재소위원회로 이관되고, 미술사학자 황수영이 전문위원으로 교섭에 참여하게 되었다.[15] 이 시점부터 한국은 일본에 문화재 반환을 위한 설명과 근거자료를 체계적으로 제시하였으며, 이후 국사학자인 이홍직이 전문위원으로 합류하면서 보다 적극적인 논의의 토대가 마

---

15 도쿄제국대학 경제학부 출신의 미술사학자 황수영은 해방 후 1948년 국립박물관 박물 감을 거쳐 1956년 동국대 교수 및 박물관장, 총장 등을 역임하고 1971년부터 1974년까지는 국립중앙박물관장직을 역임했다.

런되었다.[16] 제5차 회담 기간 중 한국 측은 일본 측에 문화재에 관한 7개 요구항목을 제출했으나, 일본 측은 국교정상화 성립 후 '학술·문화 협력' 차원에서 문화재를 한국에 '인도'하겠다는 입장을 표명했다.[17]

한양사 주최의 첫 좌담회인 「민족문화와 문화유산」이 열린 것은 문화재 반환의 법적 의무와 반환 대상·방법 등에 대해 여전히 접점을 찾지 못하고 있던 제6차 한일회담 문화재전문가위원회 기간 중인 1962년 3월이었다. 한국의 전통 문화유산 소개는 『한양』 창간 초기 주요 정책의 하나였다. "한국의 정원에 한그루 과실나무를 심는 말없는 원예사"가 되어 "한국사람의 고유한 문화, 한국사람의 고유한 기질, 한국사람의 고유한 윤리"를 "다듬고 가꾸어 나가는" 것이 목적이라고 밝힌 창간사에서도 그러한 방향성이 드러난다.[18] 제6차 회담 문화재전문가위원 자격으로 일본 방문 중이던 한국의 역사학·미술사학자들을 초청하여 "민족문화에 대한 올바른 이해와 인식을 돕기 위해" 열린 좌담회는 그러한 『한양』의 방향성에 부합했다. 마침 고려대 부교수로 재직 중 일본국제기독교대학(ICU) 교환교수로 일본에 체류하고 있던 정치학자 조순승이 합류하여, 『한양』 편집부 주최 및 진행으로 세 전문가들의 좌담회가 개최되었다.

이 자리에서 세 사람은 민족문화의 범주를 규정할 때 고유성이라는 조건을 어느 정도까지 적용할 것인가 하는 문제, 일본과의 문화적 연관

---

16  조윤수, 「한일회담과 문화재 반환 교섭 – 일본 정부의 반환 문화재 목록 작성과정을 중심으로」, 『동북아역사논총』 51, 동북아연구재단, 2016, 141~143면. 도쿄제국대학 문학부 출신의 국사학자 이홍직은 해방 후 1945년부터 1951년까지 국립박물관 박물감 및 진열과장을 역임하고 1958년 고려대 사학과 교수로 임용되었다.
17  이동준 편역, 『일한 국교정상화 교섭의 기록』, 삼인, 2015, 492~494면.
18  「창간사」, 『한양』 1, 1962.3, 10면.

성 문제, 한국정부의 민족문화보호 정책에 관한 문제, 그리고 한일회담에서의 문화재 문제 등을 토의했다. 특히 마지막 화제는 현재진행중인 사안으로, 법적 차원을 배제한 '호의적 인도'와 문화적 약탈 및 피해에 대한 '배상' 사이에서 평행선을 걷고 있는 상태를 타파하기 위해 실증적인 조사를 통한 근거 작성과 전문가적 대화의 필요성을 강조했다. 좌담회의 진행을 맡은 『한양』 편집부 강태욱은 "그동안 우리에겐 정권이 세 번이나 바뀌었읍니다만 한일회담에 있어서의 우리측의 기본태도엔 역시 변함이 없"는 것으로 보이는데 "문화재위원회로선 어떻게 독창적으로 문제를 해결할" 수 있느냐고 물었다. 한일관계의 변화에 대한 기대가 담긴 이 질문에 대해 문화재위원회 전문위원 이홍직은 한일 양 측의 입장 차이에 대해 설명했다. 문화 분야 전문가들을 문화재분과위원회의 대표로 앞세운 것이 한국 측의 전략이었다면, 문부성 산하 문화재보호위원회라는 전문 기관이 있음에도 "계획적으로 행정관을 앞세우고 전문가는 그 뒤에 있"도록 하는 것이 일본의 대응 전략이라는 것이었다.[19]

위의 첫 좌담회를 시작으로 『한양』은 매년 평균 3~4회의 좌담회(대담 및 정담류 포함)를 주최했다. 그 주제는 한일관계와 문화교류, 한국문학의 현황, 재일조선인 교육·여성·청년 운동, 한국의 민주화운동 및 통일운동 등으로 다양했으며 『한양』의 관심사가 시기별로 어느 부분에 집중되어 있었는지를 잘 보여준다(이 절 끝의 표 4 참조). 주목할 점은 이러한 대화 텍스트의 생산 요건으로서 한국과 일본, 그리고 재일조선인 커뮤니티와 해외 한인 커뮤니티 사이에 발생한 월경과 그 주체들이다.

---

19 「[対談] 民族文化와 文化遺産」, 『한양』 2, 1962.4, 78면.

『한양』에서는 첫 좌담회인「민족문화와 문화유산」의 경우처럼 한일 간의 정치회담이나 문화교류의 목적으로 한국으로부터 일본을 방문한 학술·문화 전문가를 섭외하여 대화의 자리를 만드는 경우가 수차례 있었다. 예를 들면 1967년 3월 일한친화회日韓親和会 초청으로 '한일국교정상화' 이후 최초로 일본을 방문한 김팔봉·정비석·김남조 세 작가들과의 좌담회가 있었다. 1967년 2월 28일부터 일주일의 일정으로 일본으로 향하기 전, 김포공항에서 세 작가들은 일본 문화인들에게 한국을 재인식시키고, 한국관韓國觀을 바로잡으며, 돌아와서는 이 만남을 소재로 한 작품을 집필하겠다는 포부를 남겼다.[20] 편집장 김인재의 사회로 열린「한국문단의 현황」이라는 좌담회에서 이들은 수 년 혹은 수십 년 만에 일본을 찾은 감회를 전하며, '재일' 그룹으로 분류된 이한직, 강상구와 한국문단의 동향 및 한일문화교류 등에 관한 대화를 나누었다. 이 좌담회에서는 편집장 김인재가 진행을 맡아 작가들의 일본 방문에 관한 전반적인 소감을 묻고 대화를 이끌었다. 이 좌담회에서 한국의 문학 현황에 대한 구체적인 질문과 토론을 맡은 이한직과 강상구는 1960년을 전후하여 일본으로 건너간 작가들이었다. 이한직은 1960년 4·19 직후 문화공보부 문정관의 직위로 일본에 건너간 뒤, 이듬해 5·16 발발 후에 문정관 직을 사퇴한 뒤로도 계속해서 일본에 거주하였다. 1958년 부산에서 창간된 문예지『신군상』(편집·주간 김규태)의 편집위원을 맡는 등 부산에 근거지를 두고 활동한 시인이자 번역가 강상구의 도일 또한 1960년을 전후하여 이루어졌던 것으로 보인다.[21]

---

20 『경향신문』, 1967.3.1, 7면.
21 부산문화재단 전자아카이브. http://e-archive.bscf.or.kr/23_db/05_db.php?idx=43

『한양』에서는 이처럼 해방기나 한국전쟁기, 혹은 4·16이나 5·16 이라는 정치적 격변기에 도일한 작가들의 이름이 종종 발견된다. 『한양』은 총련계가 아닌 민단계 인사들의 찬조나 광고 지원을 받고 한국으로 정식 수입된 극소수의 재일 조선어 / 한국어 미디어의 하나였으며, 그중에서도 문학작품을 실을 공간으로는 거의 유일한 미디어였다. 그러한 점을 상기하면 한국에서 이미 데뷔한 작가들이 일본으로 건너가서 『한양』을 거점으로 삼은 것은 자연스러운 과정이었을 것이다. 그러한 작가들 중 한 명인 시인 김윤은 『한양』에서 활발한 창작 활동을 보여준 한국전쟁기의 월경자로서, 그는 『한양』 창간 당시 현대문학사 일본지사장을 맡고 있었다.[22] 1964년 3월 「광장의 결의」라는 시로 처음 『한양』에 등장한 김윤은 1977년 5월까지 총 54편의 시를 『한양』에 발표했다.[23] 『한양』에 발표한 시들을 모아 1968년 서울의 현대문학사에서 간행된 그의 첫 시집 『멍든 계절』의 서문을 쓴 조연현에 따르면, 두 사람의 첫만남은 한국전쟁 중 이루어졌다. 당시 부산에 임시교사를 마련한 동국대에 상담을 청해온 김윤에게 조연현은 입학을 권유하였으며, 이후 동국대에 입학한 김윤은 수복 후 얼마 되지 않아 일본으로 건너갔는데 조연현은 이 사실을 나중에 알게 되었다 한다. 조연현이 1962년 일본에 처음 방문했을 때 재회한 김윤은 당시 민단 선전국장으로 있었다. 현대문학사 일본지사장직 취임은 조연현과의 인연에 바탕한 것이었다. 조연

---

22  1932년 경남 남해군에서 출생한 김윤은 한국전쟁기에 도일하여 메이지대학 농학부를 졸업했다. 일본에 거주하며 민단 선전국장, 민단 기관지 『한국신문』 편집국장, 현대문학사 일본지사장 등을 역임했다.

23  손남훈, 「『한양』 게재 재일 한인 시의 주체 구성과 언술 전략」 중 부록 〈『한양』 게재 시 총목록〉 참조.

현은 김윤 시집『멍든 계절』의 서문에서, "김 형은 지금 강상구 형과 함께 재일교포 중에서 모국어로 시를 쓰고 있는 거의 유일한 존재"이며 "일본에서 일상적으로 일어를 사용하는 환경 속에서 모국어로써 김 형만치 시를 쓸 수 있는 사람이 없다는 이 한 가지 사실만으로 김 형의 시는 우리 모든 동포들이 아껴야 할 하나의 문학적 소산"이라고 평가했다.[24] 1974년 '문인간첩단 사건'의 배후로 지목되면서 한국 작가들의 발표 지면으로서의 기능을 완전히 상실하기 전까지, 『한양』에서 많은 작가들, 그중에서도『현대문학』과 관계가 깊은 작가들의 작품이 다수 게재되었던 배경에 김윤의 역할이 있었음을 짐작할 수 있는 대목이다.

덧붙이자면, 『한양』 창간에서 8개월 정도가 지난 1962년 11월에는 민단 중앙에서 이탈한 백엽동인회의 일부 멤버들에 의해 한국계 순문예 일본어 잡지『한국문예』가 창간되었는데, 김윤은 정달현, 김학현, 박수경, 유진식, 안도운, 김태신, 김경식 등과 함께 창간 멤버에 포함되었다. 하지만『한국문예』는 정치성을 탈색하려 했다는 이유로 백엽동인회 측에서 비판을 받으며 3호로 종간되었다.[25] 『한국문예』의 창간 멤버들 중 김윤을 비롯하여 정달현, 김학현, 유진식 등은『한양』에서도 자주 글을 남긴 이들이었다. 두 잡지의 창간 시기는 수개월 차이에 불과한데, 8개월 정도 앞서 창간된『한양』 초기에는 이들의 이름이 보이지 않는 것으로 보아 이들은『한국문예』 종간 후『한양』에서의 활동을 본격화한 것으로 추정된다. 두 잡지는 이처럼 비슷한 시기에 창간되었으나 '일본어

---

24  趙演鉉, 「序」, 金潤, 『멍든 季節』, 現代文學社, 1968, 8~9면.
25  송혜원, 『'재일조선인 문학사'를 위하여-소리 없는 목소리의 폴리포니』, 소명출판, 2019, 303면.

순문예지'를 표방한『한국문예』는 단명한 반면, '조선어 종합교양지'를 표방한『한양』은 20년 넘게 지속되었다는 점은 비교가 된다.

김윤이나 강상구와 같은 냉전기의 월경자들은, 문학언어로서의 한국어를 자유로이 구사할 수 있는 능력을 바탕으로 하여 '재일한국인' 사회의 거의 유일한 '한국어' 문학 발표 지면이었던『한양』을 주요 활동 무대로 삼을 수 있었다. 또한 그들은『한양』문학 지면의 상당수를 한국의 현직 작가들에게 할애할 수 있는 여건을 마련했다. 조연현과 김윤의 관계가 보여주듯이, 한국 문학계와 직접적인 네트워크를 맺고 있던 이 새로운 월경자들의 이력은 "교포사회 및 조국과의 문화적 유대를 더욱 공고화하는 데 기여"하겠다는『한양』의 목표와 관련하여 유리한 조건으로 작용했다.[26] 하지만 조연현이 '재일교포 중에서 모국어로 시를 쓰는 거의 유일한 존재'로 언급한 바 있는 강상구와 김윤은 1970년대 한국에서 발생한 두 개의 간첩사건과 관련된 '접선자' 내지 '전파자'로 그 이름이 거론된다. 우선 1974년 '문인간첩단사건'에서 이호철은 "강상구 씨의 의뢰로"『한양』에 원고를 발표했다고 사건 공판에서 진술한 바 있다.[27] 한편, 역시 '문인간첩단사건'으로 옥고를 치른 임헌영은 1979년 '남민전 사건'으로 또 다시 구속되어 고초를 겪어야 했는데,[28] 이때 내무부 치안본부장은 남민전 관련자들이 "조총련계 시인 김윤 등의 주선

---

26  「편집후기」,『한양』1, 1962.3, 156면.
27  이호철에 대한 한승헌 변호사의 반대심문.「문인 '간첩단' 사건 제3회 공판 방청기록」, 한승헌변호사변론사건실록간행위원회, 앞의 책, 183면.
28  1979년 10월부터 11월까지 정부 당국은 3차례에 걸쳐 '남민전(남조선민족해방전선) 사건'을 대대적으로 발표하며 74명을 검거하였는데, 이 사건의 재판에서는 항소심에서 사형 2명, 무기 5명 등이 선고되었다. 2006년 남민전 관계자들은 민주화운동보상심의위원회에서 '민주화운동 관련자'로 인정되었다. 정지영,「역사의 무게를 고스란히 짊어진 길 임헌영」,『월간말』, 2009.1, 204면.

으로 재일북괴공작원과 접선"했다고 발표했다.[29] 일본에 있으면서 한국과 직접적인 네트워크를 가지며 '문화적 유대'에 기여할 수 있었던 '재일'의 조건이란, 박정희 통치체제 하에서 언제든 불리한 조건일 뿐만 아니라 위험한 조건으로도 바뀔 수 있었다.

표 4 『한양』 수록 좌담 목록(1962~1979)

| 참석자 | 제목 | 발행년월 | 비고 |
|---|---|---|---|
| 李弘稙, 黃寿永, 趙淳昇 | 民族文化와 文化遺産 | 1962.4 | 이홍직·황수영 : 한일회담 문화재위원회 대표, 조순승 : 일본 국제기독교대학 교환교수. |
| 藤原弘達, 趙淳昇 | 極東情勢와 韓日問題 : 韓日政治学者는 이렇게 말한다 | 1962.5 | |
| 平林たい子, 金素雲 | 韓日文化交流에의 期待 | 1962.7 | 平林たい子 : 1962년 5월 한국펜클럽 주최 아시아작가대회 참가 후 귀국. |
| 河德模, 金正年, 沈晩燮 | 学術講演会를 마치고 | 1962.8 | 동아일보사주최 제2회 학술강연회참가 후 돌아온 재일학술단체 신한학술연구회 회원 보고. |
| 金今石, 金仁在 | 第三共和国에 要望한다 | 1964.1 | 김금석 : 민단 기관지 한국신문 사장. |
| 新井宝雄, 金仁在 | 韓日会談 이모저모 | 1964.3 | |
| 李裕天, 蔡洙仁, 劉振植 | 東京올림픽을 앞두고 | 1964.9 | |
| 金昌式, 張曉, 金東俊 | 在日僑胞의 民族教育 | 1965.3 | |
| 荒井正大, 岡沢昭夫, 柳原義次 | 韓国과 日本 | 1965.8 | |
| 権度沅, 尹致夏 | 세계에 이름떨친 한국 鍼灸学 | 1965.12 | |
| 朱洛弼, 金聖闐, 張益和 | 교포자녀들의 민족교육 | 1966.4 | |
| 金廷鶴, 泉靖一 | 한일간의 고대문화교류 | 1966.5 | |
| 申国柱, 旗田巍 | 한국사연구의 자세 | 1966.9 | |
| 金八峰, 鄭飛石, 李漢稷, 金南祚, 姜尙求 | 한국문단의 근황 | 1967.4 | |

---

29 「「南民戦」 조직 일망타진」, 『경향신문』, 1979.11.13, 1면; 「남민전 관련 23명 추가검거」, 『동아일보』, 1979.11.13, 7면.

| 참석자 | 제목 | 발행년월 | 비고 |
|---|---|---|---|
| 朴貞子, 金良淑, 朴英恵, 裵星鎬 | 민족교육과 어머니 | 1967.6 | |
| 兪錫濬, 吳興兆, 金星闐, 河炳旭, 金千基, 金一明, 金隆夫 | 민족교육의 현실과 실태 | 1967.7 | |
| 李裕天, 金光男, 金仁洙, 尹致夏, 金披禹, 李康吉 | 민단운동의 자세와 과제 | 1967.8 | |
| 金容載, 鄭天義, 金聖善, 金皓一, 金亨熱 | 在日商工人들의 実情 | 1967.9 | |
| 金披禹, 郭仁植, 李頴雄, 劉振植, 金慶植 | 在日芸術人들의 生活과 意見 | 1967.10 | |
| 金仁順, 韓文賛, 吳正雄, 朴成実, 朴炳歩, 金悦輝, 成栄恒 | 祖国과의 一体感을 갖고 | 1968.3 | |
| 金治男, 辺炳圭, 朴孝昭, 慎桂範, 文根洙, 李成祐, 黄隆容, 梁東準 | 四・一九와 在日青年学生 | 1968.4 | |
| 裵敬隆, 朴得鎮, 許東郁, 金衡洋, 李洋憲, 林哲, 吳栄子 | 八・一五와 在日韓国学生 | 1968.8 | |
| 李杜鉉, 車凡錫, 申英, 李羅, 金両基 | 新劇六十年의 이모저모 | 1969.2 | |
| 安聖出, 宋基鶴, 姜仁煥, 許南明 | 民族教育을 強化하자 | 1970.3 | |
| 金正柱, 張曉, 劉振植, 金両基, 趙活俊 | 八・一五 二十五周年 | 1970.9 | |
| 張曉, 金両基, 高昌樹, 金文哲 | 四・一九, 그날의 咆哮 | 1971.5 | |
| 張曉, 朴貞子, 金両基, 慎重権 | 統一에의 序章 | 1971.11 | |
| 石川昌, 江口浩, 岡井輝雄 | 韓国情勢와 南北赤十字会談 | 1972.1 | |
| 朴貞子, 李羅, 慎民子, 金好子, 韓愛順 | 女性과 現実意識 | 1972.3 | 창간10주년 기념호 |
| 金炳傑, 其仲書, 任軒永, 金宇鍾 | 韓国文学의 現況와 課題 | 1972.3 | 창간10주년 기념호 |
| 梁完玉, 金佳秀, 金炳浩, 金正明, 金彦秀, 全炳在 | 되찾자 겨레의 슬기를 | 1973.3 | |
| 川口忠彦, 布施茂芳, 猪狩章, 江口浩 | 日本記者들이 본 베트남和平과 韓国 | 1973.5 | 猪狩章 : 朝日新聞 편집위원. |
| 石川昌, 山崎勝彦, 猪狩章, 中田協 | 日本記者들이 본 激動하는 韓国 | 1974.1 | |
| 徐龍達, 劉振植, 朴貞子, 金学鉉, 崔忠植, 金潤 | 韓国의 民主主義와 言論의 自由 | 1974.3 | 김윤 : 현대문학 일본지사장. 김학현 : 민족시보 편집국. |
| 全錫春, 崔康勳, 高初輔, 尹明守, 崔相敦 | 四・一九精神의 今日的 意義 | 1974.5 | |
| 猪狩章, 徐龍達, 真継伸彦 | 오늘의 韓国을 말한다 | 1974.9 | |
| 青地晨, 和田春樹, 猪狩章 | 韓国의 民主化運動과 日本人으로서의 連帯問題 | 1975.1 | 青地晨 : 일한연대연락회의 대표. |
| 倉塚平, 真継伸彦, 鄭敬謨 | 韓国의 民主化運動과 日本人의 連帯運動 | 1975.5 | |

| 참석자 | 제목 | 발행년월 | 비고 |
|---|---|---|---|
| 全錫春, 姜英之, 玄石俊, 崔康勳 | 韓国青年学生과 民主化運動 | 1975.5 | |
| 鄭敬謨, 山川曉夫 | 포스트・베트남과 韓国 | 1975.7 | |
| 鄭敬謨, 米倉斉加年 | 진오귀 공연에 부쳐 | 1975.9 | |
| 鄭敬謨, 青地晨 | 韓日連帯運動이 志向하는 것 | 1975.11 | |
| 宇井純, 平山隆貞 | 海灘을 넘는「犯罪」 | 1976.5 | |
| 尹伊桑, 鄭敬謨, 李稀世, 崔明翔 | 韓国民主化闘争과 国際的 連帯 | 1976.9 | |
| 鄭敬謨, 和田春樹 | 새해 韓国의 気象図 | 1977.1 | |
| 徐正均, 송두율, 이보배, 尹伊桑, 이희세, 이종성, 趙活俊, 金君夫 | 民主韓国의 새 봄은 온다 | 1977.3 | |
| 富山妙子, 橘賢之助, 室謙二, 金慶植, 金学鉉 | 金芝河의 世界 : 民族詩人의「恨」과 闘争 | 1977.3 | |
| 林昌栄, 裵東湖, 尹伊桑, 鄭敬謨 | 第二解放運動의 새로운 紀元 | 1977.8 | 배동호 : 1972년 민통협 의장. 이후 한민통 일본본부 결성. 한통련 제3대 의장. |
| 崔德新, 崔泓熙, 鄭敬謨 | 朴政権을 告発한다 | 1977.12 | |
| 洪隆, 李成泰, 李相浩, 郭元基, 康世遠, 金聲浩 | 四月革命의 理念과 課題 | 1978.4 | |
| 鄭敬謨, 猪狩章 | 朴政権과 米国・日本 | 1978.4 | |
| 五島昌子, 松井야요리, 梁霊芝, 金永希 | 韓国女性들의 闘争과 우리들의 連帯運動 | 1978.6 | |
| 趙東弼, 李建鎬 | 非理의 日常 속에서 | 1978.12 | |
| 裵東湖, 尹伊桑 | 韓国의 民主化闘争과「維新」政権 | 1979.2 | |
| 金慶植, 大田六敏, 金恩沢, 相原徹, 林李成, 金聲浩 | 映画『어머니』의 製作을 끝마치고 | 1979.2 | |
| 裵東湖, 青地晨 | 深化되는 朴政権의 危機 | 1979.6 | |
| 猪狩章, 前田康博 | 民衆의 不満 폭발 : 限界에 선 朴政権 | 1979.10 | |
| 郭洋春, 兪孝明, 安英勳, 金和美, 張明子, 申均三 | 在日青年들의 生活과 意識 | 1979.10 | |
| 金昌守, 金英子, 朴永順, 崔英子, 崔承基, 張貞雄, 張哲男 | 민족적 자각은 본명 쓰기부터(외) | 1979.10 | |
| 青地晨, 裵東湖, 山川曉夫 | 朴射殺과 韓国民主化의 展望 | 1979.12 | |

## 2) 김소운의 귀국 전후

1962년 5월 한국펜클럽 주최로 서울에서 열린 '제1회 아시아작가강연회 및 심포지움'에 참가하고, 곧이어 서울시민회관에서 열린 제9회 아시아영화제에서 심사위원을 맡은 히라바야시 다이코平林たい子는 일본으로 돌아온 직후 김소운과 대담을 가진다. 「한일문화교류에의 기대」라는 제목의 이 대담은 『한양』 1962년 7월호에 게재되었다. 김소운은 1952년 12월 베네치아 국제예술가회의 참석 후 귀국하기 위해 도쿄를 경유하던 중, 『아사히신문』에 실린 인터뷰의 한국관련 발언이 문제가 되어 주일대표부로부터 여권을 압수당하고, 한국 입국을 거부당한 뒤 10여 년째 일본에 체류 중인 상태였다.

대담은 36년 만에 한국을 다녀왔다는 히라바야시에게 김소운이 한국의 변화된 모습을 묻는 것으로부터 시작된다. "옛날의 서울"은 "아주 고요하고 아담한 교토 같은 도시였"다는 히라바야시에게, 김소운은 "요즘은 주객전도로 내가 오히려 한국사정에 어두워져 있으니 오늘은 선생께서 한국 얘기를 들어야겠"다고 말한다.[30] 이 대담에서는 사실상 한국의 현재 사정에 대해 '어두워져 있'는 김소운이 불과 5일간이긴 하지만 최근 한국을 다녀온 히라바야시에게 한국의 사정에 대해서 묻고, 이에 히라바야시가 답변하는 관계 설정이 명확하게 드러나 있다. 뿐만 아니라 김소운은 '조국'에 대한 향수와 유대감을 표시하는 『한양』의 독자들을 대리하여 히라바야시의 한국 방문기를 청취하는 입장을 취한다. 히라바야시는 판문점이 온통 "관광지가 되어버렸다면서요?"라고 묻는 김소운

---

30　平林たい子・金素雲, 「[対談] 韓日文化交流에의 期待」, 『한양』 5, 1962.7, 63면.

에게 판문점 기념품이 "메이드 인 재팬"이었고 심지어 "뒤에 국련國聯 마크가 붙어있"었다는 등의 일화를 전하거나, "가기 전에는 암담하던 전쟁 중의 일본과 같은 침울한 군정하의 한국을 상상하면서 갔는데 가보니 (…중략…) 여인네들의 옷이 아름답게 팔랑거리고 삘딩들이 서있고 거리는 동경의 사촌쯤 되게 번화"했다는 인상을 들려준다. 또한 한국일보사 주최로 열린 여류작가 좌담회에 참석한 소감을 들려주기도 한다.

흥미로운 것은 한국 사정에 대해 각각 질문하고 답변하는 관계로 설정된 '한국인' 김소운과 '일본인' 히라바야시의 역할분담을 수시로 역전하여 상상하고 있는 김소운의 태도이다. 한국의 젊은 세대들이 이제는 영어를 예전의 일본어처럼 잘하는 것에서 "큰 단층"을 느꼈다는 히라바야시에 대해 "이제는 일본인이 한국어를 배워야 할 차례"라고 말하거나, 한국문학의 번역에 대해 "일본에 살고 있는 한국인이 번역을 한다는 것은 임시조치고 일본인이 그것을 번역"하는 것이 정당하다고 주장하는 곳에서 그러한 태도가 엿보인다. 히라바야시가 대담 내내 한국인의 일본어 실력, 발전 정도, 문화정책 등을 외부자의 입장에서 상대화하고 있다면, 김소운이 시도하는 것은 일본과 한국의 문화적 권력관계를 대등한 관계로 재배치하는 일이었다. 이미 번역이라는 행위에 내재한 권력관계를 학습해왔던 그에게 양국의 대등한 관계란 한 나라의 문학작품을 받아들이는 쪽에서 상대방의 언어를 습득함으로써, 즉 '번역 가능한 언어'로 내재화함으로써 성립 가능한 것이었다. 그런데 이때의 대등성이란, "일본에 살면 어쩐지 비판적인 눈으로 (일본을-인용자) 보는 습관"과 동시에, "그럴 때 너희 나라는 어떠냐고 반문당하"는 상황을 늘 그 시선 속에서 의식함으로써 얻어질 수 있었다.

이 대담 텍스트는 당시 『한양』이 걸쳐 있던 1960년대 초반의 문화적 월경 상황을 집약적으로 보여주는 것이기도 하다. 일단 대담의 당사자인 김소운이 일본을 경유하기 전 참석한 제1회 베네치아 국제예술가회의를 주관한 유네스코는 1951년부터 대한大韓 문화·과학·교육분야 원조를 실시했으며, 이는 민간재단과는 성격이 다르기는 하지만 미국의 냉전정책과도 무관하지 않았다.[31] 유네스코 주최의 국제문화행사에 참여하기 위해 여행을 떠난 뒤 귀국하지 못하는 작가와, 10년 뒤 한국펜클럽 주최의 국제행사에 참여하고 귀국한 작가의 접촉이라는 상황 자체가 문화적인 것을 본질로 하는 냉전의 속성을 지시한다. '안보라는 담보물security credits'을 매개로 한 국제문화 프로그램 참가를 위한 월경 행위는 안보-문화-여행을 잇는 일종의 냉전적 프로세스였던 셈이다.[32]

더욱 중요한 문화적 월경의 형태는, 김소운으로 하여금 번역을 매개로 한 양국 문화의 대등성 회복을 상상하도록 한 이 대담의 언어 상황에서 보인다. 이 대담은 일본어 대화를 한국어로 번역한 텍스트 속에서 재현된다. 거기에는 '한국어'를 표방한 『한양』의 언어적 곤경, 즉 '말해진 것과 쓰여진 것'[33]의 간극을 넘어 '말해진 / 쓰여진 것과 읽혀진 것'의 무수한 간극을 떠안을 수밖에 없는 처지가 관여하고 있다. 『한양』의 독자투고 모집 광고에는 "우리 국문으로 쓰기가 힘드시는 분은 일문으로 써서 보내주셔도 좋"다는 문구가 빠짐없이 인쇄되어 있었다.[34] 김소운

---

31  이봉범, 「냉전과 원조, 원조시대 냉전문화 구축의 역동성-1950~60년대 미국 민간재단의 원조와 한국문화」, 『한국학연구』 39, 2015.11, 인하대 한국학연구소, 227면.
32  프랜시스 스토너 손더스, 유광태·임채원 역, 『문화적 냉전-CIA와 지식인들』, 그린비, 2016.
33  신지영, 앞의 글.
34  「독자투고를 환영합니다」, 『한양』 3, 1962.5, 154면.

과 히라바야시의 대담처럼 일본어로 발화된 한국인과 일본인의 대화 텍스트는 편집부 측의 번역을 거친 것이었다. 그런 점에서『한양』의 편집 주체란 다른 말로 번역 주체이기도 했다.

김소운은『한양』이 창간된 직후부터 귀국 직전까지 수필「삼오당만필」을『한양』에 연재하고 있었다. 오랜 일본 체류 생활을 마치고 1965년 10월 귀국한 뒤 이 연재는 잠시 중단되지만, 그는 귀국 후 1년 남짓 지난 시기에「삼오당만필」에서「삼오당잡기」로 제목을 약간 수정하여『한양』에 연재를 재개한다.「서울 팔경」제1편으로 시작된「삼오당잡기」는 한국으로 돌아간 직후의 경험을 주요 소재로 삼아 일본에서의 경험과 비교하는 방식으로 구성되었다. 수 년 전 서울에 다녀온 일본 작가 히라바야시 다이코에게 한국의 사정을 질문하던 위치에 있던 일본에서의 김소운은, 한국으로 돌아간 직후의 상황을 직접 눈으로 겪으며 그 소감을 전하는 위치로 이동하게 된다.「서울 팔경」첫 번째 연재는 한국의 '기자근성'을 신랄하게 비판하는 내용인데, 1965년 10월 6일 드디어 14년 만에 '고국'의 김포공항에 닿자마자 마주친 신문기자들의 모습이 다시 찾은 한국의 첫인상이었다.

日語에서 전이된「根性」이란 이 말에는 뉴앙스가 다른 두 가지 어감이 있다. 일종의 기백─정신력을 두고 요즈음 일본인들은 곧잘 이 말을 쓴다. 이를테면 올림픽에서 우승한 여자「발레·볼」의「가이즈까」(貝塚)팀─그 팀의 지도자인 大松감독 같은 사람이「곤죠오」(根性)의 대명사 같이 불리고 있다.『그, 사람「곤죠오」가 있거던─』하면 기골과 실천력의 설명으로는 그만이다.

또 하나 「고약하다」 「칙칙하다」는 뜻으로 이 말이 쓰인다. 소위 「기자근성」이란 이 근성이 기백이나 기골을 두고 한 말이 아닌 것은 물론이다.[35]

위의 인용문에서 나타나듯이 김소운은 한국의 '기자근성'에서 보이는 '곤죠오'를 지적하는데, 그것은 원래 일본어에서 쓰이는 '기골과 실천력'이라는 의미가 아니라 '고약하다' '칙칙하다'는 의미로 변질된 것이다. 한국에 도착하자마자 자신에게 연재를 독촉하며 경쟁하던 두 신문사 기자들과의 일화를 소개하며 그들의 과열된 경쟁의식과 상업주의를 '기자근성'이라는 말로 비판하는 그는, '곤죠오'라는 일본어를 가져와서 그 변질된 의미에 의탁하지 않을 수 없었다.

한편 「삼오당잡기」의 또 다른 편 「써어비스 풍물지」는 일본에서 산파이로트 만년필의 수준 높은 애프터서비스에 관한 일화로 시작된다. 그는 귀국 후 만년필 한 자루를 더 사기 위해 일본과 기술제휴를 맺은 한국 파이로트 상점에 들어갔으나 일본에서와는 전혀 다른 대우에 씁쓸했던 적이 있다고 회상한다. 그리고 일본 상사와 기술제휴를 했으면서도 "국산은 그저 그렇지요. 일제를 따를수야 있나요?"라는 점원의 말을 들어야 했던 일을 상기하며, "도대체 만년필 한 자루, 잉크 한 병까지 남의 나라와 「제휴」를 하지 않으면 맨들어지지 않는" 상황에 한탄하고, 이것이 "기술 그 자체보다는 「일제」에 대한 고객층의 맹신―, 그 심리적 효과를 노린 것"이라고 비난한다.[36]

김소운이 귀국 후 『한양』에 발표한 에세이는 한국으로 돌아온 직후

35  金素雲, 「三誤堂雜記－서울 八景」 1, 『한양』 59, 1967.1, 119면.
36  金素雲, 「三誤堂雜記－「써어비스」 風物誌」, 『한양』 61, 1967.3, 215면.

겪은 한국의 '국민성'을 일본의 그것과 비교하는 식으로 쓰였다. 이것은 김소운이 일본에 있을 당시 '일본에 살면 어쩐지 비판적인 눈으로 (일본을) 보는 습관'을 가지게 된다고 했던 말을 한국의 컨텍스트로 가져온 것이다. 다시 말해, 위의 글들은 그가 그러한 시선을 역전하여 한국에 살면서 '비판적인 눈으로 한국을 보는 습관'을 가지게 되었음을 보여준다. 이 '비판적인 눈'이란 일본을 한국으로부터 바라보고, 한국을 다시금 일본으로부터 바라본다는 점에서 타자의 시선을 의미한다.[37] 하지만 이것이 단순히 일본과 한국이라는 장소의 뒤바뀜, 그리고 각각의 장소를 외부인의 시선으로 바라보는 입장의 교체만을 뜻하지는 않을 것이다. 거기에는 그가 내면화한 타자의 시선을 통해 자신들의 '조국'을 이해하였을 조선어 독자의 시선이 있기 때문이다. 김소운은 자신이 귀국 후 『한양』을 통해 "일본에 사는 독자들에게는 아무런 흥미도 없을" 일본의 서비스 정신을 왜 그럼에도 이야기해야만 했는가에 대해 의식하고 있었다. 일본의 일상적 장면을 경유하여 그가 도달하고자 한 '한국론'은 일본에 있는 조선어 / 한국어 독서공동체를 향해 쓰인 자기민족지적 텍스트였다.

---

37 김소운이 1965년 귀국 후 발표한 일본 관련 에세이들은 '일본(어)'이라는 매개항과 번역의 과정을 통해 당대 한국사회를 조망하기 위한 '한국론'을 구성했다. 정창훈, 「한일관계의 '65년 체제'와 한국문학─한일국교정상화를 둘러싼 '국가적 서사'의 구성과 균열」, 동국대 박사논문, 2020, 제3장.

## 3. 재일론에서 통일론으로

『한양』의 좌담회에는 다양한 이동이 기입되어 있다. 예를 들어 재일
조선인 대학원생·연구자들로 구성되어 1952년 조직된 재일조선인 학
술단체 '신한학술연구회'는 한일기본조약 성립 이전부터 동아일보사를
통해 한국과의 학술교류 행사에 참여해 왔다. 1962년 3월에는 1960년
12월에 이어 제2회 동아일보사 초청 학술보고강연회가 전국 순회강연
으로 예정되어 있었다.[38] 서울, 광주, 대구, 부산에서 순회강연을 하고
일본으로 돌아온 재일조선인 연구자들은 『한양』사 주최 하에 보고회를
겸한 좌담회에 참석한다.[39] 이 좌담회는 재일조선인의 한국으로의 문화
·학술 여행이라는 또 하나의 월경의 케이스를 보여준다.

그런데 이처럼 한일간의 활발한 이동 과정을 기록하고 그것의 전달,
보고 등의 기능에 초점을 맞추던 『한양』의 대화 텍스트는, 1966년에서
1970년 사이, 종전까지의 주요 의제였던 한일 간 이동과 문화교류에 관
한 테마로부터 재일한국인 사회 내부의 운동과 계몽이라는 테마로 이행
해 간다. 이 기간에 열린 좌담회에서 가장 빈번하게 등장하는 용어는 바
로 '재일'이었다. 재일상공인, 재일예술인, 재일청년학생, 재일한국학
생, 그리고 재일 민족교육과 재일 여성에 관한 좌담회가 주류를 이루었

---

38 강연자의 전공 분야는 경제학, 생물학, 화학 등으로 다양했으며, 도쿄대학, 나고야대학,
　게이오대학 등에서 박사학위를 받았거나 수료 예정인 연구자들이었다. 4명의 강연자
　중 한 명을 제외하고는 모두 해방 후에 도일하였으며, 그 중 두 명은 한국의 대학을 졸업
　하거나 중퇴한 후 도일하여 일본의 대학에 진학했다. 강연자와 강연 요지는 「우리 學界
　에 보탬을－來韓講演할 在日『新韓學術研究會』員들」, 『동아일보』, 1962.3.19, 4면; 「첫
　날講演會盛況－本社主催 新韓學術研究會」, 『동아일보』, 1962.3.29, 4면 참조.
39 河德模, 金正年, 沈晩燮, 「[좌담회] 学術講演会를 마치고」, 『한양』 6, 1962.8.

다. 이러한 변화는 한일기본조약 체결 직전까지 중심 테마를 이루었던 '민족문화와 문화유산', '극동정세와 한일문제', '한일문화교류', '학술강연회', '제3공화국에의 요망' 같은 어휘들과 비교할 때 그 차이가 더욱 분명해진다. 이는 당시 재일조선인 사회 전반에 대두된 세대론 및 재일 2세들의 민족정체성론이『한양』의 '재일조선인 청년' 독자들에게도 점차 영향을 미치고 있던 상황을 나타낸다. 더 구체적으로 살펴보면, 이 시기 재일조선인의 세대론과 민족교육, 여성운동 등을 테마로 한 좌담회 참가자들의 대다수는 '한청동(재일한국청년동맹)'과 '한학동(재일한국학생동맹)'이라는 민단 산하 단체 소속의 젊은이들이었다. 이미 5·16과 6·3 국면을 지나오면서 민단 내부에는 각 지역 본부 및 산하 단체 사이에서도 박정희 정권의 정책을 적극 지지하는 쪽과 비판하는 쪽으로 분열의 조짐이 일어나고 있었다. 그러한 분열의 중심에 있는 단체가 바로 한청동·한학동이었다. 한청동·한학동 소속의 재일조선 청년들을 내세우며 '민족정체성론'에 대한 좌담회에 집중했던 시기는,『한양』이 민단 중앙 본부와 점차 거리를 두고 민단 민주화운동의 방향으로 기울면서 그 성격이 전환되는 과도기이기도 했다.

이렇게『한양』이 민단과의 유대로부터 이탈하는 과정은『한양』의 재일조선인 세대론 및 민족정체성론에 일정한 역할을 했던 한청동·한학동이 민단 중앙으로부터 이탈하는 과정, 그리고 이 과정의 배후에 있었던 배동호가 이끄는 민단 민주화운동 및 그것의 폭발적인 분기점이 되었던 1971년 민단 중앙 단장 선거 관련 폭로전, 1972년 민단을 탈퇴한 배동호의 민통협 결성 등의 급격한 전개와 겹쳐져 있다. 이에 따라 1966년에서 1970년 사이 민족정체성론을 중심으로 전개되던『한양』의 담론은 이후로 점차 변화하게 된다. '재일'이라는 어휘로부터 벗어나서 한국 평론가들끼리의 문학좌담회가 열리고,[40] 7·4남북공동성명 직후에 집필된 임헌영의 평론「7·4성명과 한국문학의 과제」가『한양』에 발표된 것은 그러한 전환점 위에서였다.

임헌영이 발표한「7·4 성명과 한국문학의 과제」는 'K선생에게 드리는 글'이라는 부제를 달고 있다. 이 평론은 1972년 1월 일본을 방문했던 임헌영이 7·4남북공동성명이 발표된 지 20여 일 후에 "그곳 일본"에 있는 K선생을 향해 보내는 편지 형식으로 쓰였다.[41] 7·4남북공동성명 이후의 문학이 나아가야 할 방향에 대해 생각해볼 것을 목적으로 하는 임헌영의 글에서, 특히 그 전망은 최인훈의『광장』을 비판하는 작업을 통해 드러난다. 4·19 직후에 쓰인『광장』을 공동성명이라는 컨텍스트에서 다시금 평가해야 한다는 그는 "이명준식 민족적 허무주의자가 6·25를 제멋대로 비판·평가하던 문학이 이젠 더 이상 필요치 않게 되었"음을 선언하며, "외세에 의해 이루어진 분단은 민족 내부에 의해서만 통일이 가능하다는 것을 확인"한다.[42] 그는 1960년대의 '순수·참여' 논쟁을 소환하고, '참여-민족-리얼리즘' 문학의 계열을 참고하는 과정을 통해, '민족동질성'의 발견과 '외세배격'이라는 7·4남북공동성

---

40 김병걸, 구중서, 임헌영, 김우종,「[좌담회] 한국문학의 현황과 과제」,『한양』, 1972.3. 서울에서 열린 좌담회를 전재한 것으로 보이는 이 좌담회의 네 참석자들은, 앞서 1970년 4월 발족한 '한국자유작가회의'가 USIS에서 가진 제1차 문학세미나(1970.7.14)에서 주제발표를 맡은 평론가들이었다. 이 세미나에는 일본 거주 중인 김윤도 참가하여 토론을 맡았다.「斷絶시대의 文學—韓國 自由작가 회의 제1차 文學 세미나」,『경향신문』, 1970.7.15, 5면.

41 임헌영,「七·四声明과 韓国文学의 課題—K先生에게 드리는 글」,『한양』 108, 1972.9, 161면.

42 위의 글, 164면.

명 이후 문학의 과제를 제시한다.

　재일조선인 사회 내부의 민족정체성 담론에 한동안 집중되었던『한양』의 논조가 급변하는 시기는 바로 1971년 9월 20일 판문점에서 남북적십자회담 예비회담이 시작되던 즈음부터였다. 재일조선인들만의 참석으로 이루어진 좌담회「통일에의 서장」에서는, "어떤 일이 있더라도 이 대화를 성공시켜야 하며, 혹시 이것을 방해하거나 오도하는 것이 있다면 그것은 전국민적인 규탄으로서 배격해야" 한다는 주장이 제기되었다.[43] 참석자들이 공통적으로 지적한 통일 방해 세력은 경제·문화 전반에 침투하고 있는 일본의 대한對韓 진출 세력과 이에 유착한 한국의 권력층이었다.

　다음 호에서 마련된 좌담회에서는 한국특파원 경력을 가진 마이니치신문, 교도통신, 아사히신문 소속의 일본인 기자 세 명을 초대하여 김인재 편집장의 사회로 남북적십자회담의 전망과 최근의 한국정세에 대해 논의했다. 이 좌담회에서는 1970년 8월 15일 발표된 박정희의 평화통일 구상에 대한 평가 이루어졌다. 참석자들은 박정희의 평화통일 구상이 주한미군 철퇴 통고와 닉슨 독트린으로 군사·경제원조 규모를 줄이고 한반도의 긴장을 완화시키고자 한 미국의 방향 전환에 대한 대응 전략이라는 점을 공통적으로 지적했다. 또한 남북적십자회담을 포함한 남북 간 접근을 당시의 포터 미국대사가 종용했다는 등의 구체적인 외교적 사실까지도 언급하였다. 이들은 이러한 외적 변화와 더불어, 또 다른 한편에서는 박정희 정권이 추진한 "근대화 정책의 부작용"으로 자유화

---

43　「[좌담회] 統一에의 序章」,『한양』103, 1971.11, 65면.

· 민주화를 갈구하는 무드가 한국 국민들 사이에 고조되고 있다는 사실에 주목했다. 박정희 정권의 평화통일 구상은 한반도 전체의 긴장완화를 모색하여 통일을 실현해야 한다는 국민적 요구에 따른 "내압 작용의 결과"라는 것이었다.[44] 좌담회에 참석한 일본인 기자들은, 한편으로 국제적 데탕트 국면에 대한 반응으로 남북 대화를 개방하는 제스처를 취하면서 다른 한편으로 그 데탕트를 틈탄 북한의 남침 위협을 상정하고 국가안보와 사회 불안요소 제거를 최우선시하며 비상사태를 선포한 박 정권의 이중성을 날카롭게 지적하기도 했다. 하지만 지금까지 한국에서 일정하게 정착해 왔던 승공통일 노선, 즉 경제적 우위를 선취하고 유엔을 통해 통일한다는 노선은 세계적 긴장완화 조류 속에서 동요하고 있다는 것이었다. 국가비상사태 선언은 그러한 동요를 은폐하고 통일론을 독점하고자 한 박정권의 "'안보'의 새 가치관"으로 해석되었다.[45]

1972년 3월 창간 10주년을 맞은 『한양』은 권두언에서 판문점의 남북대화에 대한 기대를 가감 없이 드러내었다. 글에서는 "민족불신, 통일기피—공포의 妄說"이 회담의 장애 요소가 되고 있음을 지적하며 "모두가 민족의 광장으로 나서야 한다"고 호소했다.[46] 이 권두언의 실제 필자였을 것으로 추정되는 편집장 김인재는 7·4남북공동성명 발표 직후 발간된 7월호(집필 시점은 성명 발표 직전)에 쓴 글에서는, "「실력을 배양」해야 한다는 불신, 대결의 자세로써는 그 무엇도 합리화할 수 없다"고 말하며 "통일문제는 어디까지나 우리 민족의 문제"라는 점, 그리고 판

---

44 石川昌·江口浩·岡井輝雄, 「[좌담회] 韓国情勢와 南北赤十字会談」, 『한양』 104, 1972.1, 42면(교도통신사 외신부 江口浩의 발언).
45 위의 글, 47면(아사히신문사 외신부 岡井輝雄의 발언).
46 「[권두언] 우리의 한 길—本誌 創刊 10周年에 즈음하여」, 『한양』 105, 1972.3, 5면.

문점에서의 적십자회담은 "「콤뮤니스트」건 「내셔널리스트」건 무어건" 우선 대화 그 자체의 중요성을 보여주는 것이라는 점을 강조했다.[47] 7월호의 편집이 완료되고 후기만을 남겨놓은 시점에서『한양』편집부는 7월 4일 라디오를 통해 공동성명을 듣고 급히 성명 전문을 게재하며, 공동성명이라는 사건의 중대성과 긴급성에 대한 인식을 드러냈다.[48] 김인재는 박정희의 지시로 이후락 중앙정보부장이 평양에 다녀오는 식으로 북한에 접촉하는 것은 통치권의 행사 외에 아무것도 아니며, 국회의원이나 일반 국민측에서 대화에 나서는 길을 금지하는 것은 당국자들의 "대화독점의식"이라고 항의했다. 또한 언제든 평양을 방문할 용의가 있다고 피력한 당시 신민당 김대중 의원의 주장을 지지하면서, "협상이나 통일논의가 결코 집권당이나 정부 특정인의 점유물이 되어선 안 되고", "협상의 폭을 넓"혀야 한다고 역설했다.[49]

주목할 점은, 7・4남북공동성명을 전후로『한양』이 '자주・평화・민족대단결'이라는 공동성명의 3대 원칙을 주요 어휘로 삼아 담론을 구성하는 시점과 맞물리며, 한국으로의 정식 유통 루트가 완전히 단절되었다는 사실이다. 창간 2년여 만인 1964년 5월 서울에 한국지사를 설립하여 한국으로의 정식 유통 업무를 위임했던『한양』은 공보부로부터 국내지사 설치 허가를 받은 직후부터 줄곧 불온서적으로 의심 받아 왔던 것으로 보인다. 1965년 7월 공보부는 그때까지 국내에 설치되어 있던 '재일교포 발행'의 정기간행물 국내지사들에 대한 불온성 여부를 조사

---

47  김인재,「民族의 広場에로!」,『한양』107, 1972.7, 5면.
48  「편집후기」,『한양』107, 1972.7.
49  김인재,「平和統一과 南北協商」,『한양』108, 1972.9, 20~27면.

해 달라고 중앙정보부에 의뢰하였다. 공보부장관이 중앙정보부장 앞으로 보낸 의뢰 문서에 따르면, 『한양』 발행처인 한양사 국내지사를 비롯하여, 이미 설치허가가 되어 있거나 신청 중인 14개의 '재일교포 발행 외국정기간행물'이 그 대상이었다.[50] 한국지사 설치 이후 『한양』은 한국지사에 직접 구독을 신청하거나 전국의 유명서점에서 구입할 수 있었다. 하지만 "작년(1965년-인용자) 9월부터 당신의 정다운 숨결은 외면을 당하였읍니다마는 여기 아닌 딴곳에서 한결같이 그윽하게 피질(원문-인용자) 당신의 벅찬 호흡을 상상하며 다시금 우리에 돌아와야 할 행운을 기원"한다는 박화성의 기고(『한양』, 1966.12.20), "한동안 우리 시야에서 『한양』의 낯익은 모습을 대할 수 없게 되었다"는 화가 장윤우의 회고(「『한양』지와 나」, 『한양』 61, 1967.3) 등으로 미루어보아, 불온성 조사 의뢰 직후인 1965년 9월부터 국내 정식 수입에 차질이 생기고, 밀수 방식으로 "뒷골목 노서점가"에서 유통되었던 것으로 보인다. 한편, '문인간첩단사건' 제3회공판(1974.4.16)에서의 반대심문 중 『한양』이 1960년대부터 이미 불온서적으로 수입금지된 것을 몰랐는가 하는 변호사에 질문에, 피고인은 모두 알지 못했다고 답했다.[51] 하지만 국내로의 정식 수입이 금지된 이후인 1972년 3월호까지만 해도 『한양』에는 한국지사나 전국 서점을 통해 국내 구독신청과 구입이 가능하다는 안내문이 인쇄되어 있었다.

---

50  「재일교포 발행 외국정기간행물에 대한 불온성 여부 조사 의뢰」(1965.7.23), 『외국정기간행물 국내지사 설치에 따른 조사철 1964~1967』, 국가기록원 관리번호 DA1087963.
51  정을병에 대한 한승헌 변호사의 반대심문에서는 수입금지 시점이 1965년 6월로, 장병희에 대한 강신옥 변호사의 반대심문에서는 1969년 9월로 기록되어 있다. 한승헌변호사변론사건실록간행위원회, 앞의 책, 191·197면.

『한양』이 '한국 및 해외의 구독희망자'에게 선편 또는 항공편으로 직접 우송될 것이라는 안내는 1972년 7월호부터 발견된다.[52] 이미 『한양』은 1960년대 중반 이후부터 해외 구독자 확보를 위해 힘써 왔으며, 그것은 『한양』이 애초에 광범위한 해외 '한인' 사회를 시야에 두고 한국 정세에 개입해 왔음을 떠올렸을 때 자연스러운 경향이었다고 할 수 있다. 그러나 해외 판로를 적극적으로 개척하고 미주·유럽 지역의 해외 교포들이 발행하는 매체들과도 본격적인 네트워크를 형성하던 시점은 한국으로의 직접적인 유통 루트가 단절되는 시점과 맞물려 있다. 이는 국내와 단절된 판로를 극복하기 위한 대안으로서만 의미화될 수는 없다. 여기에는 1972년의 7·4남북공동성명과 관련된 보다 복잡한 맥락, 즉 재일한국인 사회 내부의 분열과 해외 '한인' 통일운동과의 접속, 그리고 '재일'의 또 다른 '외부'에 있으면서 그것을 일본 '내부'의 문제로 공유하고자 했던 일본 지식인 사회와의 관계가 복합적으로 작용하고 있었다. 이 시기에 이르러 『한양』은 한국사회의 변혁을 요구하는 재일조선인 사회 내부의 다양한 목소리들을 전하고, 그 목소리들을 '재일'의 외부인 본국과 해외 '한인' 사회 및 '일한연대운동' 속의 일본인 사회와 접속시키고자 하는 움직임을 분명히 드러내기 시작했다.

---

52  한국 및 해외의 구독희망자는 연간구독료로 미화 7불(선편)과 12불(항공편)을 본사에 직접 보내도록 안내하고 있다. 『한양』 107, 1972.7.

## 4. 디아스포라 연대의 교착와 균열

### 1) '일한연대운동'과의 접속

이러한 『한양』의 변모와 더불어 눈에 띄는 것은, 1970년 일본으로 '망명'하여 1972년 『어느 한국인의 감회ある韓国人のこころ』(朝日新聞社)라는 에세이를 출간한 정경모라는 이름이다. 그는 이듬해부터는 이와나미 쇼텐에서 간행되는 정론지 『세카이』에 다수의 한국 관련 기사들을 발표하면서 순식간에 일본 지식사회의 주목을 받았다.[53] 아래는 1975년에 『한양』의 주최로 정경모와 당시 '일한연대연락회의'라는 단체의 대표였던 아오치 신青地晨이 나눈 대담의 일부이다.

---

[53] 1924~2021. 서울 출생으로 1943년 게이오대 의학부에 입학하며 유학생활을 시작한 정경모는 종전 직전인 1945년 6월 부모의 앞선으로 후쿠오카와 용산을 왕복하던 일본유군 제20사단 연락기를 통해 조선으로 돌아온다. '해방' 후 서울대 의대로 편입했으나 1947년 미국의 에모리(Emory) 대학에 입학하여 이승만으로부터 직접 장학금을 받으며 유학생활을 지속한다. 이러한 인연으로 1950년 10월에는 당시 주미 대사였던 장면의 지시로 도쿄 맥아더사령부에서 근무하게 된다. 이때 문익환과 처음 인연을 맺은 그는 1951년 7월, 게이오대 유학 당시 하숙집 딸이었던 일본인 여성과의 결혼식을 문익환의 주례로 올린다. 이승만의 도움으로 미국유학을 마칠 수 있었던 그는 1951년 주일대표부 유태하 공사의 비서로 일하던 중학 동창을 통해 경무대 근무를 권유해온 이승만의 의사를 거절함에 따라 이승만과의 유대를 끊게 된다. 1952년 봄 그는 도쿄 연합군사령부의 명령으로 휴전회담이 열리는 판문점에 통역으로 파견된다. 도쿄로 돌아온 후 1955년에 다시 판문점 캠프로의 전근을 명령받았으나 얼마 후 '기피인물(Persona nongrata)'이라는 이유로 구두 해고 통고를 받고, 실직 상태로 도쿄에 돌아오게 된다. 이후 1956년 일본에 가족을 두고 홀로 서울로 향한 후 대학 시간강사와 기업체의 임시직원 등을 전전하다가 1969년 울산석유화학단지 건설현장에 기술고문으로 잠시 근무하지만, 결국 서울 생활 14년 만인 1970년 9월에 6개월짜리 여권으로 도일한 뒤 다시 한국으로 돌아오지 않았다. 한민통의 기관지 역할을 했던 『민족시보』 주필을 맡았으며, 1978년에는 한민통 및 『민족시보』와 결별하고 사숙 '씨알의 힘'을 창설하여 동명의 소식지를 발간한다. 1989년 문익환의 평양 방문 당시 동행하여 김일성과 회견하고 4·2공동성명 초안에 관여했다는 자전적 회고가 있다. 정경모, 『시대의 불침번』, 한겨레출판, 2010.

私事얘기가 됩니다만 제가 일본에 온 것은 1970년 가을입니다. 글을 쓰기 시작했다 할까, 발언을 하기 시작한 것이 1972년, 즉 '김대중사건'이 일어나기 1년 전부터였습니다. 그때도 한국을 민주화시키는 힘과 일본을 민주화시키는 힘은 하나로 이어진 '에네르기'라고, 따라서 일본의 민중과 한국의 민중은 서로 손을 잡아야 한다는 것을 말하였습니다. 그러나 그 시점에서는 이론적으로는 그렇게 말할 수 있지만, 실지로 손을 잡아야 할 상대방이 구체적으로 누구인가 하는 것이 나의 눈에는 보이지 않았습니다. 지금 이 시점에서 돌이켜 보면 지난 2년여의 세월이란 정말 극적이었다고 하겠습니다. '김대중 사건' 일어난 것이 1973년 8월 8일, 그로부터 1주일 후인 8월 15일에 '한민통'이 조직됩니다. 그때까지만 하여도 재일한국인은 한번도 박정권 타도의 슬로건을 내건 적이 없었습니다. 그러나 '김대중 납치사건'을 계기로 재일한국인은 확신을 가지고 이와 같은 야만적인 독재정권은 타도해야 한다는 것을 선명하게 내걸게 되었습니다. 때를 같이 하여 일본의 여러분들도 일어나게 되었는데, 이때 비로소 양국 민중이 연대할 수 있는 구체적인 상대방을 찾은 셈입니다. 따라서 1973년 8월 15일 이후의 '한민통'과 '일한연련'의 운동은 한일 양 민중의 연대의 역사를 논하는 경우 한 장을 메꿀 수 있는 커다란 의의를 갖는다고 말할 수 있겠습니다.[54]

1975년 「포스트 베트남과 한국」이라는 제목의 대담을 시작으로 1979년 이후 더 이상 이름을 보이기 전까지 약 4년 동안, 정경모는『한양』이 주최한 14차례의 좌담 중 9차례에 참석할 정도로 높은 비중을 차

---

54 鄭敬謨・靑地晨, 「[대담] 韓日連帶運動이 志向하는 것」, 『한양』 127, 1975.11, 56~57면 (정경모의 발언).

지한 인물이다. 위의 대담에서 정경모는, 한국과 일본의 민주화가 서로 연결된 문제라고는 여기고 있었으나 그 구체적인 대상이 명확하지는 않았다고 밝힌다. 그러던 중 1973년 8월 8일 일어난 김대중 납치사건을 계기로 '한민통'과 '일한연대연락회의'가 결성되면서 두 그룹을 구체적인 연대의 상대로 발견할 수 있었다고 하며, 그것이 "양 민중의 연대의 역사"에서 가지는 의미가 크다고 강조했다. 정경모가 한국과 일본의 민주화를 연대의 관점에서 어떻게 바라보아 왔는지는, 그가 한민통과 일한연대연락회의라는 연대 그룹을 구체적으로 '발견'하기 전, 즉 김대중 납치사건이 발생하기 직전에 쓴 글에서 엿볼 수 있다.

「한국 제2의 해방과 일본의 민주화韓国第二の解放と日本の民主化」라는 제목으로 『세카이』1973년 9월호에 발표된 이 글의 문제의식은 1945년 8·15 이후 30년 가까이 흐른 이때까지 한국은 '진정한 해방'을 맞은 적이 단 한 번도 없다는 데에서 출발한다. 그는 일본의 "'한국총독부'는 날이 갈수록 그 존재를 드러내고 있다"고 하며, 박정희 통치 하의 한국 사회란 기본적으로 일본과의 검은 유착이 구조화된 사회라는 판단 위에서 한국의 '제2의 해방'과 일본의 '민주화'를 위한 연대가 필요하다고 역설한다.[55] 이 글의 수사적 특징은 한국 사회의 특성을 설명하기 위해 통치권력 측의 용어나 개념을 빌려와서 그것을 되묻는 방식을 취한다는 점이다. 예를 들어 민정 이양을 위한 민주공화당의 창립 선언에서부터 줄곧 박정희 정권의 권력유지 명분으로 활용된 아젠다인 '올바른 가치관'의 내실을 묻기 위해, 그는 국가적 가치관의 충실한 전령이어야 할

---

[55] 鄭敬謨, 「韓国第二の解放と日本の民主化」, 『世界』 334, 1973.9, 87면.

문교부장관이 오히려 '기생 관광'을 옹호한 사례를 든다. 이어 그는 그것이 바로 당신들이 내세우는 '올바른 가치관'의 실상이냐고 묻는다. 또한 한일국교정상화 이후 일본의 대한對韓 경제진출 방식 중에 크게 논란이 된 '공해산업' 유치에 열을 올리는 박정권의 행태를 지적하며, 이를 '공해 대환영'이라는 반어법으로 비판하기도 한다. 그밖에도 일본의 해외 군사원조가 '연1억 달러', '헌법 9조 개정을 통한 자위대 해외 파견' 등 미 국방차관에 의해 구체적으로 제안되었다는 미국발 정보를 인용하며 "박정권에게는 근심을 날려줄 굿뉴스임에 틀림없다"고 꼬집었다.[56] 이처럼 일본과 한국의 경제적·군사적 유착관계를 최신의 정보 동향을 활용하여 지적하는가 하면, 풍부한 통계자료 및 사회조사 자료를 통해 한국의 이농 및 도시화와 외자유치 의존도 상승, 저임금 노동으로 인한 국민의 빈곤 속에서 권력 유지를 위한 기반을 발견하는 것이 박 정권의 특징임을 언급하기도 한다.

그는 한반도에서 자주통일이 달성되기를 희망한다는 표명과는 달리 남북 간 긴장관계의 틈새에서 이익을 취하는 정책이 실제 일본의 모습에 가깝다는 점도 강조했다. 나아가 세계 혁명의 역사에서 3·1운동과 4·19가 큰 의의를 지닌다고 말한 그는, 한반도라는 "미완의 장"에 "강제가 아닌 스스로의 의지로 행동에 이른 인간의 파토스"를 일컫는 '신바람'이 불어오는 날이 바로 '진정한 해방'으로서의 '제2의 해방'의 날이 될 것이라고 전망하며 글을 맺는다.[57] 이때 '제2의 해방'이란 모순적인 동시에 중층적인 개념인데, 한국의 현대사에서 '제1의 해방'은 경험된

---

56  위의 글, 90면.
57  위의 글, 100면.

적이 없는 사건이며, 그가 말하는 '제2의 해방'은 한국만의 과제가 아니라 현재 한국을 뒤덮고 있는 일본의 '제2의 지배'를 종식시키기 위한 한일 간의 "공통의 과제"이기도 하기 때문이다.[58]

이 글이 실린 『세카이』 1973년 9월호의 실제 발매일은 8월 8일로, 그날은 일본 망명 중의 김대중이 한민통 미주美洲 본부를 결성하기 위한 미국행에서 돌아와 묵고 있던 도쿄의 호텔에서 중앙정보부 요원에게 납치된 날이기도 했다. 정경모는 훗날 자서전에서 이를 "불가사의한 기적"이라고 언급할 만큼 강조한다.[59] 그가 스스로 『세카이』 1973년 9월호를 중요하게 기억하는 것은 단지 그 발매일과 김대중 납치일이 겹친다는 "우연의 일치" 때문만은 아니었다. 우선 여기 실린 「한국 제2의 해방과 일본의 민주주의」는 정경모가 이후 사상적으로나 '한일 연대' 구상에 있어서 중요한 파트너로 생각한 『세카이』 편집장 야스에 료스케安江良介가 정경모의 일본 망명 후 첫 저서인 『어느 한국인의 감회』를 읽은 뒤에 청탁한 글이었다.[60] 또한 김대중 사건과 동시에 발매가 시작된 『세카이』 9월호에는 정경모의 글뿐만 아니라 김대중과 야스에 료스케의 대담이 수록되어 일본 사회에 큰 반향을 일으키기도 했다. 그 반향은 실제로 일본인들의 행동으로도 이어졌다. 아오치 신의 주도로 설립된 일한연대연락회의는 그러한 반향 중의 하나였다.

김대중 납치사건 후 얼마 지나지 않은 1973년 8월 23일, 아오치 신

---

58 위의 글, 101면.
59 정경모, 앞의 책, 202면.
60 「한국 제2의 해방과 일본의 민주화」는 일본 사회사상연구소에서 1970년 창간한 영문 저널에 전문 번역되어 실렸다. Chung Kyungmo, "The Second Liberation of South Korea and Democratization of Japan", *The Japan Interpreter*, Vol.IX, No.2, 1974.

을 비롯한 일본의 지식인 78명은 성명을 발표하여 일본 정부에 납치 경위를 철저히 밝혀 달라고 요구하고, 한국 중앙정보부의 일본 내 활동 금지와 김대중 일가의 안전 확보 등을 요구했다. 또한 한일 양국 정부에 대해서는 "김씨 자신의 바람대로 당사자의 來日을 조급히 실현하"라고 요구했다.[61]

김대중 납치사건은 한국사회에서뿐만 아니라 일본 내의 일본인 및 재일 사회 모두에서 한국에 대한 관심을 불러일으킨 결정적인 사건이었다. 사실 그때까지 일본에서의 '조선문제'란 오히려 진보적 지식인이나 정치가들의 북한 방문 붐에서도 보여주듯이 한반도 '북반부', 즉 북한에 대한 관심으로 나타나 있던 편이었다.[62] 일한연대연락회의에서 활동한 아오치 신과 와다 하루키和田春樹, 그리고 아사히신문 외보부 기자이자 서울특파원 출신인 이가리 아키라猪狩章 세 사람이 참석한『한양』주최 좌담회(74.12.13)에서 아오치 신이 말했듯이, 김대중 사건 이전에 일본인 일반의 한국에 대한 관심이란 "사실상 영에 가까웠다"는 체감도 큰 과장은 아니었던 셈이다. 좌담회에서 아오치 신은 "혁신진영 혹은 진보적 지식인들이 '북'에 대해서는 관심을 갖고 어느 정도 소개도 하였으

---

61 이 성명에는 일본의 지식인, 작가 등 총 78명이 찬동했으며, 이중에는 얼마 뒤 결성된 일한연대연락회의에서 주요 임무를 맡게 되는 아오치 신, 오다 마코토, 오에 겐자부로, 쓰루미 슌스케, 마쓰기 노부히코, 와다 하루키 등이 포함되어 있었다. 또한 노마 히로시, 히라노 겐, 마쓰모토 세이초 등의 중견 작가들도 포함되었다. 「声明(1973年8月23日)」, 『世界』335, 1973.10(青地晨・和田春樹編,『日韓連帯の思想と行動』, 現代評論社, 1977, 63~64면).

62 윤건차에 따르면 1970년대 전반기는 일본정부뿐 아니라 혁신정당과 운동단체도 여전히 냉전적 사고의식에 사로잡혀 있었으며, 특히 진보적인 지식인은 이때까지만 해도 '북조선 지지'라는 태도를 가지고 있었다. "한국을 부르는 이름 그 자체가 신문 등에서 괄호 표기로(즉 '한국'이라고) 쓰였던 시대"였던 것이다. 윤건차, 박진우 외 역,『자이니치의 정신사−남・북・일 세 개의 국가 사이에서』, 한겨레출판, 2016, 535면.

나", 이와 대조적으로 "'남'에 관심이 있는 것은 소위 말하는 한국 '로비' 정객들과 한국시장에 눈독 들이는 기업가·상사들"이므로 애초부터 "이지러진" 대한對韓 인식일 수밖에 없었다고 말한다. "바로 여기에 일한문제의 불모, 비극의 출발점"이 있다는 것이었다.[63] 일본사회 일반의 위와 같은 '이지러진' 한반도 인식, 그리고 한일관계의 '불모성'에 결정적인 변화를 가져다준 것이 '김대중 사건'이었고, 나아가 직접적 도화선이 된 것이 김지하 사형판결이었다. 1975년 아오치 신이 정경모와 나눈 앞의 대담에서도 인정했듯이, '김대중 사건'이 일어나기 전까지 일본 지식인들은 한국문제에 거의 무관심했으며 한국을 "꾸이모노(먹이)"로 삼으려는 사람들 외에 일반국민들과 지식인들은 박 정권에 대한 막연한 혐오나 무관심으로 대처했다는 것이다. 극단적으로 말해 "더러운 쓰레기통을 보는 것 같은 감정"으로 바라봐 왔던 것이 "일본의 지식인들의 커다란 과오"였다는 것이다.[64]

그런데 도쿄 번화가 한복판에서 망명 중이던 한국의 야당 정치인이 한국 중앙정보부에 의해 납치되는 사건이 발생하였다. 사건 직후 '김대중씨를 구원하는 모임'을 결성한 아오치 신을 비롯한 일본 내 지식인들은, 이듬해인 1974년 4월 '민청학련 사건' 발생 이후로는 운동의 방향을 한국의 민주화 투쟁 전체로 확대해야 한다는 데로 의견을 모았다. '서승 형제를 돕는 모임', '기생관광을 반대하는 모임', '기독교 긴급회의' 등 개별 단체들의 공동전선을 계획하고, 1974년 4월 18일 '일본의 대한

---

63  青地晨·和田春樹·猪狩章, 「[座談会] 韓国의 民主化運動과 日本人으로서의 連帯問題」, 『한양』 122, 1975.1, 65면.
64  鄭敬謨·青地晨, 앞의 글, 54면.

정책을 바로잡는 국민집회'를 연다. 이 집회에서는 일본정부의 대한정책을 바로잡는 쪽과 한국의 민주화투쟁에 연대하는 쪽으로 운동 방향에 대한 의견이 갈라졌지만, 결국 두 방향을 한 가지 문제로서 사유해야 한다는 필요성이 제기었다. 그리하여 '일본의 대한정책을 바로잡고, 한국 민주화투쟁에 연대하는 일본연락회의日本の対韓国政策をただし、韓国民主化闘争に連帯する日本連絡会議, 약칭 일한연대연락회의'를 조직하기에 이르렀다.[65] 이렇게 '한일연대의 공동전선'으로 출범한 조직의 결성선언(74.4.18)에서는 다음의 여섯 가지 사항을 요구했다.

① 일본정부는 박정희 파쇼정권에 대한 원조를 중지하라

② 김대중씨의 무조건 再來日 실현에 노력하라

③ 일본기업은 한국에 대한 경제침략을 중지하고 공해수출, 저임금수탈을 중지하라

④ 일본인관광객과 관광업자는 부끄러운 기생관광, 집단매춘을 중지하라

⑤ 재일한국인, 조선인에 대한 민족차별을 없애자

⑥ 보도기관은 위협에 굴하지 말고 용기를 가지고 한국 보도를 계속하라[66]

---

65  위의 글, 54~55면. 일한연대연락회의는 김대중 납치사건이 결정적 계기가 되어 전후 한일 관계 최초의 시민적 연대조직으로 출범한 것이며, 후에는 일한연대위원회로 개칭하여 재발족한다. 한국 민주화운동과 한일관계에 관한 선행연구에 따르면, 일한연대연락회의는 "전후 일본의 '조선인식의 결여', 식민지 지배 및 한일경제협력 등에 대해 문제 제기·비판"한 동시에, "한국민주화운동에 대해 공감하며, 인권문제에 기초하여 연대운동을 전개"하였다. "'김대중 납치사건'은 일본의 소위 '진보적 지식인' 및 시민에게 '한국', 한국의 민중, 한국의 민주화운동에 대한 인식을 새롭게 한 계기가 되었다." 鄭根珠, 「韓国民主化支援運動と日韓関係－「金大中内乱陰謀事件」と日本における救命運動を中心に」, 『アジア太平洋討究』20, 早稲田大学アジア太平洋研究センター, 2013.2, 360면.

66  青地晨·和田春樹編, 앞의 책, 121~123면.

대표로 선임된 아오치 신은 '한국 민중의 결사의 투쟁을 지지한다'는 방침을 밝히며, '진정한 연대와 우호를 위한 새로운 출발'을 주창했다.

1974년 7월 민청학련 사건에 연루되어 국가보안법 위반 혐의로 구속된 김지하가 군사법정에서 사형판결을 받은 직후에는 '김지하들을 구하는 모임金芝河らをたすける会'의 이름으로 김지하 및 그 동지들의 석방, 그리고 "김지하 작품에 표현된 민중의 목소리에 귀 기울일" 것을 박정희 대통령에게 요구하는 성명을 발표하기도 했다.[67] 이 성명에는 일한연대연락회의에서 활동하는 아오치 신, 마쓰기 노부히코, 와다 하루키, 오다 마코토, 오에 겐자부로, 마쓰모토 세이초, 쓰루미 슌스케 등의 일본 지식인에 더하여, 김석범, 김달수, 윤학준, 이진희, 김경식 등의 재일 조선인 지식인과 정경모가 합세했다. 나아가 사르트르와 보부아르, 하워드 진, 노암 촘스키 같은 구미 지식인들과 에드워드 와그너, 제롬 코헨, 에드윈 라이샤워와 같은 미국의 동아시아학자들까지 세계의 광범위한 분야의 문화계 인사들이 이 성명서에 이름을 올렸다.

『한양』에 발표된 와다 하루키의 글에 따르면, 위와 같은 민간 지식인 사회의 광범위한 '한일연대'는 1969년 사토-닉슨 공동성명에 '한국의 안전은 일본 자체의 안전을 위해 매우 긴요하다'는 한국조항이 포함되고, '일한협력위원회'로 대표되는 한일 행정부 차원의 '정치적 해결'을 통한 유착구조가 마련되어 가는 상황이 명백히 "일본과 한국의 민중들의 기대에 적대하였다"는 인식을 공유하면서 형성된 것이었다.[68] 1970년대 한일 양 정부 차원의 반공주의적 '협력'에 대응하기 위한 한일 '연

---

67 위의 책, 131면.
68 和田春樹, 「日本의 対韓政策-그 底流에 흐르는 것」, 『한양』 121, 74.11, 32면.

대' 세력을 통해, 양국간의 우호성과 친밀성을 재구축할 필요성이 제기되었던 것이다. 와다 하루키는 그러한 운동이 공해 산업 유치와 남해안 —규슈를 연결시킨 '한일협력경제권' 구상, 노동쟁의 억제와 저임금 노동으로 연결되는 신식민지적 구조와 한일 양쪽 모두에서 부상하는 '인권' 등의 이슈를 부상시켰다고 보았다. 또한 한국문제를 일본 '자신의 문제'로 전유하여 파악할 수 있는 계기를 제공했다고 평가했다.

이러한 일본 지식사회의 움직임 속에서, 『한양』은 주로 일한연대연락회의와의 대화를 통해 '한일연대'의 방향을 전망하기 위한 텍스트를 다수 생산하였으며, 이 대화 텍스트들에서는 대부분 정경모가 좌장이나 진행을 맡았다.[69] 그는 당시 한일 양 정부의 '검은 유착'에 저항하기 위해 '한일연대'를 구상한 일본 지식인들을 『한양』의 원탁으로 끌어들이는 데 있어, 명실상부 중심적인 역할을 담당했던 인물이었다. 또 한명의 '새로운 월경자'인 동시에, 스스로 자신의 월경이 '망명'이었음을 표 나게 강조해 온 정경모가 『한양』에서 1974년에서 1978년 사이에 매개하고 제시한 언설들의 핵심에는 주로 일한연대연락회의라는 그룹으로 표면화된 '연대'의 개념이 자리잡고 있었다.

---

69 정경모가 진행이나 대담자로 나선 『한양』 내 좌담으로는, '동아일보를 지원하는 모임' 사무국 소속으로 당시 메이지대학 교수였던 구라쓰카 다이라(倉塚平)와 '김지하들을 구하는 모임' 대표였던 작가 마쓰기 노부히코와의 좌담회(「한국의 민주화운동과 일본인의 연대운동」, 1975.5), 김지하의 연극 「진오귀」를 연출한 극단 민예(民芸) 소속 연출가인 요네쿠라 마사카네(米倉斉加年)와의 대담(「〈진오귀〉 공연에 부쳐」, 1975.9), 아오치 신과의 대담(「한일연대운동이 지향하는 것」, 1975.11), 와다 하루키와의 대담(「새해 한국의 기상도」, 1977.1) 아사히신문사 소속 전 한국특파원 이가리 아키라와의 대담(「박정권과 미국·일본」, 1978.4) 등이 있다.

## 2) 망명자의 글쓰기와 연대의 분화

한국의 '제2의 해방'과 일본의 '민주화'를 가능하게 하는 힘을 서로 연결된 에너지로서 파악하고, 양국 민중이 손을 잡아야 한다고 주장한 정경모는, 앞서 본 것처럼 김대중 납치사건이 일어나기 전까지는 실제로 손을 잡아야 할 상대방이 누구인지 막연한 상태였다고 고백한다. 달리 말하면 김대중 납치사건 전에 『세카이』에 쓴 「한국 제2의 해방과 일본의 민주화」가 지닌 한계였던 것이다. 하지만 1973년 8월 15일 이후, 그는 "비로소 양국 민중이 연대할 수 있는 구체적인 상대방"으로서 한편으로는 일한연대연락회의를, 그리고 또 한편으로는 한민통을 발견하게 되었다고 말한다. 앞의 항에서 『한양』과 일한연대연락회의 그룹을 매개한 정경모가 참여한 대화 텍스트들을 통해 '일한연대운동'과의 접속 양상을 살폈다면, 여기에서는 한민통으로 대표되는 해외 한인 민주·통일 운동과의 관계를 중심으로 서술하고자 한다. 이를 위해 우선 1973년 8월 15일 열린 '김대중선생 납치 규탄 재일한국인 민중대회'와 한민통 결성의 경위를 살펴보자.

1960년대 '민단 민주화 운동'의 맥락으로 거슬러 올라가보면, 박정희 군사정권 출현 이후 민단 내부에 대해서도 본국 정부의 간섭이 시작되어 주일 대표부를 통한 민단의 어용화 책동이 강화되었다. 특히 한일기본조약은 재일조선인 사회에 커다란 혼란과 동요를 초래했는데, 1965년 당시 민단 중앙 본부의 권일 단장은 한일회담 타결 지지 및 환영 성명문을 발표했다. 이러한 움직임에 대항하여 민단 자주화를 요구하며 1961년 10월 배동호, 곽동의 등을 필두로 한 민단정상화유지간담회가 조직되었다.[70] 이들을 비롯하여 한청동 및 한학동이 본국 정권의 개입에 반대하는 운동을 전개하며 민단 중앙 본부와 극심한 갈등을 빚게 된다. 이들 그룹이 민단 중앙 본부와 결별한 결정적 계기는 1971년 3월 민단 중앙본부단장 선거를 둘러싼 이른바 '녹음테이프 사건'이었다.[71] 이 사건으로 민단자주수호위원회를 결성한 배동호는 민단으로부터 제명 처분을 받고, 이를 지지했던 한청동과 한학동은 민단 산하단체 인가 취소 처분을, 민단 도쿄 본부는 직할直轄 처분을 받는다. 이처럼 배동호·곽동의를 비롯하여 도쿄 본부 및 가나가와 본부, 그리고 한청동·한학동이 민단 중앙으로부터 이탈하게 된다.[72]

이렇게 민단과 완전히 결별한 배동호를 의장으로 한 민통협이 새롭게 발족한 것은 7·4남북공동성명으로부터 약 1개월 남짓 지난 1972년 8월 20일이었다. 민통협이 7·4남북공동성명을 계승할 목적으로 만들어진 조직이라는 점은, 공동성명의 성실한 실현과 투쟁의 확대·강화를 목적으로 한다는 선언문에서도 여실히 드러난다.[73] 민단 도쿄 본부

---

70　윤건차, 앞의 책, 464~465면. 이후 민단 민주화 운동의 중심인물로 급부상한 배동호는 1965년 공보부의 '재일교포 발행 정기간행물' 불온성 조사 의뢰 당시 한국에 지사를 설립하고 정식 수입되고 있던 재일 일간통신지『코리아뉴우스』의 일본 본사 대표를 맡고 있었다.

71　당시 현직 단장이던 이희원과 '민단정상화유지간담회'가 추진한 유석준이 후보로 출마하였는데, 주일 공사 김재권은 민단정상화유지간담회 소속의 배동호가 총련 간부와 밀담을 나눈 내용을 녹음해둔 테이프가 있다고 폭로했다. 민단 선거에 대한 한국 정부의 개입 정황이 드러나는 부분이나, 녹음 테이프의 존재 여부는 확인되지 않았다.

72　민단의 공식적인 역사기록 중 하나인『민단 50년사』에서는 이 과정을 반대 입장에서 기록한다. 즉 민단 자주화 운동을 조직의 혼란에 따른 '수난'으로 기록하며, "불순분자 및 그 동조세력"의 제명과 조직 재정비 과정을 "조직방위·반공투쟁"의 항목으로 다루며 조직이 "정상화"되는 과정으로 기술한다. 민단50년사편집위원회,『민단50년사』, 재일본대한민국민단, 1997, 17·110면.

73　"민단 민주화 투쟁 발전의 필연성에 따라 7·4공동성명을 맞이한 우리들은 각계각층의 애국적인 인사들과 단체들을 총망라하여 지금 요원의 불길처럼 거세게 타번지는 대중들의 투쟁을 조직하고 남북공동성명을 성실히 실현하는 투쟁의 확대강화를 목적하여「민족통일협의회」결성을 보게 되었다."「民族統一協議会가 発足」,『民統協資料』1, 1972.9.1, 1면.

단장 정재준을 비롯하여 일본 사회당, 공명당, 민사당 대표의 축전 및 메시지 낭독, '재미한국인통일촉진위원회'의 임창영 전 UN한국대사가 보낸 메시지 낭독 등으로 진행된 민통협 결성대회에서는 남북한 각 체제의 지도자에게 보내는 편지가 발표되기도 했다. 특히 박정희에게는 "주저와 침묵은 범죄"이며 "조국통일에 민족의 원류적 힘을 총집결하기 위해서는 언론창달을 위한 민주주의의 기본적 권리보장도 필요불가결" 하다고 전하는 한편, 김일성에게는 민통협이 "힘차게 통일만을 갈망하는 대중들의 절실한 의사의 반영"이라고 어필하는 뉘앙스를 비교해볼 때 어느 정도의 온도차가 느껴지기도 한다.[74]

공동성명을 의식·계승하고 형식적으로도 남북한 통치권자에게 나란히 메시지를 전달하는 등의 퍼포먼스로 '분단 극복'의 자세를 표명한 민통협은, 1972년 12월부터 일본에 체재하며 일본과 미국을 잇는 한국 민주화운동을 구상하고 있던 김대중과 연대할 방침을 세운다. 민통협은 자신들의 행사에 김대중을 적극적으로 활용했으며, 김대중 또한 한국의 민주화운동을 위한 재일조선인들의 단결을 호소하는 식으로 그에 응답했다. 김대중은 1973년 7월 미국에서 한민통 미주본부를 결성하고 일본으로 돌아오는데, 이때부터 재일조선인 민주화운동 대표자들과의 회합을 통해 김대중과의 '연대'가 구체적으로 논의되기 시작했다. 김대중은 '분명한 대한민국 지지 입장 표명', '선민주 후통일 원칙 고수', '공산주의와의 분명한 선긋기'라는 조직결성 3원칙을 제시했다. 이는 다시 말해 '총련계 재일조선인과의 연대'의 중지를 의미하는 것이기도 했다.

---

74 「朴大統領에게 보내는 편지; 「金日成首相에게 보내는 편지」, 『民統協資料』 1, 1972.9.2면.

이러한 조율 과정에서 8월 8일 김대중 납치사건이 발생하자, 배동호가 포함된 회합 대표자들은 김대중이 부재중인 상태로 한민통(일본 본부)을 결성하고, 김대중을 의장으로 추대하였다.[75]

　민통협 결성으로부터 약 3개월 후 창간된 『민족시보』는 그 창간호부터 민통협 행동강령을 1면 상단에 상시 게재하며, 민통협의 실질적인 기관지 역할을 했다. 정경모는 창간 초기부터 『민족시보』 주필을 맡으며 민통협 및 한민통과 직접 관계했다.[76] "재일한국인 사회에는 통일의 목소리는 있어도, 조직된 통일의 세력이 없음"을 지적한 창간사에서도 알 수 있듯이, 『민족시보』는 '재일한국인' 사회의 통일세력 규합을 그 창간 목표로 제시했다.[77] 1973년의 7·4공동성명 1주년과 김대중의 워싱턴 방문 및 한민통 미주본부 결성 전후로, 『민족시보』는 박정희가 주

---

75　조기은, 앞의 글(「민단계 재일조선인의 한국민주화운동─민단민주화운동세력과 김대중의 '연대'를 중심으로」). 조기은에 따르면, 김대중은 끝까지 배동호 등의 재일 민주화운동 세력과의 연대를 망설였으며, 이후에는 한민통이 친북단체라는 점에 유감을 표시하고 한민통 의장직을 직접 수행하는 일에는 끝까지 동의하지 않았다. 김대중이 조직 결성 조건으로 제시한 3원칙은 민단의 민주화운동이나 통일운동을 전개하고 있던 재일 민주세력에 대한 경계심을 반영한 것이며, 여기에는 한국의 강력한 반공주의가 가로놓여 있었다.

76　『민족시보』는 언어로 조선어／한국어를 채택했지만 부분적으로 일본어판을 배치하기도 했다. 정경모는 『민족시보』 일본어판에 「K군에게의 편지(K君ての手紙)」라는 글을 연재하였다. 한편 1972년 『어느 한국인의 감회』 출간 후 정경모는 배동호, 김대중, 그리고 『세카이』 편집장 야스에 료스케와 거의 차례로 인연을 맺게 되는데, 그 경위가 자서전에 상세히 기록되어 있다. 당시 정경모는 김대중─배동호의 관계 및 자신이 두 사람과 각각 맺고 있던 관계가 "오월동주"였다고 하며, "불신과 대립, 격심한 갈등 속에서 각기 맡겨진 임무를 역사의 무대 위에서" 수행하고자 일본에서의 한국 민주화·통일운동을 전개한 것이라고 회고한다. 정경모, 앞의 책, 195~197면. 특히 김대중과는 1년여의 시간차를 두고 한국에서 일본으로 '망명'했다는 점에서 큰 유대감을 느꼈던 듯하다. 한민통과의 인연을 '악연'으로 회상하는 정경모는, 이후 한민통·김대중과 모두 거리를 두면서 사숙 '씨알의 힘'을 창설하고 강연과 번역 활동에 집중하는 한편, 서울에 거주하는 문익환과의 깊은 유대를 새로이 표명하며 그의 1989년 평양 방문에 동행하게 된다.

77　「統一勢力은 하나로 뭉치자─創刊辭를 대신하여」, 『민족시보』 1, 1972.11.21, 1면.

장하는 유엔 동시 가입이 '두 개의 한국'과 '분단 고정화' 정책이라고 규탄하면서 '국제통일운동'을 요구하고 있던 재일조선인 사회의 규합 움직임을 중점적으로 보도했다. 김일성이 유엔 개별 가입에 반대하며 제의한 고려연방제, 천관우의 복합국가론 등을 다루기도 했다. 민통협 의장 배동호는 "그것이 누구에 의하여 제기되었던 간에", 유엔을 통한 총선거나 유엔 동시 가입이 아닌 '민족적 대단결'이라는 원칙으로 통일을 실현할 수 있는 방안이라면 모두 귀를 기울여야 한다고 역설했다.[78]

주목할 것은 이처럼 한민통 결성에 이르기 직전 일본에서의 분단 고정화 반대 및 국제통일운동 요구가 재일조선인 사회의 분단 상태를 제한적이나마 극복하기 위한 시도들과 결부되어 있었다는 점이다. 이를 단적으로 드러내는 것은 공동성명 1주년을 기념하며 민단 지역본부와 총련 지역본부의 지역 단위 공동대회가 연달아 개최된 사실이다. 이는 주로 민단 중앙과 결별한 민단 가나가와현 본부나 민단 도쿄 본부가 해당 지역 총련 본부와 손잡는 형태로 이루어졌다.[79] 재일조선인 사회 내부 통일세력의 규합을 목표로 한 재일조선인들의 움직임과, 일본—미주를 잇는 민주화·통일운동 세력의 범민족적 조직을 목표로 한 김대중의 움직임은, 이처럼 어긋난 방향성을 내포하고 있었다. 그러한 어긋남을 '연대'라는 보다 거시적 목표 아래 봉합하며 탄생한 것이 한민통이었다고 할 수 있다. 이 어긋난 방향성이 '연대'의 이름으로 봉합되는 순간 어느 한쪽의 가능성은 상대적으로 위축될 수밖에 없다. 즉, 비록 제한된

---

78  배동호, 「時代의 要求에 報答하자—七·四一週年을 마지하여」, 『민족시보』 64, 1973.7.1, 1면
79  「7·4남북공동성명발표 한돐을 기념하는 전체동포들의 가나가와현대회」, 『민족시보』 64, 1973.7.1, 4면; 「東京大会決議文」, 『민족시보』 65, 1973.7.11, 1면.

그림 9 『민족시보』 창간호(1972.11.21)

범위이기는 하였으나 총련과 민단의 남북공동성명 지지 모임을 비롯하여 약 1년간 양쪽 사회의 수많은 공감과 열광을 이끌어냈던 재일조선인 사회 내부 통일세력의 규합이 현실적으로 어려워지게 되었다. 분단 고정화 반대라는 공동의 목표로 출범한 '재일한국인' 사회와 해외 한인 민주화·통일운동 세력의 '연대'는, 한편으로 재일조선인 사회 내부의 분단을 고정화하고 심지어 어느 한쪽의 영구적인 배제를 의미하기도 했던 것이다.

그렇다면 이와 같은 차이와 엇갈린 지향들을 묵인하는 형태로, 혹은 전략적으로든 전술적으로든 양보하는 제스처를 통해서, 정경모의 표현을 빌리면 "불신과 대립, 격심한 갈등" 요소를 포함하면서 만들어진 '연대'의 행방은 어떠했을까. 사실 여부나 정경모가 자신을 중심에 두고 그린 '삼각편대'의 나머지 꼭지점에 위치한 인물들의 입장과는 별도로, '김대중-배동호-정경모'라는 '오월동주 삼각편대'에서 '윤이상-문익환-정경모'라는 새로운 '반독재 삼각편대'로 자신의 위치 이동을 규정한 정경모의 언술은, 그러한 '연대'의 분화와 재배치 과정을 예증한다.

1974년 9월 일본을 방문한 윤이상은 동백림사건 고발 기자회견, 도쿄필하모닉 오케스트라와의 협연, 그리고 '윤이상씨를 환영하는 모임' 등 다양한 일정을 소화했다. 재일조선인 사회 각계 인사와 일본 각계각층의 저명인사들이 참석한 '윤이상을 환영하는 모임'에서는 『민족시보』 주필 자격으로 정경모가 사회를 맡았으며, 당시 한민통 상임고문이었던 배동호, 민단 도쿄본부 단장이었던 정재준 등이 환영사를 낭독했다. 윤이상은 이 모임에서 과거 중앙정보부에 납치되었을 때의 경험을 통해 서독 민주주의를 재인식하게 되었다고 하며, 김대중의 원상회복이

일본 민주주의를 재인식하는 계기가 될 것이라고 말했다.[80] 그는 같은
해 유럽 교민 및 유학생으로 구성된 민주사회건설협의회를 조직한 바
있다. 이후 그는 1976년 8월 12일에서 14일까지 일한연대연락회의의
아오치 신 등이 주최한 '한국문제긴급국제회의'에 일본을 포함한 16개
국의 참가자로 다시 도쿄를 방문했다. 다음날 『한양』지는 회의 참가자
중 윤이상을 비롯하여 재프랑스 화가로 『통일조국』 편집장을 맡고 있던
이희세, 한민통 미국본부 중앙위원 최명우, 그리고 정경모를 초청하여
김인재의 사회로 좌담회를 주최했다. 좌담회에서 정경모는 한국문제긴
급국제회의 의장단의 자격으로 회의의 목적과 토의내용을 개괄했다. 그
는 "한국문제를 위한 국제회의로서는 굉장히 범위가 넓었고, 그 토의내
용이 질적으로 대단히 높았다는" 점에서 "우리나라 해방운동사상에 특
기할 만한 획기적 회의"였다고 평했다.[81] 이 국제회의에서는 한국의 인
권문제, 한일 간의 검은 유착, 미국 군사력 및 국가권력의 한일관계 개
입, 한국문제의 세계사·인류사적 의의라는 네 가지 이슈가 중심적으로
다루어졌다. 특히 정경모는 한국 인권문제의 긴급성 및 비동맹국들과의
연대의 필요성을 국제적 차원에서 공유한 것이 이 회의의 중요한 성과
였다고 보고했다.

　1976년 일본에서 열린 이 한국문제긴급국제회의는 이후 해외에서
활발해지기 시작한 '연대' 운동의 조류와 결합하여 이듬해 결성된 민주
민족통일해외한국인연합(이하 '한민련')의 초석을 다진 모임이라는 성격

---

80 「尹伊桑씨 歡迎会盛況」, 『민족시보』 107, 1974.9.16, 3면.
81 윤이상·정경모·이희세·최명우, 「[座談会] 韓国의 民主化闘争과 国際的 連帯 — 韓国問題
　緊急国際会議에 参加하고」, 『한양』 131, 1976.7, 58면.

을 지닌다. 이 회의에서는 1년 뒤에 재회합을 결의했으며, 꼭 1년이 지난 1977년 8월 12일에서 14일 사이 도쿄에서 '해외한국인민주운동대표자회의'가 개최되어 세계 11개국에서 온 104명의 한인이 참가했다. 참가자 중 주요 인물로는 미국의 임창영과 캐나다의 김재준, 독일의 윤이상이 있었으며, 일본 거주 참가자로는 한민통의 중심인물인 김재화, 정재준, 배동호 등이 포함되었다. 이 회의에서는 박정희 독재 타도와 민주회복·민족통일을 지향하는 해외 한국인 민주운동 조직체로서 한민련 결성이 선포되었다. 또한 "본국과 해외 각계각층 동포들의 총집결로 광범위한 국민연합을 실현하고, 현 유신독재정권을 제거하며, 민주주의, 민족자주, 평화통일을 지향하는 민주 연합정부의 수립을 기한다"는 내용을 포함한 9개조 강령을 발표했다.[82]

한민련은 1970년대 중반부터 해외에서 활기를 띠며 전개되고 있던 민주화·통일운동 세력들을 조직적이고 유기적으로 규합하고자 결성된 단체로서, 1976년의 '한국문제긴급국제회의'에서 논의된 바 있는 제3세계 및 비동맹국가와의 연대를 특히 지향했다. 국내 민간 차원의 민주화·통일운동에서도 쟁점의 대상이었던 '민주화'와 '통일'의 선후 관계에 대해서는 각 그룹별로 조금씩 다른 입장을 취하고 있었지만, 한민련은 결성 당시부터 두 문제가 같은 선상에 있음을 강조하며 통일을 민주화운동의 최종목표로 설정했다. 민주화와 통일의 선후 문제는 국내와는 달리 이 단체가 한국의 '외부'에 있다는 입지적 조건과 관련되어 논의되었다. 요컨대 '외부'라는 위치를 보조적이고 수동적인 위치로 파악할 것

---

82 「민주민족통일해외한국인연합 창립」, 『민족시보』 198, 1977.8.21, 1면.

인가, 아니면 보다 유리한 위치로 파악하여 한국의 통일 문제에 적극 개입할 것인가에 따라 민주화와 통일의 우선순위는 달라질 수 있었던 것이다. 선행연구에 따르면 한민련의 전반적인 기조는 배동호가 이끄는 한민통의 입장과는 미묘하게 어긋나며, 한국의 '외부'라는 위치를 통일을 위한 적극적 개입보다는 어디까지나 '보조'한다는 입장이 우세하였던 것으로 보인다. 뿐만 아니라 1976년에는 재일유학생 간첩단사건에서 한민통이 반국가단체로 낙인찍히면서, 기존에 한민통에 작용하고 있던 반공주의적 인식이 가속화되었다.[83]

『한양』은 이 1977년의 한민련 결성대회 직후 이 단체의 의장단인 임창영(수석의장), 배동호(의장 겸 국제사무총장), 윤이상(의장) 3인을 한데 모아 좌담회를 개최했으며, 이때 진행은 정경모가 맡았다. 이 좌담회에서도 민주화와 통일의 우선순위 문제가 조심스럽게 다루어졌으나, 대체로 이 좌담회에서는 세 명의 참석자들이 체제 외 거주자로서의 적극적인 개입은 필요하다는 것과 민주화·통일은 결과적으로 불가분한 문제라는 데에 합의하는 듯한 모습을 보였다. 이미 민통협 결성 당시부터 국내의 이해관계를 떠나 단결할 수 있는 '유리한 조건'에 있음을 강조한 바 있는 배동호는, 국내의 억압적인 정치 상황에 비추어볼 때 국내 연합체를 먼저 결성하고 해외 연합체가 호응하는 방식은 사실상 불가능하다고 보았다. 따라서 해외 연합체를 먼저 결성하여 국내의 운동에 자극을 줄

---

83 반공주의의 '심리적 인질'로서 어디까지나 국내 운동에 보조한다는 방향과, 체제 외 거주라는 이점을 살린 적극적인 개입이라는 방향 사이에 놓인 미묘한 입장차가 극복되지 못했다는 점이 운동의 한계로 지적되기도 한다. 조기은, 「해외 한국민주화운동-'민주민족통일해외한국인연합'을 중심으로」, 『한일민족문제연구』 29, 한일민족문제학회, 2015, 198면.

필요가 있다고 강조하였으며, 그것이 한민련의 의의일 것이라고 주장했다. 여기에 다른 논자들도 별다른 이의를 제기하지 않았다. 한민련 결성 직후 『한양』의 좌담회에서 확인할 수 있는 사실은, 의장 자격으로 참석한 미주―일본―유럽 세 권역의 대표자들이 '선민주 후통일'과 분명하게 거리를 두었다는 점, 그리고 두 가지 문제란 사실 하나의 문제라는 인식을 공유했다는 점이다.

『한양』의 좌담회와 관련하여 주목되는 것은 한민련 결성의 발단이 되었던 1976년의 한국문제긴급국제회의 당시 의장단으로 적극 참여했던 정경모가 한민련 결성 당시에는 별다른 역할을 하지 않았다는 점이다. 그것이 자의인지 타의인지는 확인하기 어려우나, 좌담회를 기록한 텍스트 곳곳에서 한민련과 거리를 두려는 태도가 나타난다. 진행자의 입장에서 그가 한민련의 세 의장들에게 제시한 이슈는 크게 민주화·통일의 관계와 더불어 '제2의 해방'에 관한 것이었다, 이미 이슈를 던질 때부터 그는 이 해방의 문제에 관해서는 '우리는 한 번도 해방을 겪은 적이 없다'는 함석헌의 발언을, 민주화·통일의 관계에 관해서는 '모든 가치있는 것은 통일을 통하여 실현되어야 한다'는 장준하의 발언을 가이드라인처럼 제시하며 출발했다. 당시의 그가 남긴 저술들에는 잘 드러나지 않지만, 향후 쓰인 자서전에서는 그가 이 무렵 이미 한민통의 내부 권력다툼이나 경쟁 구도에 염증을 느끼고 있었고 김대중과 한민통의 관계에 대해서도 의문을 가지고 있었다고 언급하는 대목이 나온다. 사후적으로 편성된 기억이라는 점을 고려할 필요는 있지만, 당시 그의 판단으로는 한민통이 한민련의 실질적인 '국제사무처' 역할을 하는 듯한 상황에서 굳이 한민련에 가담할 필요를 느끼지 못했던 것으로 보인다.[84]

그는 이후 한민통에서 한민련으로, 즉 재일조선인 사회 내부의 민주화·통일운동 세력이 해외의 민주화·통일운동 세력들을 거점 삼아 연대해 나가는 과정과는 다른 방식으로 자신을 거점화하는 방법을 찾는다. 자서전에는 그것이 '김대중−배동호−정경모'라는 한민통(일본) 내부의 삼각구도로부터 벗어나 '문익환(한국)−윤이상(독일)−정경모(일본)'라는 국제적 반독재·통일운동 삼각구도로 이동하는 과정으로 그려져 있다.

처음 '김대중−배동호−정경모'의 삼각구도를 상정했을 때 김대중에게서 거의 같은 시기 일본으로 건너온 망명자끼리의 동질감을 발견했던 것과 같은 논리로, 자서전 속에서 그는 윤이상을 거울삼아 다시금 '망명자'라는 자기 위치를 수시로 확인하고 있다. 이를 통해 한국과 일본, 그리고 재일조선인 사회와 해외 한국인 사회 모두에 대해 스스로를 외부에 두고 그것들을 관망할 수 있는 시선의 특권을 확보하고자 하는 욕망이 그의 자서전에는 숨김없이 드러난다. 이러한 특권적 시선은 그의 글쓰기에서 다음과 같은 두 가지 면을 산출한다. 하나는 자신의 '연대'에 관한 구상을 특정 시기마다 반복적으로 회고하면서 그것을 갱신해 나간다는 점이다. 1973년 김대중 납치사건 직전에 쓰인 뒤 사건과 동시에 『세카이』에 발표된 「한국 제2의 해방과 일본의 민주화」에서, 그는 한일 간의 긴밀한 시대적 과제인 '한국의 제2의 해방'과 '일본의 민주화'를 위해 양국 '민중'의 연대 필요성을 제기했다. 하지만 당시만 해도 '신바

---

84  약 1년 뒤인 1978년 5월에는 한민통과의 갈등이 표면화된 사건이 발생하는데, 한민통 주요 간부들이 정경모의 과거 미군사령부 근무 경력을 들추면서 그를 '펜타곤의 스파이'로 부르며 린치를 가한 사건이 그것이다. 이후 한민통에서 축출된 그는 도쿄 시부야에 사숙 '씨알의 힘'을 열고 독자 노선을 걷는다. 정경모, 앞의 책.

람'으로 비유된 민족주의적 열정을 강조하는 것 이외에 구체적인 방향을 제시하기는 어려웠다. 김대중 납치사건을 계기로 결성된 일한연대연락회의 대표 아오치 신과의 1975년 대담에서 언급한 것처럼, 그는 한민통과 일한연대연락회의라는 연대의 실체적 대상을 발견하고 자신을 매개로 한 삼각구도를 제안한 것이다.

이 트랜스내셔널한 연대의 실체는 그러나 30여 년 뒤에 쓰인 자서전에서는, 디아스포라 민족주의로 재편된 관계로 회고되었다. 그 첫 번째 관계란 일본의 국가적 경계 내부에서 이루어진 '김대중-배동호-정경모'라는 삼각형이다. 그는 자서전에서 이 첫 번째 삼각형에 내재한 분열에 대해 세심하게 기술해 나간다. 그리고 이어서 두 번째로는 '문익환-윤이상-정경모'로 이루어진 연대의 삼각형을 그려 보이며, 일본의 국가적 경계를 넘어서는 한민족 디아스포라 연대라는 구도로 앞선 관계들을 갱신하고자 하였다.

## 3) 다민족 · 다언어 독자를 향하여

단일민족 · 단일언어 이데올로기가 가장 고조되었던 시기로 일컬어지는 1970년대의 일본에서, 정경모는 일본어로 출판한 한국 독재정권 비판 서적과 한일 지식인 연대론 등을 통해 진보적 일본 지식인이라는 독자층을 확보해 나갔다. 하지만 일본 내에서 그는 동시에 일본어뿐 아니라 조선어와 영어로도 많은 글을 발표하고 있었다. 앞서 보았듯이 1972년에서 1978년 사이에는 민통협-한민통의 실질적 기관지 역할을 했던 『민족시보』의 주필로 일하였으며, 1974년에서 1976년 사이에는 '한국의 저항의 소리Voice of the Korean Resistance'라는 부제를 가진

영문 소식지『코리아 뉴스레터』를 창간하고 발행인으로 일하였다. 그는 이 영문 저널을 도쿄 주재 외신 프레스 클럽과 각 외국 대사관에 배포하고, 개인적으로 친분이 있는 미국 대학교수들에게도 우송했다. 하지만 이러한 그의 다언어적 글쓰기는 다국적 연대를 지향하던 진보적 일본 지식인들 사이에서도 논외의 영역이었다.『한양』이나『민족시보』등 재일조선인 / 한국인 대상의 조선어 / 한국어 매체는 일본 지식 사회 속에서는 전혀 언급되지 않았다.

따지고 보면 그가 주필로 있던『민족시보』또한 다언어 매체였다. 기본적으로 조선어를 채용했지만 비정기적인 일본어 지면도 지속적으로 포함했기 때문이다. 민통협–한민통 소속의 재일조선인들 또는 민단에 반발심을 가진 '한국계' 재일조선인들을 대상 독자집단으로 설정한『민족시보』는 조선어 읽기에 능숙하지 않은 독자집단, 특히 재일 2세들을 위해 일본어 지면을 설치했던 것으로 보인다. 정경모는 자신이 편집하고 있던『민족시보』에서도 조선어와 일본어를 병행하여 글을 썼는데, 일본어 지면에는 1973년 3월부터 1년동안「K군에게의 편지K君への手紙」(총25신, 1973.3~1974.2)라는 제목의 서간체 글을 연재하였다. 매 서신마다 K군을 부르며 시작되는 글은 한일 양 정부의 경제적 유착이나 억압적인 정책들, 그리고 재일조선인에 대한 양국의 차별적인 정책 등에 대해 비판적이고 탄식적인 어조를 유지한다. 가끔씩 '고국' 상황에 대해 괴로워하거나 독서에 심취한 K의 상황을 텍스트 상에 노출시키면서 이 글의 서간체적 형식을 의식적으로 강조하지만, 사실상 K는 의사소통 상대라기보다는 정경모가 설정한 특정 독자집단을 대표한다. 이를테면 1973년 7월 북한의 만수대예술단이 일본을 방문하였을 때, 필자

는 공연을 보면서 한용운의 「님의 침묵」을 떠올리며 그로부터 미시마 유키오 부류의 일본적 내셔널리즘과는 근본적으로 다른 조국애에 근거한 내셔널리즘을 확인했다고 쓴다. 그러면서 "우리의 내셔널리즘"을 짓밟는 "한국총독" 박정희에 대한 증오와 분노를 드러낸 그는, 마지막 문장에서 이렇게 말한다. "K군! 박정희의 저 검은 안경의 표면 어딘가에, 우리가 눈물과 슬픔 속에서 발견한 '당신'의 그림자가 있는지요."[85]

이 '편지'는 제한된 독자집단을 가진 『민족시보』에 일본어로 발표되었다. 「K군에게의 편지」 연재 종료 직후 그는 『세카이』, 『아사히신문』 등 일본의 매체에 발표된 에세이들과 「K군에게의 편지」 연재분을 한데 묶은 단행본 『일본인과 한국日本人と韓国』(新人物往来社, 1974)을 출간했다. 저서의 후기에서 그는 이 편지의 수신자인 'K군'이란, "필자가 일부러 일본어를 통하여 부를 수밖에 없었던 재일한국인 2세 여러분들"이었다고 밝히며 '한국인' 위에는 특별히 '코리안コリアン'이라는 독음법을 표기해 두었다. 또한 이 편지와 함께 수록된 에세이들에 **"상정된 독자가 다르며, 또한 발표된 미디어가 달랐다"**는 점을 부연하였다(강조는 인용자).[86] 그가 지닌 이언어 능력, 그리고 일본인 집단과 '재일한국인' 집단 어디에도 소속되지 않는 '망명자'의 자의식으로 그는 이처럼 서로 다른 독자집단을 상정할 수 있었다. 일본어로 쓰인 이 한 권의 책은 그 안에 일본인과 '재일한국인=재일코리안'으로 명확히 분별되는 다민족 독자를 '상정'하고 있었다.

앞서 보았듯이 7·4남북공동성명을 전후하여 『한양』은 한국사회의

---

85  鄭敬謨, 「K君への手紙」 15, 『민족시보』 72, 1973.10.11, 4면.
86  鄭敬謨, 『日本人と韓国』, 新人物往来社, 1974, 243면.

변혁을 요구하는 '재일' 내부의 목소리들을 규합하고 '재일' 외부의 해외 '한인' 사회 및 일본인 사회와 접속하며 국제적 공론장을 형성하고자 했다. 정경모는 이와 같은 『한양』의 개편 과정에서 주로 진행을 맡으며 '연대'의 대상들을 매개했다. 이러한 시도는 1970년대 들어 본격화한 민단 자주화 운동과 남북공동성명 직후 일시적으로나마 가능성을 보여 주었던 재일 사회 내부의 통합 움직임, 망명 중이던 김대중과 재일 사회의 연대, 한국 민주화 운동과 한일관계 시정을 위한 일본 시민사회 운동과 같은 일련의 민주화·통일운동의 전개 과정 속에 있었다. 그러한 흐름에 동참했던 재일조선인들은 어떻게 내·외부와의 연대를 구상하며 자신들의 현실 속에 그어진 냉전의 분할선을 넘을 것인지 고민했다.

그 과정에서 『한양』은 한국 민주화와 통일을 목적으로 연대하려 한 한일 지식사회와 한민족 디아스포라 네트워크, 그리고 '재일'이라는 네 주체의 교차점에 있었다. 『한양』은 '일한연대연락회의－민통협·한민통－한민련'으로 특정된 연대 그룹 속의 일본인·재일조선인·해외 '한인'을 초청한 좌담회를 적극적으로 개최했다. 『한양』 주최 좌담회에서 주로 진행을 맡은 정경모 또한 자기 자신을 거점으로 한 연대 관계를 구상했다. 한국의 민주화와 통일을 목적으로 연대하고자 한 한일 지식사회와 해외 한인 네트워크의 플랫폼 역할을 자임한 『한양』의 발행 주체, 그리고 정경모는 문답의 장치가 상정하는 자문자답 구조를 역전시켰다. 즉, 스스로를 한일 사회에 대한 질문자의 위치에 두는 방식으로 '진정한 해방'에 대한 독자적인 담론을 구성해 나갔다. 특히 재일론에서 통일론으로, 그리고 재일 내부에 대한 계몽운동에서 일본 지식사회 및 한민족 디아스포라 사회와의 연대운동으로 잡지의 성격을 전환한 『한양』은 일본 지식인들과 한인 망명 인사들과 같은 기존 재일 사회 외부의 운동 주체들을 매개하기 위해 노력했다. 그 과정에서 정경모와 같이 한국정부에 비판적인 자세로 일본 내 위치를 다져가고 있던 새로운 형태의 월경자를, 기존 편집 주체가 맡아 온 좌담의 사회 및 질의자로 채용했다. 하지만 정경모의 글쓰기를 통해 확인했듯이, 그러한 질문자의 위치는 한국과 일본, 그리고 재일조선인 사회와 해외 한국인 사회 모두에 대해 스스로를 외부에 두고 그 관계를 조망하는 시선의 위치와 무관하지 않았다. 모든 것의 외부에 위치함으로써 확보되는 시선이란 스스로를 모두에게 질문하는 위치에 두면서 얻을 수 있는 특권적 시선의 다른 말이기도 하다. 「K군에게의 편지」에서 드러나듯, 그는 '우리'와 '당신'이라는 말로 'K군=재일한국인(코리안)'과 자신의 거리를 확인했다. 70년대에 일본으로 망명하여 저널리스트로서 제2의 인생을 시작한 그는 망명자 의식을 고수하며 '재일한국인(코리안)'의 일본비판과 반독재 민족주의라는 정치적 운동의 방향을 제시했다. 그는 '재일한국인(코리안)'이라는 운명공동체를 대표하는 한편으로 그들을 일본인 독자와 변별되는 특정 독자집단으로 상정하여 글을 썼다. 이 망명자 개인과 '재일한국인(코리안)' 집단 사이에는 운명공동체로만은 묶일 수 없는 간극이 존재했다.

또한 7·4남북공동성명을 전후로 일본 시민사회 및 해외 '한인' 사회로 확장된 민주화·통일운동의 연대가 반드시 냉전의 구속으로부터 자유로운 것은 아니었다. 김대중과 민통협 그룹이 한민통 결성 과정에서 보인 입장 차나 정경모가 스스로 묘사한 삼자 연대의 변천 과정에서 확인할 수 있듯이, '재일'의 조건을 통하여 냉전 너머의 연대를 구상한다는 것은 기존에 연대해왔던 대상이나 잠재적인 연대의 대상들 중 일부를 배제한다는 것을 의미하기도 했다.

이 장에서는 재일조선인의 문화적 월경을 탈냉전의 상상과 관련지어 논의하였다. '총련 이데올로기'가 '재일'의 독자적 현실을 오인한다는 비판과 함께, 1970년을 전후로 한 시기에 '재일 이데올로기'라는 새로운 사상 노선이 부상했다. 민단 내부에서도 박정희 정권을 지지하는 경향에 반발하여 새로운 정치적·사회적 운동의 조류가 형성되었다. 이러한 이행은 '제3의 길'로서의 '재일성'에 대한 인정을 촉구하며 디아스포라의 범주를 부각시켰다.[87] 일본의 국가적 경계 내부에서 재일 집단은 수없이 분열되어 있으면서도, 한편으로는 그 분열 상황을 극복하려는 시도를 계속했다. 데탕트의 도래라는 전환기 속에서, 비총련계의 조선어 매체인 『한양』과 『민족시보』는 '재일'이 한일 연대와 한민족 디아스포라 연대라는 복합적인 연대 세력과 관계하는 방식을 보여주었다.

7·4남북공동성명 1주년을 기념하여 민단과 총련의 지역 단위 공동 대회가 개최된 사실은 재일 사회 내부의 통일운동 세력 간에 연합을 도모한 재일조선인들의 의지를 엿보게 한다. 하지만 재일 내부의 통합을 위한 움직임과 국경을 초월한 범민족적 연합을 위한 움직임 사이의 어긋남 속에서, 7·4남북공동성명 전후로 일시나마 가능성을 보여주었던 재일 사회 내부의 범조직적 연대는 현실적으로 어려워졌다. 이러한 상황에서 『한양』은 한국사회의 변혁을 요구하는 '재일' 내부의 목소리들을 규합하고, 그 목소리들을 '재일' 외부의 해외 한인 사회 및 일본인 사회와

---

87  존 리, 김혜진 역, 『자이니치—디아스포라 민족주의와 탈식민 정체성』, 소명출판, 2019.

접속시키며 국제적 공론장을 형성하려 했다. 재일론에서 통일론으로, 재일 내부의 문화운동에서 일본 지식사회 및 한민족 디아스포라 사회와의 연대운동으로 그 성격을 전환한 『한양』은 일본 지식인들이나 한인 망명 인사와 같이 기존의 '재일' 범주 외부에 있는 운동 주체들을 매개하고자 했다. 그 과정에서 한국 정부 비판론으로 일본 내 입지를 다지고 있던 망명 작가 정경모가 매개자로 활약했다. 그는 '전후 일본'의 담론 장 안에서 부여된 문답의 장치의 역할관계를 역전시켜, 스스로를 한일 양 국가에 대한 질문자로 자리매김하며 '진정한 해방'에 대해 물었다.

하지만 그러한 질문자의 위치는 한국과 일본, 그리고 재일조선인 사회와 해외 한국인 사회 모두에 대하여 스스로를 외부에 두고 그것들을 조망하는 위치이기도 했다. 7·4남북공동성명 이후 디아스포라적 상태로서의 '재일성'이 부각되며, 그동안 본국 지향적이었던 재일 범주로부터 배제되어 온 망명자가 '재일성'의 경계 위에 서게 되었다. 이 특권적이고 특수한 위치로부터 수행된 글쓰기에 주목할 때, '재일'이라는 운명 공동체의 문화와 비전을 재현represent하고 제시present하며, 그러한 공동체를 자기화하는 한편으로 타자화하기도 하는 자기민족지적 글쓰기의 정치가 드러나게 된다.

# 위도의 '얽힘'과 '포개어짐'을 생각하며

　이 책에서는 재일조선인의 문학적 글쓰기에 나타나는 자기민족지적
조건과 특성을 해명하고, 그것이 한반도 및 일본 사이의 냉전 구조와 관
계해온 방식에 대하여 고찰하였다. 식민지 조선 출신의 작가들이 제국
붕괴 후 일본에서 남긴 자기민족지적 글쓰기는 '이언어'와 '귀환 불가'
라는 역사적 기반 위에서 형성되었다. 패전 후 제국적 기억에 대한 망각
과 민족다양성 축소를 경험하며 단일민족·단일언어 이데올로기로 재
편된 일본에서, 조선인으로 살며 이언어를 구사한 재일조선인 작가들의
글쓰기는 탈식민·냉전 시대의 혼종성이라는 문제를 환기한다. 또한
'조국'에 관한 이들의 글쓰기가 '조국'의 문화 시스템 속으로 편입되는
과정에서는 국경의 초월과 민족적 통합이라는 모순이 발생한다. 이 책
에서는 이와 같은 재일조선인 문학을 둘러싼 복잡성에 유의하며, 남북
일 냉전 구조 속에서 '재일'의 고유하면서도 다양한 문화를 형성하며
'관계로서의 재일 서사'를 구축한 자기민족지적 글쓰기의 계보를 탐구

하였다.

　'해방'된 조선 내부의 정치와 문학을 비롯하여 일상생활의 수준에서까지 일본어의 추방과 조선어의 귀환은 당위로서 공유되었다. 하지만 재일조선인 문학과 매체에서 조선어 사용은 간단히 수용될 수 있는 문제가 아니었다. 제국 붕괴 후 얼마 지나지 않아 이미 '당위'로서의 조선어 글쓰기보다 '기형'이나 '과도기적'이라고 지적된 일본어 글쓰기가 수적으로 앞서갔으며, 일본인 고정독자층 또한 꾸준히 형성되고 있었다. 반면 조선어 글쓰기의 고정독자는 미미한 수준이었다. 하지만 '민족어의 회복'이 결코 '자유와 해방'으로 직결될 수 없는 운명 속에서도, '회복된 민족어'인 조선어를 통하여 문화주의적 운동을 전개한 흐름들이 있었다. 『해방신문(민중신문)』은 당대에 재일조선인 문화운동의 주체들 사이에서 조선어 글쓰기의 주요한 지반으로 언급되던 매체였다. 초대 주필이었던 김두용은 『해방신문』에서의 조선어 글쓰기와 일본공산당 이론지인 『젠에이』에서의 일본어 글쓰기를 병행한 이언어 작가였다. 그가 주로 쓴 『해방신문』의 사설은 식민지 기억을 소환하여 재일의 역사를 민족주의적으로 재구성하고, 그것을 '조국'의 독립 및 조일<sup>朝日</sup> 양쪽의 인민정부 수립이라는 목표로 연결하는 것이었다. 공동투쟁의 당위성을 조선의 식민지 기억으로부터 찾는 방법은, 그가 주도적으로 설계한 일본공산당의 조선인 대책에 관한 이론과는 차이를 보였다. 그의 이론 속에는 서로 합치될 수 없는 '해방'이 있었을 뿐 아니라, 공동투쟁의 주체와 민족적 주체라는 서로 다른 '재일'이 존재했다. 그 자신이 그러한 차이들을 현시하는 위치에 있었지만, 그는 그러한 차이들을 무화시키고 하나의 '해방'과 하나의 '재일'을 제시하는 방식으로 이언어 글쓰기를 수행했다.

김두용의 귀환 후인 1948년 이후 『해방신문』은 한반도 북반부에 수립된 공화국의 '제2국민'을 양성하기 위한 문화 사업들을 진행했다. 재일조선인들이 일본 내에서 교섭의 비당사자로 배제되어 가는 구조 속에서, '제2국민' 담론은 갓 수립된 공화국과의 관계를 공고히 하여 비국민이 아닌 국민으로서의, 제삼자가 아닌 당사자로서의 위치를 확립해 나간다는 재일조선인 운동의 방향성을 내포하고 있었다. 『해방신문』의 창작 부문에서 활약한 이언어 작가 이은직은, 공화국 수립 시점을 전후하여 식민지적 과거에 대한 소환에서 건설중인 공화국에의 귀속이라는 테마로 조선어 창작의 방향을 바꾸어 나갔다. 『해방신문』은 일본공산당과 조련이라는 정당이나 조직의 노선만으로는 설명되지 않는 재일조선인 운동의 문화주의적 노선을 가시화하였다. 하지만 그 내부의 글쓰기 주체들은 집단성과 개별성, 대표성과 예외성, 이상과 현실 사이에서 분열과 대립을 경험하였다. 이은직이 공화국 수립을 전후로 수행한 조선어 창작에서의 귀속의식은 그러한 분열과 대립의 봉합 과정을 보여준다. 하지만 그가 동시대에 수행한 일본어 글쓰기 및 그에 관한 자문자답 속에서는, 분열과 대립의 당사자로서 이언어 작가가 인식한 재일성을 보다 다양하고 복잡한 사회적 관계 속에서 설명하려는 시도가 엿보였다.

이은직이 1948년 '조선인인 나는 왜 일본어로 쓰는가'라고 물으며 복수의 독자층을 향한 이언어 창작의 의의를 스스로 해명했다면, 1970년 김석범은 7년 동안 전념해온 조선어 창작과 결별하고 일본어 창작으로 복귀하면서 역시 같은 질문을 던졌다. 그는 이 질문이 일본어를 객관시하는 조선인의 자세를 반영한 것이라고 하면서, 윤리적 내성을 포함한 자문자답의 주체성을 강조하였다. 이러한 자문자답의 형식으로 제시된 '조선인인 나는 왜 일본어로 쓰는가'라는 질문은, '전후 일본'이라는 권력과 지식의 네트워크 속에서 과거의 '나'와 현재의 '나'를 분열시키고 새로운 통합적 주체를 생산하는 장치로 기능했다.

이 '문답의 장치'는 창작언어 문제를 넘어 '조선인＝너'를 타자화하는 '전후 일본'의 지식관계 및 권력관계 속에 기입되어 있었다. 재일조선인 작가들은 '나(너)는 왜 일본에서 조선의 해방과 전쟁에 대해 쓰는가', '나(너)는 왜 귀환하지 않고 일본에 남았는가'라는 질문에 대해 응답하는 서사적 주체를 생산하였다. 그것은 '조국'으로의 월경에 대한 상상력을 서사화한 김달수와 이은직의 텍스트에서 두드러졌다. 김달수가 '조국'에 관해 쓴 텍스트들은 재일조선인들에게 '조국'의 정세와 동향을 전하는 매체들을 자주 포함시켰다. 그러한 텍스트들에서는 '조선의 사람들'에게 일어나고 있는 사건을 매체에서 확인한 뒤 직접 조선으로 향하거나, 사건 속에서 자신이 지니는 당사자성과 타자성을 양가적으로 확인하는 서사적 주체가 등장한다. 이처럼 '조국'과의 관계를 서사화하기 위해 편지나 뉴스 등의 매체를 동원하는 텍스트 그룹의 다른 한 편에는, 남한에서 온 밀항자를 통해 그 관계를 서사화하는 텍스트 그룹이 존재한다. 김달수의 텍스트들에서 이러한 밀항자들의 이동 방향은, '조국'으로의 합법적 이동이 현실화된 사건인 '귀국' 사업을 전후로 한 시기에는 북한행을 염두에 둔 남한으로부터의 밀항이나 역밀항, 북한으로의 이동 등으로 분화된다.

김달수가 한국전쟁기에 쓴 전쟁 관련 단편들에서는 아시아·태평양 전쟁과 한국전쟁이라는 '두 개의 전쟁'의 시공간적 연속성이 강조되었다. '전후 일본'의 문학자들이 한국전쟁을 직접적으로 다루는 것을 꺼리거나 전쟁 속의 '조선'이라는 기호를 언제든 '일본'으로 치환함으로써 한국전쟁을 일본 네이션의 경험으로 고정·축소시킨 반면, 김달수는 한국전쟁을 시간적·공간적 연속성 위에 가시화함으로써 '조국'의 전쟁에 대한 당사자성을 확보하고자 했다. 그것이 '조국'에의 귀속의식을 드러내는 사회적 실천의 한 방식이었지만, 한편으로 그가 '조국'의 정치에 대하여 개입과 교섭이 가능한 '재일'의 당사자성을 확보하는 실천은 그의 텍스트 내에서 상호 결합과 균열을 반복하는 민족적 타자와의 불균형한 젠더 권력을 가시화했다.

한편 자기 서사를 통해 '해방'을 끊임없이 사건화한 이은직은, '귀환'하지 못한 '해방' 직후의 자아를 다양하게 변주하며 '재일'의 현재적 위치를 되물었다. 그 첫 작업인 대하 3부작 『탁류』(1967~68)는 1960년의 미일안보 신조약을 계기로 하여 인식된 '신식민지적 질서', 그리고 한반도-일본 간에 형성된 '65년 질서'라는 복합적 맥락 속에 조선의 '해방'을 재배치하는 시도였다. 그는 『탁류』 제1부의 서술 시점(1949년)과 간행 시점 사이에 놓인 시간적 단절을 강조하였다. 그리고 이후에 쓰인 방대한 자기 서사들을 통해, '해방' 직후 조선으로 귀환한 『탁류』의 주인공이 과거 일본에서 밟아왔을 경로를 상기시키거나, 『탁류』의 주인공과는 반대로 '재일'의 길을 선택한 민족교육 운동가로서의 자아에 대해 기술하며 서사적 주체의 분신술을 시도했다. '귀환'과 '재일'이라는 선택지 사이에서 이은직이 시험한 또 하나의 선택지는 '월북' 루트의 가능성이었다. 그러한 가능성은 『탁류』 간행 당시 거세게 전개되었던 재일조선인 '귀국' 재개 운동의 문맥 속에서 정치적인 가능성으로 읽힐 수 있었다. 『탁류』에서는 '귀환'과 '귀국'의 목적지인 '조국'이 하나로 고정되어 있지 않다는 점이 시사되었으며, 분단된 '조국'으로의 서사적 월경의 가능성이 시험되었다.

김달수의 텍스트에서 엿보이는 냉전 / 열전의 동시대성에 대한 강조, 그리고 이은직의 텍스트에서 반복적으로 제시된 '귀환'의 순간과 그 전후 상황에 대해 시도된 다양한 시뮬레이션들은, '왜 조선의 해방과 전쟁에 대해 쓰는가'와 '왜 조선으로 돌아가지 않았는가'라는 문답의 장치에 대한 응답으로서 제시되었다고 할 수 있다. 하지만 문답의 장치는 재일조선인의 글쓰기를 완전히 포섭할 수 있는 원리는 아니었다. 재일조선인의 글쓰기는 문답의 장치에 의하여 통치 가능한 영역과 불가능한 영역 사이를 월경하며, 남북일 냉전 구조 속에서 '재일'의 접경을 재편해 나갔다. 그러한 영역들과 '재일'의 관계는 재일조선인 조직이 주도한 '귀국' 이데올로기와의 관계, 분단 '조국'이 주도한 문화통합 이데올로기와의 관계, 복합적 연대 세력과의 관계처럼 '전후 일본'의 내셔널한 경계를 넘어서 발생했다.

재일조선인들의 북한으로의 '귀국' 사업은 '귀환 불가'라는 조건을 벗어나 '조국'으로 합법적 이동이 가능하다는 논리를 제공했다. 이른바 '귀국' 이데올로기의 자장 속에서, '해방' 직후 '불가능한 귀환'을 상징했던 우키시마마루 사건을 다시금 소환하는 텍스트들이 생산되었다. '귀국' 지향성이 절정에 이르던 시기에 총련의 문화주의 노선에 따라 쓰인 김민의 「바닷길」은 우키시마마루 사건을 재일조선인 생활사의 출발점에 위치시키려던 기획의 실패를 보여주었다. 희생자를 애도하며 우키시마마루 사건을 '귀국'의 성공이라는 맥락으로 재의미화하려 한 김민의 기획은, 공화국 문학의 스타일을 모방하여 장구한 재일조선인사의 관점에서 그것을 조망하겠다는 기획으로 수정된 채 중단되었다. 활발히 생산된 '귀국' 서사를 기점으로 총련계의 조선어 문학은 공화국 문학의 기조에 입각하며 그 노선을 분명히 해 나갔지만, 공화국 스타일을 모방한 조선어로 재현될 수 없는 생활이자 현실로서의 재일이라는 범주 또한 의식하기 시작했다.

1970년에 간행되었지만 실상은 이미 1960년에 거의 완성된 상태였다는 김시종의 『장편시집 니이가타』 또한 우키시마마루를 '귀국'의 은유로 사용했다. '귀국'의 출발지인 니가타 항에서 1945년의 우키시마마루 사건을 떠올리는 김시종은 우키시마마루의 침몰과 자신에 대한 총련의 압박을 가리켜 동일하게 '핍색逼塞'이라는 표현을 사용하며, 이러한 이중의 '핍색'으로서 '재일'의 의미를 발견하고자 했다. 이는 '불가능한 귀환'을 극복하고 '재일'의 조건을 벗어나 '조국'을 실제로 접할 수 있다는 '귀국'의 논리에 대항하여 '재일'의 조건을 재규정한다는 것을 뜻했다. 하지만 『장편시집 니이가타』가 간행된 1970년의 시점에서는 이미 재일 사회에도 귀국자들의 실상이 알려지고 있었다. 귀국자들의 실상이야말로 시간적 단절을 뛰어넘은 '핍색'의 상황, 그리고 김시종 자신이 예언했던 '귀국'의 불길함에 대한 증거였을 터였다. 하지만 그들은 더 이상 김시종이 '핍색'이라는 표현을 통해 의미화하고자 한 '재일'의 시야에서 발견될 수도, 쓰일 수도 없었다. 정작 '귀국'의 당사자들은 여전히 언어를 갖지 못한 채, '핍색'을 강요당하고 있었다. 하지만 1960년 전후로는 '귀국' 지향이 재일조선인들의 반박 불가능한 정치 노선처럼 여겨지고 있던 상황이었다. 그러한 상황에서 김시종은 '재일'의 역사와 현재를, '조국'으로 돌아가지 못하고 침몰해버린 우키시마마루 안에 갇힌 채 그 내부를 쉬지 않고 탐색하는 잠수부의 모습으로 형상화해 내었다. 김시종은 '귀국'의 절차적 부당성과 사상적 통제성을 1970년의 시점에서 다시금 돌아보게 하였다.

'귀국' 지향을 근간으로 하는 총련의 문화주의가 재일조선인 운동을 주도하기 시작했을 때, 북한으로의 집단적 이주＝추방이었던 '귀국' 사업보다 앞서 진행된 것은 북한에서의 재일 문학 출판 사업이었다. 재일조선인을 공화국의 '공민'으로 처우하는 정책에 의하여, 재일조선인 문학은 '전후 일본' 내에서 작동하는 문답의 장치를 넘어 민족적 통합의 원리로 포섭／배제되었다. 단일언어사회를 표방한 '전후 일본'에서 보이지 않는 것으로서 존재해온 재일 '조선어문학'은 북한으로 월경하여 '공민문학'의 지위와 고유한 역할을 부여받았다. '공민문학'으로서의 재일조선인 문학의 고유한 가능성은 남한의 실상을 북한의 독자들에게 폭로하고, '남조선 혁명가'의 전형을 제시하는 데서 찾아졌다. 이은직의 사례를 통해 본 개작 과정은 그러한 방침에 부합해 가는 모습을 보여주었다. 하지만 한편으로, 집필과 개작 과정 전반에 걸쳐 텍스트 내부와 외부에 작용하는 남·북·일 세 권역 사이의 이동이 부각되기도 하였다. 아이러니하게도 '공민문학'으로 개작된 텍스트의 행간에는 그 이행의 과정에서 촉발된 남북일 냉전 구조 내의 월경과 접촉의 역사가 새겨졌다.

한편 남한에서는 1988년 월북 작가 작품에 대한 '해금' 조치를 전후로 재일조선인들의 해방기 서사가 집중적으로 번역되며 민족문학사 복원의 논의로 수렴되는 양상을 보였다. 북한에서는 극히 일부를 제외하고는 총련계 조선어 문학만이 '공민문학' 범주로 통합되었다면, 남한에서는 일본어 문학을 한국어로 번역하는 절차를 거쳐 '민족문학'으로의 통합이 이루어졌다. 이는 한반도의 양 체제가 '민족' 범주로 재일조선인 문학을 통합하는 과정에서 각각 다른 방식이긴 하지만 이언어를 배제해야 했음을 보여준다.

1988년의 해금조치보다 훨씬 앞선 시기에 재일조선인의 '조선어' 문학이 남한으로 활발히 유통되던 시기가 있었다. 『한양』은 민단계에서 파생하였으나 한일국교정상화를 전후로 한 민단 내부의 분열 조짐 속에서 독자적 노선을 구축해 간 재일 조선어 잡지이다. 민단 내부에서도 박정희 정권을 지지하는 경향에 반발하여 새로운 정치적·사회적 운동의 조류가 형성되었다. 일본의 국가적 경계 내부에서 재일 집단은 수없이 분열되어 있으면서도, 한편으로는 그 분열 상황을 극복하고자 하는 시도를 계속했다. 데탕트의 도래라는 전환기 속에서, 총련과 민단의 대립 구도에서 벗어나며 독자적인 입지를 다져 간 매체들은 '재일'이 한일 연대와 한민족 디아스포라 연대라는 복합적인 연대 세력과 관계하는 방식을 보여주었다.

재일 내부의 통합을 위한 움직임과 국경을 초월한 범민족적 연합을 위한 움직임 사이의 어긋남 속에서, 7·4남북공동성명 전후로 일시나마 가능성을 보여주었던 재일 사회 내부의 범조직적 연대는 현실적으로 어려워졌다. 이러한 상황에서 『한양』은 한국사회의 변혁을 요구하는 '재일' 내부의 목소리들을 규합하고, 그 목소리들을 '재일' 외부의 해외 한인 사회 및 일본인 사회와 접속시키며 국제적 공론장을 형성하려 했다. 재일론에서 통일론으로, 재일 내부의 계몽운동에서 일본 지식사회 및 한민족 디아스포라 사회와의 연대운동으로 그 성격을 전환한 『한양』은 일본 지식인들이나 한인 망명 인사와 같이 기존의 '재일' 범주 외부에 있는 운동 주체들을 매개하고자 했다. 그 과정에서 한국 정부 비판론으로 일본인 독자들을 확보해 가고 있던 망명 작가 정경모가 매개자의 역할을 적극적으로 맡았다. 그는 '전후 일본'의 담론 장 내에서 기능하던 문답의 장치의 역할관계를 역전시켜, 스스로를 한일 양 국가에 대한 질문자로 정위하며 '진정한 해방'에 대해 물었다. 하지만 그것은 한국과 일본, 그리고 재일조선인 사회와 해외 한국인 사회 모두에 대하여 스스로를 외부에 두고 그것들을 조망하는 위치이기도 했다. 7·4남북공동성명 이후 디아스포라적 상태로서의 '재일성'이 부각되며, 그동안 본국 지향적이었던 재일의 범주로부터 배제되어 온 망명자가 '재일성'의 경계 위에 서게 되었다. 이 특권적이고 특수한 위치로부터 수행된 글쓰기에 주목할 때, '재일'이라는 운명공동체의 문화와 비전을 재현represent하고 제시present하며, 그러한 공동체를 자기화하는 한편으로 타자화하기도 하는 자기민족지적 글쓰기의 정치를 발견할 수 있을 것이다.

지금까지 살펴본 바와 같이, 재일조선인의 자기민족지적 글쓰기에서 시도된 문화적 월경은 문답의 장치가 기능하고 있는 '전후 일본'의 네트워크 내에서 '조국'과의 네트워크를 상상하는 방식으로, 그리고 문답의 장치에 의해 통치될 수 없는 공간에 접속하는 방식으로 남북일 냉전 구조를 가시화하였다. 거기에는 제2차 세계대전 후 새롭게 등장한 보편주의적 질서인 냉전의 분할선에 강력하게 구속되면서도, '일본 속의 38선'이나 '내부 분단', '분단 사회'와 같은 냉전적 연장으로 재일조선인 사회가 표상되는 것을 거부하는 정치적 상상력이 작동하고 있었다. 이와 같이 복합적인 지식-권력 관계의 장에서 '재일'의 내부와 외연을 재구성해 나간 자기민족지적 글쓰기는 냉전 인식에 대한 새로운 시각을 제공할 것이다.

이 책은 이처럼 재일조선인의 언어적·지리적·사상적 이동과 접촉을 문화적 월경의 과정으로 파악하고, '해방' 이후 한반도와 일본 사이에서 단일하지 않은 '재일'의 경계들이 구성되는 장면들을 계보학적으로 재구성함으로써, '남북일 냉전 구조'라는 복합적인 관계 질서 속에 얽혀 있는 존재들의 위상을 그려보고자 한 시도였다고 할 수 있다. 이 책에서는 남·북·일이라는 세 개의 '국민국가' 사이에 언어적·지리적·사상적으로 걸쳐 있는 작가들을 주로 다루었으며, 따라서 일본에서 나고 자라 냉전의 한가운데에서 활약한 '2세' 작가들을 거의 언급하지 못했다. 또한 식민지 엘리트 교육을 통해 일본어 능력과 민족지적 기술의 능력을 습득한 남성 지식인 작가들에 초점이 맞추어지게 되었다. 그리하여 남북일 냉전 구조 속에서의 '재일'의 위상학이, 몇 가지 예외를 포함하고 있긴 하지만 식민지 출신의 엘리트 작가라는 특정한 지적 공동체의 위상학으로 축소된 감도 없지 않다. 이러한 한계를 의식하면서, 이 책의 출발점이었던 '복합적인 관계 질서 속에 얽혀 있는 존재들의 위상학'이 결국에는 '재일'의 존재론에 관한 물음과 닿아 있음을 환기하는 한 장면을 들여다보는 것으로 글을 맺고자 한다.

제주도 4·3사건 당시, 김시종은 남로당 제주도지부 소속 연락원으로 활동하고 있었다. 그가 눈앞까지 닥친 죽음의 위협을 느껴 필사적인 도피 생활을 시작한 결정적 계기는 1948년 5월에 겪은 '우체국 사건'이었다.[1] '잔인한 5월', 오징어잡이 도중 토벌대에 끌려가 참살당한 사촌 자형의 시체를 "찬찬히 본" 지 얼마 지나지 않아서 일어난 일이었다.[2]

이후 그는 도립병원의 결핵병동과 정뜨르의 미군기지, 그리고 지인과 친척의 집에 은신하다가 1949년 5월 말에 무인도 관탈섬에서 일본으로 목숨 건 밀항을 감행한다.

오사카로 가서 더부살이를 시작한 김시종에게 '재일을 산다'라는 명제를 던져준 사건은, "재일 생활의 망령과도 같은 남자와 바다를 사이에 두고 다시 만나"던 순간이었다.[3] 그 남자는 해방 직후 일본에서 제주도로 귀환한 떠돌이 우산 수선공으로, 일본어가 기피되었던 해방 직후 조선의 분위기에도 아랑곳없이, 늘 제주도 억양이 잔뜩 섞인 일본어로 '고오모리가사 나오시-이이こうもり傘直しーィィ: 양산 고쳐-어'라고 외치던 남자였다.[4] 그런데 밀항 후 오사카에서 새로운 생활을 근근이 시작해 가던 김시종은 어느 날 우연히, 그만의 시그니처라고 할 수 있는 억양으로 '고오모리가사 나오시-이이'를 외치며 오사카 거리를 지나가는 남자를 발견한 것이다.

이 사건을 계기로 그는 '재일'의 실존을 이루는 '운명의 끈'에 대해 생각하게 된다. 그에 의하면 그 우산 수선공은 보이지 않는 운명의 끈에 의해 일본으로 "돌려보내진" 사람이었다.[5] 김시종은 자라난 고유의 문

---

1  제주도 중앙우체국 집배과에 근무하던 남로당 연락 중계책 두 명이 처형당하자 이에 대한 보복으로 조직 차원에서 내린 화염병 투척 사건으로, 김시종 자신은 동료에게 화염병을 중계하는 역할을 맡았다. 동료가 던진 화염병은 불발되었고 도망치던 동료는 우체국 문 뒤에서 건물 내의 경비 경관이 쏜 카빈총에 머리를 맞고 즉사했다. 우체국 밖에 숨어 있던 김시종은 그 장면을 목격했고, 그에 관한 증언은 수십 년 후에야 이루어졌다. 김시종, 윤여일 역, 『조선과 일본에 살다-재일시인 김시종 자전』, 돌베개, 2016; 김석범·김시종, 문경수 편, 이경원·오정은 역, 『왜 계속 써왔는가, 왜 침묵해 왔는가』, 제주대출판부, 2007.

2  김시종, 앞의 책, 210면.

3  위의 책, 232면.

4  金時鐘, 『朝鮮と日本に生きる-済州島から猪飼野へ』, 岩波書店, 2015, 242면.

화권인 조선으로부터 늘어진 운명의 끈에 의해 일본으로 돌려보내진 사람 중 하나라는 점에서 그 우산수선공과 자신이 다르지 않다고 생각한다. '고오모리가사 나오시-이이'라는, 비언어에 흡사한 언어만을 반복하는 우산수선공의 고유한 발화는, 단지 '특유의 제주도식 일본 억양'을 사용하는 그 남자를 식별하는 기호로만 들릴 수도 있었다. 하지만 그 단순한 식별 기호가 지닌 내력을 역사화하는 과정에서 '재일을 산다'는 것의 동일성과 차이성이 발견될 수 있음을, 이 에피소드는 말해준다. 이렇게 하여 그는 "양쪽 끈에 얽혀からまって, 자신의 존재공간을 포개고重ね合わせて 있는 자"로서 '재일'을 사는 존재에 대한 정의를 내린다.[6]

　김시종이 '재일'의 존재론을 사유하고자 한 것은, 서론에서도 언급하였듯이 '재일(성)'이라는 범주 자체가 일본에서 나고 자란 세대, 즉 재일 2세대의 실존을 가리키는 것으로 오인되어 온 측면이 있었기 때문이다. 이에 대하여 그 '운명의 끈'에 의해 일본으로 '돌려보내진' 자신도 또한 못지않게 '재일'의 실존을 살고 있다고 피력한 것이다. 이러한 그의 재일론에서 주목되는 동사는 '얽히다からまる'와 '포개다重ねる'이다. 조선과 일본 양쪽으로부터 매끄럽지도 팽팽하지도 않은 운명의 끈에 '얽혀서', 복수의 존재공간을 '포개는' 자. 그 '얽힘'과 '포개어짐'의 역사에 대해 생각할 때, 디아스포라의 위도'들'은 보이기 시작할 것이다.

---

5　김시종, 앞의 책, 234면.
6　위의 책, 234면; 金時鐘, 앞의 책, 245면.

## 참고문헌

### 1. 자료

#### 1) 신문, 잡지

한국

『경향신문』『교육평론』『동아일보』『문학사상』『백민』『신세계』『오늘의 소설』
『월간말』『자유신문』『조선일보』『한겨레신문』『한국문학』

북한

『조선문학』『근로자』

일본

『民涛』『民主朝鮮』『民族時報』『民衆新聞』『民統協資料』『世界』『新日本文学』『前衛』
『朝連文化』『朝鮮文芸』『조선신보』『朝鮮研究』『親和』『漢陽』『解放新聞』

#### 2) 전집 및 단행본

한국

김달수, 김석희 역, 『현해탄』, 동광출판사, 1989.
_____, 임규찬 역, 『태백산맥』(전2권), 연구사, 1988.
김석범, 김석희 역, 『화산도』(전5권), 실천문학사, 1988.
김시종, 곽형덕 역, 『장편시집 니이가타』, 글누림, 2014.
_____, 윤여일 역, 『조선과 일본에 살다-재일시인 김시종 자전』, 돌베개, 2016.
金潤, 『멍든 季節』, 현대문학사, 1968.
이은직, 김명인 역, 『탁류』(전3권), 풀빛, 1988.
이회성, 이호철·김석희 역, 『금단의 땅』(전3권), 미래사, 1988.
일제강점하강제동원피해진상규명위원회 편, 『우키시마호사건자료집-신문기사편』,
　　　일제강점하강제동원피해진상규명위원회, 2006.
_____, 『우키시마호사건 소송자료집』(전2권), 일
　　　제강점하강제동원피해진상규명위원회, 2007.
정경모, 『시대의 불침번』, 한겨레출판, 2010.

한승헌변호사변론사건실록간행위원회, 『한승헌변호사 변론사건실록』 2, 범우사, 2006.

**북한**

『제2차 조선작가대회 문헌집』, 조선작가동맹출판사, 1956.

『조국의 빛발아래』, 조선문학예술총동맹출판사, 1965.

『해빛은 여기에도 비친다』, 문예출판사, 1971.

**일본**

青地晨・和田春樹編, 『日韓連帯の思想と行動』, 現代評論社, 1977.

金達寿, 『故国の人』, 筑摩書房, 1956.

_____, 『わが文学と生活』, 靑丘文化社, 1998.

_____, 『金達寿小説全集』(전7권), 筑摩書房, 1980.

金石範, 『ことばの呪縛－「在日朝鮮人」と日本語』, 筑摩書房, 1972.

_____, 「在日朝鮮人文学」, 『岩波講座文学 8 表現の方法 5－新しい世界の文学』, 岩波書店, 1976.

_____, 『金石範作品集』(전2권), 平凡社, 2005.

金時鐘, 『長編詩・新潟』, 構造社, 1970.

_____, 『朝鮮と日本に生きる－済州島から猪飼野へ』, 岩波書店, 2015.

朴慶植, 『朝鮮問題資料叢書 第十五卷－日本共産党と朝鮮問題』, アジア問題研究所, 1991.

世界経済研究所 編, 『アジアの民族運動』, 白揚社, 1949.

李瑜煥, 『在日韓国人五十年史－発生因に於ける歴史的背景と解放後に於ける動向』, 新樹物産株式会社出版部, 1960.

李殷直, 『朝鮮名将伝』, 新興書房, 1967.

_____, 『濁流 その序章』, 新興書房, 1967.

_____, 『濁流 第二部－暴圧の下で』, 新興書房, 1968.

_____, 『濁流 第三部－人民抗争』, 新興書房, 1968.

_____, 『物語「在日」民族教育の夜明け－1945年10月～48年10月』, 高文研, 2002.

_____, 『物語「在日」民族教育・苦難の道－1948年10月～54年4月』, 高文研, 2003.

_____, 『朝鮮の夜明けを求めて』(전5권), 明石書店, 1997.

在日朝鮮文化年鑑編輯室 編, 『在日朝鮮文化年鑑』, 朝鮮文芸社, 1949.

鄭敬謨, 『日本人と韓国』, 新人物往来者, 1974.

河村湊・成田龍一編, 『コレクション 戦争と文学1 朝鮮戦争』, 集英社, 2012.

Chung Kyungmo, "The Second Liberation of South Korea and Democratization of Japan", *The Japan Interpreter*, Vol.IX, No.2, 1974.


## 3) 기타

### 한국
「外国人登録上の国籍欄の「韓国」あるいは「朝鮮」の記載について」(法務省 1965.10.26.), 『在日韓國人의 地位에 關한 資料』(Ⅱ), 외무부, 1976.11(국가기록원 관리번호 C11M31266)
「재일교포 발행 외국정기간행물에 대한 불온성 여부 조사 의뢰」(1965.7.23), 『외국정기간행물 국내지사 설치에 따른 조사철 1964-1967』(국가기록원 관리번호 DA1087963)
부산광역시 서구 홈페이지
　　　https://www.bsseogu.go.kr/tour/index.bsseogu?menuCd=DOM_000000301003004010
부산문화재단 전자아카이브
　　　http://e-archive.bscf.or.kr/23_db/05_db.php?idx=43

### 일본
「參議院会議錄情報 第13回国会 外務委員会 第25号」, 1952.4.26.
　　　http://kokkai.ndl.go.jp/SENTAKU/sangiin/013/0082/01304260082025a.html
白揚社 홈페이지 http://www.hakuyo-sha.co.jp/company/


## 2. 국내 논저

고명철, 「민족의 주체적 근대화를 향한 『한양』의 진보적 비평정신-1960년대 비평 담론을 중심으로」, 『한민족문화연구』 19, 2006.12.
＿＿＿・이한정・하상일・곽형덕・김동현・오세종・김계자・후지이시 다카요, 『김시종, 재일의 중력과 지평의 사상』, 보고사, 2020.
고바야시 소메이, 「M.L.오즈본의 포로 교육 경험과 '貫戰史(Trans-War History)'로서의 심리전」, 『이화사학연구』 56, 이화여자대학교 이화사학연구소, 2018.
공임순, 「역사소설의 양식과 이순신의 형성 문법」, 『한국근대문학연구』 4-1, 한국근대문학회, 2003.

권혁태·이정은·조경희 편,『주권의 야만-밀항, 수용소, 재일조선인』, 한울, 2017.

권혁태·차승기 편,『전후의 탄생-일본, 그리고 '조선'이라는 경계』, 그린비, 2013.

김덕룡,『바람의 추억-재일조선인1세가 창조한 민족교육의 역사(1945~1972)』, 선인, 2009.

김명인, 「지식인 문학의 위기와 새로운 민족문학의 구상」, 『문학예술운동』 1, 풀빛, 1987.8.

_____, 「왜곡된 민족사의 문학적 복원」, 『문학사상』 194, 문학사상사, 1988.12.

김석범·김시종, 문경수 편, 이경원·오정은 역, 『왜 계속 써왔는가, 왜 침묵해 왔는가』, 제주대 출판부, 2007.

김성수, 「선동과 소통 사이-북한 작가의 4·19 담론과 전유방식 비판」, 『한국근대문학연구』 30, 한국근대문학회, 2014.

_____, 「재·월북 작가 '해금' 조치(1988)의 연구사·문화사적 의미」, 『상허학보』 55, 상허학회, 2019.2.

김 원, 「밀항, 국경 그리고 국적-손진두 사건을 중심으로」, 『한국민족문화』 62, 부산대 한국민족문화연구소, 2017.2.

김유중, 「장일우 문학비평 연구」, 『한국현대문학연구』 17, 한국현대문학회, 2005.6.

김인덕,『재일본조선인연맹 전체대회 연구』, 선인, 2007.

_____, 「해방 후 재일본조선인연맹의 민족교육과 정체성-『조선역사교재초안』과 『어린이 국사』를 통해」, 『역사교육』 121, 역사교육연구회, 2012.3.

_____, 「재일조선인 민족교육과 東京朝鮮中学校의 설립-『도꾜조선중고급학교10년사』를 중심으로」, 『숭실사학』 28, 숭실사학회, 2012.6.

_____, 「임광철(林光澈)의 재일조선인사 인식에 대한 소고」, 『사림』 59, 수선사학회, 2017.1.

김재용·정민·진형준·황지우, 「[좌담] 현대사를 배경으로 한 정치 소설에 대하여」, 『오늘의 소설』 2, 玄岩社, 1989.1.

김종회 편,『한민족 문화권의 문학』 2, 국학자료원, 2006.

김태경, 「북한 '사회주의 리얼리즘의 조선화(Koreanization)'-문학에서의 당의 유일사상체계의 역사적 형성」, 서울대 박사논문, 2018.

김태기, 「GHQ / SCAP의 對 재일한국인정책」, 『국제정치논총』 38-3, 한국국제정치학회, 1999.2.

김태우,『폭격-미공군의 공중폭격 기록으로 읽는 한국전쟁』, 창비, 2013.

김학렬 외, 『재일동포 한국어문학의 전개양상과 특징 연구』, 국학자료원, 2007.

김환기 편, 『재일 디아스포라 문학』, 새미, 2006, 46면.

남기정, 『기지국가의 탄생-일본이 치른 한국전쟁』, 서울대 출판문화원, 2016.

閔東曄, 「金達寿の「日本語創作論」からみる在日朝鮮人社会の〈民族〉と〈言語〉」, 『韓日民族問題研究』 31, 한일민족문제학회, 2016.

박광현, 『현해탄 트라우마-식민주의의 산물, 그 언어와 문학』, 어문학사, 2013.

_____, 「'밀항'의 상상력과 지도 위의 심상 '조국'-1963년 김달수의 소설을 중심으로」, 『일본학연구』 42, 단국대 일본학연구소, 2014.

박수연, 「1960년대의 시적 리얼리티 논의-장일우의 『한양』지 시평과 한국문단의 반응」, 『한국언어문학』 50, 한국언어문학회, 2003.5.

박연희, 『제3세계의 기억-민족문학론의 전후 인식과 세계 표상』, 소명출판, 2020.

박진희, 『한일회담-제1공화국의 대일정책과 한일회담 전개과정』, 선인, 2008.

손남훈, 「『한양』게재 시편의 변화 과정 연구-庚連과 鄭英勳의 시를 중심으로」, 『한국문학논총』 70, 한국문학회, 2015.8.

_____, 「『한양』게재 재일 한인 시의 주체 구성과 언술 전략」, 부산대 박사논문, 2016.

_____, 「『한양』게재 광주 항쟁 시의 언술 주체와 담론 특성」, 『한국민족문화』 68, 부산대 한국민족문화연구소, 2018.8.

신승모, 「재일문예지 『민도(民涛)』의 기획과 재일문화의 향방-서지적 고찰을 중심으로」, 『일본학연구』 43, 단국대 일본학연구소, 2014.

신재민, 「재일조선인 잡지 『민도』에 드러난 민중문화 운동의 실천과 양상-1980년대 한국의 민중문화 운동과의 관련성을 중심으로」, 『일본학보』 120, 한국일본학회, 2020.2.

신지영, 「쓰여진 것과 말해진 것-'二重' 언어 글쓰기에 나타난 통역, 대화, 고유명」, 『민족문학사연구』 59, 민족문학사연구소, 2015.

_____, 「부 / 재의 언어로(가) 쓰다」, 『사이間SAI』 27, 국제한국문학문화학회, 2019.

양명심, 「재일조선인 문학계보의 재해석-잡지 『민도(民涛)』를 중심으로」, 『日本語文學』 68, 2016, 한국일본어문학회, 2016.

양명심・김주영, 「재일문예 『민도(民涛)』 연구-『민도』의 서지고찰과 이회성의 문제의식」, 『일본어문학』 62, 한국일본어문학회, 2014.9.

염창동, 「하근찬 장편소설 『야호(夜壺)』의 관전사(貫戰史)적 연구-국가권력의 폭력구조와 국민정체성의 이동을 중심으로」, 『현대문학의 연구』 66, 한국문학연구학회, 2011.

오성호, 「제2차 조선작가대회 전후 북한문학 – 한설야의 보고를 중심으로」, 『배달말』 40, 배달말학회, 2007.

오가타 요시히로, 「6・25전쟁과 재일동포 참전 의용병 – 이승만 정부의 인식과 대응을 중심으로」, 『아세아연구』 63-1, 고려대 아세아문제연구소, 2020.

오타 오사무・허은 편, 『동아시아 냉전의 문화』, 소명출판, 2017.

유임하, 『반공주의와 한국문학』, 글누림, 2020.

윤송아, 『재일조선인 문학의 주체 서사 연구 – 가족・신체・민족의 상관성을 중심으로』, 인문사, 2012.

윤정화, 「재일 한인 작가의 디아스포라 글쓰기 연구」, 이화여대 박사논문, 2010.

윤희상, 『그들만의 언론』, 천년의 시작, 2006.

이동준・장박진 편저, 『미완의 해방 – 한일관계의 기원과 전개』, 고려대 아세아문제연구소, 2013.

이동준 편역, 『일한 국교정상화 교섭의 기록』, 삼인, 2015.

이미나, 「이은직 문학 연구」, 홍익대 석사논문, 2012.

이봉범, 「냉전과 원조, 원조시대 냉전문화 구축의 역동성 – 1950~60년대 미국 민단재단의 원조와 한국문화」, 『한국학연구』 39, 인하대 한국학연구소, 2015.11.

이원덕, 『한일 과거사 처리의 원점 – 일본의 전후 처리 외교와 한일회담』, 서울대 출판부, 1996.

이재봉, 「해방 직후 재일한인문단과 '일본어' 창작문제 – 『朝鮮文藝』를 중심으로」, 『한국문학논총』 42, 한국문학회, 2006.4.

이한정, 「김석범의 언어론 – '일본어'로 쓴다는 것」, 『일본학』 42, 동국대 일본학연구소, 2016.

이헌홍, 「에스닉 잡지 소재 재일한인 생활사 소설」, 『한국문학논총』 47, 한국문학회, 2007.12.

_____, 『재일한인의 생활사이야기와 문학』, 부산대 출판부, 2014.

임유경, 「낙인과 서명 – 1970년대 문화 검역과 문인간첩」, 『상허학보』 53, 상허학회, 2018.

장문석, 「월북작가의 해금과 작품집 출판(1) – 1985-1989년 시기를 중심으로」, 『구보학보』 19, 구보학회, 2018.8.

장세진, 「트랜스내셔널리즘, (불)가능 그리고 재일조선인이라는 예외상태 – 재일조선인의 한국전쟁 관련 텍스트를 중심으로」, 『동방학지』 57, 연세대 국학연구원, 2012.3.

_____, 「학병, 전쟁 연쇄 그리고 파병의 논리-선우휘의 「물결은 메콩강까지」(1966)를 중심으로」, 『사이』 25, 국제한국문학문화학회, 2018.

_____, 「基地의 '평화'와 전장의 글쓰기-장혁주의 한국전쟁 관련 텍스트(1951~1954)를 중심으로」, 『대동문화연구』 107, 성균관대 대동문화연구원, 2019.9.

전승주, 「1980년대 문학(운동)론에 대한 반성적 고찰」, 『민족문학사연구』 53, 민족문학사학회·민족문학사연구소, 2013.

전영선, 『글과 사진으로 보는 북한의 사회와 문화』, 경진, 2016.

전지니, 「박태원의 월북 전후를 통해 본 냉전기 남북의 이순신 표상 연구」, 『상허학보』 44, 상허학회, 2015.6.

정창훈, 「한일국교정상화 이후 김소운의 글쓰기에 나타난 '일본(어)'의 위상학」, 『상허학보』 58, 상허학회, 2020.2.

정호기, 「박정희시대의 '동상건립운동'과 애국주의-'애국선열조성건립위원회'의 활동을 중심으로」, 『정신문화연구』 30, 정신문화연구원, 2007.

조경희, 「'조선인 사형수'를 둘러싼 전유의 구도-고마쓰가와 사건(小松川事件)과 일본/'조선'」, 『동방학지』 158, 연세대 국학연구원, 2012.

조기은, 「해외 한국민주화운동-'민주민족통일해외한국인연합'을 중심으로」, 『한일민족문제연구』 29, 한일민족문제학회, 2015.

_____, 「민단계 재일조선인의 한국민주화 운동-민단민주화운동세력과 김대중의 '연대'를 중심으로」, 『한국학연구』 75, 고려대 한국학연구소, 2020.

_____, 「민단계 재일조선인의 한국민주화운동-재일한국청년동맹을 중심으로」, 『한국학연구』 59, 인하대 한국학연구소, 2020.

조윤수, 「한일회담과 문화재 반환 교섭-일본 정부의 반환 문화재 목록 작성과정을 중심으로」, 『동북아역사논총』 51, 동북아역사재단, 2016.

조현일, 「『한양』지의 장일우, 김순남, 평론에 나타난 민족주의 연구」, 『한국문학이론과 비평』 43, 한국문학이론과 비평학회, 2009.6.

차승기, 「내지의 외지, 식민본국의 피식민지인, 또는 구멍의 (비)존재론」, 『현대문학의 연구』 46, 한국문학연구학회, 2012.

채영국, 「해방 후 재일한인의 지위와 귀환」, 『한국근현대사연구』 제25집, 한국근현대사학회, 2003.6.

천정환, 「1980년대 문학·문화사 연구를 위한 시론(1)-시대와 문학론의 '토픽'과 인식론을 중심으로」, 『민족문학사연구』 56, 민족문학사학회·민족문학사연구소, 2014.

최영호, 「해방직후 부산경남지역의 귀환자 원호체계와 원호활동」, 『한국민족운동사연구』 36, 한국민족운동사학회, 2003.

_____, 「신문을 통해 보는 해방직후 재일조선인의 동향」, 『한일민족문제연구』 9, 한일민족문제학회, 2005.

_____, 『부관연락선과 부산』, 논형, 2007.

최지혜, 「충무공 이순신에 대한 인식의 시대별 변화」, 『이순신연구논총』 21, 순천향대 이순신연구소, 2014.6.

하상일, 『1960년대 현실주의 문학비평 연구-『한양』, 『청맥』, 『창작과비평』, 『상황』을 중심으로』, 부산대 박사논문, 2005.

_____, 『1960년대 현실주의 문학비평과 매체의 비평전략』, 소명출판, 2008.

_____, 「장일우 문학비평 연구」, 『한민족문화연구』 30, 한민족문화학회, 2009.8.

_____, 「김순남 문학비평 연구」, 『우리문학연구』 31, 우리문학회, 2010.10.

한수영, 「관전사(貫戰史)의 관점으로 본 한국전쟁 기억의 두 가지 형식」, 『어문학』 113, 한국어문학회, 2011.

한승옥 외, 『재일동포 한국어문학의 민족문학적 성격 연구』, 국학자료원, 2007.

허윤회, 「1960년대 참여문학론의 도정-『비평작업』, 『청맥』, 『한양』을 중심으로」, 『상허학보』 8, 상허학회, 2002.2.

호테이 토시히로, 「해방 후 재일 한국인 문학의 형성과 전개-1945-60년대 초를 중심으로」, 『인문논총』 47, 서울대 인문학연구원, 2002.

홍기삼, 『문학사와 문학비평』, 해냄, 1996.

홍석률, 「냉전의 예외와 규칙-냉전사를 통해 본 한국 현대사」, 『역사비평』, 역사비평사, 2015.2.


## 3. 국외 논저

가와무라 미나토, 유숙자 역, 『전후문학을 묻는다-그 체험과 이념』, 소화, 2005.

강상중, 이경덕 역, 『오리엔탈리즘을 넘어서』, 이산, 1997.

고영란, 김미정 역, 『전후라는 이데올로기-일본 전후를 둘러싼 기억의 노이즈』, 현실문화, 2013.

김경해, 정희선·김인덕·주혜정 역, 『1948년 한신(阪神) 교육투쟁』, 경인문화사, 2006.

나카무라 후쿠지, 『김석범 『화산도』 읽기 ─ 제주 4·3 항쟁과 재일한국인 문학』, 삼인, 2001.

니시무라 히데키, 심아정·김정은·김수지·강민아 역, 『'일본'에서 싸운 한국전쟁의 날들 ─ 재일조선인과 스이타사건』, 논형, 2020.

다케다 세이지, 재일조선인문화연구회 역, 『'재일'이라는 근거』, 소명출판, 2016.

도노무라 마사루, 신유원·김인덕 역, 『재일조선인 사회의 역사학적 연구』, 논형, 2010.

도미야마 이치로, 손지연·김우자·송석원 역, 『폭력의 예감』, 그린비, 2009.

레이 초우, 정재서 역, 『원시적 열정』, 이산, 2004.

마루카와 데쓰시, 장세진 역, 『냉전문화론』, 너머북스, 2010.

메리 루이스 프랫, 김남혁 역, 『제국의 시선 ─ 여행기와 문화 횡단』, 현실문화, 2015.

미즈노 나오키·문경수, 한승동 역, 『재일조선인 ─ 역사, 그 너머의 역사』, 삼천리, 2016.

민단50년사편집위원회, 『민단50년사』, 재일본대한민국민단, 1997.

발터 벤야민, 최성만 역, 『언어 일반과 인간의 언어에 대하여/번역가의 과제 외』, 도서출판 길, 2008.

사카사이 아키토, 박광현·정창훈·조은애·홍덕구 역, 『'잿더미' 전후공간론』, 이숲, 2020.

서경식, 임성모·이규수 역, 『난민과 국민 사이』, 돌베개, 2006.

소토카 히데토시·혼다 마사루·미우라 도시아키, 진창수·김철수 역, 『미일동맹 ─ 안보와 밀약의 역사』, 한울아카데미, 2005.

송혜원, 『'재일조선인 문학사'를 위하여 ─ 소리 없는 목소리의 폴리포니』, 소명출판, 2019.

아르준 아파두라이, 차원현·채호석·배개화 역, 『고삐 풀린 현대성』, 현실문화연구, 2004.

알랭 바디우, 서용순 역, 『철학을 위한 선언』, 길, 2010.

_____, 조형준 역, 『존재와 사건』, 새물결, 2013.

윤건차, 박진우 외 역, 『자이니치의 정신사 ─ 남·북·일 세 개의 국가 사이에서』, 한겨레출판, 2016.

자크 랑시에르, 진태원 역, 『불화』, 길, 2015.

_____, 박영옥 역, 『역사의 형상들』, 글항아리, 2016.

정영환, 임경화 역, 『해방 공간의 재일조선인사 ─ '독립'으로 가는 험난한 길』, 푸른역사, 2019.

조르조 아감벤, 양창렬 역, 『장치란 무엇인가-장치학을 위한 서론』, 난장, 2010.

존 다우어, 최은석 역, 『패배를 껴안고-제2차 세계 대전 후의 일본과 일본인』, 민음사, 2009.

_____, 박인규 역, 「샌프란시스코 체제-미-일-중 관계의 과거, 현재, 미래」 3, 『프레시안』, 2014.3.20.

존 리, 김혜진 역, 『다민족 일본』, 소명출판, 2019.

_____, 김혜진 역, 『자이니치-디아스포라 민족주의와 탈식민 정체성』, 소명출판, 2019.

미셸 푸코·콜린 고든, 홍성민 역, 『권력과 지식-미셸 푸코와의 대담』, 나남, 1991.

테드 휴즈, 나병철 역, 『냉전 시대 한국의 문학과 영화-자유의 경계선』, 소명출판, 2013.

테사 모리스 스즈키, 한철호 역, 『북한행 엑서더스-그들은 왜 '북송선'을 타야만 했는 가』, 책과함께, 2008.

프랜시스 스토너 손더스, 유광태·임채원 역, 『문화적 냉전-CIA와 지식인들』, 그린비, 2016.


浅見洋子, 「金時鐘 『長編詩集 新潟』 注釈の試み」, 『論潮』 1, 2008.6.

磯貝治良, 『始源の光-在日朝鮮人文学論』, 創樹社, 1972.

_____, 『〈在日〉文学論』, 新幹社, 2004.

_____, 『〈在日〉文学の変容と継承』, 新幹社, 2015.

井上學, 「戦後日本共産党の在日朝鮮人運動に関する「指令」をめぐって-指令七一号と一 四〇号、金斗鎔の帰国」, 『海峡』 24, 朝鮮問題研究会, 2011.6.

李美淑, 『「日韓連帯運動」の時代 - 1970-80年代のトランスナショナルな公共圏とメディ ア』, 東京大学出版会, 2018.

「浮島丸事件 下北からの証言」発刊をすすめる会 編, 『アイゴーの海-浮島丸事件・下北か らの証言』, 下北の地域問題研究所, 1993.

呉圭祥, 『ドキュメント 在日本朝鮮人連盟 1945-1949』, 岩波書店, 2009.

呉世宗, 『リズムと抒情の詩学-金時鐘と「短歌的抒情の否定」』, 生活書院, 2010.

魚塘, 「解放後初期の在日朝鮮人組織と教科書編纂事業」, 『在日朝鮮人史研究』 28, 1998.

梶村秀樹編, 『朝鮮現代史の手引き』, 勁草書房, 1981.

川村湊, 『生まれたらそこがふるさと-在日朝鮮人文学論』, 平凡社, 1999.

金達寿外, 『シリーズ日本と朝鮮4－日本の中の朝鮮』, 太平出版社, 1966.

金贊汀, 『浮島丸釜山港へ向かわず』, かもがわ出版, 1994.

小林聡明, 『在日朝鮮人のメディア空間－GHQ占領期における新聞発行とそのダイナミズ
　　　　ム』, 風響社, 2007.

逆井聡人, 『〈焼跡〉の戦後空間論』, 青弓社, 2018.

篠崎平治, 『在日朝鮮人運動』, 令文社, 1955.

鄭根珠, 「韓国民主化支援運動と日韓関係－「金大中内乱陰謀事件」と日本における救命運
　　　　動を中心に」, 『アジア太平洋討究』 20, 早稲田大學アジア太平洋研究センター,
　　　　2013.2.

高崎宗司・朴正鎮　編, 『帰国運動とは何だったのか－封印された日朝関係史』, 平凡社,
　　　　2010.

池貞姫, 「プランゲ文庫に見る占領期の朝鮮語教科書について」, 『愛媛大学法文学部論叢 人
　　　　文学科編』 32, 2012.

崔孝光, 「李殷直著作目録ノート」, 『國文學論叢』 45, 龍谷大學國文學會, 2000.2.

趙基銀, 「韓民統の韓国民主化運動における海外在住 / 滞在「韓国人」との「連帯」」, 富士ゼ
　　　　ロックス小林節太.

坪井豊吉, 『在日朝鮮人運動の概況』, 法務総合研究所, 1959.

林浩治, 『在日朝鮮人日本語文学論』, 新幹社, 1991.

＿＿＿, 『戦後非日文学論』, 新幹社, 1997.

朴慶植, 『朝鮮人強制連行の記録』, 未来社, 1965.

朴正鎮, 『日朝冷戦構造の誕生 1945-1965－封印された外交史』, 平凡社, 2012.

廣瀬陽一, 『金達寿とその時代－文学・古代史・国家』, クレイン, 2016.

松田利彦, 「1950年代末～1960年代における在日韓国人の民族統一運動 －『統一朝鮮新
　　　　聞』の分析を軸に」, 東京大学 アジア地域研究センター 韓国学研究部門・青巌大学
　　　　校 在日コリアン研究所, 〈在日コリアン研究成果拡散大会〉, 東京大学, 2016.6.8.

水野直樹, 「「第三国人」の起源と流布についての考察」, 『在日朝鮮人史研究』 30, 2000.

閔東曄, 「在日朝鮮人作家・金達寿と「解放」－日本語雑誌『民主朝鮮』を中心に」, 『アジア地
　　　　域文化研究』 11, 東京大学大学院総合文化研究科・教養学部アジア地域文化研究
　　　　会, 2015.3.

森田芳夫, 『在日朝鮮人處遇の推移と現狀』, 法務研修所, 1955.

Adriana Cavarero, *Relating Narratives : Storytelling and Selfhood*, Trans. Paul A.
　　　　Kottman, Routledge, 2000.

Deborah Reed-Danahay(Ed.), *Auto / ethnography : Rewriting the Self and the Social*, Berg Publishers, 1997.

Sonia Ryang, *North Koreans in Japan : Lnaguage, Ideology, and Identity*, Westview Press, 1997.

## 간행사 _ 근대한국학총서를 내면서

새 천 년이 시작된 지도 벌써 몇 해가 지났다. 식민지와 분단국가로 지낸 20세기 한국 역사의 와중에서 근대 민족국가 수립과 민족 문화 정립에 애써온 우리 한국학계는 세계사 속의 근대 한국을 학술적으로 미처 정리하지 못한 채 세계화와 지방화라는 또 다른 과제를 안게 되었다. 국가보다 개인, 지방, 동아시아가 새로운 한국학의 주요 대상이 된 작금의 현실에서 우리가 겪어온 근대성을 다시 한번 정리하고 21세기에 맞는 새로운 모습으로 탈바꿈시키는 것은 어느 과제보다 앞서 우리 학계가 정리해야 할 숙제이다. 20세기 초 전근대 한국학을 재구성하지 못한 채 맞은 지난 세기 조선학·한국학이 겪은 어려움을 상기해 보면, 새로운 세기를 맞아 한국 역사의 근대성을 정리하는 일의 시급성은 아무리 강조해도 지나치지 않다.

우리 근대한국학연구소는 오랜 전통이 있는 연세대학교 조선학·한국학 연구 전통을 원주에서 창조적으로 계승하고자 하는 목표에서 설립되었다. 1928년 위당·동암·용재가 조선 유학과 마르크스주의, 그리고 서학이라는 상이한 학문적 기반에도 불구하고 조선학·한국학 정립을 목표로 힘을 합친 전통은 매우 중요한 경험이었다. 이에 외솔과 한결이 힘을 더함으로써 그 내포가 풍부해졌음은 두말할 나위가 없다. 연세대학교 원주캠퍼스에서 20년의 역사를 지닌 매지학술연구소를 모체로 삼아, 여러 학자들이 힘을 합쳐 근대한국학연구소를 탄생시킨 것은 이러한 선배학자들의 노력을 교훈으로 삼은 것이다.

이에 우리 연구소는 한국의 근대성을 밝히는 것을 주 과제로 삼고자 한다. 문학 부문에서는 개항을 전후로 한 근대계몽기 문학의 특성을 밝히는 데 주력할 것이다. 역사 부문에서는 새로운 사회경제사를 재확립하고 지역학 활성화를 위한 원주학 연구에 경진할 것이다. 철학 부문에서는 근대 학문의 체계화를 이끌고 사회과학 분야에서는 학제 간 연구를 활성화시키며 근대성 연구에 역량을 축적해 온 국내외 학자들과 학술 교류를 추진할 것이다. 이러한 연구들은 일방성보다는 상호 이해와 소통을 중시하는 통합적인 결과물의 산출로 이어질 것이다.

근대한국학총서는 이런 연구 결과물을 집약적으로 정리하기 위해 마련한 총서이다. 여러 한국학 연구 분야 가운데 우리 연구소가 맡아야 할 특성화된 분야의 기초 자료를 수집·출판하고 연구성과를 기획·발간할 수 있다면, 우리 시대 연구자들뿐만 아니라 학문 후속세대들에게도 편리함과 유용함을 줄 수 있을 것이다. 새롭게 시작한 근대한국학총서가 맡은 바 역할을 충분히 할 수 있도록 주변의 관심과 협조를 기대하는 바이다.

2003년 12월 3일
연세대학교 원주캠퍼스 근대한국학연구소